U0654655

聊斋志异

文白对照（图文版）

（清）蒲松龄　著

于立文 主编

第一卷

吉林文史出版社

图书在版编目(CIP)数据

聊斋志异 / 于立文主编. —— 长春:吉林文史出版社，2016.7(2019.8 重印)

ISBN 978－7－5472－3277－4

Ⅰ. ①聊… Ⅱ. ①于… Ⅲ. ①笔记小说－中国－清代 Ⅳ. ①I242.1

中国版本图书馆 CIP 数据核字(2016)第 182395 号

书　　名	聊斋志异
主　　编	于立文
出 版 人	孙建军
责任编辑	程　明
封面设计	三石工作室
出版发行	吉林文史出版社
电　　话	0431－86037509
地　　址	长春市人民大街 4646 号
邮　　编	130021
网　　址	www.jlws.com.cn
印　　刷	北京德富泰印务有限公司
开　　本	710mm×1040mm　1/16
字　　数	1718 千字
印　　张	80
印　　次	2016 年 11 月第 1 版 2020 年 1 月第 2 次印刷
书　　号	ISBN 978－7－5472－3277－4
定　　价	696.00 元(全四册精装)

前言

《聊斋志异》是我国古代文学史上的一部巨著,在继承魏晋志怪和唐宋传奇传统的基础上,以隽永之笔、博爱之情,取得了中国文言小说创作的最高成就,在几千年的中国文言小说史上,有着非常至高地位。

蒲松龄(1640—1715),字留仙,一字剑臣,别号柳泉居士。19岁时补博士弟子员,少有文名,此后屡试不第,直到44岁始补廪膳生,71岁才得援例成为贡生。科举的失败,使他抱憾终身。蒲松龄颖聪勤奋,学识渊博,不但对于经史、文学素有研究,而且涉猎天文、农桑、医药等科学技术。现实生活使他更加接近劳动人民,从而认识到社会的不平,以及官僚、科举制度的黑暗、腐败,他将满腔义愤倾注于《聊斋志异》的创作中。除《聊斋志异》外,他还著有诗、词、赋、俚曲、杂著等,均收于《蒲松龄集》中。

《聊斋志异》在古代是一部家喻户晓的小说,但是,对于广大现代读者来说,读懂用文言文写作的《聊斋志异》不是一件容易的事情。

为此我们约请有关专家,做了白话翻译工作。在翻译过程中,我们强调尊重原著,不仅保证翻译的准确性,也强调译出原汁原味,使得读者能感受到蒲松龄在创作中展示的自然本性、自然情感。

本书是考虑在给广大读者提供白话翻译文本之外,尽可能多提供一些辅助内容以便读者更好地品味这部巨著,因此,除了常规的白话翻译之外,我们增加了两项内容,即"集评"和"插图"。

《聊斋志异》问世三百多年来,一直受到世人的关注,被公认为"小说家谈狐说鬼第一书"。对它进行评论研究的人也不计其数,其中不乏精彩的评论。这些评论或评议人物,或阐明作者用意,或发挥作者的写作主旨,或指明典故以助理解文意。我们对这些评语作了精心的搜集,选取其中最有代表性的部分,以"集评"的方式提供给读者,相信这些评语对读者分析作品内容,了解思想内涵,供给研究资料,都会有一定的作用。

《聊斋志异》中人物形象众多，刻画生动，特别是一些神仙狐鬼更是栩栩如生。因此，后人为它作了大量的图画。清代《聊斋志异图咏》便是其中最著名的一部画集。书中的每幅插图绘图技法圆熟，构图严整允妥，都是在领会全篇的内容要旨之后，于篇中最扼要处着笔，嬉笑怒骂，确有神情，是明清小说极佳的绣像配图。图上的小诗也有点明小说题旨的意义，都一应给予保留。

我们热忱希望读者喜欢这种新式的“白话”作品，并期盼读者提出宝贵意见，以便我们把这种新的尝试做得更好。

编　者

目 录

卷 一

考城隍 …… ((3))
耳中人 …… ((5))
尸 变 …… ((6))
喷 水 …… ((9))
瞳人语 …… ((10))
画 壁 …… ((13))
山 魈 …… ((16))
咬 鬼 …… ((18))
捉 狐 …… ((19))
荞中怪 …… ((20))
宅 妖 …… ((22))
王六郎 …… ((23))
偷 桃 …… ((27))
种 梨 …… ((30))
劳山道士 …… ((32))

长清僧 …… ((36))
蛇　人 …… ((38))
雹　神 …… ((41))
狐嫁女 …… ((43))
娇　娜 …… ((46))
僧　孽 …… ((53))
妖　术 …… ((55))
野　狗 …… ((57))
三　生 …… ((59))
焦　螟 …… ((61))
叶　生 …… ((63))
四十千 …… ((66))
成　仙 …… ((67))
新　郎 …… ((74))
灵　官 …… ((76))
王　兰 …… ((78))
鹰虎神 …… ((81))
王　成 …… ((82))
青　凤 …… ((89))
画　皮 …… ((94))
贾　儿 …… ((99))
蛇　癖 …… ((104))

卷　二

金世成 ……………… ((107))

董　生 ……………… ((107))

龁　石 ……………… ((112))

庙　鬼 ……………… ((112))

陆　判 ……………… ((113))

婴　宁 ……………… ((120))

聂小倩 ……………… ((131))

义　鼠 ……………… ((138))

地　震 ……………… ((139))

海公子 ……………… ((140))

丁前溪 ……………… ((142))

海大鱼 ……………… ((144))

张老相公 ……………… ((145))

水莽草 ……………… ((146))

造　畜 ……………… ((150))

凤阳士人 ……………… ((151))

耿十八 ……………… ((154))

珠　儿 ……………… ((156))

小官人 ……………… ((161))

胡四姐 ……………… ((162))

祝　翁 ……………………………………………………………（(166)）
猪婆龙 ……………………………………………………………（(167)）
某　公 ……………………………………………………………（(168)）
快　刀 ……………………………………………………………（(169)）
侠　女 ……………………………………………………………（(169)）
酒　友 ……………………………………………………………（(175)）
阿　宝 ……………………………………………………………（(177)）
九山王 ……………………………………………………………（(183)）
遵化署狐 …………………………………………………………（(186)）
张　诚 ……………………………………………………………（(187)）
汾州狐 ……………………………………………………………（(193)）
巧　娘 ……………………………………………………………（(195)）
吴　令 ……………………………………………………………（(202)）
口　技 ……………………………………………………………（(203)）
狐　联 ……………………………………………………………（(205)）
潍水狐 ……………………………………………………………（(206)）
红　玉 ……………………………………………………………（(208)）
龙 …………………………………………………………………（(214)）
林四娘 ……………………………………………………………（(216)）

卷　三

江　中 ……………………………………………………………… (221)
鲁公女 ……………………………………………………………… (222)
道　士 ……………………………………………………………… (227)
胡　氏 ……………………………………………………………… (229)
戏　术 ……………………………………………………………… (232)
丐　僧 ……………………………………………………………… (233)
伏　狐 ……………………………………………………………… (234)
蛰　龙 ……………………………………………………………… (235)
苏　仙 ……………………………………………………………… (236)
李伯言 ……………………………………………………………… (238)
黄九郎 ……………………………………………………………… (241)
金陵女子 …………………………………………………………… (247)
汤　公 ……………………………………………………………… (249)
阎　罗 ……………………………………………………………… (251)
连　琐 ……………………………………………………………… (252)
单道士 ……………………………………………………………… (258)
白于玉 ……………………………………………………………… (260)
夜叉国 ……………………………………………………………… (267)
小　髻 ……………………………………………………………… (274)
西　僧 ……………………………………………………………… (275)

老饕 ((276))
连城 ((279))
霍生 ((285))
商三官 ((287))
于江 ((290))
小二 ((291))
谕鬼 ((297))
泥鬼 ((298))
梦别 ((299))
犬灯 ((300))
番僧 ((302))
狐妾 ((303))
雷曹 ((307))
赌符 ((312))
阿霞 ((315))
李司鉴 ((318))
五羖大夫 ((319))
毛狐 ((320))
翩翩 ((323))

卷　四

余　德 ……………………………………………………………………………… ((331))

杨千总 …………………………………………………………………………… ((333))

瓜　异 ……………………………………………………………………………… ((334))

青　梅 ……………………………………………………………………………… ((334))

罗刹海市 ………………………………………………………………………… ((342))

田七郎 …………………………………………………………………………… ((352))

保　住 ……………………………………………………………………………… ((358))

公孙九娘 ………………………………………………………………………… ((360))

促　织 ……………………………………………………………………………… ((366))

柳秀才 …………………………………………………………………………… ((371))

水　灾 ……………………………………………………………………………… ((372))

诸城某甲 ………………………………………………………………………… ((373))

库　官 ……………………………………………………………………………… ((374))

酆都御史 ………………………………………………………………………… ((375))

狐　谐 ……………………………………………………………………………… ((377))

雨　钱 ……………………………………………………………………………… ((381))

妾杖击贼 ………………………………………………………………………… ((383))

秀才驱怪 ………………………………………………………………………… ((384))

姊妹易嫁 ………………………………………………………………………… ((386))

续黄粱 …………………………………………………………………………… ((390))

小猎犬 …………………………………………………………………… ((397))
棋　鬼 …………………………………………………………………… ((399))
辛十四娘 ………………………………………………………………… ((401))
白莲教 …………………………………………………………………… ((410))
双　灯 …………………………………………………………………… ((412))
捉鬼射狐 ………………………………………………………………… ((414))
蹇偿债 …………………………………………………………………… ((416))
鬼作筵 …………………………………………………………………… ((418))
胡四相公 ………………………………………………………………… ((420))
念　秧 …………………………………………………………………… ((423))
寒月芙蕖 ………………………………………………………………… ((433))
酒　狂 …………………………………………………………………… ((436))

卷　五

阳　武　侯 ……………………………………………………………… ((443))
赵城虎 …………………………………………………………………… ((444))
螳螂捕蛇 ………………………………………………………………… ((446))
武　技 …………………………………………………………………… ((447))
小　人 …………………………………………………………………… ((449))
秦　生 …………………………………………………………………… ((450))
鸦　头 …………………………………………………………………… ((451))
酒　虫 …………………………………………………………………… ((457))
木雕美人 ………………………………………………………………… ((459))

封三娘 …………………………………………………………（(460)）
狐　梦 …………………………………………………………（(466)）
布　客 …………………………………………………………（(471)）
农　人 …………………………………………………………（(472)）
章阿端 …………………………………………………………（(474)）
孝　子 …………………………………………………………（(479)）
狮　子 …………………………………………………………（(480)）
阎　王 …………………………………………………………（(481)）
土　偶 …………………………………………………………（(483)）
长治女子 ………………………………………………………（(484)）
义　犬 …………………………………………………………（(487)）
鄱阳神 …………………………………………………………（(488)）
伍秋月 …………………………………………………………（(489)）
莲花公主 ………………………………………………………（(494)）
绿衣女 …………………………………………………………（(498)）
黎　氏 …………………………………………………………（(500)）
荷花三娘子 ……………………………………………………（(502)）
骂　鸭 …………………………………………………………（(507)）
柳氏子 …………………………………………………………（(508)）
上　仙 …………………………………………………………（(510)）
侯静山 …………………………………………………………（(511)）
郭　生 …………………………………………………………（(513)）
金生色 …………………………………………………………（(515)）
彭海秋 …………………………………………………………（(519)）

堪舆 ……………………………………………… ((524))
窦氏 ……………………………………………… ((526))

卷六

潞令 ……………………………………………… ((533))
马介甫 ……………………………………………… ((534))
厍将军 ……………………………………………… ((544))
绛妃 ……………………………………………… ((545))
河间生 ……………………………………………… ((549))
云翠仙 ……………………………………………… ((550))
跳神 ……………………………………………… ((556))
铁布衫法 ……………………………………………… ((557))
大力将军 ……………………………………………… ((558))
颜氏 ……………………………………………… ((561))
杜翁 ……………………………………………… ((564))
小谢 ……………………………………………… ((565))
林氏 ……………………………………………… ((573))
胡大姑 ……………………………………………… ((576))
细侯 ……………………………………………… ((578))
狼 ……………………………………………… ((581))
美人首 ……………………………………………… ((583))
刘亮采 ……………………………………………… ((584))
蕙芳 ……………………………………………… ((585))

萧　七 …………………………………………………………………… ((588))
豢　蛇 …………………………………………………………………… ((593))
菱　角 …………………………………………………………………… ((595))
饿　鬼 …………………………………………………………………… ((598))
考弊司 …………………………………………………………………… ((600))
大　人 …………………………………………………………………… ((603))
向　杲 …………………………………………………………………… ((605))
周　三 …………………………………………………………………… ((608))
聂　政 …………………………………………………………………… ((609))
冷　生 …………………………………………………………………… ((611))
狐惩淫 …………………………………………………………………… ((612))

卷　七

罗　祖 …………………………………………………………………… ((617))
刘　姓 …………………………………………………………………… ((619))
邵九娘 …………………………………………………………………… ((622))
巩　仙 …………………………………………………………………… ((632))
二　商 …………………………………………………………………… ((637))
沂水秀才 ………………………………………………………………… ((641))
梅　女 …………………………………………………………………… ((642))
郭秀才 …………………………………………………………………… ((648))
死　僧 …………………………………………………………………… ((650))
阿　英 …………………………………………………………………… ((651))

橘　树 …………………………………………………………………… ((657))
牛成章 …………………………………………………………………… ((658))
青　娥 …………………………………………………………………… ((660))
镜　听 …………………………………………………………………… ((668))
牛　瘟 …………………………………………………………………… ((669))
金姑夫 …………………………………………………………………… ((671))
梓潼令 …………………………………………………………………… ((672))
鬼　津 …………………………………………………………………… ((673))
仙人岛 …………………………………………………………………… ((673))
阎罗薨 …………………………………………………………………… ((682))
颠道人 …………………………………………………………………… ((684))
胡四娘 …………………………………………………………………… ((686))
僧　术 …………………………………………………………………… ((691))
禄　数 …………………………………………………………………… ((692))
柳　生 …………………………………………………………………… ((693))
冤　狱 …………………………………………………………………… ((697))
鬼　令 …………………………………………………………………… ((701))
甄　后 …………………………………………………………………… ((702))
宦　娘 …………………………………………………………………… ((706))
阿　绣 …………………………………………………………………… ((711))
杨疤眼 …………………………………………………………………… ((717))
小　翠 …………………………………………………………………… ((718))
金和尚 …………………………………………………………………… ((725))

卷 八

画　马 …………………………………………………………（(731)）

局　诈 …………………………………………………………（(732)）

放　蝶 …………………………………………………………（(738)）

男生子 …………………………………………………………（(739)）

钟　生 …………………………………………………………（(740)）

鬼　妻 …………………………………………………………（(745)）

医　术 …………………………………………………………（(746)）

藏　虱 …………………………………………………………（(748)）

梦　狼 …………………………………………………………（(749)）

夏　雪 …………………………………………………………（(753)）

禽　侠 …………………………………………………………（(754)）

象 ………………………………………………………………（(756)）

负　尸 …………………………………………………………（(757)）

紫花和尚 ………………………………………………………（(757)）

周克昌 …………………………………………………………（(759)）

嫦　娥 …………………………………………………………（(760)）

褚　生 …………………………………………………………（(769)）

盗　户 …………………………………………………………（(773)）

某　乙 …………………………………………………………（(775)）

霍　女 …………………………………………………………（(777)）

司文郎 …………………………………………………………（(784)）

丑狐 ……………… ((791))
吕无病 ……………… ((794))
钱卜巫 ……………… ((802))
姚安 ……………… ((805))
采薇翁 ……………… ((807))
崔猛 ……………… ((809))
诗谳 ……………… ((816))
邢子仪 ……………… ((819))
李生 ……………… ((822))
陆押官 ……………… ((823))
顾生 ……………… ((826))
陈锡九 ……………… ((828))

卷九

邵临淄 ……………… ((837))
于去恶 ……………… ((838))
狂生 ……………… ((844))
凤仙 ……………… ((845))
佟客 ……………… ((852))
张贡士 ……………… ((854))
爱奴 ……………… ((856))
孙必振 ……………… ((861))
邑人 ……………… ((862))

大　鼠 …………………………………………………………………（(863)）
张不量 …………………………………………………………………（(864)）
牧　竖 …………………………………………………………………（(864)）
岳　神 …………………………………………………………………（(866)）
小　梅 …………………………………………………………………（(866)）
药　僧 …………………………………………………………………（(873)）
于中丞 …………………………………………………………………（(874)）
绩　女 …………………………………………………………………（(876)）
红毛毡 …………………………………………………………………（(879)）
张鸿渐 …………………………………………………………………（(880)）
太　医 …………………………………………………………………（(887)）
牛　飞 …………………………………………………………………（(888)）
王子安 …………………………………………………………………（(889)）
刁　姓 …………………………………………………………………（(891)）
农　妇 …………………………………………………………………（(892)）
金陵乙 …………………………………………………………………（(893)）
郭　安 …………………………………………………………………（(895)）
折　狱 …………………………………………………………………（(896)）
义　犬 …………………………………………………………………（(900)）
杨大洪 …………………………………………………………………（(901)）
查牙山洞 ………………………………………………………………（(903)）
安期岛 …………………………………………………………………（(905)）
沅　俗 …………………………………………………………………（(907)）
云萝公主 ………………………………………………………………（(908)）

鸟　语 …………………………………………………………………… ((918))
天　宫 …………………………………………………………………… ((920))
乔　女 …………………………………………………………………… ((923))
刘夫人 …………………………………………………………………… ((926))
陵县狐 …………………………………………………………………… ((932))

卷　十

王　货　郎 ……………………………………………………………… ((935))
疲　龙 …………………………………………………………………… ((936))
真　生 …………………………………………………………………… ((937))
布　商 …………………………………………………………………… ((939))
彭二挣 …………………………………………………………………… ((941))
何　仙 …………………………………………………………………… ((941))
神　女 …………………………………………………………………… ((943))
湘　裙 …………………………………………………………………… ((951))
三　生 …………………………………………………………………… ((958))
长　亭 …………………………………………………………………… ((960))
席方平 …………………………………………………………………… ((968))
素　秋 …………………………………………………………………… ((974))
贾奉雉 …………………………………………………………………… ((983))
胭　脂 …………………………………………………………………… ((989))
阿　纤 …………………………………………………………………… ((999))
瑞　云 …………………………………………………………………… ((1004))

仇大娘 …………………………………………………………………… ((1007))
曹操冢 …………………………………………………………………… ((1017))
龙飞相公 ………………………………………………………………… ((1018))
珊　瑚 …………………………………………………………………… ((1023))
五　通 …………………………………………………………………… ((1030))
申　氏 …………………………………………………………………… ((1037))
恒　娘 …………………………………………………………………… ((1042))

卷十一

冯　木　匠 ……………………………………………………………… ((1049))
黄　英 …………………………………………………………………… ((1050))
书　痴 …………………………………………………………………… ((1056))
齐天大圣 ………………………………………………………………… ((1061))
青蛙神 …………………………………………………………………… ((1064))
任　秀 …………………………………………………………………… ((1072))
晚　霞 …………………………………………………………………… ((1075))
白秋练 …………………………………………………………………… ((1080))
王　者 …………………………………………………………………… ((1087))
某　甲 …………………………………………………………………… ((1090))
衢州三怪 ………………………………………………………………… ((1090))
拆楼人 …………………………………………………………………… ((1091))
大　蝎 …………………………………………………………………… ((1092))
陈云栖 …………………………………………………………………… ((1092))

司札吏 …………………………………………………… ((1100))
蛐 蜓 …………………………………………………… ((1101))
司 训 …………………………………………………… ((1102))
黑 鬼 …………………………………………………… ((1103))
织 成 …………………………………………………… ((1104))
竹 青 …………………………………………………… ((1108))
段 氏 …………………………………………………… ((1112))
狐 女 …………………………………………………… ((1116))
张氏妇 …………………………………………………… ((1117))
于子游 …………………………………………………… ((1119))
男 妾 …………………………………………………… ((1120))
汪可受 …………………………………………………… ((1121))
牛 犊 …………………………………………………… ((1122))
王 大 …………………………………………………… ((1123))
乐 仲 …………………………………………………… ((1127))
香 玉 …………………………………………………… ((1133))
王 十 …………………………………………………… ((1139))
石清虚 …………………………………………………… ((1143))
曾友于 …………………………………………………… ((1147))
嘉平公子 ………………………………………………… ((1153))

卷十二

二　班 ……………………………………………… ((1159))

车　夫 ……………………………………………… ((1161))

乩　仙 ……………………………………………… ((1161))

苗　生 ……………………………………………… ((1162))

蝎　客 ……………………………………………… ((1165))

杜小雷 ……………………………………………… ((1166))

毛大福 ……………………………………………… ((1167))

李八缸 ……………………………………………… ((1169))

老龙船户 …………………………………………… ((1171))

元少先生 …………………………………………… ((1173))

薛慰娘 ……………………………………………… ((1175))

田子成 ……………………………………………… ((1180))

王桂庵 ……………………………………………… ((1183))

寄　生 ……………………………………………… ((1188))

褚遂良 ……………………………………………… ((1194))

姬　生 ……………………………………………… ((1197))

果　报 ……………………………………………… ((1200))

公孙夏 ……………………………………………… ((1201))

韩　方 ……………………………………………… ((1205))

纫　针 ……………………………………………… ((1207))

桓　侯……………………………………………………………………((1212))
粉　蝶……………………………………………………………………((1216))
锦　瑟……………………………………………………………………((1221))
太原狱……………………………………………………………………((1228))
房文淑……………………………………………………………………((1230))
秦　桧……………………………………………………………………((1234))
浙东生……………………………………………………………………((1235))
博兴女……………………………………………………………………((1236))
一员官……………………………………………………………………((1237))
丐　仙……………………………………………………………………((1239))
人　妖……………………………………………………………………((1244))

附　录

蛰　蛇……………………………………………………………………((1249))
晋　人……………………………………………………………………((1249))
龙………………………………………………………………………((1250))
爱　才……………………………………………………………………((1250))

卷一

聊斋志异

考城隍

【原文】

予姊丈之祖宋公，讳焘，邑廪生。一日病卧，见吏人持牒，牵白颠马来，云：“请赴试。”公言：“文宗未临，何遽得考？”吏不言，但敦促之。公力病乘马从去，路甚生疏，至一城郭，如王者都。移时入府廨，宫室壮丽。上坐十余官，都不知何人，惟关壮缪可识。檐下设几、墩各二，先有一秀才坐其末，公便与连肩。几上各有笔札。俄题纸飞下，视之有八字，云：“一人二人，有心无心。”二公文成，呈殿上。公文中有云：“有心为善，虽善不赏。无心为恶，虽恶不罚。”诸神传赞不已。召公上，谕曰：“河南缺一城隍，君称其职。”公方悟，顿首泣曰：“辱膺宠命，何敢多辞？但老母七旬，奉养无人，请得终其天年，惟听录用。”上一帝王像者，即命稽母寿籍。有长须吏捧册翻阅一过，白：“有阳算九年。”共踌躇间，关帝曰：“不妨令张生摄篆九年，瓜代可也。”乃谓公：“应即赴任，今推仁孝之心。给假九年。及期当复相召。”又勉励秀才数语。二公稽首并下。秀才握手，送诸郊野，自言长山张某。以诗赠别，都忘其词，中有“有花有酒春常在，无烛无灯夜自明”之句。

公既骑，乃别而去，及抵里，豁若梦寤。时卒已三日，母闻棺中呻吟，扶出，半日始能语。问之长山，果有张生于是日死矣。后九年，母果卒，营葬既毕，浣濯入室而殁。其岳家居城中西门里，忽见公镂膺朱幩，舆马甚众。登其堂，一拜而行。相共惊疑，不知其为神，奔询乡中，则已殁矣。

公有自记小传，惜乱后无存，此其略耳。

【译文】

我姐夫的祖父宋焘先生，是县里的秀才。一天，他正生病躺在床上，忽然看见一个官差拿着官府文书，牵着一匹额上生有白毛的马走上前来，说："请先生去参加考试。"宋先生问："主考的学台老爷没有来，怎么能突然举行考试呢？"官差并不回答，只是一再催促他起程。宋先生只好忍着病痛骑上马跟他去了。

他觉得所走的道路都十分陌生。不久，他们便来到一个城市，像是帝王居住的都城。一会儿，他们又进了一座官府。但见宫殿十分巍峨壮丽，大堂上坐着十几个官员，这些人宋先生大都不认识，只知道其中一个是死后封为壮缪王的关羽。堂下殿檐前放有几案、坐墩各两个，已经有一个先来的秀才坐在了下首，宋先生便挨着他坐下。每张桌子上都放着纸和笔。一会儿，殿堂上飞下一张写有题目的卷纸来，宋先生一看，上面写着八个字："一人二人，有心无心。"

他们俩写完文章后，便把答卷呈交到殿上。宋先生的文章里有这样一句话："有的人故意去做好事，虽然是做了好事，但不应给他奖励；有的人不是故意做坏事，虽然做了坏事，也可以不给他处罚。"殿上各位官员一边传看一边不住地称赞。于是便把宋先生召上殿来，对他说："河南那个地方，缺一位城隍，你去担任这个职务很合适。"宋先生这才恍然大悟，连忙跪下去，一边叩头一边哭着说："我才疏学浅，蒙此重任，怎么敢推辞呢？但家中老母已经七十多岁了，身边无人奉养。请允许我将老母奉养到送终以后，再来听从调用。"堂上一个帝王模样的人，立即命令查看宋母的寿数。一个留着胡须的官员，拿着记载人寿数的册子翻阅了一遍，说："宋母还有阳寿九年。"各位官员正在犹豫不决的时候，关公说："不妨让那个姓张的秀才先代理九年官务，然后再让他去接任。"于是帝王模样的人对宋先生说："本应让你立即上任，现在念你有仁孝之心，给你九年的假期，到时再召你前来。"接着又对张秀才说了几句勉励的话。两位秀才叩头谢恩，一起走下了殿堂。张秀才握着宋先生的手，一直把他送到郊外，并自我介绍说是长山人，姓张，又送给宋先生一首诗作临别留念。但宋先生把诗中大部分词句都忘掉了，只记得中间有"有花有酒春常在，无烛无灯夜自明"两句。宋先生上马后，便告别而去。

他回到家中，就好像是从一场大梦中突然醒来一样。可是到这时，他已经死去三天啦。宋母听见棺材里有呻吟声，急忙把他扶出来。过了半天，宋先生才能说出话来。他又派人去长山打听，果然有个姓张的秀才，也在那天死去了。

过了九年，宋母真的去世了。宋先生将母亲安葬完毕，自己浣洗后，进了屋子里就死了。宋先生的岳父家住在城中西门里，这天他看见宋先生骑着装饰华美的骏马，身后跟随着许多车马仆役，进了内堂向他长长一拜便离去了。全家人都很惊疑，不知道宋先生已经成了神。宋先生的岳父派人跑到宋先生的家乡去打听

消息，才知道宋先生已经死了。

宋先生曾写有自己的小传，可惜经过战乱没有保存下来，这里记述的只是个大略情况。

[何守奇] 一部书如许。托始于《考城隍》，赏善罚淫之旨见矣。篇内推本“仁孝”，尤为善之首务。

[但明伦] 一部大文章，以此开宗明义，见宇宙间惟“仁孝”两字，生死难渝；正性命，质鬼神，端在乎此，舍是则无以为人矣。“有心为善”四句，自揭立言之本旨，即以明造物赏罚之大公。至“有花有酒”二语，亦自写其胸襟尔。

耳中人

【原文】

谭晋玄，邑诸生也。笃信导引之术，寒暑不辍。行之数月，若有所得。一日方趺坐，闻耳中小语如蝇，曰：“可以见矣。”开目即不复闻；合眸定息，又闻如故。谓是丹将成，窃喜。自是每坐辄闻。因思俟其再言，当应以觇之。一日又言。乃微应曰：“可以见矣。”俄觉耳中习习然似有物出。微睨之，小人长三寸许，貌狞恶，如夜叉状，旋转地上。心窃异之，姑凝神以观其变。忽有邻人假物，扣门而呼。小人闻之，意甚张皇，绕屋而转，如鼠失窟。

谭觉神魂俱失，复不知小人何所之矣。遂得颠疾，号叫不休，医药半年，始渐愈。

【译文】

谭晋玄，是县学里的生员。他十分崇信气功养生之术，不管是严冬还是酷暑都坚持练功，从不间断。这样练了几个月以后，自己感到似乎有所收获。

有一天，他正在盘腿端坐的时候，忽然听见耳朵中有苍蝇叫一样的细语声，说：“可以出来了。”可是他一睁开眼

睛，却又听不见了。等再闭上眼调养呼吸，就又听见同样的声音。他以为自己所炼的法术就要大功告成了，心中暗暗高兴。从此后，他每次盘坐都能听到那说话声。于是准备再有说话声时，自己应答一下看会如何。

一天，他又听到了耳中的说话声，就轻声答道："可以出来了。"不一会儿，他就觉得耳朵里"窸窸窣窣"地像是有东西出来了。斜眼偷偷一看，见有个三寸左右的小人儿，面目狰狞丑恶得像夜叉一样，在地上转来转去。他心里暗自吃惊，便暂且凝神注视着小人儿，看他有什么变化。忽然有个邻居来借东西，敲着门呼喊他。小人儿听见了叩门声，十分惊慌，绕着屋子转起了圈儿，就像是一只找不到洞口的老鼠。这时，谭晋玄觉得神魂都出了窍儿，迷迷糊糊地再也不知道小人儿到哪里去了。从此他便得了癫狂病，不停地号叫，服药医治了半年多，才逐渐有了好转。

[但明伦] 导引之术，不得正宗，故生怪异。《参同契》言之甚详。

尸 变

【原文】

阳信某翁者，邑之蔡店人。村去城五六里，父子设临路店，宿行商。有车夫数人，往来负贩，辄寓其家。

一日昏暮，四人偕来，望门投止，则翁家客宿邸满。四人计无复之，坚请容纳。翁沉吟，思得一所，似恐不当客意。客言："但求一席厦宇，更不敢有所择。"时翁有子妇新死，停尸室中，子出购材木未归。翁以灵所室寂，遂穿衢导客往。入其庐，灯昏案上。案后有搭帐衣，纸衾覆逝者。又观寝所，则复室中有连榻。四客奔波颇困，甫就枕，鼻息渐粗。惟一客尚朦胧，忽闻灵床上察察有声，急开目，则灵前灯火照视甚了。女尸已揭衾起。俄而下，渐入卧室。面淡金色，生绢抹额。俯近榻前，遍吹卧客者三。客大惧，恐将及己，潜引被覆首，闭息忍咽以听之。未几女果来，吹之如诸客。觉出房去．即闻纸衾声。出首微窥，见僵卧犹初矣。客惧甚，不敢作声，阴以足踏诸客。而诸客绝无少动。顾念无计，不如着衣以窜。才起振衣，而察察之声又作。客惧复伏，缩首衾中。觉女复来，连续吹数数始去。少间闻灵床作响，知其复卧。乃从被底渐渐出手得裤，遽就着之，白足奔出。尸亦起，似将逐客。比其离帏，而客已拔关出矣。尸驰从之。客且奔且号，村中人无有警者。欲叩主人之门，又恐迟为所及，遂望邑城路极力窜去。至东郊，瞥见兰若，闻木鱼声，乃急挝山门。道人讶其非常，又不即纳。旋踵尸已至，去身盈尺，客窘益甚。门外有白杨，围四五尺许，因以树自障。彼右则左之，彼左则右之。尸益怒。然各寖倦矣。尸顿立，客汗促气逆，庇树间。尸暴起，伸两臂隔树探扑之。客惊仆。尸捉之不得，抱树而僵。

道人窃听良久，无声，始渐出，见客卧地上。烛之，死，然心下丝丝有动

气。负人，终夜始苏。饮以汤水而问之，客具以状对。时晨钟已尽，晓色迷蒙，道人觇树上，果见僵女，大骇。报邑宰，宰亲诣质验，使人拔女手，牢不可开。审谛之，则左右四指并卷如钩，入木没甲。又数人力拔乃得下。视指穴，如凿孔然。遣役探翁家，则以尸亡客毙，纷纷正哗。役告之故：翁乃从往，舁尸归。客泣告宰曰："身四人出，今一人归，此情何以信乡里？"宰与之牒，赍送以归。

【译文】

阳信县有一个老头儿，是蔡店村的人。住的村子离县城有五六里路，老头儿和儿子开了一家临路的旅店，留宿过往的商人。

有几个赶车的人，来来往往贩运货物，时常住在老头儿的客店里。一天黄昏时分，四个车夫一起来到店里投宿。但是，老头儿家的客舍已经住满了客人。四个人想不出别的办法来，就坚持请店主想想办法接待他们住下。老头儿想了想，想到了一处住所，但又怕不合客人的心意。客人们说："现在只求能有间房屋住下就可以了，哪还能挑挑拣拣呢。"当时，老头儿的儿媳妇刚刚死去，尸体正停放在屋子里，老头儿的儿子外出购买做棺材的木料，还没有回来。老头儿想到那间当灵堂的屋子很寂静，就带着客人穿街过巷往那里去了。

进了房间，只见木桌上点着一盏昏暗的油灯，桌子后面是挂在灵床上的帷幛，一床纸被盖在死者身上。再看卧室，里屋有一张连在一起的大通铺。四个人旅途中一路奔波，困乏得非常厉害，刚刚躺下不一会儿，就鼾声四起了。

只有一个客人还在似睡非睡之间，忽然听到灵床上发出"嚓嚓"的声音，他急忙睁开眼睛，这时灵床前的灯光把四周照得十分清楚。只见那个女尸已经揭开身上的纸被坐了起来，不一会儿下了床，慢慢地走进了卧室。那女尸的面容是淡黄色的，额头上系着一块绢布。她俯下身来接近床前，逐一对睡着的三个客人

身上吹气。没入睡的那个客人惊恐万分，害怕女尸吹到自己，他便偷偷地拉上被子蒙住头，屏住呼吸听女尸的动静。没过多久，女尸果然走了过来，像对其他客人一样地朝他吹气。那个客人感觉到女尸已经走出卧室，不一会儿，就听到了纸被发出的声音。他把头探出来偷看，只见女尸如同原来一样僵卧在那里。他非常恐惧，不敢出声，偷偷地用脚蹬那几个旅伴，但他们都一动不动。他左思右想，无计可施，心想不如穿上衣服逃出去吧。他坐起来刚要穿衣服，那“嚓嚓”的声音又响起来了。他害怕了，又躺下身来，把头缩在被子里。他觉得女尸又来到了他跟前，连续向他吹了好几次气才离开。不一会儿，他听见灵床又发出了响动，知道是女尸又躺在灵床上了。于是他就从被子底下慢慢地伸出手来，找到裤子，急忙穿上，光着脚跑了出去。女尸也坐了起来，像要追逐客人。但等到她离开灵床边的帷幛时，客人已经打开房门逃了出去。女尸在后面跑着追来。

客人一边奔跑，一边喊叫，但村里却没有一个人被惊醒的。他本想去敲店主的家门，又怕跑慢了就被女尸追上。于是，他就朝着去往县城的路拼命奔跑起来。跑到了城东郊，他望见一座寺庙，还听见了里面敲打木鱼的声音，他就急忙去叩击庙门。寺中的道人对他的举动感到惊讶，不肯马上开门让他进去。正在这时，女尸已经到了庙门前，离他身后只有一尺来远。客人更加害怕着急了。寺庙外有棵白杨树，树干有四五尺粗。客人就躲在树后面，女尸扑到右边，他就躲到左边，女尸扑到左边，他就躲到右边。女尸更加恼怒，但是双方都渐渐地疲乏了。女尸停下来站立在那里，客人浑身冒汗、上气不接下气，躲藏在树后。突然，女尸向前扑来，伸出两只胳膊，从树干两侧伸过手来抓他。客人惊吓得跌倒在地上。女尸抓不到他，就抱着树干渐渐僵硬了。

寺里的道人偷偷地听了很长时间，听到没有声音了，才慢慢走了出来。他看见客人倒在地上，用灯光一照，像死去了一样，但是心口还微微地有些热气。于是，道人把客人背进了庙里。经过一夜，客人才苏醒过来。和尚给他喝了点儿热水，问起事情的原由，客人就把事情的经过一五一十地说了一遍。这时候，晨钟已经响过，借着拂晓的迷濛天色，道人去察看白杨树，果然看见一具女僵尸。道人大为惊骇，便报告给了知县。

知县亲自前来勘验，让人把女尸的手从树上拉下来，但是那手抓得太牢了，怎么也掰不动。仔细地一察看，原来女尸左右两手的四根手指像钩子一样地蜷曲着，已经连同指甲深深地嵌进了树干里。知县又让好几个人一起上去用力拔，才把女尸从树上拔下来。只见女尸手指头在树上抓下的洞就像凿子打出的孔穴一样。

知县派差役去老头儿家探听情况，那里正因为女尸不见、客人暴死而乱作一团。差役向老头儿说明了来因，老头儿就跟随差役前往，把女尸抬回了家。

客人哭着对知县说：“我们四个人一块儿出来的，现在只有我一个人回去。这事情怎么能让乡里人相信呢！”知县于是给他写了一份证明文书，赠给他一些东西让他回去了。

［何守奇］尸变之说，《子不语》以为魂善魄恶；《如是我闻》以为有物凭焉：窃意两俱有之。

喷　水

【原文】

莱阳宋玉叔先生为部曹时，所僦第甚荒落。一夜二婢奉太夫人宿厅上，闻院内扑扑有声，如缝工之喷水者。太夫人促婢起，穴窗窥视，见一老妪短身驼背，白发如帚，冠一髻长二尺许；周院环走，竦急作鹞行，且喷水出不穷。婢愕返白，太夫人亦惊起，两婢扶窗下聚观之。妪忽逼窗，直喷棂内，窗纸破裂，三人俱仆，而家人不之知也。

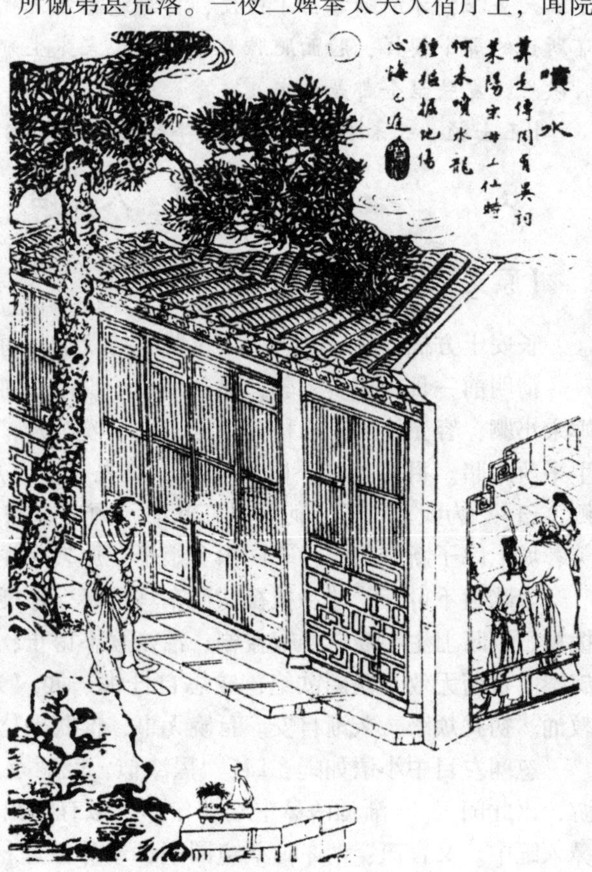

东曦既上，家人毕集，叩门不应，方骇。撬扉入，见一主二婢骈死一室，一婢膈下犹温，扶灌之，移时而醒，乃述所见。先生至，哀愤欲死。细穷没处，掘深三尺余，渐暴白发。又掘之，得一尸如所见状，面肥肿如生。令击之，骨肉皆烂，皮内尽清水。

【译文】

莱阳人宋玉叔先生做某部属官的时候，租住的宅子很是荒僻。

一天夜里，两个丫环陪宋先生的老母亲住在厅上，忽然听见院子里有“扑扑”的响声，好像是裁缝往衣服上喷水的声音。宋母催促丫环起来察看，丫环在窗户纸上抠了个小洞偷偷往外看，只见一个老妇人，身材短小驼着背，白发如帚，头上盘着一个发髻，大约有二尺来长。老妇人围着院子转圈儿走，她像鹤那样大步疾行，一边走一边不住地喷水。丫环看后非常吃惊，回来告诉了宋母。宋母听后也惊恐地起了床，由两个丫环搀扶着来到窗下一块儿往外看。院里的老妇

人突然逼近窗前，直冲着窗棂喷水。窗纸被水冲破了，屋里的三个人全都跌倒在地上。但这些情况家里的人还都不知道。

天渐渐亮了，家人都聚在一起，敲这里的门却无人应答，这才惊慌起来。等撬开门进去一看，只见一主二仆，并排死在一块儿。又见其中一个丫环的胸口还有些热气，就扶起她来给她喝水。过了一个时辰，丫环才苏醒过来，于是把她所看见的都说了出来。

宋先生赶到后，痛不欲生。他仔细查找那老妇人消失的地方，在那块地方挖了三尺多深，才渐渐露出了白发，再继续挖掘就挖出了一具尸体。这尸体正是丫环所说的那个模样，脸面肥肿像个活人。宋先生命令家人痛打尸体，只见骨肉顿时破烂，皮肤里全都是清水。

[王士祯] 玉叔襁褓失恃，此事恐属传闻之讹。

瞳人语

【原文】

长安士方栋，颇有才名，而佻脱不持仪节。每陌上见游女，辄轻薄尾缀之。

清明前一日，偶步郊郭，见一小车，朱茀绣幰，青衣数辈款段以从。内一婢乘小驷，容光绝美。稍稍近觇之，见车幔洞开，内坐二八女郎，红妆艳丽，尤生平所未睹。目眩神夺，瞻恋弗舍，或先或后，从驰数里。忽闻女郎呼婢近车侧，曰："为我垂帘下。何处风狂儿郎，频来窥瞻！"婢乃下帘，怒顾生曰："此芙蓉城七郎子新妇归宁，非同田舍娘子，放教秀才胡觑！"言已，掬辙土扬生。

生眯目不可开。才一拭视，而车马已渺。惊疑而返，觉目终不快，倩人启睑拨视，则睛上生小翳，经宿益剧，泪簌簌不得止；翳渐大，数日厚如钱；右睛起旋螺。百药无效，懊闷欲绝，颇思自忏悔。闻《光明经》能解厄，持一卷浼人教诵。初犹烦躁，久渐自安。旦晚无事，惟趺坐捻珠。持之一年，万缘俱净。

忽闻左目中小语如蝇，曰："黑漆似，叵耐杀人！"右目中应曰："可同小遨游，出此闷气。"渐觉两鼻中蠕蠕作痒，似有物出，离孔而去。久之乃返，复自鼻入眶中。又言曰："许时不窥园亭，珍珠兰遽枯瘠死！"生素喜香兰，园中多种植，日常自灌溉，自失明，久置不问。忽闻此言，遽问妻："兰花何使憔悴死？"妻诘其所自知，因告之故。妻趋验之，花果槁矣，大异之。静匿房中以俟之，见有小人，自生鼻内出，大不及豆，营营然竟出门去。渐远遂迷所在。俄，连臂归，飞上面，如蜂蚁之投穴者。如此二三日，又闻左言曰："隧道迂，还往甚非所便，不如自启门。"右应曰："我壁子厚，大不易。"左曰："我试辟，得与尔俱。"遂觉左眶内隐似抓裂。少顷开视，豁见几物。喜告妻，妻审之，则脂膜破小窍，黑睛荧荧，才如劈椒。越一宿，幛尽消；细视，竟重瞳也。但右目旋螺如故。乃知两瞳人合居一眶矣。生虽一目眇，而较之双目者殊更了了。由是益

自检束，乡中称盛德焉。

异史氏曰：“乡有士人，偕二友于途，遥见少妇控驴出其前，戏而吟曰：‘有美人兮！’顾二友曰：‘驱之！’相与笑骋。俄追及，乃其子妇，心赧气丧，默不复语。友伪为不知也者，评骘殊亵。士人忸怩，吃吃而言曰：‘此长男妇也。’各隐笑而罢。轻薄者往往自侮，良可笑也。至于眯目失明，又鬼神之惨报矣。芙蓉城主不知何神，岂菩萨现身耶？然小郎君生辟门户，鬼神虽恶，亦何尝不许人自新哉！”

【译文】

长安有个书生，名叫方栋，很有些才华和名气，但是为人却很轻佻，不守规矩。每次外出在路上遇见出来游玩的女子，他就轻薄地尾随着人家。

一年清明节前的一天，他信步走到了城郊，看见一辆小车，上面挂着红色的车帘和绣花的帷幔，几个青衣婢女骑着马慢慢行走，跟随在车子后面。其中有一个婢女，骑着一匹小马，容貌异常秀美。方栋稍稍靠上前去偷看，只见车帘高挑，里面坐着一位十六七岁的姑娘，妆扮得分外艳丽，是他有生以来未曾见过的美人儿。他只觉得眼花缭乱，心神难控，便恋恋不舍地追着看那个姑娘，一会儿赶在车前，一会儿又落在车后，跟着跑了好几里路。

忽然间，方栋听到车内的姑娘把一个婢女叫到了车边，对她说：“给我把车帘儿放下，哪里来的轻狂小子，老是来偷看！”婢女于是放下车帘，怒气冲冲地对方栋说：“这是芙蓉城七郎子的新娘，要回娘家探视，不是一般庄户人家的媳妇，岂能叫你这秀才乱看！”说完这话，就从车辙沟里抓了一把土朝方栋扬了过去。方栋的眼睛顿时被迷住了，睁也睁不开。等他揉揉眼睛再看时，车马都已经消失得无影无踪了。

他又惊又疑地回到家里，觉得眼睛总是不舒服。请人翻开眼皮察看，只见眼珠上长出了一块小膜。过了一夜以后，眼睛疼得更加难受，眼泪簌簌地流个不停。眼里的小膜逐渐变大了，几天之内就变得有铜钱那么厚，右眼珠上长起一个螺旋状的膜块，什么药都治不了。方栋懊丧气闷得要死，想想自己的所作所为，心中很是后悔。听人说念《光明经》可以消灾解难，他就拿着一卷经文，请人教他诵读。刚开始时，虽然念着经，但心中还是觉得烦躁不安。可时间长了，自己便渐渐地安定下来。从此早晚无事，他就坐在那里盘腿静修，手中慢慢捻动佛珠。这样坚持了一年以后，方栋觉得自己的万般杂念都排除干净了。

有一天，他突然听见左眼里有一种像蚊蝇叫似的声音，说："黑漆漆的，真是憋死了！"右眼里有个声音应声说道："咱们可以一块儿出去，自由自在地游逛一番，出出心里的闷气。"这时，方栋渐渐觉得两个鼻孔里像有虫子爬动一样地痒了起来。接着，似乎有个什么东西从里面爬出来，离开鼻孔出去了。过了很长时间，那东西又回来了，仍旧从鼻孔爬进到眼眶里，还说："好长时间没去花园看看了，珍珠兰怎么突然都枯死了！"方栋平素很喜欢带着香气的兰花，所以在园子里种植了许多兰花，常常亲自去浇水培育，但自从双目失明以后，很久都没再过问它们了。他忽然听到这番话，就急忙向妻子询问："为什么让兰花憔悴枯死了？"妻子追问他自己怎么知道兰花枯死了，方栋就把这其中的原因告诉了妻子。妻子立刻跑到园中去验证，兰花果然枯萎了。她觉得这件事儿非常奇怪，就静静地躲在屋子里等待那东西出现。一会儿，就看见有两个小人儿从方栋的鼻孔里爬了出来，还没有豆粒大，竟然"嘤嘤"地叫着出了门，越走越远，也看不清到哪儿去了。过了一会儿，两个小人儿又挎着胳膊回来了，飞到了方栋的脸上，就像蜜蜂、蚂蚁回巢穴一样。

这种情况连续出现了两天之后，方栋又听见左眼里的小人儿说："出去的这个隧道弯弯曲曲，来往实在不方便，不如咱们自己打通一扇门。"右眼里的小人儿应声说道："挡着我的墙壁很厚，很不容易打通。"左眼的小人儿说："我先试着打开一扇门，要是能打通道路，就和你一块儿用吧。"于是，方栋觉得左眼眶里隐隐地作痛，好像是被抓裂了一样。过了好一阵子，他睁开眼睛一看，竟然清清楚楚地看见了屋里的桌椅摆设。方栋欣喜地告诉了妻子。妻子仔细地端详他的眼睛，只见那层膜上破开了一个小洞，黑眼睛荧荧闪动，才露出半个花椒那么大的一点儿。过了一夜，左眼里的厚膜全部消失了。仔细一观察，里面竟有两个瞳仁，但是右眼里的螺旋膜还是和以前一样，他这才知道两个瞳仁里的小人儿合住在一个眼眶里了。

方栋虽然瞎了一只眼，但比有两只眼睛的人看得更为清楚。从此方栋更加注意检点约束自己的行为，同乡里的人都称赞他品行高尚。

异史氏说：乡村里有一个读书人，有一天同两位朋友走在路上，远远望见一个少妇骑着毛驴走在他们前面。他一见便用戏弄的腔调说："有位美人儿啊！"又回过头来对两位朋友说："追上她！"于是，三人一块儿嬉笑着奔上前去。不一会儿，就追到了，一看才发现是他自己的儿媳妇。于是他内心羞愧，垂头丧气，默默地不再说什么了。他的朋友却假装不知道，还用很下流的话对那少妇评头品足。这读书人十分难堪，结结巴巴地说："这女子是我家大儿子的媳妇。"两位朋友这才偷偷发笑，就此作罢。轻薄的人往往会自取侮辱，真是可笑的事啊！至于方栋眯眼失明，却是鬼神给他的惨重报应。那个芙蓉城主，不知是哪里的神仙，难道是菩萨的化身吗？然而后来又有瞳仁里的小人儿为方栋除去眼上的厚膜，这说明鬼神虽然严厉，又何尝不许人悔过自新呢！

[何守奇] 此即罚淫，与《论语》首论为学、孝悌，即继以戒巧言令色意同。

[但明伦] 余尝譬之水深则所载者重，土厚则所植者蕃。浅水不能载舟，且滞而将腐矣；硗土不能植物，且削而就圮矣。天之生我至重，而顾自轻之；天之待我至厚，而顾自薄之。不福之求，而惟祸之逐；甚至鬼神示警，犹不自知悔悟，自觅生机，则夜台孽镜，能不为此辈设乎？菩萨现身，救度众生苦厄，愿善男子、善女人，回头是岸，立证菩提。善果既植，即以求富贵寿考，亦且立竿见影矣。

画　壁

【原文】

江西孟龙潭与朱孝廉客都中，偶涉一兰若，殿宇禅舍，俱不甚弘敞，惟一老僧挂褡其中。见客人，肃衣出迓，导与随喜。殿中塑志公像，两壁画绘精妙，人物如生。东壁画散花天女，内一垂髫者，拈花微笑，樱唇欲动，眼波将流。朱注目久，不觉神摇意夺，恍然凝思；身忽飘飘如驾云雾，已到壁上。见殿阁重重，非复人世。一老僧说法座上，偏袒绕视者甚众，朱亦杂立其中。少间似有人暗牵其裾。回顾，则垂髫儿辗然竟去，履即从之，过曲栏，入一小舍，朱次且不敢前。女回首，摇手中花，遥遥作招状，乃趋之。舍内寂无人，遽拥之亦不甚拒，遂与狎好。既而闭户去，嘱勿咳。夜乃复至。如此二日，女伴共觉之，共搜得生，戏谓女曰："腹内小郎已许大，尚发蓬蓬学处子耶？"共捧簪珥促令上鬟。女含羞不语。一女曰："妹妹姊姊，吾等勿久住，恐人不欢。"群笑而去。生视女，髻云高簇，鬟凤低垂，比垂髫时尤艳绝也。四顾无人，渐入猥亵，兰麝熏心，乐方未艾。

忽闻吉莫靴铿铿甚厉，缧锁锵然，旋有纷嚣腾辨之声。女惊起，与朱窃窥，则见一金甲使者，黑面如漆。绾锁挈槌，众女环绕之。使者曰："全未？"答言："已全。"使者曰："如有藏匿下界人即共出首，勿贻伊戚。"又同声言："无。"使者反身鹗顾，似将搜匿。女大惧，面如死灰，张皇谓朱曰："可急匿榻下。"乃启壁上小扉，猝遁去。朱伏不敢少息。俄闻靴声至房内，复出。未几烦喧渐远，心稍安；然户外辄有往来语论者。朱局蹐既久，觉耳际蝉鸣，目中火出，景

状殆不可忍，惟静听以待女归，竟不复忆身之何自来也。

时孟龙潭在殿中，转瞬不见朱，疑以问僧。僧笑曰：“往听说法去矣。”问：“何处？”曰：“不远。”少时以指弹壁而呼曰：“朱檀越何久游不归？”旋见壁间画有朱像，倾耳伫立，若有听察。僧又呼曰：“游侣久待矣！”遂飘忽自壁而下，灰心木立，目瞪足软。孟大骇，从容问之。盖方伏榻下，闻叩声如雷，故出房窥听也。共视拈花人，螺髻翘然，不复垂髫矣。朱惊拜老僧而问其故。僧笑曰：“幻由人生，贫道何能解！”朱气结而不扬，孟心骇叹而无主。即起，历阶而出。

异史氏曰：“‘幻由人生’，此言类有道者。人有淫心，是生亵境；人有亵心，是生怖境。菩萨点化愚蒙，千幻并作，皆人心所自动耳。老婆心切，惜不闻其言下大悟，披发入山也。”

【译文】

江西人孟龙潭和一个姓朱的举人一同客居在京城里。有一天他们俩偶然走进了一座寺庙。寺庙里面的殿宇和僧房都不怎么宽敞，只有一个老和尚暂时投宿在那里。老和尚见到有客人进来，便整理了衣服迎接，领着他们到庙中各处游览。佛殿中央有一座高僧宝志的塑像，两边的墙壁上绘着精致神妙的壁画，画里的人物一个个都栩栩如生。东侧墙上画着一群散花的天女，其中有一位披发少女，手里拿着一朵花在微笑，樱桃小口好像要张开说话，含情脉脉的眼睛仿佛要流波四溢。

朱举人对少女注目了很久，不知不觉间神魂飘荡，恍恍惚惚地陷入了想入非非的凝思当中。忽然，他的身子飘飘飞起，如同腾云驾雾一样，就飞到了墙壁上。只见殿堂楼阁重重叠叠，不像是人间世界。一个老和尚正在高座上讲说佛经，有许多身穿僧衣的人围着老和尚听讲。朱举人也站在这些人当中。过了一会儿，觉得好像有人暗暗地拉他的衣襟。他回头一看，正是那个披发少女，朝他莞

尔一笑，便转身离开了。朱举人就抬脚跟了上去，走过一段曲折的长廊，看见少女走进了一间小屋子。朱举人欲行又止地不敢往前走了。那个少女回过头来，举着手中的花朵，远远地招呼他，朱举人于是就快步跟着少女走进了小屋。小屋里寂静无人，他就上前拥抱少女，那少女也不怎么抗拒，于是二人就像夫妻那样地恩爱了一番。事情完了之后，少女关上屋门出去了，临走嘱咐朱举人不要咳嗽出声。到了夜晚，少女又来了。

这样过了两天，少女的那些伙伴们都发觉了这件事儿，一起搜寻到了朱举人，对少女开玩笑说："你肚子里的小孩都已经这么大了，还想披散着头发装大姑娘吗？"于是她们一块儿拿来发簪和耳环，催促她把披发梳成妇人的发髻。少女羞得说不出一句话来。一个女伴说："姐姐妹妹们，咱们可不要老呆在这儿，会惹人家不高兴的。"天女们就嬉笑着都离开了。朱举人再看那少女，只见她头上梳着高耸如云的发髻，上面插着低垂的凤钗，比披发的时候更加美艳迷人了。他看四下无人，便慢慢地又和少女亲热起来，只觉得一种兰草、麝香般的香气沁入了心脾。

二人正在如胶似膝、快乐不已的时候，忽然间听到了"咚咚咚"的皮靴声和"哗啦哗啦"的绳索声，接着马上就是一片人声嘈杂的喧嚷。少女一听到这声音就吃惊地从床上坐了起来，和朱举人一齐偷偷地往外看，只见一个身穿金甲的使者，面色漆黑，提着锁链，拿着大锤，少女的女伴们围着他站着。使者问："人全都到了吗？"天女们回答说："已经全到了。"使者说："如果有谁窝藏了下界凡人，大家要马上举报，不要自找麻烦。"天女们又齐声回答说："没有。"那使者转过身子像老雕一样地四处环顾，好像要搜查似的。少女非常害怕，脸色吓得如同死灰一样，慌慌张张地对朱举人说："你赶快藏到床下去。"她自己就打开墙上的小门，匆匆忙忙地逃走了。朱举人趴在床下，一口大气也不敢出。过了一会儿，只听得皮靴的声音渐渐到了房里，然后又走了出去。没过多久，外面杂乱喧哗的声音渐渐远去了。朱举人的心里这才稍觉安稳。但是门外总是有来来往往说话的人。朱举人局促不安地躲藏了很久，觉得耳边像是有蝉在鸣叫，眼前直冒金星，那情形实在无法忍受。但他也只好静静聆听，等待那少女回来，竟然再也记不起自己是从哪里来的了。

这时，孟龙潭在大殿里，转眼间不见了朱举人，就惊疑地向老和尚询问。老和尚笑着说："他听讲经说法去了。"孟龙潭问："在哪里呢？"老和尚回答说："就在不远处。"过了一会儿，老和尚用手指弹了弹墙壁，高声叫道："朱施主怎么远游了这么长时间还不回来？"这时，就看见壁画上现出了朱举人的画像，正静静地站立着，侧着耳好像听见了什么似的。老和尚又叫了声说："你的游伴等你已经很久了。"于是，朱举人就从墙壁上飘飘然地飞了下来，神色大失，目瞪口呆地立在那里，只觉得手脚发软。孟龙潭大吃一惊，过了一会儿慢慢地问他，才知道原来朱举人正趴在床下，忽然听到了一阵惊雷似的敲击声，所以走出房外

来刚要看看，就回到了人世。

大家一块儿再去看那个壁画上的拈花少女，只见她头上已经高高地盘起了发髻，不再是披发少女了。朱举人惊愕地向老和尚行礼，并向他请教这件事情的原因。老和尚笑着说："幻觉本是由人的心里产生出来的。我这个和尚怎么能知道。"朱举人这时胸中气闷，很不畅快。孟龙潭听后暗自惊叹，惶恐不安。两人于是起身告辞，从庙中走了出来。

异史氏说：一切幻觉都是由人自己生出来的，这像是有道之人说的话。人有了淫荡的心思，就会生出淫秽的情境；有了轻慢的心思，就会生出恐怖的情境。菩萨为了点化愚昧的人，让他历尽种种的幻境，这些幻境本都是从人自己的心里生出来的。法师心怀慈悲，苦心劝谕，可惜愚昧之人听了法师的话之后却不能大彻大悟，隐居山林。

[何守奇] 此篇多宗门语，至"幻由人生"一语，提撕殆尽。志内诸幻境皆当作如是观。

[但明伦] 昔五祖说《金刚经》，至"应无所住而生其心"句，六祖言下大悟，乃言："何期自性，本自清净；何期自性，本不生灭；何期自性，本自具足；何期自性，本无动摇；何期自性，能生万法。识得此心，妙湛圆寂，不泥方所，本无所生"云云。以知悟道不在多言。惜朱之闻妙谛而不解也。

[王艺孙] 幻由人作，如人心一正，必无是事矣。

山魈

【原文】

孙太白尝言，其曾祖肄业于南山柳沟寺。麦秋旋里，经旬始返。启斋门，则案上尘生，窗间丝满，命仆粪除，至晚始觉清爽可坐。乃拂榻陈卧具，扃扉就枕，月色已满窗矣。辗转移时，万籁俱寂。忽闻风声隆隆，山门豁然作响，窃谓寺僧失扃。注念间，风声渐近居庐，俄而房门辟矣。大疑之，思未定，声已入屋。又有靴声铿铿然，渐傍寝门。心始怖。俄而寝门辟矣。急视之，一大鬼鞠躬塞入，突立榻前，殆与梁齐。面似老瓜皮色，目光睒闪，绕室四顾，张巨口如盆，齿疏疏长三寸许，舌动喉鸣，呵喇之声，响连四壁，公惧极。又念咫尺之地势无所逃，不如因而刺之。乃阴抽枕下佩刀，遽拔而斫之，中腹，作石缶声。鬼大怒，伸巨爪攫公。公少缩。鬼攫得衾捽之，忿忿而去。公随衾堕，伏地号呼。

家人持火奔集，则门闭如故，排窗入，见公状，大骇。扶曳登床，始言其故。共验之，则衾夹于寝门之隙。启扉检照，见有爪痕如箕，五指着处皆穿。

既明，不敢复留，负笈而归。后问僧人，无复他异。

【译文】

孙太白曾经讲述过这样一件怪事：

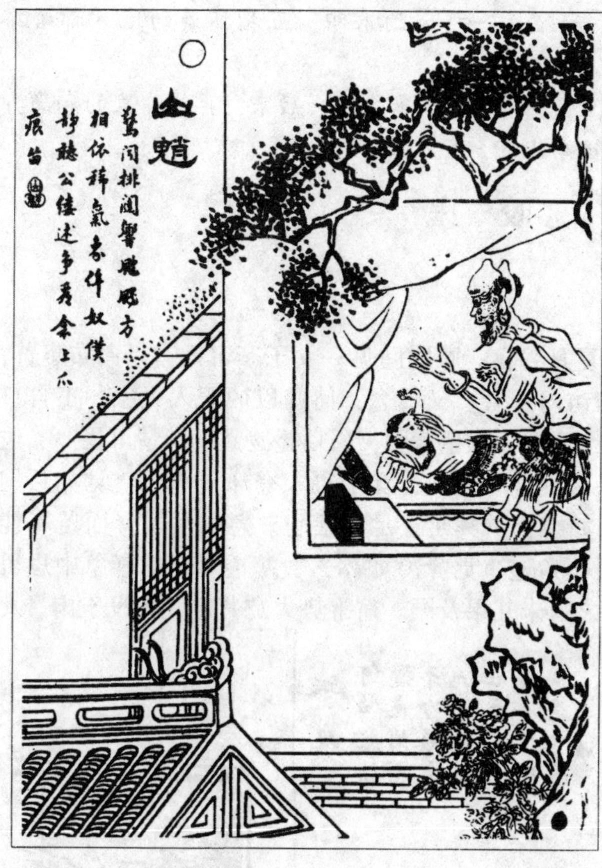

他的曾祖父在南山柳沟寺读书时，有一年秋天麦收时节回家中探望，过了十多天才返回寺里。他回到寺院打开书斋的房门，只见书案上落满了灰尘，窗户上布满了蜘蛛网。他就叫仆人来清扫房间，一直干到晚上，才觉得屋里清爽干净，可以坐下来了。于是，他打开行李铺好被褥，关上房门躺下休息。

这时，月光已经洒满窗户。他在床上翻来覆去很长时间都没有睡着。四下里静悄悄的，一点儿声音也没有。忽然，他听到“呼呼”地刮起一阵大风，寺院的大门猛地发出一声巨响。他心中暗想，一定是寺里的和尚忘记关门了。正在猜想着，就听得风渐渐地刮到了他的住房门前。不一会儿，房门自动打开了。他心中非常疑惑，还没等想明白，风声已经进了屋，又听有“嗒嗒”的穿着靴子的脚步声，逐渐靠近了卧室门。他心里开始恐惧起来。接着，卧室门给打开了，他急忙抬头一看，只见一个大鬼正弯腰挤进房里来，迅速地站到了他的床前。大鬼挺起腰来，个头与房梁一般高，脸面好似熟透的南瓜皮色，两眼忽闪忽闪地转来转去，满屋里四下察看，张开的大嘴有盆儿那么大，几颗疏疏落落的牙齿有三寸来长，舌头一翻动，喉咙里发出“呼哧呼哧”的响声，震得四壁都有“嗡嗡”的回响声。他害怕到了极点，又想到自己和大鬼仅仅有一尺左右的距离，势必逃脱不出去，不如乘机拼命刺杀它。于是，他暗暗抽出压在枕头下的佩刀，突然拔出猛砍一刀，正好砍在大鬼的肚子上，发出了碰击石盆似的声音。大鬼被激怒了，伸出巨爪来抓他，他稍稍向后一缩，大鬼抓住了被子，揪扯着被子怒气冲冲地离开了。他随着被子给摔在了地上，趴在地上大声呼叫起来。

家人们拿着灯火一齐跑了过来，只见房门像原先一样紧闭着，就打开窗子跳了进去，一见主人的情状，都吓了一大跳。家人们把他扶上床后，他才慢慢地说出刚才所发生的一切。大家一齐去察看，只见被子夹在卧室的门缝里。打开门再

用灯照着一看，只见上面有个和簸箕一样大的爪印，五指抓着的地方都给穿透了。

天亮后，他不敢再留在那里，背着书箱回家去了。后来，再找寺里的和尚打听，都说再也没有发生过什么怪事儿。

咬　鬼

【原文】

沈麟生云：其友某翁者，夏月昼寝，朦胧间见一女子搴帘入，以白布裹首，缞服麻裙，向内室去，疑邻妇访内人者。又转念，何遽以凶服入人家？正自皇惑，女子已出。细审之，年可三十余，颜色黄肿，眉目蹙蹙然，神情可畏。又逡巡不去，渐逼近榻。遂伪睡以观其变。无何，女子摄衣登床压腹上，觉如百钧重。心虽了了，而举其手，手如缚；举其足，足如痿也。急欲号救，而苦不能声。女子以喙嗅翁面，颧鼻眉额殆遍。觉喙冷如冰，气寒透骨。翁窘急中思得计：待嗅至颐颊，当即因而啮之。未几果及颐。翁乘势力龁其颧，齿没于肉。女负痛身离，且挣且啼。翁龁益力。但觉血液交颐，湿流枕畔。相持正苦，庭外忽闻夫人声，急呼有鬼，一缓颊而女子已飘忽遁去。

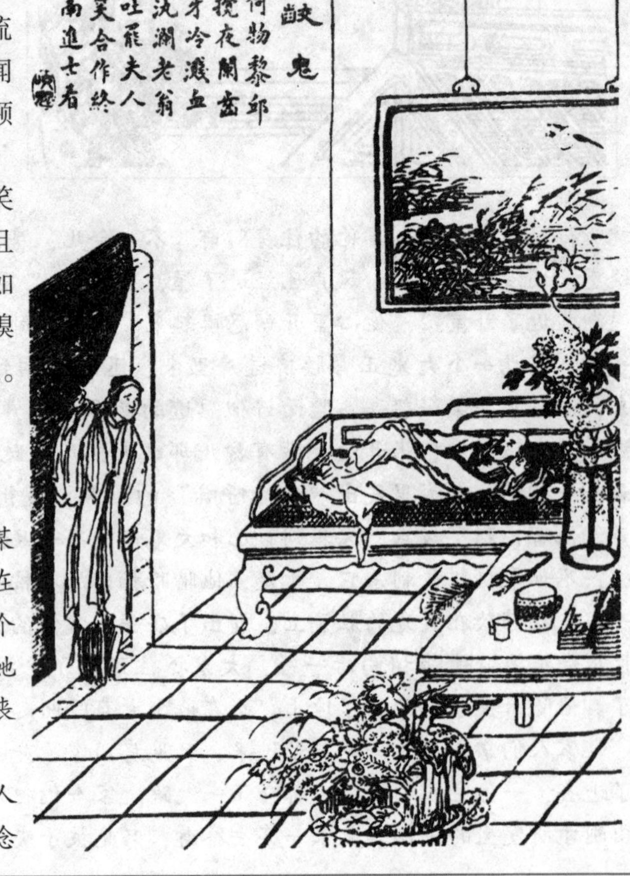

夫人奔入，无所见，笑其魇梦之诬。翁述其异，且言有血证焉。相与检视，如屋漏之水流浃枕席。伏而嗅之，腥臭异常。翁乃大吐。过数日，口中尚有余臭云。

【译文】

沈麟生说：他的朋友某老翁，夏日里睡午觉，正在朦朦胧胧的时候，看见一个女子掀开门帘走了进来，她头上裹着白布，身上穿着丧服，径直向里屋走去了。

老翁猜测是邻居的妇人来拜访自己的妻子，又转念

一想，这女子为什么穿着丧服突然闯到别人家来？正在猜疑不定而惶恐的时候，那个女子已经出来了。老翁仔细一看，女子年纪大约有三十多岁，面色黄肿，眉头紧皱，神情令人害怕。女子踱来踱去不离开，慢慢地逼近了老翁睡的床。老翁便假装睡着了，偷偷地看她要怎么样。没多会儿，那女子提起衣裙爬上床，压在了老翁的肚子上，好像有几千斤重。老翁心里虽然什么都清楚，但一抬手，手像被捆住了一样；一动腿，腿也像是瘫了似的。他急忙张口呼救，却又苦于发不出声音。那个女子用嘴来闻老翁的脸，从颧骨、鼻子、眉毛到额头几乎闻了个遍。老翁只觉得她的嘴冷得像冰一样，带着一阵阵寒气直渗到骨头里去。

在窘迫焦急之中，老翁想到了一个计策，准备等她闻到脸的下部时，乘机用嘴咬她。一会儿，女子果然闻到脸颊边儿来了，老翁乘势用力一口咬住了她的颧骨处，牙齿都陷进肉里去了。那女子痛得抬起身子来，一边挣扎一边尖叫。老翁仍不肯松口，更加用力地咬。只觉得血液从脸颊上不住地流下来，把枕头边都淋湿了。

正在苦苦相持的时候，老翁忽然听到院子里有他妻子的声音，就急忙呼叫有鬼。他刚一松口，那女子就已经轻飘飘地逃走了。等到老翁的妻子进屋来，什么都没看到，就笑他是做了恶梦说胡话。老翁详细地讲述了这件怪事，并说有血迹可以作证。两人一起察看，见床上枕边像屋子漏了雨水似的，全给浸透了。老翁俯下身子一闻，极为腥臭，于是大口呕吐起来。直到过了好几天以后，他嘴里还留有余臭。

［但明伦］颜色黄肿，是一丑鬼；眉目愀慽，是一哭鬼，登床压腹，是一冒失鬼：喙嗅人面，是一馋嘴鬼；冷如冰气，是一丧心鬼；被人龁颧，是一没脸鬼；血流腥臭，是一龌龊鬼；合之，只是一白日鬼。

捉 狐

【原文】

孙翁者，余姻家清服之伯父也，素有胆。一日昼卧，仿佛有物登床，遂觉身摇摇如驾云雾。窃意无乃魇狐耶？微窥之，物大如猫，黄毛而碧嘴，自足边来。蠕蠕伏行，如恐翁寤。逡巡附体，着足足痿，着股股软。甫及腹，翁骤起，按而捉之，握其项。物鸣急莫能脱。翁亟呼夫人以带系其腰，乃执带之两端笑曰："闻汝善化，今注目在此，看作如何化法。"言次，物忽缩其腹细如管，几脱去。翁乃大愕，急力缚之，则又鼓其腹粗于碗，坚不可下；力稍懈，又缩之。翁恐其脱，命夫人急杀之。夫人张皇四顾，不知刀之所在，翁左顾示以处。比回首，则带在手如环然，物已渺矣。

【译文】

有位姓孙的老翁，是我亲家同族的伯父，向来很有胆量。

一个白天，他正躺在床上歇息，突然感到好像有个什么东西爬上了床。于是，就觉得自己的身体摇摇晃晃地像是腾云驾雾一般。他心中暗想，是不是遇上了作怪的狐狸精？偷偷一看，有个和猫一般大的东西，黄毛绿嘴，正从他脚边蠕动着慢慢往前爬，好像是怕把他惊醒似的。那东西小心翼翼地爬上了他的身体，碰着他的脚，脚就发麻，碰着他的大腿，大腿就发软。等到碰到他的肚子时，孙老翁急忙坐起来，用手一按抓住了它，紧握住了它的脖子。那东西急声嘶鸣，却无法挣脱。

孙老翁连忙叫来老伴，让老伴用带子捆住它的腰。于是，他用手抓牢带子的两端，笑着说："听说你善于变化，现在我盯着你，看你怎么变。"他话音刚落，那东西忽然紧缩起了肚子，把肚子缩得像个细管子，差一点儿逃出去。孙老翁大吃一惊，急忙用力捆紧它。这时，它又把肚子鼓起来，肚子变得有碗口那么粗，十分坚硬，带子根本勒不进去。孙老翁稍有松懈，那东西又是一缩。孙老翁怕它逃掉，就叫老伴赶紧杀了它。老伴慌慌忙忙地四处找刀，不知道刀放在什么地方。孙老翁把脸转向左边，示意放刀的地方。等到他回过头来，却见带子像个空环儿一般攥在手中，那东西已经无影无踪了。

荞中怪

【原文】

长山安翁者，性喜操农功。秋间荞熟，刈堆陇畔。时近村有盗稼者，因命佃人乘月辇运登场，俟其装载归，而自留逻守。遂枕戈露卧。目稍瞑，忽闻有人践荞根咋咋作响。心疑暴客，急举首，则一大鬼高丈馀，赤发髟须，去身已近。大怖，不遑他计，踊身暴起狠刺之。鬼鸣如雷而逝。恐其复来，荷戈而归。迎佃人于途，告以所见，且戒勿往。众未深信。越日曝麦于场，忽闻空际有声。翁骇曰：“鬼物来矣！”乃奔，众亦奔。移时复聚，翁命多设弓弩以俟之。异日果复来，数矢齐发，物惧而遁。二三日竟不复来。

麦既登仓，禾藍杂遝，翁命收积为垛，而亲登践实之，高至数尺。忽遥望骇曰：“鬼物至矣！”众急觅弓矢，物已奔翁。翁仆，龁其额而去。共登视，则去额骨如掌，昏不知人。负至家中，遂卒。后不复见。不知其为何怪也。

【译文】

长山有个姓安的老头儿，平素喜欢干农活儿。

一年秋天，他种的荞麦熟了，收割完毕就堆放在田陇边上。当时邻近村子里常有偷庄稼的人，老头儿因此让长工们乘着月光连夜把庄稼装车运往场上。然后他一个人独自留下来巡逻，等着装载的车回来。

他头枕着长矛，在露天地里休息，两眼刚刚闭上，忽然听见有人踩荞麦根的“咔咔”声。他心里怀疑是来了偷庄稼的，急忙抬头察看，只见一个一丈多高的大鬼，长着红红的头发，乱蓬蓬的胡子，离自己已经很近了。老头儿大吃一惊，顾不上想别的，猛地纵身跃起，对着那鬼狠命一刺。鬼发出一声打雷般的嚎叫后就消失了。老头儿怕鬼再来，就扛着长矛往家走。他在半路上碰见了前来的长工们，告诉了他们刚才所看到的一切，并且劝他们不要再去了，但长工们都半信半疑。

过了一天，大家正在场上晾晒麦子，老头儿忽然听见半空中有响声，于是吓得大喊道：“鬼来了！”撒腿就跑，众人也跟着他奔跑。过了一会儿，大家又聚集在了一起，老头儿让大家多准备些弓箭，以防大鬼再来。第二天，鬼果然又来

了，大家数箭齐发，那鬼惊怕地逃走了，这以后有两三天竟没有再来。

麦子打完已经收进了谷仓中，场上满是杂乱的麦秸，老头儿让长工们收拾起来堆成麦秸垛，自己亲自爬上去用脚把它踏实，麦秸垛离地有几尺高。忽然，他远望空中又大声惊呼："鬼来了！"众人急忙去找弓箭，但这时大鬼已经扑向了老头儿，将他扑倒，咬掉他的前额就逃走了。长工们爬上麦垛顶一看，老头儿的头上被咬去了巴掌大的一块额骨，已经昏迷不省人事。大家急忙把他背到家里，老头儿不久就死了。以后，那个鬼再也没有出现，不知究竟是什么妖怪。

宅 妖

【原文】

长山李公，大司寇之侄也。宅多妖异。尝见厦有春凳，肉红色，甚修润。李以故无此物，近抚按之，随手而曲，殆如肉软，骇而却走。旋回视则四足移动，渐入壁中。又见壁间倚白梃，洁泽修长。近扶之，腻然而倒，委蛇入壁，移时始没。

康熙十七年，王生俊升设帐其家。日暮灯火初张，生着履卧榻上。忽见小人长三寸许，自外入，略一盘旋，即复去。少顷，荷二小凳来，设堂中，宛如小儿辈用粱蘸心所制者。又顷之，二小人舁一棺入，长四寸许，停置凳上。安厝未已，一女子率厮婢数人来，率细小如前状。女子衰衣，麻练束腰际，布裹首。以袖掩口，嘤嘤而哭，声类巨蝇。生睥睨良久，毛发森立，如霜被于体。因大呼，遽走，颠床下，摇战莫能起。馆中人闻声异，集堂中，人物杳然矣。

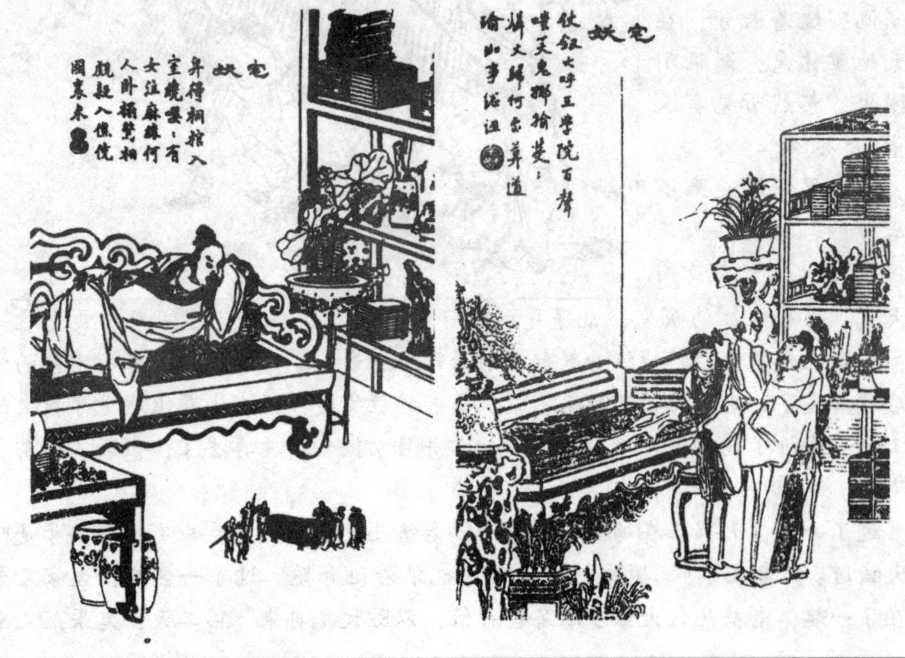

【译文】

长山的李先生，是大司寇的侄子。他住的宅第，常有妖异的事情出现。有一次，他看见房间里有一条长方形的板凳，凳子是肉红色的，光滑又润洁。李先生因为房子里过去没有这个东西，便上前去用手抚摸按捺，只见板凳随着他的手变得弯弯曲曲，几乎像肉一样柔软。他于是吓了一跳，急忙离开了。不久再回头一看，那板凳用四条腿移动，慢慢隐入到墙壁里去了。

还有一次，李先生看见顺墙靠着一根白色的棍棒，光洁润滑，细长细长的。他走近一摸，那棒子就软软地倒了下去，像条蛇似的弯弯曲曲地钻进了墙壁里，一会儿就不见了。

康熙十七年，有个叫王俊升的书生，在李家开设书馆，教授学童。一天傍晚，刚刚点上灯，王生穿着鞋躺在床上休息。忽然，看到有个小人儿，三寸多高，从门外面走进来，在地上稍稍转了一圈儿，就又走了出去。没过多长时间，小人儿扛着两张小板凳又来了，他把凳子摆放在屋子中间，凳子好像是小孩子们用秫秸芯做成的玩艺儿一样。又过了一会儿，两个小人儿抬进来一口四寸来长的棺材，停放在凳子上。还没等安置稳当，就见一个女子带着几个仆人、婢女走了进来，都短小得和前面来的小人儿一样。那女子身穿丧服，腰间系着麻绳，头上裹着白布，用衣袖掩着嘴，“嘤嘤”地哭了起来，声音像是大苍蝇在叫。王生偷看多时，不禁毛发悚然，浑身冷得像结了严霜一样。于是他大声呼叫，急忙起身要跑，可是跌倒在了床下，全身不住颤抖，爬也爬不起来。书馆里的人听见他的喊声，全都跑了过来。屋子里的小人儿、棺材、凳子却已经消失不见了。

[何守奇] 王生胆太小。

王　六　郎

【原文】

许姓，家淄之北郭，业渔。每夜携酒河上，饮且渔。饮则酹酒于地，祝云：“河中溺鬼得饮。”以为常。他人渔，迄无所获，而许独满筐。

一夕方独酌，有少年来徘徊其侧。让之饮，慨与同酌。既而终夜不获一鱼，意颇失。少年起曰：“请于下流为君驱之。”遂飘然去。少间复返曰：“鱼大至矣。”果闻唼呷有声。举网而得数头，皆盈尺。喜极，申谢。欲归，赠以鱼，不受，曰：“屡叨佳酝，区区何足云报。如不弃，要当以为常耳。”许曰：“方共一夕，何言屡也？如肯永顾，诚所甚愿，但愧无以为情。”询其姓字，曰：“姓王，无字，相见可呼王六郎。”遂别。

明日，许货鱼益利，沽酒。晚至河干，少年已先在，遂与欢饮。饮数杯，辄为许驱鱼。如是半载，忽告许曰：“拜识清扬，情逾骨肉，然相别有日矣。”语

甚凄楚。惊问之，欲言而止者再，乃曰：“情好如吾两人，言之或勿讶耶？今将别，无妨明告：我实鬼也。素嗜酒，沉醉溺死数年于此矣。前君之获鱼独胜于他人者，皆仆之暗驱以报酹奠耳。明日业满，当有代者，将往投生。相聚只今夕，故不能无感。”许初闻甚骇，然亲狎既久，不复恐怖。因亦欷歔，酌而言曰：“六郎饮此，勿戚也。相见遽违，良足悲恻。然业满劫脱，正宜相贺，悲乃不伦。”遂与畅饮。因问：“代者何人？”曰：“兄于河畔视之，亭午有女子渡河而溺者是也。”听村鸡既唱，洒涕而别。明日敬伺河边以觇其异。果有妇人抱婴儿来，及河而堕。儿抛岸上，扬手掷足而啼。妇沉浮者屡矣，忽淋淋攀岸以出，藉地少息，抱儿径去。当妇溺时，意良不忍，思欲奔救；转念是所以代六郎者，故止不救。及妇自出，疑其言不验。抵暮，渔旧处，少年复至，曰：“今又聚首，且不言别矣。”问其故。曰：“女子已相代矣；仆怜其抱中儿，代弟一人遂残二命，故舍之。更代不知何期。或吾两人之缘未尽耶？”许感叹曰：“此仁人之心，可以通上帝矣。”由此相聚如初。

数日又来告别，许疑其复有代者。曰：“非也。前一念恻隐，果达帝天。今授为招远县邬镇土地，来日赴任。倘不忘故交，当一往探，勿惮修阻。”许贺曰：“君正直为神，甚慰人心。但人神路隔，即不惮修阻，将复如何？”少年曰：“但往勿虑。”再三叮咛而去。许归，即欲治装东下，妻笑曰：“此去数百里，即有其地，恐土偶不可以共语。”许不听，竟抵招远。问之居人，果有邬镇。寻至其处，息肩逆旅，问祠所在。主人惊曰：“得无客姓为许？”许曰：“然。何见知？”又曰：“得无客邑为淄？”曰：“然。何见知？”主人不答遽出。俄而丈夫抱子，媳女窥门，杂沓而来，环如墙堵。许益惊。众乃告曰：“数夜前梦神言：淄川许友当即来，可助以资斧。祗候已久。”许亦异之，乃往祭于祠而祝曰：“别君后，寤寐不去心，远践曩约。又蒙梦示居人，感篆中怀。愧无腆物，仅有卮酒，如不弃，当如河上之饮。”祝毕焚钱纸。俄见风起座后，旋转移时始散。至夜梦少年

来，衣冠楚楚，大异平时，谢曰："远劳顾问，喜泪交并。但任微职，不便会面，咫尺河山，甚怆于怀。居人薄有所赠，聊酬夙好。归如有期，尚当走送。"居数日，许欲归，众留殷恳，朝请暮邀，日更数主。许坚辞欲行。众乃折柬抱襆，争来致赆，不终朝，馈遗盈橐。苍头稚子，毕集祖送。出村，欻有羊角风起，随行十馀里。许再拜曰："六郎珍重！勿劳远涉。君心仁爱，自能造福一方，无庸故人嘱也。"风盘旋久之乃去。村人亦嗟讶而返。

许归，家稍裕，遂不复渔。后见招远人问之，其灵应如响云。或言即章丘石坑庄。未知孰是。

异史氏曰："置身青云无忘贫贱，此其所以神也。今日车中贵介，宁复识戴笠人哉？余乡有林下者，家綦贫。有童稚交任肥秩，计投之必相周顾。竭力办装，奔涉千里，殊失所望。泻囊货骑始得归。其族弟甚谐，作月令嘲之云：'是月也，哥哥至，貂帽解，伞盖不张，马化为驴，靴始收声。'念此可为一笑。"

【译文】

有个姓许的人，家住在淄川的北城，以捕鱼为业。每天夜里，他都要带着酒到河边，一边饮酒，一边捕鱼。每次饮酒时，他都先把一些酒祭洒在地上，口中祷告说："河中的淹死鬼请来喝酒吧！"他这么做已经习以为常了。别人在这里捕鱼，从无所得，只有他捕的鱼满筐满篓。

一天晚上，许某正在独斟独饮，看到一位少年徘徊，在他身边不去。许某便邀他一起喝酒，那少年也不推辞，爽快地和他一同喝了起来。结果，一整夜也没打着一条鱼，许某的心里很不是滋味。少年站起身来说："请让我到下游去为你赶鱼吧！"说完，就飘飘然地离开了。不一会儿，他返了回来，告诉许某说："很多鱼都来了！"果然，就听到了河里鱼群"唧唧呷呷"的吞吐声。许某一抬渔网，就打上好几条鱼，条条都有一尺多长。他高兴极了，连忙向少年道谢。回去时，许某要把鱼送给少年，少年却不肯收，说："多次喝你的好酒，这一点儿小事算不上什么报答，如果你不嫌弃的话，我以后可以常常这样做。"许某说："咱们在一块儿才刚喝了一晚上酒，怎么谈得上是多次呢？如果你愿意常来光顾，那实在是我所愿意做的，只是惭愧自己没法儿报答你为我赶鱼的盛情。"许某又问他的姓名字号，少年回答说："我姓王，没有字号，见面可以叫我王六郎。"说完两人便分手了。

第二天，许某卖掉鱼赚了钱，多买了些酒。晚上，他又来到河边，只见那少年已经先到了。两人就高高兴兴地喝起酒来。喝了几杯酒以后，少年就起身又去为许某赶鱼去了。他们就这样过了半年。

一天，少年忽然告诉许某说："结识你以来，感情超过了亲兄弟，可是，和你分别的日子就要到了。"话语说得十分凄楚。许某吃惊地问这是怎么回事儿。少年几次要开口都停了，最后终于说："感情好得像咱们这样，我说出来或许你

不会惊讶吧？现在你我就要分别了，我不妨跟你实话实说：我其实是个鬼。生前平素最爱喝酒，喝得大醉后淹死在这水里，有好几年了。以前你捕获的鱼远远比别人多的原因，就是因为有我在暗中为你驱赶，为的是以此报答你洒酒奠祭的情义。明天罪期就满了，将有人来代替我，我要到阳间去投生。咱们相聚只有今天一晚了，因此我不能不伤感。”许某猛一听王六郎是鬼，刚开始很是惊恐，然而毕竟在一起亲近了这么长时间，一会儿就不再害怕了，也因为要分别而难过叹息。他斟满一杯酒对王六郎说：“六郎请喝了这杯酒，不要再难过了。马上就要分手，当然是很让人悲伤的。不过你的罪孽期满脱身苦海，我们应该庆贺，再悲痛就不合情理了。”于是，两人又举杯畅饮起来。许某又问：“来代替你的是什么人？”王六郎回答说：“兄长你在河边看着，明天到中午的时候，有一个少妇渡河时会淹死，就是她了。”听见村子里的鸡已经叫过，六郎与许某便洒泪告别。

第二天，许某在河边认真地等待着，准备看这件奇异的事情。到中午时，果然有一个妇人抱着一个婴儿走来，到了河边就掉进去了，婴儿被抛在河岸上，扬手蹬脚地“哇哇”大哭。那少妇在河里几沉几浮，忽然全身湿淋淋地攀着河岸爬了上来，趴在地上歇息了一会儿，就抱起孩子径直走了。当那个少妇落在水里时，许某心里实在是不忍，想要跑过去救她，又转念一想她是来代替王六郎的，所以就停住没去救。等到那少妇自己从河中爬了上来，他就怀疑王六郎说的话不灵验。

到了傍晚，许某仍然在老地方捕鱼，王六郎又来了，说：“现在我们又相见了，暂且不用再提分手的事儿了。”许某向他问原因，王六郎说：“那妇人已经来代替我了，但我可怜她怀里抱着的那个孩子。为了代替我一个人，却要死两条命，所以我就放掉了她。下次来人代替我不知要到什么时候。这也许是咱俩的缘分还没有尽吧！”许某感叹地说：“你这一片仁义之心，上天一定会知道的。”从此，他俩又像以前那样相聚饮酒。

过了几天后，王六郎又来告别。许某以为又有了来代替他的人，王六郎说：“这次不是有人代替我。上回我的一番仁慈之心果然让上天知道了，现在任命我为招远县邬镇的土地神，过几天就要上任。你如果不忘记我们的老交情，可以前去看看我，不要怕路远难走。”许某祝贺说：“你为人正直，做了神，真让人高兴。但人与神在两个不同的世界里，即使我不怕路远难走，又怎么能见到你呢？”王六郎说：“你只管前去好了，不要担心。”王六郎再三叮嘱后，就走了。

许某回到家里，就准备收拾行装往东边去探望王六郎。他的妻子笑着说：“这一去好几百里地，即使有这么个地方，到那里和泥像也没法说话呀？”许某不听劝阻，竟然到了招远县，向当地居民一打听，果然有个邬镇。他找到那个地方，住在客店里，就向店老板打听土地庙在哪里。店老板听后，吃惊地反问：“客人您是不是姓许？”许某说：“是呀，你是怎么知道的？”店老板又问：“您的家乡是不是在淄川县？”许某说：“是呀，你是怎么知道的？”店老板并不回答，急急忙忙地走了出去。一会儿，镇上的人纷纷都来了，男人们抱着小孩，媳妇、姑娘们也挤在门口张望，人群像是一堵墙，把许某围在中间。许某更加惊讶，众人于是告诉他说："前几天夜里，我们梦见土地神说：'淄川县我的一个姓许的朋友马上要来，请你们大家送他些盘缠。'所以我们已经恭候您很久了。"

许某听了很是惊奇，便前往土地庙去祭祀，祝告说："自从和你分别后，我夜里做梦也在惦记着你，现在我从远处来实践我们的约定。又蒙你梦里指示百姓资助，实在让我心中感激。只是惭愧没什么丰厚的礼物，仅有薄酒一杯，如果你不嫌弃，请你像在河边那样喝了吧。"祝告完毕，他又焚烧了纸钱。一会儿，只见从神座后面刮起了一阵风，旋转了多时才散去。当夜，许某梦见王六郎衣冠齐整地来相会，和从前迥然不同，向他道谢说："有劳你远来探望，让我喜泪交流，但我现在做了这个小官，不便与你会面。虽然近在咫尺，却像隔着千山万水，心里很是难过。这地方的百姓会送你一些薄礼，就算我对老朋友的一点儿心意吧。你如果定下了回去的日子，到时候我再来相送。"

住了几天后，许某打算回去，当地人都殷勤地挽留他，早上请吃饭，晚上邀喝酒，每天要轮换好几家。许某最后坚持要回去，众人拿着礼单，抱着包袱纷纷前来送礼，不到一个早晨，送来的礼物就装满了一口袋。临行时，镇上的老人和小孩全都来了，众人为许某饯行送别。刚一出村，忽然一阵旋风平地而起，伴随着许某一直走了十多里路。许某再三拜谢说："六郎请多保重，不要再远送了。你心地仁慈，一定能为一方百姓造福，用不着老朋友我再说什么了。"那阵风在地上盘旋了很久，才渐渐离去。村里来送许某的人们也惊叹着回村去了。

许某回到家里，渐渐富裕了起来，就不再打鱼了。后来他遇见招远来的人，问起土地神，都说十分灵验，有求必应。也有人说：王六郎的任所在章丘县的石坑庄。不知是谁说的对。

异史氏说：青云直上的时候，仍旧不忘贫贱之交，这就是王六郎之所以成神的原因。且看今天那些坐在车里的达官显贵，还肯相认戴草帽的旧日穷朋友吗？我的家乡有个隐士，家里十分贫穷，看到一个自幼相好的朋友担任了收入丰厚的官职，心想前去投奔一定能得到照顾。于是拿出全部钱财来置办行装，经过千里跋涉到了那里，却大失所望。最后只好花光了钱，又卖掉坐骑，才得以回家。他同族的一个弟弟生性幽默，编了个《月令》来嘲笑他："是月也，哥哥至，貂帽解，伞盖不张，马化为驴，靴始收声。"念此可作一笑。

[何守奇] 惟德动天，人言天道远者谬也。

[但明伦] 一念之仁，感通上帝，所谓能吃亏者，天必不亏之也。

偷桃

【原文】

童时赴郡试，值春节。旧例，先一日各行商贾，彩楼鼓吹赴藩司，名曰"演

春”。余从友人戏瞩。

是日游人如堵。堂上四官皆赤衣，东西相向坐。时方稚，亦不解其何官，但闻人语哜嘈，鼓吹聒耳。忽有一人率披发童，荷担而上，似有所白；万声汹动，亦不闻其为何语，但视堂上作笑声。即有青衣人大声命作剧。其人应命方兴，问：“作何剧？”堂上相顾数语，吏下宣问所长。答言：“能颠倒生物。”吏以白官。少顷复下，命取桃子。

术人应诺，解衣覆笥上，故作怨状，曰：“官长殊不了了！坚冰未解，安所得桃？不取，又恐为南面者怒，奈何！”其子曰：“父已诺之，又焉辞？”术人惆怅良久，乃曰：“我筹之烂熟，春初雪积，人间何处可觅？惟王母园中四时常不凋谢，或有之。必窃之天上乃可。”子曰：“嘻！天可阶而升乎？”曰：“有术在。”乃启笥，出绳一团约数十丈，理其端，望空中掷去；绳即悬立空际，若有物以挂之。未几愈掷愈高，渺入云中，手中绳亦尽。乃呼子曰：“儿来！余老惫，体重拙，不能行，得汝一往。”遂以绳授子，曰：“持此可登。”子受绳有难色，怨曰：“阿翁亦大愦愦！如此一线之绳，欲我附之以登万仞之高天，倘中道断绝，骸骨何存矣！”父又强呜拍之，曰：“我已失口，追悔无及，烦儿一行。儿勿苦，倘窃得来，必有百金赏，当为儿娶一美妇。”子乃持索，盘旋而上，手移足随，如蛛趁丝，渐入云霄，不可复见。久之，坠一桃如碗大。术人喜，持献公堂。堂上传示良久，亦不知其真伪。

忽而绳落地上，术人惊曰：“殆矣！上有人断吾绳，儿将焉托！”移时一物坠，视之，其子首也。捧而泣曰：“是必偷桃为监者所觉。吾儿休矣！”又移时一足落；无何，肢体纷坠，无复存者。术人大悲，一一拾置笥中而阖之，曰：“老夫止此儿，日从我南北游。今承严命，不意罹此奇惨！当负去瘗之。”乃升堂而跪，曰：“为桃故，杀吾子矣！如怜小人而助之葬，当结草以图报耳。”坐官骇诧，各有赐金。

术人受而缠诸腰，乃扣笥

而呼曰："八八儿，不出谢赏将何待？"忽一蓬头童首抵笥盖而出，望北稽首，则其子也。以其术奇，故至今犹记之。后闻白莲教能为此术，意此其苗裔耶？

【译文】

我童年的时候，有一次去城里参加府考，恰好赶上过立春。按照旧风俗，立春前一天，各行各业的商栈店铺，都要扎起五彩牌楼，敲锣打鼓地到藩司衙门去祝贺，这叫做"演春"。我也跟着朋友去看热闹。

那一天，游人很多，四面围得像一堵堵墙似的。只见衙门大堂上有四位身穿红色官服的官员，东西相对而坐。那时我年纪还小，也不知道他们都是些什么官，只觉得周围人声嘈杂，锣鼓喧天，震耳欲聋。

忽然，有一个人带着一个披头散发的小孩，挑着担子走上前来，好像说了几句话，但是人声鼎沸，也没听见说了些什么。只见堂上的人笑了笑，便有一个身穿青衣的人大声下令，让他演戏法。那人答应一声来了兴头，问道："演什么戏法？"堂上的官员们商量了几句，派一个官吏下来问他擅长演什么戏法，他回答说："我能颠倒季节时令，变出东西。"官吏把他的话回报堂上，一会儿又走下堂来，命令那人变桃子。变戏法的人答应了一声，脱下衣服覆盖在竹箱上，故意作出埋怨的样子，说："长官实在不明事理，厚厚的冰冻还没有化开，到哪儿去找桃子？不找吧，又怕惹当官的发脾气，怎么办呢？"他的儿子说："爸爸已经答应了，又怎么能推辞呢？"变戏法的人发愁地想了一会儿，才说："我盘算了很久，现在是冰天雪地的初春季节，在人间到哪儿去找桃子？只有天上王母娘娘的桃园里，果木一年四季都不凋谢，也许会有，一定得到天上去偷才行。"他儿子说："嘻！天也能登着台阶爬上去吗？"他爸爸回答说："有我的法术呢。"于是打开竹箱，拿出一团绳子，大概有几十丈长，理出绳子的一端，往天上一扔，绳子立即悬在空中，好像是挂在了什么东西上。没过多会儿，绳子越抛越高，渐渐伸入到飘缈的云彩里去了，他手里的绳子也放到了头。

这时，那人把儿子叫过来说："孩子过来，我年老力衰，身子笨重不灵便了，爬不上去，还得你去一趟。"说完，就把绳子交给孩子，说："拉着它就可以爬上去了。"儿子接过绳子，一脸为难，埋怨说："爸爸你也太糊涂了，这么一根细线似的绳子，让我拉着它去爬万丈高的天，要是爬到中间绳子断了，到哪里去找我的尸骨呀！"父亲又强行哄劝他说："我已经失口答应了，后悔也来不及，还是麻烦你上去一趟。孩子你别难过，要是能偷得桃子来，长官一定会有上百两银子的赏钱，我就给你娶个漂亮媳妇。"儿子这才抓住绳子，盘旋着爬了上去，手一伸，脚就一跟，就像蜘蛛在丝上攀行一样。他渐渐地越爬越高，没入云霄看不见了。

过了很久，天上落下来了一个桃子，有碗口那么大。变戏法的人十分高兴，拿着它献到了公堂上。堂上各个官员传看了一会儿，也不知它是真的还是假的。

突然，绳子坠落到了地上，变戏法的人大吃一惊说："完了！上边有人弄断了我的绳子，孩子可靠什么下来啊！"又过了一会儿，一个东西滚落了下来，一看，是他儿子的头。那人抱着头颅大哭说："一定是偷桃时被看守的人发现了，我的儿子这回可完了！"又过了一会儿，一只脚掉了下来，接着，四肢、躯干都一截一截地纷纷落下，再没有什么东西了。变戏法的人非常悲痛，他把肢体一一捡放到竹箱里，盖上盖子，说："我老头子只有这么一个儿子，每天跟着我走南闯北。现在听从了长官的命令去取桃子，没想到死得这么惨！我得把他背回去埋掉。"于是他又到堂上跪下，说："为了找桃子，害了我的儿子！长官们要是可怜小的，帮助我安葬了他，我来世一定当牛做马报答各位老爷。"

堂上坐着的几个官员十分惊骇，纷纷拿出赏银给他，变戏法的人接过钱缠在腰上，然后拍了拍竹箱说："八八儿，不出来谢长官们的赏，还等什么呢？"忽然，一个头发乱蓬蓬的小孩子用头顶开箱盖爬了出来，朝着北面大堂上的官员们叩起了头，正是变戏法那个人的儿子。

因为这个变戏法的人法术奇异，所以到现在我还记得这件事。后来听人说白莲教能变这样的戏法，心想那父子俩是不是就是白莲教的后代呢？

[但明伦] 戏幻。

种　梨

【原文】

有乡人货梨于市，颇甘芳，价腾贵。有道士破巾絮衣丐于车前，乡人咄之亦不去，乡人怒，加以叱骂。道士曰："一车数百颗，老衲止丐其一，于居士亦无大损，何怒为？"观者劝置劣者一枚令去，乡人执不肯。

肆中佣保者，见喋聒不堪，遂出钱市一枚付道士。道士拜谢，谓众曰："出家人不解吝惜。我有佳梨，请出供客。"或曰："既有之何不自食？"曰："我特需此核作种。"于是掬梨啖，且尽，把核于手，解肩上镵，坎地深数寸纳之，而覆以土。向市人索汤沃灌，好事者于临路店索得沸沈，道士接浸坎上。万目攒视，见有勾萌出，渐大；俄成树，枝叶扶苏；倏而花，倏而实，硕大芳馥，累累满树。道士乃即树头摘赐观者，顷刻向尽。已，乃以镵伐树，丁丁良久方断。带叶荷肩头，从容徐步而去。

初道士作法时，乡人亦杂立众中，引领注目，竟忘其业。道士既去，始顾车中，则梨已空矣，方悟适所俵散皆己物也。又细视车上一靶亡，是新凿断者。心大愤恨。急迹之，转过墙隅，则断靶弃垣下，始知所伐梨本即是物也，道士不知所在。一市粲然。

异史氏曰："乡人愦愦，憨状可掬，其见笑于市人有以哉。每见乡中称素丰

者，良朋乞米，则怫然，且计曰：‘是数日之资也。’或劝济一危难，饭一茕独，则又忿然，又计曰：‘此十人五人之食也。’甚而父子兄弟，较尽锱铢。及至淫博迷心，则倾囊不吝；刀锯临颈，则赎命不遑。诸如此类，正不胜道，蠢尔乡人，又何足怪。”

【译文】

有个乡下人在集市上卖梨，梨又香又甜，价格很贵。有一个道士戴着破头巾，穿着烂衣服，在卖梨的车前伸手乞讨。乡下人呵斥他，他也不走；乡下人恼了，对着他叫骂起来。道士说：“你这一车有好几百个梨，老道士我只要其中的一个，对你也没有什么大损失，何必动这么大的火？”旁边看热闹的人劝乡下人拣一个坏点儿的梨送给道士，打发他走算了，乡下人坚决不肯。旁边店铺里的一个伙计，看见吵得不成样子，就拿出钱买了一个梨，送给了道士。道士谢过之后说：“出家人不懂得吝惜，我有好梨子，一会儿拿出来请大家吃。”有人说：“你既然有梨，为什么不吃自己的？”道士说：“我只需要这个梨核做种子。”于是拿着梨子大口吃了起来。

道士吃完梨，把梨核放在手里，解下肩上背的铁铲子，在地上刨了个坑，有好几寸深，把梨核放进坑里，又盖上土，向街上的人要热水来浇。有个好事的人在路边的店里要来一壶滚烫的开水，道士接过就往坑里倒了下去。众目睽睽之下，只见一株梨芽破土而出，渐渐长大，一会儿就长成了一棵枝繁叶茂的梨树，一会儿开了花，一会儿又结了果，满树都是又大又甜的梨子。道士就爬到树上摘下梨子，送给围观的人吃，一会儿就把梨分光了。然后，道士就用铁铲子去砍梨树，“叮叮当当”地砍了很久，才把它砍断，道士把带着枝叶的树干扛在肩上，从从容容、不紧不慢地走了。

起初，道士变戏法的时候，那个乡下人也混杂在围观的人群当中，只顾伸着脖子，瞪着眼睛看热闹，连卖梨也忘了。等道士走了以后，他才回头看他的梨车，只见梨子已经一个也不剩了。他这才恍然大悟，刚才道士所分的梨子，正是自己的东西。再仔细一看，只见车上的一个车把也没有了，是新砍断的。他又气

又恨，急忙顺着道士走的路追去。转过一个墙角，只见那个断车把扔在墙下，乡下人这才知道道士砍断的梨树干，就是这个车把。道士已经不见踪影了，满集市的人都笑得合不上嘴。

异史氏说：乡下人昏头昏脑，憨呆可笑，受到集市上人们的嘲弄，也是有原因的。常常可以看到那些在乡里被称为无官爵而富有的人，一有好朋友向他借点儿粮食，他就满脸不高兴，并且算计说："这可是好几天的费用呀。"有人劝他救济一下身处危难的人，给孤独无依者施舍些饭食，他就又会忿忿不平，算计说："这可够五个、十个人吃的了。"甚至在父子兄弟之间，也要计较到分毫不差的地步。等到这种人被嫖赌荒淫迷上了心窍，就会挥金如土、毫不吝惜；碰到刀斧临头的时刻，又会立即交钱赎命，惟恐不及。诸如此类的人，真是说也说不完啊！一个卖梨的乡下人糊涂愚蠢，又有什么可奇怪的呢！

[何守奇] 核是吝惜之根。勾萌成树，倏花倏实，依散殆尽者，皆是物也。人无吝根，道士纵有妙术，乌得而散之？乃知过为吝惜，未有不至散亡者，天之道也。车无靶则不可以行，"吝惜"二字是行不得的，道士所为伐其本。

[但明伦] 文之取义，评尽之矣。然又有不必淫博罚赎，而亦消归乌有者。盖五行百产之精，不能有聚而无散；以傥来之物，据为己有，良朋不与，穷乏不与，甚至家庭骨肉亦不与，彼固有财而不能用，天必夺之以畀能用者矣。即令安分自守，岂能任其多藏哉？

[方舒岩] 愿得数千亿道士游行天下，举悭囊而尽破之，亦一快事。

劳山道士

【原文】

邑有王生，行七，故家子。少慕道，闻劳山多仙人，负笈往游。登一顶，有观宇甚幽。一道士坐蒲团上，素发垂领，而神观爽迈。叩而与语，理甚玄妙。请师之，道士曰："恐娇惰不能作苦。"答言："能之。"其门人甚众，薄暮毕集，王俱与稽首，遂留观中。

凌晨，道士呼王去，授一斧，使随众采樵。王谨受教。过月馀，手足重茧，不堪其苦，阴有归志。一夕归，见二人与师共酌，日已暮，尚无灯烛。师乃剪纸如镜粘壁间，俄顷月明辉室，光鉴毫芒。诸门人环听奔走。一客曰："良宵胜乐，不可不同。"乃于案上取酒壶分赉诸徒，且嘱尽醉。王自思：七八人，壶酒何能遍给？遂各觅盎盂，竞饮先釂，惟恐樽尽，而往复挹注。竟不少减。心奇之。俄一客曰："蒙赐月明之照，乃尔寂饮，何不呼嫦娥来？"乃以箸掷月中。见一美人自光中出，初不盈尺，至地遂与人等。纤腰秀项，翩翩作"霓裳舞"。已而歌曰："仙仙乎！而还乎！而幽我于广寒乎！"其声清越，烈如箫管。歌毕，盘旋

而起，跃登几上，惊顾之间，已复为箸。三人大笑。又一客曰：“今宵最乐，然不胜酒力矣。其饯我于月宫可乎？”三人移席，渐入月中。众视三人，坐月中饮，须眉毕见，如影之在镜中。移时月渐暗，门人燃烛来，则道士独坐，而客杳矣。几上肴核尚存；壁上月，纸圆如镜而已。道士问众：“饮足乎？”曰：“足矣。”“足，宜早寝，勿误樵苏。”众诺而退。王窃欣慕，归念遂息。

又一月，苦不可忍，而道士并不传教一术。心不能待，辞曰：“弟子数百里受业仙师，纵不能得长生术，或小有传习，亦可慰求教之心。今阅两三月，不过早樵而暮归。弟子在家，未谙此苦。”道士笑曰：“吾固谓不能作苦，今果然。明早当遣汝行。”王曰：“弟子操作多日，师略授小技，此来为不负也。”道士问：“何术之求？”王曰：“每见师行处，墙壁所不能隔，但得此法足矣。”道士笑而允之。乃传一诀，令自咒毕，呼曰：“入之！”王面墙不敢入。又曰：“试入之。”王果从容入，及墙而阻。道士曰：“俯首辄入，勿逡巡！”王果去墙数步奔而入，及墙，虚若无物，回视，果在墙外矣。大喜，入谢。道士曰：“归宜洁持，否则不验。”遂助资斧遣归。

抵家，自诩遇仙，坚壁所不能阻，妻不信。王效其作为，去墙数尺，奔而入；头触硬壁，蓦然而踣。妻扶视之，额上坟起如巨卵焉。妻揶揄之。王惭忿，骂老道士之无良而已。

异史氏曰：“闻此事，未有不大笑者，而不知世之为王生者正复不少。今有伧父，喜疢毒而畏药石，遂有舐吮痈痔者，进宣威逞暴之术，以迎其旨，绐之曰：‘执此术也以往，可以横行而无碍。’初试未尝不小效，遂谓天下之大，举可以如是行矣，势不至触硬壁而颠蹶不止也。”

【译文】

本县有个姓王的书生，排行第七，是过去一个世家大族的子弟。他从小羡慕道家的方术，听说崂山上有很多神仙，就打点行李前去访仙学道。

一天，他登上崂山的山顶，看见有一座道观，很是幽静。里面有个道士正端坐在蒲团上，一头白发披散到衣领边儿上，神采奕奕。王七上前问候并与他交谈，觉得道士说的话很是玄微奥妙，便请求道士收他为徒。道士说："恐怕你娇气懒惰惯了，吃不了苦。"王七回答说："我能吃苦的。"道士的门徒很多，傍晚时全都来了。王七和他们一一行礼后，就留在了道观中。

第二天天快亮的时候，道士把王七叫去，交给他一把斧子，让他同大家一起去砍柴。王七小心谨慎，处处按着要求去做。这样过了一个多月，王七的手脚都磨出了厚厚的一层茧子。他再也忍受不了这样的劳苦，心里暗暗产生了回家的念头。

一天晚上打柴回来，他看见两位客人和师父坐着饮酒。这时天已经黑了，还没点上灯和蜡烛。师父就剪了一张如同镜子一样的圆纸，贴在墙壁上。一会儿，那纸就变成了一轮明月照亮室内，亮堂堂的连毫毛都可以看得见。各位弟子都在周围听从吩咐，奔走侍候。一位客人说："这么美好的夜晚，应该和大家一同享乐啊。"于是他从桌子上拿起酒壶，把酒分赏给众弟子，并且嘱咐他们可以尽情往醉了喝。王七自己心想：七八个人，一壶酒怎么能够都摊到呢？这时，大家各自找来杯子罐子，争着先去倒酒喝，唯恐酒壶空了。然而众人从里面不断地往外倒，那壶里的酒竟一点儿也不见减少。王七心里很是惊讶。

过了一会儿，一位客人说："虽然承蒙您赐给我们月亮来照亮，但我们何必这么默默地饮酒，为什么不把嫦娥唤来呢？"于是他把筷子向月亮中一抛，随着就看见一个美女，在月光中飘了出来，开始还不到一尺高，等落到地上时就和常人一样高了。她扭动纤细的腰身和脖颈，风姿翩翩地跳起了"霓裳羽衣舞"。跳完舞又唱起了歌："仙人哪！你回来呀！你为什么幽闭我在广寒宫里呀！"她的歌声清脆高亢，嘹亮得像是吹箫管一样。唱完了歌，嫦娥盘旋飘然而起，一下子跳到了桌子上，大家正惊奇地看着时，她已经又变成了筷子。道士和客人三人一齐开怀大笑起来。又有一位客人说："今夜最为快乐，但再也喝不下酒了，把送别我的酒宴摆在月宫里吃可以吗？"说完，三个人就离开座席，慢慢飞进了月亮当中。大家看着他们三个人坐在月宫里饮酒，连他们的胡须眉毛都看得清清楚楚，就好像他们的形象照在了镜子中似的。

过了一会儿，月亮渐渐暗淡下去了，弟子点上蜡烛来，只看见道士一个人坐在屋子里，客人们都已不见了踪影。桌子上的菜肴、果品仍然残留在那里。再看看墙上的月亮，不过是一张像镜子一样的圆纸片。道士问大家："都喝够了吗？"众人一齐回答说："够了。"道士说："喝够了就早些睡觉吧，不要耽误了明天打柴。”大家答应着纷纷退下。王七心里暗暗惊喜羡慕，就打消了回家的念头。

又过了一个月，王七再也受不了劳苦了，但道士还是连一个法术也不传授。他心里也不想再等待了，就向道士告辞说：“徒弟从几百里以外来向仙师您学习道术，即使不能学到长生不老的法术，哪怕能学到点儿小法术，也可以安慰我的一片求教之心了。现在过了两三个月，天天都不过是早上去砍柴晚上回来。徒弟在家里可从来没受过这种辛苦。”道士笑着说：“我本来就说你不能吃苦，现在果然如此。明天早晨就送你回去。”王七说：“徒弟在这里劳作了多日，请师父稍微教我一点儿小本事，我这次来就不算白来了。”道士问：“你想要学什么法术呢?”王七说：“我常见师父行走的时候，墙壁也不能阻隔，能学到这个法术，我就知足了。”道士笑着答应了他。于是，道士就教他念口诀，让他自己念了咒以后，就叫道：“进去!”王七面对着墙，不敢进去。道士又说：“你试着往里走一下。”王七果然从容地往前去了，到了墙跟前却被阻挡住了。道士说：“你低头快进，不要犹豫不前!”王七果然在离墙几步远的地方，冲着墙跑了进去。到了墙里时，好像空空的什么东西也没有；回头再一看，身子果然已经在墙外边了。王七大为惊喜，又回去拜谢师父。道士说：“回去后要清白做人，否则法术就不会灵验。”于是，送了他路费让他回家。

王七回到家里，自吹自擂地说他遇见了仙人，学会了法术，坚固的墙壁也不能阻挡他过去。他的妻子不相信他说的话。于是，王七又仿效起那天的一举一动，离墙几尺远，往墙里跑去，不料头一碰硬壁，就猛地摔倒在地上。妻子扶起他一看，只见额头上已经鼓起了鸡蛋似的一个大包。妻子讥笑他，王七觉得又惭愧又气愤，就大骂老道士不是个好东西。

异史氏说：听到了这件事的人没有不大笑的，但却不知世上像王生那样的人，真还有不少呢。现在有一种鄙陋粗野的人，喜欢像病毒一样的坏东西，却畏惧治病疗伤的药物，于是便有一帮为他吮痈舐痔的拍马者，向他进献显威风、逞暴力的办法，以迎合他的心意。还骗他说：“掌握了这种法术去运用它，就可以横行天下而无可阻挡了。”起初试行未必没有小效果，于是他就以为天下之大都可以任他这样干了。这种人不到撞在硬壁上碰得头破血流的时候是不会罢手的。

[何守奇] 以娇惰不能作苦之质，纵需之以时日，不能入道；若又急求于两三月间，势不至头触硬壁不止也。惟恪守道士之言，俛首骤入，勿逡巡，此盖有合于吾儒逊志时敏之言。吾愿世之学道者，少安毋躁也。

[但明伦] 文评自明。亦以见学问之途，非浮慕者所得与。虽有名师，亦且俟其精进有得，而后举其道以传之；苟或作或辍，遂欲剽窃一二以盗名欺世，其不触处自踣者几希!

[方舒岩] 人之患，在不能吃苦。怕吃苦，脚跟便站不稳，将随在皆硬壁，其何以行之哉?

长清僧

【原文】

长清僧某，道行高洁，年七十余犹健。一日颠仆不起，寺僧奔救，已圆寂矣。僧不自知死，魂飘去至河南界。河南有故绅子，率十馀骑按鹰猎兔。马逸，坠毙。僧魂适值，翕然而合，遂渐苏。厮仆环问之，张目曰：“胡至此！”众扶归。入门，则粉白黛绿者，纷集顾问。大骇曰：“我僧也，胡至此！”家人以为妄，共提耳悟之。僧亦不自申解，但闭目不复有言。饷以脱粟则食，酒肉则拒。夜独宿，不受妻妾奉。数日后，忽思少步，众皆喜。既出少定，即有诸仆纷来，钱簿谷籍，杂请会计。公子托以病倦，悉谢绝之。惟问：“山东长清县知之否？”共答：“知之。”曰：“我郁无聊赖，欲往游瞩，宜即治任。”众谓：“新瘳，未应远涉。”不听，翼日遂发。

抵长清，视风物如昨。无烦问途，竟至兰若。弟子数人见贵客至，伏谒甚恭。乃问：“老僧焉往？”答云：“吾师曩已物化。”问墓所，群导以往，则三尺孤坟，荒草犹未合也。众僧不知何意。既而戒马欲归，嘱曰：“汝师戒行之僧，所遗手泽宜恪守，勿俾损坏。”众唯唯。乃行。

既归，灰心木坐，了不勾当家务。居数月，出门自遁，直抵旧寺，谓弟子曰：“我即汝师。”众疑其谬，相视而笑。乃述返魂之由，又言生平所为，悉符。众乃信，居以故榻，事之如平日。后公子家屡以舆马来哀请之，略不顾瞻。又年馀，夫人遣纪纲至，多所馈遗，金帛皆却之，惟受布袍一袭而已。友人或至其乡，敬造之。见其人默然诚笃，年仅三十，而辄道其八十余年事。

异史氏曰："人死则魂散，其千里而不散者，性定故耳。余于僧，不异之乎其再生，而异之乎其入纷华靡丽之乡，而能绝人以逃世也。若眼睛一闪，而兰麝熏心，有求死而不得者矣，况僧乎哉！"

【译文】

长清有个老和尚，道行高洁，八十多岁了身体还很健壮。一天，他忽然摔倒起不来，等到寺院里的和尚们跑来救护时，发现他已经圆寂了。老和尚并不知道自己已经死去，他的魂魄飘飘忽忽地离开身体，到了河南境内。

河南有个旧官绅公子，正率领十余人骑马架鹰，猎取野兔，突然马受惊狂奔起来，公子从马上摔下去摔死了。老和尚的魂魄恰好飘游到了这里，便收缩聚合在尸体当中。于是，公子渐渐苏醒了过来。仆人们一齐围上前来询问，他睁眼却说："我怎么到了这里！"众人扶着他回了家，一进门，许多涂脂抹粉的艳妆女子纷纷前来探看问候。他大吃一惊说："我是个和尚呀，怎么到了这里！"家人以为他在说胡话，都来恳切地开导他让他醒悟。他也不再为自己作解释了，只是闭着眼一言不发。家里人端上饭来，粗米饭他才吃，酒和肉都不沾染。他晚上一个人独睡，也不让妻妾们来侍奉。

几天后，他忽然想出去散步，大家都很高兴。他出门后，刚稍微安静了一会儿，就有许多管家仆人纷纷走上前来，向他请示钱银收发、账务出纳各种事情的办理。他借口病久劳累，都推卸不管。只问："山东的长清县，你们知道吗？"众人一齐回答说："知道。"他说："我心里郁闷无聊，想去那里游览，赶快整理行装吧。"众人都劝说他病才刚刚好，不应该出门远行。但他不听，第二天就出发了。

到了长清县，他看到那里的风光景物还和往昔一样，没用打听路途，就直接走到了那座寺院。寺中原先他的几个弟子们看见贵客临门，都毕恭毕敬地前来迎接。他问："那个老和尚到哪里去了？"众和尚回答说："我们的师父先时已经归天了。"他又问起老和尚坟墓所在的地方，众人就领着他去了那里。只见是三尺高的一座孤坟，坟上的野草还没有长满。和尚们都不知道他这是什么意思。看罢坟墓，他准备马匹要回去了，临走嘱咐说："你们的师父是个严守佛家戒律的僧人，他留下的手稿遗物，你们要注意保存，不要损坏了。"和尚们都点头称是。于是，他就出发了。

等回到家中，他心灰意懒，整日枯坐，一点儿也不管理家务。又住了几个月，他偷偷出门溜走，直接来到了旧日的寺院，对弟子说："我就是你们的师父。"大家怀疑他在说胡话，都相视而笑。于是他讲述了灵魂再生的原由，又说起老和尚生前的所作所为，都一一与事实相符。大家这才相信，请他住在原先的卧室里，像从前一样地侍奉他。

后来，公子家多次派车马前来，哀求他回去，他丝毫不予理睬。

又过了一年多，公子的妻子派了仆人前来，送来很多东西。他拒绝接受金银绸缎，只收下一件布袍。有的朋友到了他所在的乡里，恭敬地来拜访他。只见他默然诚恳，年纪只有三十岁，却常常说起他八十多年来的事情。

异史氏说：人死了灵魂就会散去，这个和尚的灵魂飘行千里而不散失，是他心性能够持定的原故。对于这个和尚，我不惊奇他的死而复生，而是惊奇他来到富贵华丽的地方，仍然能够拒绝他人，躲开世俗。像这样在眨眼之间，就能够得到华丽生活的种种享受，对于一般人来说，肯定是死也甘心、求之不得的好事情，又何况是对清苦的和尚呢！

[但明伦] 行高乃不堕落，性定乃不动摇。心性清净，可以生，可以死；可以已死而再生，可以再生而若死。纷华靡丽，诸色皆空；槁木死灰，生心可住。依然故榻，三千界只此蒲团；受尔布袍，八十年本来面目

[方舒岩] 僧诚高矣。但不知公子之妻妾累请不还，有夫而仍无夫，毕竟何以为情也？一笑。

蛇　人

【原文】

东郡某甲，以弄蛇为业。尝蓄驯蛇二，皆青色，其大者呼之大青，小曰二青。二青额有赤点，尤灵驯，盘旋无不如意。蛇人爱之异于他蛇。期年大青死，思补其缺，未暇遑也。

一夜寄宿山寺。既明启笥，二青亦渺，蛇人怅恨欲死。冥搜亟呼，迄无影兆。然每至丰林茂草，辄纵之去，俾得自适，寻复返；以此故，冀其自至。坐伺之，日既高，亦已绝望，怏怏遂行。出门数武，闻丛薪错楚中窸窣作响，停趾愕顾，则二青来也。大喜，如获拱璧。息肩路隅，蛇亦顿止。视其后，小蛇从焉。抚之曰："我以汝为逝矣。小侣而所荐耶？"出饵饲之，兼饲小蛇。小蛇虽不去，然瑟缩不敢食。二青含哺之，宛似主人之让客者。蛇人又饲之，乃食。食已，随二青俱入笥中。荷去教之旋折，辄中规矩，与二青无少异，因名之小青。炫技四方，获利无算。

大抵蛇人之弄蛇也，止以二尺为率，大则过重，辄更易之。缘二青驯，故未遽弃。又二三年，长三尺馀，卧则笥为之满，遂决去之。一日至淄邑东山间，饲以美饵，祝而纵之。既去，顷之复来，蜿蜒笥外。蛇人挥曰："去之！世无百年不散之筵。从此隐身大谷，必且为神龙，笥中何可以久居也？"蛇乃去。蛇人目送之。已而复返，挥之不去，以首触笥，小青在中亦震震而动。蛇人悟曰："得毋欲别小青也？"乃发笥，小青径出，因与交首吐舌，似相告语。已而委蛇并去。方意小青不还，俄而踽踽独来，竟入笥卧。由此随在物色，迄无佳者，而小青亦

渐大不可弄。后得一头亦颇驯，然终不如小青良。而小青粗于儿臂矣。

先是二青在山中，樵人多见之。又数年，长数尺，围如碗，渐出逐人，因而行旅相戒，罔敢出其途。一日蛇人经其处，蛇暴出如风，蛇人大怖而奔。蛇逐益急，回顾已将及矣。而视其首，朱点俨然，始悟为二青。下担呼曰："二青，二青！"蛇顿止。昂首久之，纵身绕蛇人如昔弄状，觉其意殊不恶，但躯巨重，不胜其绕，仆地呼祷，乃释之。又以首触笥，蛇人悟其意，开笥出小青。二蛇相见，交缠如饴糖状，久之始开。蛇人乃祝小青曰："我久欲与汝别，今有伴矣。"谓二青曰："原君引之来，可还引之去。更嘱一言：深山不乏食饮，勿扰行人，以犯天谴。"二蛇垂头，似相领受。遽起，大者前，小者后，过处林木为之中分。蛇人伫立望之，不见乃去。此后行人如常，不知二蛇何往也。

异史氏曰："蛇，蠢然一物耳，乃恋恋有故人之意，且其从谏也如转圜。独怪俨然而人也者，以十年把臂之交，数世蒙恩之主，转思下井复投石焉；又不然则药石相投，悍然不顾，且怒而仇焉者，不且出斯蛇下哉。"

【译文】

东郡的某人，以耍蛇戏为生。他曾经训养了两条蛇，都是青色的，他管那条大的叫大青，小的叫二青。二青的前额上长着红点，尤其灵巧驯服，指挥它左右盘旋，表演动作，没有不如人意的。因此，耍蛇人十分宠爱它，和对待其他的蛇不一样。

过了一年，大青死了，耍蛇人想再找一条来补上这个空缺，但一直没有顾得上。一天夜里，他借住在一座山寺里。天亮后，他打开竹箱一看，二青也不见了。耍蛇人懊丧恼恨得要死，苦苦地搜寻，高声地呼叫，却找不到任何踪影迹

象。在先前的时候，每到了茂密的树林、繁盛的草丛，他就把蛇放出去，等它们自由自在遛过一番之后，不久自己就又回来了。由于这个原因，耍蛇人这次还希望它自己能够回来，于是就坐着等待。直到太阳升得很高，他自己也绝望了，就怏怏不乐地离开了。出门刚走了几步，他忽然听见杂乱的草木丛中，传来了“窸窸窣窣”的响声。他停下脚步惊奇地一看，正是二青回来了。耍蛇人很高兴，就像得到了珍贵的宝玉似的。他放下肩上的担子，站在了路边，蛇也跟着停了下来。再一看它后面，还随从着一条小蛇。耍蛇人抚摸着二青说：“我还以为你跑了呢，这条小蛇是你给我领来的吗?”他边说边拿出蛇食喂二青，同时也喂给小蛇吃。小蛇虽然不离开，但还是缩着身子不敢吃，二青就用嘴含着食物喂它，好像主人请客人吃东西似的。耍蛇人再次喂食，小蛇才吃了。吃完，小蛇跟着二青都进了竹箱里。耍蛇人把它挑去进行训练，小蛇盘旋弯曲时都很合乎要求，与二青没什么差别，耍蛇人于是给它取名叫小青。耍蛇人带着它们到处表演献技，赚了不少钱。

一般来说，耍蛇人耍弄的蛇，二尺以下的比较合适，再大就太重了，就要更换。二青虽然超过了二尺，但因为它驯服，所以耍蛇人没有马上就扔掉它。又过了两三年，二青身长已经三尺多了，它一躺进去竹箱就满了，耍蛇人于是决心放掉它。有一天，他走到淄川县的东山里，拿出最好的食物喂二青，对它祝愿一番后放它离去。二青走了以后，过了一会儿却又回来了，蜿蜒爬绕在竹箱外边。耍蛇人挥手驱赶它说：“走吧，世界上没有百年不散的筵席。你从此在深山大谷里藏身，将来必定会成为神龙，竹箱子里怎么可以久住呢?”二青这才离去。耍蛇人目送他远去。过了一会儿，二青却又回来了，耍蛇人用手驱赶它，它也不走，只是用头不断地碰竹箱。小青也在里面不安地窜动。耍蛇人忽然明白过来了，说：“你是不是要和小青告别呀?”就打开了竹箱。小青一下子蹿了出来，二青与它头颈相交，频频吐舌，好像在互相嘱咐说话。过了不久，两条蛇竟然扭扭曲曲地一起走了。耍蛇人正在想小青不会回来了，一会儿，小青却又独自回来，爬进竹箱里卧下了。从此耍蛇人随时都在物色新蛇，可是一直没找到合适的。小青也已渐渐长大，不便于表演了。后来，耍蛇人又找到一条蛇，也很驯服，但到底不如小青出色。可是这时小青已经粗得像小孩的胳臂了。

在此之前，二青在山中，不少打柴人曾经见过它。又过了几年，二青长成好几尺长，有碗口那么粗，渐渐地出来追赶起了人。因此行人旅客们都相互告诫，不敢经过它出没的那条路。有一天，耍蛇人经过那地方，一条大蛇像狂风一样地猛蹿了出来，耍蛇人大为惊恐，拔腿就跑，那蛇追得更急了。他回头一看已经快追上来了，忽然发现蛇头上有明显的红点，这才明白这蛇就是二青。他放下担子呼叫道：“二青，二青!”那蛇顿时停下来，昂起头来呆了很久，就纵身一扑，缠绕在了耍蛇人身上，就像以前表演蛇戏时的样子。耍蛇人觉得它倒没什么恶意，只是躯干又大又沉，自己经不住它这么缠来绕去，就倒在地上呼叫央求起

来，二青于是放开了他，又用头去碰撞竹箱。耍蛇人明白了它的意思，打开竹箱放出了小青。两条蛇一相见，立即紧紧交缠在一块儿，盘绕得像用蜜糖粘在一起似的，很久才分开。耍蛇人于是对小青祝愿说："我早就想和你告别了，如今你可有伴儿了。"又对二青说："小青原本就是你引来的，你还可以把它带走。我再嘱咐你一句话：深山里面不缺你的吃喝，你不要惊扰过往的行人，以免惹怒了上天受到惩罚。"两条蛇垂着头，好像接受了他的劝告。忽然蹿开离去，大的在前面走，小的在后面走，所过之处，树木草丛都被它们从中间分开，向两边倒伏。耍蛇人站立在那里望着它们，直到看不见了才离开。从此以后，行人经过那一带又恢复了往常的安宁，也不知道那两条蛇到哪里去了。

异史氏说：蛇，只是个蠢丑的爬行动物，也还恋恋不舍地有故人之情，而且听到劝告就会迅速地接受。我唯独奇怪的是有些看起来人模人样的家伙，对十年亲密来往的好朋友，对几代都蒙受人家恩德的恩主，动不动就想落井下石地进行陷害。又有一些人对别人良药苦口的劝告，毫不理会，而且还怒气冲冲地把人家当作仇人相待，这不是连那蛇还不如吗？

[但明伦] 此等题我嫌污笔，写来款款动人乃尔。与柳州《捕蛇者说》异曲同工。

雹 神

【原文】

王公筠苍莅任楚中，拟登龙虎山谒天师。及湖，甫登舟，即有一人驾小艇来，使舟中人为通。公见之，貌修伟，怀中出天师刺，曰："闻驺从将临，先遣负弩。"公讶其预知，益神之，诚意而往。

天师治具相款。其服役者，衣冠须鬣，多不类常人，前使者亦侍其侧。少间向天师细语，天师谓公曰："此先生同乡，不之识耶？"公问之。曰："此即世所传雹神李左车也。"公愕然改容。天师曰："适言奉旨雨雹，故告辞耳。"公问："何处？"曰："章丘。"公以接壤关切，离席乞免。天师曰："此上帝玉敕，雹有额数，何能相徇？"公哀不已。天师垂思良久，乃顾而嘱曰："其多降山谷，勿伤禾稼可也。"又嘱："贵客在坐，文去勿武。"神出至庭中，忽足下生烟，氤氲匝地。俄延逾刻，极力腾起，裁高于庭树；又起，高于楼阁。霹雳一声，向北飞去，屋宇震动，筵器摆簸。公骇曰："去乃作雷霆耶！"天师曰："适戒之，所以迟迟，不然平地一声，便逝去矣。"

公别归，志其月日，遣人问章丘。是日果大雨雹，沟渠皆满，而田中仅数枚焉。

【译文】

王公字筠苍，到楚地去任职为官，想登上龙虎山去拜访张天师。到了湖畔，

刚刚登上船，就有人驾着一只小船前来请船上的人向王公通报求见。王公接见了来人，只见他仪表堂堂，身材魁梧，从怀里取出张天师的名帖，说：“听说大驾将要光临，天师先派小官前来迎接。”王公惊讶张天师能够预先知道自己要去，愈发把他当作神仙，诚心诚意地前往拜见。

到了山上，张天师设宴招待王公。那些席间从事服务的仆役们所穿戴的衣帽和留着的长须，大多与常人不同。先前那个使者也在一旁侍候。过了一会儿，他向张天师耳语了几句。天师对王公说：“这位是先生同乡，你不认识吗？”王公忙问是哪一位。张天师回答说：“这就是世上传说的雹神李左车啊！”王公一听，惊愕得脸色也变了。张天师说：“刚才他说要奉旨去降冰雹，所以要告辞了。”王公问：“往什么地方下冰雹？”天师回答说：“是章丘。”王公因为章丘和自己的家乡接壤，十分关切，于是离开座位恳求免降雹灾。张天师说：“这是玉皇大帝的命令，所下的冰雹有规定数额，我怎么能私自照顾呢？”王公仍是哀求不停。张天师沉思了很久，才对雹神嘱咐说：“可以多把冰雹降在山谷里，尽量别伤着庄稼就行了。”又说：“现在有贵客在座，你要缓缓地离去，不要莽撞。”

雹神出去，到了庭院里。忽然他脚下生烟，周围云雾环绕，过了大约一刻钟，他极力向上一跃，达到的高度大约才比院里的树木高一些；然后又一跃起，高度已在楼阁之上；霹雳一声，就向北飞去了。房屋立刻受到了震动，桌子上的宴席用具也颠簸摇摆起来。王公惊怕地说：“他离去时就要雷霆大作啊！”张天师说：“刚才告诫过他，所以才慢慢离去；不然的话，“呼”地一声雷响，就不见踪影了。”

王公告别张天师回去后，记下了那天的月日。他派人去章丘一打听，当天那里果然下了大冰雹，河沟水渠里满是冰雹，庄稼地里却只有几颗而已。

狐嫁女

【原文】

历城殷天官，少贫，有胆略。邑有故家之第，广数十亩，楼宇连亘。常见怪异，以故废无居人。久之蓬蒿渐满，白昼亦无敢入者。会公与诸生饮，或戏云："有能寄此一宿者，共醵为筵。"公跃起曰："是亦何难！"携一席往。众送诸门，戏曰："吾等暂候之，如有所见，当急号。"公笑云："有鬼狐当捉证耳。"

遂入，见长莎蔽径，蒿艾如麻。时值上弦，幸月色昏黄，门户可辨。摩娑数进，始抵后楼。登月台，光洁可爱，遂止焉。西望月明，惟衔山一线耳。坐良久，更无少异，窃笑传言之讹。席地枕石，卧看牛女。一更向尽，恍惚欲寐。楼下有履声籍籍而上。假寐睨之，见一青衣人挑莲灯，猝见公，惊而却退。语后人曰："有生人在。"下问："谁也？"答云："不识。"俄一老翁上，就公谛视，曰："此殷尚书，其睡已酣。但办吾事，相公倜傥，或不叱怪。"乃相率入楼，楼门尽辟。移时往来者益众，楼上灯辉如昼。公稍稍转侧作嚏咳。翁闻公醒，乃出跪而言曰："小人有箕帚女，今夜于归。不意有触贵人，望勿深罪。"公起，曳之曰："不知今夕嘉礼，惭无以贺。"翁曰："贵人光临，压除凶煞，幸矣。即烦陪坐，倍益光宠。"公喜，应之。入视楼中，陈设绮丽。遂有妇人出拜，年可四十馀。翁曰："此拙荆。"公揖之。俄闻笙乐聒耳，有奔而上者，曰："至矣！"翁趋迎，公亦立俟。少间笼纱一簇，导新郎入。年可十七八，丰采韶秀。翁命先与贵客为礼。少年目公。公若为傧，执半主礼。次翁婿交拜，已，乃即席。少间粉黛云从，酒胾雾霈，玉碗金瓯，光映几案。酒数行，翁唤女奴请小姐来。女奴诺而入，良久不出。翁自起，搴帏促之。俄婢媪辈拥新人出，环佩璆然，麝兰散馥。翁命向上拜。起，即坐母侧。微目之，翠凤明珰，容华绝世。既而酌以金爵，大容数斗。公思此物可以持验同人，阴内袖中。

伪醉隐几，颓然而寝。皆曰："相公醉矣。"居无何，闻新郎告行，笙乐暴作，纷纷下楼而去。已而主人敛酒具，少一爵，冥搜不得。或窃议卧客。翁急戒勿语，惟恐公闻。

移时内外俱寂，公始起。暗无灯火，惟脂香酒气，充溢四堵。视东方既白，乃从容出。探袖中，金爵犹在。及门，则诸生先俟，疑其夜出而早入者。公出爵示之。众骇问，公以状告。共思此物非寒士所有，乃信之。

后公举进士，任肥丘。有世家朱姓宴公，命取巨觥，久之不至。有细奴掩口与主人语，主人有怒色。俄奉金爵劝客饮。谛视之，款式雕文，与狐物更无殊别。大疑，问所从制。答云："爵凡八只，大人为京卿时，觅良工监制。此世传物，什袭已久。缘明府辱临，适取诸箱簏，仅存其七，疑家人所窃取，而十年尘封如故，殊不可解。"公笑曰："金杯羽化矣。然世守之珍不可失。仆有一具，颇近似之，当以奉赠。"终筵归署，拣爵驰送之。主人审视，骇绝。亲诣谢公，诘所自来，公为历陈颠末。始知千里之物，狐能摄致，而不敢终留也。

【译文】

历城县的殷天官，小时候家里很穷，但他为人既有胆识又有见识。县里有一所旧时世家大族的府宅，占地方圆几十亩，里面的楼阁亭台一座座连绵不断。因为那里常常出现鬼怪异事，所以就荒废下来，没有人居住。时间长了，府宅中渐渐长满了飞蓬、蒿草，大白天也没有人敢进去。

有一天，殷公和县里的一群生员们饮酒，有人开玩笑说："谁能在那个地方住一夜，大家就一块儿出钱请他吃桌酒席。"殷公一听就跳起来说："这有什么难的!"当晚，他就拿着一张席子往那里去了。众人把他送到大门口，开玩笑说："我们暂时在这里等上一会儿，如果看见了什么，你就赶快高声喊叫。"他也笑着说："要是真有鬼怪狐精，我就抓住它作个证明。"说完就进去了。

只见院子里一片片高高的莎草把走道都遮住了，蒿子、艾草长得密密麻麻。当时正值月初，上弦月不很明亮。幸好在朦胧昏黄的月光中，门窗还依稀可以分辨得出来。他摸索着走过几重庭院，才到了后边的楼阁。登上月台后，他看到那里光滑清洁，十分可爱，就留在月台上了。再看看西边的月亮，只在山边还隐隐约约有一线月光。他在这里坐了很久，也没发现有一点儿异常情况，心里暗笑外边流传的那些话都不可信。于是他躺在地上，头枕石头，侧躺着看天上的牛郎织女星。

到了半夜一更将要过去的时分，他恍恍惚惚地正要睡着，忽然听见楼下有阵杂乱的脚步声，有人走上楼来了。他假装睡着了，眯着眼偷看，只见是一个身穿青衣的人，手里挑着莲花灯。这人猛然看见殷公，吃了一惊，向后倒退了几步，对后边的来人说："有个生人在这里。"下边的人问："谁呀?"青衣人回答说："不认得。"一会儿，一个老头儿上了楼，靠近殷公仔细看了看，说："这是殷尚书，他睡得已经很香了。我们只管办自己的事儿，殷相公为人洒脱不拘，或许不会责怪我们的。”于是众人陆续进了楼，楼门全都敞开了。又过了一会儿，往来忙碌的人更多了，楼上灯火通明，如同白昼一样。殷公轻轻翻了翻身，打了个喷嚏。老头听到他醒了，赶快走了出来，跪下说道：“老头子我有个女儿今夜出阁，没想到冒犯了贵人，请不要太怪罪。”殷公起了身，扶起老头说：“不知道今天晚上是你家的喜庆日子，惭愧的是我没带什么贺礼来。”老头说：“能有您这样的贵人光临，为我们镇压凶煞，除去邪气，已经是我们的幸运了。就烦请您入座陪客，对我们来说更是加倍的光彩和荣幸。”殷公很高兴，答应了他。进到楼里一看，布置陈设十分华丽。这时就有个妇人出来拜见，年纪大约有四十多岁。老头说：“这是我的老伴。”殷公向她作了一揖。

一会儿，只听得鼓乐齐鸣，有人跑上楼来，说：“到了！”老头儿马上前去迎接，殷公也站起身来等候。没多久，一簇红纱缠绕的灯笼，引导着新郎进来了，他年纪约有十七八岁，仪表堂堂，俊秀文雅。老头儿让他先向贵客们行礼，新郎看到殷公的样子像是傧相，就行了半主礼。然后岳父和女婿互相交拜行礼。行礼完毕，大家才入酒席。又过了一会儿，浓妆艳抹的婢女们开始往来穿梭。一时间酒肉罗列，热气弥漫，玉碗金盆，交相映射，光芒照耀在酒桌上。酒喝过几巡后，老头儿叫婢女去请小姐来。婢女答应一声就进去了。但等了许久还不见出来。老头儿又亲自起身，撩起了帷帐去催促。一会儿，几个婢女和老妈子簇拥着新娘子出来了，她们身上的金环玉佩“叮当”作响，一阵阵兰草和麝香的香气飘散出来。老头儿让女儿向上座贵客拜了一拜，她起身后，就坐在了母亲身边。殷公微微一看，只见她头上插满了珠翠凤钗，耳边佩戴着串串玉饰，容貌华贵，世上少有。过了一会儿，席上又用金杯向大家敬酒，那金杯大得能盛下好几斗酒。殷公心想，这东西可以拿回去给朋友们作个物证，就悄悄地把金杯放在衣袖里，又假装喝醉了躲在酒桌后面没精打采地睡起觉来。众人都说：“相公醉了。”没过多久，新郎要起身告辞了，顿时又是鼓乐大作，众人纷纷下楼离去了。酒席结束以后，主人收拾酒具，发现少了一只金杯，到处搜寻都没有找到。有人便私下里议论是伏睡在那里的殷公拿走了金杯，老头儿急忙制止不让他说，惟恐被殷公听见。

又过了一会儿，楼内楼外都恢复了寂静，殷公这才起来。但见漆黑一片，没有一星灯火，只有脂粉香和酒气在屋子里到处飘散。他看看东方已经发白，就从容地走下楼去。一摸袖子里，那只金杯还在。到了大门口，众生员已经先等候在那里了。大家怀疑殷公是半夜里离开早晨又进去的，殷公就拿出金杯给大家看。大家看后都惊讶地向他追问，于是他把自己的所见所闻告诉了他们。大家都觉得这种东西不是一个穷书生所能够有的，这才相信了他的话。

后来，殷公考中了进士，到肥丘做官。当地有户姓朱的世家大族设宴招待他，席间主人命令仆人取大酒杯来，但很久也不见拿到。却有个贴身仆人过去掩

住嘴向主人耳语了几句。只见主人的脸上现出了怒色，但一会儿又拿出个大金杯向客人劝酒。殷公仔细一看，发现那金杯的款式和雕刻花纹，与他从狐狸精那里偷来的没有什么区别，心中十分疑惑，就问主人这金杯是哪里制作的。主人说："这种金杯一共有八只，是我祖上在京城做官时，找能工巧匠监制的。这是我家传世的宝物，珍藏已经很久了。因为县令大人您屈驾光临，才让仆人去从箱子里取出来，但发现只剩下七只，先怀疑是仆人偷走了，但又看到箱子上十年积落的尘土还像原来一样没有任何变动。这事情实在让人费解。"殷公笑着说："那只金杯成了仙飞走了吧！然而世代相传的珍宝不能丢失。我有一个金杯，和你家的非常相像，应当把它送给你。"宴会结束后，殷公回到官署，拿出金杯派人立即骑马送去。姓朱的主人把金杯审视了一遍，十分惊骇，亲自登门前来向殷公道谢，又问起了这只金杯的来历。殷公就把事情的原委一五一十地讲给他听。大家这才知道，远在千里之外的物品，狐狸精也能够设法偷到，但却不敢最终留在自己那里。

[何守奇] 假寐，曳翁，揖媪，傧婿，写尚书倜傥如画，然要是有胆略耳。窃爵还爵，并见尚书雅度。

[但明伦] 妖固由人兴也。鬼狐之据人第宅，亦因其可欺而欺之耳。鬼狐不畏贵人，只畏正人。正人者，道义之气，纯是阳刚，彼阴邪者曷敢当之！不然者，其气先已自馁，鬼狐乃得而乘之矣。今狐之言曰："相公倜傥，或不叱怪。"可知狐本不为怪，特鄙琐者自怪之耳。以倜傥之人，狐且尊之敬之，况能齐浩然之气者哉！

娇　娜

【原文】

孔生雪笠，圣裔也。为人蕴藉，工诗。有执友令天台，寄函招之。生往，令适卒，落拓不得归，寓菩陀寺，佣为寺僧抄录。寺西百馀步有单先生第，先生故公子，以大讼萧条，眷口寡，移而乡居，宅遂旷焉。

一日大雪崩腾，寂无行旅。偶过其门，一少年出，丰采甚都。见生，趋与为礼，略致慰问，即屈降临。生爱悦之，慨然从入。屋宇都不甚广，处处悉悬锦幕，壁上多古人书画。案头书一册，签曰《琅嬛琐记》。翻阅一过，皆目所未睹。生以居单第，以为第主，即亦不审官阀。少年细诘行踪，意怜之，劝设帐授徒。生叹曰："羁旅之人，谁作曹丘者？"少年曰："倘不以驽骀见斥，愿拜门墙。"生喜，不敢当师，请为友。便问："宅何久锢？"答曰："此为单府，曩以公子乡居，是以久旷。仆，皇甫氏，祖居陕。以家宅焚于野火，暂借安顿。"生始知非单。当晚谈笑甚欢，即留共榻。

昧爽，即有僮子炽炭火于室。少年先起入内，生尚拥被坐。僮入白："太翁

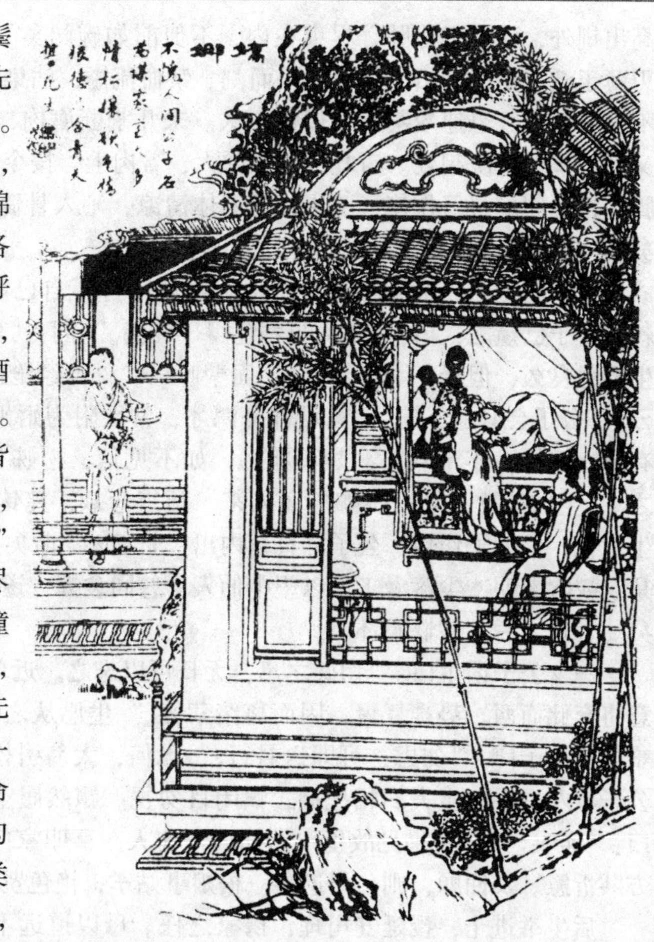

来。”生惊起。一叟入，鬓发皤然，向生殷谢曰：“先生不弃顽儿，遂肯赐教。小子初学涂鸦，勿以友故，行辈视之也。”已，乃进锦衣一袭，貂帽、袜、履各一事。视生盥栉已，乃呼酒荐馔。几、榻、裙、衣，不知何名，光彩射目。酒数行，叟兴辞，曳杖而去。餐讫，公子呈课业，类皆古文词，并无时艺。问之，笑云：“仆不求进取也。”抵暮，更酌曰：“今夕尽欢，明日便不许矣。”呼僮曰：“视太公寝未？已寝，可暗唤香奴来。”僮去，先以绣囊将琵琶至。少顷一婢入，红妆艳绝。公子命弹《湘妃》，婢以牙拨勾动，激扬哀烈，节拍不类夙闻。又命以巨觞行酒，三更始罢。次日早起共读。公子最慧，过目成咏，二三月后，命笔警绝。相约五日一饮，每饮必招香奴。一夕酒酣气热，目注之。公子已会其意，曰：“此婢乃为老父所豢养。兄旷邈无家，我夙夜代筹久矣，行当为君谋一佳偶。”生曰：“如果惠好，必如香奴者。”公子笑曰：“君诚少所见而多所怪者矣。以此为佳，君愿亦易足也。”居半载，生欲翱翔郊郭，至门，则双扉外扃，问之，公子曰：“家君恐交游纷意念，故谢客耳。”生亦安之。

时盛暑溽热，移斋园亭。生胸间肿起如桃，一夜如碗，痛楚呻吟。公子朝夕省视，眠食俱废。又数日创剧，益绝食饮。太翁亦至，相对太息。公子曰：“儿前夜思先生清恙，娇娜妹子能疗之，遣人于外祖母处呼令归。何久不至？”俄僮入白：“娜姑至，姨与松姑同来。”父子即趋入内。少间，引妹来视生。年约十三四，娇波流慧，细柳生姿。生望见艳色，嚬呻顿忘，精神为之一爽。公子便言：“此兄良友，不啻同胞也，妹子好医之。”女乃敛羞容，揄长袖，就榻诊视。把握之间，觉芳气胜兰。女笑曰：“宜有是疾，心脉动矣。然症虽危，可治；但肤块已凝，非伐皮削肉不可。”乃脱臂上金钏安患处，徐徐按下之。创突起寸许，

高出钏外，而根际馀肿，尽束在内，不似前如碗阔矣。乃一手启罗衿，解佩刀，刃薄于纸，把钏握刃，轻轻附根而割。紫血流溢，沾染床席。生贪近娇姿，不惟不觉其苦，且恐速竣割事，偎傍不久。未几割断腐肉，团团然如树上削下之瘿。又呼水来，为洗割处。口吐红丸如弹大，着肉上，按令旋转。才一周，觉热火蒸腾；再一周。习习作痒；三周，已遍体清凉，沁入骨髓。女收丸入咽，曰："愈矣！"趋步出。

生跃起走谢，沉痼若失。而悬想容辉，苦不自已。自是废卷痴坐，无复聊赖。公子已窥之，曰："弟为兄物色得一佳偶。"问："何人？"曰："亦弟眷属。"生凝思良久，但云："勿须也！"面壁吟曰："曾经沧海难为水，除却巫山不是云。"公子会其旨，曰："家君仰慕鸿才，常欲附为婚姻。但止一少妹，齿太稚。有姨女阿松，年十八矣，颇不粗陋。如不见信，松姊日涉园亭，伺前厢可望见之。"生如其教，果见娇娜偕丽人来，画黛弯蛾，莲钩蹴凤，与娇娜相伯仲也。生大悦，求公子作伐。公子异日自内出，贺曰："谐矣。"乃除别院，为生成礼。是夕鼓吹阗咽，尘落漫飞，以望中仙人，忽同衾幄，遂疑广寒宫殿。未必在云霄矣。合卺之后，甚惬心怀。

一夕公子谓生曰："切磋之惠，无日可以忘之。近单公子解讼归，索宅甚急，意将弃此而西。势难复聚，因而离绪萦怀。"生愿从之而去。公子劝还乡闾，生难之。公子曰："勿虑，可即送君行。"无何，太翁引松娘至，以黄金百两赠生。公子以左右手与生夫妇相把握，嘱闭目勿视。飘然履空，但觉耳际风鸣，久之，曰："至矣。"启目果见故里。始知公子非人。喜叩家门，母出非望，又睹美妇，方共忻慰。及回顾，则公子逝矣。松娘事姑孝，艳色贤名，声闻遐迩。

后生举进士，授延安司理，携家之任。母以道远不行。松娘生一男名小宦。生以忤直指罢官，挂碍不得归。偶猎郊野，逢一美少年，跨骊驹，频频瞻视。细看则皇甫公子也。揽辔停骖，悲喜交至。邀生去至一村，树木浓昏，荫翳天日。和其家，则金沤浮钉，宛然世家。问妹子，已嫁；岳母，已亡。深相感悼。经宿别去，偕妻同返。娇娜亦至，抱生子掇提而弄曰："姊姊乱吾种矣。"生拜谢曩德。笑曰："姊夫贵矣。创口已合，未忘痛耶？"妹夫吴郎亦来谒拜，信宿乃去。

一日公子有忧色，谓生曰："天降凶殃，能相救否？"生不知何事，但锐自任。公子趋出，招一家俱入，罗拜堂上。生大骇，亟问。公子曰："余非人类，狐也。今有雷霆之劫。君肯以身赴难，一门可望生全；不然，请抱子而行，无相累。"生矢共生死。乃使仗剑于门，嘱曰："雷霆轰击，勿动也！"生如所教。果见阴云昼暝，昏黑如瞖。回视旧居，无复闬闳，惟见高冢岿然，巨穴无底。方错愕间，霹雳一声，摆簸山岳，急雨狂风，老树为拔。生目眩耳聋，屹不少动。忽于繁烟黑絮之中，见一鬼物，利喙长爪，自穴攫一人出，随烟直上。瞥睹衣履，念似娇娜。乃急跃离地，以剑击之，随手堕落。忽而崩雷暴裂，生仆遂毙。

少间晴霁，娇娜已能自苏。见生死于旁，大哭曰："孔郎为我而死，我何生

矣！”松娘亦出，共舁生归。娇娜使松娘捧其首，兄以金簪拨其齿，自乃撮其颐，以舌度红丸入，又接吻而呵之。红丸随气入喉，格格作响，移时豁然而苏。见眷口，恍如梦悟。于是一门团圆，惊定而喜。生以幽旷不可久居，议同旋里。满堂交赞，惟娇娜不乐。生请与吴郎俱，又虑翁媪不肯离幼子。终日议不果。忽吴家一小奴，汗流气促而至。惊致研诘，则吴郎家亦同日遭劫，一门俱没。娇娜顿足悲伤，涕不可止。共慰劝之。而同归之计遂决。

生入城，勾当数日，遂连夜趣装。既归，以闲园寓公子，恒反关之；生及松娘至，始发扃。生与公子兄妹，棋酒谈宴若一家然。小宦长成，貌韶秀，有狐意。出游都市，共知为狐儿也。

异史氏曰：“余于孔生，不羡其得艳妻，而羡其得腻友也。观其容，可以疗饥；听其声，可以解颐。得此良友，时一谈宴，则‘色授魂与’，尤胜于‘颠倒衣裳’矣。”

【译文】

书生孔雪笠，是孔圣人的后代。他为人温厚含蓄，善于作诗。他有个志趣相投的朋友在天台做知县，写信来请他前去。孔生到了那里，知县恰好病故了。于是孔生只得流落在当地，回不了家，住在菩陀寺里，被寺里的和尚雇去抄写经文。寺院往西走一百多步，有一处单先生的府第。单先生本来是个大家公子，因为打了一场大官司而家道衰落，家里的人丁减少，便搬到乡下去住，这处府宅就空闲在那里。

有一天，纷纷扬扬地下着大雪，路上静悄悄地没有一个往来行人。孔生偶然路过单府门前，看见一个少年走了出来，容貌很是俊美。那少年见了孔生，就上前来行礼，问候几句后，就请孔生入内做客。孔生对少年很有好感，就爽快地跟他进了大门。只见里面的房屋虽然不算很宽大，但处处都悬挂着绸锦围幔，墙壁上贴着许多古人的字画。书桌上放着一本书，封面上写着《琅嬛琐记》。孔生把书翻阅了一遍，内容都是他从未读过的。孔生见少年住在单家的府第里，以为他是这里的主人，也就不再问及他的出身门第。少年详细询问了孔生的经历后，心里很是同情，劝他开设学馆教书。孔生叹息说：“我是个寓居在外、流落他乡的人，有谁来做我的推荐人呢？”少年说：“如果你不嫌弃我愚笨的话，我愿拜你为老师。”孔生很高兴，便说不敢以老师自居，情愿彼此以朋友相待。他于是又问：“你们家的宅院为什么长期关锁着呢？”少年回答说：“这里是单家的府第，早先因为单公子到乡下去住了，就长期空闲着。我姓皇甫，世世代代住在陕西，由于家宅被野火烧毁了，才在这里暂时借住的。”孔生这才知道少年不是单家的主人。当晚，两人谈笑得很欢畅，少年便留孔生住了下来。

第二天天刚亮，就有童仆进来在屋里生着了炭火。少年已经先起了床到内室去了，孔生还围着被子坐在床上。这时，一个童仆进来说：“太公来了。”孔生

慌忙起床，只见一个鬓发雪白的老叟走进屋来，向孔生诚恳地道谢说："承蒙先生不嫌弃我的儿子，愿意教他读书。这孩子刚刚开始学习诗文，先生不要因为和他是朋友的缘故，就把他当作同辈看待。"说完送给他绸缎衣服一套，貂皮帽子一顶，袜子、鞋子各一双。老叟看他洗完了脸，梳完了头，就叫人端上酒菜来。孔生见到这里的桌子、床、裙子、衣服，每一样都光彩夺目。酒过几巡，老叟起来告辞，拄着拐杖离开了。用完了餐，公子就拿出了有关课程的作业给孔生看，孔生见都是古人的文章诗词，并没有科举应考的八股文，就问他这是为什么，公子笑着说："我不想参加科举进取功名。"到了晚上，公子又让人端出酒来，说："咱们今天晚上再尽情欢乐一次，明天就不允许了。"他又把童仆叫来说："去看看太公睡了没有。要是睡了，悄悄地叫香奴来这里。"童仆出去了，先拿来了一把锦袋套着的琵琶。过了一会儿，有一个婢女入屋，只见她红妆粉饰，容貌艳丽。公子让她弹《湘妃怨》的曲子，但见她用象牙做的拨片一挑拨琴弦，便响起了忽而激扬高昂忽而哀怨悲烈的琴声，那节奏不像是孔生素来听到过的。公子又让人拿来大酒杯畅饮一番，大家一直玩乐到夜里三更时分才散。

第二天，两人一早就起来读书。公子非常聪明，读书过目不忘。两三个月以后，他写出的诗文就令人赞叹。两人约好每五天就在一起喝一次酒，每次都要叫来香奴。有一天晚上，孔生乘着酒兴，头脑发热，两眼不住地打量香奴。公子已经明白了他的心思，就说："这个婢女是我父亲收养的。兄长远离家乡，没有家室，我日夜都在为你想着这事儿，已经很久了，一定会给你找个漂亮的妻子。"孔生说："如果找的是好伴侣，一定要像香奴这样的。"公子笑着说："你实在是人家说的那种少见多怪的人呀！以她为漂亮，你的愿望也太容易满足了。"

又过了半年，孔生想到城郊去游玩游玩。走到大门口，却发现两扇门从外面反锁着。向公子一问，公子回答说："父亲怕我交往游玩多了扰乱了心性，就用这个办法来谢绝客人。"孔生听了，也就安了心。这时正是盛夏潮热的时节，他们就把书房移到了园亭里。一天，孔生的胸前忽然肿起一个桃子大小的脓包，一夜之间长到了碗口大，他十分痛苦，不住地呻吟。公子从早到晚都来探视他，急得吃不下，睡不安。又过了几天，孔生胸前的脓疱更厉害了，连吃饭喝水都不能够了。太公也来看望他，但只有和公子相对叹息。公子说："孩儿我前天夜里想到，孔先生的病娇娜妹妹可以治疗。我派人去外祖父家叫她快来，为什么这么久了还不到呀？"不一会儿，一个童仆进来报告说："娇娜姑娘到了，姨妈与阿松姑娘也一同来了。"公子和父亲立即起身到内室去了。

过了一会儿，公子领着妹妹前来探视孔生。娇娜年纪大约十三四岁，双眼里流波闪动，腰身像杨柳一样婀娜多姿。孔生看见这样姿色出众的女子，顿时忘记了痛苦和呻吟，精神为之一爽。公子就对娇娜说："这是哥哥我最要好的朋友，情谊胜过了同胞兄弟，请妹妹好好地给他医治。"娇娜于是收敛起羞容，卷起了长袖，靠近床边来诊治。孔生在她把脉的时候，感到有阵阵的芳香传来，那芬芳胜过了兰花。诊脉之后，娇娜笑了笑说：“之所以会得这种病，是因为心脉动了的缘故。不过病虽然严重，还是可以治的。只是脓块已经凝结，非割皮去肉不可了。”说完摘下手上的一只金镯子，放在患处，轻轻向下按。肿烂的伤口渐渐鼓起了一寸多高，已经超出金镯露了出来，脓根的余肿也被吸束在镯圈里，不像原来那样有碗口大了。于是娇娜掀起衣襟，解下一把佩刀，那刀的刀刃比纸还要薄。她一手按着镯子，一手握刀，顺着脓疮的根部轻轻地割了起来，从伤口处不断溢出的紫血，把床席都弄脏了。这时孔生因为贪恋娇娜的动人身姿，不但不觉得痛苦，反而怕她很快就割完，不能多依偎。没过多久，腐烂的肉都被割下来，一团团的像病树上长的树瘤似的。娇娜又叫人拿水来，为孔生清洗割过的伤口，然后从口中吐出一粒红丸，有弹子大小，放在肉上，按着红丸让它旋转。才转了一圈，孔生就觉得胸前热气蒸腾；再转一圈，疮口有些发痒；转到第三圈后，只觉得浑身清凉，一直透入到了骨髓。娇娜收起红丸放回口中，说：“好了！”就快步走出房去。孔生连忙起身，赶着前去道谢，多日的重病好像一下子就消失了。

孔生只要一想起娇娜美丽的容颜，就难以自已。从此孔生抛下书本整日呆坐，再没有可以寄托他精神的地方了。公子已经看出了他的心思，就说：“小弟为你物色多时，终于选到了一个好伴侣。”孔生问：“是谁?”公子说：“也是我的一个亲属。”孔生沉思很久，说：“不必了。”又面对着墙壁吟出两句诗：“曾经沧海难为水，除却巫山不是云。”公子明白了他的意思，说：“我父亲敬佩你的博学多才，常常想能与你结成姻亲。但我只有一个小妹子，岁数还太小。我姨妈有个女儿叫阿松，十八岁了，并不难看。如果你不信，阿松姐白天到园亭里来，你等在前厢房里，就可以看见。”孔生按照公子所说的去做，果然看见娇娜陪着一个美丽女子前来，只见她长着又黑又弯的两道蛾眉，小巧纤细的脚上穿着描凤绣鞋，容貌与娇娜不相上下。孔生大为欣喜，就请公子做媒。第二天，公子从内室出来，向孔生祝贺说：“事情办妥了。”于是另外收拾了一处院子，为孔生举办婚礼。那天晚上，鼓乐齐鸣，梁尘都被震落得到处飞扬。孔生因为盼望中的仙女忽然就要和自己同床共枕了，竟怀疑起那月亮里的广寒宫殿也未必真在天上。成婚以后，孔生心中非常满意。

一天，公子忽然来对孔生说：“和你在一起读书得到的教益，我没有一天不记在心里，但近日单公子家的官司已经了结了，就要回来，催要宅院催得很急。我们准备离开这里回到西边去。想到从此后咱们势必难再相聚，心中就被离愁别绪搅得乱纷纷的。”孔生表示愿意随他们一起去，但公子劝他还是回自己的家乡好，孔生感到回家很有困难。公子说：“不要担心，可以马上送你们回去。”没多久，太公带着松娘也来了，还送给孔生一百两黄金。公子两手分别握住孔生夫妇，嘱咐他们闭上眼睛不要看。孔生只觉得自己飘飘然地腾空而起，耳边的风声“呼呼”作响。过了许久，听见公子说：“到了。”孔生睁眼一看，果然看到了家

乡，这才知道公子并非凡人。孔生高兴地敲开家门，孔母喜出望外，又看到了漂亮的媳妇，大家正在互相欢欣慰问的时候，回头一看，公子已经不见了。松娘侍奉婆婆十分孝顺，她的美丽和贤惠，在远近乡邻中间都传开了。后来，孔生考中了进士，被任命为延安府的司理官，他带着全家去上任，只有母亲因为路太远没有前往。松娘生下了一个男孩，名叫小宦。不久孔生因冒犯了高级巡察官员，被革去官职，在那里听候处置，一时还不能返回家乡。

有一天，他偶然在郊外打猎，忽然遇见一个美貌少年，骑着一匹小黑马，不住地注视他。孔生仔细一看，原来那人竟是皇甫公子。于是两人拉着缰绳停下马聚到了一块儿，都感到悲喜交集。公子邀请孔生到他们那里去。到了一个村落，只见树木茂密繁盛，浓浓的树阴把太阳都遮住了。进了公子家中，只见大门上镶着包金大钉头，像是世族豪门人家似的。孔生问起公子的妹妹，说已经出嫁了。又知道岳母已经去世，深觉悲哀，感触万分。住了一个晚上，孔生就离去了，然后又把妻儿都带了过来。娇娜也来了，双手把孔生的孩子搂在怀里，举起放下地逗弄着说："姐姐乱了我们的种啦！"孔生再次拜谢娇娜以往的治病之恩，她却笑着说："姐夫富贵了。好了疮疤，没有忘记痛吗？"娇娜的丈夫吴郎，也前来拜见。孔生一家住了两个晚上就走了。

一天，公子忽然面带忧愁地对孔生说："上天要降下大祸了，你能救救我们吗？"孔生虽然不知道是什么事，但也一口应承下来。公子迅速出去，把全家人都叫了进来，在堂上一齐向孔生拜谢。孔生大吃一惊，急忙追问这是怎么回事儿。公子这才说："我不是人类，是狐狸。现在遭遇到了雷霆劈击的劫难。你要是肯挺身抗难相救，我家一门老小还有指望存活下来。不然的话，就请你抱着孩子赶快离开吧，不要受了连累。"孔生发誓愿与大家同生共死。于是，公子便请他手执宝剑站在大门前，嘱咐他说："即使遭到雷霆轰击，你也不要动。"

孔生按着公子所说的准备好。果然看到天上阴云密布，白天顿时变成黑夜，天黑沉沉地像是压下了一大片黑石板。他再回头看原先的住处，再也看不见有什么高宅深院，只有一座大坟墓岿然而立，下方是一个深不见底的大洞。正当他在惊愣的时候，空中突然响起一声霹雳，震得地动山摇，接着又是一阵狂风暴雨，把老树都连根拔了起来。孔生虽然觉得已是眼花耳聋，还是在那里屹立着不动。然后，在滚滚的黑烟之中，现出了一个恶鬼，尖嘴长爪，从洞里抓出一个人，顺着黑烟一直升了上去。孔生看了一眼那人的衣着，心里觉得像是娇娜。于是，他一跃而起，用剑向空中的恶鬼全力一击，被抓的人就随之从空中坠落下来。忽地又是一阵山崩地裂似的炸雷，孔生摔倒在地，便昏死过去。

过了一会儿，云开日出，娇娜苏醒过来，看见孔生昏死在旁边，放声大哭道："孔郎是为救我而死的，我还活什么呀！"这时候，松娘也出来了，她俩一起抬着孔生回到家里。娇娜让松娘抱着孔生的头，又让公子用金簪拨开他的牙齿，自己用手指捏着他的面颊，使他的嘴张开，用舌头把红丸吐到他的口中，又嘴对嘴地向孔生吹气。红丸随着气进入了孔生的喉咙，“格格”地响了一阵儿。又过了一会儿，孔生竟然一下子睁开眼睛，苏醒了过来。他看见亲人围聚在身边，觉得仿佛是大梦初醒一样，于是全家团圆，化惊为喜。

孔生知道这里是座坟墓，不宜久住，就与大家商议一起到他的家乡去。全家人听了都一致称好，只有娇娜一人闷闷不乐。孔生又请她与吴郎一起前往，她却又顾虑公婆舍不得孩子。于是整天也没有商量出个结果来。就在这时，忽然有一个吴家的小仆人汗流满面、气喘吁吁地跑来。大家吃惊地盘问他，原来吴家也在同一天遭到了灾难，全家老小都死去了。娇娜一听，悲痛得捶胸顿足，泪如雨下。大家一齐劝慰多时后，一同回去的计议也就决定了下来。

孔生进城办理了几天事后，全家就连夜收拾行装出发了。回到家乡以后，孔生让公子一家住在他闲置的花园里，花园门总是反锁着，只有孔生夫妇来时，才打开锁。孔生与公子兄妹两人，经常在一起下棋、饮酒、闲谈、设宴，像一家人一样。小宦长大以后，面容清秀聪慧，有着狐狸的机灵性情。他到街市上去游玩，人们都知道他是狐狸所生的孩子。

异史氏说：对于孔生的经历，我不羡慕他得到娇艳的妻子，而是羡慕他拥有一位亲密的女友。看到她的容貌可以使人忘记饥渴，听到她的声音能够令人开颜欢笑。得到这样的好朋友，时时在一起饮酒闲谈，那种“色授魂与”的精神上的倾慕和交流，更胜过“颠倒衣裳”的男女性爱。

[冯镇峦] 此篇不写松娘，极写娇娜，暗写公子，落笔出人意表。

[何守奇] 蕴藉人而得蕴藉之妻，蕴藉之友，与蕴藉之女友。写以蕴之笔，人蕴藉，语蕴藉，事蕴藉，文亦蕴藉。

[但明伦] 娇娜一席，却被松娘夺去。使孔生矢志如雷轰时，未必不有济也。

[方舒岩] 盖闻小心每有惬心之事，得意常于失意之余。故孔生佣书僧寺，不意而得松姑；皇甫公子遭劫，不意而得孔生；孔生不意而与娇娜同归，谈笑往远，极人生之乐事。

僧 孽

【原文】

张某暴卒，随鬼使去见冥王。王稽簿，怒鬼使误捉，责令送归。张下，私浼鬼使求观冥狱。鬼导历九幽，刀山、剑树，一一指点。末至一处，有一僧扎股穿绳而倒悬之，号痛欲绝。近视则其兄也。张见之惊哀，问：“何罪至此？”鬼曰：“是为僧，广募金钱，悉供淫赌，故罚之。欲脱此厄，须其自忏。”张既苏，疑兄已死。

时其兄居兴福寺，因往探之。入门便闻其号痛声。入室，见疮生股间，脓血

崩溃，挂足壁上，宛然冥司倒悬状。骇问其故。曰：“挂之稍可，不则痛彻心腑。”张因告以所见。僧大骇，乃戒荤酒，虔诵经咒。半月寻愈。遂为戒僧。

异史氏曰：“鬼狱茫茫，恶人每以自解，而不知昭昭之祸，即冥冥之罚也。可勿惧哉！”

【译文】

有个姓张的人，突然身患暴病死去了。他的魂魄随着鬼卒到阴间去见阎王。阎王一查对生死簿，发现是鬼卒误把他提来的，就十分生气地下令叫鬼卒送他返回人间。

这个姓张的人从阎王殿退下来以后，暗地里央求鬼卒带他去参观一下地狱。鬼卒于是带着他游历了九层地狱，什么刀山、剑树，都一一地指点给他。最后到了一个地方，见到一个和尚被人用绳子穿过了两条大腿，倒挂在那里。和尚大声地喊叫，痛得要死。姓张的人到近处一看，这和尚正是自己的哥哥。姓张的人见到哥哥这个样子，又惊吓又难过，就问鬼卒：“这个人犯了什么罪，以至于受到这么厉害的处罚？”鬼卒告诉他说：“这人作为一名和尚，大肆募集钱财，把募来的钱全都拿去供自己吃喝嫖赌。就是因为这个缘故，才如此惩罚他。要想解脱这惩罚，他自己必须诚心忏悔。”

姓张的人苏醒过来以后，疑心自己的哥哥已经死去了。当时，他的哥哥住在兴福寺，便前去探望哥哥。

一进寺门，他就听到了哥哥喊痛的声音。进到房间里，只见哥哥的大腿之间长满了脓疮，脓血崩裂，不断外流，双腿倒挂在墙上，就和在地狱里倒挂的情形完全一样。姓张的人惊骇地问哥哥为什么要这样倒挂双腿，他哥哥回答说：“只有把腿倒挂着，疼痛才能够稍稍减轻一些，否则就痛得像钻心挖肉一般。”姓张的人听后，就把自己在地狱里的所见所闻告诉了他的哥哥。他哥哥一听就吓坏了，于是戒了荤、戒了酒，开始虔诚地诵经念佛。这样过了半个多月的时间，他腿上的疮逐渐痊愈了。从此以后，他就成了一个严守佛教戒律的和尚。

异史氏说：恶鬼地狱很是渺茫，恶人常常用这个来自我宽慰、解脱；他却不

知道人世间的祸事，其实就是来自阴间的惩罚。这难道不令人畏惧吗？

妖 术

【原文】

于公者，少任侠，喜拳勇，力能持高壶作旋风舞。崇祯间，殿试在都，仆疫不起，患之。会市上有善卜者，能决人生死，将代问之。

既至未言，卜者曰："君莫欲问仆病乎？"公骇应之。曰："病者无害，君可危。"公乃自卜，卜者起卦，愕然曰："君三日当死！"公惊诧良久。卜者从容曰："鄙人有小术，报我十金，当代禳之。"公自念生死已定，术岂能解，不应而起，欲出。卜者曰："惜此小费，勿悔！勿悔！"爱公者皆为公惧，劝罄橐以哀之。公不听。

倏忽至三日，公端坐旅舍，静以觇之，终日无恙。至夜，阖户挑灯，倚剑危坐。一漏向尽，更无死法。意欲就枕，忽闻窗隙窣窣有声。急视之，一小人荷戈入，及地则高如人。公捉剑起急击之，飘忽未中。遂遽小，复寻窗隙，意欲遁去。公疾斫之，应手而倒。烛之，则纸人，已腰断矣。公不敢卧，又坐待之。逾时一物穿窗入，怪狞如鬼。才及地，急击之，断而为两，皆蠕动。恐其复起，又连击之，剑剑皆中，其声不软。审视则土偶，片片已碎。

于是移坐窗下，目注隙中。久之，闻窗外如牛喘。有物推窗棂，房壁震摇，其势欲倾。公惧覆压，计不如出而斗之，遂然脱扃，奔而出。见一巨鬼，高与檐齐；昏月中见其面黑如煤，眼闪烁有黄光；上无衣，下无履，手弓而腰矢。公方骇，鬼则弯矣。公以剑拨矢，矢堕。欲击之，则又弯矣。公急跃避，矢贯于壁，战战有声。鬼怒甚，拔佩刀，挥如风，望公力劈。公猱进，刀中庭石，石立断。公出其股间，削鬼中踝，铿然有声。鬼益怒，吼如雷，转身复剁。公又伏身入，刀落，断公裙。公已及胁下，猛斫之，亦铿然有声，鬼仆而僵。公乱击之，声硬如柝。烛之，则

一木偶，高大如人。弓矢尚缠腰际，刻画狰狞；剑击处，皆有血出。公因秉烛待旦。方悟鬼物皆卜人遣之，欲致人于死，以神其术也。

次日，遍告交知，与共诣卜所。卜人遥见公，瞥不可见。或曰："此翳形术也，犬血可破。"公如其言，戒备而往。卜人又匿如前。急以犬血沃立处，但见卜人头面，皆为犬血模糊，目灼灼如鬼立。乃执付有司而杀之。

异史氏曰："尝谓买卜为一痴。世之讲此道而不爽于生死者几人？卜之而爽，犹不卜也。且即明明告我以死期之至，将复如何？况有借人命以神其术者，其可畏不尤甚耶！"

【译文】

有位于公，年轻时豪放仗义，喜欢练拳比武，力气大得能用手抓起计时用的大漏壶，像旋风般地挥舞。

明朝崇祯年间，他在京城参加殿试，仆人染上了流行病，卧床不起，他对此十分忧虑。恰好街市上有一个精于卜卦的算命人，能够算出人的生死。于公打算代替仆人去算算卦，问问病情。到了算命人那里，他还没有开口，算命人就说："你大概是想来问问仆人的病吧？"于公吃惊地点头称是。算命人又说："病人倒没什么危险，你可是危险啦！"于公就请他给自己算命。算命人卜完卦以后，惊愕地说："你在三天之内必定会死去。"于公惊诧了半天，算命人从容地说："鄙人这里有个小法术，酬劳我十两银子，就可以替你去邪消灾。"于公暗自思量，人的生死都是命中注定的，法术怎么能够解除。于是，他没有搭理算命人，站起身要离去。算命人说道："吝惜这几个小钱，不要后悔！不要后悔！"于公的好朋友都为他担心，劝他拿出自己所省的钱，去哀求算命人给他解脱灾难。于公却没听从大家的劝告。

转眼就到了第三天，于公在旅馆里危然正坐，静静地观察情况，但一整天都没有什么意外。到了夜晚，于公关上门窗，点亮油灯，扶着剑在屋子里端坐。直到一更天快过去了，也不见一点点死的危险。他正要上床睡觉，忽然听到窗户缝里有"窸窸窣窣"的声音。急忙过去一看，见有一个小人扛着一支戈钻了进来，刚一落地就变得和成人一样高。于公立刻拔出剑来一跃而起，猛地一刺，但那人飘飘忽忽的，没有击中。那人突地又变小了，去找窗户缝，想要逃出去。于公再次赶上前去用力一砍，那小人应声而倒。于公用灯一照，原来是个纸人，已经被拦腰砍断了。于公不敢躺下睡觉，又坐着等待。

过了一会儿，一个怪物穿过窗户闯了进来，面目狰狞，和鬼一样。那怪东西刚一落地，于公就急忙向前一击，把它砍成两截，都在地上蠕动着。于公怕它再起来，又连连猛砍一阵，剑剑击中，发出了脆亮的声音。仔细一看，是一个土偶人，已经被击成一块块碎片。于是，于公移坐到窗下，注视着窗缝中。

过了很久，听见窗外有牛一般的喘息声，有个怪物在用力推动窗框，房屋墙

壁都给震得不住摇晃，好像要被推倒了。于公怕被压在房下，心里盘算不如冲出去和它斗，就猛地打开房门，奔跑了出去。只见一个大鬼，身材和房檐一样高。于公借着昏暗的月光，看见它的面孔黑得像煤块，眼睛里闪烁着黄光，上身赤裸着，两脚也没穿鞋，手里拿着弓，腰间系着箭。于公正在惊骇之间，那鬼已经拉弓放箭射了过来，于公用剑拨打飞箭，箭落在了地上。他刚想出击，大鬼又拉弓射起了箭。于公急忙跳开躲避，箭穿透了墙壁，抖动着发出声响。鬼极其恼怒，又拔出佩刀，挥舞得如同一阵风似的，向于公用力劈来。于公像猿猴一样灵活敏捷地迎击，大鬼一刀砍在院中的石头上，石头立刻断成两段。这时，于公从大鬼的双腿之间钻了出来，用刀去削砍，砍中了大鬼的脚脖子，发出一阵铿然的金属声。那鬼更加发怒，像雷鸣一般大吼了一声，转身举刀又剁了下去。于公又伏倒身子钻入了大鬼的胯下，大鬼的刀落下砍断了他的裙袍。这时，于公已经钻到了大鬼的腋下，他挥剑猛砍，也发出一阵铜铁般的铿锵声，大鬼被刺中，仆倒僵卧在地上。于公又上前一阵乱砍，但觉发出的声音像巡夜时的木梆敲击声一样。用灯一照，原来是个木偶，大小和人一样，弓箭还系在腰间，脸上刻画得狰狞可怖，被剑击中的地方，都有血流淌出来。于公于是点着蜡烛，坐着等到了天明，这才明白鬼物都是算命人派来的，想以此致人于死地，用以说明他卜算的灵验。

第二天，于公向自己所有的朋友诉说了这件事的经过，大家一起到了算命人的住所。算命人远远地望见于公，转眼间就消失不见了。有人说："他这是隐身术，用狗血可以破除。"于公按他说的准备好了，再次去找算命人。算命人又像上次那样藏身不见了。于公急忙把狗血浇洒在算命人站着的地方，只见算命人现出了原形，头上脸上一片狗血模糊，目光一闪一闪，像个鬼似地立在那里。于公于是把他押送到有关衙门处了死刑。

异史氏说：我曾经说过花钱算命是一种傻事。世上讲究此道，又能准确无误地算出人的生死之期的，能有几个人？卜卦不准，同没卜一样。而且即使明明白白地告诉我死期要到了，又能有什么办法呢？更何况还有那些通过谋害人命来显示自己断事如神的家伙，这更是令人害怕呀！

[何守奇] 赞尽之矣。"击鬼"一段，复错落有致。

野狗

【原文】

于七之乱，杀人如麻。乡民李化龙，自山中窜归。值大兵宵进，恐罹炎昆之祸，急无所匿，僵卧于死人之丛，诈作尸。兵过既尽，未敢遽出。忽见阙头断臂之尸，起立如林。内一尸断首犹连肩上，口中作语曰："野狗子来，奈何？"群尸参差而应曰："奈何！"俄顷蹶然尽倒，遂无声。

李方惊颤欲起，有一物来，兽首人身，伏啮人首，遍吸其脑。李惧，匿首尸

下。物来拨李肩，欲得李首。李力伏，俾不可得。物乃推覆尸而移之，首见。李大惧，手索腰下，得巨石如碗，握之。物俯身欲龁，李骤起大呼，击其首，中嘴。物嗥如鸱，掩口负痛而奔，吐血道上。就视之，于血中得二齿，中曲而端锐，长四寸余。怀归以示人，皆不知其何物也。

【译文】

于七作乱时，杀人如麻。乡民李化龙从山里躲避归来，正好碰上官兵夜里行军。他害怕官兵不加分别地乱杀无辜，急乱当中找不到地方可以躲藏，就直挺挺地躺在死人堆里，诈作死尸。官兵的队伍过去以后，他也没敢冒然出来。

这时，他忽然看见一些缺头断臂的尸体纷纷站立起来，好像一片树林似的。其中一个尸身上的断头还连在肩上，口中说道："野狗要来了，怎么办？"其他尸体都参差不齐地应声说道："怎么办？"一会儿他们忽然又都仆倒在地上，于是便寂静无声了。

李化龙正惊惊颤颤地想起身走掉，有一个怪物就来到了这里。那怪物长着野兽的脑袋，人的身子，趴在那里啃人头，一个接一个地吸尽人的脑浆。李化龙非常害怕，就把头藏在尸首下面。这怪物来到李化龙的跟前，拨弄着他的肩背，想找到他的脑袋。李化龙使劲往尸首下面钻，让它不能找到自己的头。怪物于是推开覆盖在上面的尸体，李化龙的头便露了出来。李化龙害怕极了，手在腰下摸索着找到了一块石头，石头有碗那么大，他用手握住了石头。怪物伏下身来准备啃咬李化龙的脑袋，李化龙突然跳起身来，大声呼叫着，向怪物的头部猛击过去，打中了怪物的嘴。怪物像猫头鹰似地号叫了起来，捂着嘴带着痛逃走了，把血吐在了大路上。

李化龙就近去察看，从血中捡到了两颗牙齿，牙齿中间弯，两头尖锐，有四寸多长。李化龙把它放在怀中带回去给大家看，大家都不知道那是种什么怪物。

［何守奇］乱离中景况如见。

三　生

【原文】

刘孝廉，能记前身事。自言一世为缙绅，行多玷。六十二岁而殁，初见冥王，待如乡先生礼，赐坐，饮以茶。觑冥王盏中茶色清澈，己盏中浊如醪。暗疑迷魂汤得勿此乎？乘冥王他顾，以盏就案角泻之，伪为尽者。

俄顷稽前生恶录，怒命群鬼捽下，罚作马。即有厉鬼絷去。行至一家，门限甚高，不可逾。方趑趄间，鬼力楚之，痛甚而蹶。自顾，则身已在枥下矣。但闻人曰："骊马生驹矣，牡也。"心甚明了，但不能言。觉大馁，不得已，就牝马求乳。逾四五年间，体修伟。甚畏挞楚，见鞭则惧而逸。主人骑，必覆障泥，缓辔徐徐，犹不甚苦；惟奴仆圉人，不加鞯装以行，两踝夹击，痛彻心腑。于是愤甚，三日不食，遂死。

至冥司，冥王查其罚限未满，责其规避，剥其皮革，罚为犬。意懊丧不欲行。群鬼乱挞之，痛极而窜于野。自念不如死，愤投绝壁，颠莫能起。

自顾则身伏窦中，牝犬舐而腓字之，乃知身已复生于人世矣。稍长，见便液亦知秽，然嗅之而香，但立念不食耳。为犬经年，常忿欲死，又恐罪其规避。而主人又豢养不肯戮。乃故啮主人脱股肉，主人怒，杖杀之。

冥王鞫状，怒其狂猘，笞数百，俾作蛇。囚于幽室，暗不见天。闷甚，缘壁而上，穴屋而出。自视则身伏茂草，居然蛇矣。遂矢志不残生类，饥吞木实。积年余，每思自尽不可，害人而死又不可，欲求一善死之策而未得也。一日卧草中，闻车过，遽出当路，车驰压之，断为两。

冥王讶其速至，因蒲伏自剖。冥王以无罪见杀原之，准其满限复为人，是为刘公。公生而能言，文章书史，过辄成诵。辛酉举孝廉。每劝人：乘马必厚其障泥；股夹之刑，胜于鞭楚也。

异史氏曰："毛角之俦，乃有王公大人在其中。所以然者，王公大人之内，原未必无毛角者在其中也。故贱者为善，如求花而种其树；贵者为善，如已花而培其本：种者可大，培者可久。不然，且将负盐车，受羁帘，与之为马。不然，且将啖便液，受烹割，与之为犬。又不然，且将披鳞介，葬鹤鹳，与之为蛇。"

【译文】

有个姓刘的举人，能记得自己前世的事情。他与先兄文贲是同年举人，曾向先兄清清楚楚地叙述过自己的前生。

他第一世是个士大夫，有许多不道德的污秽行径。他在六十二岁时死去。他刚一见到阴间阎王时，阎王像对乡村中的乡绅那样礼待他，请他坐下，上茶招待他。他偷偷一看，阎王的茶杯里的茶十分清澈，而自己茶杯里的茶却浑浊不堪，

就暗暗猜想阴曹的迷魂汤就是这个吧？于是他趁阎王往别处看的时候，悄悄地端起茶杯从桌角处把茶水倒掉，假装是自己喝完了茶。一会儿，阎王查到了他生前作恶多端的记录，勃然大怒，命令群鬼把他揪下殿去，罚他来世做马。立刻就有一个恶鬼把他拉走了。

他走到了一家门口，门槛很高，爬不过去。正在犹豫是进还是退的时候，那恶鬼突然对他用力责打起来，他痛极了翻滚在地。再看一下自己，身子已经在马槽下面了。只听见有人说："黑马生小马驹了，是个公的。"他心里还很明白，但说不出话来，又觉得饿极了，不得已只好趴在母马身上吃奶。过了四五年，他的身体长得又高大又健壮，但特别害怕被人抽打，一见鞭子挥起就吓得拼命逃跑。主人骑马时，一定要配上障泥之类的马具，放松马辔头让马慢慢地跑，这样他还不觉得太苦。只是奴仆和养马人骑马时，不装马具就上路，他们两腿的踝骨一夹击，他就感到痛彻肺腑。于是他极其气愤，三天不吃草料，便死了。

到了阴间地府，阎王一查他的罚期还没满，斥责他是有意逃避，剥下他的马皮，罚他来世做狗。他心中十方懊丧，不想前去，群鬼上前对他又是一顿乱打，他痛极了就抱头鼠窜，逃到了野外。他心想还不如死了好，就愤愤地从悬崖绝壁上跳了下去，摔倒在地上不能动弹。再看自己，却已经伏身在狗洞里，母狗正舔着他庇护哺育他，于是他知道自己已经再次转到阳间了。长大一点儿后，他看到粪尿，也知道是污秽的，但闻着却很香，只能在心里下决心不去吃。在他做狗的一年多里，常常气忿地想寻死，又怕阎王说他有意逃避惩罚而加罪，而且主人也对他宠爱驯养，不肯杀掉。于是他就故意咬下了主人大腿上的一块肉，主人大怒，用乱棍将他打死了。

阎王查问情况后，对他的凶猛疯狂大为恼怒，把他鞭打几百下之后，让他做蛇。他被关在密室当中，黑暗得不见天日，十分气闷，就贴着墙壁爬了上去，从

洞里钻出了屋子。再一看自己，已经伏身在茂密的草丛中，居然变成蛇了。于是他下定决心不残害生灵，饥饿了就吞吃草木果实。过了一年多，他常常想，自杀不行，害人而死也不行。想要寻求一种好的死法，却又苦于找不到。有一天，他卧在草丛中，忽然听见有车经过，就急忙蹿出去挡在路当中，车子疾驰而过，把他碾成了两段。

阎王十分惊异他这么快就回到了阴间，于是他伏地膝行，向阎王表白了心迹。阎王因为他是无罪被杀的，予以原谅，批准他期满后重新做人，于是他就成了刘公。刘公一生下来就能开口说话，文章书史，只要过目一遍，就能背诵。辛酉年间他考中了举人。他常常对人说，骑马一定要多加些障泥一类的马具；用双腿夹击马腹的刑罚，比鞭打还要痛楚。

异史氏说：披毛戴角的禽兽当中，竟然有王公大人身在其中；之所以这样，是因为王公大人当中也未必没有衣冠禽兽。所以卑贱者去做善事，好比欲得花而先种树；高贵者去做善事，好比已经开了花而去培育花木的根须。种下的树可以长大，培育过根须的树可以长久不衰。不然的话，就要被罚作马，载重拉车，忍受羁绊束缚；再不然，就要被罚作狗，食粪饮尿，任人宰割；再不然，就要被罚作蛇，披鳞带甲，死于鹤鹳之腹。

[何守奇] 脱去毛角，便为贵人，雅不可解。

焦　螟

【原文】

董侍读默庵家为狐所扰，瓦砾砖石，忽如雹落，家人相率奔匿，待其间歇，乃敢出操作。公患之，假怍庭孙司马第移避之。而狐扰犹故。

一日朝中待漏，适言其异。大臣或言关东道士焦螟居内城，总持敕勒之术，颇有效。公造庐而请之。道士朱书符，使归粘壁上。狐竟不惧，抛掷有加焉。公复告道士。道士怒，亲诣公家，筑坛作法。俄见一巨狐伏坛下，家人受虐已久，衔恨綦甚，一婢近击之，婢忽仆地气绝。道士曰："此物猖獗，我尚不能遽服之，女子何轻犯尔尔。"既而曰："可借鞫狐词亦得。"戟指咒移时，婢忽起长跪。道士诘其里居。婢作狐言："我西域产，入都者十八辈。"道士曰："辇毂下，何容尔辈久居？可速去！"狐不答。道士击案怒曰："汝欲梗吾令耶？再若迁延，法不汝宥！"狐乃蹙怖作色，愿谨奉教。道士又速之。婢又仆绝，良久始苏。俄见白块四五团，滚滚如球附檐际而行，次第追逐，顷刻俱去。由是遂安。

【译文】

翰林院侍读学士董默庵的家里，遭到了狐狸的骚扰。常常是忽然之间，砖石瓦块就会像下冰雹一样地打落下来。每当这时，家人都只好纷纷奔逃躲避，等狐

狸折腾一阵之后，才敢出来操持家务。董公为此而忧虑不安，借了司马孙怍庭的府第搬进去躲避狐狸，但狐狸仍旧像以前一样来骚扰。

一天，他在等待上早朝的时候，向同僚们讲了自己家里受狐狸作怪的事儿。一个大臣说："有个关东道士名叫焦螟，住在内城里，他掌握一套画符驱邪的法术，很是灵验有效。"于是董公便登门前去延请焦螟帮他惩治家中作怪的狐狸。道士用朱砂画了一张符纸，让他回去粘在墙上。但狐狸竟然不怕，抛砖砸石反而更加厉害了。董公又去把狐狸仍然闹腾的事情告诉了道士。道士发怒了，亲自来到董公家，筑起神坛，施展法术。不久一只大狐狸伏倒在了神坛下面。

董家的家人受狐狸闹腾的苦楚已经很久了，对狐狸恨之入骨。一个婢女走上前去打那只狐狸，却忽然倒在地上断了气。道士说："这畜牲十分猖獗，我都不能立刻制服它，你这女子怎么敢轻易去动它。"然后又说："可以借用这个婢女来审问狐狸，得到它的供词。"于是他把食指和中指合并在一块儿指点着，念起了咒语。过了一会儿，婢女忽然从地上爬了起来，伏跪在那里。道士问起她住的地方，婢女发出狐狸的声音说："我生在西域，进入京城已经有十八辈了。"道士说："天子居住的京城，哪容得你们这类畜牲常住在此？快快离开这里！"狐狸听后也不回答。道士拍案怒斥道："你想拒绝我的命令吗？如果再拖延，我的道法可绝不会饶恕你！"狐狸这才显出惊骇不安的样子，说愿意遵守命令。道士又催它快些走。这时婢女又倒在地上断了气，过了很长时间才复活过来。

一会儿，大家看到有四五个白团，圆滚滚地像球一样，贴着房檐边儿往前走，一团儿挨一团儿地追逐着。又过了一阵儿便都离开了。从此以后，董家就安稳平静下来了。

[何守奇] 道士能鞫之而不能执之，何也？恐终是道士诈术。

叶生

【原文】

淮阳叶生者，失其名字。文章词赋，冠绝当时，而所遇不偶，困于名场。会关东丁乘鹤来令是邑，见其文，奇之，召与语，大悦。使即官署受灯火，时赐钱谷恤其家。值科试，公游扬于学使，遂领冠军。公期望綦切，闱后索文读之，击节称叹。不意时数限人，文章憎命，及放榜时，依然铩羽。生嗒丧而归，愧负知己，形销骨立，痴若木偶。公闻，召之来而慰之；生零涕不已。公怜之，相期考满入都，携与俱北。生甚感佩。辞而归，杜门不出。无何寝疾。公遗问不绝，而服药百裹，殊罔所效。

公适以忤上官免，将解任去。函致之，其略云："仆东归有日，所以迟迟者，待足下耳。足下朝至，则仆夕发矣。"传之卧榻。生持书啜泣，寄语来使："疾革难遽瘥，请先发。"使人返白。公不忍去，徐待之。

逾数日，门者忽通叶生至。公喜，迎而问之。生曰："以犬马病，劳夫子久待，万虑不宁。今幸可从杖履。"公乃束装戒旦。抵里，命子师事生，夙夜与俱。公子名再昌，时年十六，尚不能文。然绝慧，凡文艺三两过，辄无遗忘。居之期岁，便能落笔成文。益之公力，遂入邑庠。生以生平所拟举业悉录授读，闱中七题，并无脱漏，中亚魁。公一日谓生曰："君出余绪，遂使孺子成名。然黄钟长弃若何！"生曰："是殆有命！借福泽为文章吐气，使天下人知半生沦落，非战之罪也，愿亦足矣。且士得一人知己无可憾，何必抛却白纻，乃谓之利市哉！"公以其久客，恐误岁试，劝令归省。生惨然不乐，公不忍强，嘱公子至都为之纳粟。公子又捷南宫，授部中主政，携

生赴监，与共晨夕。逾岁，生入北闱，竟领乡荐。会公子差南河典务，因谓生曰："此去离贵乡不远。先生奋迹云霄，锦还为快。"生亦喜。择吉就道，抵淮阳界，命仆马送生归。

见门户萧条，意甚悲恻。逡巡至庭中，妻携簸具以出，见生，掷具骇走。生凄然曰："今我贵矣！三四年不觌，何遂顿不相识？"妻遥谓曰："君死已久，何复言贵？所以久淹君柩者，以家贫子幼耳。今阿大亦已成立，将卜窀穸，勿作怪异吓生人。"生闻之，怃然惆怅。逡巡入室，见灵柩俨然，扑地而灭。妻惊视之，衣冠履舄如蜕委焉。大恸，抱衣悲哭。子自塾中归，见结驷于门，审所自来，骇奔告母。母挥涕告诉。又细询从者，始得颠末。从者返，公子闻之，涕堕垂膺，即命驾哭诸其室；出橐为营丧，葬以孝廉礼。又厚遗其子，为延师教读。言于学使，逾年游泮。

异史氏曰："魂从知己，竟忘死耶？闻者疑之，余深信焉。同心倩女，至离枕上之魂；千里良朋，犹识梦中之路。而况茧丝蝇迹，吐学士之心肝；流水高山，通我曹之性命者哉！嗟乎！遇合难期，遭逢不偶。行踪落落，对影长愁；傲骨嶙嶙，搔头自爱。叹面目之酸涩，来鬼物之揶揄。频居康了之中，则须发之条条可丑；一落孙山之外，则文章之处处皆疵。古今痛哭之人，卞和惟尔；颠倒逸群之物，伯乐伊谁？抱刺于怀，三年灭字，侧身以望，四海无家。人生世上，只须合眼放步，以听造物之低昂而已。天下之昂藏沦落如叶生者，亦复不少，顾安得令威复来而生死从之也哉？噫！"

【译文】

淮阳县有个书生姓叶，他的名字人们已经记不清了。他写的文章、诗词，在当时称得上是首屈一指，然而运气却一直不好，在科举考试中屡屡落第。

这时，有个关东人丁乘鹤，到这个县来做县令，见到了叶生的文章，很是欣赏，又召他来谈话，言语投合，大为高兴。丁公就叫叶生到官署来住，给叶生灯火钱等读书费用，并常常送给他钱粮去养家。又到了本省科考的时节，丁公在学使面前把叶生称赞了一番，于是叶生以第一名的成绩获取了参加乡试的资格。丁公对他的期望十分殷切。乡试结束后，他要来叶生的文稿来读，读完后连连击节称叹。不料人受命运的限制，文章憎厌人的命运通达。等到放榜以后，叶生依然没有考中。他神情沮丧地回到家里，惭愧自己辜负了知己的期望，人瘦得只剩下一把骨头，痴呆呆地像个木偶。丁公听说了，把他叫来劝慰了一番，叶生十分感动，不住地掉眼泪。丁公很同情他，与他约好等自己任职期满到京城去的时候，带着他一同北上。叶生更加感动，辞谢后回到家中，从此闭门不出。没过多久，叶生就卧病不起了。丁公又派人不断送来东西，表示慰问。但叶生吃了上百包药，一直都不见效。

这时，恰巧丁公因为得罪了上司被免去了职务，将要解任离去。他就写了封

信给叶生，大致内容是：“我本来已定下了东归回家的日期，所以迟迟不起程的原因，就是在等着你啊。你早晨一到来，我晚上就出发。”丁公派人把信送到叶生床前。叶生拿着信哭泣起来，请送信人转告丁公：“我病得很重，很难一下子就好，请您先上路吧！”送信人回去说了以后，丁公不忍心先离开，仍然耐心地等着。

过了几天，看门人忽然通报说叶生来了。丁公十分高兴，迎上前去问候他。叶生说：“因为我生病，有劳先生等待了这么久，我心中万般不安。现在幸好可以跟随侍奉在您的身边了。”丁公于是收拾好行装，准备一大早就出发。到了家乡，丁公让儿子拜叶生为师，两人日夜都陪伴在一起。丁公子名再昌，当时十六岁，还不会做文章。然而他聪明绝顶，一篇八股文看上两三遍，就不会再忘记。叶生在丁家住着教授了一年，丁公子就能一气呵成地写出文章了。又加上他父亲的关系，丁公子于是进了县学。叶生把他生平为准备应试而写的八股文都抄录下来，教丁公子诵读。丁公子参加乡试，考场上出的七道题，没有一道是平时准备不到而脱漏掉的，于是高中了第二名。丁公有一天对叶生说：“先生只拿出几分本事，就让我这个儿子高中成名了。然而真有才能的人却长久地被埋没，这又如何是好呢！”叶生说：“这大概是我命该如此吧。不过现在借您的福气恩泽为我的文章扬眉吐气，使天下人知道我半生沦落，并不是由于我个人能力低下，我也就心满意足了。况且读书人能得到一个知己，就已经没有什么可遗憾的，又何必非要金榜题名，摆脱平民布衣身份，才说得上是交了好运呢！”

丁公因为叶生离开家乡在外客居已经很久了，恐怕他耽误例行的岁试，劝他回家去看看。叶生听了却郁郁不乐。丁公也不忍勉强他，嘱咐去参加会试的丁公子，到了京城为叶生花钱捐一个国子监监生资格。公子参加会试又高中报捷，获得了部中主事的职位，就带着叶生到任上赴职，两人早晚都在一起。过了一年，叶生参加京城举行的乡试，竟然考中了举人。正好此时丁公子被派到南方办理诸河道的治理事宜，于是对叶生说：“这一去离您的家乡不远，先生奋斗多年，终于直上云霄，现在是衣锦还乡的快慰时候了。”叶生也十分欣喜。选定了良辰吉日后，他们便起程上路了。到了淮阳县界，丁公子又命令仆人牵马送叶生回家去。

叶生回到乡里，看见自家门前一片破败萧条的景象，心中不禁十分难过。他徘徊着到了庭院当中，恰好他妻子端着簸箕出来，一看见他，扔下簸箕就惊恐地逃开了。叶生心境凄凉地说：“我现在富贵了，三四年不相见，你怎么就到了不认识我的地步？”妻子远远地说：“你已经死了很久了，还说什么富贵？我之所以这么长时间迟迟留着你的棺材没有下葬，实在是因为家里太穷、孩子太小。现在阿大已经长大成人了，就要找地方安葬你了，你可不要显灵作怪来吓唬我们活人呀！”叶生听了这话，显出失望惆怅的神色，慢慢地走进屋里，看见一具棺材赫然地摆在那里，就倒在地上一下子消失了。他妻子惊恐地走近一看，只见叶生

的衣服、帽子、鞋袜就像蝉蛇蜕下来的皮一样散放在地上，于是大为悲哀，抱着衣服失声痛哭起来。叶生的儿子从学馆回来，见有马车停在家门口，仔细问明来由，就惊骇地跑去告诉母亲。母亲抹着眼泪向他诉说了刚才见到的情景。两人又细细地询问了外边跟叶生来的随从，才知道这一切的原委。

随从叶生的仆人回去后，丁公子听说了这件事，十分哀痛，泪流满面。他立刻让人驾车带自己赶往叶家，在叶生的灵前哭祭。他出钱为叶生操办了丧事，按举人的礼数埋葬了叶生。丁公子又送给叶生的儿子许多钱，为他请了老师教他读书。丁公子向学使推荐了一番，过了一年，叶生的儿子就中了秀才。

异史氏说：一个人的魂魄追随自己的知己，竟然不知生死！听说这事的人都不相信，唯独我深信不疑。《离魂记》里的倩女能为心上人而使魂魄离开躯体、生死相随；张敏、高惠这对远隔千里的知心挚友也能在梦中相会。更何况笔下的文章，倾注着我们读书人的心血；钟子期那样的知音，才是和我们这些读书人性命相通的人呀！可叹啊！知音相遇是难以期望的事情，人还是常会遭逢独自一人不得知音的境遇，只得孤单流落，对着自己的影子长久地忧怨；偏偏又生就了铮铮傲骨，难免不搔头自怜。可怜一副穷酸相的书生，甚至连鬼怪也要来嘲弄。只要屡考不中，就连每根须发都是丑陋的；一旦名落孙山，文章就处处都是毛病。自古至今以痛哭闻名的人，要数献宝被拒的卞和；而面对超群之才被埋没的良莠颠倒之事，谁又是善识贤才的伯乐呢？身怀绝技，无人赏识，也只能像祢衡那样把名帖放在怀中，到三年之后字迹磨灭，侧身观望，天下已经无处投奔。人生在世，只应该闭着眼睛放开步子走，以此来服从上天安排下的富贵贫贱。天下有志之士像叶生那样沦落一生的，还有不少，看看怎样才能让丁乘鹤那样的人再度出现，好去与他生死相随呢？唉！

[冯镇峦] 余谓此篇即聊斋自作小传，故言之痛心。

[何守奇] 异史氏慨乎言之，亦可谓谈虎色变矣。

[但明伦] 文章吐气，必借福泽，所谓冥中重德行更甚于文学也。时数何以限人？文章何以憎命？反而思之，毋亦仅浸淫于雕虫小技，而于圣贤反身修行之道尚未讲乎？吾人所学何事？身心性命，原非借以博功名；然此中进得一分功力，即是一分德行，即是一分福泽。自心问得过时，然后可求进取；不然者，制艺代圣贤立言，亦昧心之言耳，文章果足恃乎？

四十千

【原文】

新城王大司马有主计仆，家称素封。忽梦一人奔入，曰："汝欠四十千，今宜还矣。"问之不答，径入内去。既醒，妻产男。知为夙孽，遂以四十千捆置一室，凡儿衣食病药皆取给焉。过三四岁，视室中钱仅存七百。适乳媪抱儿至，调笑于侧，仆呼之曰："四十千将尽，汝宜行矣！"言已，儿忽颜色蹙变，项折目张；再抚之，气已绝矣。乃以余资置葬具而瘗之。此可为负欠者戒也。

昔有老而无子者问诸高僧。僧曰："汝不欠人者，人又不欠汝者，乌得子？"盖生佳儿所以报我之缘，生顽儿所以取我之债。生者勿喜，死者勿悲也。

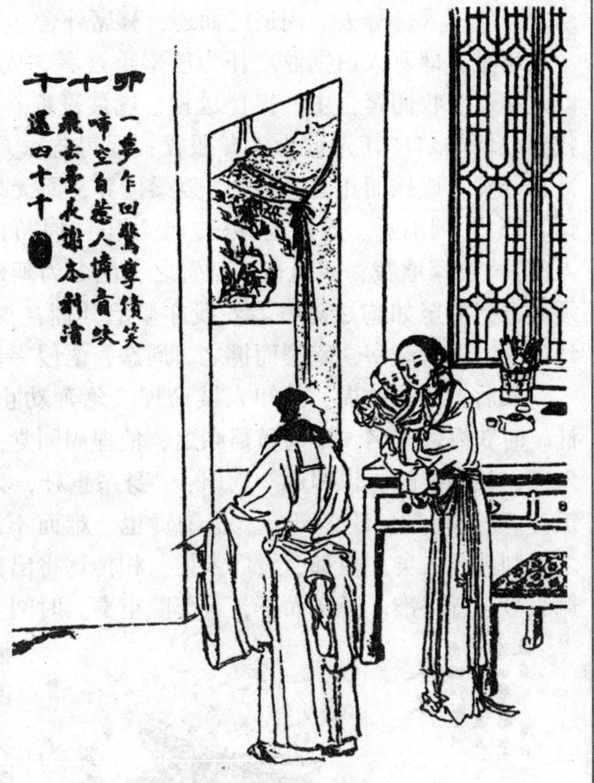

【译文】

新城的王大司马家中，有一个主管账目的仆人，这个仆人虽然没有官爵，但是家里富有资财。

一天，他忽然梦见一个人急冲冲地跑进他家中，说："你欠我的四十贯钱，如今应该还清了。"问这个人，这个人也不回答，径直走向内室去了。他睡醒以后，妻子生下了一个男孩。他心中明白这是他前世恶业的果报，就把四十贯钱捆放在一间屋子里，凡是这孩子穿衣吃饭看病买药的钱都从这里支取。

过了三四年，他察看了一下屋子里的钱，只剩下了七百文。正好这时乳妈抱着孩子来了，在他身旁逗弄小孩玩乐。他于是对孩子呼喊说："四十贯钱快花光了，你也应该走了。"他话音刚落，孩子突然间脸色大变，脖子带着脑袋耷拉下来，眼睛直直地瞪着。再去摸摸孩子，已经断了气。于是，他取出剩下的钱买了埋葬用具，把孩子埋葬了。这件事可以当作是对欠债者的告诫。

从前有个老而无子的人，去问高僧这其中的原故。高僧说："你不欠别人的，别人又不欠你的，怎么能有儿子呢？"大概生了好儿子，即是别人要报答我的缘故；生了顽劣之子，那是别人以此来向我讨还欠债。所以，生了不必高兴，死了也不必伤悲。

成　仙

【原文】

文登周生与成生少共笔砚，遂订为杵臼交。而成贫，故终岁依周。论齿则周

为长，呼周妻以嫂。节序登堂如一家焉。周妻生子，产后暴卒，继聘王氏，成以少故，未尝请见之。一日王氏弟来省姊，宴于内寝。成适至，家人通白，周坐命邀之，成不入，辞去。周追之而还，移席外舍。

甫坐，即有人白别业之仆为邑宰重笞者。先是，黄吏部家牧佣，牛蹊周田，以是相诟。牧佣奔告主，捉仆送官，遂被笞责。周因诘得其故，大怒曰："黄家牧猪奴何敢尔！其先世为大父服役；促得志，乃无人耶！"气填吭臆，忿而起，欲往寻黄。成捺而止之，曰："强梁世界，原无皂白。况今日官宰半强寇不操矛弧者耶？"周不听。成谏止再三，至泣下，周乃止。怒终不释，转侧达旦，谓家人曰："黄家欺我，我仇也，姑置之，邑令为朝廷官，非势家官，纵有互争，亦须两造，何至如狗之随嗾者？我亦呈治其佣，视彼将何处分。"家人悉怂恿之，计遂决。以状赴宰，宰裂而掷之。周怒，语侵宰。宰惭恚，因逮系之。

辰后，成往访周，始知入城讼理。急奔劝止，则已在囹圄矣。顿足无所为计。时获海寇三名，宰与黄赂嘱之，使捏周同党。据词申黜顶衣，榜掠酷惨。成入狱，相顾凄酸。谋叩阙。周曰："身系重犴，如鸟在笼，虽有弱弟，止堪供囚饭耳。"成锐身自任，曰："是予责也。难而不急，乌用友也！"乃行。周弟赆之，则去已久矣。至都，无门入控。相传驾将出猎，成预隐木市中。俄驾过，伏舞哀号，遂得准。驿送而下，着部院审奏。时阅十月余，周已诬服论辟。院接御批，大骇，复提躬谳。黄亦骇，谋杀周。因赂监者，绝其饮食，弟来馈问，苦禁拒之。成又为赴院声屈，始蒙提问，业已饥饿不起。院台怒，杖毙监者。黄大怖，纳数千金，嘱为营脱，以是得朦胧题免。宰以枉法拟流。

周放归，益肝胆成。成自经讼系，世情灰冷，招周偕隐。周溺少妇，辄迂笑之。成虽不言，而意甚决。别后数日不至。周使探诸其家，家人方疑其在周所；两无所见，始疑。周心知其异，遣人踪迹之，寺观岩壑，物色殆遍。时以金帛恤其子。

又八九年，成忽自至，黄巾氅服，岸然道貌。周喜，把臂曰："君何往，使我寻欲遍？"成笑曰："孤云野鹤，栖无定所。

别后幸复顽健。”周命置酒，略通间阔，欲为变易道装。成笑不语。周曰：“愚哉！何弃妻孥犹敝屣也？”成笑曰：“不然。人将弃予，其何人之能弃。”问所栖止，答在劳山上清宫。既而抵足寝，梦成裸伏胸上，气不得息。讶问何为，殊不答。忽惊而寤，呼成不应。坐而索之，杳然不知所往。定移时，始觉在成榻，骇曰：“昨不醉，何颠倒至此耶！”乃呼家人。家人火之，俨然成也。周固多髭，以手自捋，则疏无几茎。取镜自照，讶曰：“成生在此，我何往？”已而大悟，知成以幻术招隐。意欲归内，弟以其貌异，禁不听前。周亦无以自明，即命仆马往寻成。

数日入劳山，马行疾，仆不能及。休止树下，见羽客往来甚众。内一道人目周，周因以成问。道士笑曰：“耳其名矣，似在上清。”言已径去。周目送之，见一矢之外，又与一人语，亦不数言而去。与言者渐至，乃同社生。见周，愕曰：“数年不晤，人以君学道名山，今尚游戏人间耶？”周述其异。生惊曰：“我适遇之，而以为君也。去无几时，或亦不远。”周大异，曰：“怪哉！何自己面目觌面而不之识？”仆寻至，急驰之，竟无踪兆。一望寥阔，进退难以自主。自念无家可归，遂决意穷追。而怪险不复可骑，遂以马付仆归，迤逦自往。遥见一童独立，趋近问程，且告以故。童自言为成弟子，代荷衣粮，导与俱行。星饭露宿，遵行殊远。三日始至，又非世之所谓上清。时十月中，山花满路，不类初冬。童入报，成即出，始认己形。执手而入，置酒宴语。见异彩之禽，驯人不惊，声如笙簧，时来鸣于座上，心甚异之。然尘俗念切，无意留连。地下有蒲团二，曳与并坐。至二更后，万虑俱寂，忽似瞥然一盹，身觉与成易位。疑之，自捋颔下，则于思者如故矣。

既曙，浩然思返。成固留之。越三日，乃曰：“乞少寐息，早送君行。”甫交睫，闻成呼曰：“行装已具矣。”遂起从之。所行殊非旧途。觉无几时，里居已在望中。成坐候路侧，俾自归。周强之不得，因踽踽至家门，叩不能应，思欲越墙，觉身飘似叶，一跃已过。凡逾数重垣，始抵卧室，灯烛荧然，内人未寝，哝哝与人语。舐窗一窥，则妻与一厮仆同杯饮，状甚狎亵。于是怒火如焚，计将掩执，又恐孤力难胜。遂潜身脱扃而出，奔告成，且乞为助。成慨然从之，直抵内寝。周举石挝门，内张皇甚。擂愈急，内闭益坚。成拨以剑，划然顿辟。周奔入，仆冲户而走。成在门外，以剑击之，断其肩臂。周执妻拷讯，乃知被收时即与仆私。周借剑决其首，罥肠庭树间，乃从成出，寻途而返。

蓦然忽醒，则身在卧榻，惊而言曰：“怪梦参差，使人骇惧！”成笑曰：“梦者兄以为真，真者乃以为梦。”周愕而问之。成出剑示之，溅血犹存。周惊怛欲绝，窃疑成诪张为幻。成知其意，乃促装送之归。荏苒至里门，乃曰：“畴昔之夜，倚剑而相待者非此处耶！吾厌见恶浊，请还待君于此。如过晡不来，予自去。”周至家，门户萧索，似无居人。还入弟家。弟见兄，双泪交坠，曰：“兄去后，盗夜杀嫂，刳肠去，酷惨可悼。于今官捕未获。”周如梦醒，因以情告，

戒勿究。弟错愕良久。周问其子，乃命老妪抱至。周曰："此襁褓物，宗绪所关，弟善视之。兄欲辞人世矣。"遂起径去。弟涕泗追挽，笑行不顾。至野外见成，与俱行。遥回顾，曰："忍事最乐。"弟欲有言，成阔袖一举，即不可见。怅立移时，痛哭而返。

周弟朴拙，不善治家人生产，居数年，家益贫；周子渐长，不能延师，因自教读。一日早至斋，见案头有函书，缄封甚固，签题"仲氏启"，审之为兄迹。开视则虚无所有，只见爪甲一枚，长二指许，心怪之。以甲置砚上，出问家人所自来，并无知者。回视，则砚石灿灿，化为黄金，大惊。以试铜铁皆然。由此大富。以千金赐成氏子，因相传两家有点金术云。

【译文】

文登县有个姓周的书生，与另一个姓成的书生从小就在一起读书，于是结为不计身份高低贵贱的好朋友。成生家里很贫穷，所以一年到头依靠周生接济。论年龄，周生的岁数大，成生就称呼周生的妻子为嫂嫂。一年到头，他们常在一块儿，亲密得好像一家人一样。后来，周生的妻子生孩子，产后得了暴病死去了，周生又续娶了一个妻子王氏，成生因为王氏年少，一直没有拜见过她。

有一天，王氏的弟弟来看望姐姐，周生便在内室设了酒宴招待他。这时成生正好来了，家人进来通报以后，周生让家人邀他进来一同饮酒。成生没有进来，告辞走了。周生把酒席移到客厅里，把成生追了回来。两人刚刚坐定，就有人来报告说：乡下别墅的仆人被知县下令重重鞭打了一顿。事情的原委是，在吏部做官的黄家有一个放猪的仆人，赶着牲口践踏了周生家的农田，因此和周生家的仆人争吵辱骂起来。黄家的仆人跑回去告诉主人后，黄家就捉住周生家的仆人送到了官衙，于是周生家的仆人遭到了鞭打的处罚。

周生问明了事情的起因后，勃然大怒说："黄家一个放猪的奴才，怎么敢这样！黄家上一辈子的人还在我祖父手下当差，小人才刚得志，就目中无人了吗！"他满腔怒气，愤怒地跳起来要去找黄家论理。成生连忙按住他劝阻说："现在这个强横世界，本来就不分青红皂白。又何况做州县官的多半都是些不拿刀枪的强盗呢！"周生不听，成生又再三劝阻，以至流下眼泪哀求，周生才止步不去了。但他心中的怒气到底没有消去，一夜翻来覆去地在床上忍到天亮，对家人说："黄家欺负我，是我的仇人，这暂且不说；那知县是朝廷任命的官员，何至于像狗那样主人一嗾使就去咬人呢？我现在也上个呈状要求惩治黄家的仆人，看他怎么处理。"家人在一旁也都怂恿他去，于是周生打定了主意。他写了一份状子去见知县，知县见了状纸，一把撕破扔在了地上。周生十分气愤，他的言语侵犯了知县，知县恼羞成怒，就下令把他逮捕起来投进了监狱。

这天辰时过后，成生前往周生家拜访，才知道周生进城告状辩理去了，他急忙追到城里去劝阻，但周生已经被投入大牢。成生急得捶胸顿足，然而一时也想不出办法来。这时，县里捕获了三名海盗，知县与黄家于是用钱买通他们，让他们诬陷周生是同党。知县又根据供词报请上级官府革去周生的生员功名，对他进行残酷拷打。成生入狱探望，两人凄酸相对，成生给周生出主意，把冤情直接向朝廷申诉。周生说："我关在大牢里，好像鸟困笼中，虽然有一个年少的弟弟，也只能够给我送送囚饭而已。"成生毅然自荐，说："这是我的责任呀，有了危难而不相救，还要朋友有什么用！"说完就起程了。等到周生的弟弟来给他送盘缠时，他已经走了很久了。

成生到了京城，一直找不到门路去上诉。一天，听说皇帝将要出门行猎，他便预先躲藏在树林当中。不久，皇帝的车驾经过这里，成生连忙出来伏地叩头，痛哭喊冤。于是皇帝准接了他的状纸，派邮驿把状纸送下，命令交付刑部和都察院审理后再回奏。

这时距离周生被关押起来已经过了十个多月，周生在县里已经被屈打成招，判处了死罪。都察院接到皇帝的御批后，大吃一惊，决定重新亲自审定此案。黄家听到消息后，也十分恐慌，谋划杀了周生灭口。于是黄家贿赂了监狱里的看守，不给周生吃喝，周生的弟弟前来送饭探监，也被拒绝在门外。成生又为此事往都察院喊冤，才蒙长官开始提审周生的案子，但周生已经饿得不能动弹了。巡抚大人大怒，下令用乱棍打死监狱的那个看守。黄家极为恐怖，急忙拿出几千两银子，托人向上说情解脱，终于使自己蒙混脱了罪，免于被题奏参劾；而知县则以贪赃枉法罪被判处流放。

周生被放回家后，与成生更加推心置腹。但成生自从经过这场官司后，已经看破世情，心如死灰，便邀周生一同到深山去隐居。周生因为舍不得年轻的妻子，就笑话成生迂腐。成生虽然没再说什么，但他的去意已决。这次分别后，成生有好几天没有再来周家。周生派人到他家去探望打听，成家人正在猜疑成生住在周生家里。两处都不见了成生，大家这才惊疑起来。周生心里明白这事的情由，就派人去寻访他的踪迹。但佛寺道观、深山峡谷，几乎都找遍了，却仍然杳无音讯。周生只好时常送银钱衣服去抚恤成生的儿子。

又过了八九年，成生忽然自己回来了，只见他头戴道冠，身穿道袍，一副地道的道士模样。周生十分高兴地抱着他的胳臂问："你到哪里去了，让我到处都找了个遍？"成生笑着回答说："我好像一朵孤云、一只野鹤，四处飘游，没有一定的栖身住处。所幸的是分别后身体还算健壮。"周生立即命令家人摆上酒席，两人说了一会儿久别之后的闲话。周生想让成生换下道士服装，成生只是笑了笑不作声。周生说："你太傻了！怎么能这样像扔破鞋子似的抛弃妻子儿女呢？"成生又笑了笑回答说："不是这样的呀！人世间要抛弃我，我哪里能抛弃什么人呢！"周生再问他住的地方，成生回答说在崂山的上清宫。这一夜，两人就脚对脚地睡在一起。周生梦见成生赤裸着身子伏压在自己身上，压得他喘不过气来。他惊讶地问成生为什么要这样，成生一句也没有回答。周生一惊，忽然睁眼醒了

过来，呼叫成生却没有应声。他坐起身一摸，床上空空的，成生已经不知到哪里去了。周生再定神坐了一段时间，才发现自己睡在成生床上，不由得惊奇地自语："昨天晚上没有喝醉，怎么神魂颠倒到这种地步？"于是他呼叫起了家人。家人拿着灯火一看，坐在这里的明明白白是成生。周生原来的胡须很浓密，现在自己用手一捋，只觉得稀稀拉拉地没有几根。他又取来镜子自己对着照，立即惊叫起来："成生在这里，那么我到哪里去了呢？"过了一会儿，他终于恍然大悟，知道这是成生在用幻术劝自己去隐居。周生想回到自己的内室去，弟弟因为他的相貌与原来的周生大不相同拦住他不让进。周生自己也没有什么办法来说明一切，就命令仆人备马一同去寻找成生。

走了几天，他们进入了崂山。因为马跑得快，仆人追不上，周生就勒马停在树下休息。只见许多道士来来往往，其中有一个道士不住地注视着他，周生就上前去打听成生的下落。那个道士笑着说："听说过这个名字，他好像在上清宫。"说完就径直走了。周生目送着他离去，见他刚走了一箭远的路，又与另外一个人谈话，也是说了没几句话就离去了。和道士说话的那人渐渐地走近了，一看，竟然是同乡的一个生员，那人见了周生，惊愕地问道："数年不见，别人都说你在名山里学道，没想到你现在还在人间游戏呀！"周生知道他把自己当成了成生，于是又述说了一遍这件怪事。那个生员吃惊地说："我刚才正好遇见他，还以为是周生你呢。他刚离去没多久，也许还走得不远。"周生听他一说，也大为惊异说："真怪呀！怎么我自己的面孔我对面碰见都不认识了呢！"这时，仆人已经找到了这里，周生急忙策马奔驰，前去追赶那个道士，但竟然毫无踪影。追了一阵儿，周生四下一望，只见山势茫茫，辽阔无边，顿时感到不知所从，进退两难。他心中思忖自己已经无家可归了，于是决定索性穷追到底。但是山势越来越险峻，不能再骑马前行，他就把马交付给仆人让他回去，自己独身前往。

周生走了一会儿，远远地看见一个道童坐在那里，就上前去问路，并且告诉了他自己正在寻找的目标。道童自称是成师父的弟子，又代替周生背起干粮衣物，引导他一同前往。两人一路上披星戴月，露天食宿，走了很远，走到第三天才到，却不是人世间所说的那处上清宫。这时已经是十月中旬，这里仍然是山花开满路边，一点儿也不像是初冬季节。道童进门报告说有客人来了，成生立即出门前来迎接，周生这才认出了自己的模样。他们两人手拉着手进了屋里，一边饮酒一边交谈起来。但见一只只身披奇光异彩羽毛的禽鸟，十分驯服，见人也不惊怕，叫声像笙簧一样悦耳动听，常常飞到座位前来鸣唱。周生心里十分惊异，然而还是念念不忘尘世，无意在这里久留。地上放着两个蒲草坐垫，成生找过来，与周生盘腿并坐在了上面。待到夜里二更以后，周生心中什么也不再想了，进入了一片沉寂。忽然好像一眨眼之间就打了个盹，周生觉得自己的身子又与成生的换了回来。他还有些怀疑，就摸了摸自己的下巴，已经是和以前一样的浓密胡须了。天亮以后，周生又执意提出要回家去，成生坚决挽留他。过了三天，成生才

说："请稍微睡上一会儿休息休息，然后早早地送你回去。"周生的眼睫毛刚刚合上，就听见成生在叫他："行装已经准备好了。"于是他就起身随成生上了路。他们所走的路途与来时的旧路截然不同，才觉得没过多久，自己村里的房屋已经遥遥可见了。

成生坐在路边等候，让周生自己回去。周生强拉他一同回家，但成生不去，只好独自慢慢地走到家门口。他敲了几下门没有人答应，刚想要爬墙进去，就觉得身子轻飘飘地像一片树叶，轻轻一跃就已经过了院墙。这样跃过了好几道墙，周生才到达了自己的卧室。只见里面的灯火还亮着，妻子王氏还没有睡，听见她唧唧哝哝地在与人说话。周生用舌尖舐破窗纸偷偷一看，只见妻子正在与一个仆人同杯共饮，一副淫荡的模样。于是他不由得胸中怒火熊熊，想要把这两个人堵在屋里抓住，又怕自己力孤难支。于是他悄悄地转回身子开启大门跑了出来，一直奔跑到成生那里，告诉了成生并请他帮忙。成生痛快地随他前去，一直进到了里面的卧室。周生举起一块石头砸门，里面顿时乱作一团，但外面擂门擂得越急，里面就把门顶得越牢。于是成生用剑一拨，屋门就像被划破一样地敞开了。周生冲了进去，仆人跳出窗户要逃，却被成生在门外挡住，用剑一砍，砍断了仆人的一只臂膀。周生抓住妻子拷打审讯，才知道自己八九年前被关在监狱里时，她就已经和这个仆人私通了。周生借来成生的剑砍下了她的头，又把她的肠子挂在庭院里的树上，这才随着成生出来，按原路上山。

这时，周生蓦地醒了过来，一看自己躺在床上，就惊愕地说："做了一个险恶交集的怪梦，真叫人恐惧！"成生笑着说："梦中的事，兄长以为是真事，真事兄长却又以为是做梦。"周生惊疑地问他这是什么意思。成生就拿出剑来给他看，只见那剑上的血还在。周生害怕得要死，心里又怀疑这是成生用法术制造出来的幻觉。成生知道他的心思，于是急忙收拾行装送他回去。

两个人慢慢地走到了周生的村子口，成生说："先前的那个夜里，我拿着宝剑等待你，不就是在这里吗！我讨厌看见人间的恶浊，请你让我还在这里等你。如果过了下午你还不来，我就独自走了。"周生到了家，看见门户萧条冷落，似乎没有人居住在里面。他又进到弟弟的宅院。弟弟一见到他，就失声痛哭，说："哥哥走了以后，突然一天夜里强盗闯进来杀死了嫂嫂，挖出了她的肠子才走，实在太残忍了。到现在官府四处捕捉也没有拿获到凶手。"周生这才如梦初醒，于是把实情详细地告诉了弟弟，又告诫他不要再追究这件事了。弟弟听后惊愕了很长时间。周生又问起了自己的儿子，弟弟于是让老妈子把孩子抱来。周生对弟弟说："这个在襁褓里的孩子，周家要靠他传宗接代，弟弟要好好照看他。为兄的要告别人世了。"说完，周生就起身径自出了门去。弟弟流着眼泪追上前挽留他，周生却笑着不回头。到了野外，周生见到在那里等候的成生，就与他一起前行。周生远远地又回头喊道："做事能忍让，就是最大的快乐！"弟弟还想说些什么，但见成生的宽袖一甩，他们两人就立即不见了。弟弟在那里失意地站了半

天，只得痛哭着回去了。

周生的弟弟为人朴实无能，不善于管理家人生产，过了几年后，家里越来越穷。周生的儿子渐渐长大了，也没有钱为他请老师，因而周生的弟弟只好自己教他读书。一天，周生的弟弟早晨来到书斋里，看见桌子上放着一封信，封得很严实。信封上写着："贤弟亲启。"他仔细一看，辨出是哥哥的笔迹。打开信封，里面竟然空空的什么都没有，只见到一片指甲，有两指多长。弟弟心中十分奇怪，把指甲放在砚台上，出房去问家人信函是从哪里来的，却没有人知道。等他回到书斋再一看，砚台已经黄灿灿地化成了黄金。弟弟大吃一惊，再用那指甲试验铜和铁，都一样可以变成黄金。周家由此变得非常富有。周生的弟弟又拿出一千两金子送给成家的儿子，所以乡里都传说这两家会点金术。

［冯镇峦］负气者固足贾祸，而千古英雄短气，男儿垂头，皆溺少妇之人，岂特与良友偕隐不从哉。

［何守奇］前幅可为负气者戒，后幅可为溺少妇者戒。周生两遭磨折，逼入死港，不得不废然思反矣。

［但明伦］前幅写成肝胆照人，真诚磊落；后幅写成幻形度友，委曲周旋。气局纵横，笔墨恢诡。至周先以牧佣之微嫌，不能自忍，几坏身家；继则人已弃予，而犹溺之，而不忍弃；颠倒至此，何从识自己面目乎？梦者以为真，真者乃以为梦。幸有良朋，反复警唤，半生懵懵，乃忽焉醒耳。"忍事最乐"一语，从阅历中得来，回顾而出之，所谓"回头是岸"也。即借此收束全文，通篇线索，一丝不走。

新　郎

【原文】

江南梅孝廉耦长，言其乡孙公为德州宰，鞫一奇案：

初，村人有为子娶妇者，新人入门，戚里毕贺。饮至更余，新郎出，见新妇炫装，趋转舍后，疑而尾之。宅后有长溪，小桥通之。见新妇渡桥径去，益疑。呼之不应。遥以手招婿，婿急趁之。相去盈尺，而卒不可及。行数里，入村落。妇止，谓婿曰："君家寂寞，我不惯住。请与郎暂居妾家数日，便同归省。"言已，抽簪叩扉轧然，有女童出应门。妇先入，不得已从之。既入，则岳父母俱在堂上，谓婿曰："我女少娇惯，未尝一刻离膝下，一旦去故里，心辄戚戚。今同郎来，甚慰系念。居数日，当送两人归。"乃为除室，床褥备具，遂居之。

家中客见新郎久不至，共索之。室中惟新妇在，不知婿之何往。由是遐迩访问，并无耗息。翁媪零涕，谓其必死。将半载，妇家悼女无偶，遂请于村人父，欲别醮女。村人父益悲，曰："骸骨衣裳，无所验证，何知吾儿遂为异物！纵其奄丧，周岁而嫁，当亦未晚，胡为如是急耶！"妇父益衔之，讼于庭。孙公怪疑，无所措力，断令待以三年，存案，遣去。

村人子居女家，家人亦大相忻待。每与妇议归，妇亦诺之，而因循不即行。积半年余，中心徘徊，万虑不安。欲独归，而妇固留之。一日合家遑遽，似有急难。仓卒谓婿曰：“本拟三二日遣夫妇偕归，不意仪装未备，忽遘闵凶。不得已先送郎还。”于是送出门，旋踵即返，周旋言动，颇甚草草。方欲觅途，回视院宇无存，但见高冢，大惊。寻路急归至家，历述端末，因与投官陈诉。孙公拘妇父谕之，送女于归，使合卺焉。

【译文】

江南有个举人名叫梅耦长，曾讲过他的同乡孙先生在德州做知府时，审理过的一件奇案。

起先，一个村子里有户人家为儿子娶媳妇。新媳妇接入家门后，村子里的亲戚邻里都前来祝贺。当大家喝酒喝到一更过后，新郎从房里走了出来。这时，他突然看见穿着鲜艳光彩的新媳妇，快步地转身到房子后面去了。他对新媳妇起了疑心，就紧跟在她身后，追了过去。房子后面有条长长的小溪，一座小桥在溪上架通两岸。新郎眼看着新媳妇从桥上直接走了过去，心中更加怀疑。他急忙喊叫新媳妇，可她不但不回答，反而在远处打手势招呼他过去。新郎急忙赶过去，两个人前后相距只有一尺多远，但到底追赶不上她。就这样走了几里路，他们走进了一座村庄。新媳妇这才停住了脚步，对新郎说：“你们家冷冷清清的，我住不惯。请你和我一起暂时在我家住上几天，然后我们再一起回你家去。”说完，她取下头上的簪子，“嗒嗒”地扣打院门，有个小女童应声出来开门。新媳妇自己先走进门去，新郎一见如此，只好也跟着她走了进去。一进房门，只见岳父、岳母都坐在堂上。他们开口对新郎说道：“我们的女儿从小娇惯，一时一刻也没离开过我们的身边。一旦离开家，心里就会悲伤难过。如今，她同你一齐回来了，宽慰了我们的惦念之心。住上几天，我们一定送你们两人回你家去。”说完，就

为他们清扫房间，准备好了床铺和被褥。这样，新郎便在这里住了下来。

新郎家中的亲朋宾客，见新郎走出门去好长时间也没回来，便一同去寻找他。新房里面，只有新媳妇一个人在，也不知道新郎去了哪里。从此以后，新郎家中的人远近寻访，却毫无消息。公婆伤心地不断流泪，都以为儿子一定是不在人世了。

这样过了将近半年的时间，女家痛心女儿不明不白地失去了丈夫，就请新郎的父亲答应，想把女儿再改嫁出去。新郎的父亲一听女家的这个请求，心中更加悲痛，说道："我儿子的尸骨衣裳都没有见到，无法验证，怎么知道我儿子就一定是死了呢？即使他真的是死了，周年以后再让新媳妇改嫁，应该说也不算晚，你们为什么这样操之过急呀！"女家的父亲听了这样的答复，心里更加怨恨，于是就把此事告到了官府。孙先生听了女家的控告，感到这个案子的情节十分离奇，一时却无从下手解决，就判定让女家等待三年。吩咐官府立案后，孙先生打发他们两家回去了。

新郎住在新媳妇家里，受到了她家人的热情款待。新郎每次和新媳妇商量回家的时候，她也都答应了，但却总是拖延着不肯立即启程。这样一拖再拖，就住了半年多时间。新郎心里愈来愈犹豫不决，怎么想都安不下心来。他就准备自己一个人回家去，但新媳妇坚决要把他留下来。

突然有一天，全家上上下下都慌慌乱乱的，好像有什么紧急的危难要降临似的。岳父急急忙忙地对新郎说道："我们本想再过三两天后送你们夫妇一起回家去。没有料到还没有为你们准备好行装，忽然间家门就遭到了凶祸之事，不得已，即刻就送你回去吧。"于是，岳父把他送出大门。刚刚送到门口，岳父就转过身急忙回去了，临别时的应酬举动都是匆匆忙忙的。新郎正想寻找回家的路，回头再一看，岳父家的宅院不见了，只看到有座高高的大坟。新郎大吃一惊，找到路便急忙回家。

新郎到家后，详详细细地说明了自己出走的前后经过。于是就与家人到官府禀报了事情的原委。孙先生把女家的父亲召来，告诉了他新郎出走的原因，又劝说了一番。女家又把女儿送回到了新郎家，直到此时，这对夫妇才得以成婚。

[何守奇] 此事不究本末。招去而复送归，似非为祸者。但何所见而倏去，何所见而倏来？都不可解。

[但明伦] 剽窃新郎，几致新人再醮，无情无耻，乃至于斯。至万不得已而送归，犹饰言仪装未备，又何诈也！特不识其所云遘闵凶者何事耳。

灵官

【原文】

朝天观道士某喜吐纳之术，有翁假寓观中，适同所好，遂为玄友。居数年，

每至郊祭时，辄先旬日而去，郊后乃返。道士疑而问之。翁曰：“我两人莫逆，可以实告，我狐也。郊期至，则诸神清秽，我无所容，故行遁耳。”

又一年，及期而去，久不复返，疑之。一日忽至，因问其故。答曰：“我几不复见子矣！曩欲远避，心颇怠，视阴沟甚隐，遂潜伏卷瓮下。不意灵官粪除至此，瞥为所睹，愤欲加鞭，余惧而逃。灵官追逐甚急。至黄河上，濒将及矣。大窘无计，窜伏溷中。神恶其秽，始返身去。既出，臭恶沾染，不可复游人世。乃投水自濯讫，又蛰隐穴中几百日，垢浊始净。今来相别，兼以致嘱，君亦宜隐身他去，大劫将来，此非福地也。”言已辞去，道士依言别徙。未几而有甲申之变。

【译文】

朝天观的道士某人，喜欢吐纳养生术。有一个老头借住在观中，恰好也同样喜欢这种养生法术，两人于是就成了道友。

老头在观中住了几年，每年到了在郊外祭祀天地的时候，他就提前十来天离开道观，郊祭结束后再返回观里。道士对此很是疑惑，就问老头为什么要这样。老头说：“我们两人是莫逆之交，我可以实话告诉你，我是只狐狸。郊祭的日子一到，各路神仙就都会来清扫污秽，我便无处容身了，所以才自行逃走。”又过了一年，快到郊祭的日期时，老头就走了，但过了很长时间也没有返回观中来，道士的心里非常疑惑。

一天，老头忽然来了，道士就问他为什么这么晚才回来，老头回答说：“我几乎见不到先生了！我先前本想去远远地躲藏起来，但心里感到很倦怠，看到阴沟里很是隐蔽，于是就潜伏在一个瓮的下面。没想到灵官神打扫到这里，一眼就看见了我，他生气地想要用鞭子抽打我，我害怕地逃走了。灵官神在后面追赶得很紧。我跑到黄河边上时，眼看灵官神就要追上来了，万般无奈，我就窜进厕所里面趴着，神灵嫌这地方太肮脏，才返身离去。我从那里面出来，身上沾染上了恶臭，不能再在人世间游荡了。于是，我跳进水里，清洗自己的身体。洗完后又

隐居在洞穴里，过了几百天，污垢才除尽。今天我来到贵观，是来和你告别的。同时，告诉你几句话：先生也应该离开这里到其他地方去隐居。大的劫难即将来临，这里不是安乐之地。”说完，老头告辞而去。

道士听从了老头的话，搬迁到别的地方去了。没过多久，就发生了明朝覆灭的甲申之变，天下大乱起来。

[何守奇] 每郊祭则灵官清秽，甲申前尚如此，信乎天子之威灵远矣。

王兰

【原文】

利津王兰暴病死，阎王覆勘，乃鬼卒之误勾也。责送还生，则尸已败。鬼惧罪，谓王曰：“人而鬼也则苦，鬼而仙也则乐。苟乐矣，何必生？”王以为然。鬼曰：“此处一狐金丹成矣，窃其丹吞之，则魂不散，可以长存。但凭所之，无不如意。子愿之否？”王从之。鬼导去，入一高第，见楼阁渠然，而悄无一人。有狐在月下，仰首望空际。气一呼，有丸自口中出，直上入月中；一吸复落，以口承之，则又呼之，如是不已。鬼潜伺其侧，俟其吐，急掇于手，付王吞之。狐惊，盛气相向。见二人在，恐不敌，愤恨而去。

王与鬼别，至其家，妻子见之，咸惧却走。王告以故，乃渐集。由此在家寝处如平时。其友张某者闻而省之，相见话温凉。因谓张曰：“我与若家世夙贫，今有术可以致富，子能从我游乎？”张唯唯。王曰：“我能不药而医，不卜而断。我欲现身，恐识我者相惊怪，附子而行可乎？”张又唯唯。于是即日趋装，至山西界。遇富室有女，得暴疾，眩然瞀瞑，前后药禳既穷。张造其庐，以术自炫。富翁止此女，甚珍惜之，能医者愿以千金相酬报。张请视之，从翁入室，见女瞑卧，启其衾，抚其体，女昏不觉。王私告张曰：“此魂亡也，当为觅之。”张乃告翁：“病虽危，可救。”问：“需何药？”俱言：“不须。女公子魂离他所，业遣神觅之矣。”约一时许，王忽来。具言已得。张乃请翁再入，又抚之。少顷女欠伸，目遽张。翁大喜，抚问。女言：“向戏园中，见一少年郎，挟弹弹雀，数人牵骏马，从诸其后。急欲奔避，横被阻止。少年以弓授儿，教儿弹。方羞诃之，便携儿马上，累骑而行。笑曰：‘我乐与子戏，勿羞也。’数里入山中，我马上号且骂，少年怒，推堕路旁，欲归无路。适有一人至，捉儿臂，疾若驰，瞬息至家，忽若梦醒。”翁神之，果贻千金。王夜与张谋，留二百金作路用，馀尽摄去，款门而付其子。又命以三百馈张氏，乃复还。次日与翁别，不见金藏何所，益奇之，厚礼而送之。

逾数日，张于郊外遇同乡人贺才。才饮赌不事生业，其贫如丐。闻张得异术，获金无算，因奔寻之。王劝薄赠令归。才不改故行，旬日荡尽，将复寻张。

王已知之，曰：“才狂悖不可与处，只宜赂之使去，纵祸犹浅。”逾日才果至，强从与俱。张曰：“我固知汝复来。日事酗赌，千金何能满无底窦？诚改若所为，我百金相赠。”才诺之，张泻囊授之。才去，以百金在橐，赌益豪；益之狭邪游，挥洒如土。邑中捕役疑而执之，质于官，拷掠酷惨。才实告金所自来。乃遣隶押才捉张。创剧，毙于途。魂不忘于张，复往依之，因与王会。一日聚饮于烟墩，才大醉狂呼，王止之不听。适巡方御史过，闻呼搜之，获张。张惧，以实告。御史怒，笞而牒于神。夜梦金甲人告曰：“查王兰无辜而死，今为鬼仙。医亦神术，不可律以妖魅。今奉帝命，授为清道使。贺才邪荡，已罚窜铁围山。张某无罪，当宥之。”御史醒而异之，乃释张。张制装旋里。囊中存数百金，敬以一半送王家。王氏子孙以此致富焉。

【译文】

利津县有个人名叫王兰，忽然身患暴病死去了。到了阴间，阎王核对生死簿，才发现是小鬼勾错了魂。阎王责令小鬼把王兰的魂魄送还阳世复活，但他的尸体已经腐烂了。小鬼害怕阎王怪罪自己，就对王兰说：“人死了做鬼很痛苦，但如果能由鬼变成神仙就很快乐。假如有欢乐，又何必再去人间投生呢？”王兰也认为这话有道理。小鬼说：“这地方有一个狐狸精，它已经炼成了金丹。要是去把它的金丹偷来吞吃下去，那人的灵魂就会不散失，可以永远存在。任凭把灵魂附在什么地方，没有不如意的。你愿意去吗？”王兰听从了小鬼的主意。小鬼就带着他，进了一家高门大院的府第，只见里面的楼阁高大巍然，却静悄悄地没有一个人。有一个狐狸精在月亮光下面，仰起头朝着天空。它一呼气，就有个小丸从口中喷出来，一直向上飞入月亮中去；再一吸气，小丸就落下来，狐狸精用口把小丸接住，于是再次呼气，如此反复不已。小鬼悄悄地躲在狐狸精的身边，等到它吐出小丸时，急忙把小丸抓在手里，交给王兰让他吞了下去。狐狸精大吃

一惊，怒气冲冲地扑了过来，但见到对方有两个，怕自己敌不过，只好忿恨不平地离去了。

王兰与小鬼告别后，回到了自己家里。妻子儿女看见他，都惊恐地要逃去。王兰告诉他们原因以后，家人才慢慢地围拢了过来。从此，他就像往常一样地在家里住了下来。王兰有个姓张的朋友，听说后就来看望他。两人见面后，谈了一会儿问寒问暖的闲话，王兰便对张某说："我家和你家向来贫穷，现在我有了法术，可以发财致富了。你能跟着我一起出游吗?"张某随口答应了。王兰又说："我不用药就能治好病，不用卜卦就能断事如神。但是我要现出原身，知道我已经死去的人们都会吃惊害怕。让我附在你的身上出去，可以吗?"张某又一口答应了。

于是两人当天就收拾行装出发了。他们来到山西地界，那里有个富翁家的女儿，得了暴病，整天昏迷不醒，神志不清。前前后后又是吃药又是求神，各种办法都用尽了，仍不见效。张某来到这家拜访，向富翁显耀了自己的法术。富翁只有这么一个女儿，素来十分珍爱她。他许愿谁能治好女儿的病，就用一千两银子来作酬谢。于是张某要求让他去看看病人。张某随着富翁进了内室，只见那个少女昏昏沉沉地躺在那里，掀起她的被子抚摸她的身体，她也昏迷不觉。王兰偷偷地告诉张某说："她这是灵魂迷失了，应当替她找回来。"张某就告诉富翁说："病情虽然危险，但还有救。"富翁问："需要用什么药?"张某说什么药都不需要，"你家女公子的灵魂出窍了，到别的地方去了，我已经派神人前去寻找了。"大约过了一个时辰，王兰突然回来，告诉张某少女的灵魂已经找到了。张某便请富翁再进内室去。富翁再次抚摸自己的女儿，过了一会儿，女儿就弯身伸腰，忽然睁开了眼睛。富翁大为高兴，一边抚爱一边询问女儿是怎么回事儿。他女儿说："先前我正在花园里游玩，看见一个少年，用弹弓弹射花雀，有几人牵着骏马，跟随在他身后。我急忙想躲避，却被他横加阻挡住了，那少年又把弹弓塞到我手里，要教我弹。我正害羞地斥责他，他却把我抱到马上，同马而行。他还笑着说：'我喜欢和你玩，你不要害羞呀!'走了好几里地进入山中，我在马上又是号哭又是怒骂，那少年一气之下，把我推落到路边，我想回家却又找不到路。恰好这时有一个人来了，抓住我的手臂，带着我飞跑得像是骑马奔驰一样，一转眼就到了家，忽然像做了个梦似地醒过来了。"富翁觉得张某神通广大，果然送给他一千两银子。王兰在这天夜里又和张某商议好，留下二百两银子作为路费用，其余的都由王兰作法转移到家里去。王兰敲开门把钱交给他儿子，又嘱咐他送三百两给张某的妻子，完事之后王兰才返回来。第二天与富翁告别，富翁看不见他们的银子藏在哪里，更加觉得奇异，赠给他们丰厚的礼物，然后送别了他们。

过了好几天，张某在郊外遇见一个名叫贺才的同乡人。贺才沉缅于饮酒、赌博，不务正业，穷得像要饭的一样。他听说张某学到了奇异的法术，获取了多得

数不过来的银子，于是跑来找张某。王兰劝张某送给贺才少量的银钱，让他回去。但贺才不改旧日恶习，才十来天就把银子全花光了，又想再来找张某。王兰已经暗中知道了，对张某说："贺才为人狂妄而又反复无常，不能和他在一起相处，只能是送给他一些钱财让他走。这样即使他闯了祸对我们的危害也会浅一些。"第二天，贺才果然来了，强行要求和张某在一块儿干事。张某说："我早就知道你还会来。你每天酗酒、赌博，即使有一千两银子，又怎么能填满你的无底洞？你要是能够痛改前非，我就送给你一百两银子。"贺才答应要改掉恶习，张某就倒出钱袋里所有的银子送给了他。贺才离开后，自恃着钱袋里有了一百两银子，更加放肆地狂赌，又在烟花柳巷里嫖起了娼妓，挥金如土。县里的捕快差役怀疑他做了案，就把他抓去见官审讯，对他进行残酷的拷打。贺才一五一十地供出了银子的来历，知县于是派遣差役押着贺才去捉拿张某。但过了几天，贺才因为伤重死在了路上。他的魂魄仍然不忘记去寻找张某，又前去依附在了张某的身上，因此与王兰的魂魄合在了一处。

有一天，在城门的烽火台里聚会饮酒时，贺才的灵魂酩酊大醉，狂呼乱叫起来，王兰竭力制止他也不听。正好巡方御史的车驾经过这里，听见呼叫后他就命人搜寻，结果抓获了张某。张某十分害怕，就说出了实情。御史大怒，下令鞭打张某，又把状词通报给了神灵。当天晚上御史梦见有个身穿金甲的神人来告诉他说："查得王兰是无辜误死的，现在成了鬼仙。他为人治病也算是有仁义的法术，不应该把他当作妖魅处罚。今天奉到玉帝的旨意，授他为清道使。贺才淫邪放荡，已经罚他到铁围山去了。张某没有罪过，应当宽恕他。"御史从梦中醒来，十分惊异，于是释放了张某。

张某置办行装回到家乡，钱袋里还有几百两银子，就拿出一半来恭敬地送到了王家。王家的子孙，因此而变得富裕起来了。

［何守奇］诡异。

鹰虎神

【原文】

郡城东岳庙在南郭。大门左右，神高丈余，俗名"鹰虎神"，狰狞可畏。庙中道士任姓，每鸡鸣辄起焚诵。有偷儿预匿廊间，伺道士起，潜入寝室，搜括财物。奈室无长物，惟于荐底得钱三百，纳腰中，拔关而出，将登千佛山。南窜许时，方至山下。见一巨丈夫自山上来，左臂苍鹰，适与相遇。近视之，面铜青色，依稀似庙门中所习见者。大恐，蹲伏而战。神诧曰："盗钱安往?"偷儿益惧，叩不已。神揪令还入庙，使倾所盗钱，跪守之。道士课毕，回顾骇愕。盗历历自述。道士收其钱而遣之。

【译文】

郡城的东岳庙，位于郡城的南郊。大门的左右各有一尊一丈多高的神像，人们俗称作“鹰虎神”。这两尊神像面目狰狞，看了让人害怕。

庙里有一个姓任的道士，每天鸡一啼鸣，他就起床焚香念经。有一个小偷，预先躲藏在庙里的走廊当中，等到道士一起床，就偷偷地钻进房里搜寻钱财。无奈房里没有什么值钱的东西，只是在草垫子下面找到了三百文钱。小偷把钱装入腰间，打开门跑了出去，准备上千佛山去。小偷从庙里出来，朝南逃窜了好一阵子，才到了山脚下。这时，只见一个身材高大魁梧的人，从山上走了下来，左臂上架着一只苍鹰，恰好和小偷迎面相遇。走到近处一看，见这人的脸皮是青铜色的，仿佛是庙门里常见的那位神。小偷非常害怕，蹲在地上浑身发抖。神斥责他说：“你偷了钱，往哪里跑？”小偷一听更加害怕，连连叩头不止。

神伸出手揪住小偷，让他返回庙里去。回到庙里后，又让他把偷去的钱全都掏出来，并且跪在地上守在那里。道士念完了经，回过头来一看，大吃了一惊。小偷自己一五一十地说出了事情的经过。道士收回了钱，把小偷放走了。

［何守奇］此事若道士令偷儿诈为之，便可得财，须察。

王成

【原文】

王成，平原故家子。性最懒，生涯日落，惟剩破屋数间，与妻卧牛衣中，交谪不堪。

时盛夏燠热。村外故有周氏园，墙宇尽倾，惟存一亭。村人多寄宿其中，王亦在焉。既晓，睡者尽去，红日三竿王始起，逡巡欲归。见草际金钗一股，拾视之，镌有细字云：“仪宾府制。”王祖为衡府仪宾，家中故物，多此款式，因把钗踌躇。欻一妪来寻钗。王虽贫，然性介，遽出授之。妪喜，极赞盛德，曰：“钗值几何，先夫之遗泽也。”问：“夫君伊谁？”答云：“故仪宾王柬之也。”王惊曰：“吾祖也，何以相遇？”妪亦惊曰：“汝即王柬之之孙耶！我乃狐仙。百年前与君祖缱绻，君祖殁，老身遂隐。过此遗钗，适入子手，非天数耶！”王亦曾闻祖有狐妻，信其言，便邀临顾。妪从之。

王呼妻出见，负败絮，菜色黯焉。妪叹曰：“嘻！王柬之之孙，乃一贫至此哉！”又顾败灶无烟，曰：“家计若此，何以聊生？”妻因细述贫状，呜咽饮泣。妪以钗授妇，使姑质钱市米，三日外请复相见。王挽留之。妪曰：“汝一妻犹不能存活，我在，仰屋而居，复何裨益？”遂径去。王为妻言其故，妻大怖。王诵其义，使姑事之，妻诺。逾三日果至，出数金籴粟麦各一石。夜与妇宿短榻。妇初惧之，然察其意殊拳拳，遂不之疑。

翌日谓王曰：“孙勿惰，宜操小生业，坐食乌可长也！”王告以无资。妪曰：“汝祖在时，金帛凭所取。我以世外人无需是物，故未尝多取。积花粉之金四十两，至今犹存。久贮亦无所用，可将去悉以市葛，刻日赴都，可得微息。”王从之，购五十余端以归。妪命趋装，计六七日可达燕都。嘱曰：“宜勤勿惰，宜急勿缓，迟之一日，悔之已晚！”王敬诺，囊货就路。中途遇雨，衣履浸濡。王生平未历风霜，委顿不堪，因暂休旅舍。不意淙淙彻暮，檐雨如绳，过宿泞益甚。见往来行人践淖没胫，心畏苦之。待至亭午始渐燥，而阴云复合，雨又滂沱。信宿乃行。将近京，传闻葛价翔贵，心窃喜。入都解装，客店主人深惜其晚。先是，南道初通，葛至绝少。贝勒府购致甚急，价顿昂，较常可三倍。前一日方购足，后来者并皆失望。主人以故告王。王郁郁不乐。越日葛至愈多，价益下，王以无利不肯售。迟十余日，计食耗烦多，倍益忧闷。主人劝令贱卖，改而

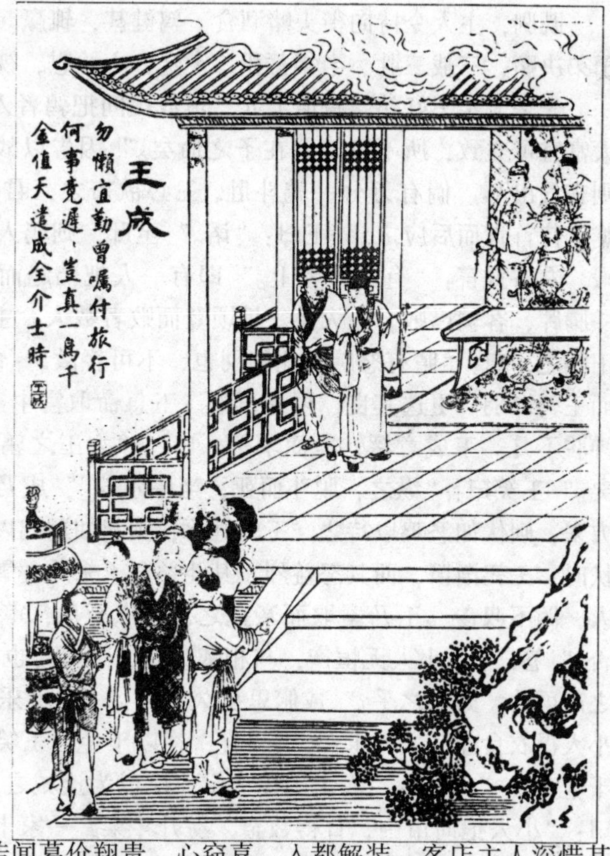

他图。从之，亏资十余两，悉脱去。早起将作归计，起视囊中，则金亡矣。惊告主人，主人无所为计。或劝鸣官，责主人偿。王叹曰："此我数也，于主人何干？"主人闻而德之，赠金五两慰之使归。

自念无以见祖母，蹀躞内外，进退维谷。适见斗鹑者，一赌数千；每市一鹑，恒百钱不止。意忽动，计囊中资仅足贩鹑，以商主人，主人亟怂恿之。且约假寓饮食，不取其值。王喜，遂行。购鹑盈儋，复入都。主人喜，贺其速售。至夜，大雨彻曙，天明衢水如河，淋零犹未休也。居以待晴，连绵数日，更无休止。起视笼中，鹑渐死。王大惧，不知计之所出。越日死愈多，仅余数头，并一笼饲之。经宿往窥，则一鹑仅存。因告主人，不觉涕堕，主人亦为扼腕。王自度金尽罔归，但欲觅死，主人劝慰之。共往视鹑，审谛之曰："此似英物。诸鹑之死，未必非此之斗杀之也。君暇亦无所事，请把之，如其良也，赌亦可以谋生。"王如其教。

既驯，主人令持向街头赌酒食。鹑健甚，辄赢。主人喜，以金授王，使复与子弟决赌，三战三胜。半年蓄积二十金，心益慰，视鹑如命。

先是大亲王好鹑，每值上元，辄放民间把鹑者入邸相角。主人谓王曰："今大富宜可立致，所不可知者在子之命矣。"因告以故，导与俱往。嘱曰："脱败则丧气出耳。倘有万分一鹑斗胜．王必欲市之，君勿应；如固强之，惟予首是瞻，待首肯而后应之。"王曰："诺。"至邸，则鹑人肩摩于墀下。顷之，王出御殿。左右宣言："有愿斗者上。"即有一人把鹑趋而进。王命放鹑，客亦放。略一腾踔，客鹑已败。王大笑。俄顷登而败者数人。主人曰："可矣。"相将俱登。王相之，曰："睛有怒脉，此健羽也，不可轻敌。"命取铁喙者当之。一再腾跃，而王鹑铩羽。更选其良，再易再败。王急命取宫中玉鹑。片时把出，素羽如鹭，神骏不凡。王成意馁，跪而求罢，曰："大王之鹑神物也，恐伤吾禽，丧吾业矣。"王笑曰："纵之，脱斗而死，当厚尔偿。"成乃纵之。王鹑直奔之。而王鹑方来，则伏如怒鸡以待之。王鹑健啄，则起如翔鹤以击之。进退颉颃，相持约一伏时，王鹑渐懈，而其怒益烈，其斗益急。未几，雪毛摧落，垂翅而逃。观者千人，罔不叹羡。王乃索取而亲把之，自喙至爪，审周一过，问成曰："鹑可货否？"答曰："小人无恒产，与相依为命，不愿售也。"王曰："赐尔重值，中人之产可致。颇愿之乎？"成俯思良久，曰："本不乐置；顾大王既爱好之，苟使小人得衣食业，又何求？"王问直，答以千金。王笑曰："痴男子！此何珍宝而千金直也？"成曰："大王不以为宝，臣以为连城之璧不过也。"王曰："如何？"曰："小人把向市中，日得数金，易升斗粟，一家十余口食指无冻馁，是何宝如之？"王曰："予不相亏，便与二百金。"成摇首。又增百数。成目视主人，主人色不动。乃曰："承大王命，请减百价。"王曰："休矣！谁肯以九百易一鹑者！"成囊鹑欲行。王呼曰："鹑人来，实给六百，肯则售，否则已耳。"成又目主人，主人仍自若。成心愿盈溢，惟恐失时，曰："以此数售，心实怏怏。但交而不成，

则获戾滋大。无已，即如王命。”王喜，即秤付之。成囊金拜赐而出。主人怼曰：“我言如何，子乃急自鬻也！再少靳之，八百金在掌中矣。”成归，掷金案上，请主人自取之，主人不受。又固让之，乃盘计饭直而受之。

王治装归。至家，历述所为，出金相庆。妪命置良田三百亩，起屋作器，居然世家。早起使成督耕、妇督织，稍惰辄诃之。夫妇相安，不敢有怨词。过三年家益富，妪辞欲去。夫妇共挽之，至泣下。妪亦遂止。旭旦候之，已杳然矣。

异史氏曰：“富皆得于勤，此独得于惰，亦创闻也。不知一贫彻骨而至性不移，此天所以始弃之而终怜之也。懒中岂果有富贵乎哉！”

【译文】

王成是平原县旧时官宦人家的子弟。他生性最为懒惰，家境一天天没落下去，只剩下几间破屋子，与妻子躺在麻草席里，还经常互相埋怨指责。

当时正是盛夏，天气炎热，村子外面原先有个周家花园，现在墙倒房塌，只剩下一个凉亭，村子里的很多人为了避暑住在那里，王成也在其中。这天天亮后，睡觉的人陆续都离去了。待到太阳升到三竿高，王成才起来。他磨磨蹭蹭地想要回家，忽然看见草丛里有一枝金钗，捡起来一看，上面刻着几个小字：“仪宾府造。”王成的祖父原来是衡恭王府的仪宾，也就是亲王女婿，家里的旧物，有不少刻有这种标记。王成因此拿着金钗犹豫猜测了一番。这时，有一个老妇人前来寻找丢失的金钗，王成虽然很穷，但却品性耿直，就拿出金钗交给了她。老妇人很高兴，大大称赞了王成的品德，又说：“这枝金钗能值几个钱，可这是我故去的丈夫的遗物。”王成问：“您的丈夫是谁？”老妇人回答说：“是已故的仪宾王柬之。”王成吃惊地说：“那是我的祖父啊！你们怎么能相遇呢？”老妇人也惊奇地说：“你就是王柬之的孙子吗？我是个狐仙，一百年前，与你祖父曾结为夫妻。你祖父死后，我就隐居起来了。经过这里时丢失了金钗，恰好被你捡到，这不是上天的安排吗！”王成从前也曾听说过祖父有位狐狸妻子，相信了她的话，就邀请老妇人到家里去坐坐。老妇人跟着他去了。

到了家中，王成叫妻子出来，只见她身上穿得破破烂烂，面色又黄又黑。老妇人不由得叹息说：“唉！王柬之的孙子，也竟然穷到这种地步啦！”她又看到破灶里没有一星烟火，就问：“家里的景况这样，靠什么维持生活呢？”王成的妻子于是细细述说了贫苦的遭遇，不禁呜咽哭泣了起来。老妇人把金钗交给她，让她暂且换些钱买米，说三天以后再来与他们相见。王成要挽留她，老妇人说：“你自己连妻子还养活不了，我留在这里，望着屋顶发呆，又有什么用呢？”说完径自走了。王成向妻子说明了老妇人的来历，妻子大为惊恐。王成又说起她的仁义，让妻子把她当作婆婆侍奉，妻子答应了。过了三天，老妇人果然又来了。她拿出几两银子，让王成买回一石谷子、一石麦子。夜里老妇人就与王成的妻子一同睡在短床上。王成的妻子起初还有些怕她，但后来发现她的心意是诚恳的，

也就不再有疑心了。

第二天，老妇人对王成说："孙子你不要再懒惰了，应该做个小买卖。坐吃山空怎么能长久呢？"王成告诉她说没有本钱。老妇人说："你祖父在世的时候，金银绸缎任凭我拿；我因为自己是人世之外的人，不需要这些，所以没有多拿过。只积攒下买胭脂花粉的银子四十两，至今还留着，长时间储存在我那里也没有用处，你可以拿去全都买成葛布，选定日子赶到京城，就能得到些小利润。"王成听了她的话，买回来五十多匹葛布。老妇人让他马上收拾行装出发，计算好六七天内就可以赶到京城。又叮嘱王成："你要勤快，不要懒惰，务必快走，不能迟缓。如果晚到一天，就后悔莫及了！"王成恭敬地答应了，就挑着货物上了路。他在中途遇上下雨，衣裳鞋子都被淋湿了。他平生没有吃过风霜雨雪之苦，觉得困乏不堪，因此决定暂时在一个旅店里休息。不料大雨"淙淙"地下了整整一夜，房檐下雨水流得像一根根绳子似的。过了一夜，道路泥泞得更加厉害。王成看见往来行人都被稀泥没过了脚脖子，心里十分怕苦。于是又等到了中午，天刚刚有些干燥，却又阴云密布，下起了滂沱大雨。一直连住了两天，他才起程上路。快要到京城的时候，王成听人说京城的葛布售价昂贵，不断飞涨，心里暗暗高兴。

到了京城后，他解下行装，住进客店，店主却深深地惋惜他来晚了。原来在此之前，去往南方的道路刚刚打通，运到京城的葛布非常少。但贝勒府里又急着要购买，因此葛布的价格顿时高涨起来，大约是平常的三倍。到王成入京的前一天，贝勒府已经购买足额，后来运到葛布的人，都很失望。店主把原委告诉王成以后，王成心里很是郁郁不乐。又过了一天，葛布运到京城的更多了，价格下跌得更厉害。王成因为没有利润仍然不肯出售。这样迟疑了十几天，盘算着饮食等耗费已经很多，他心中备感愁闷。这时店主奉劝他把葛布贱价卖掉，改作别的打算。王成听从了他的劝告，按亏损十几两本钱的价格都脱了手。第二天早晨起来，他要做回去的准备，打开行囊一看，银子全丢掉了。他惊慌地去告诉店主，店主也没有办法可想。有人劝他去报告官府，责令店主赔偿。王成叹口气说道："这是因为我的运气不好，和店主有什么关系？"店主听说后，很感激他的仁德，送给他五两银子，劝慰着让他回去。

王成自己寻思着没脸回去见祖母，陷入了内外徘徊、进退维谷的境地。恰好这时，他看见街上有斗鹌鹑的，一赌就是几千文钱；每买一头，常常花费不止一百文钱。他心中忽然念头一动，算了算行囊里的钱，仅够贩卖鹌鹑的，就回去和店主商量。店主极力怂恿他去试试，并约定好让他借住借吃在店里，不要他的钱。王成很高兴，就上了路。他买了满满一担子鹌鹑，又回到了京城。店主也很欣喜，预祝他能尽早卖光，不料半夜里忽然下起大雨，一直下到黎明。天亮以后，街上水流如河，雨"嘀嘀嗒嗒"地没有停止。王成只好住在店里等着天放晴。可这场雨竟然连绵不断地下了好几天，还不见休止。他起身去看笼子，鹌鹑

渐渐地开始死去了。他十分惊怕，不知道该怎么办好。又过了一天，鹌鹑死得更多了，只剩下了几头。他就把它们并在一个笼子里饲养。再过了一夜去看，只有一只鹌鹑还活着。王成于是把情况告诉了店主，自己不由得泪如雨下，店主也为他的种种不幸扼腕长叹。王成感到银钱亏光了，有家也难归，悲痛得只想寻死。店主又一再劝慰他，拉他一起再去看看仅存的那只鹌鹑。细细打量了一番以后，店主说："这好像是个不寻常的良种，其他鹌鹑之所以死去，未必不是被它咬斗死的。你现在也闲着没事，就请驯练驯练它，如果真是个良种，用它来赌博也可以谋生。"王成遵照店主的主意去做了。驯练好了以后，店主让他带着鹌鹑到街上赌顿酒饭。那只鹌鹑十分雄健，几次赌斗都赌赢了。店主很欢喜，出银子交给王成，让他再与专养鹌鹑的官绅子弟去决战，结果三战三胜。这样过了半年多，王成竟积攒下了二十两银子。王成心里更加宽慰，把这只鹌鹑看作性命一般。

起先，大亲王嗜好斗鹌鹑，每逢元宵节，就放民间养鹌鹑的进王府去与他养的互相角斗。店主对王成说："现在发大财应该说立刻可以做到，就不知你的命运如何了。"于是把王府斗鹌鹑的事告诉了他，带他一起前往。店主又叮嘱说："如果败了，就自认晦气出来。要是万一你的鹌鹑斗胜了，亲王肯定要把它买下来，你不要答应；如果他实在要强买，你只管看我的脸色行事，等我点头以后再答应他。"王成说："好的。"到了王府，只见来斗鹌鹑的人已经摩肩接踵地挤在台阶下了。过了一会儿，亲王走出了御殿，左右的官员宣布说："有愿意斗的上来。"立即有一个人手握着鹌鹑，快步跑了上去。亲王命令放出王府的鹌鹑，客方也放了出来。两只鹌鹑刚一腾跃相斗，客方的鹌鹑就败了。亲王不禁哈哈大笑。这样，不一会儿，登台后败下阵来的已经有好几个人了。店主说："可以了。"两人就相跟着都登上了台。亲王打量了一下，说："眼睛里有怒气，这是一只刚勇善斗的鹌鹑，不可轻敌。"就命令取一只叫做铁嘴的来对阵。两只鹌鹑一再腾跃激斗后，王府的败了下来。亲王又选出更好的来斗，都是换一只败一次。亲王急忙命令取出宫中珍养的玉鹑来。过了片刻，就有人手抓着它出来了，只见这只玉鹑全身像鹭鸶一样长着雪白的羽毛，确实不是一般的神勇之物。王成心中胆怯，跪在地上恳求不要斗了，说："大王的玉鹑，是天上的神物。我怕伤了我的鸟，砸了我谋生的饭碗啊！"亲王笑着说："放出来吧，要是你的斗死了，我会重重地赔偿你。"王成这才放出了鹌鹑。那只玉鹑一见对手就直扑了过来。当玉鹑正扑过来的时候，王成的鹌鹑就趴伏在那里如同怒鸡一样等待着。玉鹑猛地一啄，王成的鹌鹑却突然跃起像飞翔的仙鹤似的向下攻击。两只鹌鹑忽进忽退，忽上忽下，相持了大约一个时辰。玉鹑渐渐地气力不支，开始松懈；而王成的鹌鹑却怒气更盛，出击更急。不一会儿，只见雪白的羽毛纷纷被啄落在地，玉鹑垂落着翅膀逃走了。周围观看的有上千人，无不赞叹羡慕王成的鹌鹑。亲王于是把王成的鹌鹑要来放在手上亲自把玩起来，从嘴到爪，细细审视了一遍后，问王成："你的鹌鹑可以卖吗？"王成回答说："小人没有什么固定的家产，只与它

相依为命，不愿意卖呀。”亲王又说：“赏给你个好价钱，中等人家的财产马上到手，你愿意了吧？”王成低头考虑了很久，说：“我本不愿意卖，考虑到大王既然这么喜好它，而且大王如果真能让小人我得到一份衣食无忧的产业，我还有什么可求的呢？”亲王问卖的价值，王成回答说是一千两银子。亲王笑着说：“傻汉子，这算什么珍宝，能值一千两银子啊？”王成说：“大王不以为它是珍宝，小人却认为它比价值连城的璧玉还贵重呀。”亲王问：“为什么呢？”王成说：“小人我拿着它到市上去斗，每天能得到好几两银子，换来成升成斗的谷米，一家十几口就没有受冻挨饿的忧虑了，什么宝物能像它这样？”亲王又说：“我不亏待你，就给你二百两银子。”王成摇摇头，亲王又加了一百两，王成偷眼看了看店主，见店主面色没变，就说：“承大王的命令，请让我也减去一百两。”亲王说：“算了吧！谁肯用九百两银子换一只鹌鹑呀？”王成装起鹌鹑就要走。亲王呼喊道：“养鹌鹑的回来，养鹌鹑的回来，我实实在在地给你六百两，你肯就卖，否则就算了。”王成又看店主，店主仍没有什么脸色变化。王成心里已经万分满足了，唯恐失去这个机会，就说：“以这个数成交，小人心里实在不甘愿；但讨价还价半天买卖不成，一定会大大得罪王爷您。没别的法子，就按王爷说的那样办吧。”亲王十分欢喜，马上命令称出银子交给他。王成装好银子，谢过赏就出来了。店主埋怨他说：“我怎么说的，你就这样急着自己做主卖了？再稍微坚持一会儿，八百两银子就在手中了。”王成回到店里，把银子放在桌子上，请店主自己拿，店主却不要。王成又执意要给，店主才用算盘算出了王成几个月来的饭钱收下了。

王成置办好行装回到家，一五一十地述说了自己的经历，拿出银子让大家一起高兴相庆。老妇人让他买下了三百亩良田，盖起房屋，置办器具，居然又恢复了祖上的世家景况。老妇人每天很早就起来，让王成督促雇工耕地，让媳妇督促家人织布。两人稍有懒惰，老妇人就会加以斥责。王成夫妻倒也安分服帖，不敢有什么怨言。这样过了三年，家里更加富裕了，老妇人却告辞要走。王成夫妻俩一起执意挽留，直至声泪俱下，老妇人也就留了下来。但到了第二天早晨，夫妻俩前去问候，她却已经杳然不见踪影了。

异史氏说：富裕都是得自于勤劳的，唯独王成的富裕却得自于懒惰，也算是闻所未闻的事情了。但人们却不知道这是因为王成虽然一贫如洗，但他那份至真至诚的性情不变，所以上天才一开始抛弃他，最终还是怜惜了他。懒惰之中难道还真能有富贵吗？

［但明伦］拾钗而不取，亡金而任数，所谓“君子安贫，达人知命”者，非耶？其惰也，殆亦有说焉。老妪，主人赠金，皆出诸意外，而卒以此致富，谓非天之所以报狷介士哉！

青凤

【原文】

太原耿氏，故大家，第宅弘阔。后凌夷，楼舍连亘，半旷废之，因生怪异，堂门辄自开掩，家人恒中夜骇哗。耿患之，移居别墅，留一老翁门焉。由此荒落益甚，或闻笑语歌吹声。

耿有从子去病，狂放不羁，嘱翁有所闻见，奔告之。至夜，见楼上灯光明灭，走报生。生欲入觇其异，止之不听。门户素所习识，竟拨蒿蓬，曲折而入。登楼，初无少异。穿楼而过，闻人语切切。潜窥之，见巨烛双烧，其明如昼。一叟儒冠南面坐，一媪相对，俱年四十馀。东向一少年，可二十许。右一女郎，才及笄耳。酒胾满案，围坐笑语。生突入，笑呼曰：“有不速之客一人来！”群惊奔匿。独叟诧问：“谁何入人闺闼？”生曰：“此我家也，君占之。旨酒自饮，不邀主人，毋乃太吝？”叟审谛之，曰：“非主人也。”生曰：“我狂生耿去病，主人之从子耳。”叟致敬曰：“久仰山斗！”乃揖生入，便呼家人易馔，生止之。叟乃酌客。生曰：“吾辈通家，座客无庸见避，还祈招饮。”叟呼：“孝儿！”俄少年自外入。叟曰：“此豚儿也。”揖而坐，略审门阀。叟自言：“义君姓胡。”生素豪，谈论风生，孝儿亦倜傥，倾吐间，雅相爱悦。生二十一。长孝儿二岁，因弟之。叟曰：“闻君祖纂《涂山外传》，知之乎？”答曰：“知之。”叟曰：“我涂山氏之苗裔也。唐以后，谱系犹能忆之；五代而上无传焉。幸公子一垂教也。”生略述涂山女佐禹之功，粉饰多词，妙绪泉涌。叟大喜，谓子曰：“今幸得闻所未闻。公子亦非他人，可请阿母及青凤来共听之，亦令知我祖德也。”孝儿入帏中。少时媪偕女郎出，审顾之，弱态

生娇，秋波流慧，人间无其丽也。叟指媪曰：“此为老荆。”又指女郎：“此青凤，鄙人之犹女也。颇慧，所闻见辄记不忘，故唤令听之。”生谈竟而饮，瞻顾女郎，停睇不转。女觉之，俯其首。生隐蹑莲钩，女急敛足，亦无愠怒。生神志飞扬，不能自主，拍案曰：“得妇如此，南面王不易也！”媪见生渐醉益狂，与女俱去。生失望，乃辞叟出。而心萦萦，不能忘情于青凤也。

至夜复往，则兰麝犹芳，凝待终宵，寂无声咳。归与妻谋，欲携家而居之，冀得一遇。妻不从。生乃自往，读于楼下。夜方凭几，一鬼披发入，面黑如漆，张目视生。生笑，拈指研墨自涂，灼灼然相与对视，鬼惭而去。次夜更深，灭烛欲寝，闻楼后发扃，辟之闸然。急起窥觇，则扉半启。俄闻履声细碎，有烛光自房中出。视之，则青凤也。骤见生，骇而却退，遽阖双扉。生长跪而致词曰：“小生不避险恶，实以卿故。幸无他人，得一握手为笑，死不憾耳。”女遥语曰：“倦倦深情，妾岂不知？但吾叔闺训严谨，不敢奉命。”生固哀之，曰：“亦不敢望肌肤之亲，但一见颜色足矣。”女似肯可，启关出，捉其臂而曳之。生狂喜，相将入楼下，拥而加诸膝。女曰：“幸有夙分，过此一夕，即相思无益矣。”问：“何故？”曰：“阿叔畏君狂，故化厉鬼以相吓，而君不动也。今已卜居他所，一家皆移什物赴新居，而妾留守，明日即发矣。”言已欲去，云：“恐叔归。”生强止之，欲与为欢。方持论间，叟掩入。女羞惧无以自容，俛首依床，拈带不语。叟怒曰：“贱辈辱我门户！不速去，鞭挞且从其后！”女低头急去，叟亦出。生尾而听之。诃诟万端，闻青凤嘤嘤啜泣。生心意如割，大声曰：“罪在小生，与青凤何与！倘宥青凤，刀锯铁钺，愿身受之！”良久寂然，乃归寝。自此第内绝不复声息矣。生叔闻而奇之，愿售以居，不较直。生喜，携家口而迁焉。居逾年，甚适，而未尝须臾忘青凤也。

会清明上墓归，见小狐二，为犬逼逐。其一投荒窜去；一则皇急道上，望见生，依依哀啼，葛耳辑首，似乞其援。生怜之，启裳衿提抱以归。闭门，置床上，则青凤也。大喜，慰问。女曰：“适与婢子戏，遘此大厄。脱非郎君，必葬犬腹。望无以非类见憎。”生曰：“日切怀思，系于魂梦。见卿如得异宝，何憎之云！”女曰：“此天数也，不因颠覆，何得相从？然幸矣，婢子必言妾已死，可与君坚永约耳。”生喜，另舍居之。

积二年余，生方夜读，孝儿忽入。生辍读，讶诘所来。孝儿伏地怆然曰：“家君有横难，非君莫救。将自诣恳，恐不见纳，故以某来。”问：“何事？”曰：“公子识莫三郎否？”曰：“此吾年家子也。”孝儿曰：“明日将过，倘携有猎狐，望君留之也。”生曰：“楼下之羞，耿耿在念，他事不敢预闻。必欲仆效绵薄，非青凤来不可！”孝儿零涕曰：“凤妹已野死三年矣。”生拂衣曰：“既尔，则恨滋深耳！”执卷高吟，殊不顾瞻。孝儿起，哭失声，掩面而去。生如青凤所，告以故。女失色曰：“果救之否？”曰：“救则救之。适不之诺者，亦聊以报前横耳。”女乃喜曰：“妾少孤，依叔成立。昔虽获罪，乃家范应尔。”生曰：“诚然，

但使人不能无介介耳。卿果死，定不相援。”女笑曰：“忍哉！”次日，莫三郎果至，镂膺虎韔，仆从甚赫。生门逆之。见获禽甚多，中一黑狐，血殷毛革。抚之皮肉犹温。便托裘敝，乞得缀补。莫慨然解赠，生即付青凤，乃与客饮。客既去，女抱狐于怀，三日而苏，展转复化为叟。举目见凤，疑非人间。女历言其情。叟乃下拜，惭谢前愆，喜顾女曰：“我固谓汝不死，今果然矣。”女谓生曰：“君如念妾，还祈以楼宅相假，使妾得以申返哺之私。”生诺之。叟赧然谢别而去，入夜果举家来。由此如家人父子，无复猜忌矣。生斋居，孝儿时共谈宴。生嫡出子渐长，遂使傅之，盖循循善教，有师范焉。

【译文】

太原有一家姓耿的，原本是个官绅大族，府第宽阔宏伟，后来家势逐渐衰落，大片大片的房舍多半都空无人住，于是生出一些鬼怪奇异的事儿来。大堂的门常常自开自闭，家人们常常在半夜里被惊吓得喧哗起来。老主人为此感到心烦忧虑，就搬到别墅去住了，这里只留下一个老头子看门。从此，往日宽阔的大院就更显得荒破了，有时里面却会传出一阵阵欢歌笑语声。

老主人有个侄子名叫耿去病，性格豪放任性，无所拘束。他叮嘱看门老头儿，要是再发现有什么怪诞事儿，就跑过来告诉他。

有一天夜里，老头儿看见楼上烛光摇曳，就连忙跑去告诉了耿生。耿生想要进去察看有什么异常，老头极力劝阻，他却不听。院子里的门户通道耿生平常就很熟悉，于是他独自拨开丛生的蒿草，左绕右绕地进楼去了。刚登上楼，还没看见什么可奇怪的。等穿过楼去，就听见有轻声说话的声音，耿生前去偷偷地察看，只见里面点着两支很大的蜡烛，明亮得如同白昼一般，一个老头儿戴着儒生的帽子脸朝南坐着，一个老妇人与他面对面地坐着，两人都有四十多岁了。面东坐着一个少年郎，大约有二十来岁，右边是一个女郎，年纪才十五岁左右。桌子上摆满了酒肉，四个人围坐四周，正在谈笑。

耿生突然闯了进去，大笑着说：“一个不请自到的客人来啦！”众人大吃一惊，都起身跑着去躲避，唯独老头儿呵叱道：“你是谁？为何闯入人家内室？”耿生说：“这本是我家的内室呀，先生占住着，又摆酒自饮，也不邀请主人一下，这不是太吝啬了吗？”老头儿仔细地打量了他一番，说：“你不是耿家的主人。”耿生说：“我是狂生耿去病，主人的侄子。”老头儿向他施礼致敬道：“久仰大名，如泰山北斗！”随后敬请耿生入座。他要叫人换一桌酒菜上来，耿生制止了他。老头儿就为耿生斟上酒，请他喝酒。耿生说：“咱们算得上是情如一家，刚才在座的各位无须回避，还是请出来一起喝酒吧。”老头儿于是叫道：“孝儿！”一会儿，那个少年从外边走了进来。老头儿介绍说：“这是我的儿子。”少年作了一揖，坐下了。大家开始介绍起家世门第来。老头儿自己说：“我姓胡，名义君。”耿生平常就很豪放，谈笑风生，孝儿也很潇洒。两人在谈吐之间，不由得

互相倾慕、敬佩起来。耿生二十一岁，比孝儿大两岁，因此就称他为弟。老头儿问道："听说你的祖上曾经编写过一部《涂山外传》，你知道吗?"耿生回答说："知道的。"老头儿说："我就是涂山氏的后人啊！唐朝以后，家谱的分支我还能记得，但从五代往上就没有传下来了。请耿公子为我们讲授一下。"耿生于是大略讲述了涂山狐女辅佐大禹治水的功劳，又润色修饰，不断生发出奇妙的情思，用许多动听的话语来讲述胡家先世的故事。老头儿听后，十分欢喜，就对儿子说："今天有幸听到了许多从未听过的事情。耿公子也不是外人，可以叫你母亲和青凤出来一起听听，也让她们知道知道我们祖上的功德。"孝儿就起身掀帏进了内室。

不一会儿，妇人带着女郎一起出来。耿生仔细一看，那女郎身姿娇弱，眼波里流露着聪慧的神采，真是人间少见的美丽。老头儿指着妇人说："这是我的老伴。"又指着女郎说："这是青凤，是我的侄女。人很聪明，她所听所见到的，就能长记不忘，所以也叫她来听听。"耿生谈完了胡家家世的话题，就开始喝酒。他眼光紧盯着女郎，目不转睛。女郎发现了，就低下了头。耿生又悄悄地在桌子底下用脚踩了一下青凤的小脚。女郎急忙缩回脚，但脸上却没有恼怒的表情。耿生更加心摇魂飞，不能自持，拍着桌子叫道："能娶到这样的妻子，就是让我面南称王也不换!"妇人见耿生越来越醉，更加狂放，就与女郎一齐起身，撩起帷帐进内室去了。耿生顿时感到大失所望，就向老头儿告辞回去了。

耿生回到家里，心中仍旧魂牵梦萦地怀恋着青凤。第二天夜里，他再次前往那里，但觉室内兰草和麝香的芳芬气息还可以闻到。但他凝神等待了一个通宵，仍是寂静无声。回家以后，他和妻子商量，想举家搬到那座府第里住，希冀与青凤能再遇上一次。妻子不同意，耿生就自己搬了进去，在楼下读书。到了夜里，他正倚在桌前，忽然，一个鬼披头散发地闯了进来，脸色黑漆漆地瞪着眼睛看着耿生。耿生笑了笑，用手指染了些砚台里的墨汁涂抹在自己脸上，也气势逼人地与那鬼相对而视。那个鬼自觉没趣，就溜走了。

第二天夜里，时间已经很晚了，耿生刚吹灭蜡烛想要睡觉，忽然听见楼后有拨门闩的声音，只听"呼"的一声门被打开了。他急忙起身窥看，只见门扇半开着。一会儿，又听见了细碎的脚步声，一道烛光从房里射了出来。再一细看，正是青凤来了。青凤骤然看到耿生，吃惊地倒退几步，一下子关上了两扇门。耿生在门外长跪不起，对青凤说道："小生我不怕险恶地在这里久等，实在是为了你啊。现在幸好没有别人，如果我们能握手欢笑一下，那么我就死也无憾了。"女郎在房里远远地说："你的一片眷眷深情，我哪里能不知道呢？但我叔叔给闺房里订下了严格的规定，我实在不敢听从你的要求。"耿生又苦苦地哀求说："我也不敢指望和你同床共枕，只要开门让我见上一面就满足了。"女郎好像默许了他的请求，打开门，伸手抓住他的胳臂把他拉进了屋里。耿生狂喜万分，跟青凤相扶着进到楼下，抱起她放在膝上依偎在一起。女郎说："幸亏我们有前世

定下的缘分，要是过了这一夜，再相思也没有用了。”耿生问：“那是什么原因呢？”青凤回答说：“叔叔害怕你的狂放，所以化作厉鬼去吓唬你，但你丝毫不为所动。现在他已经看好了别处的房子，一家人都在往新居搬运物件。只有我留在这里看守，明天就要出发了。”说完，她就想要离开，说：“恐怕叔叔就要回来了。”耿生又强行留住她，想和她上床共寻男女之欢，两人正在推扯争执的时候，老头儿忽然堵着门进来了。女郎又羞愧又害怕，无地自容，低下头倚在床边，手中拈着衣带默不出声。老头儿怒骂她说：“贱丫头，败坏了我家的名声！你再不快走，随后我就要用鞭子抽你！”女郎低着头急急地走了，老头儿也跟着走了出去。耿生连忙尾随着他们去听动静，只听得老头不住口地百般辱骂，又听到青凤“嘤嘤”的哭泣声。耿生心里如同刀割一样，就大声地喊道：“罪过在我身上，与青凤有什么关系？要是宽恕了青凤，就是刀劈斧砍，我也愿意一人承担！”楼里一下子寂静下来，耿生这才回去睡觉。从此府第里再也没有听到过什么异常的声音。耿生的叔叔听说了这件事，感到他侄子是个奇才，愿意把房宅卖给他住，不和他计较价钱。耿生很高兴，就带着家口搬了进来。住了一年后，感到很适意，但心中仍是无时无刻不在想念青凤。

清明节这天，耿生去扫墓回来的路上，看见两只小狐狸，被一只狗紧紧地追逼着。其中一只落荒而逃，另一只慌急地跑到路上，望见耿生，口里发出依依的哀叫，耷拉着耳朵，缩着头，好像在向他乞求援救。耿生很可怜它，就掀开衣襟，提起它抱在怀里回家了。到家里关上门，把它放在床上，狐狸竟然幻化成了青凤。耿生大喜过望，急忙上前来慰问她。女郎说：“我正在与婢女游戏，忽然遭到了这样的大灾难。若不是你，我一定葬身犬腹了。希望你不要因为我不是同类而憎嫌我。”耿生说：“我日夜思念着你，连梦中都在想念你。现在见到了你就像得到了无价之宝，哪里说得上憎嫌呢？”女郎说：“这也是上天的定数呀！要是没有遇到这一场灾难，怎么能跟你在一起呢？不过很幸运，婢女必定以为我已经死了，我今后可以和你永远在一起了。”耿生无比欢喜，就另外收拾出一套宅院让她住下。

过了两年多，耿生夜里正在读书，孝儿忽然闯了进来。耿生放下手中的书卷，惊讶地盘问他从哪里来。孝儿趴伏在地上，悲伤地说：“家父突然遇到飞来横祸，除了你就没有人能够救他了。他本打算亲自登门恳求，但又怕你不肯接纳他，所以让我前来相求。”耿生问：“什么事啊？”孝儿说：“公子认识莫三郎吗？”耿生回答说：“他是和我同年登榜的晚辈！”孝儿说：“明天他将要从这里经过，如果他携带有猎获的狐狸，请公子务必留下它。”耿生说：“当日楼下的那番羞辱，至今我心里还记得清清楚楚。其他的事我也不愿意过问，这件事如果一定要我效力，非得让青凤出面不可。”孝儿流着泪说：“青凤妹已经死在野外三年了。”耿生一甩衣袖愤慨地说：“既然是这样，我就恨上加恨了。”说完，拿起书卷高声吟读了起来，再也不理睬孝儿。孝儿站起身，失声痛哭，捂着脸跑了

出去。耿生立即到青凤住所，告诉了她刚才的事。青凤听完顿时大惊失色，说："你到底救不救他呢？"耿生笑了笑说："救还是要救，刚才不立刻答应，也不过是为了报复一下他先前的蛮横无理而已。"青凤于是欢喜起来，说："我从小就成了孤儿，依赖叔叔的抚养才长大成人。先前虽然遭到他的惩罚，那也是因为家规应该如此。"耿生说："的确是这样，但总使人心里不能没有一点儿气恼。你要是真死了，我肯定不救他。"青凤笑着说："你真忍心吗？"

第二天，莫三郎果然行猎归来，经过这里。只见他骑着饰有缕金胸带的马，挎着虎皮制成的弓袋，后面跟随着众多仆从。耿生站在门口迎接他，看到他猎获的禽兽很多，其中有一只黑狐狸，流出的血已经把皮毛染成了黑红色。用手一摸，皮肉还是温热的。耿生便假托说自己的皮袍破了，想求得这张狐皮来补缀。莫三郎痛快地解下狐狸送给了他，耿生立即交给青凤，自己陪着客人喝酒。客人走了以后，青凤把狐狸抱在怀里，过了三天它才苏醒过来，转动一阵身体又变成了老头儿。老头儿睁开眼看见了青凤，怀疑自己不是在阳间。青凤于是详细地述说了情由。老头儿立即向耿生下拜，惭愧地对以前的过错表示谢罪。然后他高兴地望着青凤说："我一直说你不会死，现在果然如此。"青凤对耿生说："你如果心里有我，还求你把那座楼宅借给我们住，使我们报答叔叔家的养育之恩。"耿生答应了她。老头儿羞愧地道谢告别之后就离去了。这天夜里，他果然全家都搬了过来。

从此两家如同父子亲人，不再有什么猜疑嫌弃了。耿生住在书斋里，孝儿时常来与他饮酒聚谈。耿生正妻生的儿子渐渐长大后，就让孝儿做他的老师。孝儿循循善诱，很有老师的风范。

［何守奇］青凤之爱生甚挚，而待之又甚诚，卒脱其死以及其叔，孰谓狂生不可近乎？叟家范綦严，观孝儿可为师，青凤不敢怼可见。何物老狐，乃有此家法。

画　皮

【原文】

太原王生早行，遇一女郎，抱襆独奔，甚艰于步，急走趁之，乃二八姝丽，心相爱乐，问："何夙夜踽踽独行？"女曰："行道之人，不能解愁忧，何劳相问。"生曰："卿何愁忧？或可效力不辞也。"女黯然曰："父母贪赂，鬻妾朱门。嫡妒甚，朝詈而夕楚辱之，所弗堪也，将远遁耳。"问："何之？"曰："在亡之人，乌有定所。"生言："敝庐不远，即烦枉顾。"女喜从之。生代携襆物，导与同归。女顾室无人，问："君何无家口？"答云："斋耳。"女曰："此所良佳。如怜妾而活之，须秘密勿泄。"生诺之。乃与寝合。使匿密室，过数日而人不知也。生微告妻。妻陈，疑为大家媵妾，劝遣之。生不听。

偶适市，遇一道士，顾生而愕。问：“何所遇？”答言：“无之。”道士曰：“君身邪气萦绕，何言无？”生又力白。道士乃去，曰：“惑哉！世固有死将临而不悟者！”生以其言异，颇疑女。转思明明丽人，何至为妖，意道士借魇禳以猎食者。无何，至斋门，门内杜不得入，心疑所作，乃逾垝垣，则室门已闭。蹑足而窗窥之，见一狞鬼，面翠色，齿巉巉如锯，铺人皮于榻上，执彩笔而绘之。已而掷笔，举皮如振衣状，披于身，遂化为女子。睹此状，大惧，兽伏而出。急追道士，不知所往。遍迹之，遇于野，长跪求救，请遣除之。道士曰：“此物亦良苦，甫能觅代者，予亦不忍伤其生。”乃以蝇拂授生，令挂寝门。临别，约会于青帝庙。生归，不敢入斋，乃寝内室，悬拂焉。一更许，闻门外戢戢有声，自不敢窥，使妻窥之。但见女子来，望拂子不敢进，立而切齿，良久乃去。少时复来，骂曰：“道士吓我，终不然，宁入口而吐之耶！”取拂碎之，坏寝门而入，径登生床，裂生腹，掬生心而去。妻号。婢入烛之，生已死，腔血狼藉。陈骇涕不敢声。

明日使弟二郎奔告道士。道士怒曰：“我固怜之，鬼子乃敢尔！”即从生弟来。女子已失所在。既而仰首四望，曰：“幸遁未远。”问：“南院谁家？”二郎曰：“小生所舍也。”道士曰：“现在君所。”二郎愕然，以为未有。道士问曰：“曾否有不识者一人来？”答曰：“仆早赴青帝庙，良不知，当归问之。”去少顷而返，曰：“果有之，晨间一妪来，欲佣为仆家操作，室人止之，尚在也。”道士曰：“即是物矣。”遂与俱往。仗木剑立庭心，呼曰：“孽鬼！偿我拂子来！”妪在室，惶遽无色，出门欲遁，道士逐击之。妪仆，人皮划然而脱，化为厉鬼，卧嗥如猪。道士以木剑枭其首。身变作浓烟，匝地作堆。道士出一葫芦，拔其塞，置烟中，飗飗然如口吸气，瞬息烟尽。道士塞口入囊。共视人皮，眉目手足，无不备具。道士卷之，如卷画轴声，亦囊之，乃别欲去。

陈氏拜迎于门，哭求回生之法。道士谢不能。陈益悲，伏地不起。道士沉思曰：“我术浅，诚不能起死。我指一人或能之。”问：“何人？”曰：“市上有疯

者，时卧粪土中，试叩而哀之。倘狂辱夫人，夫人勿怒也。”二郎亦习知之，乃别道士，与嫂俱往。见乞人颠歌道上，鼻涕三尺，秽不可近。陈膝行而前。乞人笑曰：“佳人爱我乎？”陈告以故。又大笑曰：“人尽夫也，活之何为！”陈固哀之。乃曰：“异哉！人死而乞活于我，我阎罗耶？”怒以杖击陈，陈忍痛受之。市人渐集如堵。乞人咯痰唾盈把，举向陈吻曰：“食之！”陈红涨于面，有难色；既思道士之嘱，遂强啖焉。觉入喉中，硬如团絮，格格而下，停结胸间。乞人大笑曰：“佳人爱我哉！”遂起行，已，不顾。尾之，入于庙中。迫而求之，不知所在，前后冥搜，殊无端兆，惭恨而归。既悼夫亡之惨，又悔食唾之羞，俯仰哀啼，但愿即死。方欲展血敛尸，家人伫望，无敢近者。陈抱尸收肠，且理且哭。哭极声嘶，顿欲呕，觉鬲中结物，突奔而出，不及回首，已落腔中。惊而视之，乃人心也，在腔中突突犹跃，热气腾蒸如烟然。大异之。急以两手合腔，极力抱挤。少懈，则气氤氲自缝中出，乃裂缯帛急束之。以手抚尸，渐温，覆以衾裯。中夜启视，有鼻息矣。天明竟活，为言：“恍惚若梦，但觉腹隐痛耳。”视破处，痂结如钱，寻愈。

异史氏曰：“愚哉世人！明明妖也而以为美。迷哉愚人！明明忠也而以为妄。然爱人之色而渔之，妻亦将食人之唾而甘之矣。天道好还，无往不复，但愚而迷者不悟耳。哀哉！”

【译文】

太原有个姓王的书生，早晨在路上行走，遇到了一个女郎，她抱着个包袱，独自一人急急地奔走，步履似乎很吃力。王生连忙快跑几步追上了她。再仔细一看，原来是个十六七岁的秀美女子。王生心里不禁产生了爱恋之情，就上前问她：“你为什么天不亮就孤零零地一个人在路上走呢？”那女子说：“你是一个过路行人，也不能替我分担忧愁，又何必要问呢！”王生说：“你有什么忧愁？我也许能出力帮忙，一定不推辞。”女子脸色悲伤地说：“我的父母贪图钱财，把我卖给一个富贵人家当小老婆，那家的大老婆特别妒嫉，早晨骂晚上打地欺辱我，我实在忍受不了啦，想逃得远远的。”王生问她：“你想到哪里去呢？”女子说：“我是一个正在逃亡的人，哪里有一定的去处。”王生说：“我的家离这儿不远，就麻烦你到我那里委屈一下吧！”那女子很高兴地同意了。王生就替她携带着包袱物件，领着她一起回了家。

到了家里，女子四下一看，见屋里没有别人，就问：“你家里怎么没有家小呢？”王生回答说：“这是我的书房。”女子说：“这个地方太好了。如果先生怜爱我，让我活下去，请一定要保守秘密，不要泄露给别人。”王生一口答应了下来。当晚王生就和她同床共枕了。王生又把她藏匿在密室当中，过了许多天别人都不知道。后来，王生又把这件事稍稍透露给了妻子一些。妻子陈氏听说后，怀疑那女子是豪门大族家的小老婆，劝王生打发她走。王生却执意不听。

有一天，王生偶尔到街市上去，遇见了一个道士。那道士一见王生，就十分惊愕地问："你最近遇见什么人了？"王生回答说："没有呀。"道士说："你全身都被邪气缠绕着，怎么还说没有？"王生极力辩白说是没有。道士便叹息着走了，说："真让人不明白啊！世界上居然有死将临头还执迷不悟的人！"王生觉得他的话非同寻常，就有些怀疑那个女子。然而他又转念一想，她明明白白地是个美丽的女郎，怎么会是个妖怪呢？就心想道士是借口镇妖除怪来谋取钱财的。

不一会儿，他走到了书房门口，看见大门从里面插着，没法儿进去。他心里对这种做法有些怀疑，于是翻过一道破墙进了院子。只见屋门也关着，他就蹑手蹑脚地走到窗前偷看，只见一个面目狰狞的恶鬼，脸色发青，牙齿又尖又长像锯齿一样，正把一张人皮铺在床上，手里拿着彩色画笔在描绘。画完之后，恶鬼扔下画笔，举起人皮，像抖动衣服一样地把人皮披在身上，于是就变成了美丽的女子。王生亲眼看见这个情形后，万分恐惧，像野兽一样趴在地上爬出去，急忙去追寻道士。但那道士已经不知去向了。王生到处都找了个遍，才在郊外遇见了道士。他跪在道士面前苦苦求救。道士说："那就让我把它赶走吧。这东西修炼得也不容易，刚刚能找到顶替的人，可以投胎为人了，我也不忍心就伤了它的性命。"于是把手里驱赶蝇蚊的蝇拂交给王生，让他挂在卧室的门口。临到分手的时候，道士又与王生约定以后在青帝庙见面。

王生回去以后，不敢进书斋，就睡在自己的内室里，悬挂起了蝇拂。到了夜里一更时分，他忽然听见门外响起了"唧唧"的走路声。王生吓得连偷看也不敢，就让妻子去悄悄看一看。只见那个女子走了过来，望见挂在门口的蝇拂就不敢进门，站在那里咬牙切齿，过了很久才离去。但是过了一会儿她又来了，厉声骂道："那道士想吓唬我，我才不甘罢休，难道要我把吃到口的肉吐出来吗？"说完，取下蝇拂就撕成了碎片，又撞坏卧室的门冲了进来。那鬼直接爬上王生的床，把王生的胸腹抓裂，抓出心脏然后离开了。妻子尖声哭号起来，婢女拿着蜡烛来一照，见王生已经死去，腹腔里的血流得乱七八糟的，满床都是。妻子陈氏吓得不敢声张，只能忍气吞声地流眼泪。

第二天早晨，陈氏打发王生的弟弟二郎跑去告诉道士。道士愤怒地说："我本来还可怜它，这恶鬼竟敢如此猖狂！"立即随着王生的弟弟来到王生家里。这时那女子已经不见了踪影。道士抬起头来向四下望了一阵，说："幸亏它还没有逃远。"道士又问："南院是谁家？"王二郎说："是我的房舍。"道士说："现在那鬼就在你家里。"王二郎感到十分愕然，以为没有这回事儿。道士问他："是否曾经有一个不认识的生人来过？"王二郎说："我一大早就跑到青帝庙去找您，实在不知道。让我回家去问问。"说完就离去了。过了一会儿，他回来说："果然是有。早晨的时候来了一个老妇人，想受雇在我家做家务，我的妻子拒绝了她，现在还在我家里没走。"道士说："就是这家伙了。"于是大家一起到了王二郎家。道士手持木剑，站在庭院当中，高声叫道："造孽的恶鬼，赔我的蝇拂

来！”那老妇人在屋子里大惊失色，出了门就要逃跑。道士追上前去用木剑一击，老妇人应声跌倒了，那张人皮裂开脱落在地上，现出了恶鬼的原形，它卧在地上像猪一样地嚎叫着。道士用木剑砍下恶鬼的头，它的身子又变成一股浓烟，环绕在地上聚成了一堆。道士拿出一个葫芦，拔去塞子，然后放在烟堆当中，只听得“嗖嗖”直响，像是有人用口吸气似的，转眼之间烟就被葫芦吸得干干净净。道士把葫芦塞上口，放进行囊里。大家再去看地上的那张人皮，只见眉毛、眼睛、手、脚，没有一样不具备。道士卷起那张人皮，像卷画轴一样“哗哗”作响，也放在行囊里，然后告别大家要离去。陈氏却跪拜在门前，流着眼泪哀求道士用回生之法救活王生。道士表示自己无能无力，推辞了她的请求。陈氏更加悲痛，跪伏在地上不肯起来。道士又沉思了片刻说：“我的法术疏浅，实在是不能起死回生，我指给你一个人，他也许能，你前去求他应当会有效果。”陈氏问：“是什么人？”道士说：“街市上有一个疯子，时常躺在粪土当中，你试着去对他叩头哀求。如果他发狂侮辱夫人，夫人你也不要生气。”王二郎也说熟识那个疯子，于是他告别道士后，与嫂嫂陈氏一同去找那个疯子。

到了那里，只见一个要饭的乞丐在路上疯疯癫癫地唱着歌，鼻涕拖得三尺长，身上污秽腥臭得让人无法靠近。陈氏跪着用膝盖挪到他面前。乞丐笑着说：“美人爱我吗？”陈氏告诉了他事情的原委。乞丐又大笑说：“人人都可以做你的丈夫啊！把他救活做什么？”陈氏还是一再地哀求。乞丐就说：“真是怪事！人死了还来求我救活他，我难道是阎罗王吗？”说完就恼怒地用讨饭棍击打陈氏，陈氏忍着痛挨他的痛打。这时，街市上围观的人渐渐已经挤得像一堵墙了。乞丐又咳出痰和口水来，吐了满满的一把，举向陈氏的嘴边说：“吃了它！”陈氏的脸涨得通红，面有难色，但又想起道士嘱咐她不要怕侮辱，就强忍着恶心一口口吞吃下去。只觉得那痰咽到喉咙中，硬得像一团棉絮，“格格”地响着往下走，聚结在胸口停住了。乞丐又大笑着说：“美人爱我呀！”于是起身便走，不再理睬陈氏。他们又尾随他到了庙里。想靠近前去哀求，却找不到他，前前后后都搜遍了，也毫无踪影，只好又羞愧又气愤地回了家。

陈氏回到家里，既哀痛丈夫死得这样悲惨，又悔恨自己舔吃了别人痰唾的羞辱，不时地哀啼，只求自己立即死去。她想给丈夫抹干血污收敛尸体，但家人都吓得远远地站着，没有人敢靠近。陈氏只好自己抱起王生的尸身，收拾流在肚子外面的肠子，一边清理一边嚎啕大哭，哭到声嘶力竭的时候，顿时觉得想要呕吐，感到聚结在胸膛中的那个硬块，突然从喉咙中涌出，她来不及转过头去，那东西已经一下子落到了王生的胸腔中。陈氏再吃惊地一看，竟然是一颗人心，在王生胸腔里“突突”地跳动着，冒着像烟雾一样的腾腾热气。陈氏大为惊奇，急忙用两手捏合着王生的胸腔，极力向一起挤合，稍稍一松动，就看见一缕缕的热气从缝隙里冒出来。陈氏于是又让人撕开丝绸，急忙把王生的胸腹裹紧。这时，她再用手抚摸尸体，已经觉得渐渐有些温热了，就又给王生盖上一床棉被。

半夜，她起来探视，发现王生的鼻孔里已经有了些气息。到第二天天亮，王生竟然活过来了。他只说："恍恍惚惚好像做梦一样，只觉得肚子那儿在隐隐作痛。"再一看被抓破的地方，结了个铜钱那么大的硬痂。过了不久，王生就痊愈了。

异史氏说：世界上的人真愚蠢啊！明明是妖怪，他却以为是美女。愚蠢的人也真执迷不悟啊！明明是忠告，他却以为是欺妄。然而，他爱别人的美色而去贪得无厌地猎取，自己的妻子也将会去舔吃别人的痰唾，并把它当作美味。人的善恶，都会按照天理得到相应的回报，只不过又蠢又浑的人始终不悟罢了。真是可哀啊！

［何守奇］魅挑生之言甚工。使非有以自持，无不入其彀中矣。然魅之为魅可畏，非魅之魅仍可畏，是故君子慎之。道士以蝇拂授王生，终不能救王生之死，是道士不济。疯者以咯痰唉生妻，乃竟能致王生之生，彼疯者何人？

［方舒岩］呜呼！斩狞鬼者狞鬼也，非道士也；掬王生心者王生也，非狞鬼也，设狞鬼能不害人，则可免乎木剑；王生能不渔色，又何至使其妻遭夫亡之惨，复拒食唾之羞？

贾　儿

【原文】

楚客有贾于外者。妇独居，梦与人交，醒而扪之，小丈夫也。察其情与人异。知为狐。未几下床去，门未开而已逝矣。入暮，邀庖媪伴焉。有子十岁，素别榻卧，亦招与俱。夜既深，媪、儿皆寐，狐复来，妇喃喃如梦语。媪觉呼之，狐遂去。自是，身忽忽若有亡。至夜遂不敢息烛，戒子睡勿熟。夜阑，儿及媪倚壁少寐，既醒，失妇，意其出遗，久待不至，始疑。媪惧不敢往觅。儿执火遍照之，至他室，则母裸卧其中。近扶之，亦不羞缩。自是遂狂，歌哭叫詈，日万状。夜厌与人居，另榻寝儿，媪亦遣去。儿每闻母笑语，辄起火之。母反怒诃儿，儿亦不为意，因共壮儿胆。然嬉戏无节，日效杇者以砖石叠窗上，止之不听。或去其一石，则滚地作娇啼，人无敢气触之。过数日，两窗尽塞无少明，已，乃合泥涂壁孔，终日营营，不惮其劳。涂已，无所作，遂把厨刀霍霍磨之。见者皆憎其顽，不以人齿。儿宵分隐刀于怀，以瓢覆灯。伺母呓语，急启灯，杜门声喊。久之无异，乃离门，扬言诈作欲搜状。欻有一物如狸，突奔门隙。急击之，仅断其尾，约二寸许，湿血犹滴。初，挑灯起，母便诟骂，儿若弗闻。击之不中，懊恨而寝。自念虽不即戮，可以幸其不来。及明，视血迹逾垣而去。迹之，入何氏园中。至夜果绝，儿窃喜；但母痴卧如死。

未几贾人归，就榻问讯。妇谩骂，视若仇。儿以状对。翁惊，延医药之，妇泻药诟骂。潜以药入汤水杂饮之，数日渐安。父子俱喜。一夜睡醒，失妇所在，

父子又觅得于别室。由是复颠，不欲与夫同室处，向夕竟奔他室。挽之，骂益甚。翁无策，尽扃他扉。妇奔去，则门自辟。翁患之，驱禳备至，殊无少验。

儿薄暮潜入何氏园，伏莽中，将以探狐所在。月初升，乍闻人语。暗拨蓬科，见二人来饮，一长鬣奴捧壶，衣老棕色。语俱细隐，不甚可辨。移时闻一人曰："明日可取白酒一瓶来。"顷之俱去，惟长鬣独留，脱衣卧石上。审顾之，四肢皆如人，但尾垂后部。儿欲归，恐狐觉，遂终夜伏。未明，又闻二人以次复来，哝哝入竹丛中。儿乃归。翁问所往，答："宿阿伯家。"

适从父入市，见帽肆挂狐尾，乞翁市之。翁不顾，儿牵父衣娇聒之。翁不忍过拂，市焉。父贸易廛中，儿戏弄其侧，乘父他顾，盗钱去，沽白酒寄肆廊。有舅氏城居，素业猎，儿奔其家。舅他出。妗诘母疾，答云："连日稍可。又以耗子啮衣，怒涕不解，故遣我乞猎药耳。"妗检柜，出钱许，裹付儿。儿少之。妗欲作汤饼啖儿。儿觑室无人，自发药裹，窃盈掬而怀之。乃趋告妗，俾勿举火，"父待市中，不遑食也"。遂去，隐以药置酒中，遨游市上，抵暮方归。父问所在，托在舅家。

儿自是日游廛肆间。一日见长鬣杂在人中。儿审之确，阴缀系之。渐与语，诘其里居，答言："北村。"亦询儿，儿伪云："山洞。"长鬣怪其洞居。儿笑曰："我世居洞府，君固否耶？"其人益惊，便诘姓氏。儿曰："我胡氏子。曾在何处，见君从两郎，顾忘之耶？"其人熟审之，若信若疑。儿微启下裳，少少露其假尾，曰："我辈混迹人中，但此物犹在，为可恨耳。"其人问："在市欲何为？"儿曰："父遣我沽。"其人亦以沽告。儿问："沽未？"曰："吾侪多贫，故常窃时多。"儿曰："此役亦良苦，耽惊忧。"其人曰："受主人遣，不得不尔。"因问："主人伊谁？"曰："即曩所见两郎兄弟也。一私北郭王氏妇，一宿东村某翁家。翁家儿大恶，被断尾，十日始瘥，今复往矣。"言已欲别，曰："勿误我事。"儿曰："窃之难，不若沽之易。我先沽寄廊下，敬以相赠。我囊中尚有馀钱，不愁沽也。"其人愧无以报。儿曰："我本同类，何靳些须？暇时，尚当与君痛饮耳。"遂与俱去，取酒授之，乃归。

至夜，母竟安寝不复奔。心知有异。告父同往验之，则两狐毙于亭上，一狐死于草中，喙津津尚有血出。酒瓶犹在，持而摇之，未尽也。父惊问："何不早告？"儿曰："此物最灵，一泄则彼知之。"翁喜曰："我儿讨狐之陈平也。"于是父子荷狐归。见一狐秃半尾，刀痕俨然。自是遂安。而妇瘠殊甚，心渐明了，但益之嗽，呕痰数升，寻愈。北郭王氏妇，向祟于狐，至是问之，则狐绝而病亦愈。翁由此奇儿，教之骑射。后贵至总戎。

【译文】

湖北有一个商人，在外地做买卖。他的妻子独自在家里居住，夜里梦见自己与一个陌生男人交合。她惊醒后用手一摸，身边睡着个年轻男子。再观察一会儿男子的神情，她发现这个男人和平常人不一样，于是知道自己遇上了狐狸精。过了片刻，那男人跳下床，没有打开房门就消失不见了。商人的妻子到第二天晚上就让做饭的老婆子来陪着她睡觉。她还有一个十岁的儿子，平时在另外一张床上睡，这时也叫来睡在了一起。到了深夜，老婆子和孩子都睡了以后，狐狸精又溜了进来。商人的妻子于是喃喃地说起梦话来，老婆子听到后喊叫起来，狐狸精就匆忙离开了。

从此以后，商人的妻子就恍恍惚惚的，好像丢失了魂魄一样。一到了夜里，她就不敢吹灭蜡烛，还告诫儿子千万不要睡熟。这天夜已经很深了，她儿子和老婆子身子倚靠在墙上打起盹来。等他们醒来一看，商人的妻子不见了，起初以为她是出去小便，但是等了很久也不见回来，就惊疑起来。老婆子很害怕，不敢出去寻找，商人的儿子就自己拿着灯火照着四处寻找。他找到另一间屋子里，只见母亲正赤裸着身子躺在那里，儿子走近前来扶她，她也毫不害羞遮掩。从这以后，商人的妻子变得发了狂，每天白天都忽而唱歌喊叫，忽而啼哭怒骂；到了夜晚就讨厌和别人睡在一块儿，她让儿子睡在另外一张床上，老婆子也让她打发走了。

儿子每次在夜里听见母亲发出欢笑说话声，就点起灯来照看。母亲反而怒骂儿子，儿子也不在意，因此人们都觉得这孩子的胆量大。但是他白天嬉笑玩耍却没有分寸，天天学泥瓦匠的样子用砖头石块往窗户上垒，家里人劝阻他他也不听。要是有人拿掉窗上的一块石头，他就躺在地上打滚，撒娇哭闹，大家都不敢去碰他。过了几天，两个窗户已经让他堵得严严实实，一点光亮也不透。垒完墙，儿子又和起泥来涂抹那堵砖墙上的墙缝。他整天不停地干，也不怕吃苦受累。涂完墙以后，没什么事儿可干了，他就拿着厨房里的菜刀“霍霍”地磨个不停。看见他的人都讨厌他的顽皮，不把他当作人看。

一天夜里，商人的儿子把菜刀偷偷藏在怀里，又用瓢扣住了灯火。等到母亲发出喃喃的梦话时，他马上拿出灯火，堵在房门口高声叫喊。过了一阵儿没有发现什么异常，他就离开房门，口中扬言说要出门小便，并做出样子来。这时，突然有一个动物，形状像个狸猫，一下子向门缝蹿了过去。儿子急忙挥起菜刀一砍，但是却只砍断了它的一截尾巴，大约有二寸来长，还在滴着鲜血。起先，他拿着灯火起来时，母亲就对他叫骂起来，他却好像没有听见一样。这时，他发现没有砍中那动物的要害，就十分恼恨地睡下了。但他又想，虽然没能立即杀掉这个狐狸精，却可以庆幸也许它今后不敢再来了。天亮以后，儿子看到地上滴下的血迹越过了小墙，就跟踪着找了过去，一直走进了何家的花园里。当天夜里，狐狸精果然没再来，儿子在心里暗自高兴。但他的母亲仍然痴呆呆地躺在床上，像是死了似的。

过了不久，商人回到了家里。他来到床前探问妻子的病情，妻子却对他破口大骂，好像对待仇人一样。儿子向父亲详细讲述了母亲发狂的来由，他的父亲十分吃惊，立即请医生开药诊治妻子的疾病，谁知妻子又把汤药泼在地上骂个不

停。于是家人就悄悄地把药放在热水里混杂着给她喝，这样过了一些日子她才渐渐安定下来。父子俩都很高兴。有一天夜里，父子俩睡醒以后，发现妇人又不见了，他们随后在别的屋子里找到了她。但从此后，她又癫狂起来，不愿意和丈夫睡在一间屋子里。傍晚时，她竟然一个人奔跑到了另外一间房里。家人去搀扶她，她却叫骂得更加厉害。丈夫束手无策，只好把所有的门都锁上，但只要他妻子一往外奔跑，门竟然就会自动敞开。丈夫对此十分忧虑，请人来作法驱妖除邪，各种办法都用遍了，也不见有一点儿灵验。

一天黄昏时分，商人的儿子偷偷地潜入了何家花园。他埋伏在草木丛中，打算探寻狐狸精在哪里。月亮刚升起后不久，他忽然听见有人说话，就用手暗暗拨开草丛一看，只见有两个人来到这里喝酒，还有一个留着长胡须的仆人捧着一把酒壶站在旁边，他的衣服是深棕色的。他们说话的声音都又小又低，听不太清楚。他们喝了一阵儿后，听见其中一个说道："明天可以再弄一瓶白酒来。"说完，两人都离去了，只有长胡须的人独自留下，脱了衣服躺在大石头上面。商人的儿子仔细一看，那家伙四肢都长得像人一样，但是有一条大尾巴拖在身后，他想回家去，又怕那个狐狸精发觉，于是就整夜趴伏在草丛当中，天还没亮的时候，他又听见先前的那两个人一前一后地回来了，咕咕哝哝地说着话走进了竹林里面。这时，他才起身回家去。父亲问他去了哪里，他回答说："睡在伯伯家了。"

一天，商人的儿子正好跟着父亲去街市上，看见帽店里挂着一条狐狸尾巴，就央求父亲给他买下。父亲不理睬他，他就拉住父亲的衣襟撒娇吵闹，父亲不忍心让儿子过分失望，就买了下来。当父亲在街市的店铺里谈生意的时候，儿子就跟在他身边玩耍游戏。他趁父亲注意别处时，偷偷地拿走一些钱，用钱买了白酒，寄放在店铺的走廊里。儿子有个舅舅住在城里，素来以打猎为生。儿子放下酒后，就跑到了舅舅家。舅舅外出不在家，舅母就向他询问他母亲的病情。儿子回答说："这几天来她稍微好了一点儿。但又因为耗子咬坏了衣服，引得她哭骂不停，所以家里让我来讨点儿猎野兽用的毒药。"舅母翻找木箱，拿出一钱多毒药，包好后交给了他。他嫌毒药太少了，但没有说出口。这时舅母要做汤饼给他吃，他看看室内没有人，就自己打开药包，满满地偷抓了一大把毒药藏在怀里。于是他就跑去告诉舅母，让她不要生火了，说："我爸爸在街市上等着我呢，来不及吃了。"说完他就径自走了，悄悄地把毒药放在买来的那瓶酒中，又到集市上去游玩，直至傍晚才回到家里。父亲问他到哪里去了，他就假托说是在舅舅家。从这天起，他每天都在集市的店铺之间转来转去。

有一天，商人的儿子忽然发现那个留着长胡须的人也混杂在人群当中。他仔细打量了那人一番，确认无误后，就悄悄地尾随在后面，慢慢地去和那人搭话。他问那人的住处，那人回答说："在北村住。"那人也问起他的住处，他就假称说："住在山洞里。"留长胡子的人奇怪他为什么在山洞里住，商人儿子笑着说：

"我祖祖辈辈都居住在山洞里，你原来不也是吗？"那人听后更加吃惊，就问起对方的姓氏。商人儿子说："我是胡家的子弟，曾在什么地方，看见过你跟着两个人，你忘记了吗？"那人盯着对方打量了半天，还是半信半疑。商人儿子又轻轻地撩起一截衣服后摆，稍稍露出一点儿他的假狐狸尾巴，说："我们混杂在人群中生活，但这个东西还是去不掉，实在是可恨呀！"那人问："你在街市上要干什么？"商人儿子说："我父亲打发我来买酒。"那人告诉说自己也是来打酒的，商人儿子问道："打到了没有？"那人回答说："咱们这种人大多数是很穷的，所以经常是偷窃的时候多。"商人儿子说："这个差事也实在是受苦，担惊受怕的。"那人说："受了主人的派遣，不得不干啊！"商人儿子趁机又问："你的主人是谁呀？"那人回答说："就是早先你所见过的那弟兄俩。一个和北城王家的妇人私通，另一个住在东村一个商人家里。那商人家的儿子实在厉害，我的主人被他砍断了尾巴，过了十天才好，现在又去了。"说完，那人就要告别，说："别耽误了我的事儿。"商人的儿子说："偷酒实在是难，不如买酒容易。我有原先买好的酒寄放在店里走廊下了，愿意把它敬送给你。我口袋里还有多余的钱，不愁买不来。"那人不好意思地表示没法子回报。商人的儿子说："我们本是同类，何必计较这点儿东西？有空的时候，我还要和你一起痛饮呢！"于是和那人一起去店里，把那瓶毒酒交给他，就回家了。

那天夜里，商人的儿子发现母亲竟然安稳地睡着了，不再往外跑。他心里知道那些狐狸精一定发生了异常，这才把情况详细地告诉了父亲，两人一起去花园里验看。只见两只狐狸死在园中的亭子上，另一只狐狸死在草丛当中，嘴里还湿湿地向外流着血。那只酒瓶也在，拿起来一摇，里面的酒还没有喝完。父亲惊喜地问儿子："你为什么不早些告诉我呢？"儿子说："这东西性情最灵敏，只要我稍稍一泄露，它马上就知道了。"父亲高兴地称赞道："我的儿子讨伐狐狸真像汉朝的陈平一样足智多谋啊！"于是父子俩背起死狐狸一同回了家。只见一只狐狸的尾巴断了半截，上面还有明显的刀疤呢！

从那以后，商人家里得到了安宁。但是他妻子瘦弱得非常厉害，心里虽然渐渐明白了过来，但却咳嗽得越来越重，一吐痰就是好几升，不久就死去了。北城王家的妇人，一向被狐狸精纠缠着，这时去她家里一打听，狐狸已经绝迹了，她的病也痊愈了。商人从此后认为自己的儿子是个奇才，就教他骑马射箭的技艺。商人的儿子长大以后，荣升到了总兵的职位。

[何守奇] 十岁儿具此胆识，其贵何疑。

[但明伦] 十岁小儿，何以办此？其殆天授乎！胸有成竹，目无全牛；胆大于天，心细若发。虚以话之，实以证之；苦以难之，甘以饵之；同类以结之。后约以信之。讨之于杯酒之中，玩之于股掌之上。其从容措置，不躁不矜，缜密而不肯轻泄者，老成人且难之，况乃孺子！

蛇癖

【原文】

王蒲令之仆吕奉宁，性嗜蛇。每得小蛇，则全吞之如啖葱状；大者以刀寸寸断之，始掬以食。嚼之铮铮，血水沾颐。且善嗅，尝隔墙闻蛇香，急奔墙外，果得蛇盈尺。时无佩刀，先啮其头，尾尚蜿蜒于口际。

【译文】

我的同乡王蒲令的仆人名叫吕奉宁，生性特别爱好吃蛇。每次弄到小蛇，他就整个把它吞吃掉，如同吃葱一般。弄到大蛇，他就用刀切成一寸一寸的，再用手捧着吃，嚼得“喀嚓喀嚓”直响，血水沾满腮帮子。而且他的嗅觉特别灵敏，曾经隔着墙闻到了蛇的香味，急忙跑到墙外，果然抓到一条一尺多长的蛇。他当时身上没有带刀，就先咬吃蛇的头部，蛇的尾巴还在他嘴边蜿蜒扭曲着。

卷二

聊斋志异

金世成

【原文】

金世成，长山人，素不检。忽出家作头陀，类颠，啖不洁以为美。犬羊遗秽于前，辄伏啖之。自号为佛。愚民妇异其所为，执弟子礼者以万千计。金诃使食矢，无敢违者。创殿阁，所费不赀，人咸乐输之。邑令南公恶其怪，执而笞之，使修圣庙。门人竞相告曰："佛遭难！"争募救之。宫殿旬月而成，其金钱之集，尤捷于酷吏之追呼也。

异史氏曰："予闻金道人，人皆就其名而呼之，谓为'今世成佛'。品至啖秽，极矣。笞之不足辱，罚之适有济，南令公处法何良也！然学宫圮而烦妖道，亦士大夫之羞矣。"

【译文】

金世成是长山人，他平常就不检点，后来突然间出家做了行脚和尚。他的行为疯疯颠颠，竟然把脏东西当成美味来吃，碰上狗啊羊啊在他跟前拉屎，他会卧在地上去啃。

他自称自己就是佛，那些愚昧的男女看他所作所为不一般，就以弟子的身份去侍候他，这种人有成千上万。金世成呵斥这些弟子吃屎，没有人敢违背。金世成要建造殿堂楼阁，花费的金钱不计其数，人们都愿献出自己的钱财。

县令南公厌恶金世成的怪僻行径，就把他抓起来，用竹板子打他，让他修缮孔圣人的庙宇。金世成的门人弟子知道后，奔走相告说："佛要遭难了！"争先恐后去援救。宫殿一个月就修整好了，所聚集的金钱之多之快，超过了严酷官吏的追逼勒索。

异史氏说：我听说金道人，人们都就他名字的谐音，称"今世成佛"。其实品质到了吃喝污秽，低到了极点。痛打不足以折辱他，处罚恰巧可以成就一件事业，南令公的处理方法是多么妙啊！不过，孔庙塌坏而由妖道来修整，这也是士大夫的耻辱啊！

[刘瀛珍] 尝见富人家累巨万，乞丐者索一文而吝弗与；及见人募化，则不惜倾囊，窃意其财必悖入之财，而后出以供木雕泥塑之用，为黄冠秃发所享也。岂不悲哉！

董生

【原文】

董生，字遐思，青州之西鄙人。冬月薄暮，展被于榻而炽炭焉。方将篝灯，

适友人招饮，遂扃户去。至友人所，座有医人，善太素脉，遍诊诸客。末顾王生九思及董曰：“余阅人多矣，脉之奇无如两君者，贵脉而有贱兆，寿脉而有促征，此非鄙人所敢知也。然而董君实甚。”共惊问之。曰：“某至此亦穷于术，未敢臆决，愿两君自慎之。”二人初闻甚骇，既以模棱语，置不为意。

半夜董归，见斋门虚掩，大疑。醺中自忆，必去时忙促，故忘扃键。入室未遑爇火，先以手入衾中探其温否。才一探入，则腻有卧人，大惊，敛手。急火之，竟为姝丽，韶颜稚齿，神仙不殊。狂喜，戏探下体，则毛尾修然。大惧，欲遁。女已醒，出手捉生臂，问：“君何往？”董益惧，战栗哀求，愿乞怜恕。女笑曰：“何所见而畏我？”董曰：“我不畏首而畏尾。”女又笑曰：“君误矣。尾于何有？”引董手，强使复探，则髀肉如脂，尻骨童童。笑曰：“何如？醉态朦胧，不知伊何，遂诬人若此。”董固喜其丽，至此益惑，反自咎适然之错，然疑其所来无因。女曰：“君不忆东邻之黄发女乎？屈指移居者已十年矣。尔时我未笄，君垂髫也。”董恍然曰：“卿周氏之阿琐耶？”女曰：“是矣。”董曰：“卿言之，我仿佛忆之。十年不见，遂苗条如此。然何遽能来？”女曰：“妾适痴郎四五年，翁姑相继逝，又不幸为文君。剩妾一身，茕无所依。忆孩时相识者惟君，故来相见就。入门已暮，邀饮者适至，遂潜隐以待君归。待之既久，足冰肌粟，故借被以自温耳，幸勿见疑。”董喜，解衣共寝，意殊自得。月馀渐羸瘦，家人怪问，辄言不自知。久之，面目益支离，乃惧，复造善脉者诊之。医曰：“此妖脉也。前日之死征验矣，疾不可为也。”董大哭不去，医不得已，为之针手灸脐，而赠以药。嘱曰：“如有所遇，力绝之。”董亦自危。既归，女笑要之。怫然曰：“勿复相纠缠，我行且死！”走不顾。女大惭，亦怒曰：“汝尚欲生耶！”至夜，董服药独寝，甫交睫，梦与女交，醒已遗矣。益恐，移寝于内，妻、子夹守之。梦如

故，窥女子已失所在。积数日，董呕血斗馀而死。

王九思在斋中，见一女子来，悦其美而私之。诘所自，曰："妾遐思之邻也。渠旧与妾善，不意为狐惑而死。此辈妖气可畏，读书人宜慎相防。"王益佩之，遂相欢待。居数日，迷罔病瘠，忽梦董曰："与君好者狐也。杀我矣，又欲杀我友。我已诉之冥府泄此幽愤。七日之夜，当炷香室外，勿忘却。"醒而异之。谓女曰："我病甚，恐将委沟壑，或劝勿室也。"女曰："命当寿，室亦生，不寿，勿室亦死也。"坐与调笑，王心不能自持，又乱之。已而悔之，而不能绝。及暮插香户上，女来拔弃之。夜又梦董来，让其违嘱。次夜暗嘱家人，俟寝后潜炷香室外。女在榻上忽惊曰："又置香也。"王言不知。女急起得香，又折灭之。入曰："谁教君为此者？"王曰："或室人忧病，听巫家厌禳耳。"女彷徨不乐。家人潜窥香灭，又炷之。女忽叹曰："君福泽良厚。我误害遐思而奔子，诚我之过，我将与彼就质于冥曹。君如不忘夙好，勿坏我皮囊也。"逡巡下榻，仆地而死。烛之，狐也。犹恐其活，遽呼家人，剥其革而悬焉。王病甚，见狐来曰："我诉诸法曹。法曹谓董君见色而动，死当其罪；但咎我不当惑人，追金丹去，复令还生。皮囊何在？"曰："家人不知，已脱之矣。"狐惨然曰："余杀人多矣，今死已晚，然忍哉君乎！"恨恨而去。王病几危。半年乃瘥。

【译文】

有个姓董的书生，字遐思，是青州西方边远地方的人。冬天夜幕降临，他把床上的被子铺好，又把炭火添旺，正要点灯，刚好朋友来招呼一起去喝酒，于是锁上门就走了。

到了朋友家，在座中有个医生，擅长用太素脉法诊断人的贵贱寿夭。他挨个诊断，最后瞅着王九思与董遐思说："我看过的人多了，脉的奇怪异常，没有比这两位先生更突出了。看上去本是富贵的脉，却有低贱的预兆；长寿的脉，却有短命的象征。这个中的缘由，不是我敢探知的，不过董先生更严重些。"

大家都吃惊地询问究竟。医生说："我的医术也就到这个地步了，不敢妄下结论，希望两位先生谨慎为好。"两个人刚一听说时特别害怕，后来觉得医生的话模棱两可，就放在一边，不再着意。

半夜里，董遐思回到家里，看见书房门虚掩着，心中很是疑惑。醉醺醺中思忖着，这一定是离开时匆忙，所以才忘了上锁。进到屋里，没顾得上点燃灯火，就把手伸进被窝里，摸摸还温不温。刚把手伸进去，就觉得滑溜溜的有人躺在里面。当时大吃一惊，缩回了手。急忙点灯照看，竟然是个佳丽女子，年轻美貌，宛如仙女一般。董遐思不禁狂喜，调戏地去摸她的下身，却摸到一条长长的毛绒绒的尾巴。不禁大惧，打算跑开。

这时美女已经醒来，伸手拽住了董遐思的胳膊，问道："你往哪里去？"董遐思更加恐惧，浑身发抖，哀求仙女饶恕。美女笑着说："你看到什么了，这样怕我？"董遐思说："我不怕你的头而怕你的尾。"美女又笑了，说："你错了，哪里有什么尾巴？"说着便拉着董遐思的手，强迫他再去摸身。此时美女的大腿肌肤滑腻如油脂，尾巴骨地方光秃秃的。于是又笑着说："怎么样？醉得糊里糊涂的，不知见到什么东西，便如此诬赖人！"

董遐思原本就喜爱她的美丽，此时更加被她迷惑住了，反而责怪自己刚才说错了话。不过还是怀疑她的来历。美女说："你不记得你家东边邻居的那个黄毛丫头吗？屈指算来搬家已有十年了。那时我是个不到插簪子年龄的女娃，你也是个垂发的儿童。"董遐思恍然大悟，说："你就是周家的阿琐吧！"美女说："是啊。"

董遐思说："你这么一说，我仿佛想起来了。没想到十年不见，竟出落得如此苗条漂亮！然而你为啥突然间到这里来呢？"美女说："我嫁了一个呆傻汉子，过了四五年后，公婆相继去世了，现在我又成了寡妇。只剩下小女孤独一身，无依无靠。想起孩童时相识的只有你，所以就来依附你。进门时天已黑了，正赶上邀请你喝酒的人来到，于是我就先藏起来等待你返回。不料等久了，双脚冰冷，身子冻得起鸡皮疙瘩，这才借用被窝暖和一下。但愿不会让你疑心。"董遐思很高兴，便脱了衣服和美女睡在一起，心里很是得意。

过了一个多月，董遐思渐渐消瘦，家里人感到奇怪，询问原因，他说自己也搞不清楚。日子久了，他的面容眼神更加显得憔悴失态，这才感到害怕，于是又去找那个擅长诊脉的医生瞧病。医生说："这是妖脉呀，以前早亡的预兆就要应验了，你的病没法治了。"

董遐思大哭起来，死活不离开诊所。医生没有办法，只好在他手上扎针，在肚脐上灸艾，然后送给他药物，嘱咐说："如果遇上男女交合的事，一定要尽力拒绝。"

董遐思也感到了自身的危险，回家后，美女嬉笑着挑逗求欢，他愤怒地说："甭再纠缠了，我都快死了！"掉头躲开，连看也没看美女一眼。美女很不好意思，也生气地说："难道你还想活吗！"

到了夜里，董遐思服了汤药，独自一人睡觉。他刚一闭眼，就梦见自己与美女交媾，醒来时已经遗精了。他更加害怕，便搬到内房去睡，妻子点着灯守着他。但是他一做梦，还是那个境况。睁眼一看，那个美女已经无影无踪了。又过了几天，董遐思吐了一斗多的血，终于死去了。

王九思在书房里，看见有个女人进来，由于喜欢她的美貌，便跟她私下发生了关系。他打听女人从哪里来，女人说："我是董遐思的邻居。他过去与我相好，没想到他被狐狸精迷惑致死。这东西妖气可怕，读书人应该谨慎提防。"王九思更是佩服她，于是彼此欢好相处。

过了几天，王九思精神昏迷，身体瘦弱，一天，忽然梦见董遐思对他说："跟你好的是个狐狸精呀。她害死了我，又想害死我的朋友。我已经告到地府中去了，要出这口窝囊气。七日的晚上，你要在屋外点上香，不要忘了。"

王九思醒来对女人说："我病得很重，恐怕不久就要被扔进坑里埋了，有人劝我不要再有房事。"女人说："命当长寿，有房事照样生存；命当短命，没有房事也照样早死。"说完就坐在他跟前，调侃嬉笑。王九思心猿意马不能把握自己，又同她发生了关系。事后虽然后悔，就是割不断这种关系。

到了晚上，在门上插上了香。女人来后，就把香拔下来扔了。夜里，又梦见董遐思，责备他违背嘱托。第二天夜里，王九思暗中嘱咐家里人，等睡下以后再偷偷把香点上。女人在床上，忽然吃惊地说："怎么又点香了！"王九思说："不知道。"女人急忙起身，找到香，又折断掐灭了香，进屋说："谁教你这样干的?"王九思说："也许是家里人担心我的病，信了巫婆的驱灾降妖的话吧。"

女人闷闷不乐。家里人暗中发现香灭了，又点燃插上。女人忽然叹息着说："你的福气荫泽真大啊，我误害了遐思，又跑到你这里来，实在是我的过错。我将要与他在地府阴曹中对质，你如果不忘从前的欢好，不要弄坏了我的皮囊。"

女人留恋不舍地从床上下来，倒在地上就死了。用灯一照，是只狐狸。怕她再活过来，急忙叫家人，剥了皮，挂了起来。

王九思的病更重了，看见狐狸精走来对他说："我已经向法曹申诉了，法曹认为董遐思见女色而生妄心，死是罪有应得。只是责备我不应该迷惑人，把我修炼的金丹收去，还让我活着回来。我的皮囊在哪里?"王九思说："家里人不知情况，已经把皮剥了。"狐狸精凄惨地说："我杀害的人太多了，就是今天丧生也是晚的了。不过，你也太残忍了！"

狐狸精恨恨地走开了。王九思的病情一度濒临垂危，半年后才好起来。

[何守奇] 一法一戒，殷鉴炯然。

[但明伦] 凡闻说言者，始未尝不骇然惊，憬然悟，惕然惧；乃一转念间，即自涉游移。而宽以自恕矣，且谓彼模棱而置不为意矣。迨锢蔽日深，事不可为，徒掩泣而赍恨以死。天下岂止一董生哉！

龁石

【原文】

新城王钦文太翁家有圉人王姓，幼入劳山学道，久之不火食，惟啖松子及白石。遍体生毛。既数年，念母老归里，渐复火食，犹啖石如故。向日视之，即知石之甘苦酸咸，如啖芋然。母死，复入山，今又十七八年矣。

【译文】

在新城的王钦文老先生家里，有个姓王的马佚，年幼时就入崂山学道。学道时间长了，不再吃饭食，只吃些松子和白石，浑身长满了毛。

这样过了好几年，他惦念老母亲，便回到家里，渐渐又能吃人间的饭食，但还是照旧吃石头。他拿起石头对着太阳看，就能看出这个石头是甜的还是苦的，是酸的还是咸的，吃起来就像吃芋头一样。

他的老母死后，他又进了深山，至今已有十七八年了。

庙鬼

【原文】

新城诸生王启后者，方伯中宇公象坤曾孙。见一妇人入室，貌肥黑不扬。笑近坐榻，意甚亵。王拒之，不去。由此坐卧辄见之，而意坚定，终不摇。妇怒，批其颊有声，而亦不甚痛。妇以带悬梁上，捽与并缢。王不觉自投梁下，引颈作缢状。人见其足离地，挺然立当中，即亦不能死。自是病颠，忽曰："彼将与我投河矣。"望河狂奔，曳之乃止。如此百端，日常数作，术药罔效。一日忽见有武士绾锁而入，怒叱曰："朴诚者汝何敢扰！"即絷妇项，自棂中出。才至窗外，妇不复人形，目电闪，口血赤如盆。忆城隍庙中有泥鬼四，绝类其一焉。于是病若失。

【译文】

新城有个秀才名叫王启后，他是布政使王中宇王象坤老先生的曾孙。

他曾经见过一个女人走进屋里，身子又黑又胖，其貌不扬。她笑着走近坐床，显出极轻佻亲密的情态。王启后拒绝她，她还是不离开。从此，王启后不管是坐着时，还是躺卧时，总是看到她，但自己始终意志坚定，毫不动摇。

这个女人大怒，用手打他嘴巴子，击打有声，却不怎么疼痛。

女人又把带子挂在梁上，揪着王启后一起上吊。王启后不知不觉跑到房梁下面，伸着脖子做出上吊的样子。人们只见他脚不挨地，在空中挺着身子悬立着，当时也死不了。

从此以后，王启后便得了疯颠病。突然间说道："她将要和我一起跳河了。"说着向河水狂奔，人们拽住他，这才站住。类似的行为花样很多，一天里经常闹上几回，通过方术与药物治疗都没有见效。

一天，忽然看见有个武士挽着锁链子进来，怒声喝斥道："对于一个朴素诚实的人，你竟胆敢来骚扰！"当时就用铁链子锁上女人的脖子，从窗棂中出去了。刚到了窗外，女人不再是个人形，目光如电闪亮，张着血盆大口。王启后回忆中，想起城隍庙门里有四个泥塑的小鬼，其中一个非常像这个女人。从此，王启后的病症就消失了。

[何守奇] 朴诚为鬼神呵护如此，世多以智巧自矜，何哉？

陆判

【原文】

陵阳朱尔旦，字小明，性豪放，然素钝，学虽笃，尚未知名。一日文社众饮，或戏之云："君有豪名，能深夜负十王殿左廊下判官来，众当醵作筵。"盖陵阳有十王殿，神鬼皆木雕，妆饰如生。东庑有立判，绿面赤须，貌尤狞恶。或夜闻两廊下拷讯声，入者毛皆森竖，故众以此难朱。朱笑起，径去。居无何，门外大呼曰："我请髯宗师至矣！"众起。俄负判入，置几上，奉觞酹之三。众睹之，瑟缩不安于坐，仍请负去。朱又把酒灌地，祝曰："门生狂率不文，大宗师谅不为怪。荒舍匪遥，合乘兴来觅饮，幸勿为畛畦。"乃负之去。

次日众果招饮，抵暮半醉而归，兴未阑，挑灯独酌。忽有人搴帘入，视之，则判官也。起曰："噫，吾殆将死矣！前夕冒渎，今来加斧锧耶？"判启浓髯微笑曰："非也。昨蒙高义相订，夜偶暇，敬践达人之约。"朱大悦，牵衣促坐，自起涤器燕火。判曰："天道温和，可以冷饮。"朱如命，置瓶案上。奔告家人

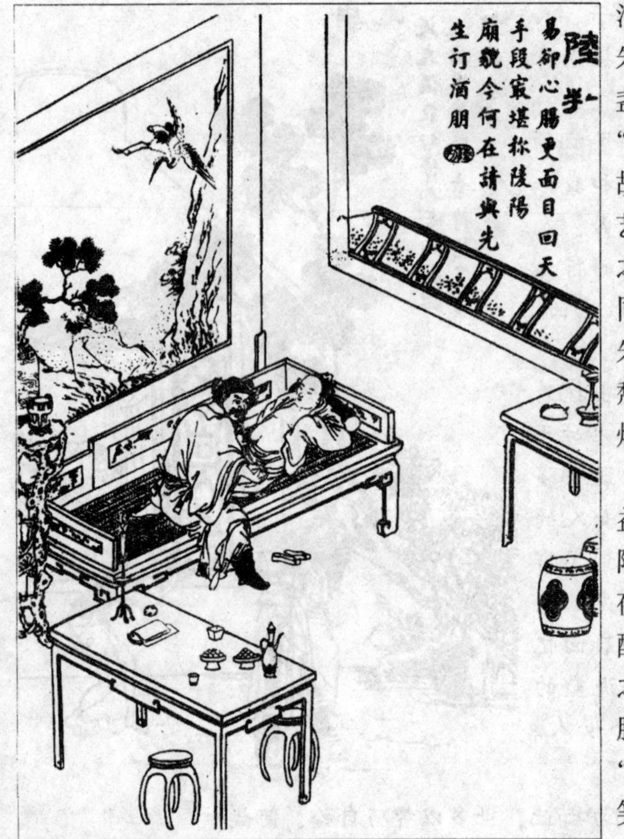

治肴果，妻闻大骇，戒勿出。朱不听，立俟治具以出。易盏交酬，始询姓氏。曰："我陆姓，无名字。"与谈典故，应答如响。问："知制艺否？"曰："妍媸亦颇辨之。阴司诵读，与阳世亦略同。"陆豪饮，一举十觥。朱因竟日饮.遂不觉玉山倾颓，伏几醺睡。比醒，则残烛昏黄，鬼客已去。

自是三两日辄一来，情益洽，时抵足卧。朱献窗稿，陆辄红勒之，都言不佳。一夜朱醉先寝，陆犹自酌。忽醉梦中，腰腹微痛。醒而视之，则陆危坐床前，破腔出肠胃，条条整理。愕曰："夙无仇怨，何以见杀？"陆笑云："勿惧！我与君易慧心耳。"从容纳肠已，复合之，末以裹足布束朱腰。作用毕，视榻上亦无血迹。腹间觉少麻木。见陆置肉块几上，问之。曰："此君心也。作文不快，知君之毛窍塞耳。适在冥间，于千万心中，拣得佳者一枚，为君易之，留此以补缺数。"乃起，掩扉去。天明解视，则创缝已合，有线而赤者存焉。自是文思大进，过眼不忘。数日又出稿示陆，陆曰："可矣。但君福薄，不能大显贵，乡、科而已。"问："何时？"曰："今岁必魁。"未几，科试冠军，秋闱果中魁元。同社中诸生素揶揄之，及见闱墨，相视而惊，细询始知其异。共求朱先容，愿纳交陆。陆诺之。众大设以待之。更初陆至，赤髯生动，目炯炯如电。众茫乎无色，齿欲相击，渐引去。

朱乃携陆归饮，既醺，朱曰："湔肠伐胃，受赐已多。尚有一事相烦，不知可否？"陆便请命。朱曰："心肠可易，面目想亦可更。予结发人，下体颇亦不恶，但面目不甚佳丽。欲烦君刀斧，如何？"陆笑曰："诺！容徐以图之。"过数日，半夜来叩门。朱急起延入，烛之，见襟裹一物。诘之，曰："君曩所嘱，向艰物色。适得美人首，敬报君命。"朱拨视，颈血犹湿。陆力促急入，勿惊禽犬。朱虑门户夜扃。陆至，以手推扉，扉自开。引至卧室，见夫人侧身眠。陆以头授朱抱之，自于靴中出白刃如匕首，按夫人项，着力如切腐状，迎刃而解，首落枕畔。急于朱怀取美人首合项上，详审端正，而后按捺。已而移枕塞肩际，命朱瘗首静所，乃去。朱妻醒，觉颈间微麻，面颊甲错，搓之得血片。甚骇，呼婢汲盥。婢见面血狼藉，惊绝，濯之盆水尽赤。举首则面目全非，又骇极。夫人引镜自照，错愕不能自解，朱入告之。因反覆细视，则长眉掩鬓，笑靥承颧，画中人也。解领验之，有红线一周，上下肉色，判然无异。

先是，吴侍御有女甚美，未嫁而丧二夫，故十九犹未醮也。上元游十王殿时，游人甚杂，内有无赖贼窥而艳之，遂阴访居里，乘夜梯入，穴寝门，杀一婢于床下，逼女与淫，女力拒声喊，贼怒而杀之。吴夫人微闻闹声，呼婢往视，见尸骇绝。举家尽起，停尸堂上，置首项侧，一门啼号，纷腾终夜。诘旦启衾，则身在而失其首。遍挞诸婢，谓所守不坚，致葬犬腹。侍御告郡，郡严限捕贼，三月而罪人弗得。渐有以朱家换头之异闻吴公者。吴疑之，遣媪探诸其家。入见夫人，骇走以告吴公。公视女尸故存，惊疑无以自决。猜朱以左道杀女，往诘朱。朱曰："室人梦易其首，实不解其何故，谓仆杀之则冤也。"吴不信，讼之。收家人鞫之，一如主言，郡守不能决。朱归，求计于陆。陆曰："不难，当使伊女自言之。"吴夜梦女曰："儿为苏溪杨大年所杀，无与朱孝廉。彼不艳其妻，陆判官取儿首与之易之，是儿身死而头生也。愿勿相仇。"醒告夫人，所梦同。乃言于官。问之果有杨大年。执而械之，遂伏其罪。吴乃诣朱，请见夫人，由此为翁婿。乃以朱妻首合女尸而葬焉。

朱三入礼闱，皆以场规被放，于是灰心仕进。积三十年，一夕陆告曰："君寿不永矣。"问其期，对以五日。"能相救否？"曰："惟天所命，人何能私？且自达人观之，生死一耳，何必生之为乐，死之为悲？"朱以为然，即制衣衾棺椁。既竟，盛服而没。翌日夫人方扶柩哭，朱忽冉冉自外至。夫人惧。朱曰："我诚鬼，不异生时。虑尔寡母孤儿，殊恋恋耳。"夫人大恸，涕垂膺，朱依依慰解之。夫人曰："古有还魂之说，君既有灵，何不再生？"朱曰："天数不可违也。"问："在阴司作何务？"曰："陆判荐我督案务，受有官爵，亦无所苦。"夫人欲再语，朱曰："陆判与我同来，可设酒馔。"趋而出。夫人依言营备。但闻室中笑语，亮气高声，宛若生前。半夜窥之，窅然已逝。

自是三数日辄一来，时而留宿缱绻，家中事就便经纪。子玮方五岁，来辄捉抱，至七八岁，则灯下教读。子亦慧，九岁能文，十五入邑庠，竟不知无父也。从此来渐疏，日月至焉而已。又一夕来，谓夫人曰："今与卿永诀矣。"问："何往？"曰："承帝命为太华卿，行将远赴，事烦途隔，故不能来。"母子持之哭，曰："勿尔！儿已成立，家计尚可存活，岂有百岁不拆之鸾凤耶！"顾子曰："好为人，勿堕父业。十年后一相见耳。"径出门去，于是遂绝。

后玮二十五举进士，官行人。奉命祭西岳，道经华阴，忽有舆从羽葆驰冲卤簿。讶之。审视车中人，其父也，下马哭伏道左。父停舆曰："官声好，我瞑目矣。"玮伏不起。朱促舆行，火驰不顾。去数步回望，解佩刀遣人持赠。遥语曰：

"佩之则贵。"玮欲追从，见舆马人从飘忽若风，瞬息不见。痛恨良久。抽刀视之，制极精工，镌字一行，曰："胆欲大而心欲小，智欲圆而行欲方。"玮后官至司马。生五子，曰沉，曰潜，曰沕，曰浑，曰深。一夕梦父曰："佩刀宜赠浑也。"从之。浑仕为总宪，有政声。

异史氏曰："断鹤续凫，矫作者妄。移花接木，创始者奇。而况加凿削于心肝，施刀锥于颈项者哉？陆公者，可谓媸皮裹妍骨矣。明季至今，为岁不远，陵阳陆公犹存乎？尚有灵焉否也？为之执鞭，所忻慕焉。"

【译文】

陵阳地方有个名叫朱尔旦字小明的书生，性格豪爽旷达，不过有些迟钝，学习虽然很努力，但是还没有什么声名。

一天，文社的朋友们聚会喝酒。有个人对朱尔旦开玩笑说："你不是有豪爽的称誉吗，如果敢于在深夜里去十王殿，把左廊下的那个判官背来，大家就凑钱宴请你。"

原来，陵阳有个冥府十王殿，那里供着的神鬼都是用木头雕刻成的，妆饰得栩栩如生。在东边的廊下摆着一个站立状的判官，他那绿色的脸膛，赤红色的胡须，显得面貌十分狰狞丑恶。传说夜里常听到两廊下发出拷打审讯的声音。进这里参观的人，往往都感到毛骨悚然。所以大伙借此来难为朱尔旦。

朱尔旦听了，笑着起身，径直往十王殿去了。大家没坐一会儿，就听到门外大叫道："我请大胡子尊师到了！"众人都忙站起来。顷刻间，朱尔旦背着判官进了屋，把判官放在几案上，举起酒杯，一连向判官敬了三杯。

大家看看判官的样子，吓得哆哆嗦嗦，连座都坐不稳了，于是急忙请朱尔旦再把判官背回去。朱尔旦又把酒洒在地上，恭敬地向神灵祷告："弟子刚才粗鲁无礼，大师想必不会见怪吧。我的家离此不远，理应趁着兴致到我家来喝酒，但愿你不要碍于什么界限。"说罢，就背起判官走了。

第二天，大家果然请朱尔旦吃了一顿饭。傍晚，朱尔旦喝得半醉回来，酒瘾未能尽兴，便又点亮灯，自斟自饮。忽然有人掀起帘子走进来了。看上去，原来是判官。朱尔旦忙起身说："唉，我真要死到临头了！昨天晚上多有冒犯，今天是来砍头的吧！"判官张开长满浓须的大嘴，微笑着说："不是的。昨天承蒙盛情相邀，今夜偶然得闲，我是恭敬地来赴你这个达人之约的。"朱尔旦听了非常高兴，拉着判官的衣袖，连忙请判官入座，然后亲自刷洗杯盘，点上烫酒的火。判官说："天气暖和，可以冷饮。"于是朱尔旦遵命不再烫酒，把酒瓶子放在桌子上，然后急忙去告诉家人准备酒菜果品。

妻子听后，非常恐惧，嘱咐丈夫甭出去了。朱尔旦不听，等着妻子准备妥当后，便端着出来了。他们你一杯我一盏地喝起来，这才问起判官的姓名。判官说："我姓陆，没有名字。"他们又谈起古代的典籍，判官应答如流。朱尔旦又

问："你懂不懂文章之道？"判官说："美丑好坏都能分辨，阴间读书作文与阳间大略相同。"

陆判官的酒量很大，一口气就喝下十大杯。朱尔旦喝了一天的酒，这时醉得身子都挺不住了，趴在桌子上不知不觉酣睡起来。等朱尔旦醒过来，只见残灯昏黄，鬼客已经离去。

从此以后，陆判官每隔二三天就来一次，交情更加融洽，有时脚挨脚同床而眠。朱尔旦把文稿拿出给陆判官看，陆判官就操起朱笔批改，说写得都不好。

一天夜晚，朱尔旦喝醉了，就先睡去，陆判官仍然自斟自饮，继续喝着酒。朱尔旦在醉梦中，忽然感觉到脏腑内微微疼痛，醒来睁眼一看，只见陆判官端坐在床前，正给他开膛破肚，一条条整理肠胃呢。朱尔旦一下惊呆了，问道："你我远日无仇，近日无怨，为何把我杀了？"陆判官笑着说："莫怕，我是为你换个聪慧之心。"说着从容不迫地把肠子放到腹腔里，然后再把腹部缝合上，最后用裹脚布缠在腰上。手术完毕，朱尔旦床上一点儿血迹也没有，只觉得肚子上有些发麻。

朱尔旦看见陆判官把一块肉放在案桌上，便问那是什么。陆判官说："这东西就是你的心哪。看你作文不敏捷，知道你的心窍堵塞不通。刚才我在阴间，在成千上万的人心中，好不容易拣到一个聪慧心，于是给你换上了。这个心留下来，准备拿回去补那个空缺。"说完，陆判官站起身，掩上屋门就走了。

天亮以后，朱尔旦解开裹脚布，看看伤口处已经缝合了，只有一条红线痕迹留在那里。从此以后，朱尔旦文思大进，阅读过的典籍，过眼不忘。过了几天，朱尔旦又把自己写的文章给陆判官看，陆判官说："写得可以了。不过你的福气薄，不能大富大贵，也就是中个秀才、举人吧。"朱尔旦问："何时中举？"陆判官说："今年必定考个头名。"不久，朱尔旦科考获得第一，秋天考试果然中了经魁。

朱尔旦的同窗学友平时总爱嘲笑他，此时，当大家见到朱尔旦的试卷后，个个目瞪口呆，无不惊异。他们细细打听后，这才了解这桩异事。于是，大家一致请求朱尔旦把陆判官介绍给大家，愿意跟陆判官交个朋友。

陆判官答应了这件事。大家大摆酒席，等待陆判官到来。

一更初，陆判官来到。只见他红色胡须飘动，两目炯炯发光犹如电闪。众人见状，茫茫然失魂落魄，吓得身子发抖，牙齿相击。时间不长，一个个退避而去。

朱尔旦拉着陆判官回家喝酒。喝到醉醺醺的时候，朱尔旦说："洗肠刮胃的事，已经蒙受了很大的恩惠，不过还有一件事也想请你帮忙，不知行不行？"陆判官便请朱尔旦尽管说出。朱尔旦说道："心肠可以更换，想必面孔也可以更换吧。我的老婆，她是我的元配妻子，她的身子长得还不错，就是头面不怎么好看，我打算麻烦您再施展一下刀斧，可以吗？"陆判官笑着说："好吧，等我找

机会吧。”

过了几天，陆判官半夜里来敲门，朱尔旦急忙起身接待入屋。烛光照去，看见陆判官衣襟中包着一件东西，忙问是什么。陆判官回答说：“您从前嘱托我办的事，一直很难物色到合适的，刚才正好得到一个美女的头，现在连忙来交差完事来了。”朱尔旦拨开一看，脖颈上的血还湿乎乎的呢。陆判官催促快进入内室，不要惊动了猛禽恶狗。

朱尔旦正担心内室的门已经上了闩，陆判官走到，用手一推，门就打开了。他们到了卧室，见夫人正侧着身子睡觉呢，陆判官把美女头交给朱尔旦抱着，自己从皮靴中抽出一把锋利的匕首，然后按着夫人的脖子，像切瓜一样，一用力脑袋就滚落在枕头旁边，那真是手起刀落，迎刃而解。陆判官急忙从朱尔旦怀中取过美女的头，合在夫人的脖子上，仔细端正了部位，然后一一按捺合拢。过了一阵后，把枕头塞在夫人肩侧，叫朱尔旦把夫人原来的头埋在一个僻静的地方，然后就走了。

朱尔旦的妻子一觉醒来，觉得脖子微微发麻，脸也干涩不平，用手一搓，掉下一些血块。她非常害怕，忙叫丫环打洗脸水。丫环进来，一见夫人脸上血迹斑斑，差点儿吓昏过去。夫人洗手洗脸，满盆水变成了红色。当她抬起头来，已然面目全非，丫环一看，又是一阵惊怕。夫人拿过镜子自己来照，惊愕万分，不知出了什么变故。

这时，朱尔旦进了屋，把事情经过告诉了夫人。他端详着夫人，细细看去，只见夫人长眉延伸到鬓发，面颊上显出一对酒窝，真是个画里的美人。解开她的衣领验视，果然颈端有一圈红线痕，线痕上下肉色截然不同。

原来，吴侍御有个女儿，长得十分美丽，先后定了两家婚事，都是没能过门，丈夫就死了，所以十九岁了，还没有嫁出去。正月十五元宵节那天，她去逛十王殿，当时游人杂乱，其中有个无赖看中了她的美色，便暗中探明了她的居处，准备行事。那个无赖趁夜黑人稀，乘梯子跳过墙，又在小姐寝室门口挖洞钻进去。他在小姐床边先杀死一个小丫环，接着逼迫小姐强奸。小姐拼命抗拒，大声呼喊，无赖急眼了，又把小姐杀了。

吴夫人隐约听到喧闹声，叫丫环前往察看。丫环看见尸首后，惊恐万分，这时全家上下都惊动起来。大家把小姐的尸体停放在厅堂上，把头安在脖颈旁，于是一门老少哭哭啼啼，闹腾了一夜。等到清晨，揭开覆盖小姐尸首的被单，发现身子还在，而脑袋却没有了。主人把所有的侍女鞭打了一顿，认为她们把守不严，致使小姐的头颅成了野狗的腹中之物。吴侍御把凶事报告了郡守，郡守严命衙役限期捕贼破案。不过，三个月过去了，凶手仍是没有抓到。

日子长了，渐渐有关朱家妻子换头的事，传到了吴侍御耳边。吴侍御对此事颇有疑心，便派了一个老妈子去朱家打听。老妈子见了朱夫人，吓得扭头就跑，回到府里报告了吴侍御。吴侍御看了看女儿的尸体仍然在，又惊又疑，无法弄个明白。他猜想，莫非朱尔旦会妖术，把他的女儿害了。于是，他到朱家盘问此事。

朱尔旦对吴侍御说："我的妻子在做梦中被换了头，实在不知道是怎么回事。说是我杀了小姐，真是冤枉。"吴侍御不信，告到了官府。官府把朱家人口都收审了一遍，所有的口供都和朱尔旦说的一样。郡守断不了这个案子，只好把朱尔旦放了。朱尔旦回来，找到陆判官，请求他出主意。陆判官说："这事不难，我让吴家的女儿自己去说。"

当日夜里，吴侍御梦见女儿说："孩儿是被苏溪的杨大年所害的，与朱孝廉没有关系。他曾经嫌妻子不够漂亮，陆判官便拿孩儿的头给他妻子换上了。这是孩儿身子已死而脑袋还在活着。但愿不要与朱家结仇。"醒来，吴侍御把梦中事告诉夫人，夫人也做了一个梦，所梦之事相同。于是，吴侍御把梦中之事告诉了官府。官府查问，果然有杨大年这号人；于是捉拿归案，终于使凶手认罪伏法。

吴侍御就去拜访朱尔旦，请求与夫人相见，这样一来，他们两人就成了翁婿。

朱尔旦曾经三次进京参加礼部会试，都因为违反了考场规定而落榜，于是对考试做官的路子就灰心了。这样过了三十年。有一天晚上，陆判官告诉朱尔旦说："你的寿命不长了。"朱尔旦问期限，陆判官说有五天。朱尔旦问："你能救我吗?"陆判官说："一切都是上天所定，人们怎能凭私愿行事?况且在通达的人看来，生死本是一回事，何必以生为快乐，以死为悲哀呢?"朱尔旦听了，觉得很有道理，于是去置办临终用的衣服被褥和棺材。当准备就绪后，他穿着盛服死去了。

第二天，夫人正扶着灵柩哭呢，朱尔旦忽然飘飘渺渺地从外面降临。夫人非常害怕，朱尔旦说："我虽然已经是鬼，但与生时没有什么两样。担心你们孤儿寡母的，真是恋恋不舍啊!"夫人听了非常苦楚，不禁痛哭流涕，泪水沾湿了衣襟。朱尔旦委婉柔情地安慰着妻子。夫人说："古时候有人死还魂的说法，你既然能够显灵，何不再生?"朱尔旦说："天数不能违背啊!"又问："你在阴间做什么事呢?"朱尔旦回答说："陆判官推荐我办理文案事物，有官爵，也不受什么苦。"夫人还想再说些什么，朱尔旦说道："陆公跟我一块来的，可以准备些酒菜食物。"说完就快步走出屋去了。

夫人依照嘱咐，准备了酒食。只听到屋里欢笑饮酒，声高气壮，宛如生前一样。到半夜再窥视，屋里空荡荡的，不见二人的踪影了。从此以后，每过三五天就来一趟，有时还留宿亲昵一番，顺便还把家里的事料理一下。

朱尔旦的儿子名玮，刚五岁，他每次来都要抱一抱。等儿子长到七八岁时，就在灯下教他读书。他的儿子也挺聪明，九岁时就能写文章，十五岁时成为秀才，此时他竟然不知道自己是个失去父亲的孩子。以后，朱尔旦就渐渐地来得少了，只不过个把月来一次而已。

有一天晚上朱尔旦又来了，他对妻子说："今晚要跟你永别了。"妻子问："去哪里？"说："承帝任命为太华卿，即将到远地上任，那里事情繁多而路途遥远，所以不能回来。"母子俩抱着朱尔旦哭着，朱尔旦安慰妻子说："不要这样，儿子已经长大成人，家里的生计还可以维持下去，哪里有百年不离散的凤凰呢？"又注视着儿子说："好好做人，不要毁了我留下的家业。十年后我们再见一面。"说完，径直走出家门。从此再也没有踪迹。

后来，朱玮二十五岁那年，中了进士，官授行人之职。有一天，他奉皇上之命，去祭祀西岳华山，途经华阴的时候，忽然间有一队用雉羽装饰车盖的车马，不避出行的仪仗，急速驰来。朱玮很是惊讶，仔细审视车中坐着的人，原来正是他的父亲。他跳下马来，哭着跪伏在道边，迎候父亲。朱尔旦停住车子，说道："你的官声很好，我可以瞑目九泉了。"朱玮依然跪伏不起。朱尔旦说完，催促车马起行，不顾地飞驰而去。

车马跑出一段路，朱尔旦回头望了望，解下身上的佩刀，派随从的人送给儿子，还远远地对朱玮喊道："带上它，保你富贵！"朱玮想追随父亲，只见车马随从飘忽若风，眨眼之间早已不见了。朱玮痛苦的心情久久不能去掉，他抽出佩刀注视，只见佩刀制造非常精致，上面刻着一行字："胆欲大而心欲小，智欲圆而行欲方。"

朱玮后来做官当了司马，共生了五个孩子，名字分别叫沉，叫潜，叫汤，叫浑，叫深。一天晚上，梦中听到父亲说："佩刀应该送给浑。"于是他就把佩刀传给了四儿子朱浑。朱浑后来官至总宪，清廉干练，名声很好。

异史氏说：把仙鹤的腿锯下来接在鸭子的腿上，想达到以长补短，这种人可谓荒唐；把鲜花剪下来移到大树上，想登高观赏，这种人可谓异想天开；何况那个用斧凿置换人的肝肠、用刀锥改变人的头颈呢！陆判官这个人，真可以说是丑陋的外表包藏着美好的风骨了。明朝到现在，年代不太远，陵阳的陆判官还在世间吗？还有灵验吗？如果能为他执鞭效力，这是我所向往的。

[何守奇] 伐胃湔肠，则慧能破钝；改头换面，则媸可使妍。彼终纷击齿引去者，皆有所畏而不肯为也其亦异史氏之寓言也欤？

婴　宁

【原文】

王子服，莒之罗店人，早孤，绝慧：十四入泮。母最爱之，寻常不令游郊野。聘萧氏，未嫁而夭，故求凰未就也。

会上元，有舅氏子吴生邀同眺瞩，方至村外，舅家仆来招吴去。生见游女如云，乘兴独游。有女郎携婢，拈梅花一枝，容华绝代，笑容可掬。生注目不移，竟忘顾忌。女过去数武，顾婢子笑曰：“个儿郎目灼灼似贼！”遗花地上，笑语自去。生拾花怅然，神魂丧失，怏怏遂返。至家，藏花枕底，垂头而睡，不语亦不食。母忧之，醮禳益剧，肌革锐减。医师诊视，投剂发表，忽忽若迷。母抚问所由，默然不答。适吴生来，嘱秘诘之。吴至榻前，生见之泪下，吴就榻慰解，渐致研诘，生具吐其实，且求谋画。吴笑曰：“君意亦痴！此愿有何难遂？当代访之。徒步于野，必非世家，如其未字，事固谐矣，不然，拚以重赂，计必允遂。但得痊瘳，成事在我。”生闻之不觉解颐。吴出告母，物色女子居里。而探访既穷，并无踪迹。母大忧，无所为计。然自吴去后，颜顿开，食亦略进。数日吴复来，生问所谋。吴绐之曰：“已得之矣。我以为谁何人，乃我姑之女。即君姨妹，今尚待聘。虽内戚有婚姻之嫌，实告之无不谐者。”生喜溢眉宇，问：“居何里？”吴诡曰：“西南山中，去此可三十馀里。”生又嘱再四，吴锐身自任而去。

生由是饮食渐加，日就平复。探视枕底，花虽枯，未便雕落，凝思把玩，如见其人。怪吴不至，折柬招之，吴支托不肯赴招。生恚怒，悒悒不欢。母虑其复病，急为议姻，略与商榷，辄摇首不愿，惟日盼吴。吴迄无耗，益怨恨之。转思三十里非遥，何必仰息他人？怀梅袖中，负气自往，而家人不知也。伶仃独步，无可问程，但望南山行去。约三十馀里，乱山合沓，空翠爽肌，寂无人行，止有鸟道。遥望谷底丛花乱树中，隐隐有小里落。下山入村，见舍宇无多，皆茅屋，而意甚修雅。北向一家，门前皆丝柳，墙内桃杏尤繁，间以修竹，野鸟格磔其中。意其园亭，不敢遽入。回顾对户，有巨石滑洁，因坐少憩。俄闻墙内有女子长呼：“小荣！”其声娇细。方伫听间，一女郎由东而西，执杏花一朵，俯首自簪；举头见生，遂不复簪，含笑拈花而入。审视之，即上元途中所遇也。心骤喜，但念无以阶进。欲呼姨氏，顾从无还往，惧有讹误。门内无人可问，坐卧徘

徊，自朝至于日昃，盈盈望断，并忘饥渴。时见女子露半面来窥，似讶其不去者。忽一老媪扶杖出，顾生曰："何处郎君，闻自辰刻来，以至于今。意将何为？得勿饥也？"生急起揖之，答云："将以探亲。"媪聋聩不闻。又大言之。乃问："贵戚何姓？"生不能答。媪笑曰："奇哉！姓名尚自不知，何亲可探？我视郎君亦书痴耳。不如从我来，啖以粗粝，家有短榻可卧。待明朝归，询知姓氏，再来探访。"生方腹馁思啖，又从此渐近丽人，大喜。

从媪入，见门内白石砌路，夹道红花片片坠阶上，曲折而西，又启一关，豆棚花架满庭中。肃客入舍，粉壁光明如镜，窗外海棠枝朵，探入室中，裀藉几榻，罔不洁泽。甫坐，即有人自窗外隐约相窥。媪唤："小荣！可速作黍。"外有婢子噭声而应。坐次，具展宗阀。媪曰："郎君外祖，莫姓吴否？"曰："然。"媪惊曰："是吾甥也！尊堂，我妹子。年来以家窭贫，又无三尺之男，遂至音问梗塞。甥长成如许，尚不相识。"生曰："此来即为姨也，匆遽遂忘姓氏。"媪曰："老身秦姓，并无诞育，弱息亦为庶产。渠母改醮，遗我鞠养。颇亦不钝，但少教训，嬉不知愁。少顷，使来拜识。"未几婢子具饭，雏尾盈握。媪劝餐已，婢来敛具。媪曰："唤宁姑来。"婢应去。良久，闻户外隐有笑声。媪又唤曰："婴宁，汝姨兄在此。"户外嗤嗤笑不已。婢推之以入，犹掩其口，笑不可遏。媪嗔目曰："有客在，咤咤叱叱，是何景象？"女忍笑而立，生揖之。媪曰："此王郎，汝姨子。一家尚不相识，可笑人也。"生问："妹子年几何矣？"媪未能解；生又言之。女复笑，不可仰视。媪谓生曰："我言少教诲，此可见矣。年已十六，呆痴如婴儿。"生曰："小于甥一岁。"曰："阿甥已十七矣，得非庚午属马者耶？"生首应之。又问："甥妇阿谁？"答曰："无之。"曰："如甥才貌，何十七岁犹未聘？婴宁亦无姑家，极相匹敌。惜有内亲之嫌。"生无语，目注婴宁，不遑他瞬。婢向女小语云："目灼灼，贼腔未改！"女又大笑，顾婢曰："视碧桃开未？"遽起，以袖掩口，细碎连步而出。至门外，笑声始纵。媪亦起，唤婢襆被，为生安置。曰："阿甥来不易，宜留三五日，迟迟送汝归。如嫌幽闷，舍后有小园，可供消遣；有书可读。"

次日至舍后，果有园半亩，细草铺毡，杨花糁径。有草舍三楹，花木四合其所。穿花小步，闻树头苏苏有声，仰视，则婴宁在上，见生来，狂笑欲堕。生曰："勿尔，堕矣！"女且下且笑，不能自止。方将及地，失手而堕，笑乃止。生扶之，阴捘其腕。女笑又作，倚树不能行，良久乃罢。生俟其笑歇，乃出袖中花示之。女接之，曰："枯矣！何留之？"曰："此上元妹子所遗，故存之。"问："存之何益？"曰："以示相爱不忘。自上元相遇，凝思成病，自分化为异物；不图得见颜色，幸垂怜悯。"女曰："此大细事，至戚何所靳惜？待郎行时，园中花，当唤老奴来，折一巨捆负送之。"生曰："妹子痴耶？"女曰："何便是痴？"生曰："我非爱花，爱拈花之人耳。"女曰："葭莩之情，爱何待言。"生曰："我所为爱，非瓜葛之爱，乃夫妻之爱。"女曰："有以异乎？"曰："夜共枕席耳。"

女俯首思良久，曰："我不惯与生人睡。"语未已，婢潜至，生惶恐遁去。少时会母所，母问："何往？"女答以园中共话。媪曰："饭熟已久，有何长言，周遮乃尔。"女曰："大哥欲我共寝。"言未已，生大窘，急目瞪之。女微笑而止。幸媪不闻，犹絮絮究诘。生急以他词掩之，因小语责女，女曰："适此语不应说耶？"生曰："此背人语。"女曰："背他人，岂得背老母？且寝处亦常事，何讳之？"生恨其痴，无术可悟之。

食方竟，家人捉双卫来寻生。先是，母待生久不归，始疑。村中搜觅已遍，竟无踪兆，因往寻吴。吴忆曩言，因教于西南山村寻觅。凡历数村，始至于此。生出门，适相值，便入告媪，且请偕女同归。媪喜曰："我有志，匪伊朝夕。但残躯不能远涉，得甥携妹子去，识认阿姨，大好！"呼婴宁，宁笑至。媪曰："大哥欲同汝去，可装束。"又饷家人酒食，始送之出，曰："姨家田产丰裕，能养冗人。到彼且勿归，小学诗礼，亦好事翁姑。即烦阿姨择一良匹与汝。"二人遂发。至山坳回顾，犹依稀见媪倚门北望也。

抵家，母睹姝丽，惊问为谁。生以姨妹对。母曰："前吴郎与儿言者，诈也。我未有姊，何以得甥？"问女，女曰："我非母出。父为秦氏，没时儿在褓中，不能记忆。"母曰："我一姊适秦氏良确。然殂谢已久，那得复存？"因审诘面庞、志赘，一一符合。又疑曰："是矣！然亡已多年，何得复存？"疑虑间，吴生至，女避入室。吴询得故，惘然久之，忽曰："此女名婴宁耶？"生然之。吴极称怪事。问所自知，吴曰："秦家姑去世后，姑丈鳏居，祟于狐，病瘠死。狐生女名婴宁，绷卧床上，家人皆见之。姑丈没，狐犹时来。后求天师符粘壁上，狐遂携女去。将勿此耶？"彼此疑参，但闻室中嗤嗤，皆婴宁笑声。母曰："此女亦太憨。"吴生请面之。母入室，女犹浓笑不顾。母促令出，始极力忍笑，又面壁移时方出。才一展拜，翻然遽入，放声大笑。满室妇女，为之粲然。

吴请往觇其异，就便执柯。寻至村所，庐舍全无，山花零落而已。吴忆葬处仿佛不远，然坟垅湮没，莫可辨识，诧叹而返。母疑其为鬼，入告吴言，女略无骇意。又吊其无家，亦殊无悲意，孜孜憨笑而已。众莫之测。母令与少女同寝止，昧爽即来省问，操女红精巧绝伦。但善笑，禁之亦不可止。然笑处嫣然，狂而不损其媚，人皆乐之。邻女少妇，争承迎之。母择吉为之合卺，而终恐为鬼物，窃于日中窥之，形影殊无少异。

至日，使华装行新妇礼，女笑极不能俯仰，遂罢。生以其憨痴，恐泄漏房中隐事，而女殊密秘，不肯道一语。每值母忧怒，女至一笑即解。奴婢小过，恐遭鞭楚，辄求诣母共话，罪婢投见恒得免。而爱花成癖，物色遍戚党；窃典金钗，购佳种，数月，阶砌藩溷无非花者。庭后有木香一架，故邻西家，女每攀登其上，摘供簪玩。母时遇见辄诃之，女卒不改。

一日西人子见之，凝注倾倒。女不避而笑。西人子谓女意属己，心益荡。女指墙底笑而下，西人子谓示约处，大悦。及昏而往，女果在焉，就而淫之，则阴

如锥刺，痛彻于心，大号而踣。细视非女，则一枯木卧墙边，所接乃水淋窍也。邻父闻声，急奔研问，呻而不言；妻来，始以实告。爇火烛窥，见中有巨蝎如小蟹然，翁碎木，捉杀之。负子至家，半夜寻卒。邻人讼生，讦发婴宁妖异。邑宰素仰生才，稔知其笃行士，谓邻翁讼诬，将杖责之，生为乞免，遂释而出。母谓女曰："憨狂尔尔，早知过喜而伏忧也。邑令神明，幸不牵累。设鹘突官宰，必逮妇女质公堂，我儿何颜见戚里？"女正色，矢不复笑。母曰："人罔不笑，但须有时。"而女由是竟不复笑，虽故逗之亦终不笑，然竟日未尝有戚容。

一夕，对生零涕。异之。女哽咽曰："曩以相从日浅，言之恐致骇怪。今日察姑及郎，皆过爱无有异心，直告或无妨乎？妾本狐产。母临去，以妾托鬼母，相依十馀年，始有今日。妾又无兄弟，所恃者惟君。老母岑寂山阿，无人怜而合厝之，九泉辄为悼恨。君倘不惜烦费，使地下人消此怨恫，庶养女者不忍溺弃。"生诺之，然虑坟冢迷于荒草。女但言无虑。刻日夫妇舆榇而往。女于荒烟错楚中，指示墓处，果得媪尸，肤革犹存。女抚哭哀痛。舁归，寻秦氏墓合葬焉。是夜生梦媪来称谢，寤而述之。女曰："妾夜见之，嘱勿惊郎君耳。"生恨不邀留。女曰："彼鬼也。生人多，阳气胜，何能久居？"生问小荣，曰："是亦狐，最黠。狐母留以视妾，每摄饵相哺，故德之常不去心；昨问母，云已嫁之。"由是岁值寒食，夫妇登秦墓，拜扫无缺。女逾年生一子，在怀抱中，不畏生人，见人辄笑，亦大有母风云。

异史氏曰："观其孜孜憨笑，似全无心肝者。而墙下恶作剧，其黠孰甚焉！至凄恋鬼母，反笑为哭，我婴宁何尝憨耶。窃闻山中有草，名'笑矣乎'，嗅之则笑不可止。房中植此一种，则合欢、忘忧，并无颜色矣。若解语花，正嫌其作态耳。"

【译文】

王子服是莒县罗店地方的人，幼年丧父。生性非常聪明，十四岁就成了秀才。母亲特别疼爱他，平时不叫他到郊野去游玩。给他说了个亲事，姓萧，没嫁过来就死了，所以还没有成婚。

元宵节那天，他舅舅家孩子吴生，邀请他一块去观景。他们刚出村，舅舅家有仆人追来，把吴生招回去了。王子服一个人，见出游的女子一群一伙的很多，便也乘兴逛来逛去。

有个女郎带着一个小丫环，手中拈着一枝梅花。她的容貌非常漂亮，在世上很难找到第二个人。她神态安闲，笑容可掬地站在那里。王子服目不转睛地盯着女郎，竟然忘了顾忌身份。女郎走过去几步，笑着对小丫环说："看那个儿郎，眼睛闪闪的，跟贼一样！"把梅花扔在地上，跟丫环说笑着，就走开了。王子服拾起梅花，怅然若失，神魂恍惚，怏怏不乐地回家。

王子服到了家里，把花藏在枕头底下，倒头便睡。就这样，整天价不吃不喝，也不说话。母亲见他这样子很着急，就请和尚道士设坛驱邪。但王子服病情越来越重，身上肌肉暴减，瘦得不像样子。医生把脉诊治，开方下药，清理王子服体表。

一天，王子服迷迷糊糊要说什么，母亲抚摸着询问怎么回事，王子服默默不说。正值吴生来到，母亲便嘱托他要不露声色暗中追查犯病的原因。吴生走到床前，王子服见后不禁流泪。吴生便坐在床边安慰他劝解他，渐渐询问起他的心事。王子服全部说出了事情经过，还求他想办法。吴生笑着说："你也太痴了！这个愿望有什么难以达到的？我会替你寻找她。她徒步到郊野去玩，说明必定不是豪门世家，如果未曾许人，事情就好办了。就是已经有了人家，咱们豁出去多花些钱，估计也一定能够如愿。只要你病体康复，此事交给我好了。"王子服听了这话，不觉露出笑模样。

吴生出来，把情况告诉了王子服的母亲，然后便打听那个女郎的居处。不过，不管如何寻查探访，始终没有找到女郎的踪迹。母亲非常忧虑，但什么办法也没有。然而，自从吴生走后，王子服愁颜顿开，也能稍微吃些东西了。

几天后，吴生又来了。王子服问起事情进展如何，吴生骗他说："已经找到了。我以为是谁呢，原来是我姑姑的女儿，也就是你的姨表妹，现在正等着找婆家。虽然是近亲不便说起婚姻之事，但实话实话，没个不成的。"王子服喜上眉梢，问道："她住哪里？"吴生瞎编道："住在西南山中，离这里约有三十里。"王子服再三嘱托，吴生挺着胸膛满口答应，然后离去。

此后，王子服饮食逐渐增加，病况也就一天天好起来。他探视枕头底下，梅花虽然干枯了，却还没有凋落。王子服凝神遐想着，摆弄着这枝梅花，往时的情景历历在目，如在眼前。

时间长了，王子服怪吴生不来，便写信招唤。吴生借口推托，不去见面。王子服又气又恨，郁郁寡欢。母亲怕他旧病复发，赶紧筹划婚姻大事，但一跟他商议，他就摇头拒绝，一心盼着吴生到来。

吴生始终没有音讯，王子服更加怨恨，不过转念一想，三十里路并非多远，何必非要仰仗别人呢？于是把枯梅放在袖里，赌着气自己前往。这时家里人都不知晓。

王子服独身一人，一路上孤零零，连个问路的人都没遇到，一直向南山走去，大约走了三十多里地，只见群山叠嶂，翠林爽人，山谷寂静，渺无人烟，只有一条羊肠小道。遥望山谷尽头，在花丛乱树掩映中，隐隐约约看见有个小村落。下山进村，看到房屋不多，都是茅草搭的小屋，而意境非常雅气。北面有一家，门前种的都是垂柳，院墙里多是桃树杏树，中间还种着一丛竹林，野鸟鸣叫着，飞来飞去。

王子服估计这一定是哪家的花园，不敢冒失进去。回头看看对面人家，门前有一块滑洁的大石块，于是就坐在上面休息。

忽然听到院墙内有个女子呼叫"小荣"的声音，这声音娇细动听。正当他专注倾听之间，有一位女郎由东向西，手执一朵杏花，低倾着头，正要往头上插。她抬头之间，看见王子服，便不再戴花，微笑着拈花而去。王子服打量这个女子，原来正是元宵节郊游时所遇到的人。他心里突然一喜，但想到没有缘由上前相认，便打算呼叫姨妈，可是跟姨妈从来没有交往，又怕惹出差错。院门内静悄悄的，无人可问。王子服站也不是，坐也不是，心神不定，走来走去。他从早晨一直挨到日落，一心盼着院里有人出来，连饥渴都忘了。

这时，那个女郎从门缝里露出半个脸，窥探着王子服，好像奇怪他为何久久不离开这里。过了一会儿，忽然有个老太婆拄着拐杖出来，对王子服说："你是哪来的郎君，听说从上午就来了，一至呆到这时，打算干什么呢？莫非饿了吧？"王子服忙站起作揖，回答说："等着找亲戚呢。"老太婆耳聋没听见，又说了一遍，这才听明白，问道："你的亲戚贵姓？"王子服一时回答不出来。老太太笑着说："好怪哟！连姓名都不知道，如何探访亲戚？我看郎君也是个书呆子吧。不如跟我进来，吃点粗茶淡饭，家里有床，将就住上一宿，等到明天回家，打听好姓什么，再来探访不迟。"王子服正当饥肠辘辘，想吃东西，何况又可以接近那个漂亮姑娘，所以非常高兴。

王子服跟从着老太婆走进门去，只见门内白石铺路，夹道栽着花草，红艳艳的花朵迎风招展，片片花瓣坠落在台阶上。由石板小路往西走，又过一道小门，门内豆棚花架布满庭中。老太婆把王子服请入客厅。只见室内白壁光亮如镜，窗外海棠树的柔枝艳朵探入室中；床上铺盖及桌椅家具都是干干净净。王子服刚坐下，有人从窗外探头探脑窥视。老太婆唤道："小荣，快去做饭！"外边有个丫环应声而答。

坐了一会儿，他们聊起了家世。老太婆说："郎君的外祖家是不是姓吴？"王子服说："是。"老太婆惊呼道："你是我的外甥呀！你的母亲就是我的妹子。近年来，因为家里贫穷，又没个男孩子，也就造成音讯全无。外甥长得这么大了，还不相识呢。"王子服说："这次就是为姨妈而来，匆忙中就忘了姓什么。"老太婆说："老身姓秦，没有生过孩子。现在有个女孩子，也是庶出的，她母亲改嫁，送给我抚养她。人倒聪明，就是少些教导，总是嘻嘻哈哈的不知道发愁。过一会儿，叫她见见你。"

不大工夫，丫环做好了饭，饭菜很是丰盛。老太婆不断劝让王子服多吃点。吃过饭，丫环进来收拾餐具。老太婆说："叫宁姑进来。"丫环应声而去。过了好久，听见门外隐隐约约有笑声。老太婆又叫道："婴宁，你的姨表哥在这里。"门外仍是"哧哧"笑声。丫环把婴宁推进来，婴宁还在捂着嘴，笑个不停，不能控制。老太婆瞪了她一眼，说道："有客在，还是叽叽嘎嘎的，像个什么样子？"姑娘忍住笑，站在一边。王子服向姑娘作了一个揖，老太太在一旁说："这是王郎，你姨妈的儿子。一家人还不相识，这叫外人笑话了。"王子服问道：

“妹子有多大岁数了？”老太婆一时没有听清，王子服又说了一遍。这时姑娘又笑起来，笑得头都抬不起来了。老太婆对王子服说：“我说过少教育，这时看到了吧。年纪都十六岁了，傻呆呆的像个小孩子。”王子服说：“比我小一岁。”老太婆说：“外甥已经十七岁，大概是庚午年生，属马的吧？”王子服点头答应。老太婆又问：“外甥媳妇是谁呀？”王子服回答说：“还没有呢。”老太婆说：“像外甥这样的才貌，为何十七岁了还没有订亲呢？婴宁也还没有婆家，你们俩倒极为匹配。只怕姨表兄妹结婚不太好。”王子服没说话，两目只是注视着婴宁，顾不上眨眼旁视。丫环对姑娘小声说：“看他目光灼灼的，贼样没改！”姑娘又是大笑，对丫环说：“咱们去看看碧桃开没开？”说完就站起来，用袖子掩嘴，迈着细碎快步，走出去了。走到门外，笑声才渐渐放开。老太婆也站了起来，招呼丫环收拾床铺，为王子服安排就寝。对王子服说：“外甥来了不易，最好住留三五天，慢慢再送你回家。如果嫌屋里憋闷，屋后有个小花园，可供消闲，也有书可供阅读。”

第二天，王子服到房后一转，果然有半亩地的园子，细绒绒的小草犹如绿色地毯，杨花点点铺在小径上。园内有草屋三间，四周被花木丛围住。他穿过花丛，闲庭信步，只听见树头上有“簌簌”响声，仰头一看，原来婴宁在树上。婴宁见王子服走来，大笑着，差点掉下来。王子服急忙喊道：“不要笑了，小心掉下来！”婴宁一边笑着，一边下树，仍是抑制不住地笑个不停。快要到达地面时，一个失手掉了下来，这时笑声才收住。王子服上去扶她，乘机掐了一下她的手腕。婴宁这时又笑起来，笑得靠着树迈不开步，许久才停住。王子服待她笑够后，才从袖中掏出梅花给她看。婴宁接过来，说：“都枯萎了，何必还留着它？”王子服说：“这是元宵节妹子扔下的，所以保存至今。”婴宁问道：“留着它有什么用呢？”王子服说：“以此表示爱恋不忘。自从元宵节相遇，深思得病，自忖性命不保，化为鬼物，没想到今天能够目睹妹妹容颜，希望开恩可怜可怜我。”婴宁说：“这太不算个事儿了，自家的亲戚有什么舍不得的呢？等郎兄走时，就叫个老仆人，把园中的花，摘它一大捆，给你背去。”王子服说：“妹子是个呆子吗？”婴宁问：“因何是个呆子呢？”王子服说：“我不是爱花，而是爱拈花的人。”婴宁说：“亲戚的情分，爱还用说吗？”王子服说：“我所说的爱，并非亲戚之间的爱，而是夫妻之间的那种爱。”婴宁说：“这有什么不同吗？”王子服说：“夜里要同床共枕呀。”婴宁低着头思考了很久，说：“我可不习惯和生人睡觉。”话没说完，丫环不声不响地来到，王子服惶恐不安地躲开去了。

过了一会儿，王子服与婴宁在老太婆的屋里又见面了。老太婆问婴宁：“你们到哪里去了？”婴宁回答说：“在园子中聊天了。”老太婆又问：“饭早就熟了，有什么话没完没了地说这么长时间？”婴宁说：“大哥要跟我一块儿睡觉。”还没等婴宁说完，王子服尴尬极了，急忙用眼睛瞪她。婴宁这才微微一笑，不再说什么。幸好老太婆耳聋没听清，依然是絮絮叨叨盘问不止，王子服忙用别的话遮掩

过去。因这事，王子服小声责怪婴宁。婴宁说：“难道刚才的话不应该说吗？”王子服说：“这是背人的话。”婴宁说：“背别人，也不能背老母啊！再说睡觉也是常事，有什么避嫌的？”王子服真是恨她的痴呆，没有办法让她明白。

刚吃完饭，王子服家中有人牵了两头毛驴找他来了。原来，王母等王子服久久不见回来，心中开始疑虑，在村中找了个遍，竟然毫无踪迹。后来又找到吴生打听，吴生想起从前说过的话，所以教人到西南山村去寻找。寻找的人经过几个村子，这才到达这里。王子服出门，正好碰上来人，于是进去禀报老太婆，还请求带着婴宁一起回去。老太婆高兴地说：“我早有这个想法，也不是一天半天的了。只是老身体衰不能走远路，外甥能够带着妹子回家去，认识一下阿姨，太好了！”说罢就呼叫婴宁。婴宁笑着就来了。老太婆说：“有什么喜事，笑个没完的？如果把这个爱笑的毛病去掉，就是个十全十美的人了。”说着生气地看了她两眼，又接着说：“大哥打算带你一同回去，去收拾收拾吧。”老太婆又招待王家来人吃了酒菜饭食。走时，老太婆送到大门口，叮嘱婴宁说：“你姨妈家田产丰裕，养得起个把闲人，到了那里不必急着回来，学点诗书礼仪，将来也好侍候公婆。顺便麻烦你姨妈，给你找个好丈夫。”王子服和婴宁听罢嘱咐，于是起程上路。走到山坳，回头看望，恍恍惚惚还能见到老太婆仍然靠着门向北方眺望呢！

到家后，王母看见有个非常漂亮的姑娘，惊问她是谁。王子服说是姨家的女儿。母亲说：“从前吴郎对你说的话，那是骗你的。我没有姐姐，哪来的外甥女呀？”又询问婴宁，婴宁说：“我不是这个母亲生的。我的父亲姓秦，他死时，我还在襁褓中，还不知记事。”王母说：“我有一个姐姐嫁给秦家，这是确实的。不过，她早就死了，哪能还存在呢？”于是细细端详婴宁的面庞及其皮肤痣疵特点，都很像死去的姐夫。又疑心重重地说：“倒是的。不过死了很多年了，怎么能还有孩子？”正疑虑中，吴生来了，婴宁躲进内室。

吴生询问了事情经过，久久陷于迷惑不解中。他突然问道：“这个姑娘是不是叫婴宁？”王子服答应是。吴生连称怪事。王子服问吴生知道些什么，吴生便说：“秦家姑姑去世后，姑父一人在家独居，迷上了狐狸精，后来全身消瘦病死。狐狸生了个女儿叫婴宁，用席包着放在床上，家里人都看见了。姑夫死后，狐狸还常来，后来请来天师符贴在墙壁上，狐狸这才带着婴宁走了。莫非就是她吧！”大家彼此都拿不准地议论着这件事情。只听见内室里婴宁“哧哧”地笑个不停。王母说：“这个丫头也太憨了。”吴生希望见见婴宁。王母便进入内室，这时婴宁仍旧酣笑着不管不顾。王母催她出去见客，她这才忍住笑，又面对着墙呆了好一会儿，才出来。她出来后，冲吴生刚一拜过，就扭身跑回去了，又是大笑起来。满屋子的女人被引得抿着嘴乐。

吴生提出自己前往婴宁家里去看看究竟，顺便替他们说媒。当找到山村那个地方，一间屋舍也没有，只有凋零的落花飘洒在地上。吴生想起了姑姑埋葬的地方，仿佛就在附近，只是坟头荒没，无法辨认，只好诧异感叹而回。

王母听说后，怀疑遇到了鬼。她把吴生的话告诉了婴宁，婴宁一点儿害怕的意思也没有；又哀怜她无家无靠的，她也毫无伤悲的心情，还是一刻不停地傻笑。大家都捉摸不透。

王母叫婴宁和自己的小女儿一同生活起居。婴宁倒也懂事，每天早早地来给王母请安；做起针线活来，真是精巧绝伦。就是喜欢笑，怎么禁止也禁止不住。不过嬉笑中颇有妩媚之处，狂笑时也不损害她的美姿，大家都跟着开心。邻里的妇女姑娘也都争着同她要好交往。

王母选择好吉日良辰，准备拜堂成婚，但是总怕婴宁是个鬼物。后来在太阳底下，偷偷察看婴宁的身影，她的身形影子与常人没有一点儿不同。这样到了吉日那天，让婴宁盛装打扮，然后行新娘礼，可是由于婴宁笑得前俯后仰，简直不能直腰，只好作罢。王子服由于婴宁生性又憨又傻，担心她向外人泄露男女房中的私情，而结果呢，她却严守房中隐事，对此从来只字不提。每逢王母忧愁生气时，只要婴宁一到，一笑就能化解。奴婢使女犯了小过错，怕遭到主人的鞭打，就央求婴宁先去王母那里说话，然后奴婢使女再去投见，这样就可以躲过一顿责打。

婴宁爱花成瘾，凡是亲戚朋友家有好花，她都搜集一遍，有时连金钗首饰也暗里当出去，用来购买优良品种。几个月后，院里所有地方，包括台阶两旁、茅厕周围都栽满了花。后院有一架木香，靠近西边邻居家的院墙。婴宁经常爬到木香花架子上，摘些花插头或把玩。王母看到时，就要责怪她，她始终不改。

一天，西邻家的儿子看到了婴宁正在花架子上摘花玩呢，一下子被她的姿容迷倒了，一个劲儿盯着看。婴宁没有躲避，依然是笑着。西邻家的儿子以为婴宁对自己有意，心里更加淫荡。婴宁手指墙根地方，一边笑着一边爬下来。西邻家儿子以为那是告诉他约会的地方，非常高兴。等到黄昏时，西邻家的儿子前去那地方，果然婴宁在那里。西邻家的儿子过去就要奸淫她，突然感到下身像被锥刺扎了一般，疼痛难忍，禁不住大叫着滚到一边。再一细看，根本不是婴宁，而是横在墙根边的一根枯木，下身所接触到的是被雨水泡烂了的一个窟窿。西邻子的父亲听到大叫声，急忙跑过来询问情况，西邻子只是呻吟着不说话。妻子来了，这才如实说了事情经过。点火照亮，只见枯木窟窿中有一个大蝎子，像小螃蟹一般大。西邻那家老头子劈开了木头，捉住蝎子就打死了。然后把儿子背回家里，半夜儿子就死了。

邻居那家把王子服告了，揭发婴宁妖异作怪。县官平时很钦佩王子服的才学，熟知他是个行为正派的书生，判定邻居老头是诬告，准备杖打处罚。王子服替邻居乞求免打，县官这才把邻居老头解了绑，赶了出去。

事后，王母对婴宁说："看你如此憨傻的样子，早就知道过分的乐和，其中隐伏着忧患。幸亏县官明察，这才没有牵累，如果遇上个糊涂的长官，必定会把

你抓到公堂上对质，我儿还有什么脸面见到亲戚朋友？”婴宁露出一本正经的神态，发誓以后决不再笑。王母说：“人哪有不笑的，只不过应该有时有会儿啊。”从此以后，婴宁竟然真的不再笑，就是有人逗她，她也不笑。尽管如此，整天也见不到她有悲伤的表情。

一天晚上，婴宁对着王子服一把鼻涕一把眼泪哭起来。王子服很是诧异。婴宁哽咽着说：“以前因为一块过日子短，说了恐怕让你们害怕惊怪。现在发现姑妈和你对我都是特别疼爱，没有异心，所以实话相告，或许没有什么妨碍吧？我本是狐狸生的，我母亲临走的时候，把我托付鬼母，我们相依生活了十多年，才有今日。我又没有兄弟，所依靠的只有你了。老母在山里独自孤寂吃苦，没有人可怜她给她迁坟合葬，她在九泉之下将遗恨无穷。你如果不怕麻烦和花钱，使地下人消除这个怨恨，或许可以使生养女儿的人不再忍心把女儿溺死和抛弃。”王子服答应了婴宁的要求，只是顾虑荒草中难以找到坟冢。婴宁说这个用不着顾虑。

选定日子，夫妻二人用车拉着棺木而往。婴宁在漫山遍野的荒草丛中，指点着坟墓方位，果然找到了老太婆的尸体，而尸体尚且完好。婴宁抚尸痛哭起来。后来把老太婆的尸体抬出来，又找到秦家的坟地，一起合葬了。

这天夜里，王子服梦见老太婆前来道谢，醒来后便告诉了婴宁。婴宁说：“我夜里也见到了她，还嘱咐我不要惊吓了你。”王子服很遗憾没有请她留下，婴宁说：“她是鬼，这里生人多，阳气盛，她怎么能久留？”王子服又问起小荣，婴宁说：“她也是狐狸，最机灵了。狐母把她留下照顾我，经常弄吃的东西喂我，所以她的好处我心里总是念念不忘。昨天问过鬼母，说小荣已经嫁人了。”从此以后，每年清明，王子服夫妻俩都要登临秦家坟地，拜祭扫墓从不间断。

过了一年，婴宁生下一个儿子。这孩子在娘怀抱这么小时就不怕生人，见人就笑，大有母亲的风度秉性。

异史氏说：看婴宁那“哧哧”憨笑的样子，好像是个无心无肺的；然而看她在墙下使出的恶作剧，她的狡猾机智谁又比得了呢？至于凄切地怀恋鬼母，一反狂笑为痛哭，我们眼中真正的婴宁才从笑的隐蔽中显现出来。我听说山中有一种草，名叫“笑矣乎”。人们闻到它，就会笑个不停。如果房里种上这么一株草，那么相比之下，就使合欢和忘忧失去了颜色；至于解语花，它的扭捏作态正是令人讨厌的。

[何守奇] 婴宁憨态，一片天真，过于司花儿远矣。我正以其笑为全人。

[但明伦] 此篇以“笑”字立胎，而以花为眼，处处写笑。即处处以花映带之。“燃梅花一枝”数语，已伏全文之脉，故文章全在提掇处得力也。

聂小倩

【原文】

宁采臣，浙人，性慷爽，廉隅自重。每对人言："生平无二色。"适赴金华，至北郭，解装兰若。寺中殿塔壮丽，然蓬蒿没人，似绝行踪。东西僧舍，双扉虚掩，惟南一小舍，扃键如新。又顾殿东隅，修竹拱把，阶下有巨池，野藕已花。意甚乐其幽杳。会学使案临，城舍价昂，思便留止，遂散步以待僧归。日暮有士人来启南扉，宁趋为礼，且告以意。士人曰："此间无房主，仆亦侨居。能甘荒落，旦暮惠教，幸甚！"宁喜，藉藁代床，支板作几，为久客计。是夜月明高洁，清光似水，二人促膝殿廊，各展姓字。士人自言燕姓，字赤霞。宁疑为赴试者，而听其音声，殊不类浙。诘之，自言秦人，语甚朴诚。既而相对词竭，遂拱别归寝。

宁以新居，久不成寐。闻舍北喁喁，如有家口。起，伏北壁石窗下微窥之，见短墙外一小院落，有妇可四十馀，又一媪衣黦绯，插蓬沓，鲐背龙钟，偶语月下。妇曰："小倩何久不来？"媪曰："殆好至矣。"妇曰："将无向姥姥有怨言否？"曰："不闻；但意似蹙蹙。"妇曰："婢子不宜好相识。"言未已，有十七八女子来，仿佛艳绝。媪笑曰："背地不言人，我两个正谈道，小妖婢悄来无迹响，幸不訾着短处。"又曰："小娘子端好是画中人，遮莫老身是男子，也被摄魂去。"女曰："姥姥不相誉，更阿谁道好？"妇人女子又不知何言。宁意其邻人眷口，寝不复听；又许时始寂无声。

方将睡去，觉有人至寝所，急起审顾，则北院女子也。惊问之，女笑曰："月夜不寐，愿修燕好。"宁正容曰："卿防物议，我畏人言。略一失足，廉耻道丧。"女云："夜无知者。"宁又咄之。女逡巡若复有词。宁叱："速去！不然，当呼南舍生知。"女惧，乃退。至户外忽返，以黄金一锭置褥上。宁掇掷庭墀，曰："非义之物，污我囊橐！"女惭出，拾金自言曰："此汉当是铁石。"

诘旦，有兰溪生携一仆来候试，寓于东厢，至夜暴亡。足心有小孔，如锥刺者，细细有血出，俱莫知故。经宿一仆死，症亦如之。向晚燕生归，宁质之，燕以为魅。宁素抗直，颇不在意。宵分女子复至，谓宁曰："妾阅人多矣，未有刚肠如君者。君诚圣贤，妾不敢欺。小倩，姓聂氏，十八夭殂，葬于寺侧，被妖物威胁，历役贱务，腆颜向人，实非所乐。今寺中无可杀者，恐当以夜叉来。"宁骇求计。女曰："与燕生同室可免。"问："何不惑燕生？"曰："彼奇人也，固不敢近。"又问："迷人若何？"曰："狎昵我者，隐以锥刺其足，彼即茫若迷，因摄血以供妖饮。又惑以金，非金也，乃罗刹鬼骨，留之能截取人心肝。二者，凡以投时好耳。"宁感谢，问戒备之期，答以明宵。临别泣曰："妾堕玄海，求岸不得。郎君义气干云，必能拔生救苦。倘肯囊妾朽骨，归葬安宅，不啻再造。"宁毅然诺之。因问葬处，曰："但记白杨之上，有乌巢者是也。"言已出门，纷然而灭。

明日恐燕他出，早诣邀致。辰后具酒馔，留意察燕。既约同宿，辞以性癖耽寂。宁不听，强携卧具来，燕不得已，移榻从之，嘱曰："仆知足下丈夫，倾风良切。要有微衷，难以遽白。幸勿翻窥箧襆，违之两俱不利。"宁谨受教。既各寝，燕以箱箧置窗上，就枕移时，齁如雷吼。宁不能寐。近一更许，窗外隐隐有人影。俄而近窗来窥，目光睒闪。宁惧，方欲呼燕，忽有物裂箧而出，耀若匹练，触折窗上石棂，飙然一射，即遽敛入，宛如电灭。燕觉而起，宁伪睡以觇之。燕捧箧检征，取一物，对月嗅视，白光晶莹，长可二寸，径韭叶许。已而数重包固，仍置破箧中。自语曰："何物老魅，直尔大胆，致坏箧子。"遂复卧。宁大奇之，因起问之，且告以所见。燕曰："既相知爱，何敢深隐。我剑客也。若非石棂，妖当立毙；虽然，亦伤。"问："所缄何物？"曰："剑也。适嗅之有妖气。"宁欲观之。慨出相示，荧荧然一小剑也。于是益厚重燕。

明日，视窗外有血迹。遂出寺北，见荒坟累累，果有白杨，乌巢其颠。迨营谋既就，趣装欲归。燕生设祖帐，情义殷渥，以破革囊赠宁，曰："此剑袋也。宝藏可远魑魅。"宁欲从受其术。曰："如君信义刚直，可以为此。然君犹富贵中人，非此道中人也。"宁托有妹葬此，发掘女骨，敛以衣衾，赁舟而归。宁斋临野，因营坟葬诸斋外，祭而祝曰："怜卿孤魂，葬近蜗居，歌哭相闻，庶不见凌于雄鬼。一瓯浆水饮，殊不清旨，幸不为嫌！"祝毕而返，后有人呼曰："缓待同行！"回顾，则小倩也。欢喜谢曰："君信义，十死不足以报。请从归，拜识姑嫜，媵御无悔。"审谛之，肌映流霞，足翘细笋，白昼端相，娇丽尤绝。遂

与俱至斋中。嘱坐少待，先入白母。母愕然。时宁妻久病，母戒勿言，恐所骇惊。言次，女已翩然入，拜伏地下。宁曰："此小倩也。"母惊顾不遑。女谓母曰："儿飘然一身，远父母兄弟。蒙公子露覆，泽被发肤，愿执箕帚，以报高义。"母见其绰约可爱，始敢与言，曰："小娘子惠顾吾儿，老身喜不可已。但生平止此儿，用承祧绪，不敢令有鬼偶。"女曰："儿实无二心。泉下人既不见信于老母，请以兄事，依高堂，奉晨昏，如何?"母怜其诚，允之。即欲拜嫂，母辞以疾，乃止。女即入厨下，代母尸饔。入房穿榻，似熟居者。

日暮，母畏惧之，辞使归寝，不为设床褥。女窥知母意，即竟去。过斋欲入，却退，徘徊户外，似有所惧。生呼之。女曰："室有剑气畏人。向道途中不奉见者，良以此故。"宁悟为革囊，取悬他室。女乃入，就烛下坐；移时，殊不一语。久之，问："夜读否?妾少诵《楞严经》，今强半遗忘。浼求一卷，夜暇就兄正之。"宁诺。又坐，默然，二更向尽，不言去。宁促之。愀然曰："异域孤魂，殊怯荒墓。"宁曰："斋中别无床寝，且兄妹亦宜远嫌。"女起，颦蹙欲啼，足恇儴而懒步，从容出门，涉阶而没。宁窃怜之，欲留宿别榻，又惧母嗔。女朝旦朝母。捧匜沃盥，下堂操作，无不曲承母志。黄昏告退，辄过斋头，就烛诵经。觉宁将寝，始惨然出。

先是，宁妻病废，母劬不堪；自得女，逸甚，心德之。日渐稔，亲爱如己出，意忘其为鬼，不忍晚令去，留与同卧起。女初来未尝饮食，半年渐啜稀饱。母子皆溺爱之，讳言其鬼，人亦不知辨也。无何，宁妻亡，母隐有纳女意，然恐于子不利。女微知之，乘间告曰："居年馀，当知儿肝膈。为不欲祸行人，故从郎君来。区区无他意，止以公子光明磊落，为天人所钦瞩，实欲依赞三数年，借博封诰，以光泉壤。"母亦知无恶意，但惧不能延宗嗣。女曰："子女惟天所授。郎君注福籍，有亢宗子三，不以鬼妻而遂夺也。"母信之，与子议。宁喜，因列筵告戚党。或请觌新妇，女慨然华妆出，一堂尽眙，反不疑其鬼，疑为仙。由是五党诸内眷，咸执贽以贺，争拜识之。女善画兰、梅，辄以尺幅酬答，得者藏之什袭以为荣。

一日俯颈窗前，怊怅若失。忽问："革囊何在?"曰；"以卿畏之，故缄致他所。"曰："妾受生气已久，当不复畏，宜取挂床头。"宁诘其意，曰："三日来，心怔忡无停息，意金华妖物，恨妾远遁，恐旦晚寻及也。"宁果携革囊来，女反复审视，曰："此剑仙将盛人头者也。敝败至此，不知杀人几何许！妾今日视之，肌犹粟栗。"乃悬之。次日又命移悬户上。夜对烛坐，欻有一物，如飞鸟至。女惊匿夹幕间。宁视之，物如夜叉状，电目血舌，睒闪攫拿而前，至门却步，逡巡久之，渐近革囊，以爪摘取，似将抓裂。囊忽格然一响，大可合篑，恍惚有鬼物突出半身，揪夜叉入，声遂寂然，囊亦顿缩如故。宁骇诧，女亦出，大喜曰："无恙矣！"共视囊中，清水数斗而已。

后数年，宁果登进士。举一男。纳妾后，又各生一男，皆仕进有声。

【译文】

宁采臣是浙江人，他性格慷慨爽直，行为有棱角，洁身自好。常常对人说："平生除了妻子外，不好任何女色。"

有一次，他到金华去，走到北门外，正遇见一座寺庙，于是解下行李，打算在庙里过夜。这座寺庙殿屋及宝塔都很壮丽，但是庭院里却长满了没人的蓬蒿，好像这里很久都没人走动了。东西两侧的僧舍，一个个门扉虚掩着，只有南侧的一间小屋，门键是新换的。再往大殿东角落望去，只见修长的翠竹足有两手合围那么粗，台阶下有个大水池，池中的野莲已经开花。宁采臣很喜欢这里幽静的环境。当时正赶上学官到金华测试秀才，城里客房租金上涨，打算留宿在这里，因此一边散步一边等僧人回来。

天色渐晚，有个壮士走来，开了南屋的门。宁采臣连忙赶过去施礼，并表达了自己打算留宿的意思。壮士说："这里没有房主，我也是经过此地住下来的。如果你不在乎荒凉，早晚能得到你的指教，当然很好了。"宁采臣很高兴，忙铺干草秸当作床，支起木板当作桌子，打算住上一些日子。

这天夜里，满月高悬，月色明亮，犹如清水一般。二人在佛殿廊下促膝谈心，各自通名报姓。壮士自我介绍说："我姓燕，字赤霞。"宁采臣猜想他是个赶考的秀才，但听说话的声音，又很不像浙江人，于是便问他家乡何处。壮士自己说是秦地人。说话态度很是坦诚。过了一会儿，彼此也没什么可说的了，便拱手告别，各自回房睡觉。

宁采臣由于新来乍到，很长时间睡不着觉。忽然间听到房屋北边有小声叨咕的声音，好像有人家。宁采臣便爬在北墙根石窗下，窥视了一下外面动静。看见短墙外有个小院，院中有个四十多岁的妇女，还有一个老太太，穿着褪了色的紫色衣服，头上插着大银梳子，弯腰驼背的，正和那个妇女在月下说话呢。妇女说："小倩这么久了为何还不来？"老太太说："大概快来了吧。"妇女说："是不是向姥姥您发怨言呢？"老太太说："没听见什么，不过流露出闷闷不乐的神态。"妇女说："这丫头不必好生待她。"话声未断，有一个十七八岁的姑娘走来，长得艳丽绝伦。老太太笑着说："背地不应该议论人，我们俩正念叨，你这小妖精就悄悄无声地来了。幸好没有说你的坏话。"又接着说："小娘子真是个画中的美人，假使我是个男人，也会被你勾了魂去。"那个姑娘说："姥姥要不夸我几句，还有谁会说我好呢？"后来妇女也跟姑娘说了几句，听不清说的什么。宁采臣估计这几个人都是邻居的家眷，也就回去睡觉，不再听什么。又过了一会儿，这才断了说话声。

宁采臣睡意已浓，刚要睡着，觉得有人到了屋里。急忙起身审视，原来是北院里的那个姑娘。惊问来人用意，那个姑娘笑着说："明月之夜，我睡不着觉，想同你亲热欢好。"宁采臣板着脸严肃地说："你应防备是非的议论，我应警惕

别人的闲话；一旦失足，就会丧尽廉耻。”姑娘说：“夜里无人知晓。”宁采臣赶她走，她徘徊着还想说些什么。宁采臣大声叱道：“快走！不然的话，我就喊南屋的人啦。”姑娘畏惧，这才退下。刚走出门，又返回来了，拿出一锭黄金放在褥子上。宁采臣抓起黄金，把它扔到屋外，说道：“不义之财，别弄脏了我的囊袋！”这个姑娘惭愧地走出屋，拾起黄金，自言自语说：“这个汉子真是铁石一般。”

第二天早晨，有个从兰溪地方来的书生，带着一个仆人来参加考试，住在东厢房。没想到夜里突然暴死。只见他脚心有一个小窟窿眼儿，就像锥子刺的一样，细细地有血渗出。谁也不知道什么缘故。过了一宿，他的仆人也死了，症状完全一样。

傍晚时，燕赤霞回来了，宁采臣便去询问他，燕赤霞认为是鬼魅闹事。宁采臣历来就刚直不屈，一点儿也不在意，仍住在原来的地方。

半夜中，那个姑娘又来了，对宁采臣说：“我见过的人多了，没有一个像你这样心肠刚强正直的人。你实在是个圣贤，我不敢欺骗你。我小倩，姓聂，十八岁时夭折，埋葬在寺庙旁边，后被妖精威胁，做这些下贱的事情，不顾羞耻对付人，实在不是心甘情愿的。现在寺庙中没有能杀的人了，恐怕夜叉要来。”宁采臣害怕，请姑娘想个办法。小倩说：“与燕生同室就可以免除灾难。”宁采臣问：“你为什么不迷惑燕生呢？”小倩说：“他是个奇人，不敢接近。”又问：“怎么迷惑人呢？”小倩说：“亲昵我的人，我就暗中用锥子扎他的脚心，那时他就会昏迷不知，借此抽他的血供给妖精喝。或者用金子引诱他。其实那不是真金，而是罗刹鬼的骨头，如果谁留下这金子，谁的心肝就能被摘走。这两种办法都是用来投其所好的。”宁采臣感谢小倩说出真相，并问戒备的时间。小倩讲就在明天晚上。临别时，小倩哭着说：“我坠入了地狱之海，找不到岸边。郎君义气冲天，必定能够拔生救苦。如果肯把我的朽骨包起来，送回家安葬，不亚于再生父母。”宁采臣毅然答应下来，并问原来埋在哪里。小倩说：“只要记住有乌鸦筑巢的那棵白杨树下就是了。”说罢出门，倏然间不见了。

第二天，宁采臣怕燕赤霞外出，早早就过去约他来家一聚。七八点钟，宁采臣准备好酒菜，请燕赤霞一块儿喝酒。他注意观察着燕赤霞的动静。当宁采臣说出约请燕赤霞一块同宿时，燕赤霞托词自己性情孤僻，喜欢安静而不同意。宁采臣不听，硬是把行李搬了过来。燕赤霞迫不得已，也只好把床搬过来一起住了。

燕赤霞过来后，嘱咐宁采臣说：“我知道足下是个大丈夫，很是倾慕你的风度，不过我有些心里话，一时不便说明。请你千万不要翻弄察看箱匣里包着的东西。违背我的话，对你我都没有好处。”宁采臣恭谨听命。不久，各自睡觉。燕赤霞把小箱子放在窗台上，然后躺下睡觉，不大工夫就鼾声如雷。宁采臣却睡不着觉。快到一更天时，窗外隐隐约约有个人影。不一会儿，走近窗前来窥视，目光忽闪忽闪的，宁采臣害怕，刚要想呼叫燕赤霞，突然间有一个东西冲破箱子飞

出去，晶光闪闪犹如一匹白色绸子，把窗户上的石棂子都撞折了，只见“嗖”的一射，马上又收回来，宛如电闪那样快。

燕赤霞觉察有动静便起身了，宁采臣假装睡觉，暗中却在观察着。只见燕赤霞捧着小箱子查看。他从小箱子中取出一件东西，对着月光又是闻又是看，只见它晶莹闪亮，长有二寸，宽如韭叶。查看过后，再把它包起来，足足包裹了好几层，仍然放回已经破了的小箱子内。他自言自语说：“哪方的老鬼魅，如此大胆，居然把我的小箱子都弄坏了。”而后又躺下睡觉。宁采臣非常惊奇，便起来询问这是怎么回事，还把自己所见到的情况告诉了燕赤霞。燕赤霞说：“我们既然彼此相好，我怎敢深藏不说呢？我是个剑客。如果不是石窗棂，妖精早就死了。不过它也得受伤。”宁采臣问：“包的那是什么东西？”燕赤霞说：“是剑。刚才闻了闻，有妖气。”宁采臣想看看，燕赤霞很痛快地拿出来给他看，只见是一把荧荧发光的小剑。于是对燕赤霞更加尊重敬爱。

第二天，宁采臣看到窗外有血迹，走出了寺庙向北走去，只见荒坟累累，一座坟堆中果然长着一棵白杨，杨树梢上有个乌鸦窝。等心中打好主意后，就收拾行李，准备回去。燕赤霞设酒饯行，情义很是深厚。他拿出一个破了的皮袋子送给宁采臣，说：“这个剑袋要珍藏好，可以远避鬼魅邪魔。”宁采臣想跟他学剑术，他说：“像你这样的讲信义，又刚正直爽，是可以当个剑客的，不过，你是属于富贵中的人，不是这道中的人。”宁采臣托词有个妹子埋在这里，挖出尸骨，用衣被包裹好，便租只小船回去了。

宁采臣的住室面临郊野，于是把坟墓安置在房宅外。埋葬后，宁采臣祭道：“可怜你魂魄孤单，把你埋葬在我的斗室之旁。你的歌声与哭泣我都能听到，大概可以免于雄鬼的欺凌。这一碗汤水请你喝了吧，虽然并不醇美，希望不要嫌弃。”宁采臣祷告完便往回走，忽然后面有人叫道：“走慢点儿，等我一块同行！”回头一看，原来是小倩。小倩欢喜地感谢说：“你真是讲信义，我就是为你死去十次也不能报答你的恩情。请求带我去拜见父母大人，就是当婢妾丫环也不后悔。”宁采臣细细打量着小倩，见她肌肤白里透红犹如霞光，小脚翘起如同细笋；白天端详相貌，比之夜里更显娇艳无比。于是一同进入家宅。

宁采臣嘱咐她坐着等一会儿，自己先去禀报母亲。母亲听后十分惊讶。当时宁采臣的妻子长久生病卧床，母亲告诫儿子不要说出这事，唯恐惊吓她。正说着，小倩已经翩翩进来，跪倒在地上。宁采臣说：“这就是小倩。”母亲吃惊地看着小倩，不知怎么好。小倩对母亲说：“孩儿飘零孤苦一人，远离父母兄弟，承蒙公子使我露骨得以覆盖，恩泽施于体肤，情愿侍候公子，以报答大恩大德。”母亲见她长得苗条可爱，这才敢跟她讲话，说道：“小娘子照顾我的儿子，老身非常喜欢。但是我这一辈子只有这一个儿子，靠他继承祖宗烟火，不敢叫他娶个鬼女。”小倩说：“孩儿实在是没有歹意，请以兄妹相称，跟着母亲过，早晚侍候您老人家，这样好吗？”母亲可怜她一片诚心，就答应了她。小倩当时就想去

拜见嫂子，母亲说她有病不宜相见，这才停止。小倩立即进了厨房，为母亲做饭，她在房间中穿来穿去，好像久住的人一样熟悉。

傍晚，母亲有点儿害怕小倩，让她回去睡觉，不给她设置床铺。小倩暗知母亲的心意，于是立即离开。她走到书斋时，想进去，又退了回来，在门外徘徊不定，好像怕什么东西。宁采臣招呼她，她说："室内剑气逼人，前些时候在途中没有拜见你，也是这个缘故。"宁采臣想到是由于皮袋子的缘故，便拿下来挂在别的屋里。这时小倩才进来，靠近烛光坐下。过了一会儿，不见小倩说一句话。又过了好久，小倩问道："你夜里读书吗？我小时候念过《楞严经》，现在多半都忘了。请求你借我一卷，夜里闲暇时，好请兄指正。"宁采臣答应下来。小倩又是坐着，默默无语，半夜都要过去了，还是不说走。宁采臣催她快走，她愀然神伤地说："他乡的孤魂，真怕那荒凉的墓穴啊。"宁采臣说："屋里又没有别的床铺，再说兄妹之间也应避嫌。"小倩起身，双眉紧锁，嘴角似哭，举足而懒步，走走停停，最后挨到了门口，下了台阶就不见了。宁采臣暗中替她可怜，想留下她住在别的房间，但又怕母亲怪罪。

早晨起来，小倩先去问候母亲，端上洗脸水，伺候洗盥梳头；然后又下堂操作家务，没有不顺承母亲心意的。黄昏时便告退，来到书斋，在烛光下念经。感觉到宁采臣准备要入睡了，这才伤悲地离去。原先，宁采臣妻子病倒后，母亲操劳过度，难以承受；自从得到小倩帮助，变得非常安逸，所以打心里感谢她。日子渐长，彼此愈加熟悉，甚至把小倩当成了自己的闺女一样疼爱，竟然忘记她是个鬼；到了晚上，母亲不忍让她离开，便留她一起住。小倩初来时从来不吃不喝，半年后渐渐地喝些稀粥了。母子二人都很溺爱小倩，从来避开不提"鬼"这个字，别人也就更不分辨了。

不久，宁采臣的妻子病故了。母亲私下有收小倩做媳妇的心思，但是又怕对儿子不利。小倩略微察觉了母亲的心思，趁机告诉母亲说："我在这里住了一年多了，应当知道孩儿心眼好坏。我是不想再祸害行人，所以才跟郎君来这里。我对郎君如此，没有别的意思，只是公子光明磊落，连天人都钦佩他。说实话，我想依附辅助公子三五年，借此博得个封诰，也使在泉壤中的我光耀一番。"母亲也知道小倩没有恶意，只是惧怕影响儿子的传宗接代。小倩又说："女子都是上天授给的，郎君命中有福报，将生有光宗耀祖的三个儿子，不会因为娶了鬼妻而丧失。"母亲相信小倩的话，便与儿子商议。宁采臣很高兴，于是大摆酒宴，请来亲戚朋友。有人提出请新娘子出来看看，小倩便爽快地穿着华丽的衣服出来了。满屋子的人都看呆了，不但不疑心是鬼，反而认为是天仙下凡。于是，远近亲戚的内眷都带着礼品去祝贺，争先恐后拜会相识。小倩擅长画兰花梅花，常常把画的条幅送给亲戚，表示答谢。得到画幅的人都珍藏起来，以此为荣。

有一天，小倩低着头坐在窗前，心神不定，若有所失。忽然间，小倩问道："皮袋子在哪？"宁采臣说："因为你怕它，所以把它封起来放到别的地方了。"

小倩说："我接受生气很长了，不会再畏惧它，最好取来挂在床头上。"宁采臣询问用意何在，小倩说："这三两天，心里一直怔忡不安，想必那金华的妖精恨我远远逃走，恐怕早晚会寻找到这里。"宁采臣便把皮袋子拿来，小倩反复察看，说道："这是剑仙盛妖精头的呀。都破旧到这个样子了，不知杀了多少妖精！我现在看见它，身子还起鸡皮疙瘩呢。"而后，把皮口袋悬在床头上了。

第二天，小倩又叫把皮口袋挂在门上。夜晚，小倩与宁采臣对烛而坐，还提醒宁采臣不要睡觉。忽然，有一个东西像飞鸟一样坠落下来。小倩吓得藏在帷帐后面。宁采臣一瞧，这东西像个夜叉，两眼闪闪如电光，舌头血红血红，张牙舞爪奔过来。到了门前又退了几步，徘徊了好久，这才敢接近皮口袋，伸出爪子去摘取，好像要把皮口袋撕碎。忽然间，皮口袋"格噔"一响，变得像个大土筐一般大，恍惚中好像有个鬼东西从里面探出半身，一下子把夜叉揪了进去。这时声音顿然消失，皮口袋又缩回了原来的样子。宁采臣看到这情景，真是又害怕又惊讶。小倩也走出来，非常高兴地说："好了，没有事了！"他们一起观看皮口袋，只见里面有几斗清水而已。

后来又过了几年，宁采臣果然考上了进士，小倩也生下一个男孩。等宁采臣娶了妾后，妾与小倩又各生了一个男孩。这三个儿子长大后，都做了官，有了名声。

[何守奇] 妖不胜正，然非燕生，则宁几不免。革囊制妖，维其物不维其人。

[方舒岩] 采臣……不知其色为鬼，而金为罗刹骨也，惟以德义自防而已，而卒受其效。

义 鼠

【原文】

杨天一言：见二鼠出，其一为蛇所吞；其一瞪目如椒，意似甚恨怒，然遥望不敢前。蛇果腹蜿蜒入穴，方将过半，鼠奔来，力嚼其尾，蛇怒，退身出。鼠故便捷，欻然遁去，蛇追不及而返。及入穴，鼠又来，嚼如前状。蛇入则来，蛇出则往，如是者久。蛇出，吐死鼠于地上。鼠来嗅之，啾啾如悼息，衔之而去。友人张历友为作《义鼠行》。

【译文】

杨天一讲，曾见过两只老鼠从洞里出来，其中一只被蛇吞吃了，另一只眼睛瞪得像个红辣椒，好像非常愤恨的样子，但是只能远远望着，不敢上前硬拼。蛇吃饱了肚子，蜿蜒爬入洞穴。蛇身刚要钻进一半，那只老鼠迅速奔来，用力咬住蛇的尾巴。蛇发怒了，退着身子出洞。老鼠本来就轻巧敏捷，见蛇出来，马上就一溜烟跑掉了。蛇追不着又返回原地，刚要钻洞，老鼠又跑回来了，仍旧咬蛇的尾巴，和刚才一样。蛇进洞，老鼠就来咬；蛇出洞，老鼠就逃跑。就这样，双方斗了好长时间。

最终，蛇不得已从洞里出来，把死鼠吐在地上。老鼠过来闻了一阵，“啾啾”叫着，哀悼着，把死鼠叼走了。

我的朋友张历友为此写了《义鼠行》。

［但明伦］此鼠不惟义；其不轻进、不遽退，俟蛇半入穴而后嚼之，蛇出即去，蛇入复来，至蛇吐鼠而后止，呜呼！亦智矣哉！

地　震

【原文】

康熙七年六月十七日戌时，地大震。余适客稷下，方与表兄李笃之对烛饮。忽闻有声如雷，自东南来，向西北去。众骇异，不解其故。俄而几案摆簸，酒杯倾覆，屋梁椽柱，错折有声。相顾失色。久之，方知地震，各疾趋出。见楼阁房舍，仆而复起，墙倾屋塌之声，与儿啼女号，喧如鼎沸。人眩晕不能立，坐地上随地转侧。河水倾泼丈馀，鸡鸣犬吠满城中。逾一时许始稍定。视街上，则男女裸体相聚，竞相告语，并忘其未衣也。后闻某处井倾侧不可汲，某家楼台西北易向，栖霞山裂，沂水陷穴，广数亩。此真非常之奇变也。

有邑人妇夜起溲溺，回则狼衔其子。妇急与狼争。狼一缓颊，妇夺儿出，携抱中，狼蹲不去。妇大号，邻人奔集，狼乃去。妇惊定作喜，指天画地，述狼衔儿状，已夺儿状。良久，忽悟一身未着寸缕，乃奔。此当与地震时男女两忘同一情状也。人之惶急无谋，一何可笑！

【译文】

康熙七年六月十七日晚上八九点钟，发生了大地震。当时，我正好旅居临淄，与表兄李笃之在灯下喝酒，忽然听到类似打雷的声音，从东南方向传来，向西北方向过去。大家都很惊异，不明白是什么原因。

不一会儿，桌椅摇摆晃动，酒杯翻倒；房梁、椽子、柱子移动错位，发出

“轧轧”声音，大家相顾，一个个脸色都变了。过了很久，大家才明白是发生了地震，个个急忙从屋里跑出来。

当时，只见楼阁房屋有的倾倒了的又立了起来；墙倒屋塌的声音，还有小儿哭、女人叫的声音，此起彼伏，闹得犹如开锅。人们眩晕站不住，只好坐在地上，随着大地滚来滚去。河里水倾泼出岸边一丈多远，满城里鸡鸣狗叫不绝。过了一个时辰，这才稍稍安定。看大街上，男男女女裸露着身子，聚集在一起，诉说着地震时的景况，都忘了自己还没有穿衣服呢。

后来听说某个地方的井倾斜得不能打水了，某家的楼台南北掉了一个方向，还听说栖霞山裂开了，沂水陷出一个大洞，足有好几亩大。这些真是不寻常的大变故啊！

有个在小镇中居住的妇女，夜里起身去外面解手，等回去时，看见有只狼叼着自己的孩子，妇女急忙与狼争夺孩子，就在狼一松口的时候，孩子被妇女抢了过来。她搂在怀里，可狼蹲着不走。妇女大声喊人，等邻居聚集多了，狼就跑了。妇女惊怕的心安定下来，不由感到欣慰，她指手画脚地向大家叙说狼叼孩子时的情况，以及自己如何夺回孩子的情况。说了半天，这才突然想到自己光着身子，一丝不挂，于是就跑开了。这件事和地震时男男女女彼此都忘了自己没穿衣服是一个情状啊！人在慌乱着急中忘了应该注意的事情，这是多么可笑呀！

海 公 子

【原文】

东海古迹岛，有五色耐冬花，四时不凋。而岛中古无居人，人亦罕到之。登州张生好奇，喜游猎，闻其佳胜，备酒食，自掉扁舟而往。至则花正繁，香闻数

里，树有大至十馀围者。反复留连，甚慊所好；开尊自酌，恨无同游。忽花中一丽人来，红裳炫目，略无伦比。见张，笑曰：“妾自谓兴致不凡，不图先有同调。”张惊问：“何人?”曰：“我胶娼也，适从海公子来。彼寻胜翱翔，妾以艰于步履，故留此耳。”张方苦寂，得美人，大悦，招坐共饮。女言辞温婉，荡人心志，张爱好之。恐海公子来不得尽欢，因挽与乱。女忻从之。

相狎未已，忽闻风肃肃，草木偃折有声。女急推张起。曰：“海公子至矣。”张束衣愕顾，女已失去。旋见一大蛇，自丛树中出，粗于巨桶。张惧，障身大树后，冀蛇不睹。蛇近前，以身绕人并树，纠缠数匝，两臂直束胯间，不可少屈。昂其首，以舌刺张鼻。鼻血下注，流地上成洼，乃俯就饮之。张自分必死，忽忆腰中佩荷囊内有毒狐药，因以二指夹出，破裹堆掌上。又侧颈自顾其掌，令血滴药上，顷刻盈把。蛇果就掌吸饮。饮未及尽，遽伸其体，摆尾若霹雳声，触树，树半体崩落，蛇卧地如梁而毙矣。张亦眩莫能起，移时方苏，载蛇而归。大病月馀方瘥。疑女子亦蛇精也。

【译文】

东海古迹岛长着五色的耐冬花，一年四季不凋谢。岛上自古就无人居住，极难见到人。

登州的张生生性好奇，喜爱游走打猎。他听说岛上的美景后，就准备了酒食，自己驾着小舟去了。到了岛上，那里鲜花盛开，飘香数里；有的树很粗，大到十几个人才能围抱过来。他流连忘返，只是不满足身边没有伙伴；他打开酒瓶，自己自斟自饮，更是遗憾缺少伴侣。

忽然间从花丛中走出一个美人来，红色衣裳炫人眼目，别的女子根本就无法相比。她见到张生，笑着说：“我自谓兴致不同凡人，没有想到这里早有了情调相同的人。”张生惊讶地询问女子是什么人。美人说：“我是胶州的女娼，刚从海公子那里来。他寻找胜景漫游去了，我因为走不动，所以就留在这里了。”张生正当苦于寂寞，如今遇上美人，非常高兴，便招呼美人坐在一起，一块儿喝酒。

美人说话温柔婉转，令人神魂颠倒。张生喜欢她，担心海公子回来，不能尽情欢乐，于是拉着她要淫乱。美人也高兴地顺从他。两人亲亲热热还没完了，忽

然听到风“呼呼”吹来，吹得草木折倒发出响声。美人急忙推开张生，爬起来，说道：“海公子到了。”张生结好衣带，愕然四顾，女人早已消失。

不一会儿，张生看见一条大蛇从树丛中爬出，比大桶还粗。张生非常恐惧，躲在大树后面，希望大蛇看不见他。大蛇爬到张生跟前，用身子把张生连同大树一起缠住，绕了好几圈。张生的两臂直直地被缠在胯骨上，一点儿也动不了。大蛇昂着头，用舌头舔张生的鼻子。张生的鼻子出血，流到地上成了一摊血。大蛇就低着头喝地上的血。

张生自己料到必死无疑，但忽然间想起自己腰中带有荷包，荷包中装着毒杀狐狸的药，于是用两个手指夹出，弄破纸片，把药末堆在手掌心中；然后又侧着脖子看着手掌，叫血滴在药上，不大工夫就积了一把血。大蛇果然凑到掌心来吸血，没等吸完，就伸直了身子。大蛇摆着尾巴，发出犹如霹雳一般的声音，身子碰到树上，树干从中间崩裂，最后大蛇像根梁木一般躺在地上死了。

张生也是头昏眼花站不起来，过了一个时辰才苏醒过来。张生用船载着大蛇返回，回去大病一场，过了一个月才好，看来那个女子也是个蛇精呀。

[何守奇] 凡人迹罕到处不可游，必有怪异，独游更不可。

[但明伦] 有好奇之癖者，恒多不测之祸，况乃见色而渔乎。以毒狐药而获免于难，亦幸矣夫！

丁前溪

【原文】

丁前溪，诸城人，富有钱谷，游侠好义，慕郭解之为人。御史行台按访之。丁亡去，至安丘，遇雨，避身逆旅。雨日中不止。有少年来，馆谷丰隆。既而昏暮，止宿其家，莝豆饲畜，给食周至。问其姓字，少年云：“主人杨姓，我其内侄也。主人好交游，适他出，家惟娘子在。贫不能厚客给，幸能垂谅。”问：“主人何业？”则家无资产，惟日设博场以谋升斗。次日雨仍不止，供给弗懈。至暮锉刍，刍束湿，颇极参差。丁怪之。少年曰：“实告客，家贫无以饲畜，适娘子撤屋上茅耳。”丁益异之，谓其意在得直。天明，付之金，不受，强付少年持入。俄出，仍以反客，云：“娘子言：我非业此猎食者。主人在外，尝数日不携一钱，客至吾家，何遂索偿乎？”丁赞叹而别。嘱曰：“我诸城丁某，主人归，宜告之。暇幸见顾。”数年无耗。

值岁大饥，杨困甚，无所为计，妻漫劝诣丁，从之。至诸城，通姓名于门者，丁茫不忆，申言始忆之。踩履而出，揖客入。见其衣敝踵决，居之温室，设筵相款，宠礼异常。明日为制冠服，表里温暖。杨义之，而内顾增忧，褊心不能无少望。居数日，殊不言赠别。杨意甚急，告丁曰：“顾不敢隐，仆来时米不满升。今过蒙推解固乐，妻子如何矣！”丁曰：“是无烦虑，已代经纪矣。幸舒意

少留，当助资斧。”走伻招诸博徒，使杨坐而抽头，终夜得百金，乃送之还。归见室人，衣履鲜整，小婢侍焉。惊问之，妻言：“自君去后，次日即有车徒赍送布帛米粟，堆积满屋，云是丁客所赠。又给一婢，为妾驱使。”杨感不自已。由此小康，不屑旧业矣。

异史氏曰：“贫而好客，饮博浮荡者优为之，异者，独其妻耳。受之施而不报，岂人也哉？然一饭之德不忘，丁其有焉。”

【译文】

丁前溪是诸城人，家里钱多粮丰。他到处行侠仗义，很羡慕汉朝郭解的为人。御史行台要对丁前溪进行调查了解，丁前溪便离家而去。

丁前溪走到安丘，正遇大雨，便在客店中避雨。雨下到中午还不停，有个少年出来接待，安排住的地方、吃的东西都非常丰盛周到。不久到了黄昏，便决定在这里过夜。这家给客人安排饭食，准备草料喂牲口，照顾很是周到。丁前溪问这家贵姓大名，少年说：“主人姓杨，我是他家的内侄。主人喜好交游，今天正好外出，家中只有娘子在。家中贫穷不能很好地招待客人，请千万谅解。”丁前溪问：“主人干什么营生？”才知道这家原来没有什么产业，只是每天靠开个小赌场，弄点儿钱使。

第二天，雨仍是下个不停，这家供给饮食一点儿不懈怠。到了晚上，铡草料，草料很湿，而且长短不齐。丁前溪很是纳闷。少年告诉说：“实话说吧，家里贫穷，没有什么饲料可以喂牲口的，刚才是娘子从房上撤下的茅草。”丁前溪更是觉得这家怪异，认为其目的是为了挣钱。

天亮后，丁前溪要付款，这家不收；强迫少年人把钱带进去。不一会儿，少年出来，仍然把钱还给丁前溪，说：“娘子说，我不是靠这个来挣钱吃饭的。主人出门在外，经常几天也不带回一个钱；客人来到我家，为什么就要收人家钱呢？”丁前溪连声赞叹，准备告辞。临走时嘱咐说：“我是诸城的丁前溪，主人

回来时，最好告诉他，有空请到我家里去做客。”

几年过去了，彼此没有什么消息。

有一年正赶上闹饥荒，杨家困难极了，没有办法讨个生路。这时杨妻在闲聊中劝丈夫去见见丁家。丈夫听从了，便去了诸城。杨家向门房通报了姓名，丁前溪听了门房禀报，茫然不知这么一个人。等门房把杨家申述事情缘由传达后，这才想起来，他忙趿拉着鞋赶出来，作揖请客人进屋。

只见杨家衣装破旧，鞋子露着脚后跟，于是让他住在温暖的屋子，安排宴席款待他，礼节关照不同一般人。第二天，丁前溪为他制作了新衣新帽，里外舒适温暖。杨家很是感激，但是想起家里无米下锅，不由得心里犯愁，希望从丁家中得到些帮助。

杨家住了几天，还不见丁前溪有送别的意思，心里很是着急，便告诉丁前溪说：“我不敢向你隐瞒实情，我来时，家中存米不足一升。如今承蒙你好吃好穿相待，固然是件乐事，但家中妻子儿女怎么办？”丁前溪说：“这不用你烦心顾虑，我已经替你办好了。希望放下心再呆几天，我再替你筹划些资金。”

于是丁前溪派人招来不少赌钱的人，让杨家坐场抽头，一夜下来就得到一百两银子。这才送姓杨的回家。

姓杨的回家后，见到妻子穿戴鲜艳整齐，还有小丫鬟侍候着，非常惊奇，问是怎么回事。妻子说：“自从你走后，第二天就有人跟着车送来布匹粮食，堆满了一屋子，说是丁家客人赠送的。还送给一个丫鬟，让我使用。”杨家感激不尽，从此家道小康，不肯再干开赌场的旧业了。

异史氏说：贫而好客，这是饮酒、赌博、游荡之人爱干的事情，奇怪的是，杨妻也竟然是个中之人。受到人家的施与而不图报答，这还是常人吗？不过像丁前溪这样的吃人家一顿饭都永不忘怀，这也是难得的美德啊！

［何守奇］侠士轻财，正复尔尔。顾缓急人所时有，天下安可无此人乎？

海大鱼

【原文】

海滨故无山。一日，忽见峻岭重叠，绵亘数里，众悉骇怪。又一日，山忽他徙，化而乌有。相传海中大鱼，值清明节，则携眷口往拜其墓，故寒食时多见之。

【译文】

海滨本来没有山，一天，忽然看见峻岭重重叠叠，一直延伸好几里。众人见后都非常惊惧奇怪。又有一天，这些高山忽然间移走了，一下子什么都没有了。人们传说海里有种大鱼，每逢清明节，就带着一家老小来拜祭祖墓，所以往往在寒食节那天经常见到这种景象。

张老相公

【原文】

张老相公，晋人。适将嫁女，携眷至江南，躬市奁妆。舟抵金山，张先渡江，嘱家人在舟勿爆膻腥。盖江中有鼋怪，闻香辄出，坏舟吞行人，为害已久。张去，家人忘之，炙肉舟中。忽巨浪覆舟，妻女皆没。

张回棹，悼恨欲死。因登金山谒寺僧，询鼋之异，将以仇鼋。僧闻之，骇言："吾侪日与习近，惧为祸殃，惟神明奉之，祈勿怒，时斩牲牢，投以半体，则跃吞而去。谁复能相仇哉!"张闻，顿思得计。便招铁工起炉山半，冶赤铁重百余斤。审知所常伏处，使二三健男子，以大钳举投之。鼋跃出，疾吞而下。少时波涌如山；顷之浪息，则鼋死已浮水上矣。行旅寺僧并快之，建张老相公祠，肖像其中，以为水神，祷之辄应。

【译文】

张老相公是山西人，他要把女儿嫁出去，便携带家眷去江南，亲自张罗为女儿购置嫁妆。

船走到镇江金山时，张老相公先渡江，并事先嘱咐家中人呆在船中不要炒肉煎鱼，做这些羶腥的食物。这是因为江水里有个鼋鱼精，闻到香味就冒出水里，弄坏船只，吞吃行人，为害的时间已经很长了。

张老相公走后，家里人忘了嘱咐，在船中烤肉吃，忽然一个巨浪把船掀了个底朝天，妻子女儿都沉入水里。

张老相公驾船回来，又哀痛又恼恨都不想活了。他登上金山，拜见寺中僧人，询问鼋鱼精怪异之事，准备要向鼋鱼精报仇。僧人听了后，害怕地说："我们天天守着这东西，惧怕惹上灾祸，只得像对待神一样对待它，祈望不要发怒；按时宰杀牲畜，切割成一半，投入江中。这时鼋鱼就会跃出水面，吞吃而去。谁还敢与它为敌呢!"

张老相公听了这番话，突然心中生出一计。于是他雇来铁匠，在半山腰砌炉炼铁。他们冶炼出一个大铁块，烧得红红的，足足有一百多斤。然后搞清鼋鱼精经常出没的地方，使二三个健壮的男子，用大钳子夹起来，扔到江里。这时鼋鱼精腾跃而出，很快吞下这个烧红的大铁块便又沉入江里。不大工夫，江面波涛涌起，如山一般高，又过了顷刻，浪涛平息，死鼋鱼精已经浮到水面上来了。

过往行人和金山寺僧人知道鼋鱼精被杀死后非常高兴，他们在江边建了张老相公的祠庙，并塑了他的像摆在里面，把他当作水神来供奉，人们有事求他，一祈祷就灵验。

[但明伦] 鼋坏舟吞人，患孰大焉。冶铁投之，使吞而死，殄仇雠而安行旅，其神明功德，靡有涯矣。肖像祀之，斯其所以神。

[何守奇] 智与夏公元吉制鳄鱼同。

水莽草

【原文】

水莽，毒草也。蔓生似葛，花紫类扁豆，误食之立死，即为水莽鬼。俗传此鬼不得轮回，必再有毒死者始代之。以故楚中桃花江一带，此鬼尤多云。

楚人以同岁生者为同年，投刺相谒，呼庚兄庚弟，子侄呼庚伯，习俗然也。

有祝生造其同年某，中途燥渴思饮。俄见道旁一媪，张棚施饮，趋之。媪承迎入棚，给奉甚殷。嗅之有异味，不类茶茗，置不饮，起而出。媪止客，急唤："三娘，可将好茶一杯来。"俄有少女，捧茶自棚后出。年约十四五，姿容艳绝，指环臂钏，晶莹鉴影。生受盏神驰，嗅其茶，芳烈无伦，吸尽复索。觑媪出，戏捉纤腕，脱指环一枚。女赪颊微笑，生益惑。略诘门户。女云："郎暮来，妾犹在此也。"生求茶叶一撮，并藏指环而去。至同年家，觉心头作恶，疑茶为患，以情告某。某骇曰："殆矣！此水莽鬼也！先君死于是。是不可救，奈

何？”生大惧，出茶叶验之，真水莽草也。又出指环，兼述女子情状，某悬想曰：“此必寇三娘也！”生以其名确符，问何故知。曰：“南村富室寇氏女夙有艳名，数年前误食水莽而死，必此为魅。”或言受魅者若知鬼之姓氏，求其故裆煮服可痊。某急诣寇所，实告以故，长跪哀恳。寇以其将代女死故，靳不与。某忿而返。以告生，生亦切齿恨之，曰：“我死，必不令彼女脱生！”某舁之归，将至家门而卒。母号啼，葬之。遗一子甫周岁。妻不能守，半年改醮去。

母留孤自哺，劬瘁不堪，朝夕悲啼。一日方抱儿哭室中，生悄然忽入。母大骇，挥涕问之。答云：“儿地下闻母哭，甚怆于怀，故来奉晨昏耳。儿虽死，已有家室，即同来分母劳，母其勿悲。”母问：“儿妇何人？”曰：“寇氏坐听儿死，儿深恨之。死后欲寻三娘，而不知其处，近遇庚伯，始相指示。儿往，则三娘已投生任侍郎家，儿驰去，强捉之来。今为儿妇，亦相得，颇无苦。”移时门外一女子入，华妆艳丽，伏地拜母。生曰：“此寇三娘也。”虽非生人，母视之，情怀差慰。生便遣三娘操作，三娘雅不习惯，然承顺殊怜人。由此居故室，遂留不去。女请母告诸家。生意欲勿告，而母承女意，卒告之。寇家翁媪，闻而大骇，命车疾至，视之果三娘，相向哭失声。女劝止之。媪视生家良贫，意甚忧悼。女曰：“人已鬼，又何厌贫？祝郎母子，情意拳拳，儿固已安之矣。”因问：“茶媪谁也？”曰：“彼倪姓。自惭不能惑行人，故求儿助之耳。今已生于郡城卖浆者之家。”因顾生曰：“既婿矣而不拜岳，妾复何心？”生乃投拜。女便入厨下，代母执炊供客。翁媪视之怆心，既归，即遣两婢来，为之服役；金百斤、布帛数十匹，酒胾不时馈送，小阜祝母矣。寇亦时招归宁。居数日，辄曰：“家中无人，宜早送儿还。”或故稽之，则飘然自归。翁乃代生起夏屋，营备臻至。然生终未尝至翁家。

一日村中有中水莽草毒者，死而复苏，竞传为异。生曰：“是我活之也。彼为李九所害，我为之驱其鬼而去之。”母曰：“汝何不取人以自代？”曰：“儿深恨此等辈，方将尽驱除之，何屑为此？且儿事母最乐，不愿生也。”由是中毒者，往往具丰筵祷祝其庭，辄有效。

积十馀年母死。生夫妇哀毁，但不对客，惟命儿缞麻擗踊，教以礼义而已。葬母后又二年余，为儿娶妇。妇，任侍郎之孙女也。先是，任公妾生女数月而殇。后闻祝生之异，遂命驾其家，订翁婿焉。至是，遂以孙女妻其子，往来不绝矣。一日谓子曰：“上帝以我有功人世，策为‘四渎牧龙君’。今行矣。”俄见庭下有四马，驾黄幨车，马四股皆鳞甲。夫妻盛装出，同登一舆。子及妇皆泣拜，瞬息而渺。是日，寇家见女来，拜别翁媪，亦如生言。媪泣挽留。女曰：“祝郎先去矣。”出门遂不复见。其子名鹗，字离尘，请寇翁，以三娘骸骨与生合葬焉。

【译文】

水莽草属于毒草，蔓生像葛藤，花是紫色的，类似扁豆花。人们如果误吃了

它，就会立即中毒死亡，成为水莽鬼。民间传说这个水莽鬼不能轮回转生，必须再有人中毒死亡后，才能被替代出来。所以楚地桃花江一带，水莽鬼特别多。

楚地人称同岁出生的人为同年，递名片拜访时，都是称为庚兄庚弟，子侄辈则称其为庚伯，这是传统习惯。有一个姓祝的男子到同年家去拜访，半路上又热又渴，想喝点儿水。顷刻间，见路旁有个老太太，支着棚子卖水，便忙过去，老太太迎进棚内，端茶倒水很是殷勤。祝生嗅到茶水有怪味，不像一般的茶水，便放在那里不喝，起身要走。老太太急忙拉住祝生，唤道："三娘子，快端过一杯好茶来。"

不一会儿工夫，有个少女捧着茶杯从棚子后面走过来。年纪约有十四五，姿色容貌非常艳丽，戴着指环臂钏，晶莹透明，光彩照人。祝生接过茶杯，早已神魂颠倒。嗅一下茶水，芳香无比。喝尽后又再三索要。见老太太不在，调戏地抓住少女的纤细手腕，脱掉指环一枚。少女红着脸频微笑着，祝生心里更是蛊惑摇荡。又问少女住在哪里，少女说："郎君晚上再来吧，我还在这里。"祝生要了一小撮茶叶，收好了指环，就走了。

祝生到了同年家里，觉得心里恶心，怀疑喝茶水害的，便把事情经过告诉了同年。同年大惊说道："坏了！这是水莽鬼。我的父亲就死在水莽鬼手中。这无法挽救，如何是好？"祝生非常害怕，掏出茶叶来验察，真是水莽草。又拿出指环，讲述少女的情况。同年猜想说："这少女必定是寇三娘。"祝生听到他说的名字确实相符，便问何以得知的。他说："南村富裕大户寇家有个女儿，历来就有艳丽的名声。几年前，由于误吃水莽草而死，想必她成了妖魅。"

有的人说被鬼魅迷惑的人，如果知道鬼的姓氏，再找出她穿过的裤裆，用它煮水喝，就可以痊愈。同年便急忙跑到寇家住的地方，把实情告诉他们，久久跪着哀求送给裤裆用。寇家因为考虑到他是替代自己女儿死的，所以不给。同年愤恨返回，告诉了祝生。祝生恨得咬牙切齿，说道："我死了，必定不让他的女儿脱生！"同年抬着祝生送回去，刚到家门就死了。祝母嚎啕大哭，将儿子埋葬了。祝生留下一个儿子，刚满周岁，妻子守不住节操，半年后就改嫁了。祝母把孤儿留在身边，自己哺养他，劳苦不堪，终日哭泣。

一天，祝母正抱着孙子在屋里哭泣，忽然祝生悄悄地进来了。祝母非常恐惧，擦掉眼泪问儿子是怎么来的。祝生说："儿子在地下听见母亲哭，心中甚是凄惨，所以就来侍候母亲。儿子虽然死了，在阴间已经有了家室，马上就叫她同来分担母亲的劳苦，母亲不要再悲伤了。"祝母问："儿媳妇是什么人？"祝生说："寇家坐听儿死，儿非常恼恨。死后想寻找三娘，却不知她在什么地方。最近遇上一位庚伯，才告诉了她的住处，儿去找，三娘已投生到任侍郎家。儿迅速追去，硬是把她捉来。现在成为儿的媳妇，也还相处不错，没有什么苦吃。"

过了一会儿，门外有个女子进来，穿着华丽的衣服，长得十分漂亮，她跪在地上拜见祝母。祝生说："这就是寇三娘。"虽然不是活人，祝母看了，心里也

稍感安慰。祝生便让三娘操持家务。三娘历来不习惯做家务，但是顺承祝母意愿也还令人喜欢。从此他们就住在过去住的房屋，留下来不走了。

三娘请祝母告诉她的家里，祝生不想让母亲告诉，但是祝母还是顺着三娘的意愿，把这事告诉了三娘家。寇家老两口听后大惊，连忙坐车赶来了。看上去，果然是三娘，对着她失声大哭。三娘劝慰老两口止住了哭泣。

寇家老太太看见祝生家很清贫，心里很不好受。三娘说："人已经成了鬼，还厌恶贫穷干什么？再说祝家母子对我情义很厚，我已经满足了。"于是又问："那个卖茶的老太太是谁呀?"三娘说："她姓倪。她自知不能迷惑行人，所以求我帮助。如今已经转生在郡城卖茶水的人家。"说着又看着祝生说："既然当了女婿了，还不拜见岳父岳母，我心里该怎么想呢?"于是祝生才过去给岳父岳母行拜见礼。三娘便下厨房，代祝母做饭，招待自己父母。

寇家老太太看到这种情景，心里很难受，回家后立即派来两个丫鬟来做活，还送来一百斤银子，几十匹布帛，还经常送酒送肉，对祝母帮助不小。寇家还时时接三娘回家。三娘回家住上几天，就说："家里没人，应当早些送女儿回去。"有时寇家有意多留她住几天，寇三娘就会悄悄走掉。寇家老头子还给祝生盖起大房子，一切都非常周到齐备。不过祝生始终没有去寇家拜见。

有一天，村里有人中了水莽草的毒，死去后又苏醒过来，大家相传这件怪事。祝生说："这是我使他活过来的。他被李九所害，我替他把鬼驱逐走了。"祝母说："你为什么不取人代替自己呢?"祝生说："我极恨这类人，正想把他们都赶走，我怎么肯做这种事！再说我侍候母亲很快乐，不愿转生。"由此，凡是中了水莽草毒的，准备丰富的酒食，送到祝家院里，祈祷帮助，往往很灵验。

过了十多年，祝母死了。祝生夫妇哀毁守丧，但是不面见客人，只是叫儿子披麻戴孝，教他礼仪规矩。埋葬母亲后，又过了两年多，为儿子娶了媳妇。这个媳妇就是任侍郎的孙女。在此之前，任侍郎的小老婆生了个女儿，没几个月就夭折了。后来听说祝生与三娘的异事，于是叫人赶车到了祝家，与祝生订了翁婿关系。到这时，任侍郎又把孙女嫁给祝生的儿子，往来不断。

一天，祝生对儿子说："上帝因为我对人间有功，封我为'四渎牧龙君'。现在就要赴任去了。"不一会儿看见庭院中有四匹马，驾着黄帷子车，马的四条腿长满了鳞甲。祝生夫妻穿着盛装走出来，一同登上车。儿子与儿媳妇都哭着拜别，一转眼就不见了。同一天，寇家见女儿来，拜别父母，说的话与祝生一样。老太太哭着挽留，女儿说："祝郎已经先走了。"出门就不见了。

祝生的儿子叫祝鹗，字离尘，请求寇家同意后，把三娘的尸骨与祝生合葬在一起。

[何守奇] 以己中毒而死，遂深恨之，不复取人自代，且乐事母不愿生，此念可质之上帝。惟惑人如倪媪，仍使之转生。则彼苍为愦愦耳。

造畜

【原文】

魇昧之术，不一其道，或投美饵，绐之食之，则人迷罔，相从而去，俗名曰“打絮巴”，江南谓之“扯絮”。小儿无知，辄受其害。又有变人为畜者，名曰“造畜”。此术江北犹少，河以南辄有之。扬州旅店中，有一人牵驴五头，暂絷枥下，云：“我少旋即返。”兼嘱：“勿令饮啖。”遂去。驴暴日中，蹄啮殊喧。主人牵着凉处。驴见水奔之，遂纵饮之。一滚尘皆化为妇人。怪之，诘其所由，舌强而不能答。乃匿诸室中。既而驴主至，系五羊于院中，惊问驴之所在。主人曳客坐，便进餐饮，且云：“客姑饭，驴即至矣。”主人出，悉饮五羊，辗转化为童子。阴报郡，遣役捕获，遂械杀之。

【译文】

魇昧迷人的法术，招数很多，有的用好吃的食物骗人吃下，这人就迷失理智，跟着骗子走了，民间俗称这种东西叫“打絮巴”，江南一带则叫“扯絮”。小孩不懂事，往往受害。还有变人为牲畜的，名叫“造畜”。这种法术江北很少，江南才有。

扬州旅店中，有一个人牵了五头驴，暂时拴在槽子上，说：“我过一会儿就回来。”并嘱咐说：“不要喂它们水和料。”于是就走了。驴在太阳底下暴晒，蹄子刨，嘴巴咬，特别闹腾。主人便把驴牵到凉爽处。驴见到有水，忙跑过去，于是就痛痛快快地喝个够。这些驴在地上打个滚，就变成了妇女。店主人奇怪，询问这是怎么回事，可是妇女舌头僵硬说不出话来，于是，店主人便把妇女藏在屋里。

不一会儿，驴的主人来了，把五只羊赶进院中，惊问驴跑哪去了。店主人把他拽到屋里，马上端来茶水饭菜，请客人进餐，并且说：“客官先吃些东西，马上就把驴牵来。”

店主人离开屋子，让所有的羊饮水，一个个羊又都变成了小孩。他暗中报告

了郡衙门，官府派差役捕获了驴主人，将他上了械杀死了。

［何守奇］不知此为何术，要不可不知。主人甚智。

凤阳士人

【原文】

凤阳一士人，负笈远游。谓其妻曰：“半年当归。”十馀月竟无耗问，妻翘盼綦切。一夜才就枕，纱月摇影，离思萦怀，方反侧间，有一丽人，珠鬟绛帔，搴帷而入，笑问：“姊姊得无欲见郎君乎？”妻急起应之。丽人邀与共往，妻惮修阻，丽人但请无虑。即挽女手出。并踏月色，约行一矢之远。觉丽人行迅速，女步履艰涩，呼丽人少待，将归着复履。丽人牵坐路侧，自乃捉足，脱履相假。女喜着之，幸不凿枘。复起从行，健步如飞。

移时见士人跨白骡来，见妻大惊，急下骑，问：“何往？”女曰：“将以探君。”又顾问丽人伊谁。女未及答，丽人掩口笑曰：“且勿问讯。娘子奔波非易。郎君星驰夜半，人畜想当俱殆。妾家不远，且请息驾，早旦而行，不晚也。”顾数武之外，即有村落，遂同行，入一庭院，丽人促睡婢起供客，曰：“今夜月色皎然，不必命烛，小台石榻可坐。”士人絷蹇檐梧，乃即坐。丽人曰：“履大不适于体，途中颇累赘否？归有代步，乞赐还也。”女称谢付之。

俄顷设酒果，丽人酌曰：“鸾凤久乖，圆在今夕，浊醪一觞，敬以为贺。”士人亦执盏酬报。主客笑言，履舄交错。士人注视丽者，屡以游词相挑。夫妻乍聚，并不寒暄一语。丽人亦眉目流情，而妖言隐谜。女惟默坐，伪为愚者。久之

渐醺，二人语益狎。又以巨觥劝客，士人以醉辞，劝之益苦。士人笑曰：“卿为我度一曲，即当饮。”丽人不拒，即以牙杖抚提琴而歌曰：“黄昏卸得残妆罢，窗外西风冷透纱。听蕉声，一阵一阵细雨下。何处与人闲磕牙？望穿秋水，不见还家，潸潸泪似麻。又是想他，又是恨他，手拿着红绣鞋儿占鬼卦。”歌竟，笑曰：“此市井之谣，有污君听。然因流俗所尚，姑效颦耳。”音声靡靡，风度狎亵，士人摇惑，若不自禁。少间丽人伪醉离席，士人亦起，从之而去。久之不至。婢子乏疲，伏睡厢下。女独坐无侣，颇难自堪。思欲遁归，而夜色微茫，不忆道路。辗转无以自主，因起而觇之。甫近窗，则断云零雨之声，隐约可闻。又听之，闻良人与己素常猥亵之状，尽情倾吐。女至此手颤心摇，殆不可遏，念不如出门窜沟壑以死。

愤然方行，忽见弟三郎乘马而至，遽便下问。女具以告。三郎大怒，立与姊回，直入其家，则室门扃闭，枕上之语犹喁喁也。三郎举巨石抛击窗棂，三五碎断。内大呼曰：“郎君脑破矣！奈何！”女闻之大哭，谓弟曰：“我不谋与汝杀郎君，今且若何？”三郎撑目曰：“汝呜呜促我来；甫能消此胸中恶，又护男儿、怒弟兄，我不惯与婢子供指使！”返身欲去。女牵衣曰：“汝不携我去，将何之？”三郎挥姊仆地，脱体而去。女顿惊寤，始知其梦。越日，士人果归，乘白骡。女异之而未言。士人是夜亦梦，所见所遭，述之悉符，互相骇怪。既而三郎闻姊夫自远归，亦来省问。语次，问士人曰：“昨宵梦君归，今果然，亦大异。”士人笑曰：“幸不为巨石所毙。”三郎愕然问故，士以梦告。三郎大异之。盖是夜，三郎亦梦遇姊泣诉，愤激投石也。三梦相符，但不知丽人何许耳。

【译文】

凤阳有个书生，带着书箱子到外地游学。他走时对妻子说：“半年就回来。”但十个月过去了，竟然音讯全无。妻子翘首盼望归来，非常急切。

一天夜里，妻子刚躺下，只见窗纱外月影摇曳，离思别绪萦绕心怀。正在来回翻身不眠间，有一个丽人，头上插着珠花，穿着紫色裙子，掀起帘子就进来了。她笑着问道：“姐姐，莫非不想见郎君吗？”妻子急忙起身答应。丽人邀请一同前往。妻子怕道远难走，丽人只是说不必顾虑。

丽人拉着她的手走出，踏着月色前进。大约走了一百多步，妻子觉得丽人走得很快，自己步履艰难，便招呼丽人稍微等一等，自己回家换上套鞋。丽人拉着她坐在路边，自己握着脚把鞋脱下来，借给她穿。妻子高兴地穿上鞋，幸好大小合适，她们又站起来，这回走起路来，健步如飞。

过了一段时间，看见书生坐着白骡子过来。书生见妻子大惊，急忙下来，问：“上哪去？”妻子说：“准备去看望你。”书生又看了看丽人，问她是谁。还没等她回答，丽人掩口笑道：“不要再打听了，娘子路途奔走不容易，而郎君半夜骑骡奔驰，人和牲口想必都累坏了。我家离这里不远，请就此休息，明早再走不迟。”

只见不远几步地方有个村庄，于是大家一同前往。进了一个院子，丽人唤醒已经入睡的丫鬟起身侍候客人，又说道：“今夜月色皎洁明亮，不必再点烛火，大家可以在小台石床上坐坐吧。”书生把骡子拴在房檐前的柱子上，然后坐了下来。丽人对妻子说：“鞋不太合脚，途中一定很累了吧？回家有坐骑代路，请把鞋还给我吧。”妻子连声道谢，把鞋还给丽人。

顷刻间，酒菜点心已经摆好，丽人一边斟酒一边说：“夫妻久别，今夕团圆，薄酒一杯，以表祝贺。”书生也执酒杯酬报。主人与客人谈笑风生，你往我来，不分彼此。书生只是盯着丽人看，屡次拿浮靡的话来挑逗，而夫妻刚刚相聚，却不说一句问寒问暖的话。丽人也是眉目传情，妖言隐语惑人。妻子只是默默坐着，装呆装傻。

时间长了，二人渐渐喝醉了酒，言语更加亲昵。丽人又拿出大酒杯劝客，书生以醉酒推辞，丽人更加苦劝不止。书生笑着说：“你给我唱个小曲，我就饮。”丽人并不推辞，马上用牙板拨弄琴弦，歌唱起来：

> 黄昏卸得残妆罢，窗外西风冷透纱。听蕉声，一阵一阵细雨下。何处与人闲磕牙？望穿秋水，不见还家，潸潸泪似麻。又是想他，又是恨他，手拿着红绣鞋儿占鬼卦。

唱完，笑着说：“这是大街小巷中流传的民谣，不足供你欣赏，然而由于时俗崇尚，姑且东施效颦。”那声音软绵绵的，言谈举止亲亲热热，无拘无束，书生心旌摇动，似乎控制不住自己的感情。

过了一会儿，丽人伪装喝醉酒，离席而去；书生也站起来，尾随出去。很久不见他们回来。丫鬟困乏，便倒在廊中睡着了。妻子独自坐着，孤零零的没有伴侣，心中愤恨，难以忍耐。她想偷偷回去，但夜色茫茫，不记得道路。辗转不安，心无主张，不由得走到他们呆的房间。刚走近窗户，就隐隐约约听到他们男欢女爱的声音，再仔细听，就听到丈夫平时跟自己说的那些亲昵的悄悄话的情状，尽情倾诉。妻子到了这个地步，气得双手颤抖，心不能自持，实在不能忍受，真想出门跳进沟里死掉算了。

妻子正要气恨自杀，忽然见到弟弟三郎乘马赶到。三郎下马询问，妻子把经过全部说了。三郎大怒，立即跟着姐姐返回，直接闯入院宅。这时卧房的门还关得严严的，床上枕边的小声细语仍能听到。三郎举起斗般大的石头撞击窗棂，一下断了好几根。忽然听到室内大叫：“郎君脑袋破了！怎么办呀！”妻子听见后，大吃一惊，接着大哭起来，对弟弟说：“我没有让你杀了他啊，现在如何是好？”三郎瞪着眼睛说：“你不断地哭诉着叫我来，刚能消此胸中恶气，你又护着他，埋怨弟兄，我可不习惯受你们像对待奴婢一样的指使！”说完扭身就走。妻子扯着他的衣服说：“你不带我走，我怎么办？”三郎把姐姐推倒在地上，抽身走了。

妻子顿时惊醒了，这才知道是个梦。第二天，书生果然回家来了，乘的是一

匹白骡子。妻子很是惊异，但没有说话。书生这夜也做了梦，梦中所见所闻说出来一对，完全相符，彼此都非常惊奇害怕。

不久，三郎听姐夫远道回来，也来问候。说话中，对姐夫说："昨晚梦见你回来，今天一看果然不差，真是个大怪事。"书生笑着说："幸好没有被大石头砸死。"三郎惊愕地询问缘故，书生把梦中情况相告。三郎更是惊异。原来这一夜，三郎也梦见姐姐哭诉，因愤怒投了石块。三个人的梦完全雷同，但不知丽人到底是什么人。

［何守奇］似从《诗》"甘与子同梦"翻出。

［但明伦］翘盼綦切，离思萦怀，梦中遭逢，皆因结想而成幻境，事所必然，无足怪者。特三人同梦，又有白骡证之，斯为异耳。

［方舒岩］拼死待郎二十载，归鞍驮得小妻来。与此俱为思妇清凉散。

耿十八

【原文】

新城耿十八病危笃，自知不起。谓妻曰："永诀在旦晚耳，我死后，嫁守由汝，请言所志。"妻默不语。耿固问之，且云："守固佳，嫁亦恒情。明言之，庸何伤？行与子诀，子守我心慰，子嫁我意断也。"妻乃惨然曰："家无儋石，君在犹不给，何以能守？"耿闻之，遽捉妻臂作恨声曰："忍哉！"言已而没，手握不可开。妻号。家人至，两人攀指力擘之，始开。

耿不自知死，出门，见小车十馀辆，辆各十人，即以方幅书名字贴车上。御人见耿，促登车。耿视车中已有九人，并己而十，又视粘单上己名最后。车行咋咋，响震耳际，亦不知何往。俄至一处，闻人言曰："此思乡地也。"闻其名疑之。又闻御人偶语云："今日劓三人。"耿又骇。及细听其言，悉阴间事，乃自悟曰："我岂作鬼物耶？"顿念家中无复可悬念，惟老母腊高，妻嫁后缺于奉养。念之，不觉涕涟。又移时，见有台高可数仞，游人甚多，囊头械足之辈，呜咽而下上，闻人言为"望乡台"。诸人至此，俱踏辕下，纷然竞登。御人或挞之，或止之，独至耿，则促令登。登数十级，始至颠顶。翘首一望，则门闾庭院宛在目前。但内室隐隐，如笼烟雾。凄恻不自胜。

回顾，一短衣人立肩下，即以姓氏问耿，耿俱以告。其人亦自言为东海匠人，见耿零涕，问："何事不了于心？"耿又告之。匠人谋与越台而遁，耿惧冥追，匠人固言无妨；耿又虑台高倾跌，匠人但令从己。遂先跃，耿果从之，及地，竟无恙，喜无觉者。视所乘车，犹在台下。二人急奔，数武，忽自念名字粘车上，恐不免执名之追，遂反身近车，以手指染唾，涂去己名，始复奔，哆口坌息，不敢少停。

少间入里门，匠人送诸其室，蓦睹己尸，醒然而苏。觉乏疲躁渴，骤呼水。家人大骇，与之水，饮至石余。乃骤起，作揖拜状。既而出门拱谢，方归。归则僵卧不转。家人以其行异，疑非真活，然渐觇之，殊无他异。稍稍近问，始历历言本末。问：“出门何故？”曰：“别匠人也。”

“饮水何多？”曰：“初为我饮，后乃匠人饮也。”投之汤羹，数日而瘥。由此厌薄其妻，不复共枕席。

【译文】

新城的耿十八病情恶化，自己知道起不来了，便对妻子说：“我们的分手只是早晚的事了。我死后，你是嫁人还是守寡全由你自己做主。请说说你的打算。”妻子沉默不言。耿十八非要问她，说道：“守寡固然好，嫁人也是常情，说明了有什么伤害呢？将要与你诀别，你守寡我会感到安慰，你改嫁我也就不牵挂了。”妻子于是悲伤地说：“家中连一小瓮米都没有了。你在的时候都不能维持，剩下我一个人如何守寡？”耿十八听了，紧握着妻子的手臂，恨恨地说：“你好忍心呀！”说完就死了，但手握着不撒开。家里人来到，两个人使劲掰，这才掰开。

耿十八不知道自己死了，走出门，见十几辆小车，每辆小车装十个人。小车上贴着一张方方正正的纸，上面写着人的名字。赶车的人看见耿十八，催他快上车。耿十八见车上已经有九个人，加上自己正好十人。又看见贴的名单上，自己的名字在最后。车子“咯吱咯吱”走着，响声震耳，不知道去什么地方。

不一会儿，车子来到一个地方，听人说：“这是思乡地。”听了这地名，心中很疑惑。又听赶车的说：“今天铡了三个人。”耿十八又是大吃一惊。等到细听他们说的话，都是阴间的事情，便明白过来：“我难道已经做了鬼呢？”顿时想起家事，倒没有什么可惦记的，但一想到老母亲岁数很大，妻子改嫁后无人侍候，不由得泪流满面。又过了一段时间，看见有个台子，高数丈，游人很多。这些头上戴着枷、脚上拴着镣铐的人，哭哭啼啼地上台下台，听人说这台叫望乡台。

车上的人到了这里，都踩着车辕下了车，纷纷争着往高台上爬。赶车的人对

待他们，有的用鞭子打，有的横加拦阻，只有对待耿十八，则是催促让他上去。

耿十八爬了几十级台阶，这才到了最高处。翘首望去，只见家中的门庭宅院就在眼前，只是内室屋内影影绰绰看不清，好像烟雾笼罩一般。耿十八心里难过伤悲极了，偶然回头中，见一个穿着短衣的人站在自己身后。那人问耿十八的姓氏，耿十八如实相告。那人自称是东海工匠。见耿十八哭泣，又问："有什么事心里放不下？"耿十八又如实相告。工匠出主意一块儿从台上跳下去逃走。耿十八害怕阴间追上，工匠说没有问题。耿十八又担心台高跌倒，工匠只是说跟着自己就没事。于是，工匠先跳下去，耿十八果然跟着跳下去。到了地面，竟然安好无事。

他们很高兴没有人发觉，看来时所乘的小车，还在台下。二人急跑，刚跑了几步，忽然想起名字还在车上贴着，恐怕阴间照着名字追赶，所以就转过身来，跑到车子跟前，用手指沾着唾液，涂去自己的名字，然后再逃跑。他们跑得呼呼直喘，上气不接下气，不敢稍微休息一会儿。

时间不长，到了家门口，工匠把耿十八送进屋里。这时耿十八突然间见到自己的尸体，一下子就苏醒过来。只觉得疲乏燥渴，急喊着要水喝。家里人大惊，赶快端过水来给他，他竟一口气喝了一石多水。喝够后突然间就站了起来，作揖拜谢，一会儿又出门送人拜别，过后回到屋里，到了屋里就又僵卧不动了。

家里人见他行为怪异，疑心他并没有真的活过来，后来慢慢观察他没有什么特殊的，这才敢稍稍问起他的情况。他这才把事情本末一一道来。家人问："你刚才出门干什么去了？"他说："送工匠回去。"又问："为什么喝的水这样多？"他说："开始是我喝，后来是工匠在喝。"家人给他稀粥吃，过了几天就痊愈了，从此以后，耿十八对妻子讨厌轻视起来，不再在一个床上睡觉。

珠儿

【原文】

常州民李化，富有田产，年五十余无子，一女名小惠，容质秀美，夫妻最怜爱之。十四岁暴病夭殂，冷落庭帏，益少生趣。始纳婢，经年余生一子，视如拱璧，名之珠儿。儿渐长，魁梧可爱，然性绝痴，五六岁尚不辨菽麦，言语蹇涩。李亦好而不知其恶。会有眇僧募缘于市，辄知人闺闼，于是相惊以神，且云能生死祸福人。几十百千，执名一索，无敢违者。诣李募百缗，李难之。给十金不受，渐至三十金。僧厉色曰："必百金，缺一文不可！"李怒，收金而去。僧忿然起曰："勿悔！勿悔！"无何，珠儿心暴痛，巴刮床席，色如土灰。李惧，将八十金诣僧求救。僧笑曰："多金大不易！然山僧何能为？"李回而儿已死。李恸甚，以状诉邑宰。宰拘僧讯鞫，亦辨给无情词。笞之，似击鞔革。令搜其身，得木人二、小棺一、小旗帜五。宰怒，以手叠诀举示之。僧乃惧，自投无数。宰

不听，杖杀之。李叩谢而归。

时已曛暮，与妻坐床上。忽一小儿，伛偻入室，曰：“阿翁行何疾？极力不能得追。”视其体貌，当得七八岁。李惊，方将诘问，则见其若隐若现，恍惚如烟雾，宛转间已登榻。李推之下，堕地无声。曰：“阿翁何乃尔！”瞥然复登。李惧，与妻俱奔。儿呼阿父、阿母，呕哑不休。李入妾室，急阖其扉，还顾，儿已在膝下。李骇问何为。答曰：“我苏州人，姓詹氏，六岁失怙恃，不为兄嫂所容，逐居外祖家。偶戏门外，为妖僧迷杀桑树下，驱使如伥鬼，冤闭穷泉，不得脱化。幸赖阿翁昭雪，愿得为子。”李曰：“人鬼殊途，何能相依？”儿曰：“但除斗室，为儿设床褥，日浇一杯冷浆粥，余都无事。”李从之。儿喜，遂独卧室中。

晨来出入闺阁如家生。闻妾哭子声，问：“珠儿死几日矣？”答以七日。曰：“天严寒，尸当不腐。试发冢起视，如未损坏，儿当活之。”李喜，与儿去，开穴验之，躯壳如故。方深切怛，回视，儿失所在。异之，舁尸归，方置榻上，目已瞥动，少顷呼汤，汤已而汗，汗已遂起。群喜珠儿复生，又加之慧黠便利，迥异平昔。但夜间僵卧，毫无气息，共转侧之，冥然若死。众大愕，谓其复死；天将明，始若梦醒。群就问之，答云：“昔从妖僧时，有儿等二人，其一名呼哥子。昨追我父不及，盖在后与哥子作别耳。今在冥司，与姜员外作义嗣，夜分，固来邀儿戏。适以白鼻蜗送儿归。”母因问：“在阴司见珠儿否？”曰：“珠儿已转生矣。渠与阿翁无父子缘，不过金陵严子方，来讨百十千债负耳。”初，李贩于金陵，欠严货价未偿，而严翁死，此事无人知者。李闻之大骇。

母问：“儿见惠姊否？”儿曰：“不知。再去当访之。”又二三日，谓母曰：“姊在阴司大好，嫁得楚江王小郎子，珠翠满头髻。一出门，便十百作呵殿声。”母曰：“何不一归宁？”曰：“人既死，都与骨肉无关切。倘有人细述前生，方豁

然动念耳。昨托姜员外，夤缘见姊姊，姊呼我坐珊瑚床上，便与言父母悬念，渠都如眠睡。儿曰：'姊在时，喜绣并蒂花，剪刀刺手爪，血涴绫子上，姊就刺作赤水云。今母犹挂床头壁，顾念不去心。姊忘之乎？'姊始凄感，云：'会须白郎君，归省阿母。'"母问其期，答言不知。一日谓母："姊行且至，仆从大繁，当多备浆酒。"少间奔入室曰："姊来矣！"移榻中堂，曰："姊姊且憩坐，少悲啼。"诸人悉无所见。儿率人焚纸酹饮于门外，反曰："驺从暂令去矣。姊言：'昔日所覆绿被，曾为烛花烧一点如豆大，尚在否？'"母曰："在。"即启笥出之。儿曰："姊命我陈旧闺中。乏疲，且小卧，翌日再与阿母言。"东邻赵氏女，故与惠为绣阁交。是夜忽梦惠幞头紫帔来相望，言笑犹如平生。且言："我今异物，父母觌面，不啻河山。将借妹子与家人共语，勿须惊恐。"质明，方与母言，忽仆地闷绝。逾刻方醒，向母曰："小惠与我婶别几年矣，顿鬖鬖白发生！"母骇曰："儿病狂耶？"女拜别即出。母知其异，从之。直达李所，抱母哀啼。母惊，不知所谓。女曰："儿昨归颇委顿，未遑一言。儿不孝，中途弃高堂，劳父母哀念，罪莫大焉！"母顿悟，乃哭。已而问曰："闻儿今贵，甚慰母心。但汝栖身王家，何遂能来？"女曰："郎君与儿极燕好，姑舅亦相抚爱，颇不谓妒丑。"惠生时好以手支颐，女言次，辄作故态，神情宛似。未几珠儿奔入，曰："接姊者至矣。"女乃起，拜别泣下，曰："儿去矣。"言讫，复踣，移时乃醒。

后数月，李病剧，医药无效。儿曰："旦夕恐不救也！二鬼坐床头，一执铁杖子，一挽苎麻绳，长四五尺许，儿昼夜哀之不去。"母哭，乃备衣衾。既暮，儿趋入曰："杂人妇，且退去，姊夫来视阿翁。"俄顷，鼓掌大笑。母问之，曰："我笑二鬼，闻姊夫来，俱匿床下如龟鳖。"又少时，望空道寒暄，问姊起居。既而拍手曰："二鬼奴哀之不去，至此大快！"乃出之门外，却回，曰："姊夫去矣。二鬼被锁马鞅上。阿父当即无恙。姊夫言：归白大王，为父母乞百年寿也。"一家俱喜。至夜病良已，数日寻瘥。

延师教儿读，儿甚慧，十八岁入邑庠，犹能言冥间事。见里中病者，辄指鬼祟所在，以火燕之，往往得瘳。后暴病，体肤青紫，自言鬼神责我泄露，由是不复言。

【译文】

常州人李化，家中田产很多，都五十多岁了，还没有儿子。有个女儿叫小惠，容貌秀美，夫妻俩非常疼爱她。女儿十四岁时，得了暴病突然夭折了，家庭顿时冷落起来，更加缺少了生活乐趣。这时，李化开始娶小老婆，经过一年多，生了一个儿子，视如宝贝，取名珠儿。

珠儿渐渐长大，身材长得魁梧可爱，不过就是脑子特别痴呆，五六岁时还分不清豆子和麦子，说话含糊不清、结结巴巴的。李化照样喜欢他，而不在乎他的毛病。

当时有个瞎眼僧人，在集市上化缘。相传这个僧人能知道人家家里秘密事，大家感到惊异，认为他是神仙。还传说他能够掌握人的生死祸福。所以这个僧人敢于点着名向人家要钱要物，几十百千，谁也不敢拒绝他。

僧人找到李化募钱一百吊，李化很为难，李化给十吊，僧人不接受；渐渐加到三十吊，僧人急了，厉声说道："必须一百吊，少一文钱也不行！"李化也火了，收起钱就走。僧人忿怒起身，说道："你可不要后悔！你可不要后悔！"

不久，珠儿心口暴痛，疼得抓床席，面色如同土灰。李化害怕了，带着八十吊钱去求僧人饶命。僧人笑着说："拿出这么多钱实在不易，不过我这山僧也没有办法。"李化回到家，儿子已经死了。李化非常悲恸，写了状子告到县官。

县官派人拘捕僧人，进行审讯。僧人自我辩解，没有说出实情。县吏拷打僧人，就像敲打在皮鼓上一样。叫人搜身，搜出两个木人、一个小棺材、五只小旗帜。县官大怒，用手叠诀显示给僧人看，僧人这才畏惧，连连伏首叩头。县官不听，用棒子把他打死了。李化拜谢过县官就回家了。

当时天色已晚，李化与妻子坐在床上，忽然出现一个小孩慌慌张张进了屋，说："阿爸怎么走得这样快？我使劲追也没有追上。"看这小孩的样子，估计有七八岁。李化吃了一惊，正要盘问他，他若隐若现，恍恍惚惚像烟雾一样，宛转间，已经上床坐下了。李化推小孩下去，小孩儿掉到地上一点儿声音也没有。小孩说："阿爸何必这样呢！"转眼间又上了床。李化害怕，跟妻子吓跑了。小孩叫着阿父阿母，"呟呟哇哇"叫个不停。

李化跑到小老婆屋里，急忙关上门。回头一看，小孩已经站在腿旁边了。李化吃惊地询问小孩想干什么，小孩回答说："我是苏州人，姓詹，六岁时失去了爹娘，哥嫂不容我，把我赶到外祖父家。一天偶然在门外玩，被妖僧迷惑，杀死在桑树底下，他驱使我当伥鬼害人。我的冤仇深埋九泉之下，不得超脱。幸亏阿爸昭雪报仇，我愿意做你的儿子。"李化说："人与鬼两个世界，怎能彼此依靠呢？"小孩说："只要清出一小间屋，为儿安置床褥，每天浇一杯冷米汤，其他都不用了。"李化答应下来。

小孩挺高兴，于是独自住在小屋里。早晨在宅院中出出进进，就跟在家里出生的一样。一天，他听到李化的小老婆哭儿子，就问："珠儿死几天了？"回答说死了七天。小孩就说："天气寒冷，尸体不会腐败。可以打开棺材看看，如果尸体没有损坏，我能让他活过来。"李化很高兴，与小孩一块去刨坟，打开棺材查看，身体依然如故。正当悲伤的时候，转头一看，小孩已经不见了。李化很奇怪，便扛着尸体回家了。刚把尸体放在床上，眼睛已经能转动了。过了一会儿要喝水，喝完水就出汗，出完汗就起来了。大家高兴珠儿死而复活，而珠儿聪明灵巧，和以前大不一样。只是夜间僵卧不动，一点儿气息都没有，大家帮他翻转身体，毫无动静，就跟死了一样。大家很惊愕，以为他又死去了。天快亮时，这才像从梦中醒来，大家走近问他，他说："从前跟从妖僧时，有我们两个小孩，一

个叫哥子。昨天追阿爸没追上，就是因为我在后面同哥子告别来着。如今他在阴间，给姜员外当干儿子，也很优游自在。夜里便来找我玩耍，刚才用白鼻黑嘴的黄马把我送回来的。”王化的妻子跟着问道：“在阴间看见珠儿没有？”他说：“珠儿已经转生了。他与阿爸没有父子缘分，不过是金陵的严子方，借此讨回欠他的千八百钱罢了。”当初，李化在金陵做买卖，欠了严子方的货物钱，后来严子方死了，此事无人知晓。李化听了不由震惊。李化妻子又问道：“见过你惠姐没有？”他说：“不知道，下回方便再寻找。”

又过了两三天，小孩对母亲说：“惠姐在阴间挺好的，嫁给了楚江王的小少爷，珍珠翡翠插满头，一出门就有百十号人吆喝开道。”母亲说：“她为什么不回家看看？”小孩说：“人死后就与亲生骨肉没有关系了。如果有人详细讲出生前的事情，这才可能使他猛然想起往事而动心。昨天，我托姜员外找路子见到了姐姐。姐姐叫我坐在珊瑚床上，我跟她说起父母的悬念，当时她像打瞌睡一样没反应。我又说：‘姐姐在时，喜欢绣并蒂花，剪刀把手指刺破了，血迹湿了绫子，姐姐就在血迹上刺成了红色云霞形状，如今母亲还挂在床头墙壁上，心里的思念一直未去，姐姐忘了吗？’姐姐这才感到凄凉，说：‘等我告诉白郎君，回家探望母亲。’”母亲问回家的日子，小孩说不知道。

一天，小孩对母亲说：“姐姐快要来了，仆人随从很多，应多准备些酒食。”过了一会儿，小孩跑进屋里，说：“姐姐来了！”把坐椅搬到堂屋，说：“姐姐暂且坐着歇会儿，不要太悲伤。”大家都看不见这个情景。小孩带着人在门外烧纸祭酒之后，回来说：“随从都暂时叫回去了。姐姐说：‘过去所盖的绿锦被，曾经被烛火星烧了豆大的一块，这被子还在吗？’”母亲说：“还在。”当时就打开箱子取出来。小孩说：“姐姐叫我把被子放在从前住的闺室中。她疲乏了，小睡一会儿，明天早晨再与母亲说话。”

东邻赵家的女儿，过去与小惠是好朋友。这天晚上，赵家女儿忽然梦见小惠系着幞头，披着紫衣来探望，言谈笑貌一如平时，还说：“如今我已经不是人类了，要想见父母一面，不亚于相隔万水千山，想借妹子之身与家人说说话，不必惊恐。”

天刚亮时，赵家女儿正与母亲说话，突然仆倒在地，闭过气去了。过了一段时间才醒过来，对母亲说：“小惠与我大婶离别有好几年了，黑头发都长出了白头发。”母亲吃惊地问：“女儿疯了吗？”女儿拜别母亲就往外走。母亲知道有缘故，就跟随着她。

赵家女儿直达李家宅院，抱着李母哀声哭泣。李母不知怎么回事。女儿说：“女儿昨天回来，很疲劳，没有顾上说话。女儿不孝，中途扔下父母，劳父母哀念，真是罪过。”李母这时才突然明白过来，于是大哭起来。哭过后问道：“听说女儿如今成了贵人，母亲甚感安慰。你既然生活在王侯之家，如何想来就来了呢？”女儿说：“郎君对待女儿非常好，公婆也都疼爱，不嫌女儿有什么不好。”

小惠活着时候，好用手托着脸蛋；赵家女儿说话中，常常也是故态重演，神情宛然一模一样。不久，小孩跑进来说："接姐姐的人到了。"女儿站起来，哭着跪拜告别，说："女儿走了。"说罢，又倒在地上，过了一个时辰才苏醒。

几个月过后，李化病情加剧，医药无效。小孩说："恐怕早晚要死，没法挽救了。两个小鬼坐在床头，一个手拿铁棍子，一个手上挽着一根长四五尺的苧麻绳，孩儿白天晚上哀求他们就是不走。"李母哭了，于是准备送老的衣被。

到了晚上，小孩快步走进来，说："闲杂妇女都避一下，姐夫来看父亲来了。"过了一会儿，小孩拍掌大笑。母亲问他，他说："我笑这个小鬼，听说姐夫来，都藏在床下，就像个缩头龟一样。"又过了不长时间，小孩望着空空的道上打招呼，问候姐姐的起居。又拍手说："两个小鬼奴哀求不走，真是大快人心。"于是走出门外，回来说："姐夫走了，两个小鬼被拴在马缰绳上。父亲当时就好了。姐夫说，回去报告大王，为父母求百年的寿命。"一家都很高兴。到了夜里，李化的病好多了，过了几天便痊愈了。

李化请老师教孩子读书。孩子很聪明，十八岁考上了秀才，那时还能说阴间的事。看见邻里家有得病的，能够指出鬼怪所在，用火一熏，往往能够好病。后来得了急病，皮肤青紫，自己说是鬼神责罚泄露不该说的事，从此不再谈阴间的事情。

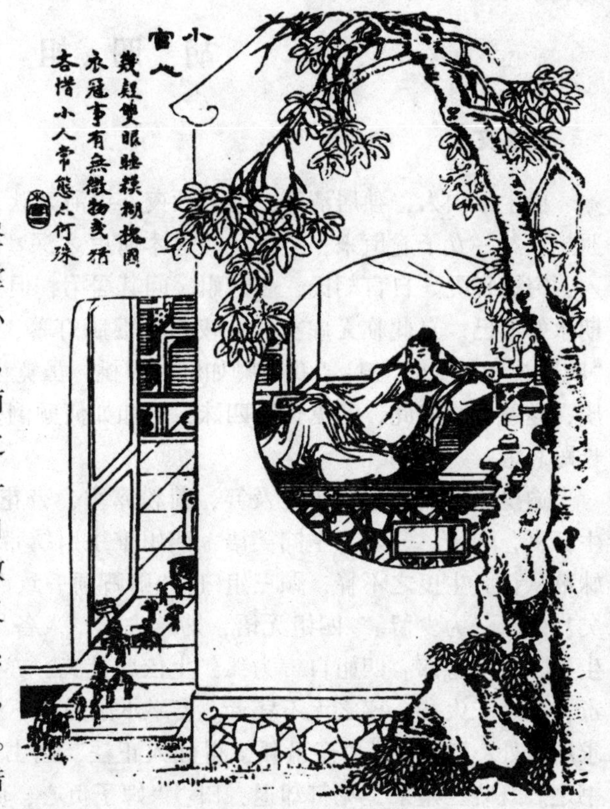

小官人

【原文】

太史某翁，忘其姓氏，昼卧斋中，忽有小卤簿，出自堂陬。马大如蛙，人细如指。小仪仗以数十队。一官冠皂纱，着绣襆，乘肩舆，纷纷出门而去。公心异之，窃疑睡眼之讹。顿见一小人返入舍，携一毡包大如拳，竟造床下。自言："家主人有不腆之仪，敬献太史。"言已，对立，即又不陈其物。少间又自笑曰："戋戋微物，想太史亦无所用，不如即赐小人。"太史颔之。欣然携之而去。后不复见。惜

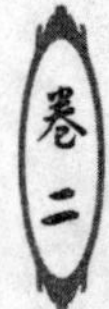

太史中馁，不曾诘所自来。

【译文】

某某翰林，忘记他的姓名了，白天在书斋中躺着，忽然发现有个小侍从从堂屋角上出来。只见马像青蛙那么大，人比手指还细。有个小仪仗队，几十人为一队；一个当官的，戴着乌纱帽，穿着绣花袍，坐着两人抬的轿子，纷纷出门而去。

这个翰林心里感到很是奇怪，私下怀疑是不是睡花了眼的缘故。又突然看见一个小人，返回屋里，手里拿着一个毡包，有拳头一般大，竟然走到床下，自言自语道："我家主人有点儿小意思，要敬献翰林先生。"说完，对面站着，却不拿出东西来。片刻，又自己笑着说："这一星半点儿的小礼物，想必翰林先生根本就没有什么用，不如就送给小人算了。"翰林点了点头，小人就痛痛快快地拿着东西走了。

以后这类事再没有见到。可惜翰林心中胆量不够，没有追究他从什么地方来的。

[何守奇] 小官人出太史之门，以苞苴见馈，反为小人所欺，中馁故也，又安能诘其所自来！

胡四姐

【原文】

尚生泰山人，独居清斋。会值秋夜，银河高耿，明月在天，徘徊花阴，颇存遐想。忽一女子逾垣来，笑曰："秀才何思之深？"生就视，容华若仙。惊喜拥入，穷极狎昵。自言胡氏，名三姐。问其居第，但笑不言。生亦不复置问，惟相期永好而已。自此临无虚夕。一夜与生促膝灯幕，生爱之，瞩盼不转。女笑曰："眈眈视妾何为？"曰："我视卿如红叶碧桃，虽竟夜视勿厌也。"三姐曰："妾陋质，遂蒙青盼如此，若见吾家四妹，不知如何颠倒。"生益倾动，恨不一见颜色，长跽哀请。

逾夕果偕四姐来。年方及笄，荷粉露垂，杏花烟润，嫣然含笑，媚丽欲绝。生狂喜，引坐。三姐与生同笑语，四姐惟手引绣带，俯首而已。未几三姐起别，妹欲从行，生曳之不释，顾三姐曰："卿卿烦一致声。"三姐乃笑曰："狂郎情急矣！妹子一为少留。"四姐无语，姊遂去。二人备尽欢好，既而引臂替枕，倾吐生平，无复隐讳。四姐自言为狐，生依恋其美，亦不之怪。四姐因言："阿姊狠毒，业杀三人矣，惑之无不毙者。妾幸承溺爱，不忍见灭亡，当早绝之。"生惧，求所以处。四姐曰："妾虽狐，得仙人正法，当书一符粘寝门，可以却之。"遂书之。既晓三姐来，见符却退，曰："婢子负心，倾意新郎，不忆引线人矣。汝

两人合有夙分，余亦不相仇，但何必尔？”乃径去。数日四姐他适，约以隔夜。

是日生偶出门眺望，山下故有槲林，苍莽中出一少妇，亦颇风韵。近谓生曰：“秀才何必日沾沾恋胡家姊妹？渠又不能以一钱相赠。”即以一贯授生，曰：“先持归贳良酝，我即携小肴馔来，与君为欢。”生怀钱归，果如所教。少间妇果至，置几上燔鸡、咸彘肩各一，即抽刀子缕切为脔。酾酒调谑，欢洽异常。继而灭烛登床，狎情荡甚。既明始起，方坐床头，捉足易舄，忽闻人声。倾听，已入帏幕，则胡姊妹也。妇乍睹，仓惶而遁，遗舄于床。二女逐叱曰：“骚狐！何敢与人同寝处！”追去，移时始返。四姐怨生曰：“君不长进，与骚狐相匹偶，不可复近！”遂悻悻欲去。生惶恐自投，情词哀恳；三姊从旁解免，四姐怒稍释，由此相好如初。

一日有陕人骑驴造门，曰：“吾寻妖物，匪伊朝夕，乃今始得之。”生父以其言异，讯所由来。曰：“小人日泛烟波，游四方，终岁十余月，常八九离桑梓，被妖物蛊杀吾弟。归甚悼恨，誓必寻而殄灭之。奔波数千里，殊无迹兆，今在君家。不翦，当有继吾弟而亡者。”时生与女密迩，父母微察之，闻客言大惧，延入令作法。出二瓶，列地上，符咒良久，有黑雾四团，分投瓶中。客喜曰：“全家都到矣。”遂以猪脬裹瓶口，缄封甚固。生父亦喜，坚留客饭。

生心恻然，近瓶窃听，闻四姐在瓶中言：“坐视不救，君何负心？”生意感动。急启所封，而结不可解。四姐又曰：“勿须尔！但放倒坛上旗，以针刺脬作空，予即出矣。”生如其言。果见白气一丝自孔中出，凌霄而去。客出，见旗垂地，大惊曰：“遁矣！此必公子所为。”摇瓶俯听，曰：“幸止亡其一。此物合不死，犹可赦。”乃携瓶别去。

后生在野督佣刈麦，遥见四姐坐树下。生近就之，执手慰问。且曰：“别后十易春秋，今大丹已成。但思君之念未忘，故复一拜问。”生欲与偕归。女曰：

“妾今非昔比，不可以尘情染，后当复见耳。”言已，不知所在。又二十年余，生适独居，见四姐自外至，生喜与语。女曰：“我今名列仙籍，不应再履尘世。但感君情，特报撤瑟之期。可早处分后事，亦勿悲忧。妾当度君为鬼仙，亦无苦也。”乃别而去。至日生果卒。

尚生乃友人李文玉之戚好，尝亲见之。

【译文】

有个姓尚的书生，他是泰山人，平时一人独自住在一间简朴的书房里。一天，正值秋天夜里，银河朗朗，明月高悬，尚生在花木丛中来回踱步，想入非非。忽然间，有个女子从墙头翻过来，笑着说：“秀才为何想得如此入迷呢?”尚生走近一瞧，原是个美貌如仙的女子，于是又惊又喜，拥抱着进入了书房，尽情地亲昵了一阵儿。女子自我介绍说：“我姓胡，叫三姐。”尚生问她住哪里，她只是笑，并不回答。尚生也不再追问，只是希望和她永远在一起罢了。从此以后，女子天天夜里来相会。

一天夜里，三姐与尚生在灯下促膝相坐，尚生喜欢三姐，不由得眼珠子直勾勾地盯着三姐不动。三姐笑着说：“虎视眈眈地看着我，有什么好看的?”尚生说：“我看你就像个红色芍药、碧绿仙桃，即使看上一晚上，也看不够。”三姐说：“我身体这样丑陋，还让你如此垂青，若是见到我家的四妹，不知让你如何发狂呢!”尚生心里更加骚动，恨不得马上一睹风采，于是跪下哀求，希望见到她。

过了一个晚上，三姐果然带着四姐来了。只见她刚进入插发簪的成人年龄，她那白净婀娜的身体，宛如敷上淡淡的香粉，犹如晶莹的露珠欲坠，更像细雨薄雾缭绕的杏花林；她嫣然一笑，流露出无限的娇媚与艳丽。尚生不禁狂喜，连忙请她们坐下。三姐与尚生说着笑着，四姐却只是低着头，摆弄着绣花带子。没过一会儿，三姐起身要走，四姐打算跟着回去。尚生紧拽住四姐不让走，看着三姐说：“你帮助说说吧!”三姐就笑着说：“这郎君急坏了，妹子就多坐一会儿吧。”四姐没说什么，三姐于是先走了。

尚生与四姐享尽了欢悦，接着彼此枕着对方的手臂，倾吐衷情，没有一点儿隐瞒。四姐说自己是个狐狸，尚生热恋着她的美丽，也就不惊怪她。四姐又说：“姐姐狠毒，已经害死三个人了。人要被迷惑住，没有不死亡的。我有幸被你这样溺爱，不忍心看着你死亡，应该早早与她断绝关系。”尚生害怕，请求想个办法。四姐说：“我虽然是个狐狸，但已经得到了仙人的法术，我可以在寝室门口贴上一道符，就可以阻止她进来。”于是写了一道符。天亮后，三姐来到，见符不敢进，说道：“这丫头负心，倾心喜欢新郎，就把牵线的人给忘了。你们俩人有缘分，我也不会与你们做对，何必这样无情呢?”说罢就走了。

过了几天，四姐有事到别处去，约定隔一夜再来。这一天，尚生偶然出门看看，山下原有一片槲树林，从密密的丛林中走出一个少妇，长得很有风韵。她靠近尚生说："秀才何必要迷恋胡家姊妹呢？她们又不能给你一个大钱。"说着就拿出一吊钱送给尚生，说："先拿回去，买些好酒，我随后携带些点心小菜来，和你快活快活。"

尚生拿着钱回家，按着少妇说的办了。不大工夫，少妇果然来到，往小桌子上摆上一只烧鸡、一个咸猪肘子，接着又用刀子细细切成肉丝。然后，她们饮酒吃肉，调戏说笑，非常欢乐融洽。后来便吹灭灯火，双双上床，尽情亲昵浪荡。

他们天大亮才起床，正当少妇坐在床头穿鞋的时候，忽然听到人声，仔细听，已经进了幔帐里来了，原来是胡家姐妹。少妇刚看见就仓皇逃命，床上留下了没有顾上穿的鞋。胡家姐妹冲着少妇背影叱责道："骚狐狸，胆敢和人一同睡觉！"边说边追，过了一段时间才返回来。四姐埋怨尚生说："你真没出息，与骚狐狸成双结对，不能再接近你了。"说着，怒气冲冲地要离去。尚生吓得跪在地上，苦苦恳求不要生气。三姐也从旁边劝解，四姐怒气这才稍稍消散，以后彼此相好，一如既往。

一天，有个陕西人骑着驴来到尚家大门前，说："我到处寻找这个妖精，也不是一天半天了，如今总算找到了。"尚生的父母见来人说话怪异，便询问事情的由来。来人说："我天天奔走在山水之间，游历四方，一年十二个月倒有八九个月不着家乡，结果让妖精迷惑害死了我的弟弟。我回到家乡非常悲愤，发誓一定找到妖精杀死它。我已经奔波几千里路了，一点儿没有找到踪影。如今妖精就在你家，如果不消灭它，就会有人和我弟弟一样被害死。"当时尚生跟女人亲密往来，父母也有所觉察，听了客人这番言语，非常害怕，马上请客人进去，求他施展法术。

来客取出两只瓶子，摆在地上，然后画符念咒，过了好久，这才有四团黑雾分别投入瓶中来。来客高兴说："全家都在这里了。"于是用猪膀胱裹住瓶口，封得严严实实。尚生的父亲也很高兴，坚持要留客人吃饭。尚生心里很难受，走近瓶子前偷偷看看动静，听见四姐在瓶子里说："你坐视不救，难道是如此负心人吗？"尚生心里更加难过，急忙去启瓶子上的封条，但结得紧紧的，怎么也解不开。四姐又说："不必解结了，只要放倒法坛上的令旗，用针刺破猪膀胱，我就能出来了。"尚生按着四姐说的做，果然见一丝白气从孔中冒出，冲霄而去。来客出来时，看见令旗倒在地上，大惊说："跑了！这一定是公子干的。"他俯身摇瓶，听了听，说："幸好只跑了一个。这东西不该死，尚可饶了它。"于是携带着瓶子，告辞而去。

后来，尚生在田地里督察长工割麦子，远远看见四姐坐在树下。尚生就走过去，拉着手问好。四姐说："别后已过了十个春秋了，如今大丹已炼成。由于思念你的心还没有完全割舍，所以再来看望看望你。"尚生想拉着四姐一同回家，四姐说："我已经今非昔比，不能再沾染尘世之情，以后还会见面。"说完，就

不见了。

又过了二十多年，尚生正一个人在屋里，看见四姐从外边进来。尚生高兴地凑过去同四姐说话。四姐说：“我如今已经名列仙人的户籍，本不应该再到尘世中来。但是感谢你的情意，特地来告诉你的死亡之期，可以早些处理后事。你也不必悲伤忧愁，我会度你成为鬼仙，也没有什么苦楚。”说罢告别而去。

到了四姐说的日子，尚生果然死去。尚生是我的朋友李文玉的亲戚，他曾经目睹这件事情。

［何守奇］四姐合不死，岂非有未尝杀人故耶？乃名列仙籍，犹惓惓于生，何故人之多情也？

祝　翁

【原文】

济阳祝村有祝翁者，年五十馀病卒，家人入室理缞绖，忽闻翁呼甚急。群奔集灵寝，则见翁已复活，群喜慰问。翁但谓媪曰：“我适去，拼不复还。行数里，转思抛汝一副老皮骨在儿辈手，寒热仰人，亦无复生趣，不如从我去。故复归，欲偕尔同行也。”咸以其新苏妄语，殊未深信。翁又言之。媪云：“如此亦善。但方生，如何便死？”翁挥之曰：“是不难。家中俗务，可速料理。”媪笑不去，翁又促之。乃出户外，延数刻而入，绐之曰：“处置安妥矣。”翁命速妆，媪不去，翁催益急。媪不忍拂其意，遂裙妆以出，媳女皆匿笑。翁移首于枕，手拍令卧。媪曰：“子女皆在，双双挺卧，是何景象？”翁捶床曰：“并死有何可笑！”子女辈见翁躁急，共劝媪姑从其言。媪如言，并枕僵卧，家人又共笑之。俄时媪笑容忽敛，又渐而两眸俱合，久之无声，俨如睡去。众始近视，则肤已冰而鼻无息矣。视翁亦然，始共惊怛。康熙二十一年，翁弟妇佣于毕刺史之家，言之甚悉。

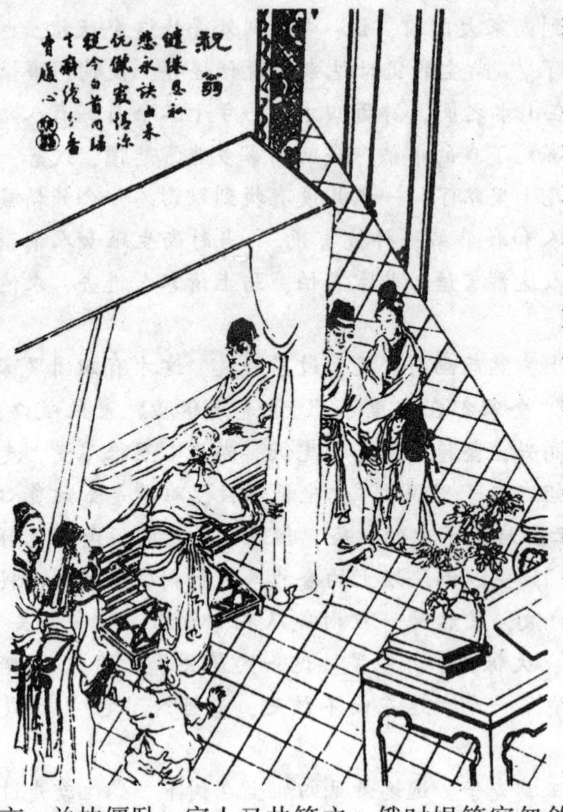

异史氏曰："翁其夙有畸行与？泉路茫茫，去来由尔，奇矣！且白头者欲其去，则呼令去，抑何其暇也！人当属纩之时，所最不忍诀者，床头之昵人耳。苟广其术，则卖履分香，可以不事矣。"

【译文】

济阳的祝村有个祝老头，年纪有五十多岁，病死了。家里人进屋穿戴孝服，忽然听见祝老头急促喊叫。大家一起跑到停放灵柩的地方，这时已经看见老头复活了。大家很高兴，上前慰问。老头只对老婆说："我刚走时，决心不再返回阳间了。走了几里路，转念一想：抛下你一副老骨头在儿子们手里，冷啊热啊都得仰仗人家，活着也没有乐趣，不如跟我一块走。所以我又回来了，打算带你一块儿走。"大家都认为刚苏醒过来，不免说些胡话，根本就不相信。

老头又说了一遍，老太太说："这样也挺好。不过你刚活过来，怎么能又死呢？"老头挥挥手说："这有什么难的？家里的杂事快去处理一下。"老太太笑着不动。老头再三催她去做，她不好违逆，就出屋了。耽搁了好一阵子才进了屋，骗他说："处理妥当了。"老头叫她快去梳妆打扮。老太太不去，老头催促更加急切。老太太不忍违背他的意愿，也就穿着整齐出来了。儿媳、闺女们都偷着笑。

老头在枕头上移动了一下头，用手拍着，叫老太太躺下。老太太说："子女都在，老两口双双躺在床上，这成什么样子？"老头捶着床说："死在一起有什么可笑的！"子女们看见老头生气着急，就一起劝老太太暂且顺着老头意思行事。

老太太照着老头的话，和他枕着一个枕头，直挺挺躺在一起。家里人见状又都笑起来。不一会儿，见老太太笑容突然没有了，渐渐地闭上了双眼，许久没有动静，真像睡着了一样。大家这才走过去一看，这时身子已经凉了，鼻孔也没气了。又试了试老头，也是如此。大家这才惊怕起来。

康熙二十一年，祝老头的兄弟媳妇在毕刺史家做工时，详细地讲述了这件事。

异史氏说：祝老头大概是平素就具有奇特操行的人吧？黄泉之路，茫茫难测，但他来去自由，真是令人称奇。况且对于白头偕老的人，想一起走就能呼唤着一起走，这是何等的闲暇啊！人在临咽气的时候，最不忍心诀别的就是床头上亲近的人，假如能把祝老头的这种法术加以推广，那么像曹操在临终时为妻妾生计而操心的事就不存在了。

猪婆龙

【原文】

猪婆龙产于江西，形似龙而短，能横飞，常出沿江岸扑食鹅鸭。或猎得之，

则货其肉于陈、柯。此二姓皆友谅之裔，世食猪婆龙肉，他族不敢食也。一客自江右来，得一头，絷舟中。一日泊舟钱塘，缚稍懈，忽跃入江。俄倾，波涛大作，估舟倾沉。

【译文】

猪婆龙产于西江，形状像龙而短小，能够横飞，经常从江中出来，沿着江岸捕捉鹅鸭吃。有人捕获到猪婆龙，往往制成肉干卖给陈、柯两家。这两家的人都是陈友谅的后代，祖祖代代吃猪婆龙的肉，其他家族的人不敢吃。

有个客人从江西来，得到一头猪婆龙，绑在船中。一天，船停在钱塘江，拴猪婆龙的绳子稍稍松了些，猪婆龙忽然跳入了江水。顿时，波涛汹涌，商船随浪颠簸，不久就沉没了。

某　公

【原文】

陕右某公，辛丑进士，能记前身。尝言前生为士人，中年而死。死后见冥王判事，鼎铛油镬，一如世传。殿东隅设数架，上搭猪羊犬马诸皮。簿吏呼名，或罚作马，或罚作猪，皆裸之，于架上取皮被之。俄至公，闻冥王曰："是宜作羊。"鬼取一白羊皮来，捺覆公体。吏白："是曾拯一人死。"王检籍覆视，示曰："免之。恶虽多，此善可赎。"鬼又褫其毛革，革已粘体，不可复动，两鬼捉臂按胸，力脱之，痛苦不可名状，皮片片断裂，不得尽净，既脱，近肩处犹粘羊皮大如掌。公既生，背上有羊毛丛生，剪去复出。

【译文】

陕西某位先生，他是顺治十八年的进士，能够回忆起前生的事情。他曾经说，上辈子是个读书人，中年时死去。死后见到阎王判案，摆着大小油锅，一如世间所传说的。大殿的东角，安置着好几个架子，上面搭着猪、羊、狗、马等动物的皮。掌管名册的官吏来呼叫姓名，有的被罚当马，有的被罚做猪，每个人都裸露着身子，从架子上取下这种动物的皮披在身上。

不一会儿，轮到这位先生了，只听阎王说："这人应当做羊。"于是，小鬼取下一张白羊皮来，硬是往这个人身上套。管名册的官吏说："这个人曾经救过一条人命。"阎王检查了一下册簿，看了看，指示说："免了。他干的坏事虽多，这一善事可以赎罪过。"于是小鬼又往下扒羊皮。皮革已经粘到身上了，再也不好扒。两个小鬼抓住他的胳膊，按住他的胸口，使劲往下扒。这位先生痛苦之极，难以形容。羊皮被撕得一片一片的，还是难以全部剥光。后来羊皮扒下之后，只见靠近肩膀的地方，仍然有巴掌大的羊皮粘在身上。

这位先生复活后，背上长着一丛长毛，剪掉之后还会长出。

［何守奇］一善可赎多恶，正当于此处认真。

快　刀

【原文】

明末济属多盗，邑各置兵，捕得辄杀之。章丘盗尤多。有一兵佩刀甚利，杀辄导窾。一日捕盗十余名，押赴市曹。内一盗识兵，逡巡告曰：“闻君刀最快，斩首无二割。求杀我！”兵曰：“诺。其谨依我，无离也。”盗从之刑处，出刀挥之，豁然头落。数步之外犹圆转而大赞曰：“好快刀！”

【译文】

明朝末年，山东一带多盗贼。各县镇都布置了士兵，只要抓着就杀头。章丘地方盗贼尤其多。有一个士兵，他的佩刀非常锋利，每当砍头时都能必中缝隙，干净利落。

一天，捕捉盗贼十多人，押赴法场。其中有个强盗认识这个士兵，顾虑重重地说：“听说您的刀最快，砍刀从来不砍第二次。恳求您来杀我！”士兵说：“好吧。你紧跟着我，不要离开。”

强盗跟着这个士兵到了刑场，士兵出刀一挥，强盗的头干净利落地滚落下来。头还在转着，而嘴里大声称赞道：“好快的刀！”

侠　女

【原文】

顾生金陵人，博于材艺，而家綦贫。又以母老不忍离膝下，惟日为人书画，

受赘以自给。行年二十有五，伉俪犹虚。对户旧有空第，一老妪及少女税居其中。以其家无男子，故未问其谁何。一日偶自外入，见女郎自母房中出，年约十八九，秀曼都雅，世罕其匹，见生不甚避，而意凛如也。生入问母。母曰："是对户女郎，就吾乞刀尺，适言其家亦止一母。此女不似贫家产。问其何为不字，则以母老为辞。明日当往拜其母，便风以意，倘所望不奢，儿可代养其老。"明日造其室，其母一聋媪耳。视其室并无隔宿粮，问所业则仰女十指。徐以同食之谋试之，媪意似纳，而转商其女；女默然，意殊不乐。母乃归。详其状而疑之曰："女子得非嫌吾贫乎？为人不言亦不笑，艳如桃李，而冷如霜雪，奇人也！"母子猜叹而罢。

一日生坐斋头，有少年来求画，姿容甚美，意颇儇佻。诘所自，以"邻村"对。嗣后三两日辄一至。稍稍稔熟，渐以嘲谑，生狎抱之亦不甚拒，遂私焉。由此往来昵甚。会女郎过，少年目送之，问为谁，对以"邻女"。少年曰："艳丽如此，神情何可畏？"少间生入内，母曰："适女子来乞米，云不举火者经日矣。此女至孝，贫极可悯，宜少周恤之。"生从母言，负斗米款门，达母意。女受之，亦不申谢。日尝至生家，见母作衣履，便代缝纫，出入堂中，操作如妇。生益德之，每获馈饵，必分给其母，女亦略不置齿颊。母适疽生隐处，宵旦号啕。女时就榻省视，为之洗创敷药，日三四作。母意甚不自安，而女不厌其秽。母曰："唉！安得新妇如儿，而奉老身以死也！"言讫悲哽，女慰之曰："郎子大孝，胜我寡母孤女什百矣。"母曰："床头蹀躞之役，岂孝子所能为者？且身已向暮，旦夕犯雾露，深以祧续为忧耳。"言间生入。母泣曰："亏娘子良多，汝无忘报德。"生伏拜之。女曰："君敬我母，我勿谢也，君何谢焉？"于是益敬爱之。然其举止生硬，毫不可干。

一日女出门，生目注之，女忽回首，嫣然而笑。生喜出意外，趋而从诸其

家，挑之亦不拒，欣然交欢。已，戒生曰："事可一而不可再。"生不应而归。明日又约之，女厉色不顾而去。日频来，时相遇，并不假以词色。少游戏之，则冷语冰人。忽于空处问生："日来少年谁也？"生告之。女曰："彼举止态状，无礼于妾频矣。以君之狎昵，故置之。请更寄语：再复尔，是不欲生也已！"生至夕，以告少年，且曰："子必慎之，是不可犯！"少年曰："既不可犯，君何犯之？"生白其无。曰："如其无，则猥亵之语，何以达君听哉？"生不能答。少年曰："亦烦寄告：假惺惺勿作态；不然，我将遍播扬。"生甚怒之，情见于色，少年乃去。

一夕方独坐，女忽至，笑曰："我与君情缘未断，宁非天数。"生狂喜而抱于怀，欻闻履声籍籍，两人惊起，则少年推扉入矣。生惊问："子胡为者？"笑曰："我来观贞洁人耳。"顾女曰："今日不怪人耶？"女眉竖颊红，默不一语，急翻上衣，暴一革囊，应手而出，则尺许晶莹匕首也。少年见之，骇而却走。追出户外，四顾渺然。女以匕首望空抛掷，戛然有声，灿若长虹，俄一物堕地作响。生急烛之，则一白狐身首异处矣。大骇。女曰："此君之娈童也。我固恕之，奈渠定不欲生何！"收刃入囊。生曳令入，曰："适妖物败意，请俟来宵。"出门径去。次夕女果至，遂共绸缪。诘其术，女曰："此非君所知。宜须慎秘，泄恐不为君福。"又订以嫁娶，曰："枕席焉，提汲焉，非妇伊何也？业夫妇矣，何必复言嫁娶乎？"生曰："将勿憎吾贫耶？"曰："君固贫，妾富耶？今宵之聚，正以怜君贫耳。"临别嘱曰："苟且之行，不可以屡。当来我自来，不当来相强无益。"后相值，每欲引与私语，女辄走避。然衣绽炊薪，悉为纪理，不啻妇也。

积数月，其母死，生竭力葬之。女由是独居。生意孤寝可乱，逾垣入，隔窗频呼，迄不应。视其门，则空室扃焉。窃疑女有他约。夜复往，亦如之。遂留佩玉于窗间而去之。越日，相遇于母所。既出，而女尾其后曰："君疑妾耶？人各有心，不可以告人。今欲使君无疑，乌得可？然一事烦急为谋。"问之，曰："妾体孕已八月矣，恐旦晚临盆。'妾身未分明'，能为君生之，不能为君育之。可密告母觅乳媪，伪为讨螟蛉者，勿言妾也。"生诺，以告母。母笑曰："异哉此女！聘之不可，而顾私于我儿。"喜从其谋以待之。又月余，女数日不至，母疑之，往探其门，萧萧闭寂。叩良久，女始蓬头垢面自内出。启而入之，则复阖之。入其室，则呱呱者在床上矣。母惊问："诞几时矣？"答云："三日。"捉绷席而视之，则男也，且丰颐而广额。喜曰："儿已为老身育孙子，伶仃一身，将焉所托？"女曰："区区隐衷，不敢掬示老母。俟夜无人，可即抱儿去。"母归与子言，窃共异之。夜往抱子归。

更数夕，夜将半，女忽款门入，手提革囊，笑曰："我大事已了，请从此别。"急询其故，曰："养母之德，刻刻不去诸怀。向云'可一而不可再'者，以相报不在床笫也。为君贫不能婚，将为君延一线之续。本期一索而得，不意信水复来，遂至破戒而再。今君德既酬，妾志亦遂，无憾矣。"问："囊中何物？"

曰："仇人头耳。"检而窥之，须发交而血模糊。骇绝，复致研诘。曰："向不与君言者，以机事不密，惧有宣泄。今事已成，不妨相告：妾浙人。父官司马，陷于仇，彼籍吾家。妾负老母出，隐姓名，埋头项，已三年矣。所以不即报者，徒以有母在；母去，又一块肉累腹中，因而迟之又久。曩夜出非他，道路门户未稔，恐有讹误耳。"言已出门，又嘱曰："所生儿，善视之。君福薄无寿，此儿可光门闾。夜深不得惊老母，我去矣！"方凄然欲询所之，女一闪如电，瞥尔间遂不复见。生叹惋木立，若丧魂魄。明以告母，相为叹异而已。后三年生果卒。子十八举进士，犹奉祖母以终老云。

异史氏曰："人必室有侠女，而后可以畜娈童也。不然，尔爱其艾豭，彼爱尔娄猪矣！"

【译文】

金陵人顾生，多才多艺，但是家里很穷。又因为母亲年老，不忍离开母亲跟前，只好天天给人写个字、画个画，卖点儿钱来谋生。顾生已经二十五岁了，还没有娶个媳妇。对门那里原本是一座空宅子，现在有一个老太太带着一个少女住在里面。因为这家都是女眷，所以也不曾询问这家的来历。

一天，顾生偶然从外面回来，看见女郎从母亲屋里走出来，年纪约有十八九，长得秀丽文雅，世上少有，看见顾生也没怎么回避，但表情很是严肃。顾生进了屋，问母亲。母亲说："是对门的女郎，到我这里借剪刀、尺子。她刚才说家里也只有一个母亲同住。这个女郎不像是个穷人家的女儿。问她为什么还没有出嫁，她说是为了伺候老母。明天应当去拜见她的母亲，顺便说说这个意思，倘若我们这点儿愿望不过分地话，你可以代替她抚养她的老母。"

第二天，顾生的母亲到了少女的家，她的母亲是个耳聋的老太太。看屋里，并没有多余的粮食。询问靠什么营生，只是依赖女儿做针线活。顾母慢慢流露出打算两家一起过的意思，老太太意思好像是同意。转而跟少女商量，少女沉默不语，多有不高兴的意思。于是顾母便回到家里，跟儿子详细讲述了当时的情况，不无猜测地说："这个女郎莫非嫌咱穷吗？对人不说也不笑，艳如桃李，而冷如冰霜，真是个奇人啊！"母子俩猜测着，感叹着，也就作罢。

一天，顾生坐在房子一头卖画，见有一个少年来买画。这个少年姿容很漂亮，举止显得很轻浮。问他从哪里来，他说是邻村的。过后二三天就来一次。彼此开始熟悉起来，渐渐地就戏弄着开起玩笑，顾生亲昵地抱他，他也不怎么拒绝，最后就有了私情。从此往来非常亲密。

有一天正赶上那个少女经过，少年盯着看她，问她是谁。顾生说是邻居的女儿。少年说："长得如此艳丽，可神态却严肃得令人畏惧。"不一会儿，顾生进屋，母亲说："刚才对门女子来讨米，说是一天多没有烧火做饭了。这个女子非常孝顺，穷得可怜，应当多多少少帮助她们。"顾生依从母亲的意思，背着一斗米送到对门，并传达了母亲的心意。少女接受下来，也没有说感谢的话。

少女往往一到了顾生家，只要看见顾母做针线活，就主动拿过来缝纫；屋里屋外的杂活也都抢着干，就像家中做媳妇的一样。顾生更加尊重少女，每当得到一些好吃的，肯定要分给少女的母亲，而少女也不怎么说什么。

顾生母亲下身生了疮，疼痛难忍，日夜不停地叫唤。少女经常到床边来看望，为她洗创口上药，一天要过来三四次。顾生母亲心里很是过意不去，可是少女一点儿也不嫌脏。顾母感叹道："唉，哪里找这样好的媳妇，侍候老身到死呢！"说罢悲痛哽咽。少女安慰她说："您的儿子是个大孝子，比起我们寡母孤女来强上百倍。"顾母说："像床头这些遮遮掩掩的事，哪里是孝子能干的活呢？况且老身已经衰老，一旦有个好歹，连个传宗接代的也没有，真叫人忧心啊！"正说话间，顾生进来。顾母哭着说："亏欠大姑娘的太多了，你千万不要忘记报恩报德啊。"顾生伏地向少女跪拜。少女说："你敬我的母亲，我没有谢你，你何必要谢我呢？"于是，顾生更是敬仰喜欢少女。不过少女一举一动都很严肃郑重，顾生丝毫不敢触犯她。

一天，少女出门去，顾生眼巴巴地看着她。少女忽然回过头来，冲着顾生嫣然一笑。顾生喜出望外，连忙紧跟着少女到她家去了。顾生用言语挑逗，少女也不怎么拒绝，于是彼此愉快地交欢了。事情过后，少女告诫顾生说："事情可以做一次而不可再有！"顾生没吱声就回去了。

第二天，顾生再次约少女幽会，少女板着脸连看也没看一眼就走了。少女经常过来，有时相遇，并不给个好言语好脸色。顾生稍微开个玩笑，她就说些冷冰冰的话顶他。一天，少女在个没人的地方问顾生："经常来串门的那个少年是谁？"顾生告诉了她。少女说："他的行为举止多触犯过我，因为他跟你亲密的缘故，所以放在一边没理他。请转告他说，再像过去那样，是不是不想活了！"

顾生到了晚上，把少女的话告诉了少年，还说："你一定要慎重，她是不能触犯的！"少年说："既然不可触犯，你为何触犯了她？"顾生辩解说没有。少年说："如果真的没有，那些亲近的话如何传到你的耳里？"顾生不能解释。少年又说："也请你转告她，别假惺惺地装正经，不然的话，我将四处张扬。"顾生很生气，脸色都变了，少年这才离去。

一天晚上，顾生正一个人独自呆着，少女忽然来到，笑着说："我与你的情缘未断，这莫非天数！"顾生狂喜地把少女搂在怀里。突然间，他们听到走路时发出的鞋声，于是惊奇地站立起来，原来是少年推门进来了。顾生惊问："你来干什么？"少年笑着说："我来看看那个贞洁的姑娘。"又冲着少女说："今天不怪人了吧？"少女气得眉毛倒竖，脸颊泛红，一言不发。她急忙翻开上衣，露出一个皮袋子，顺手抽出一件东西，原来是一把一尺长的铮亮的匕首。少年看见了，吓得扭头就跑。少女追出门外，四处望去，没有一点儿声迹。少女把匕首往空中抛掷，只听"唰"的一声，显出一道像长虹般的亮光，顿时间有个东西坠

落在地上，发出很大的响声。顾生急忙用灯光去照看，原是一只白色狐狸，已经身首异处了。顾生非常害怕，少女说："这就是你那个相好的美少年了。我本来饶恕了他，无奈他不想活怎么办？"说着把匕首收进小皮袋里。顾生拉着少女要进屋，少女说："刚才那个妖精败了我们的兴致，等明天晚上吧。"说完，出了门就走了。

第二天晚上，少女果然来了，于是亲亲热热欢会一场。顾生问少女的剑术，少女说："这不是你应该知道的。你应当严守秘密，一旦泄露恐怕对你不利。"顾生又提出嫁娶的事情，少女说："我已经和你同床共枕了，也干了提水烧饭的家务事了，这不是媳妇做的事吗？已经是夫妇了，何必再谈什么婚嫁的事？"顾生说："莫非还是嫌我家穷吗？"少女说："你家的确穷，难道我家就富吗？今晚上的欢聚，正是因为可怜你家贫穷啊。"临别时又说："这种苟合的事不可以多次发生。应当来，我自然会来；不应当来，再强迫也没有用。"以后，顾生每次碰见她，都想和她在一边说些知己的话，但是少女每次都走开躲避。不过，她对补衣服、做饭等家务事，一一照样料理，不亚于媳妇。

数月过后，少女的母亲死去了，顾生尽力办了丧事。少女从此一人独居。顾生以为少女孤单单一人睡觉容易达到交合的目的，便跳墙过去，隔窗呼唤她，但始终没有回音。看她家的门，空荡荡的上了锁。顾生怀疑少女有别的约会，不在家。夜里再去，还是空空的。于是顾生把佩玉放在窗间就走了。

过了一天，顾生与少女在母亲的屋里碰到了。顾生出来时，少女跟在后面，说："你怀疑我了吗？人各有心事，不能够告诉别人，如今想让你不怀疑我，怎么可能呢？不过有一件急事需要和你商量。"顾生问她，少女说："我怀孕已有八个月了，恐怕早晚有一天要生了。我的身份不清楚，我只能替你生孩子，不能替你抚养孩子，应当偷偷告诉老母，寻找个奶妈子，假装讨个婴儿抱养，不要提起我。"顾生点头答应。后来，顾生告诉母亲，母亲笑着说："真是怪人！明媒正娶不干，却私下跟我儿子好。"很高兴按着少女嘱咐的办法行事。

过了一个多月，少女有几天没有过来，母亲担心有事，便过去看看动静。大门关得紧紧的，没有一点儿动静。老母扣门很久，少女才蓬头垢面从里面走出来。开了门请人进去，随后又马上关上了。走进内室，呱呱叫的婴儿就在床上呢。母亲惊问："生下几时呢？"少女回答说："三天。"解开襁褓一看，是个男孩，长得宽额大脸的。母亲高兴地说："你已经为老身生育了孙子，可你伶仃一人，将靠什么生活呢？"少女说："我的心事不敢明告老母，等夜深人静，把小儿抱过去吧。"母亲回家后，把事情告诉儿子，母子都从心里感到诧异。到了夜里，便把孩子抱回来了。

又过了几个晚上，快到半夜时，少女突然敲门进来了，手里提着皮袋子，笑着说："大事已了，就此告辞。"顾生急问什么缘故，少女说："你供养我母亲的恩德，每时每刻都记在我的心里。过去我说过'可以有一次而不能有第二次'

的话，其用意是我的报答，不在于床上男女之情，而是因为你家贫穷不能婚娶，为了延续你家的香火，传宗接代。本来希望交接一次就能怀孕，没想到月经又来，结果造成违背约定有了第二次。如今你家的恩德已经报答，我自己的志愿已经实现，再没有什么遗憾的事了。”顾生问：“袋中装的什么东西?”少女说：“仇人的头。”过去打开一看，只见头发胡子搅在一起，血肉模糊，差点儿吓晕过去。顾生又追问事情来龙去脉，少女说：“过去不肯跟你说的原因，是怕把机密的大事泄露出去。如今大事已经办成，不妨实话相告。我本是浙江人，父亲官居司马，因为被仇人陷害，全家被抄。我背着老母亲逃出来，隐姓埋名，不露身份已经三年了。所以不能马上报仇的原因，只是因为有老母在世；母亲去世后，又因为怀孕在身，因而造成久久不能了结报仇雪恨的大愿。从前那一夜外出不是为了别的事，正是因为道路门户不熟悉，怕报仇时出现差错。”说完就向门外走去。又嘱咐说：“我生的儿子，要好好待他。你的福分薄，寿命不长，但这个孩子可以光大门户。夜深了不要再惊动老母了，我走了。”顾生很难受，正要打听她去什么地方，少女却一闪如电，瞬间再也看不见她的身影了。顾生叹息惋惜着，呆呆地站在那里，如同失了魂魄一般。第二天，顾生把事情经过告诉了母亲，俩人只有互相惊叹罢了。

三年后，顾生果然早早去世了。顾生的儿子十八岁时中了进士，他奉养祖母，养老送终。

异史氏说：一个人必须家有侠女，而后才可以养男妾。不然的话，你和他鬼混，他却占有了你的老婆。

[王士祯] 神龙见首不见尾，此侠女其犹龙乎！

[何守奇] 此剑侠也，司马女何从得此异术?

[方舒岩] 养老母，孝也；报父仇，勇也；斩白狐，节也；孝我母，而我亦孝其母，礼也；怜生贫而为一线之续，仁也；去来莫测，智也。此女美不胜收，不得以“侠”字了之。

酒　友

【原文】

车生者，家不中资而耽饮，夜非浮三白不能寝也，以故床头樽常不空。一夜睡醒，转侧间，似有人共卧者，意是覆裳堕耳。摸之则茸茸有物，似猫而巨，烛之狐也，酣醉而大卧，视其瓶则空矣。因笑曰：“此我酒友也。”不忍惊，覆衣加臂，与之共寝，留烛以观其变。半夜狐欠伸，生笑曰：“美哉睡乎！”启覆视之，儒冠之俊人也。起拜榻前，谢不杀之恩。生曰：“我癖于曲糵，而人以为痴；卿，我鲍叔也。如不见疑，当为糟丘之良友。”曳登榻复寝。且言：“卿可常临，无相猜。”狐诺之。生既醒，则狐已去。乃治旨酒一盛专伺狐。

抵夕果至，促膝欢饮。狐量豪善谐，于是恨相得晚。狐曰："屡叨良酝，何以报德？"生曰："斗酒之欢，何置齿颊！"狐曰："虽然，君贫士，杖头钱大不易。当为君少谋酒资。"明夕来告曰："去此东南七里道侧有遗金，可早取之。"诘旦而往，果得二金，乃市佳肴，以佐夜饮。狐又告曰："院后有窖藏宜发之。"如其言，果得钱百余千，喜曰："囊中已自有，莫漫愁沽矣。"狐曰："不然。辙中水胡可以久掬？合更谋之。"异日谓生曰："市上荞价廉，此奇货可居。"从之，收荞四十余石，人咸非笑之。未几大旱，禾豆尽枯，惟荞可种；售种，息十倍，由此益富，治沃田二百亩。但问狐，多种麦则麦收，多种黍则黍收，一切种植之早晚皆取决于狐。日稔密，呼生妻以嫂，视子犹子焉。后生卒，狐遂不复来。

【译文】

车生这个人，家里财产并不富裕，但沉溺于酒，每夜不喝上三大碗就睡不着觉，所以床头的酒瓶子从来不空。

一天夜里，他睡醒一觉，在翻身时，好像觉得有人和他一块儿睡觉，他以为是盖的衣裳滑下来了，便用手一摸，只觉得毛茸茸的东西，似是猫，又比猫大。他点上灯一照，是只狐狸，醉醺醺的，大模大样地卧在那里。再看酒瓶子，酒已经空了。车生于是笑着说："这是我的酒友啊！"

车生不忍惊醒狐狸，用衣服盖上，又用手臂搂着，一起睡大觉。灯没有熄灭，好看看有什么变化。

半夜里，狐狸伸了伸身子，打了个呵欠。车生笑着说："睡得真美啊！"揭开衣服一看，是个戴着儒生帽子的英俊男子。狐狸起身，在床前给车生叩头，感谢没有杀害自己。车生说："我对酒的特别嗜好，人们却认为我痴。你对我，就像鲍叔对管仲那样知心。如果你不怀疑我，咱们就交个喝酒的朋友吧。"说着又

把狐狸拉到床上，继续睡觉。还说："你应当经常来临，不要互相猜疑。"狐狸点头答应。

车生一觉醒来，狐狸已经走了。于是准备美酒一坛，专等狐狸来饮。到了晚上，狐狸果然来了，于是促膝欢饮。狐狸酒量很大，又善于说笑话，真是相见恨晚。狐狸说："多次让你拿出美酒款待，我用什么报答呢？"车生说："斗酒之欢，何必挂在嘴上！"狐狸说："虽然如此，但你是个穷书生，手头的钱来得也不容易，应当为你多少谋划点儿喝酒的钱。"

第二天晚上，狐狸来告诉说："离这里东南方七里，路旁有丢失的金子，可以早些去取回来。"等天亮后，车生前往去取，果然捡到了两块金子。于是他到集市上买来好菜，准备夜里下酒。到时，狐狸又告诉说："院后窖里藏着东西，应该去挖出来。"按着狐狸说的，果然又得到十万多钱。车生高兴地说："口袋里有了钱，再不愁打酒痛饮了。"狐狸说："不对，车沟里的水怎能长期舀个没完？应该从长计划。"

有一天，狐狸对车生说："市场上荞麦很便宜，这种东西奇货可居。"车生听从了，一下买了四十多石荞麦。人们都笑他不懂事。不久，天气大旱，原先种的庄稼都枯死了，只有荞麦可以种。这样，车生出售荞麦种子，获得十倍利息。从此，车生更加富裕起来，买了二百亩良田耕种。种什么都是先询问狐狸，狐狸说多种麦子，麦子就丰收；说多种谷子，谷子就丰收；一切庄稼种植的时间早晚也都由狐狸决定。

由于彼此交往越来越密切，狐狸管车生的妻子叫嫂子，对待车生的孩子就像自己的亲生儿子一样。后来车生死了，狐狸也就不再来了。

[王士祯] 车君洒脱可喜。

[何守奇] 车耽于酒，故狐但为之谋酒赀而已；至沃田二百亩，多收黍麦，自是种植所得，非幸获也。

阿宝

【原文】

粤西孙子楚，名士也。生有枝指；性迂讷，人诳之辄信为真。或值座有歌妓，则必遥望却走。或知其然，诱之来，使妓狎逼之，则赪颜彻颈，汗珠珠下滴，因共为笑。遂貌其呆状，相邮传作丑语，而名之"孙痴"。

邑大贾某翁，与王侯埒富，姻戚皆贵胄。有女阿宝，绝色也，日择良匹，大家儿争委禽妆，皆不当翁意。生时失俪，有戏之者劝其通媒，生殊不自揣，果从其教。翁素耳其名而贫之。媒媪将出，适遇宝，问之，以告。女戏曰："渠去其枝指，余当归之。"媪告生。生曰："不难。"媒去，生以斧自断其指，大痛彻心，血益倾注，滨死。过数日始能起，往见媒而示之。媪惊，奔告女；女亦奇

之，戏请再去其痴。生闻而哗辨，自谓不痴，然无由见而自剖。转念阿宝未必美如天人，何遂高自位置如此？由是曩念顿冷。

会值清明，俗于是日妇女出游，轻薄少年亦结队随行，恣其月旦。有同社数人强邀生去。或嘲之曰：“莫欲一观可人否？”生亦知其戏已，然以受女揶揄故，亦思一见其人，忻然随众物色之。遥见有女子憩树下，恶少年环如墙堵。众曰：“此必阿宝也。”趋之，果宝也。审谛之，娟丽无双。少倾人益稠。女起，遽去。众情颠倒，品头题足，纷纷若狂；生独默然。及众他适，回视生犹痴立故所，呼之不应。群曳之曰：“魂随阿宝去耶？”亦不答。众以其素讷，故不为怪，或推之，或挽之以归。至家直上床卧，终日不起，冥如醉，唤之不醒。家人疑其失魂，招于旷野，莫能效。强拍问之，则朦胧应云：“我在阿宝家。”及细诘之，又默不语，家人惶惑莫解。初，生见女去，意不忍舍，觉身已从之行，渐傍其衿带间，人无呵者。遂从女归，坐卧依之，夜辄与狎，甚相得。然觉腹中奇馁。思欲一返家门，而迷不知路。女每梦与人交，问其名，曰：“我孙子楚也。”心异之，而不可以告人。生卧三日，气休休若将澌灭。家人大恐，托人婉告翁，欲一招魂其家。翁笑曰：“平昔不相往还，何由遗魂吾家？”家人固哀之，翁始允。巫执故服、草荐以往。女诘得其故，骇极，不听他往，直导入室，任招呼而去。巫归至门，生榻上已呻。既醒，女室之香奁什具，何色何名，历言不爽。女闻之，益骇，阴感其情之深。

生既离床寝，坐立凝思，忽忽若忘。每伺察阿宝，希幸一再遘之。浴佛节，闻将降香水月寺，遂早旦往候道左，目眩睛劳。日涉午，女始至，自车中窥见生，以掺手搴帘，凝睇不转。生益动，尾从之。女忽命青衣来诘姓字。生殷勤自展，魂益摇。车去始归。归复病，冥然绝食，梦中辄呼宝名，每自恨魂不复灵。家旧养一鹦鹉，忽毙，小儿持弄于床。生自念：倘得身为鹦鹉，振翼可达女室。心方注想，身已翩然鹦鹉，遽飞而去，直达宝所。女喜而扑之，锁其肘，饲以麻子。大呼曰："姐姐勿锁！我孙子楚也！"女大骇，解其缚，亦不去。女祝曰："深情已篆中心。今已人禽异类，姻好何可复圆？"鸟云："得近芳泽，于愿已足。"他人饲之不食，女自饲之则食；女坐则集其膝，卧则依其床。如是三日，女甚怜之。阴使人瞷生，生则僵卧气绝已三日，但心头未冰耳。女又祝曰："君能复为人，当誓死相从。"鸟云："诳我！"女乃自矢。鸟侧目若有所思。少间，女束双弯，解履床下，鹦鹉骤下，衔履飞去。女急呼之，飞已远矣。

女使妪往探，则生已寤。家人见鹦鹉衔绣履来，堕地死，方共异之。生既苏即索履，众莫知故。适妪至，入视生，问履所在。生曰："是阿宝信誓物。借口相覆：小生不忘金诺也。"妪反命，女益奇之，故使婢泄其情于母。母审之确，乃曰："此子才名亦不恶，但有相如之贫。择数年得婿若此，恐将为显者笑。"女以履故，矢不他。翁媪从之，驰报生。生喜，疾顿瘳。翁议赘诸家。女曰："婿不可久处岳家。况郎又贫，久益为人贱。儿既诺之，处蓬茅而甘藜藿，不怨也。"生乃亲迎成礼，相逢如隔世欢。

自是家得奁妆小阜，颇增物产。而生痴于书，不知理家人生业。女善居积，亦不以他事累生，居三年家益富。生忽病消渴，卒。女哭之痛，泪眼不晴，至绝眠食，劝之不纳，乘夜自经。婢觉之，急救而醒，终亦不食。三日，集亲党，将以殓生。闻棺中呻以息，启之，已复活。自言："见冥王，以生平朴诚，命作部曹。忽有人白：'孙部曹之妻将至。'王稽鬼录，言：'此未应便死。'又白：'不食三日矣。'王顾谓：'感汝妻节义，姑赐再生。'因使驭卒控马送余还。"由此体渐平。

值岁大比，入闱之前，诸少年玩弄之，共拟隐僻之题七，引生僻处与语，言："此某家关节，敬秘相授。"生信之，昼夜揣摩，制成七艺，众隐笑之。时典试者虑熟题有蹈袭弊，力反常经，题纸下，七艺皆符。生以是抡魁。明年举进士，授词林。上闻异，召问之，生具启奏，上大嘉悦。后召见阿宝，赏赉有加焉。

异史氏曰："性痴则其志凝，故书痴者文必工，艺痴者技必良。世之落拓而无成者，皆自谓不痴者也。且如粉花荡产，卢雉倾家，顾痴人事哉！以是知慧黠而过，乃是真痴，彼孙子何痴乎！"

集痴类十：窖镪食贫，对客辄夸儿慧，爱儿不忍教读，讳病恐人知，出资赚人嫖，窃赴饮会赚人赌，倩人作文欺父兄，父子账目太清，家庭用机械，喜子弟善赌。

【译文】

广东人孙子楚是当地一个有名的人物。他手上长有枝指，也就是有六个手指头。性情憨厚，不善说话，有人骗他，往往信以为真。如果座中有歌妓，他必定是远远躲开。有人知道他这个脾气，就有意骗他来，然后故意让妓女逼近他身边，逗弄他。他会窘得脸红一直到脖子根，汗珠子往下滴。席上的人便哈哈大笑，以此开心。于是大家根据他那副呆相，传说他的笑话，给他起个绰号叫"孙呆子"。

本地有个大商人，特别有钱，能够与王侯之家比富，与他家联姻的亲戚们也都是富贵人家的子弟。大商人有个女儿叫阿宝，长得绝顶漂亮。近来要择选好女婿，大家子弟听说后都争着送去聘礼，但都不符合大商人的心意。当时孙子楚老婆死了，有人乘机戏弄他，劝他去求亲。孙子楚一点儿也不掂量掂量，真的听了别人的教唆，托媒人去了。大商人素来知道他的名气，但嫌他贫穷。媒婆将要离开的时候，正巧碰上阿宝。阿宝问媒婆有什么事，媒婆便把求亲的事说了。阿宝开玩笑地说："他要把枝指去掉，我就嫁他。"媒婆回来后，把阿宝的话告诉了孙子楚。孙子楚说："这个不难。"媒婆走后，孙子楚便拿斧砍断自己的枝指。当时疼痛钻心彻骨，鲜血直往外淌，差点儿死去。

过了几天，孙子楚才能起床，便去见媒婆，把断去枝指的手给她看。媒婆大惊，连忙奔跑到阿宝家，告诉这件事。阿宝也是大为吃惊，又开玩笑说，请他再把那呆气去掉。孙子楚听媒婆传达之后，一再吵吵嚷嚷同媒婆辩解，说自己不呆不傻；然而没有机会向阿宝当面表白清楚。转念又想，阿宝未必像人们说的那样美如天仙，有什么资格把自己抬高到这种程度？于是从前求亲的念头也就一下子冷下来了。

正好清明节到了。当地民俗，这一天妇女都要到外面去游玩。许多轻薄子弟也是成群结队地跟在后面，随意品头论足。孙子楚的几个同学，强拉着孙子楚去游玩，有人戏弄说："莫非不想看看你那意中人吗？"孙子楚也知道这是开玩笑，然而由于受到阿宝揶揄的缘故，也想见一见她到底是什么样子，于是很痛快地答应下来。

孙子楚随着朋友们东张西望地寻找着。远处看见有个女子在大树下休息，有一帮无赖子弟围着看，密密的像一堵墙。听见众人说："这一定是阿宝。"赶过去一看，果然是阿宝。仔细打量审视，见她长得文静美丽，天下无双。阿宝站起身来，很快走了。大家情绪非常激动，纷纷品头论足，指手画脚，议论起来，如同疯了一样。只有孙子楚一声不响。等众人都走散了，回过头一看，孙子楚仍然呆立在原来的地方，喊他他也不应。朋友们拽他一把说："魂随阿宝去了吗？"他也不吱声。大家因为他平时不爱说话，所以没有感到特别奇怪，有的推他，有的挽他，一起回家了。

孙子楚到家后，一头扎到床上，整天都没有起来，昏睡如醉，召唤他也不醒。家里人怀疑他丢魂了，便到旷野给他叫魂，但还是没有效果。用劲去拍他问他，他才含含糊糊地说："我在阿宝家。"等再细问，他又不说话了。家里人都迷惑不解。

起初，孙子楚见阿宝走了，心意不忍离开，觉得身子也跟她走了，渐渐靠近她的衣带上，也没人呵叱他。于是一直跟着阿宝回到家，坐着躺着都依附在她身边，到夜里便同她一起睡觉，亲亲热热很是得意。不过，感到肚子饿得慌，想回家一趟，却迷失了道路。阿宝经常梦中与一个人在一起，问他的名字，他说："我是孙子楚。"心里很是诧异，但又不能告诉别人。

孙子楚卧床三天，气息微微的眼看就要断气。家里人非常恐惧，托人婉言告诉大商人，打算到他家给孙子楚叫叫魂。大商人笑着说："过去从不往来，怎么能把魂丢在我家呢？"孙子楚的家人一再哀求，大商人这才答应。巫婆拿着旧衣服和草席子到了大商人家。阿宝打听了原因，害怕极了，没让巫婆到别的地方去，直接带到她自己的卧室，任凭巫婆招呼而去。

巫婆回来走到门口，孙子楚在床上已经开始呻吟了。他醒过来后，阿宝屋里的梳妆用具，什么颜色什么形状，都能一一说出，没有一件说差的。阿宝听说后，更是惊怕，私下也感受到孙子楚的一往情深。

孙子楚既然能够下床了，便又思念起阿宝来，坐着也想，立着也想，往往忘记了自己的存在。他每天都要打听阿宝的动静，希望有幸再见到阿宝一次。听说浴佛节那天，阿宝将去水月寺烧香，孙子楚就早早起来，等候在道路旁边。他眼巴巴地等着，盯得两眼眩昏，晌午时，阿宝这才到达。阿宝从车中看见孙子楚，用手掀开帘子，目不转睛地瞧着他。孙子楚更加激动，尾随着车子走。阿宝匆忙中派了一个丫鬟去询问孙子楚的姓名，孙子楚急忙报上姓名，兴奋得魂都飞走了。车子走得没影了，孙子楚才回家。

孙子楚到家后，旧病又犯了，昏迷迷地躺着，不吃也不喝。梦中常常呼着阿宝的名字。每每自恨灵魂不能像上次那样灵验。家中养了只鹦鹉，突然间死了，一个小孩子正在床上摆弄这个鹦鹉。孙子楚心中想到，倘若自己变成一只鹦鹉，振动双翼就可以飞到阿宝的屋里。正在全神贯注想着，突然间，他的身子已经翩翩然是一只鹦鹉了。他急飞而去，一直飞到阿宝的住所。

阿宝见到一只鹦鹉，高兴地把它抓到了，然后拴上它的脚腕，喂它麻子。鹦鹉大呼道："姐姐不要拴，我是孙子楚啊！"阿宝大惊，解开绳子，鹦鹉也不飞走。阿宝祷告说："你的深情已经铭刻在我的心中。可是如今人变成了禽类，美好的婚姻如何复圆？"鹦鹉说："能够在你身边，我的心愿已经知足。"别人喂鹦鹉，鹦鹉不吃，只有阿宝亲自去喂这才去吃。阿宝坐着，鹦鹉就落在她膝上；阿宝躺着，鹦鹉就偎在她的床边。就这样过了三天。

阿宝非常怜爱鹦鹉，私下派人看望孙子楚，这才知道孙子楚已经硬挺挺躺在床上，死了三天了，只是心头还没有冷。阿宝又对鹦鹉祷告说："你能够变回成人，我一定誓死跟你。"鹦鹉说："骗我吧。"阿宝立即发誓，坚守誓言。这时鹦鹉侧着眼睛好像是想什么。不一会儿，阿宝裹小脚，把鞋脱在床下，鹦鹉骤然飞

下来，叼起鞋就飞走了。阿宝急忙呼叫，它已经飞远了。阿宝叫老妈子过去探望，这时孙子楚已经苏醒过来。

家里的人见鹦鹉叼着一只绣鞋飞来，刚到屋里就坠地死了，正当惊诧的时候，孙子楚一下子苏醒了，下地就去拾鞋。大家莫名其妙，正赶上老妈子来到。老妈子进屋探望孙子楚，询问鞋子在哪里。孙子楚说："这是阿宝的信誓之物，请转告阿宝：小生不忘她的金口诺言。"

老妈子回去报告情况，阿宝更是惊叹，于是故意让丫鬟们把隐情泄露给母亲。母亲查明事情真实情况后，说道："这个孙子楚才名也不坏，就是跟司马相如一样贫穷。挑了好几年的女婿才挑了这样一个，恐怕将来被有钱有势的人耻笑。"阿宝借口绣鞋的事，咬定除了孙子楚别人不嫁。她的父母只好依着她。消息很快传到孙子楚那里，孙子楚很高兴，疾病顿时就痊愈了。

大商人打算让孙子楚入赘他家，阿宝说："女婿不可以长期呆在岳父家，况且郎君家里贫穷，住久了更会被人家瞧不起。儿我既然答应嫁给他，就是住草棚也甘心，吃野菜也情愿。"于是，孙子楚亲自迎阿宝成亲，彼此相逢犹如隔世夫妻又团圆一样欢欣。从此，孙子楚家得到这些嫁妆后，生活变得充裕了，增加了不少财产。孙子楚沉溺于读书，不懂得管理家业；阿宝却善于居家理财，也不拿杂事打扰孙子楚。

过了三年，孙子楚家更富裕了。一天，孙子楚忽然间得了糖尿病死了。阿宝悲痛地哭着，泪水没有停止过，最后发展到不吃东西，整日失眠。家人劝解不听，趁着夜深人静上吊了。丫鬟们发觉后，急忙抢救，阿宝被救醒过来，仍是不吃不喝。

孙子楚死后第三天，亲戚朋友过来准备殓葬孙子楚。突然听到棺材中有呻吟的声音，打开棺材后，孙子楚已经复活了。他自己讲道："当时死后见到阎王，阎王因为我一生朴实诚恳，叫我做部曹。正安置中，忽然有人报告：'孙部曹的妻子到。'阎王查看一下鬼名录，说道：'她这个人还不到死的日子。'有人又说：'她不吃不喝三天了。'阎王对我说：'你妻子的大节大义令人感动，就赐你再生吧。'于是阎王派人给我牵着马，送我回来了。"从此，孙子楚身体渐渐好起来。

正赶上这年是三年一乡试的年头，考试之前，有帮少年要拿孙子楚开玩笑，一共想出了七道偏僻的题目，把孙子楚带到偏僻的地方，故意神秘地说："这是打通某人关节搞到的试题，敬送给你，千万保密。"孙子楚相信了他们的诡计，昼夜揣摩，写成了七篇文章。大家听说后，都私下偷偷乐他。

当时主考官考虑，出熟悉的考题往往有抄袭的弊端，这次要彻底改变一下出题的路数。等题纸一发下，孙子楚一看，自己准备的七篇文章都符合试题要求。于是，孙子楚考了个第一。第二年又考中进士，官授翰林之职。

关于孙子楚的奇异之事，皇上也有耳闻，曾经召他询问，孙子楚如实上奏。皇上很高兴，嘉奖了他。后来又召见了阿宝，赏赐她不少东西。

异史氏说：性格痴呆，那么他的志向就会凝重：所以读书痴的人，他的文章必然工整；从艺痴的人，他的技术必定精良。社会上那些随机应变而一事无成的人，都是自认为不痴不傻的人。例如那些为了女人而荡尽家产，为了赌博而造成败家的人，不就是痴傻人干的事吗！由此看来，过分聪明狡黠的人才是真正的痴傻，而那个孙子楚有哪一点痴傻呢？

［何守奇］魂属阳，最易飘散，故须魂魄相拘。孙子凡离魂者再，魄不拘魂故也。使非别有所以拘之者，则散矣。孙子之痴，直是诚朴。阿宝使去其痴，实是观其诚否耳。指截魂离，鬼神且深许之矣。阿宝能勿尔乎？

［但明伦］闻戏言而断指，此为真痴。而忽而离魂，忽而化鸟，自我得依芳泽，使彼深篆中心。只鸟飞来，息壤在彼，遂令高自位置者，戏语成真，甘蓬茆而安藜藿；且以痴报痴，至以身殉。人鬼相隔，且感此痴，痴亦何负于人哉？尝谓天下之为人臣、为人子、为人弟、为人友者，果能以至诚之心处之，天下不复有难处之事矣。痴顾可少乎！

九　山　王

【原文】

曹州李姓者，邑诸生，家素饶，而居宅故不甚广，舍后有园数亩，荒置之。一日有叟来税屋，出直百金，李以无屋为辞。叟曰：“请受之，但无烦虑。”李不喻其意，姑受之，以觇其异。越日，村人见舆马眷口入李家，纷纷甚夥，共疑李第无安顿所，问之。李殊不自知，归而察之，并无迹响。过数日叟忽来谒，且云：“庇宇下已数晨夕，事事都草创，起炉作灶，未暇一修客子礼。今遣儿女辈作黍，幸一垂顾。”李从之，则入园中，欻见舍宇华好，崭然一新；入室，陈设芳丽，酒鼎沸于廊下，茶烟袅于厨中。俄而行酒荐馔，备极甘旨，时见庭下少年人，往来甚众；又闻儿女喁喁，幕中作笑语声；家人婢仆，似有数十百口。李心知其狐。

席终而归，阴怀杀心。每入市，市硝硫，积数百斤，暗布园中殆满。骤火之，焰亘霄汉，如黑灵芝，燔臭灰眯不可近，但闻鸣啼嗥动之声，嘈杂聒耳。既熄入视，则死狐满地，焦头烂额者不可胜计。方阅视间，叟自外来，颜色惨恸，责李曰：“夙无嫌怨，荒园岁报百金非少；何忍遂相族灭？此奇惨之仇无不报者！”忿然而去。疑其掷砾为殃，而年余无少怪异。

时顺治初年，山中群盗窃发，啸聚万余人，官莫能捕。生以家口多，日忧离乱。适村中来一星者，自号“南山翁”，言人休咎，了若目睹，名大噪。李召至家，求推甲子。翁愕然起敬，曰：“此真主也！”李闻大骇，以为妄；翁正容固言之。李疑信半焉。乃曰：“岂有白手受命而帝者乎？”翁谓：“不然。自古帝王，类多起于匹夫，谁是生而天子者？”生惑之，前席而请。翁毅然以“卧龙”

自任。请先备甲胄数千具、弓弩数千事。李虑人莫之归。翁曰："臣请为大王连诸山，深相结。使哗言者谓大王真天子，山中士卒，宜必响应。"李喜，遣翁行。发藏镪，造甲胄。翁数日始还，曰："借大王威福，加臣三寸舌，诸山莫不愿执鞭靮，从戟下。"浃旬之间，果归命者数千人。于是拜翁为军师，建大纛，设彩帜若林，据山立栅，声势震动。邑令率兵来讨，翁指挥群寇大破之。令惧，告急于兖。兖兵远涉而至，翁又伏寇进击，兵大溃，将士杀伤者甚众。势益震，党以万计，因自立为"九山王"。翁患马少，会都中解马赴江南，遣一旅要路篡取之。由是"九山王"之名大噪。加翁为"护国大将军"。高卧山巢，公然自负，以为黄袍之加，指日可俟矣。东抚以夺马故，方将进剿，又得兖报，乃发精兵数千，与六道合围而进。军旅旌旗，弥满山谷。"九山王"大惧，召翁谋之，则不知所往。"九山王"窘急无术，登山而望曰："今而知朝廷之势大矣！"山破被擒，妻孥戮之。始悟翁即老狐，盖以族灭报李也。

异史氏曰："夫人拥妻子，闭门科头，何处得杀？即杀，亦何由族哉？狐之谋亦巧矣。而壤无其种者，虽溉不生；彼其杀狐之残，方寸已有盗根，故狐得长其萌而施之报。今试执途人而告之曰：'汝为天子！'未有不骇而走者。明明导以族灭之为，而犹乐听之，妻子为戮，又何足云？然人之听匪言也，始闻之而怒，继而疑，又既而信，迨至身名俱殒，而始知其误也，大率类此矣。"

【译文】

曹州有个姓李的秀才，家中素来丰饶，而住宅一直不太宽广。家中房后有个占地几亩的园子，荒置着没有使用。

一天，有个老头来租房，拿出一百两银子作房租。李秀才以没有空房来推辞，老头说："请接受下来，不必顾虑。"李秀才不明白老头的意思，姑且收了银子，看看到底有什么奇异之事。

第二天，村里人看见许多车马及眷属人口进入李秀才家，熙熙攘攘，很热闹。大家都怀疑李秀才家没有房宅安顿这么多人，就去询问。李秀才一点儿也不知道，回家去看个究竟，一点儿动静也没有。

过了几天，老头突然间来拜访，还说："住在你家已经好几天了，事事都要草创，安炉子砌锅灶的，没有抽出工夫来尽客人的礼节。今天已经安排儿女们做饭，希望光顾。"李秀才答应下来。

李秀才一入园中，猛然看见一排华丽的屋舍，崭然一新。走进屋里，看见摆设讲究，器具华丽，空气芬芳。酒鼎在廊下已经烧热了，茶炉在厨中冒着青烟。不一会儿，斟酒劝饮，上菜劝食，都是美味佳肴。当时看见庭院中走来走去的少年人很多，又听见了儿女们喁喁私语，帘幕内传出笑语声。家里的眷属加上丫鬟仆人似有几十上百口。李秀才心里明白这是狐狸。散席回家，暗中想要杀死这群狐狸。

李秀才每次到集市去，都要买回一些硝硫，一共积累了几百斤，暗中布满整个园中。一天，突然点火，一时硝硫爆炸，火焰冲天，如黑灵芝，烧得臭气熏天，烟火眯眼，不可近前。只听哭喊啼叫声音，嘈杂震耳。火熄灭后，李秀才进去查看，满地都是死狐狸，烧得焦头烂额的不计其数。正在巡视时，老头从外边进来，脸色非常惨痛，责备李秀才说："两家夙无怨仇，一个荒园子每年给一百两银子的报酬，也不算少，为何忍心灭绝我们全族？这样的奇惨之仇，不可能不报！"说完忿恨而去。李秀才疑心老头他们会搞些抛砖扔瓦的祸事来报仇，但过去一年多了并没有怪异事情出现。

到了顺治初年，山里出现了许多强盗，聚众万余人，官府没有能力抓捕他们。李秀才家人口多，天天忧虑发生动乱这事。当时正好村里来了一个懂星术的人，自称"南山翁"。这个南山翁给人预测祸福，说的如同耳闻目睹一样，因此名声大震。李秀才把他请到家里，求他推算生辰八字。南山翁掐指一算，吃惊地站立起来，恭敬地说："这是真命天子啊！"李秀才听了吓一跳，认为这是胡说八道。南山翁一本正经地坚持说这是真的。李秀才半信半疑，说道："哪有白手起家当皇帝的？"南山翁讲："不对。自古帝王，大多是起于平民，有谁天生就是皇帝呢？"李秀才被迷惑住了，向前请求出谋划策。南山翁便毅然挺身而去，以卧龙先生诸葛亮自命，叫李秀才先准备好盔甲、弓箭各几千套。李秀才担心没有人归附，南山翁说："臣请为大王联系各路山寨，深入交结，再派人到处扬言大王是真命天子，那么山中的士卒都会响应。"李秀才听了很高兴，派南山翁去执行，自己挖出埋藏的银子，用来制造盔甲、弓箭。

南山翁过了几天才回来，说："借大王的威福，加上臣的三寸不烂之舌，各山寨都愿意牵马执鞭，跟从大王旗下。"十天左右，果然来归附的有几千人。于是拜南山翁为军师，制造帅旗，设立各种彩旗如同树林那么多。又依山建筑营

栅，声势浩大。

县令带兵来讨伐，南山翁指挥众匪大败官兵。县令惧怕，向兖州告急。兖州兵马远道而来，南山翁又埋伏匪寇突然袭击，州兵大败，许多将士被杀被伤。李秀才的势力更加壮大，党徒数以万计，于是自立为“九山王”。南山翁嫌马匹少，正巧京都往江南运送马匹，他就派遣一支部队在险要之处夺取了马匹。由此，九山王的名声远近传扬。九山王加封南山翁为护国大将军，自己高卧山寨之中，自以为了不起，以为黄袍加身只是时间早晚而已。

山东巡抚因为马匹被抢，正要进军剿灭，又得到兖州的报告，于是发精兵几千人，分六路合围进击。军旗飘扬，弥满山谷。九山王大惊，召南山翁商量，却不知哪里去了。九山王毫无办法，登上山顶，望着如潮的官军，说道：“今天才知道朝廷势力的强大！”

山寨被攻破，九山王被擒拿，老婆孩子都被杀死，这时才明白南山翁就是老狐狸，原本是以被灭族的冤仇来报复李秀才的。

异史氏说：一个人在家闭门散发，陪着老婆孩子过日子，哪里会有杀身之祸？即使被杀，又有什么缘由引来灭族之灾呢？狐狸复仇的计谋也真是够巧的。虽有土壤而不下种子，就是浇水灌溉也不会生；那个李秀才干出杀害狐狸的残忍行为，他那内心深处就已经隐伏着做强盗的根子，所以老狐狸能够助长他萌发，而最终得以报复。如果现在你试着拉住一个过路的说：“你要做皇帝了！”没有不会吓跑的。明明是引导他干出灭族的事情，而他还愿意去做，结果老婆孩子被杀，又有什么可说的呢？不过，人们听到不正经的话，往往开始时听了发怒，接着再听就变成疑虑，再继续听下去就会相信；等到身败名裂时，这才知道上当受骗了。人们犯错误，大都类似这个情况。

[何守奇] 诚为福倡，祸与妄随，使李妄念不生，狐何从报？故昔人谓灾及其身，只是一妄念所致，信然。

遵化署狐

【原文】

诸城邱公为遵化道，署中故多狐，最后一楼，绥绥者族而居之，以为家。时出殃人，遣之益炽。官此者惟设牲祷之，无敢迕。邱公莅任，闻而怒之。狐亦畏公刚烈，化一妪告家人曰：“幸白大人勿相仇。容我三日，将携细小避去。”公闻，亦默不言。次日，阅兵已，戒勿散，使尽扛诸营巨炮骤入，环楼千座并发。数仞之楼，顷刻摧为平地，革肉毛血，自天雨而下。但见浓尘毒雾之中，有白气一缕，冒烟冲空而去，众望之曰：“逃一狐矣。”而署中自此平安。

后二年，公遣干仆赍银如干数赴都，将谋迁擢。事未就，姑窖藏于班役之家。忽有一叟诣阙声屈，言妻子横被杀戮；又讦公克削军粮，夤缘当路，现顿某家，可以验证。奉旨押验。至班役家，冥搜不得，叟惟以一足点地。悟其意，发之，果得金；金上镌有“某郡解”字。已而觅叟，则失所在。执乡里姓名以求其人，竟亦无之。公由此罹难。乃知叟即逃狐也。

异史氏曰：“狐之祟人，可诛甚矣。然服而舍之，亦以全吾仁。公可云疾之已甚者矣。抑使关西为此，岂百狐所能仇哉！”

【译文】

诸城的丘公为遵化的道台时，衙门里历来就有许多狐狸。在最后的一座楼里，有许多狐狸来来往往聚集在那里生活。它们有时出来祸害人，越赶它们闹得越凶。在这里做官的每每上供祷告，不敢得罪狐狸。

丘公上任，听说后大怒。狐狸畏惧丘公刚烈，变化成一个老太婆，告诉丘公的家人说：“希望转告大人，不要把我们当做仇人，给我三天时间，我将携带家小离开这里。”丘公听说后，默不作声。

第二天，丘公检阅士兵后，命令队伍不要解散，让他们把各营的大炮扛到这里来。一时，围着楼房摆放了一千座大炮。一声令下，大炮齐鸣，几丈高的楼房顷刻间被摧为平地，皮肉毛血从空中纷纷落下，如同下雨一般。只见浓尘毒雾之中，有一缕白气从烟尘中冲天而去。众人望着说：“有只狐狸逃走了。”从此，衙门中平安无事了。

两年以后，丘公派遣一个干练的仆人，带着银子到京城去走门子，想以此达到升迁的目的。事情还没有安排好，暂时把银子藏在跟班的家里。忽然有一个老头到皇宫里喊冤，说妻子孩子无故被杀害，又揭发丘公克扣军饷，贿赂当权的大官，银子现在就藏在某人家里，可以当场验证。

有关衙门奉旨押着老头去查验。到了跟班的仆人家，到处都翻遍了，也没有发现赃物。老头用一只脚点地，办案的人明白了他的用意，就地挖掘，果然得到了银子，上面还刻有“某郡押送”的字样。过了一会儿，再找老头，老头已经不见了。按着老头告状时所说的乡里姓名去找，竟然也没有找到。丘公由于这件事遭受了大难，这才知道这个老头就是逃跑的狐狸。

异史氏说：狐狸作祟害人，太应该杀它了。不过，狐狸既然服了，而放它一次，也可以充分显示人的仁慈。丘公可以说是过分嫉恨狐狸的人了。假使让刚正清廉的东汉杨震来做这样的事，岂是百狐所能报复的呢？

张 诚

【原文】

豫人张氏者，其先齐人，明末齐大乱，妻为北兵掠去。张常客豫，遂家焉。

娶于豫，生子讷。无何，妻卒，又娶继室牛氏，生子诚。牛氏悍甚，每嫉讷，奴畜之，啖以恶草具。使樵，日责柴一肩，无则挞楚诟诅，不可堪。隐畜甘脆饵诚，使从塾师读。

诚渐长，性孝友，不忍兄劬，阴劝母；母弗听。一日讷入山樵，未终，值大风雨，避身岩下，雨止而日已暮。腹中大馁，遂负薪归。母验之少，怒不与食。饥火烧心，入室僵卧。诚自塾中来，见兄嗒然，问："病乎?"曰："饿耳。"问其故，以情告。诚愀然便去，移时怀饼来饵兄。兄问其所自来。曰："余窃面倩邻妇为之，但食勿言也。"讷食之。嘱弟曰："后勿复然，事泄累弟。且日一啖，饥当不死。"诚曰："兄故弱，乌能多樵!"次日食后，窃赴山，至兄樵处。兄见之，惊问："将何作?"答曰："将助樵采。"问："谁之遣?"曰："我自来耳。"兄曰："无论弟不能樵，纵或能之，且犹不可。"于是速之归。诚不听，以手足断柴助兄。且云："明日当以斧来。"兄近止之。见其指已破，履已穿，悲曰："汝不速归，我即以斧自刭死!"诚乃归。兄送之半途，方复回樵。既归，诣塾嘱其师曰："吾弟年幼，宜闭之。山中虎狼多。"师曰："午前不知何往，业夏楚之。"归谓诚曰："不听吾言，遭笞责矣!"诚笑曰："无之。"明日怀斧又去，兄骇曰："我固谓子勿来，何复尔?"诚不应，刈薪且急，汗交颐不少休。约足一束，不辞而返。师又责之，乃实告之。师叹其贤，遂不之禁。兄屡止之，终不听。

一日与数人樵山中，欻有虎至，众惧而伏，虎竟衔诚去。虎负人行缓，为讷追及，讷力斧之，中胯。虎痛狂奔，莫可寻逐，痛哭而返。众慰解之，哭益悲。曰："吾弟，非犹夫人之弟；况为我死，我何生焉!"遂以斧自刎其项。众急救之，入肉者已寸许，血溢如涌，眩瞀殒绝。众骇，裂之衣而约之，群扶以归。母哭骂曰："汝杀吾儿，欲劙颈以塞责耶!"讷呻云："母勿烦恼，弟死。我定不生!"置榻上，创痛不能眠，惟昼夜依壁坐哭。父恐其亦死，时就榻少哺之，牛辄诟责，讷遂不食，三日而毙。村中有巫走无常者，讷途遇之，缅诉曩苦。因询弟所，巫言不闻，遂反身导讷去。至一都会，见一皂衫人自城中出，巫要遮代问之。皂衫人于佩囊中检牒审顾，男妇百余，并无犯而张者。巫疑在他牒。皂衫人曰："此路属我，何得差逮。"讷不信，强巫入内城。城中新鬼、故鬼往来憧憧，亦有故识，就问，迄无知者。忽共哗言："菩萨至!"仰见云中有伟人，毫光彻上下，顿觉世界通明。巫贺曰："大郎有福哉!菩萨几十年一入冥司拔诸苦恼，今适值之。"便捽讷跪。众鬼囚纷纷籍籍，合掌齐诵慈悲救苦之声，哄腾震地。菩萨以杨柳枝遍洒甘露，其细如尘；俄而雾收光敛，遂失所在。讷觉颈上沾露，斧处不复作痛。巫仍导与俱归，望见里门，始别而去。讷死二日，豁然竟苏，悉述所遇，谓诚不死。母以为撰造之诬，反诟骂之。讷负屈无以自伸，而摸创痕良瘥。自力起，拜父曰："行将穿云入海往寻弟，如不可见，终此身勿望返也。愿父犹以儿为死。"翁引空处与泣，无敢留之，讷乃去。

每于冲衢访弟耗，途中资斧断绝，丐而行。逾年达金陵，悬鹑百结，伛偻道上。偶见十余骑过，走避道侧。内一人如官长，年四十已来，健卒骏马，腾踔前后。一少年乘小驷，屡视讷。讷以其贵公子，未敢仰视。少年停鞭少驻，忽下马，呼曰："非吾兄耶！"讷举首审视，诚也，握手大痛失声。诚亦哭曰："兄何漂落以至于此？"讷言其情，诚益悲。骑者并下问故，以白官长。官命脱骑载讷，连辔归诸其家，始详诘之。初，虎衔诚去，不知何时置路侧，卧途中经宿，适张别驾自都中来，过之，见其貌文，怜而抚之，渐苏。言其里居，则相去已远，因载与俱归。又药敷伤处，数日始痊。别驾无长君，子之。盖适从游瞩也。诚具为兄告。言次，别驾入，讷拜谢不已。诚入内捧帛衣出进兄，乃置酒燕叙。别驾问："贵族在豫，几何丁壮？"讷曰："无有。父少齐人，流寓于豫。"别驾曰："仆亦齐人。贵里何属？"答曰："曾闻父言属东昌辖。"惊曰："我同乡也！何故迁豫？"讷曰："明季清兵入境，掠前母去。父遭兵燹，荡无家室。先贾于西道，往来颇稔，故止焉。"又惊问："君家尊何名？"讷告之。别驾瞠而视，俯首若疑，疾趋入内。无何。太夫人出。共罗拜已，问讷曰："汝是张炳之之孙耶？"曰："然。"太夫人大哭，谓别驾曰："此汝弟也。"讷兄弟莫能解。太夫人曰："我适汝父三年，流离北去，身属黑固山半年，生汝兄。又半年固山死，汝兄补秩旗下迁此官。今解任矣。每刻刻念乡井，遂出籍，复故谱。屡遣人至齐，殊无所觅耗，何知汝父西徙哉！"乃谓别驾曰："汝以弟为子，折福死矣！"别驾曰："曩问诚，诚未尝言齐人，想幼稚不忆耳。"乃以齿序：别驾四十有一，为长；诚十六，最少；讷二十二，则伯而仲矣。别驾得两弟，甚欢，与同卧处，尽悉离散端由，将作归计。太夫人恐不见容。别驾曰："能容则共之，否则析之。天下岂有无父之人？"

于是鬻宅办装，刻日西发。既抵里，讷及诚先驰报父。父自讷去，妻亦寻

卒；块然一老鳏，形影自吊。忽见讷入，暴喜，恍恍以惊；又睹诚，喜极不复作言，潸潸以涕。又告以别驾母子至，翁辍泣愕然，不能喜，亦不能悲，蚩蚩以立。未几，别驾入，拜已；太夫人把翁相向哭。既见婢媪厮卒，内外盈塞，坐立不知所为。诚不见母，问之，方知已死，号嘶气绝，食顷始苏。别驾出资建楼阁，延师教两弟。马腾于厩，人喧于室，居然大家矣。

异史氏曰："余听此事至终，涕凡数堕。十余岁童子，斧薪助兄，慨然曰：'王览固再见乎！'于是一堕。至虎衔诚去，不禁狂呼曰：'天道愦愦如此！'于是一堕。及兄弟猝遇，则喜而亦堕。转增一兄，又益一悲，则为别驾堕。一门团圞，惊出不意，喜出不意，无从之涕，则为翁堕也。不知后世亦有善涕如某者乎？"

【译文】

河南有个姓张的，他家原是山东人，明朝末年山东大乱，妻子被北兵抢去，由于经常到河南去，便在河南成了家。

张家在河南娶了个媳妇，生下一个儿子名叫讷。不久，妻子死掉了，又娶了一个妻子姓牛，生了儿子名叫诚。

继室牛氏非常凶狠，看不上前房的儿子张讷，把他当做奴仆一样看待，吃的用的都是恶劣的东西。派他上山打柴，每天必须要砍一挑柴回来，否则就是连打带骂，张讷痛苦不堪。而对待张诚呢，总是把好吃的藏下来，专门给他吃，还让他去读书。

张诚渐渐长大了，他孝顺父母，友爱哥哥，不忍哥哥这般劳苦，私下常常劝母亲对哥哥好一点儿，母亲却不听。一天，张讷进山砍柴，还没砍够，天下起大雨来。他到石岩下避雨，等雨停了，天也黑了。肚子饿极了，便背着柴火回家了。牛氏看到柴火不够，生着气，不给张讷吃饭。张讷饿得烧心，进到屋里就直挺挺地倒在床上。

张诚放学回来，见哥哥无精打采的样子，问道："生病了吗？"张讷说："饿的。"张诚问什么缘故，张讷便实话实说。张诚很难过地走开了。过了一段时间，张诚揣来了饼子给哥哥吃。张讷询问饼子是哪里来的，张诚说："我是偷了一点儿面，让邻居家女人给做的，你只顾吃，别说出去。"张讷吃了饼子，又嘱咐弟弟说："以后甭这样做了，一旦漏了出去，让你受连累。再说，一天能吃上几口饭也不至于饿死。"张诚说："哥哥本来体弱，怎么能砍那么多柴！"

第二天，张诚吃过东西后，偷偷上山，来到哥哥砍柴的地方。张讷见到他，惊问："你来干什么？"张诚说："帮你打柴。"张讷又问："谁让你来的？"张诚说："我自己来的。"张讷说："别说弟弟不会打柴，就是会打柴，也不能让你干。"于是催促快回去。张诚不听，用手用脚折断柴火来帮助哥哥。还说："明天应当带把斧头来。"张讷走近弟弟身边，不让他干活。只见他的手指破了，鞋

也穿了，悲伤地说："你再不快快回去，我就用斧子砍脖子而死！"张诚这才归去。张讷送到半路才返回去。

张讷打完柴回去，到学校，嘱咐老师说："我弟弟年幼，应该管住他，山中虎狼很多。"老师说："午前不知道他去了什么地方，已经打了他手板子。"张讷回到家里，对张诚说："你看，不听我的话挨打了吧。"张诚笑着说："没有。"

第二天，张诚怀揣着斧子又去了。张讷吃惊地说："我不叫你来，为什么又来了？"张诚不应话，急忙着砍柴，汗水顺着脸往下淌，也不歇一会儿。估计够一捆了，便不辞而返。老师又责备张诚，张诚就把实情告诉了老师。老师感叹张诚贤惠，也就不再禁止他。张讷屡次制止张诚去打柴，但张诚就是不听。

有一天，张诚和几个人在山里砍柴，猛然间跳出一只老虎。众人害怕地藏了起来，老虎竟叼着张诚而去。由于老虎叼着人行动迟缓，被张讷追上。张讷抡起斧子，用力向老虎砍去，击中了老虎的胯骨，老虎疼痛狂奔起来。张讷追也追不上了，只好痛哭而返。众人都安慰劝解张讷，张讷哭得更加悲伤。他说："我弟弟不是一般的弟弟，况且他为我而死，我如何生存呢！"说着就用斧头去砍自己的脖子。众人急忙制止，但斧头已经划破脖子一寸多深，血流如注，当时就昏过去了。众人吓得够呛，撕下一块衣服，把伤口包住，大家把他搀扶回家了。

牛氏听说儿子被虎叼走了，对着张讷又哭又骂："你杀了我的儿子，想抹脖子就算完事了！"张讷呻吟着说："母亲不要烦恼，弟弟死了，我一定不会活着！"张讷躺在床上，伤口疼痛难忍，觉也睡不成，白天黑夜倚在墙根痛哭。父亲怕他也活不成，有时就到床边喂他点儿吃的，牛氏看见了就大骂不止。张讷于是连饭也不吃了，过了三天就死了。

村里有个跳大神的，张讷在途中遇到了他，把自己过去种种苦楚告诉他，并打听弟弟的下落。跳大神的说不清楚，于是反身领着张讷去找。到了一座府城，看见一个穿黑色衣服的人，从城里出来。跳大神的拦住那人，替张讷打听弟弟的下落。穿黑衣服的人从佩带的袋子里拿出簿册翻看了一遍，上面有男男女女上百多人的名字，并没有犯人张诚的名字。跳大神的怀疑在别的册子上，穿黑色衣服的人说："此路归我管，怎能让别人错抓去了呢？"张讷不信，非要跳大神的陪他进城。城中的新鬼、旧鬼来来往往，也有认识的，上前就问，都说不知道。

忽然间一片喧哗，传说："菩萨来了！"仰身望去，只见空中有个伟人，光芒四射，顿觉世界通明。跳大神的祝贺说："大郎真有福气，菩萨几十年才来一次阴间，祓除各种苦恼，今天让你赶上了。"说着便拽着张讷跪下。众多鬼犯纷纷跪拜，一齐合掌，高诵慈悲救苦救难的声音，轰轰地震天动地。菩萨用杨柳枝遍洒甘露，细细露珠如同尘埃一般。不一会儿，雾收了，光也消失了，于是菩萨也不见了。张讷觉得脖子上也沾到甘露，斧伤处不再疼痛。跳大神的于是领着他一起回到阳世，望见街上的大门，分手而去。

张讷死了两天，一下子又复活过来，他把所见所闻叙述了一遍，并说张诚没

有死。牛氏认为张讷编造谎言骗她，反而辱骂了一番。张讷满肚子委屈无法申明，用手摸摸伤口，确实完全好了，于是挣扎着站起来，向父亲叩头说："我将到天涯海角去寻找弟弟，如果找不到，这一辈子也不会回来，希望父亲就当做我死了算了。"张老头把儿子带到一个没人的地方，大哭了一场，也不敢把儿子留住。

张讷离开家后，到各处的交通要塞去打听弟弟的音信。途中没有了盘缠，就一边要饭一边走。走了一年多，到达了金陵。他穿着破烂不堪的衣服，伛偻着身子在道上走着。偶然间看见十多个骑马的经过，他便躲到路边。骑马的人中有个像是长官，年纪四十来岁，前后是健壮的士卒骑着骠悍的骏马，不离左右的护卫着。有个少年骑着一匹小马，不停地注视着张讷。张讷因为人家是贵公子，不敢正眼仰望。

那个少年停下鞭子呆了一会儿，忽然跳下马来，喊道："那不是我的哥哥吗!"张讷抬起头仔细看了看，原来是张诚。张讷握着他的手悲痛地哭起来，张诚也是哭着说："哥哥如何漂落到这种地步?"张讷说出实情，张诚更是悲痛。骑马的人都下来询问，然后报告长官。长官命令让出一匹马来驮着张讷，马头并着马头一块儿回家。到了家里，这才细细打听始末。

原来，老虎叼走张诚后，不知什么时候把他丢在路旁。张诚在路上躺了一宿，正赶上张别驾从京城过来，见他形貌文质彬彬的，很可怜，便照顾他。等张诚渐渐苏醒过来，说起自己的住处，这时已经离家很远了，因此就带着他回府。回府后，又用药物敷好张诚的伤口，过了几天就痊愈了。张别驾没有儿子，就把他当儿子看待。刚才张诚是跟着游览的。张诚把自己的情况都告诉了哥哥。

正说着，张别驾进来了，张讷不停地拜谢。张诚到内室取出衣服，让哥哥穿上，然后摆酒畅谈。张别驾问："贵家族在河南，还有什么人?"张讷说："没有了。父亲小时候是山东人，后来才搬到河南住的。"张别驾说："我也是山东人。贵乡里怎么称呼?"张讷说："曾经听父亲说，属东昌府。"张别驾惊讶地说："我们是同乡啊！为何搬到河南去的?"张讷说："明朝末年，清兵入境把前母掠去了。父亲遭受兵荒战乱，家产全毁了，由于从前常到西边做买卖，往来比较熟，所以就住在那里了。"张别驾又惊问："家尊叫什么?"张讷告诉了他。张别驾听后睁大眼睛看了张讷一阵，又低头考虑了一会儿，就快步跑进内室，不一会儿，领着老母出来了。

张讷等人向老太太行过拜见礼后，老太太问张讷："你是张炳之的孙子吗?"张讷说："是的。"老太太大哭起来，对张别驾说："这是你的弟弟。"张讷兄弟不知怎么回事，老太太说："我嫁给你父亲三年，后离散了，在北方归了黑旗主，半年后生了你的哥哥，又过半年旗主死，你的哥哥以父荫当了此官，如今辞官不干了。由于时时刻刻想念家乡，于是脱离旗籍，又恢复了原籍。曾经多次派人到山东打听，一点儿消息也没有，哪知你父亲西迁了呢?"又对张别驾说："你把

弟弟当做儿子，折死福了！”张别驾说：“过去问张诚，张诚从来没说起是山东人，想是年纪小不记得吧。”于是按年纪大小排了长幼，别驾四十岁为老大，张诚十六岁最小，张讷二十二岁为老二。张别驾得到两个弟弟特别欢喜，大家睡在一起，尽情谈起一家的遭遇，准备一起去河南。老太太担心河南不一定能够容身，别驾说：“能够容身就一起过，否则就分开过日子，天下哪有不认父亲的国家呢？”于是卖掉宅院，置办行装，选个日子就往西出发了。

到了家乡，张讷和张诚先赶路飞报父亲。张父自从张讷走后，妻子不久就死了，他一个孤老头子，形影相吊，过着寂寞日子。忽然看见张讷进来，惊喜得不敢相信自己的眼睛，只见张诚也活着，欢喜得说不出话来，一个劲儿“刷刷”流泪。张讷又告诉别驾母子也来了。张父惊愕得停住哭泣，感觉不到喜，也感觉不到悲，只是呆呆地站着。

时候不长，别驾也到了，拜见了父亲；老太太拉着老头子面对面大哭起来。张父见跟来许多丫鬟仆人，里外都是，反而觉得自己坐也不是，立也不是。张诚见母亲不在，这才知道已经过世，悲号痛哭，以至昏过去了，过了一顿饭的工夫才苏醒过来。

张别驾拿出钱来，建造了宅院厅堂，又请来老师教两个弟弟读书。张家一下子兴旺起来，马匹在槽边腾跃，人群在堂中喧笑，居然成了当地的大户人家。

异史氏说：我听说这个事，自始至终掉过好几次泪：十几岁的孩子，主动上山砍柴，帮助受虐待的哥哥，不由得感慨道：“重兄弟情谊的古人王览，不已经再现了吗！”于是第一次掉泪。到了老虎叼走张诚而去，不禁狂呼道：“天道如此昏庸啊！”于是又一次流泪。等到兄弟偶然相遇，则由于高兴而掉泪。意外地多了一个哥哥，又增加了一份悲伤，则为张别驾遭遇而流泪。一家团圆，意外的惊遇，意外的喜悦，无从缘由的泪水，则为张老头而掉。不知后世还有没有像我这样好流泪的？

[王士祯] 一本绝妙传奇，叙次文笔亦工。

[何守奇] 一门孝友，出于惇诚。讷既攀祥，诚亦提览，如斯天性，虽欲不化屯塞为祥和庆洽而不得也。

[但明伦] 一篇孝友传，事奇文奇。三复之，可以感人性情；揣摩之，可以化人文笔。

[王艺孙] 一门团聚，孝友之报也。

汾州狐

【原文】

汾州判朱公者，居廨多狐。公夜坐，有女子往来灯下，初谓是家人妇，未遑顾瞻，及举目，竟不相识，而容光艳绝。心知其狐，而爱好之，遽呼之来，女停履笑曰：“厉声加人，谁是汝婢媪耶？”朱笑而起，曳坐谢过。遂与款密，久如夫妻之好。忽谓曰：“君秩当迁，别有日矣。”问：“何时？”答曰：“目前。但贺者在门，吊者即在间，不能官也。”三日迁报果至，次日即得太夫人讣音。公解任，欲与偕旋。狐不可。送之河上，强之登舟。女曰：“君自不知，狐不能过河也。”朱不忍别，恋恋河畔。女忽出，言将一谒故旧。移时归，即有客来答拜。女别室与语。客去乃来，曰：“请便登舟，妾送君渡。”朱曰：“向言不能渡，今何以渡？”曰：“曩所谒非他，河神也。妾以君故特请之。彼限我十天往复，故可暂依耳。”遂同济。至十日，果别而去。

【译文】

汾州判官朱公，他住的地方狐狸很多。一天，朱公夜里坐着，有个女子在灯下来来往往。开始以为家中的妇女，没顾得上细瞧；等抬眼一看，竟然不认识。这个女子容光艳丽，心里明白她是个狐狸，因为喜欢她，就大声呼唤她过来。

女子站住脚，笑着说：“这么大声叫人，谁是你的丫鬟老妈子吗？”朱公笑着站起来，把她拽过来，表示道歉。于是，两人亲昵叙谈起来，时间长了，就如夫妻一般相好。

一天，女子忽然对朱公说：“您要升官了，分别的日子快到了。”朱公问：“什么时候？”女子回答说：“就在眼前。但是，道喜的刚到门口，吊丧的也要到巷口了，当不成这个官。”

三天后，果然升官的喜报来了。第二天便得到了母亲去世的讣告。朱公辞去现任，打算带女子一同回老家。女子不同意。送朱公到河边，朱公强拉女子上船，女子说：“您不知道吗？狐狸不能过河。”朱公不忍心分手，恋恋不舍呆在河边。

女子忽然走了，说将要拜见一个老朋友。过了一段时间，女子回来了，不久

就有客人来回访。女子在另外一间屋招待客人。客人走后，女子才又回来，说道："请上船吧，我送你过河。"朱公说："刚才你不是说不能渡河，现在怎么又可以渡了呢？"女子说："刚才所拜见的不是别人，正是河神。我为了你，特意请他批准。他限我十天往返，所以可以暂时跟你去呀。"

于是两人一同渡河。到了第十天，女子果然分手而去。

巧 娘

【原文】

广东有搢绅傅氏，年六十余，生一子名廉，甚慧而天阉，十七岁阴才如蚕。遐迩闻知，无以女女者。自分宗绪已绝，昼夜忧怛，而无如何。

廉从师读。师偶他出，适门外有猴戏者，廉视之，废学焉。度师将至而惧，遂亡去。离家数里，见一素衣女郎偕小婢出其前。女一回首，妖丽无比，莲步蹇缓，廉趋过之。女回顾婢曰："试问郎君，得无欲如琼乎？"婢果呼问，廉诘其何为，女曰："倘之琼也，有尺书一函，烦便道寄里门。老母在家，亦可为东道主。"廉出本无定向，念浮海亦得，因诺之。女出书付婢，婢转付生。问其姓名居里，云："华姓，居秦女村，去北郭三四里。"生附舟便去。至琼州北郭，日已曛暮，问秦女村，迄无知者。望北行四五里，星月已灿，芳草迷目，旷无逆旅，窘甚。见道侧墓，思欲傍坟栖止，大惧虎狼，因攀树猱升，蹲踞其上。听松声谡谡，宵虫哀奏，中心忐忑，悔至如烧。

忽闻人声在下，俯瞰之，庭院宛然，一丽人坐石上，双鬟挑画烛，分侍左右。丽人左顾曰："今夜月白星疏，华姑所赠团茶，可烹一盏，赏此良夜。"生意其鬼魅，毛发直竖，不敢少息。忽婢子仰视曰："树上有人！"女惊起曰："何处大胆儿，暗来窥人！"生大惧，无所逃隐，遂盘旋下，伏地乞宥。女近临一睇，反恚为喜，曳与并坐。睨之，年可十七八，姿态艳绝，听其言亦土音。问："郎何之？"答云："为人作寄书邮。"女曰："野多暴客，露宿可虞。不嫌蓬荜，愿就税驾。"邀生入。室惟一榻，命婢展两被其上。生自惭形秽，愿在下床。女笑曰："佳客相逢，女元龙何敢高卧？"生不得已，遂与共榻，而惶恐不敢自舒。未几女暗中以纤手探入，轻捻胫股，生伪寐若不觉知。又未几启衾入，摇生，迄不动，女便下探隐处。乃停手怅然，悄悄出衾去，俄闻哭声。生惶愧无以自容，恨天公之缺陷而已。女呼婢篝灯。婢见啼痕，惊问所苦。女摇首曰："我叹吾命耳。"婢立榻前，耽望颜色。女曰："可唤郎醒，遣放去。"生闻之，倍益惭怍，且惧宵半，茫茫无所复之。

筹念间，一妇人排闼入。婢曰："华姑来。"微窥之，年约五十余，犹风格。见女未睡，便致诘问，女未答。又视榻上有卧者，遂问："共榻何人？"婢代答：

“夜一少年郎寄此宿。”妇笑曰：“不知巧娘谐花烛。”见女啼泪未干，惊曰：“合卺之夕，悲啼不伦，将勿郎君粗暴也？”女不言，益悲。妇欲捋衣视生，一振衣，书落榻上。妇取视，骇曰：“我女笔意也！”拆读叹咤。女问之。妇云：“是三姐家报，言吴郎已死，茕无所依，且为奈何？”女曰：“彼固云为人寄书，幸未遣之去。”妇呼生起，究询书所自来，生备述之。妇曰：“远烦寄书，当何以报？”又熟视生，笑问：“何迕巧娘？”生言：“不自知罪。”又诘女，女叹曰：“自怜生适阉寺，没奔椓人，是以悲耳。”妇顾生曰：“慧黠儿，固雄而雌者耶？是我之客，不可久溷他人。”遂导生入东厢，探手于裤而验之。笑曰：“无怪巧娘零涕。然幸有根蒂，犹可为力。”挑灯遍翻箱簏，得黑丸授生，令即吞下，秘嘱勿吪，乃出。生独卧筹思，不知药医何症。将比五更，初醒，觉脐下热气一缕直冲隐处，蠕蠕然似有物垂股际，自探之，身已伟男。心惊喜，如乍膺九锡。

棂色才分，妇即入室，以炊饼纳生，叮嘱耐坐，反关其户。出语巧娘曰：“郎有寄书劳，将留招三娘来与订姊妹交。且复闭置，免人厌恼。”乃出门去。生回旋无聊，时近门隙，如鸟窥笼。望见巧娘，辄欲招呼自呈，惭讷而止。延及夜分，妇始携女归。发扉曰：“闷煞郎君矣！三娘可来拜谢。”途中人逡巡入，向生敛衽。妇命相呼以兄妹，巧娘笑曰：“姊妹亦可。”并出堂中，团坐置饮。饮次，巧娘戏问：“寺人亦动心佳丽否？”生曰：“跛者不忘履，盲者不忘视。”相与粲然。巧娘以三娘劳顿，迫令安置。妇顾三娘，俾与生俱。三娘羞晕不行。妇曰：“此丈夫而巾帼者，何畏之？”敦促偕去。私嘱生曰：“阴为吾婿，阳为吾子，可也。”生喜，捉臂登床，发硎新试，其快可知。既于枕上问女：“巧娘何人？”曰：“鬼也。才色无匹，而时命蹇落。适毛家小郎子，病阉，十八岁而不能人，因邑邑不畅，赍恨如冥。”生惊，疑三娘亦鬼。女曰：“实告君，妾非鬼，狐耳。巧娘独居无耦，我母子无家，借庐栖止。”生大愕。女云：“无惧，虽故鬼狐，非相祸者。”由此日共谈宴。虽知巧娘非人，而心爱其娟好，独恨自献无隙。

生蕴藉，善诙噱，颇得巧娘怜。一日华氏母子将他往，复闭生室中。生闷气，绕室隔扉呼巧娘；巧娘命婢历试数钥，乃得启。生附耳请间，巧娘遣婢去。生挽就寝榻，偎向之，女戏掬脐下，曰：“惜可儿此处阙然。”语未竟，触手盈握。惊曰：“何前之渺渺，而遽累然！”生笑曰：“前羞见客，故缩，今以诮谤难堪，聊作蛙怒耳。”遂相绸缪。已而恚曰：“今乃知闭户有因。昔母子流荡栖无所，假庐居之。三娘从学刺绣，妾曾不少秘惜。乃妒忌如此！”生劝慰之，且以情告，巧娘终衔之。生曰：“密之！华姑嘱我严。”语未及已，华姑掩入，二人皇遽方起。华姑嗔目，问：“谁启扉？”巧娘笑逆自承。华姑益怒，聒絮不已。巧娘故哂曰：“阿姥亦大笑人！是丈夫而巾帼者，何能为？”三娘见母与巧娘苦相抵，意不自安，以一身调停两间，始各拗怒为喜。巧娘言虽愤烈，然自是屈意事三娘。但华姑昼夜闲防，两情不得自展，眉目含情而已。

一日，华姑谓生曰：“吾儿姊妹皆已奉事君，念居此非计，君宜归告父母，早订永约。”即治装促生行。二女相向，容颜悲恻。而巧娘尤不可堪，泪滚滚如断贯珠，殊无已时。华姑排止之，便曳生出。至门外，则院宇无存，但见荒冢。华姑送至舟上，曰：“君行后，老身携两女僦屋于贵邑。倘不忘夙好，李氏废园中，可待亲迎。”生乃归。时傅父觅子不得，正切焦虑，见子归，喜出非望。生略述崖末，兼致华氏之订。父曰：“妖言何足听信？汝尚能生还者，徒以阉废故。不然，死矣！”生曰：“彼虽异物，情亦犹人，况又慧丽，娶之亦不为戚党笑。”父不言，但嗤之。生乃退，而技痒，不安其分，辄私婢。渐至白昼宣淫，意欲骇闻翁媪。一日为小婢所窥，奔告母，母不信，薄观之，始骇。呼婢研究，尽得其状。喜极，逢人宣暴，以示子不阉，将论婚于世族。生私白母：“非华氏不娶。”母曰：“世不乏美妇人，何必鬼物？”生曰：“儿非华姑，无以知人道，背之不祥。”傅父从之，遣一仆一妪往觇之。

出东郭四五里，寻李氏园。见败垣竹树中，缕缕有饮烟。妪下乘，直造其闼，则母子拭几濯溉，似有所伺。妪拜致主命。见三娘，惊曰：“此即吾家小主妇耶？我见犹怜，何怪公子魂思而梦绕之。”便问阿姊。华姑叹曰：“是我假女，三日前忽殂谢去。”因以酒食饷妪及仆。妪归，备道三娘容止，父母皆喜。末陈巧娘死耗，生恻恻欲涕。至亲迎之夜，见华姑亲问之。答云：“已投生北地矣。”生欷歔久之。迎三娘归，而终不能忘情巧娘，凡有自琼来者，必召见问之。或言秦女墓夜闻鬼哭，生诧其异，入告三娘。三娘沉吟良久，泣下曰：“妾负姊矣！”诘之，答云：“妾母子来时，实未使闻。兹之怨啼，将无是姊？向欲相告，恐彰母过。”生闻之，悲已而喜。即命舆，宵昼兼程，驰诣其墓，叩墓木而呼曰：“巧娘！巧娘！某在斯！”俄见女郎捧婴儿，自穴中出，举首酸嘶，怨望无已；

生亦涕下。探怀问谁氏子，巧娘曰："是君之遗孽也，诞三月矣。"生叹曰："误听华姑言，使母子埋忧地下，罪将安辞！"乃与同舆，航海而归。抱子告母。母视之，体貌丰伟，不类鬼物，益喜。二女谐和，事姑孝。后傅父病，延医来。巧娘曰："疾不可为，魂已离舍。"督治冥具，既竣而卒。儿长，绝肖父，尤慧，十四游泮。

高邮翁紫霞，客于广而闻之。地名遗脱，亦未知所终矣。

【译文】

广东有个官绅姓傅，六十多岁时生下一个儿子，取名叫廉。傅廉非常聪明，但是天生的阳具不全。十七岁了，阳具才有蚕那么大，远近的人都知道，没有人把女儿嫁给他。他自己估计宗脉将要断绝，日夜忧心忡忡，但也无可奈何。

傅廉跟着老师读书，有一天老师偶然有事出门，正巧门外有耍猴的，傅廉就带着小丫环去看，这样就耽误了学习。傅廉估计老师就要回来了，心里害怕，于是逃了出去。

在离家几里地方，看见一个白衣女郎，旁边跟着个小丫环，走在前面。女郎一回头，傅廉见她长得无比妖丽，小步慢慢移动着，于是几个快步就赶过去了。女郎回头对丫环说："试试询问郎君，是否要到海南岛去？"丫环果然招呼傅廉询问，傅廉问有什么事，女郎说："如果去海南岛，有一封信烦你顺路送到家乡。老母在家，也可以做东道主招待你。"傅廉出门本来就没有一定去处，一想过海就行，也就答应了。女郎拿出书信给了丫环，丫环把书信转给傅廉。傅廉问姓名及地址。女郎说："姓华，住在秦女村，离城北三四里。"

傅廉搭船就去了。到了琼州城北，太阳已经下山了。问秦女村，无人知晓。往城北走了四五里，这时星月已经高悬，荒草离离，旷野之中找不到一家住户，真是难堪极了。看见道边有座墓，打算依傍坟墓休息，但又怕虎狼，于是爬到一棵树上，像猴子一样蹲踞在树杈上。听松树声"刷刷"响动，夜虫"吱吱"哀鸣，心中忐忑不安，后悔的念头如火燃烧。忽然，听见脚下有说话声，俯瞰下面，宛然一个庭院，有个丽人坐在石上，两个丫环打着灯笼站在左右侍候。

那个丽人对左边的丫环说："今夜月明星稀，把华姑赠的团茶去沏一杯，好好欣赏这美好夜色。"傅廉想到这些都是鬼魅，不禁毛发竖立起来，不敢大口出气。忽然有个丫环抬着头说："树上有人！"女郎惊起，说道："何处大胆毛贼，暗中偷看人！"傅廉非常害怕，无法逃避，也只好盘旋下来，伏在地上乞求饶恕。女郎近前一看，一下子反怒为喜，拽起傅廉和自己坐在一起。

傅廉斜着眼睛看了一下，原是个十七八岁的姑娘，姿态艳丽绝顶。听她说话也是本地的声音。女郎问道："郎君上哪里去？"傅廉说："替人送书信。"女郎说："旷野之中多强盗，露宿外面令人担心。不嫌弃草舍简陋的话，希望到我家里歇息。"说着就邀请傅廉进屋。

屋里只有一张床，命令丫环铺上两床被子，傅廉惭愧自己下体不男不女，提出要睡下床，女郎笑着说："遇上好客人，我怎能像三国时陈元龙那样独自高卧？"傅廉没办法就和女郎同床睡觉，由于惶恐不安，不敢舒展身子。不一会儿，女郎暗中把小手伸进傅廉的被窝里，轻轻捻着他的大腿根和屁股。傅廉假装睡着了，好像没有知觉一样。又过了一会儿，她掀起被子钻进来，摇动傅廉，傅廉还是不动。女郎便把手伸到他的隐处，摸他的下身。时间不长，手就怅然停住了，不一会儿就又悄悄地出了被窝。

不一会儿，隐约地听到哭泣声。傅廉又急又愧，无地自容，只恨老天爷让自己生理上有缺陷。女郎呼唤丫环点灯，丫环见她脸上有泪痕，惊问受到了什么委屈。女郎摇头说："我叹自己命不好。"丫环站在床前，观察着他们的表情。女郎说："把他叫醒了，放他走吧。"傅廉听后，更加惭愧内疚，又怕半夜时分，茫茫荒野，无处可去。正犯愁中，有个妇人推门而入。

丫环喊道："华姑来了。"傅廉暗中微微看去，华姑五十多岁的光景，风韵犹存。华姑见女郎没有睡，便去盘问，女郎没有答话。又见床上躺着一个人，就问："同床睡觉的是什么人？"丫环代答说："夜里有个少年郎来借宿。"华姑笑着说："不知道巧娘竟然成了亲事。"见到女郎泪水未干，又吃惊地问道："入洞房的时光，不应当悲伤哭泣，是不是郎君对你太粗暴了？"女郎不说话，更加伤心。华姑想掀起衣服看看傅廉，一抖衣服，有封信掉落在床上。华姑拿过来一看，吃惊地说："这是我女儿的笔迹啊！"拆开读信，不住地惊叹。女郎问她，华姑说："是三姐的家书，说吴郎已经死了，孤苦伶仃，没依没靠，这可怎么好啊？"女郎说："他原本说替人捎信，幸好还没让他走。"

华姑叫傅廉起床，打听书信从哪里来的。傅廉就全说了一遍。华姑说："远道麻烦你送书信，应当怎么报答啊？"又细细打量着他，笑着问："怎么得罪巧娘啦？"傅廉说："不知道。"华姑又询问巧娘，巧娘叹气说："自己伤心活着时嫁给了一个像太监一样的人，死后又遇上类似的人，所以悲伤。"华姑瞅着傅廉说："机灵鬼，本是个男儿，怎么又是个女的呢？是我的客人，不能总打扰人家。"于是领着傅廉进了东厢房。华姑伸进傅廉的裤裆里摸了摸，笑着说："不怪巧娘哭泣，不过幸好有根子，还可以下功夫。"点上灯，翻遍所有箱匣，找到一枚黑丸，交给傅廉，让他吞下，并嘱咐不要乱动，就走了。

傅廉独自躺着寻思着，不知药丸治什么病。将近五更天，刚醒过来时，觉得脐下有一缕热气，直冲隐私处，蠕蠕然好像有东西吊在两腿之间，他自己一摸，下身已经是个男子汉了。心里惊喜万分，好像获得了皇上的最高奖赏。

窗纸刚刚发白，华姑进来，拿炊饼给傅廉吃，并叮嘱耐心坐着，把门反关上就走了。华姑出来对巧娘说："那小子有送信的功劳，留他等三娘来，让他们订下姐妹交情。我现在先把他关在里面，免得让人讨厌。"说完就走了。

傅廉在屋里转悠着，实在无聊，不时走近门缝前，像小鸟从笼里往外看似

的。望见巧娘，打算招呼她过来，自己献殷勤，可是又惭愧地打消了主意。等到夜晚时，华姑这才携带着三娘回来。她打开门，说："闷死郎君了！三娘过来拜谢。"路上遇到的那个人磨磨蹭蹭地进了屋，向傅廉行礼。华姑叫他们互相称为兄妹。巧娘笑着说："姐妹相称也可以呀。"

大家一起到了堂屋，围坐着喝酒。喝酒当中，巧娘开玩笑地问："太监也对美人动心吗？"傅廉说："缺脚的人不忘鞋，瞎眼的人不忘看。"彼此都会心一笑。巧娘因为三娘路途劳顿，硬叫她去安排休息。华姑瞅瞅三娘，示意让她跟傅廉一起走。三娘羞红了脸，不动弹。华姑说："这个男人实际上是个女的，有什么可怕的？"说着就催促两人一块儿快走。又私下嘱咐傅廉说："暗地里你是我的女婿，表面上装成我的儿子，这就行了。"

傅廉很高兴，拉着三娘就上了床，就像新磨的刀，初试锋芒，其快就可想而知了。完事后，傅廉在枕边问："巧娘是什么人？"三娘说："她是鬼。她的才貌双全，却命运不济。嫁给毛家小伙子，因有缺陷，十八岁了还不能行房事，因此郁郁不乐，含恨而死。"傅廉吃了一惊，疑心三娘也是鬼。三娘说："实话告诉你吧，我不是鬼，是狐狸啊。巧娘一人独居，没有伴侣，我母子又无家，就借她的屋子居住。"傅廉惊诧不已，三娘说："不必害怕，虽然是鬼狐，并非要祸害你。"

从此，每天一起吃喝谈笑。虽然知道巧娘不是人，但喜欢她娟秀美好，只恨自己没机会讨好她。傅廉有才华，又善于说笑话，很是得到巧娘的怜爱。

一天，华家母子外出，把傅廉锁在屋里。傅廉感到烦闷，绕着屋子，隔着门扉，呼叫巧娘。巧娘叫丫环开门，试了好几把钥匙才打开。傅廉靠近巧娘耳边请求单独同她呆一会儿，巧娘就把丫环打发走了。傅廉搂着巧娘就倒在床上，紧紧依偎着她。巧娘戏弄地用手抓他脐下那东西，说："可惜了你这好人缺少这个东西呀。"话还没有说完，触到了满把粗的东西，吃惊地说："为什么从前那么小小一丁点儿，而现在突然间又粗又大呢？"傅廉笑着说："从前羞见客人，如今因为被你嘲笑难堪，聊作青蛙生气那样膨胀起来。"于是两人亲亲热热拥在一起。

过了一会儿，巧娘生气地说："现在才知道把你关在屋里的原因。从前她们母子俩没有栖身之所，到处流荡，我借房子给她们住。三娘跟我学刺绣，我也从来没有吝惜不教，可她们却如此妒忌！"傅廉劝解安慰她，还把实情告诉了她，但巧娘还是嗔怪她们不好。傅廉说："别声张，华姑嘱咐我不要说出去。"话犹未了，华姑推门而进，两人慌忙起身。华姑瞪着眼睛，问道："谁开的门？"巧娘笑着承认自己干的。华姑更是生气，唠唠叨叨说个没完。巧娘故意讥笑说："阿婆也太让人笑了，这个男子不过跟个妇女一样，能干什么事呀？"三娘见母亲与巧娘苦苦相争，心里很不安，便一人同时调停两边，最终使双方转怒为喜。巧娘虽然言辞激烈，然而自愿屈意对待三娘。但由于华姑昼夜妨闲，巧娘与傅廉两情不能实现，只是眉目含情罢了。

一天，华姑对傅廉说："我的三娘她们都已经侍奉你了，考虑长期住在这里不是办法，你应回去告诉父母，早些订下婚约。"然后准备行装，催促傅廉上路。三娘、巧娘面对着傅廉，满脸愁伤，而巧娘更是动情，眼泪如断线珍珠滚滚而下，没个止时。华姑劝解制止她们，拉着傅廉就走。到了门外，院宅房屋顿时都不存在了，只见荒冢。华姑送到船上，说："你走后，老身带着两个女子到你家乡里租房住下。如果不忘往日的好处，可到李家废弃园子中接我们。"

傅廉回到家里，当时傅廉的父亲寻找儿子找不到，正在焦虑不堪，见儿子回来了，喜出望外，傅廉大略讲了讲经过，并把华家的婚事说了说。父亲说："妖言怎能听信？你尚且能够活着回来，完全是由于生理缺陷的缘故，不然早就死了！"傅廉说："她们虽然不是人类，情感同人一样，况且又聪明美丽，娶了也不会被亲戚朋友笑话。"父亲不说话，只是笑他。

傅廉从父亲房中退下以后，由于有了那种本事，忍耐不住，便不安分守己，就与丫环私通起来；渐渐发展到大白天就乱搞，意思是要让父母听到后吓一跳。一天，傅廉与丫环干那事，被一个小丫环看见了，就急忙报告了他母亲。他母亲不信，走近观察，这才吓一跳。她又把丫环叫去研究，知道了全部情状。她高兴极了，逢人便宣扬，显示自己儿子不阉，还要找个大户人家提亲。

傅廉私下告诉母亲："除了华家姑娘不娶。"母亲说："世上不缺漂亮女人，何必找个鬼东西？"傅廉说："儿子若非华姑，无法知道男女人伦，违背约定不吉祥。"傅廉的父亲同意儿子意见，派了一个男仆人、一个老妇人前往察看。他们走出东城门四五里，找到了李家花园。只见断墙竹树中，缕缕有股炊烟。老妇人下车，一直走到门前，看见母子俩正在擦桌子，洗碗碟，好像等待客人。老妇人行了拜见礼，并传达主人的意思。一见三娘，吃惊地说："这就是我们家的小主妇吧？我见了都怜爱，何怪公子魂思梦想的！"然后又问她姐姐。华姑叹道："她是我的干女儿，三天前忽然死去了。"说完，用酒食招待老妇人和男仆。

老妇人回到家里，极力称赞三娘的容貌举止，傅廉的父母听了都很高兴。后来才说巧娘去世的消失，傅廉难过得要流泪。到娶亲那天夜里，见到华姑后，又亲自询问巧娘的事。华姑答道："已经投生到北方去了。"傅廉哀叹心碎了很久。

傅廉把三娘娶了回来，但始终也忘不了巧娘，凡是有从琼州来的人，必定要召见询问。有人说在夜间听到秦女墓鬼哭的声音。傅廉很是奇怪，进去告诉了三娘。三娘沉吟很久，流着眼泪说："我对不起姐姐呀！"傅廉追问，答道："我们母子来时，实际上没有告诉她。那里怨恨而哭的，莫非是姐姐吗？以前打算告诉你，又怕显出母亲的过错。"傅廉听说后，转悲为喜，马上命令套车，昼夜兼程，飞快赶到秦女墓。他敲着坟前树木，大声呼道："巧娘，巧娘！我在这里。"不一会儿，看见一个女郎背着个小孩，从坟里走出来。她抬头辛酸地嘶叫着，悲怨地望着傅廉，傅廉也流下眼泪。他探望了一下巧娘怀中的婴儿，问是谁的孩子。巧娘说："这是你留下的孽种啊，生下三个月了。"傅廉叹息道："误听华姑之

言，使得你们母子俩含忧地下，罪责难逃啊！”于是同坐一辆车离开坟墓，渡海回到家里。

傅廉抱着儿子告诉了母亲，母亲打量着孩子，体形壮实，不像是鬼生的，更是欢喜。巧娘与三娘相处和谐，对待老人也很孝顺。后来，傅廉的父亲病了，请来医生诊治。巧娘说：“病没法治了，魂已经离开了身体。”于是催着准备办丧事用的东西，等置办好了，老人也死了。

巧娘的儿子长大了，非常像他的父亲，特别聪明，十四岁就中了秀才。

高邮的翁紫霞在旅居广东时，听到了这件事。地名没记住，也不知道最终如何。

［王士祯］巧娘出家，形耶？魂耶？

［何守奇］鬼能生子，异与聂小倩同。

［但明伦］此篇拈一“阉”字，巧弄笔墨，措词雅不伤纤，文势极抑扬顿挫之妙。

吴令

【原文】

吴令某公，忘其姓字，刚介有声。吴俗最重城隍之神，木肖之，被锦藏机如生。值神寿节，则居民敛资为会，辇游通衢。建诸旗幢，杂卤簿，森森部列，鼓吹行且作，阗阗咽咽然，一道相属也。习以为俗，岁无敢懈。公出，适相值，止而问之，居民以告；又诘知所费颇奢。公怒，指神而责之曰：“城隍实主一邑。如冥顽无灵，则淫昏之鬼，无足奉事。其有灵，则物力宜惜，何得以无益之费，耗民脂膏？”言已，曳神于地，笞之二十。从此习俗顿革。

公清正无私，惟少年好戏。居年余，偶于廨中梯檐探雀彀，失足而堕，折股，寻卒。人闻城隍祠中，公大声喧怒，似与神争，数日不止。吴人不忘公德，群集祝而解之，别建一祠祠公，声乃息。祠亦以城隍名，春秋祀之，较故神尤著。吴至今有二城隍云。

【译文】

吴县的县令，忘记他的姓名了，他的刚正不阿是很有声誉的。吴县的风俗里最尊重城隍神，人们用木头雕成神像，锦衣下装着机关，像活人一样。每逢城隍的寿辰，群众就凑钱办庙会，抬着城隍神像游街。当时大家打着各式各样的旗帜，举着各种仪仗，排着队伍，吹吹打打地前进。热热闹闹的，大道上挤满了人。这种庆祝城隍生日的活动已经习以为常了，年年不敢懈怠。

县令出门，正好和游行队伍相遇，便停下来询问。老百姓一一告诉了他。他又通过查问得知花费很多，很生气，手指着神像责备说：“城隍实际上是一城之

主。如果他昏庸无知，毫无灵验，那么就是一个糊涂鬼，不值得供奉；如果明察事物，有灵验，那么就应该爱惜物力，怎么可以浪费这么多的钱财，消耗百姓的血汗，来为自己祝寿呢？”说罢把神像拽倒在地，打了二十大板。从此，这个风俗便被革除了。

县令清廉无私，只是年轻好玩。一年后，偶而在公馆里，登梯子掏房檐下的幼鸟，一个失足摔到地上，跌断了腿，不久就死了。

人们听见城隍庙里，县令生气地大声喧叫，好像与神争吵，好几天都没有停止。吴县的人不忘县令的好处，大家一起祷告调解，又另外建了一座庙，用来祭祀县令，这样吵声才平息了。

这个新建的庙，也叫城隍庙，每逢春秋两季进行祭祀，比对原来那个城隍还重视。吴县至今仍有两个城隍。

［胡泉］城隍非淫祀也，列诸祀典久矣。曳而笞之，不亦过乎？而责数之语，则生气凛然。意公之刚介清正，有以厌之也。然戏探雀鷇，则不仁甚矣。死而为神，岂天上以其无私耶？抑人奉之，而或而凭焉者耶？

口　技

【原文】

村中来一女子，年二十有四五，携一药囊，售其医。有问病者，女不能自为方，俟暮夜问诸神。晚洁斗室，闭置其中。众绕门窗，倾耳寂听；但窃窃语，莫敢咳。内外动息俱冥。

至夜许，忽闻帘声。女在内曰：“九姑来耶？”一女子答云：“来矣。”又曰：“腊梅从九姑来耶？”似一婢答云：“来矣。”三人絮语间杂，刺刺不休。俄闻帘钩复动，女曰：“六姑至矣。”乱言曰：“春梅亦抱小郎子来耶？”一女曰：“拗哥子！呜呜不睡，定要从娘子来。身如百钧重，负累煞人！”旋闻女子殷勤声，九姑问讯

声，六姑寒暄声，二婢慰劳声，小儿喜笑声，一齐嘈杂。即闻女子笑曰："小郎君亦大好耍，远迢迢抱猫儿来。"既而声渐疏，帘又响，满室俱哗，曰："四姑来何迟也？"有一小女子细声答曰："路有千里且溢，与阿姑走尔许时始至。阿姑行且缓。"遂各各道温凉声，并移坐声，唤添坐声，参差并作，喧繁满室，食顷始定。即闻女子问病。九姑以为宜得参，六姑以为宜得芪，四姑以为宜得术。参酌移时，即闻九姑唤笔砚。无何，折纸戢戢然，拔笔掷帽丁丁然，磨墨隆隆然；既而投笔触几，震笔作响，便闻撮药包裹苏苏然。顷之，女子推帘，呼病者授药并方。反身入室，即闻三姑作别，三婢作别，小儿哑哑，猫儿唔唔，又一时并起。九姑之声清以越，六姑之声缓以苍，四姑之声娇以婉，以及三婢之声，各有态响，听之了了可辨。群讶以为真神。而试其方亦不甚效。此即所谓口技，特借之以售其术耳。然亦奇矣！

昔王心逸尝言："在都偶过市廛，闻弦歌声，观者如堵。近窥之，则见一少年曼声度曲。并无乐器，惟以一指捺颊际，且捺且讴，听之铿铿，与弦索无异。"亦口技之苗裔也。

【译文】

村里来了一个女子，年纪约有二十四五，携带着一个药袋，给人家治病。有来问病的，这个女子自己不开方子，等到了晚上请神仙给开药方。

到晚上开药方时，女子便收拾一间干净小屋，把自己关在屋里，众人围绕在门边窗外，倾耳静听，一个个只能窃窃细语，不敢大声咳嗽，整个屋里屋外都是静悄悄的。

快半夜了，忽然听到帘子声。女子在屋内说："九姑来啦？"另一个女子答道："来了。"又问："腊梅跟九姑来啦？"好像一个丫环答道："来了。"三个人你一言我一语絮絮叨叨个没完。过一会儿，又听到帘钩响动，女子说："六姑到啦。"有人插言说："春梅也抱着小娃娃来啦。"一个女的说："这个拗小子，呜呜不睡，非要跟娘子来。身子沉甸甸的有百八十斤重，压死人了！"紧接着又听见女子殷勤招待的声音、九姑问话的声音、六姑寒喧的声音、两个丫环慰劳的声音，还有小孩子嬉笑的声音，闹哄哄的一片嘈杂声。

一会儿又听到女子笑着说："小郎君也太好玩了，远远的还抱着猫来。"一会儿声音渐渐稀疏下来。片刻，帘子又响了，满屋子喧哗，有人说："四姑怎么来得这么晚？"有一个小女子细声答道："路途足有一千多里，与阿姑走了那么长时间才到，阿姑走得慢。"于是各个嘘寒问暖，并且出现移动座位的声音、叫人添座椅的声音，此起彼伏，满屋子说话响动声，过了一顿饭的工夫才安静下来。

这时才听到女子问治病用什么药。九姑认为应该用人参，六姑认为用黄芪好，四姑主张用白术合适，大家斟酌了一个时辰，这才听见九姑唤人送来笔砚。

不一会儿，又听到折纸的“嚓嚓”声，拔笔帽的“叮叮”声，磨墨的“隆隆”声，后来又听到投笔触动桌子的“震震”声，最后便听到抓药包装的“沙沙”声。

又过了一会儿，女子掀开帘子，呼病人来取药方和药。女子转身进屋，接着就听到三个姑告别声，三个丫环告别声，小孩子“哑哑”笑声，猫儿“咪咪”叫声，一时并起。九姑的声音清朗悠扬，六姑的声音缓慢苍老，四姑的声音娇美婉转，再加上三个丫环的声音，各有特色，一听就可以分辨出是哪一个人在讲话。

大家惊讶极了，以为真是遇上了神仙，但是吃了女子开的药，也没有什么特别的疗效。这就是所谓的口技，这个女子利用自己的口技推销她的药物。尽管如此，她的口技却也达到了出奇的境界。

从前王心逸曾经讲过：他在京都偶然经过一个集市，听到弹琴歌唱声，观看的人跟一堵墙那么多。走近一看，只见一个少年按着乐曲拍子悠扬地唱着，并没有乐器，只是用一指捺着面颊处，一边捺着，一边唱着，听起来“铿锵”作响，与乐器伴奏没有两样。这也是口技一类的技巧吧。

狐联

【原文】

焦生，章丘石虹先生之叔弟也。读书园中，宵分有二美人来，颜色双绝。一可十七八，一约十四五，抚几展笑。焦知其狐，正色拒之。长者曰：“君髯如戟，何无丈夫气？”焦曰：“仆生平不敢二色。”女笑曰：“迂哉！子尚守腐局耶？下元鬼神，凡事皆以黑为白，况床笫间琐事乎？”焦又咄之。女知不可动，乃云：“君名下士，妾有一联，请为属对，能对我自去：戊戌同体，腹中止欠一点。”焦凝思不就。女笑曰：“名士固如此乎？我代对之可矣：己巳连踪，足下何不双挑。”一笑而去。

【译文】

焦生是章丘石虹先生的叔伯兄弟。有一天，他在花园中读书，半夜时分，有两个美人来到跟前，姿容都是绝对的艳丽。一个约十七八岁，一个约十四五岁，摸着桌子笑。焦生心里明白这是狐狸，便板起严肃的面孔对待她们。

大一点儿的美人说："先生的胡须跟箭戟一样，为何却没点儿大丈夫气概呢？"焦生说："我平生从不跟外面的女人乱搞。"美人笑着说："迂腐啊！你还守着过时的道德观念吗？末世的鬼神，他们凡事都要颠倒黑白，何况在床上那些小事呢？"焦生又是叱责她们。

美人知道这个男子不可动摇，便说："先生是个名士，我有一副对联，请你属对，对得上，我自然就走。上联是：'戊戌同体，腹中只欠一点。'"焦生凝思许多，也没有对出下联。美人笑着说："名士就是这个水平吗？我替你对上吧：己巳连踪，足下何不双挑。"说罢，一笑走了。

这件事是长山李司寇讲的。

［王士祯］才狐也，乃不谙平仄。

潍水狐

【原文】

潍邑李氏有别第，忽一翁来税居，岁出直金五十，诺之。既去无耗，李嘱家人别租。翌日翁至，曰："租宅已有关说，何欲更僦他人？"李白所疑。翁曰："我将久居是，所以迟迟者，以涓吉在十日之后耳。"因先纳一岁之直，曰："终岁空之，勿问也。"李送出，问期，翁告之。

过期数日，亦竟渺然。及往觇之，则双扉内闭，炊烟起而人声杂矣。讶之，投刺往谒。翁趋出，逆而入，笑语可亲。既归，遣人馈遗其家；翁犒赐丰隆。又数日，李设筵邀翁，款洽甚欢。问其居里，以秦中对。李讶其远，翁曰："贵乡福地也。秦

中不可居，大难将作。”时方承平，置未深问。越日，翁折柬报居停之礼，供帐饮食，备极侈丽。李益惊，疑为贵官。翁以交好，因自言为狐。李骇绝，逢人辄道。邑搢绅闻其异，日结驷于门，愿纳交翁，翁无不伛偻接见。渐而郡官亦时还往。独邑令求通，辄辞以故。令又托主人先容，翁辞。李诘其故。翁离席近客而私语曰：“君自不知，彼前身为驴，今虽俨然民上，乃饮糙而亦醉者也。仆固异类，羞与为伍。”李乃托词告令，谓狐畏其神明故不敢见。令信之而止。

此康熙十一年事。未几秦罹兵燹，狐能前知，信矣。

异史氏曰：“驴之为物庞然也。一怒则踶趹嗥嘶，眼大于盎，气粗于牛，不惟声难闻，状亦难见。倘执束刍而诱之，则帖耳辑首，喜受羁勒矣。以此居民上，宜其饮糙而亦醉也。愿临民者以驴为戒，而求齿于狐，则德日进矣。”

【译文】

潍县李家有一座多余的宅院。有一天，忽然来了一个老头要租房住，每年交五十两银子，李家主人答应了。老头走后一直没有消息，李家主人便嘱咐家人把房子租给别的人家。

不久，老头来了，说：“租房子的事，我已经关照过了，为什么还想要租给别人呢？”李家主人说明了原由，老头说：“我准会在这里长久住下去，所以迟迟不来的原因，我要选个搬家的好日子，是在十天之后。”于是先交了一年的租金，说：“就是终年房子空着，也不要过问。”李家主人送老头出来，问搬家的日期，老头告诉了他。

过了搬家的日期几天了，还是没有动静，李家主人便前往要出租的院宅去看看情况，没想到两扇大门从里面关着，院里已经升起了炊烟，人声嘈杂。他很惊奇，便拿出名帖，递给门里。老头忙走出来，把主人迎进屋去，笑容满面，和蔼可亲。李家主人走后，老头又派人送去礼物，馈赠的礼品特别丰盛。

又过了几天，李家设宴邀请老头，大家很是融洽愉快。李家主人问老头的家乡，老头回答说是在陕西。对此，李家主人很是诧异，不明白为何从这么老远地方来。老头说：“贵乡是个有福的地方，陕西那里不能再住了，将要发生大灾难。”当时天下太平，就一听而已，没有细问。

隔了一天，老头送来书信请帖，表示回敬房东的情谊。宴请之中，设置及其饮食都非常奢侈豪华。李家主人更是惊奇，疑心老头是个显贵的官僚。老头因为彼此交好，就明说自己是个狐狸。李家主人当时吓得目瞪口呆，后来见人就说这件事。

城里的绅士们听说了这件怪事，每天都有坐车到老头家里来的，想结交老头。老头都是低头哈腰地接见他们。渐渐郡官也与老头有所往来。只有县令要求会见老头，老头托辞推托。县令又托李家主人先去打招呼，老头还是不愿接见。主人询问原因，老头离开座位，走到主人跟前，小声说：“你哪里知道，他的前

身是个驴，现在虽然装模作样在百姓之上，其实是个给点钱就情愿出卖老婆的人。我虽然不是人类，但是耻于和这样的人来往。”

李家主人便编了一套说辞告诉县令，说狐狸畏惧你的神明，所以不敢见到你。县令相信了，便不再打算与老头见面。

这事发生在康熙十一年。不久，陕西遭遇了战乱。人们说狐狸能够预知将要发生的事情，看来是有根据的。

异史氏说：驴这种动物，也算得上是庞然大物了。当它发怒起来，就会乱踢乱叫，眼睛瞪得比酒盅还大，吼声比牛还粗；不仅声音难听，样子也实在难看。然而，如果拿把草料去引诱它，它就会俯首贴耳，乐于让你上套了。像这种东西高踞于老百姓头上，只够个饮口米汤就甘于醉倒的人了。但愿当官治民的人，以驴为诫，多和这样的狐狸交朋友，那么你的品德就会一天天提高起来。

[何守奇]古有鸟官，今又有驴令，孤乌得不畏其神明耶！

[但明伦]此狐与彼狐之事同，此李与彼李之心异。彼则心知其狐而阴害之，此则自信为狐而益亲之。然则居停主人亦不可不择。前狐之受奇惨祸，亦其无知人之明耳。观此弧之所以大令音，可以见矣。

红玉

【原文】

广平冯翁有一子，字相如，父子俱诸生。翁年近六旬，性方鲠，而家屡空。数年间，媪与子妇又相继逝，井臼自操之。一夜，相如坐月下，忽见东邻女自墙上来窥。视之，美；近之，微笑；招以手，不来亦不去。固请之，乃梯而过，遂共寝处。问其姓名，曰：“妾邻女红玉也。”生大爱悦，与订永好，女诺之。夜夜往来，约半年许。翁夜起闻女子含笑语，窥之见女，怒，唤生出，骂曰：“畜产所为何事！如此落寞，尚不刻苦，乃学浮荡耶？人知之丧汝德，人不知促汝寿！”生跪自投，泣言知悔。翁叱女曰：“女子不守闺戒，既自玷，而又以玷人。倘事一发，当不仅贻寒舍羞！”骂已，愤然归寝。女流涕曰：“亲庭罪责，良足愧辱！我二人缘分尽矣！”生曰：“父在，不得自专。卿如有情，尚当含垢为好。”女言辞决绝，生乃洒涕。女止之曰：“妾与君无媒妁之言，父母之命，逾墙钻隙，何能白首？此处有一佳耦，可聘也。”告以贫。女曰：“来宵相俟，妾为君谋之。”次夜女果至，出白金四十两赠生。曰：“去此六十里，有吴村卫氏，年十八矣，高其价，故未售也。君重啖之，必合谐允。”言已别去。

生乘间语父，欲往相之，而隐馈金不敢告。翁自度无资，以是故止之。生又婉言：“试可乃已。”翁颔之。生遂假仆马，诣卫氏。卫故田舍翁，生呼出引与闲语。卫知生望族，又见仪采轩豁，心许之，而虑其靳于资。生听其词意吞吐，会其旨，倾囊陈几上。卫乃喜，浼邻生居间，书红笺而盟焉。生入拜媪。居室逼侧，女依母自障。微睨之，虽荆布之饰，而神情光艳，心窃喜。卫借舍款婿，便言：“公子无须亲迎。待少作衣妆，即合异送去。”生与期而归。诡告翁，言卫爱清门，不责资。翁亦喜。至日卫果送女至。女勤俭，有顺德，琴瑟甚笃。逾二年举一男，名福儿。会清明抱子登墓，遇邑绅宋氏。宋官御史，坐行赇免，居林下，大煽威虐。是日亦上墓归，见女艳之，问村人知为生配。料冯贫士，诱以重赂冀可摇，使家人风示之。生骤闻，怒形于色。既思势不敌，敛怒为笑，归告翁。翁大怒，奔出，对其家人，指天画地，诟骂万端。家人鼠窜而去。宋氏亦怒，竟遣数人入生家，殴翁及子，汹若沸鼎。女闻之，弃儿于床，披发号救。群篡舁之，哄然便去。父子伤残，吟呻在地，儿呱呱啼室中。邻人共怜之，扶之榻上。经日，生杖而能起；翁忿不食，呕血，寻毙。

生大哭，抱子兴词，上至督抚，讼几遍，卒不得直。后闻妇不屈死，益悲。冤塞胸吭，无路可伸。每思要路刺杀宋，而虑其扈从繁，儿又罔托。日夜哀思，双睫为之不交。忽一丈夫吊诸其室，虬髯阔颔，曾与无素。挽坐欲问邦族。客遽曰：“君有杀父之仇，夺妻之恨，而忘报乎？”生疑为宋人之侦，姑伪应之。客怒，眦欲裂，遽出曰：“仆以君人也，今乃知不足齿之伧！”生察其异，跪而挽之，曰：“诚恐宋人恬我。今实布腹心：仆之卧薪尝胆者，固有日矣。但怜此襁中物，恐坠宗祧。君义士，能为我杵臼否？”客曰：“此妇人女子之事，非所能。君所欲托诸人者，请自任之；所欲自任者，愿得而代庖焉。”生闻，崩角在地，客不顾而出。生追问姓字，曰：“不济，不任受怨；济，亦不任受德。”遂去。生惧祸及，抱子亡去。至夜，宋家一门俱寝，有人越重垣入，杀御史父子三人，及一媳一婢。宋家具状告官。官大骇。宋执谓相如，于是遣役捕生。生遁不知所之，于是情益真。宋仆同官役诸处冥搜，夜至南山，闻儿啼，迹得之，系缧而

行。儿啼愈嗔，群夺儿抛弃之，生冤愤欲绝。见邑令，问："何杀人?"生曰："冤哉！某以夜死，我以昼出，且抱呱呱者，何能逾垣杀人?"令曰："不杀人，何逃乎?"生词穷，不能置辨。乃收诸狱。生泣曰："我死无足惜，孤儿何罪?"令曰："汝杀人子多矣，杀汝子何怨?"生既褫革，屡受梏惨，卒无词。令是夜方卧，闻有物击床，震震有声，大惧而号。举家惊起，集而烛之；一短刀铦利如霜，剁床入木者寸余，牢不可拔。令睹之，魂魄丧失。荷戈遍索，竟无踪迹。心窃馁。又以宋人死，无可畏惧，乃详诸宪，代生解免，竟释生。

生归，瓮无升斗，孤影对四壁。幸邻人怜馈食饮，苟且自度。念大仇已报，则辗然喜；思惨酷之祸几于灭门，则泪潸潸堕；及思半生贫彻骨，宗支不续，则于无人处大哭失声，不复能自禁。如此半年，捕禁益懈。乃哀邑令，求判还卫氏之骨。及葬而归，悲怛欲死，辗转空床，竟无生路。忽有款门者，凝神寂听，闻一人在门外，哝哝与小儿语。生急起窥觇，似一女子。扉初启，便问："大冤昭雪，可幸无恙！"其声稔熟，而仓卒不能追忆。烛之，则红玉也。挽一小儿，嬉笑跨下。生不暇问，抱女呜哭，女亦惨然。既而推儿曰："汝忘尔父耶?"儿牵女衣，目灼灼视生。细审之，福儿也。大惊，泣问："儿那得来?"女曰："实告君，昔言邻女者，妾也，妾实狐。适宵行，见儿啼谷中，抱养于秦。闻大难既息，故携来与君团聚耳。"生挥涕拜谢。儿在女怀，如依其母，竟不复能识父矣。天未明，女即遽起。问之，答曰："奴欲去。"生裸跪床头，涕不能仰。女笑曰："妾诳君耳。今家道新创，非夙兴夜寐不可。"乃剪莽拥篲，类男子操作。生忧贫乏，不自给。女曰："但请下帷读，勿问盈歉，或当不殍饿死。"遂出金治织具，租田数十亩，雇佣耕作。荷镵诛茅，牵萝补屋，日以为常。里党闻妇贤，益乐资助之。约半年，人烟腾茂，类素封家。生曰："灰烬之余，卿白手再造矣。然一事未就安妥，如何?"诘之，答曰："试期已迫，巾服尚未复也。"女笑曰："妾前以四金寄广文，已复名在案。若待君言，误之已久。"生益神之。是科遂领乡荐。时年三十六，腴田连阡，夏屋渠渠矣。女袅娜如随风欲飘去，而操作过农家妇。虽严冬自苦，而手腻如脂。自言二十八岁，人视之，常若二十许人。

异史氏曰："其子贤，其父德，故其报之也侠。非特人侠，狐亦侠也。遇亦奇矣！然官宰悠悠，竖人毛发，刀震震入木，何惜不略移床上半尺许哉？使苏子美读之，必浮白曰：'惜乎击之不中！'"

【译文】

广平县有个姓冯的老头，有个儿子叫相如，父子俩都是秀才。冯老头年近六十岁了，性格正派耿直，但家里经常缺吃少穿的。近几年来，老婆子与儿媳妇又相继去世，连挑水做饭都得自己去干。

一天夜里，冯相如在月光下坐着，忽然看见东邻女子骑在墙头上偷看。看上去，非常美。冯相如走到女子跟前，女子微笑着。向她招手，女子不来也不走。一再邀请她下来，女子才从梯子上下来，于是同床共枕。问她的姓名，她说：“我是邻居的女儿红玉。”冯相如对她非常喜欢，要跟她私订山盟海誓，她答应了。

以后，红玉天天夜里过来，约有半年之久，一天夜里，冯老头起身，听到有女子说笑声，偷着一看，见是个女人。大怒，把儿子叫出来，骂道：“畜生你干的什么事！如此贫困落魄，还不刻苦努力，竟然学这轻浮浪荡之事？人家知道了，丢了你的品德；人家不知道，也是减你的寿！”冯相如跪在地上，哭着承认自己后悔了。冯老头又叱责红玉说：“一个女子不守闺戒，既是玷污自己，也是玷污别人。倘若事情一暴露，决不是仅仅给我们家带来耻辱！”老头骂完，气愤地回去睡觉了。

红玉流着泪说：“让老人家当面训斥，真够羞愧的了！我们的缘分到头了！”冯相如说：“父亲在，我不敢自作主张。如果你有情义，应当包涵些为好。”红玉说话言辞一点儿也不松动，冯相如无奈哭起来。红玉制止他说：“我与你没有媒人的说合，也没有父母的准许，爬墙钻洞，如何能够白头到老？这里有一个好配偶，你可以娶她。”冯相如说贫穷娶不起媳妇，红玉说：“明夜等着我，我给你想个办法。”

第二天夜里，红玉果然来了，拿出四十两银子送给冯相如，说：“离这里六十里地，有个吴村姓卫的人家，女儿十八岁了，由于要的聘金多，所以还没有嫁出去。你多给她钱，一定会办成。”说完就走了。冯相如找个机会告诉父亲，打算去相亲，当然把要聘金的事隐瞒没说。冯老头自己估计没有钱财恐怕不行，所以不让他去。冯相如又婉言说：“就让我试一试吧。”于是冯老头点头答应了。

冯相如借来一匹马和一个仆人就上路到吴村卫家去了。卫家本是个种庄稼的，冯相如便把卫老头叫到外面谈话。卫老头知道了冯家是个大族，又见冯相如仪表堂堂，心里已经同意了，只是顾虑不知给多少彩礼。冯相如听他的言词吞吞吐吐，明白了他的意思，把带的银子都放在桌子上。卫老头一见银两非常高兴，忙求邻家一个小伙子当中间人，用红纸写好了婚书，双方订立了婚约。

冯相如进入内室拜见老太太，只见住房狭窄，卫家姑娘躲在母亲身后。稍微打量了一下姑娘，虽然穿戴很是一般，但神情光艳出众，心里暗暗高兴。卫老头借了邻家的房子来款待女婿，说道：“公子不必亲迎了，等做几件衣服到日子就给你送过去。”

冯相如与卫老头订好婚期就回来了。他骗父亲说：“卫家喜欢咱们是正经读书人家，不要什么彩礼。”冯老头听了也很高兴。到了约定的日子，卫家果然把女儿送来了。这个姑娘勤俭，又温顺，两口子感情很好。

过了二年，卫家姑娘生下一个儿子，叫福儿。清明节时，她抱着福儿去扫墓，遇上了一个姓宋的乡绅，这个姓宋的当过御史官，因为受贿赂被罢了官，他在家闲居，仍是耍威风，欺压百姓。这天上坟回来，见到卫家姑娘艳丽，就看上了。他问村里人，知道是冯相如的配偶，料想冯家本是贫士，拿出许多金钱诱

逼，可望动摇了他的心，于是让家人去探听冯相如的口气。

冯相如骤然听到这种口信，气得脸色都变了；既而一想，自己斗不过宋家，只好收敛怒气，装出笑脸，进屋去告诉父亲，冯老头一听大怒，跑出屋来，对着宋家派出的家人，指天画地，百般辱骂。宋家家人抱头鼠窜，赶紧回去了。

姓宋的也发火了，竟派了好几个人闯入冯家，气势汹汹，殴打冯家父子，吵吵闹闹像开了锅一样。卫家姑娘听到声音，把儿子扔在床上，披散着头发，跑出来呼救。宋家的打手见到卫家姑娘，就抢过去，抬着她就一哄跑了。冯家父子被打伤残，倒在地上呻吟着，小儿独自在屋里"呱呱"地哭着，邻居们都可怜这一家，把冯家父子扶到床上。过了一天，冯相如拄着棍子站了起来，冯老头气得不吃不喝，口吐鲜血而死。

冯相如大哭一场，抱着儿子到衙门去告状，一直告到巡抚、总督，几乎告遍了所有衙门，最终也没有得到伸冤。后来又听说妻子不屈从而死，更加悲愤。奇冤大恨塞满胸口，无处可伸。每每想在路口伺机刺杀姓宋的禽兽，但又顾虑他的随从很多，小儿子又无人可托，日夜苦苦思索，眼皮都不曾合上。

一天，突然有个男子汉到冯家来吊问，长着络腮胡子，宽下巴，从来没有见过面。冯相如请他坐下，打算问一下尊姓大名。但来人却张口就说："你有杀父之仇，夺妻之恨，难道忘记报仇了吗？"冯相如疑心来人是宋家的侦探，姑且假装地点头表示不想报仇的意思。来人生气地瞪起眼睛，眼角都要裂开了，猛地站起身就要走，说道："我还以为你是个正人，现在才知道是个不足挂齿的东西！"冯相如看出这个人不一般，忙跪下来，拉着他的手说："我实在是怕宋家来套我实情。现在可以向你坦露心腹：我卧薪尝胆也不是一天两天了，只是担心这襁褓中的孩子，恐怕绝了后代。你是个义士，能像公孙杵臼照顾赵氏孤儿那样替我照顾孩子吗？"来人说："这是妇女干的事，不是我能做的。你所以想托给别人，不过想自己去报仇，我愿代庖，替你了断此事。"冯相如听了，连磕三个响头。来人连看也没看就出去了。冯相如追问姓名，来人说："不成功，我不受你的埋怨；成功了，我也不受你的感激。"说罢走了，冯相如怕受牵连，抱着儿子逃跑了。

到了夜里，宋家一门都睡觉了，有人越过几道高墙，杀了宋御史父子三人，还有一个媳妇、一个丫鬟。宋家写了状子告到衙门，县令大惊。宋家坚持说是冯相如害的，于是派遣捕役去抓冯相如。到了冯家一看，冯相如不知哪里去了，于是便认为是冯家干的。

宋家仆人和官府捕役到各处搜索，夜里到了南山，听到有小儿啼哭，循着声音抓到了冯相如，捆上绳子押着上路。小儿越哭越厉害，那帮人夺过孩子就扔到路边去了。冯相如怨恨到了极点。见到了县令，县令问："为什么杀人？"冯相如说："冤枉啊！他是夜里死的，我白天就出外了，而且抱着一个呱呱叫的孩子，怎能越墙杀人？"县令说："不杀人，你逃什么？"冯相如没话说，不好解释，就被关进监狱。冯相如哭着说："我死不足惜，一个孤儿有何罪过？"县令说："你杀了那么多人，杀了你的儿子有什么可怨恨的？”冯相如被革去了秀才功名，多次受到严刑拷打，最终也没有招供。

当天夜里，县令刚躺下，听到有东西打到床上，声音响脆，不禁吓得号叫起来。全家惊慌地起来，一块儿跑到出事的屋里，用灯一照，原是一把短刀，刀刃锋利如霜，剁入床头有一寸多，牢不可拔。县令目睹后，吓得魂飞魄散。衙役们拿着武器搜遍所有地方，一点踪迹都没有找到。县令心里暗暗害怕，又因为姓宋的已经死了，没有什么可怕的，于是就把案件详细地报告上司，替冯相如开脱，最后竟然放了冯相如。

冯相如回到家里，缸里没有一点粮食，只有孤单单地面对四壁。幸好邻居可怜他，送给他一点儿吃的喝的，勉强过日子。当他想到大仇已报，不由得輾然而笑；而想到惨遭大祸，几乎全家灭门时，不由得泪水潸潸而下；等想到自己半辈子贫穷彻骨、后继无人时，就抑制不住，来到没人的地方，放声痛哭。

就这样过了半年，官司松了下来，冯相如便哀求县令，把卫家姑娘的尸骨判还给他。当他把卫家姑娘的尸骨掩埋以后，回到家里，悲痛得想了却残生。夜里躺在床上翻来覆去，想不出一丝活路来。突然，有敲门声，凝神静听，好像有一个人在门外，唧唧哝哝与小孩说话。冯相如急忙起身往外看，好像是一个女人。

门刚一打开，外面的人就问：“大冤得以昭雪，你也好吧？”这声音很是熟悉，但在仓促之中一时想不起是谁。用灯一照，原来是红玉，手里还领着个小孩，在她腿侧笑着。冯相如顾不上说别的，抱着红玉就放声大哭。红玉也是惨然伤心。过了一会儿，红玉推着小孩说：“你忘了你父亲啦？”小孩拽着红玉的衣服，目光闪闪地瞅着冯相如。细细端详，看出来这是福儿。冯相如大惊，哭着问：“儿子从哪里得来的？”红玉说：“实话告诉你吧，从前我说自己是邻家女，那是假的，我实际上是狐狸。那天正好走夜路，听见小孩在谷口啼哭，便抱到山西去了。听说你的大难过去了，所以把他带来与你团聚。”冯相如抹着眼泪向红玉拜谢。小孩在红玉怀里，就像依恋母亲一样，竟然不认识他的父亲了。

天不亮，红玉很快就起床了。冯相如问她，她说：“我打算走了。”冯相如光着身子跪在床头，哭得头也抬不起来。红玉笑着说：“我骗你呢。如今家业新建，必须早起晚睡才行。”于是，她又是打草，又是扫院子，像个男人一样劳动。冯相如担心家境贫寒，靠红玉一人，日子过不去。红玉说：“你只管埋头读书，不要管什么盈亏，或许不至于到饿死路边的境地。”于是拿出银两置办纺线织布的工具，还租了几十亩田，雇人耕种。

红玉扛着锄头去除草，牵引萝藤去补漏屋，天天都是这样辛勤操作。乡亲们见红玉贤惠，都愿意帮助她。大约过了半年，冯家生活蒸蒸日上，好像是个大户人家。冯相如说：“犹如大火焚烧之后，全靠你白手起家呀。不过有一件事我没有办妥，怎么办？”红玉问什么事，冯相如说：“考试的日期快到了，我的秀才资格还没有恢复。”红玉笑着说：“我前些日子给学官寄去四锭银子，功名已经

恢复在案了。若是等你想起来，早就耽误了。”冯相如更加觉得红玉非常神奇。

这次考试，冯相如中了举人，当时三十六岁。家里良田沃土已经连成一片，高大的房屋有好几幢。红玉身姿婀娜，好像能够随风飘走似的，但干起活来比农家妇还能干；虽然严冬干活条件恶劣，但她的手仍然是又嫩又白。她自己说有三十八岁了，人看上去跟二十几岁的差不多。

异史氏说：冯家的儿子贤惠，父亲有德行，所以上天的报应也是侠义的。非但人侠义，狐狸也是侠义的。他们的遭遇也是够奇异的了！然而长官判案之谬误百出，令人毛发倒竖。那一口飞刀震震有声，直扎床头之木，可惜为何不略高床上半尺呢？倘若让宋代苏舜钦读了这样的记载，他必然倒上一大杯酒，说道：“可惜了，没有击中！”

［王士祯］程婴、杵臼，未尝闻诸巾帼，况狐耶！

［何守奇］侠杀御史一家而不杀宰，意宰之不胜杀也。当兴讼时，上至督抚，卒不得直，独宰也乎哉！

龙

【原文】

北直界有堕龙入村，其行重拙，入某绅家。其户仅可容躯，塞而入。家人尽奔。登楼哗噪，铳炮轰然。龙乃出。门外停贮潦水，浅不盈尺。龙入，转侧其中，身尽泥涂，极力腾跃，尺余辄堕。泥蟠三日，蝇集鳞甲。忽大雨，乃霹雳拏空而去。

房生与友人登牛山，入寺游瞩。忽椽间一黄砖堕，上盘一小蛇，细裁如蚓。忽旋一周如指，又一周已如带。共惊，知为龙，群趋而下。方至山半，闻寺中霹雳一声，天上黑云如盖，一巨龙夭矫其中，移时而没。

章丘小相公庄，有民妇适野，值大风，尘沙扑面。觉一目眯，如含麦芒，揉之吹之，迄不愈。启睑而审视之，睛固无恙，但有赤线蜿蜒于肉分。或曰：“此蛰龙也。”妇忧惧待死。积三月余，天暴雨，忽巨霆一声，裂眦而去，妇无少损。

【译文】

河北边上，有一条龙掉进村里，行动笨拙，到了某绅士家。这家大门仅可以容下龙的身子，龙挤着身子进去了。这家人都吓跑了，有的登楼喧叫，有的轰隆隆地放土枪土炮。这时，龙才出门。

门外有摊积水，浅浅的不足一尺。龙进入水里，翻转着身子，弄得满身是泥。它极力腾跃，刚离地一尺高就掉下来了。在泥水中蟠曲了三天，鳞甲上都集满了苍蝇。一天，忽然下起大雨，龙在霹雳声中腾空而去。

姓房的书生与朋友攀登牛山，到寺庙里去参观。忽然椽子间掉下一块黄色的

砖，砖上盘着一条小蛇，细细的像蚯蚓。忽然间它转了一圈，粗得如手指；又转一圈，已经像带子一样宽了。大家都很吃惊，知道是条龙，一起往山下跑。刚跑到山腰，只听寺庙中霹雳一声，天上黑云像锅盖一样，一条巨龙翻腾在云中，过了一阵子就消失了。

章丘的小相公庄，有个民妇在野地里走，正赶上一阵大风，尘沙扑面。她感到一只眼睛被眯住了，就像含着麦芒那样难受。她揉过，也吹过，就是不好。翻开眼睑仔细检察，眼睛没有什么毛病，只是有条红线蜿蜒在眼珠与眼皮的分界处。有人说："这是蛰伏的龙。"民妇怕得要死，只好等死。

过了三个多月，天空下起暴雨，忽然一声炸雷，龙冲出眼眶就飞走了。民妇一点儿损害也没有。

袁宣四讲："在苏州赶上个阴天，突然雷声大作。众人看见有条龙垂在云边，鳞甲张动，爪中抓着一个人头，胡子眉毛都看得清。过了一阵子，龙进入云彩就消失了，当时也没听说有丢脑袋的。"

［何守奇］龙不得云雷，与蛇蚓何异！龙蛰于目。古来有之，可谓之神物矣。

［但明伦］方其堕也，见重拙之躯，皆谓蠢然一物耳；否则亦必曰："不祥之物耳。"以不盈尺之浅潦，未能转侧，困辱泥涂，虽极力腾跃，而尺余辄堕，小至蝇蚋，且得而凭陵之。又必群起而睨之曰："无能为也，技止此耳。"及其际风云、遭霖雨，霹雳一声，挐空而去，鳞甲焕耀，润泽群生，乃惊心骇目，相与动客而告曰："龙也！"士之辱在泥涂，屈久乃信，而倨之恭之者，前后判若两人，何以异是？

林 四 娘

【原文】

青州道陈公宝钥，闽人。夜独坐，有女子搴帏入，视之不识，而艳绝，长袖宫装。笑云："清夜兀坐，得勿寂耶？"公惊问何人，曰："妾家不远。近在西邻。"公意其鬼，而心好之。捉袂挽坐，谈词风雅，大悦。拥之不甚抗拒，顾曰："他无人耶？"公急阖户，曰："无。"促其缓裳，意殊羞怯，公代为之殷勤。女曰："妾年二十，犹处子也，狂将不堪。"狎亵既竟，流丹浃席。既而枕边私语，自言"林四娘"。公详诘之，曰："一世坚贞，业为君轻薄殆尽矣。有心爱妾，但图永好可耳，絮絮何为？"无何，鸡鸣，遂起而去。

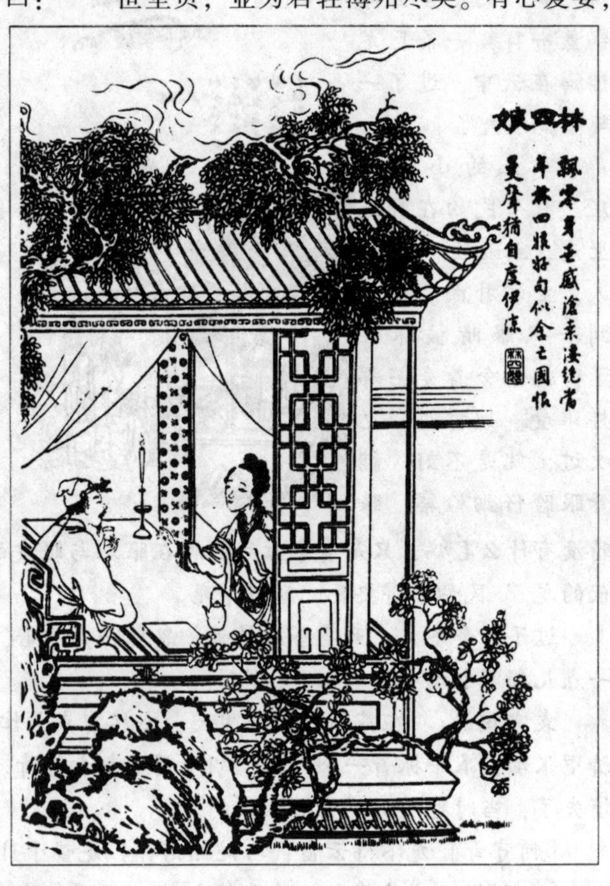

由此夜夜必至，每与阖户雅饮。谈及音律，辄能剖悉宫商，公遂意其工于度曲。曰："儿时之所习也。"公请一领雅奏。女曰："久矣不托于音，节奏强半遗忘，恐为知者笑耳。"再强之，乃俯首击节，唱"伊"、"凉"之调，其声哀婉。歌已，泣下。公亦为酸恻，抱而慰之曰："卿勿为亡国之音，使人悒悒。"女曰："声以宣意，哀者不能使乐，亦犹乐者不能使哀。"两人燕昵，过于琴瑟。既久，家人窃听之，闻其歌者，无不流涕。

夫人窥见其容，疑人世无此妖丽，非鬼必狐，惧为厌蛊，劝公绝之。公不能听，但固诘之。女愀然曰："妾，衡府宫人也，遭难而死十七年矣，以君高义，托为燕婉，然实不敢祸君。倘见疑畏，即从此辞。"公曰："我不为嫌，但燕好若此，不可不知其实耳。"乃问宫中事，女缅述津津可听。谈及式微之际，则哽咽不能成语。女不甚睡，每夜辄起诵《准提》、《金刚》诸经咒。公问："九原能自忏耶？"曰："一也。妾思终身沦落，欲度来生耳。"

又每与公评隲诗词，瑕辄疵之，至好句则曼声娇吟。意绪风流，使人忘倦。公问："工诗乎？"曰："生时亦偶为之。"公索其赠。笑曰："儿女之语，乌足为高人道。"居三年。一夕忽惨然告别，公惊问之，答云："冥王以妾生前无罪，死犹不忘经咒，俾生王家。别在今宵，永无见期。"言已，怆然；公亦泪下。乃置酒相与痛饮，女慷慨而歌，为哀曼之音，一字百转，每至悲处，辄便哽咽。数停数起，而后终曲，饮不能畅。乃起，逡巡欲别；公固挽之，又坐少时。鸡声忽唱，乃曰："必不可以久留矣。然君每怪妾不肯献丑，今将长别，当率成一章。"索笔构成，曰："心悲意乱，不能推敲，乖音错节，慎勿出以示人。"掩袖而出，公送诸门外，湮然没。公怅悼良久。视其诗，字态端好，珍而藏之。诗曰："静锁深宫十七年，谁将故国问青天？闲看殿宇封乔木，泣望君王化杜鹃。海国波涛斜夕照，汉家箫鼓静烽烟。红颜力弱难为厉，惠质心悲只问禅。日诵菩提千百句，闲看贝叶两三篇。高唱梨园歌代哭，请君独听亦潸然。"诗中重复脱节，疑有错误。

【译文】

青州道的陈宝钥是福建人，一天夜里独坐，有个女子掀开帘子就进来了。看上去，不认识，但她长得特别艳丽，穿着长袖的宫女的服装。她笑着说："深夜静坐，难道不寂寞吗?"陈公惊问是什么人。女子说："我家离这里不远，就在西边。"陈公估计女子可能是个鬼，但心里却喜欢她，拉着她的衣袖请她入座。

女子谈吐风雅，陈公非常高兴，不禁去拥抱她。女子也不太抗拒，向周围看了看说："没有外人吧?"陈公急忙关上房门，说道："没有。"催她宽衣解带，她流露很羞怯的样子。陈公便动手代她脱衣服。女子说："我年纪二十岁，还是个处女，太轻狂了我可受不住。"亲热一番过后，床席上留下了女子的一些血迹。而后，女子在枕头边悄声说话，自言叫林四娘。陈公想细细打听，林四娘说："我一辈子坚贞，现在全被你轻薄得几乎不存在了。有心爱我，就只求永远相好行了，絮絮叨叨干什么?"不久，鸡叫了，于是林四娘起身而去。从此，每夜她都是必来无疑。

陈公每见林四娘来，都是关好门，然后一边喝酒，一边畅谈。谈起音律的事，林四娘能够判别和分析宫商各种音调。陈公估计她善于配曲歌唱，林四娘说："那是儿童时学习过的。"陈公请她演奏一曲听听，林四娘说："好久不搞这个了，节奏大都忘记了，恐怕被知道的人笑话。"陈公再三强迫她，她才低头击缶为节，唱起伊州、凉州之词，声音哀婉动人。唱罢，不禁泪下。陈公也感到哀伤心醉，抱着林四娘，安慰她说："你别再唱这些亡国之音了，让人忧郁不乐。"林四娘说："声音是表达情意的，悲哀的曲子不能使人欢乐，也犹如欢乐的曲子不能使人悲哀一样。"

两人融洽亲密超过了夫妻关系。时间长了，家人窃听到林四娘唱的歌，无不

感动得流泪。陈公夫人偷看到了林四娘的容貌，疑心人世间没有如此妖艳美丽的女子，如不是鬼就必定是狐狸；惧怕这些东西蛊惑丈夫，劝丈夫跟她断绝关系。陈公不听夫人劝告，照样与林四娘来往，只是不断地盘问林四娘。林四娘愀然伤心地说："我是衡王府中的宫女啊。遭难而死，如今有十七年了。因为你是个有情有义的人，我所以依附你，结为和美的一对。然而实在不敢祸害你。倘若怀疑我，害怕我，从现在起就此分手吧。"陈公说："我不嫌你，只是如此恩爱，不可以不知道底细。"于是就问起宫中的事情，林四娘缅怀追述，说得津津动听。谈起衰落之际，则伤心地哽咽起来，泣不成声。

林四娘不怎么睡觉，每夜都起来念诵《准提》、《金刚》等经咒。陈公问道："九泉之下能够忏悔吗？"林四娘说："一个样。我不想一辈子沦落，也想得度来生。"

林四娘又经常与陈公评论诗词，遇到有瑕疵的就指出其缺点；遇上好句子，就用悠扬而动人的声调吟诵。意蕴情绪风流美好，使人忘记了疲倦。陈公问："善于写诗吗？"林四娘说："活着时也偶而写点。"陈公向她要诗，林四娘笑着说："小儿女之语，怎么能给高人说呢？"

住了三年，一天傍晚，林四娘忽然哀伤地来告别。陈公惊问怎么回事.她说："阎王因为我生前没有罪过，死后还不忘念经诵咒，让我转生王家。今晚就得分手了，永远也没有见面的时候了。"说完，难过得哭了。陈公也是流泪。于是，摆上酒菜，两人一起开怀痛饮。林四娘慷慨大方地唱起歌来，歌声哀怨悠长，一字百转；每唱到悲伤处，就会哽咽停止，停停唱唱，经过好几次才把歌曲唱完。这时酒也喝不下去了，于是起身，犹犹豫豫地想告别，陈公非要挽留她，这才又坐了一会儿。

鸡忽然鸣叫起来，林四娘就说："再也不能久留了。你原来总是怪我不肯献丑，今将永别，应当草就一篇，留作纪念。"于是拿过毛笔，想了想，就一气写了下来。她对陈公说："心悲意乱，不能好好推敲，难免有音韵错误，千万别拿给外人看。"说罢，用袖子掩着脸就走了。陈公送到门外，林四娘便悄然消失了。

陈公怅惘伤心了好久。端详她的诗，字形端正美好，便珍重地收藏起来。诗是这样写的：

静锁深宫十七年，谁将故国问青天？
闲看殿宇封乔木，泣望君王化杜鹃。
海国波涛斜夕照，汉家箫鼓静烽烟。
红颜力弱难为厉，惠质心悲只问禅。
日诵菩提千百句，闲看贝叶两三篇。
高唱梨园歌代哭，请君独听亦潸然。

诗中有些重复和脱节的地方，估计传抄时有所失误。

［何守奇］林四娘直是不能忘情耳，乃知情固非死物。

聊斋志异

江　中

【原文】

王圣俞南游，泊舟江心，既寝，视月明如练，未能寐，使童仆为之按摩。忽闻舟顶如小儿行，踏芦席作响，远自舟尾来，渐近舱户。虑为盗，急起问童，童亦闻之。问答间，见一人伏舟顶上，垂首窥舱内。大愕，按剑呼诸仆，一舟俱醒。告以所见。或疑错误。俄响声又作。群起四顾，渺然无人，惟疏星皎月，漫漫江波而已。众坐舟中，旋见青火如灯状，突出水面，随水浮游，渐近舡则火顿灭。即有黑人骤起屹立水上，以手攀舟而行。众噪曰："必此物也！"欲射之。方开弓，则遽伏水中不可见矣。问舟人，舟人曰："此古战场，鬼时出没，其无足怪。"

【译文】

王圣俞到南方游览，把船停泊在江心。这天晚上，上床后，见月光皎洁如练，不能入睡，便让童仆给他按摩。忽然，他听见船顶好像有一个人在行走，把船篷芦席踩得"哔哔"作响。响声从船尾过来，渐渐接近舱门。王圣俞怕是盗贼，匆忙起身问童仆。童仆也听见了，两人问答之间，就见一个人趴在船顶，伸着脑袋向船舱里张望。王圣俞大惊失色，抓住宝剑呼唤其他仆人，全船人都醒了，王圣俞告诉众人刚才的事，有人怀疑是不是错觉。忽听船顶响声又起，众人又出舱四处察看，却悄无人影，只见天上月明星稀，江中波涛滚滚而已。

江中
長江天塹
波無梁
南北中分
此戰場
無限青燐
明復滅
一杯哉欲
弔蒼茫

众人坐在船中，不一会儿看见一团青色火焰像灯盏一样，突出水面，随波浮游，渐渐靠近，快到船边时，又突然熄灭。接着就有一个黑色人影从水中冒出，直立在水上，手攀着船舷而行。众人喊道："必然就是这东西捣乱了！"就想用剑射他，刚拉开弓，这人影匆忙沉

入水中，再也看不见了。王圣俞问船家是怎么回事，船家说：“这里是古战场，鬼怪时常出没，不足为怪。”

鲁 公 女

【原文】

招远张于旦，性疏狂不羁，读书萧寺。时邑令鲁公，三韩人，有女好猎。生适遇诸野，见其风姿娟秀，着锦貂裘，跨小骊驹，翩然若画。归忆容华，极意钦想；后闻女暴卒，悼叹欲绝。

鲁以家远，寄灵寺中，即生读所。生敬礼如神明，朝必香，食必祭，每酹而祝曰：“睹卿半面，长系梦魂，不图玉人，奄然物化。今近在咫尺，而邈若河山，恨如何也！然生有拘束，死无禁忌，九泉有灵，当姗姗而来，慰我倾慕。”日夜祝之几半月。一夕挑灯夜读，忽举首，则女子含笑立灯下，生惊起致问。女曰：“感君之情，不能自已，遂不避私奔之嫌。”生大喜，遂共欢好。自此无虚夜。谓生曰：“妾生好弓马，以射獐杀鹿为快，罪孽深重，死无归所。如诚心爱妾，烦代诵《金刚经》一藏数，生生世世不忘也。”生敬受教，每夜起，即柩前捻珠讽诵。偶值节序，欲与偕归，女忧足弱，不能跋履。生请抱负以行，女笑从之。如抱婴儿，殊不重累，遂以为常，考试亦载与俱，然行必以夜。生将赴秋闱，女曰：“君福薄，徒劳驰驱。”遂听其言而止。

积四五年，鲁罢官，贫不能榇，将就窆之，苦无葬地。生乃自陈：“某有薄壤近寺，愿葬女公子。”鲁公喜。生又力为营葬。鲁德之而莫解其故。鲁去，二

人绸缪如平日。一夜侧倚生怀，泪落如豆，曰："五年之好，于今别矣！受君恩义，数世不足以酬！"生惊问之。曰："蒙惠及泉下人，经咒藏满，今得生河北卢户部家。如不忘今日，过此十五年，八月十六日，烦一往会。"生泣下曰："生三十余年矣，又十五年，将就木焉，会将何为？"女亦泣曰："愿为奴婢以报。"少间曰："君送妾六七里，此去多荆棘，妾衣长难度。"乃抱生项，生送至通衢，见路旁车马一簇，马上或一人，或二人；车上或三人、四人、十数人不等；独一钿车，绣缨朱幰，仅一老媪在焉。见女至，呼曰："来乎？"女应曰："来矣。"乃回顾生云："尽此，且去！勿忘所言。"生诺。女行近车，媪引手上之，展軨即发，车马阗咽而去。

生怅怅而归，志时日于壁。因思经咒之效，持诵益虔。梦神人告曰："汝志良嘉，但须要到南海去。"问："南海多远？"曰："近在方寸地。"醒而会其旨，念切菩提，修行倍洁。三年后，次子明、长子政，相继擢高科。生虽暴贵，而善行不替。夜梦青衣人邀去，见宫殿中坐一人如菩萨状，逆之曰："子为善可喜，惜无修龄，幸得请于上帝矣。"生伏地稽首。唤起，赐坐；饮以茶，味芳如兰。又令童子引去，使浴于池。池水清洁，游鱼可数，入之而温，掬之有荷叶香。移时渐入深处，失足而陷，过涉灭顶。惊寤，异之。由此身益健，目益明。自捋其须，白者尽簌簌落；又久之，黑者亦落。面纹亦渐舒。至数月后，颔秃童面，宛如十五六时。辄兼好游戏事，亦犹童。过饰边幅，二子辄匡救之。

未几夫人以老病卒，子欲为求继室于朱门。生曰："待吾至河北来而后娶。"屈指已及约期，遂命仆马至河北。访之，果有卢户部。先是，卢公生一女，生而能言，长益慧美，父母最钟爱之。贵家委禽，女辄不欲，怪问之，具述生前约。共计其年，大笑曰："痴婢！张郎计今年已半百，人事变迁，其骨已朽。纵其尚在，发童而齿鲞矣。"女不听。母见其志不摇，与卢公谋，戒阍人勿通客，过期以绝其望。未几生至，阍人拒之，退返旅舍，怅恨无所为计。闲游郊郭，因循而暗访之。女谓生负约，涕不食。母言："渠不来，必已殂谢。即不然，背盟之罪，亦不在汝。"女不语，但终日卧。卢患之，亦思一见生之为人，乃托游遨，遇生于野。视之，少年也，讶之。班荆略谈，甚倜傥。公喜，邀至其家。方将探问，卢即遽起，嘱客暂独坐，匆匆入内告女。女喜，自力起，窥审其状不符，零涕而返，怨父欺罔，公力白其是。女无言，但泣不止。公出，意绪懊丧，对客殊不款曲。生问："贵族有为户部者乎？"公漫应之。首他顾，似不属客。生觉其慢，辞出。女啼数日而卒。

生夜梦女来，曰："下顾者果君耶？年貌舛异，觌面遂致违隔。妾已忧愤死。烦向土地祠速招我魂，可得活，迟则无及矣。"既醒，急探卢氏之门，果有女亡二日矣。生大恸，进而吊诸其室，已而以梦告卢。卢从其言，招魂而归，启其衾，抚其尸，呼而祝之，俄闻喉中咯咯有声。忽见朱樱乍启，坠痰块如冰，扶移榻上，渐复吟呻。卢公悦，肃客出，置酒宴会。细展官阀，知其巨家，益喜，择

吉成礼。居半月携女而归，卢送至家，半年乃去。夫妇居室俨如小耦，不知者多误以子妇为姑嫜焉。卢公逾年卒。子最幼，为豪强所中伤，家产几尽。生迎养之，遂家焉。

【译文】

山东招远县有个张于旦，性情豪放不羁，当时在一座寺庙里读书。招远县令鲁公，是山西人，有个女儿很爱打猎。张生在野外曾经遇到过她。只见她姿容十分娟秀，穿着锦缎貂皮袄，骑一匹小黑马，风度翩翩，像画中人一样。张于旦回到庙里，回想起鲁公女儿的花容月貌，极其倾慕。后来听说姑娘暴病亡故，他伤心得痛不欲生。鲁公因为离家乡太远，就将女儿的灵柩暂寄寺中，也就是张于旦读书的那一座寺庙里。

张于旦对鲁公之女敬若神明，每天早晨必定焚香祝告，每到吃饭时必定要祭奠。他常常用酒洒地祷告道："我有幸看到小姐半面倩影，就常常在梦中看见你，没想到美人儿竟突然去世。今天，我和您虽然近在咫尺，可是人鬼相隔，远如万水千山，我心中的怅恨是何等痛切啊！您在世时有礼法的拘束，死后该没有什么禁忌了，您如果在九泉之下有灵，应当姗姗而来，安慰我倾慕的深情。"张于旦日夜不停地祷告，差不多有半个月。

一天晚上，张于旦正在灯下夜读，一抬头，见鲁家小姐已经含笑站在灯前。张于旦慌忙起身问候。鲁家小姐说："感念你的深情，我无法克制自己，也就顾不得私奔之嫌了。"张于旦大喜，于是二人一起欢爱。从此，鲁家小姐没有一个晚上不来。有一天她对张于旦说："我生前爱好骑马打猎，以射獐杀鹿为快事。杀生太多，罪孽深重，以致死后灵魂没有归宿。你如果诚心诚意地爱我，就请你替我念一部经数《金刚经》，我生生世世也忘不了你的恩情。"张于旦诚心诚意按照她的要求去做，每天夜里起床，就在灵柩前捻着佛珠诵经。

有一次，正赶上过节，张于旦想让鲁家小姐和他一道回家，她担心自己腿脚软弱，经不起长途跋涉，张于旦请求抱着她走，鲁家小姐笑着答应了。张于旦抱着她，像抱着一个婴儿一样轻，一点儿也不觉得累。从此，他就习以为常了，就连参加考试也带着她一块儿去，但必须在夜间赶路。

后来，张于旦要去参加秋天的大考，鲁家小姐说："你的福分不厚，去也是白费功夫。"张于旦听了她的话，没有去应考。过了四五年，鲁公罢官，因为家贫，无力将女儿棺材运回故乡，打算把女儿遗体就地葬埋，却发愁找不到一块墓地。张于旦就去对鲁公说："我家离寺庙不远，有一块薄田，愿意献来安葬你家小姐。"鲁公听了很高兴。张于旦又竭力帮助把灵柩安葬了。鲁公非常感激他，却不知他为什么这样做。

鲁公走后，二人仍然像过去一样亲密缠绵。一天夜晚，鲁家小姐侧倚在张于旦怀中，眼泪如豆珠一样滚下来，说道："五年的恩爱，今天就要分别了！你对我的恩义，我几辈子也报答不完。”张于旦惊讶地问怎么回事，她回答道：“承蒙你给我这九泉之下的人如此恩惠，已经念满一部经数的经咒，今天我就要托生到河北户部尚书卢家。如果你不忘记今天这个日子，过十五年后的八月十六日，请你到卢家去会见我。”张于旦流泪道：“我已经三十多岁了，再过十五年，我也快死了，就是去见你，又能怎样呢？”鲁家小姐说：“我愿意当你的奴婢来报答你。”过了一会儿又说：“你送我六七里地吧。这段路荆棘很多，我的衣裙太长，怕不容易过去。”于是她就搂住张于旦的脖子。张于旦抱着她来到一条大道旁，看见路旁有一队车马，马上或骑着一个人，或骑着两个人，车上或有三四人，或有十来人不等；唯独一辆镶嵌着金银，挂着锦绣帘子席的马车上，只坐着一个老太婆。她一见鲁家小姐来了，就喊道：“来了吗？”小姐答道：“来了。”于是回头看看张于旦说：“就送到这儿吧。你先回去，不要忘了我的话。”张于旦答应了她。她走近马车，老太婆把她拉上车去，小车启动了，其余的马车也都“叮叮当当”地走了。

张于旦惆怅地回到家里，把分别的日子记在墙上。因为想到这是诵念佛经的结果，就更加虔诚地念起经来。他梦见有个神人告诉他：“你的志向很可嘉，但还得到南海去一趟。”他便问神人：“南海有多远啊？”神人说：“南海就在你心头方寸之地。”梦醒以后，张于旦领会了神人的意思，一心念佛，修行更加洁净。

三年后，他的次子张明，长子张政，相继考取了功名。张于旦虽说突然富贵起来，可是一心行善，毫不懈怠。一天夜间，他梦见一个穿青衣服的人领他到了一座宫殿。只见殿上坐着一个人，好像是菩萨。菩萨欢迎张于旦道：“你一心向善，非常可喜，可惜你没有长寿的命。幸而我已经向上帝替你求情了。”张于旦趴在地上磕头感谢。菩萨叫他起来，赐他座位，又送来香茶，茶味芬芳，像兰花一样。又让童子领他去洗浴，池水非常清澈洁净，游鱼可见。入水后他感到池水暖洋洋的，捧起来一闻，有荷叶香味。过了一会儿，他渐渐走到水深的地方，一失足陷进一个深坑，水一下子淹没了头顶，他猛然惊醒，感到十分奇怪。

从此以后，他身体一天比一天强健，眼睛也更加明亮。一捋胡须，白胡子全都扑簌簌地脱落下来。又过了些时候，黑胡子也脱落尽了，脸上的皱纹也都慢慢舒展开来。几个月以后，他的下巴光光的，脸面光洁，就像一个十五六岁的孩子。他又常爱好游戏，也像个孩子一样。因为他过分注意修饰和衣着，两个儿子常常劝他不要这样。又过了一阵子，他的夫人年老得病而死。儿子想替他在大户人家中找个继室。张于旦说：“等我到河北去一趟，回来再娶吧。”

张于旦屈指一算，和鲁家小姐约定的时间快要到了，就带着车马仆从前往河北。一打听，果然有一位姓卢的户部尚书。原来卢尚书有个女儿，生下来就会说话，长大了更加聪明美貌，父母都最钟爱她。富贵人家的子弟来求聘，姑娘总是不愿意。父母很奇怪，一问，姑娘就详细讲述了转世前和张于旦的誓约。父母大笑道：“傻丫头，张郎算来已经年过半百了。人世沧桑巨变，现在恐怕他的骨头

也已经朽烂了，纵使他还活着，大概也是头发牙齿都掉光了。”姑娘不听。母亲见她的志向不动摇，就和卢公商量，告诉守门人不要让来寻访女儿的客人进门，等过了日期好断绝她的希望。

不久，张于旦来到卢家，守门人不让他进去。他返回旅馆后非常怅恨，又没有什么办法，只好在城外闲游，慢慢打听卢家小姐的消息。卢家小姐认为张于旦背叛了誓约，哭得茶饭不进。母亲对她说：“张郎不来，恐怕已经死了，即使他没死，背叛盟誓的罪责在他身上，也不怪你呀！”女儿一言不发，只是终日卧床不起。

卢公心里非常发愁，也想见一见张于旦是个什么样的人。于是假装郊游，恰好在城外遇到了张于旦。一看，却是一个年轻人。卢公很惊讶，就坐在道边和他略略谈了几句，觉得张于旦非常文雅潇洒。卢公很高兴，就把他邀到家里去。张于旦正在询问姑娘的情况，卢公猛然起身，让客人暂且独坐片刻，匆匆走到里屋去告诉女儿。女儿非常高兴，一下子起了床，偷偷一看，见和张于旦原来的样子不符，哭着回来，抱怨父亲欺骗他。卢公极力说明这个少年就是张于旦，女儿一言不发，只是啼哭不止。

卢公出来，心情非常懊丧，对客人也就不很客气。张生问道：“您这里有官居户部尚书的老先生吗?”卢公随便答应着，东张西望，看上去眼里根本没有这个客人。张于旦觉察到卢公的怠慢，就告辞出来。

卢公女儿痛哭了几天就死去了，这天夜里，张于旦梦见她来并说道：“来找我的果真是您吗？因为年龄、相貌相差太大，见面不能相认，又成了隔世永诀。我已经忧愤而死，麻烦你赶紧去土地祠招我的魂，还可以复活，再迟就来不及了。”张于旦梦醒后，急忙到卢公府上去打听，果然他的女儿已经死了两天了。张于旦万分悲痛，到停灵的屋里去吊唁，还把自己的梦告诉了卢公。

卢公听了他的话，到土地祠去为女儿招魂。回来掀开女儿身上的被子，抚摩着女儿的尸体，呼唤她为她祷告。不一会儿听见女子喉咙里“咯咯”作响，又见朱唇忽然张开，吐出像冰块一样的粘痰。卢公把她移到床上去，女儿渐渐发出呻吟声，果然复活了。卢公非常高兴，把张于旦请出来，置办酒筵庆祝。卢公细细问张于旦的家世，知道他本是大户人家出身，更加高兴，选定吉日良辰，让他同女儿成了亲。过了半个月，张于旦把新娘带回家。卢公送女儿到了张家，住了半年才离开。张于旦夫妇在一起，就像小两口一样。不知底细的人，常常把儿子、儿媳妇误为公婆。卢公过了一年就去世了。他有个小儿子，被豪强中伤诬陷，家产几乎荡尽。张于旦把他接来抚养，就在张家安了家。

[何守奇] 生自爱慕女公子耳，女公子初不知有生也。只以死后每食必祭。连订以来生。岂情之所钟，固不以生死隔耶？

道士

【原文】

韩生，世家也。好客，同村徐氏常饮于其座。会宴集，有道士托钵门外，家人投钱及粟皆不受，亦不去，家人怒归不顾。韩闻击剥之声甚久，询之家人，以情告。言未已，道士竟入。韩招之坐。道士向主客皆一举手，即坐。略致研诘，始知其初居村东破庙中。韩曰：“何日栖鹤东观，竟不闻知，殊缺地主之礼。”答曰：“野人新至无交游，闻居士挥霍，深愿求饮焉。”韩命举觞。道士能豪饮。徐见其衣服垢敝，颇偃蹇，不甚为礼。韩亦海客遇之。道士倾饮二十余杯，乃辞而去。自是每宴会道士辄至，遇食则食，遇饮则饮，韩亦稍厌其频。饮次，徐嘲之曰：“道长日为客，宁不一作主？”道士笑曰：“道人与居士等，惟双肩承一喙耳。”徐惭不能对。道士曰：“虽然，道人怀诚久矣，会当竭力作杯水之酬。”饮毕，嘱曰：“翌午幸赐光宠。”

次日相邀同往，疑其不设。行去，道士已候于途，且语且步，已至寺门。入门，则院落一新，连阁云蔓。大奇之，曰：“久不至此，创建何时？”道士答：“竣工未久。”比入其室，陈设华丽，世家所无。二人肃然起敬。甫坐，行酒下食，皆二八狡童，锦衣朱履。酒馔芳美，备极丰渥。饭已，另有小进。珍果多不可名，贮以水晶玉石之器，光照几榻。酌以玻璃盏，围尺许。道士曰：“唤石家姊妹来。”童去。少时二美人入，一细长如弱柳，一身短，齿最稚；媚曼双绝。道士即使歌以侑酒。少者拍板而歌，长者和以洞箫，其声清细。既阕，道士悬爵促釂，又命遍酌。顾问：“美人久不舞，尚能之否？”遂有僮仆展氍毹于筵下，两女对舞，长衣乱拂，香尘四散。舞罢，斜倚画屏。韩、徐二人心旷神飞，不觉醺醉。道士亦不顾客，举杯饮尽，起谓客曰：“姑烦自酌，我稍憩，即复

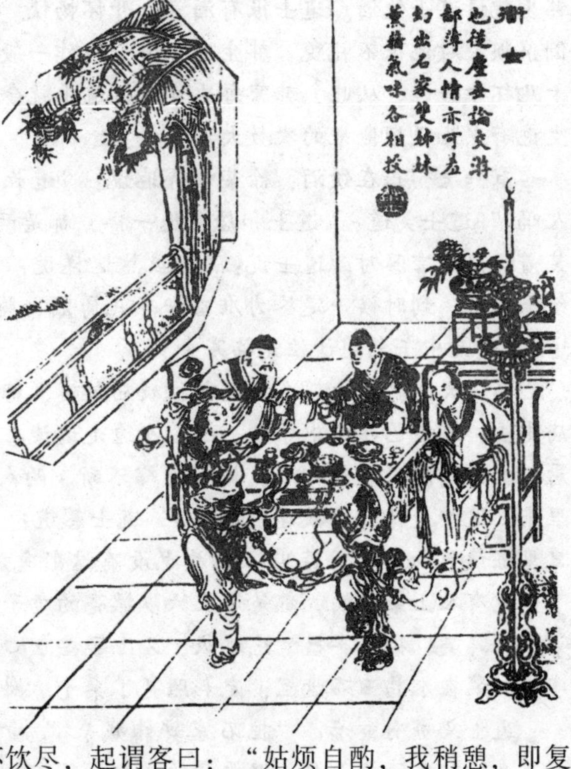

来。”即去。南屋壁下，设一螺钿之床，女子为施锦裀，扶道士卧。道士乃曳长者共寝，命少者立床下为之爬搔。韩、徐睹此状，颇不平。徐乃大呼：“道士不得无礼！”往将挠之，道士急起而遁。见少女犹立床下，乘醉拉向北榻，公然拥卧。视床上美人，尚眠绣榻。顾韩曰：“君何太迂？”韩乃径登南榻，欲与狎亵，而美人睡去，拨之不转；因抱与俱寝。天明酒梦俱醒，觉怀中冷物冰人，视之，则抱长石卧青阶下。急视徐，徐尚未醒，见其枕遗屙之石，酣寝败厕中。蹴起，互相骇异。四顾，则一庭荒草，两间破屋而已。

【译文】

韩生是个大户人家的子弟，很好客。同村有个徐某常到他家来饮酒。有一次，韩生正在宴请宾客，有个道士来到门上化缘，家人往钵盂中投钱或粮米，道士都不要，也不肯走。家人一怒之下，就转身不理他了。韩生听敲钵盂敲了很久，就问家人是怎么回事，家人告诉他刚才的情况。话还没有说完，道士竟走进门来。韩生请他入座，道士向主客一一举手致意后坐下来。和他聊了几句，才知道他是刚刚来到村东破庙住下的。韩生说：“道长什么时候来到村东道观栖居的，我竟没有一点儿听说，实在没有尽到地主之谊呀。”道士答道：“我这云游野人，刚刚来到宝地，没有什么交游。听说居士您很豪爽好客，特别想来讨杯酒喝。”韩生就请道士饮酒。道士很有酒量，开怀畅饮。徐某见他道袍又脏又破，很是潦倒狼狈，对他很不礼貌。韩生也把道士当作一般的江湖食客看待。道士猛饮了二十几杯才告辞。从此，韩家每次宴会，道士就会前来，有饭就吃，有酒就喝，韩生也有点儿厌烦他来的次数太多了。

有一次，正在饮酒，徐某嘲弄地说：“道长天天做客人，难道不想当一次主人吗？”道士笑道：“道士和居士您一样，都是两个肩膀顶着一张嘴巴而已。”徐某羞愧得无言答对。道士说：“话虽然这样说，不过贫道怀着酬谢各位的心意已经很久了。到时候一定尽力准备一点儿薄酒，聊以答谢。”饮完酒，道士又嘱咐道：“明天中午乞望诸位光临寒舍。”

第二天，韩、徐二人相邀前往破庙赴宴，都怀疑道士会设置酒宴。他仍向破庙走去，道士已在途中等候。三个人边走边谈，不知不觉已来到庙门口。进门一看，就看到院落焕然一新，楼阁连绵不断。两人十分奇怪，问道：“好久没到这里来，这些是什么时候建筑的呢？”道士答道：“刚竣工不久。”等到进入内室，只见陈设更加华丽，连世家大族也没有这般气派，二人不由肃然起敬。刚刚坐下，就有人上菜敬酒，都是十五六岁漂亮的童子，穿着锦绣长衫、朱红缎鞋。酒菜芳香鲜美，极其丰盛。吃过饭，又上了些点心。那些珍奇的水果大多叫不上名字来，装在水晶玉石盘里，光彩照亮了桌子。斟酒用的玻璃盏，有一尺多粗。

道士又吩咐童子：“把石家姊妹喊来。”童子去不多久，见两个美人进来，一个身材苗条颀长，像一棵柔弱的垂柳，另一个身材矮小，年纪也小一些；两个

姑娘都很娇媚，绝世无双。道士便让她们唱歌来助酒兴。年轻的拍板唱歌，年长的吹洞箫伴和，声音非常轻柔清脆。一曲唱罢，道士举着酒杯劝酒。又让两个姑娘给客人斟上酒，并看着她们问道："好久不跳舞了，还能跳吗？"于是几个仆人上来在桌前铺上地毯，两个美人相对舞蹈，长长的衫袖飘舞，香气四散。跳完了舞，她们便斜靠着屏风站着。徐、韩二人神魂颠倒，不知不觉已经醉了。

道士也不再照顾客人，举杯一饮而尽，站起身对客人说："就请二位自斟自饮，我稍休息马上就回来。"说完就在南墙下摆上了一张镶嵌着贝壳的木床，两个美人铺上绸缎被褥，扶着道士躺下。道士拉着那位年纪大一点儿的美人同床共枕，让年少的美人站在床边为他搔痒。徐、韩二人看到这种情况，心中十分不平，徐某大叫道："道士不许这样无礼！"想要上床去阻止他。道士急忙起来逃跑了。徐某看到年少的美人还站在床前，就乘着酒劲拉她到北边的床上，公然搂着美人躺下。再看南边床上的美人，还躺着睡呢，徐某就对韩生道："你何必太迂腐呢？"韩生便上了南床。他想和美人亲近一番，但美人已经睡着，扳也扳不过来。韩生就从背后抱着美人睡着了。

天亮后，韩生酒也醒了，梦也醒了，就觉得怀中有冷东西冰人，一看，原来自己抱着一张长条石头躺在台阶下。他匆忙看徐某，徐某还没有醒。正枕着一块茅坑里的石头，呼呼大睡在破厕所里。韩生将他踢起来，两人都非常惊慌。四下一看，眼前只见一院子荒草，两间破庙而已。

[何守奇] 此是道士幻术。

[王艺孙] 道士其幻术乎？何术之变化而莫测也。

胡 氏

【原文】

直隶有巨家欲延师，忽一秀才踵门自荐，主人延之。词语开爽，遂相知悦。秀才自言胡氏，遂纳贽馆之。胡课业良勤，淹洽非下士等。然时出游，辄昏夜始归，扃闭俨然，不闻款叩而已在室中矣。遂相惊以狐。然察胡意固不恶，优重之，不以怪异废礼。

胡知主人有女，求为姻好，屡示意，主人伪不解。一日胡假而去。次日有客来谒，絷黑卫于门，主人逆而入。年五十余，衣履鲜洁，意甚恬雅。既坐，自达，始知为胡氏作冰。主人默然良久，曰："仆与胡先生，交已莫逆，何必婚姻？且息女已许字矣，烦代谢先生。"客曰："确知令嫒待聘，何拒之深？"再三言之，而主人不可。客有惭色，曰："胡亦世族，何遽不如先生？"主人直告曰："实无他意，但恶非其类耳。"客闻之怒，主人亦怒，相侵益亟。客起抓主人，主人命家人杖逐之，客乃遁。遗其驴，视之毛黑色，批耳修尾，大物也。牵之不

动，驱之则随手而蹶，嘤嘤然草虫耳。

主人以其言忿，知必相仇，戒备之。次日果有狐兵大至，或骑、或步，或戈、或弩，马嘶人沸，声势汹汹。主人不敢出，狐声言火屋，主人益惧。有健者率家人噪出，飞石施箭，两相冲击，互有夷伤。狐渐靡，纷纷引去。遗刀地上，亮如霜雪，近拾之，则高粱叶也。众笑曰：“技止此耳。”然恐其复至，益备之。明日众方聚语，忽一巨人自天而降，高丈余，身横数尺，挥大刀如门，逐人而杀。群操矢石乱击之，颠踣而毙，则刍灵耳。众益易之。狐三日不复来，众亦少懈。主人适登厕，俄见狐兵张弓挟矢而至，乱射之，集矢于臀。大惧，急喊众奔斗，狐方去。拔矢视之，皆蒿梗。如此月余，去来不常，虽不甚害。而日日戒严，主人患苦之。

一日胡生率众至，主人身出，胡望见，避于众中，主人呼之，不得已，乃出。主人曰：“仆自谓无失礼于先生，何故兴戎？”群狐欲射，胡止之。主人近握其手，邀入故斋，置酒相款，从容曰：“先生达人，当相见谅。以我情好，宁不乐附婚姻？但先生车马、宫室，多不与人同，弱女相从，即先生当知其不可。且谚云：‘瓜果之生摘者，不适于口。’先生何取焉？’，胡大断。主人曰：“无伤，旧好故在。如不以尘浊见弃，在门墙之幼子年十五矣，愿得坦腹床下。不知有相若者否？”胡喜曰：“仆有弱妹，少公子一岁，颇不陋劣，以奉箕帚如何？”主人起拜，胡答拜。于是酬酢甚欢，前隙俱忘，命罗酒浆，遍犒从者，上下欢慰。乃详问里居，将以奠雁，胡辞之。日暮继烛，醺醉乃去。由是遂安。

年余胡不至，或疑其约妄，而主人坚待之。又半年胡忽至，既道温凉已，乃曰：“妹子长成矣。请卜良辰，遣事翁姑。”主人喜，即同定期而去。至夜果有舆马送新妇至，奁妆丰盛，设室中几满。新妇见姑嫜，温丽异常，主人大喜。胡生与一弟来送女，谈吐俱风雅，又善饮。天明乃去。新妇且能预知年岁丰凶，故谋生之计皆取则焉。胡生兄弟以及胡媪，时来望女，人人皆见之。

【译文】

直隶有一个大户人家，想请一位先生。有一天，忽然一位秀才登门自荐，主人把他请进屋内。这位秀才谈吐爽朗，两人谈得很愉快。秀才自称姓胡，主人就聘请胡生为先生。胡生教书十分勤勉，学识渊博，不是那种凡庸的读书人。但胡生常常出游，有时半夜才归来。可是门关得好好的，听不见叩门声，他已在室内了。主人很惊诧，以为是狐仙，但看胡生并无什么恶意，因此还是给他优厚的礼遇，并不因他行为怪异而有失礼仪。

胡生知道主人有个女儿，就向主人求亲，多次暗中示意，主人假装不知。有一天，胡生告假离去。第二天，有位客人前来拜访，将一头黑驴拴在门中。主人将客人请进门。这位客人年约五十多岁，衣帽整洁，态度非常安详文雅。客人入座后，自己说明来意，才知道是为胡生做媒来的。主人沉默不语，过了好久才说："我和胡先生已是莫逆之交，何必非要联姻呢？况且小女已经许给别人，请代向胡先生表示歉意。"客人说："确确实实知道令爱正待聘闺中，您何必如此坚持拒绝呢？"他再三恳求，主人就是不答应。客人很尴尬，说："胡先生也是世家出身，难道就比不上您吗？"主人于是直言不讳地说："倒没有别的意思，只是厌恶他不是人类。"客人听了大怒，主人也大怒，互相辱骂，越来越厉害，客人起身抓主人，主人则命令家人拿木棍驱赶他。客人便逃走，把驴子丢下了。仔细一看，这驴遍身黑毛，长着尖尖的耳朵，长长的尾巴，是个庞然大物。可是牵它不动，推它一下，就倒地了，变成一只鸣叫的草虫。

主人从客人那愤怒的言词，知道他们会来报复，就让家人加强戒备。第二天，果然狐狸兵大批涌入。有骑兵，有步兵；有的执戈，有的挽弓，人喊马嘶，气势汹汹。主人吓得不敢出门。狐兵扬言要烧房子，主人更加恐惧。有个健勇的家人，率领众家丁呐喊冲出去，投石放箭，双方激战，互有损伤，狐兵渐渐抵抗不住，纷纷退去，战刀遗落在地上，亮如霜雪，走近拾起来一看，竟是些高粱叶子。众人笑道："能耐也不过如此啊！"但是，担心狐兵再来，于是更加戒备。

第二天，众人正聚在一起说话，忽然有一个巨人从天而降。他有一丈多高，有好几尺宽，挥舞一口门扇一样的大刀，追着人砍杀，众家丁用石块、弓箭胡乱地打向他，巨人倒地而死，原来是个殡葬用的稻草人，众人更觉得打败狐兵很容易。狐兵有三天没来，众人的戒备也就稍稍懈怠了些。这一天，主人正好上厕所，猛然看见狐兵张弓携箭来到，乱箭齐发，都射到主人的臀部。他大为惊惧，急忙喊众家丁迎战，狐兵这才退去。拔下臀部的箭一看，原来是些蒿草梗子。就这样，双方相持一个多月。狐兵来去无常，虽然造不成大伤害，但天天警戒着，主人感到很苦恼。

一天，胡生率领狐兵来到，主人亲自出门迎战，胡生看见后，便隐身于众狐

兵之中。主人呼唤他出来，不得已，他才走出来。主人说："我自己认为没有什么对不起先生的行为，为什么要刀兵相见呢？"狐兵要射主人，胡生制止了他们。主人走上前，握住胡生的手，邀他到原来的屋室，置办酒菜款待他。主人从容地说："先生是位通情达理的人，肯定能谅解我。凭我们二人深厚的交情，能不愿和你结为姻亲吗？但是先生的车马、宫室，多和人类不同，让我的女儿跟从你，你想必也知道是不妥当的，而且谚语道：'强扭的瓜不甜。'先生为什么这样做呢？"胡生非常羞惭。主人说："没事，我们以前的关系依然保留。如果不嫌弃我们尘世之人浊俗的话，我还有个小儿子，今年十五岁了，愿意到你府上当东床快婿，不知有没有年貌相当的小姐和他匹配？"胡生高兴地说："我有个小妹，比令郎小一岁，品貌相当不错。她侍候你的公子，怎么样？"主人听罢，起身拜谢。胡生还拜主人。于是二人饮酒畅叙，十分欢洽，前嫌尽释。主人又命设酒宴，犒劳胡生的部下，上上下下都很欢乐快慰。主人详问胡生的地址，准备来日好去定亲。胡生没有告诉主人，天色已晚，他们点上灯继续饮酒，一直饮到酩酊大醉，胡生才离开。从此，相安无事。

过了一年多，胡生没有再来，有人疑心胡生应允的婚约是假的，可是主人坚持等他。又过了半年，胡生忽然来了。寒暄了一番之后，他说："我小妹已经长大成人了，请选个良辰吉日，娶过门侍奉公婆吧。"主人很高兴，胡生和主人一起订好了婚期后辞去。这天夜晚，果然有车轿把新娘子送来了，嫁妆十分丰盛，把新房都快堆满了。新娘子拜见公婆，只见她非常美丽温柔。主人大喜。胡生和一个弟弟前来送新娘，兄弟二人谈吐都十分风雅，又都善于饮酒，直到天明才离去。新娘子还能预知每年的丰歉，所以经营生计，都听她的意见。以后，胡生兄弟和他们的母亲，常常来看望她。大家都见过他们。

[何守奇] 胡生终是可人，故能偶此良姻。

戏术

【原文】

有桶戏者，桶可容升，无底中空，亦如俗戏。戏人以二席置街上，持一升入桶中，旋出，即有白米满升，倾注席上，又取又倾，顷刻两席皆满。然后一一量入，毕而举之，犹空桶。奇在多也。

利津李见田，在颜镇闲游陶场，欲市巨瓮，与陶人争直，不成而去。至夜，窑中未出者六十余瓮，启视一空。陶人大惊，疑李，踵门求之。李谢不知，固哀之，乃曰："我代汝出窑，一瓮不损，在魁星楼下非与？"如言往视，果一一俱在。楼在镇之南山，去场三里余。佣工运之，三日乃尽。

【译文】

有一个用桶变戏法的人，那桶大小可容一升米。桶没底，空空如也，和普通的戏法没有两样。这人在街上铺两张席子，把一升米放进桶里，马上拿出来时，那桶里就有满满一下子米，于是将米倒在席子上，再取再倒，一会儿工夫，都堆满了白米。然后他再把白米一升一升地装回空桶。全部装完之后，把桶举起给大家看，还是空空的。这戏法奇就奇在白米的数量很大。

利津人李见田，有一天在颜镇闲逛，他来到烧制陶器的窑场，想买一只大瓮，和窑场的主人讨价不成，就走了。到了夜间，窑中尚未烧好的六十多只瓮突然不翼而飞，窑场主人大惊，怀疑是李见田干的，便到李见田的住宅来求他，李见田推说不知此事，窑场主人再三哀求他，他说："我替你出窑了，一只瓮也没有损坏，你去看看，在魁星楼下有没有？"窑场主人按着他的指点前往寻视，果然都在。魁星楼在颜镇的南山，离窑场三里多。窑场的主人雇人搬运，三天才运完。

丐 僧

【原文】

济南一僧，不知何许人。赤足衣百衲，日于芙蓉、明湖诸馆，诵经抄募。与以酒食钱粟，皆弗受，叩所需又不答。终日未尝见其餐饭。或劝之曰："师既不茹荤酒，当募山村僻巷中，何日日往来于膻闹之场？"僧合眸讽诵，睫毛长指许，若不闻。少选又语之，僧遽张目厉声曰："要如此化！"又诵不已。久之自出而去，或从其后，固诘其必如此之故，走不应。叩之数四，又厉声曰："非汝所知！老僧要如此化！"积数日，忽出南城，卧道侧如僵，三日不动。居民恐其饿死，贻累近郭，因集劝他徙。欲饭饭之，欲钱钱之，僧瞑然不动，群摇而语之。僧怒，于衲中出短刀，自剖其腹，以手入内，理肠于道，而气随绝。众骇告郡。藁葬之。异日为犬所穴，席见；踏之似空，发视之，席封如故，犹空茧然。

【译文】

济南有一个和尚，不知是什么人。他光着脚，穿百衲破衣，每天在芙蓉和明湖等会馆念经化缘。人们给他酒食、钱、粮米，他都不要；问他要什么，又不肯回答。从来没有人见他吃过饭。有人劝他道："禅师既然不吃酒肉，就该到荒村小巷去化缘，何必天天往来于这些繁华场所呢？"和尚闭目诵经，眼睫毛有一尺多长，好像根本没听见。过了一会儿，有人又对他说了一遍。和尚忽然睁开眼厉声说道："就要如此化缘！"接着又念起经来。

和尚念了好久才径自离去。有人跟随在他身后，再三问他为什么要如此化缘。和尚只顾往前走，一声不吭。跟的人再三再四地问他，他又厉声喊道："这不是你该知道的事！老僧就是要如此化缘！"

过了几天，和尚忽然出了南城门，僵卧在道旁，三天三夜不动。居民怕他饿死，连累附近的百姓，因而都聚集到他身旁劝他离开，只要愿意离开，要饭有饭，要钱有钱。老僧仍然双目紧闭，一动不动。众人于是摇晃他的身子劝告他。和尚大怒，从袈裟里抽出一把短刀，剖开自己的肚子，把手伸进去，在路上整理自己的肠子，最后气绝身亡。众人大为惊恐，告到官府，官府派人将他草草地埋葬了。过了几天，野狗在和尚的坟上扒开一个洞，露出了席子。人们踩一下，席筒子好像是空的。打开一看，裹尸的席子卷得好好的，尸体已经没有了，留下一个大空壳。

伏狐

【原文】

太史某为狐所魅，病瘠。符禳既穷，乃乞假归，冀可逃避。太史行而狐从之，大惧，无所为谋。一日止于涿，门外有铃医自言能伏狐，太史延之入。投以药，则房中术也。促令服讫，入与狐交，锐不可当。狐辟易，哀而求罢，不听，进益勇。狐展转营脱，苦不得去。移时无声，视之，现狐形而毙矣。

昔余乡某生者，素有嫪毐之目，自言生平未得一快意。夜宿孤馆，四无邻，忽有奔女，扉未启而已入，心知其狐，亦欣然乐就狎之。衿襦甫解，贯革直入。狐惊痛，啼声吱然，如鹰脱韝，穿窗而出去。某犹望窗外作狎昵声，哀唤之，冀其复回，而已寂然矣。此真讨狐之猛将也！宜榜门驱狐，可以为业。

【译文】

有位太史某公被狐狸精魅惑，病弱不堪。人们用尽了画符念咒的方法来驱除狐狸精，仍不见效。他于是请假回了故乡，希望能躲避纠缠。可是太史走到哪

里，狐狸精就跟到哪里。他极为恐惧，不知所措。

有一天，太史来到涿州城，门外走进一位摇铃郎中，声称能制服狐狸精。太史把郎中请到屋里，郎中给太史投了药，是房中所用的春药。郎中说太史吃了药，进屋与变作女人的狐狸精交配，锐不可当。狐狸精开始躲避，哀求太史停止。太史不听，动作更加勇猛。狐狸精挣扎翻滚，可怎么也跑不掉。过了一会儿，就无声无息了，仔细一看，狐狸已经现出原形死了。

从前我乡某生，阳具特大，说一辈子没能痛痛快快一展身手。有一天夜晚，他独自住在一座空院，四面没有邻居。忽然一个女人来到房前，门没有开，人就进来了。某公心里知道这是个狐狸，可仍然欣然和她欢会。这女人刚刚解开外衣，某生就刺破裙裤，长驱直入。狐狸精剧痛大惊，发出“吱吱”的啼叫声，像鹰飞离臂套一样，跳起穿窗逃走了。某生还凝望着窗外，以亲昵的声调，哀求呼唤，希望她能回来，但四下已经寂然无声了。某生真算得上是征服狐狸精的猛将，应当在门前挂出“驱狐”招牌，以此为业。

[何守奇] 以房术伏狐，至移时而毙，物犹如此，人何以堪！

蛰　龙

【原文】

於陵曲银台公，读书楼上。值阴雨晦暝，见一小物有光如荧，蠕蠕而行，过处则黑如蚰迹，渐盘卷上，卷亦焦。意为龙，乃捧卷送之至门外，持立良久，蠖曲不少动。公曰：“将无谓我不恭？”执卷返，仍置案上，冠带长揖送之。方至檐下，但见昂首乍伸，离卷横飞，其声嗤然，光一道如缕。数步外，回首向公，则头大于瓮，身数十围矣。又一折反，霹雳震惊，腾霄而去。回视所行处，盖曲曲自书笥中出焉。

【译文】

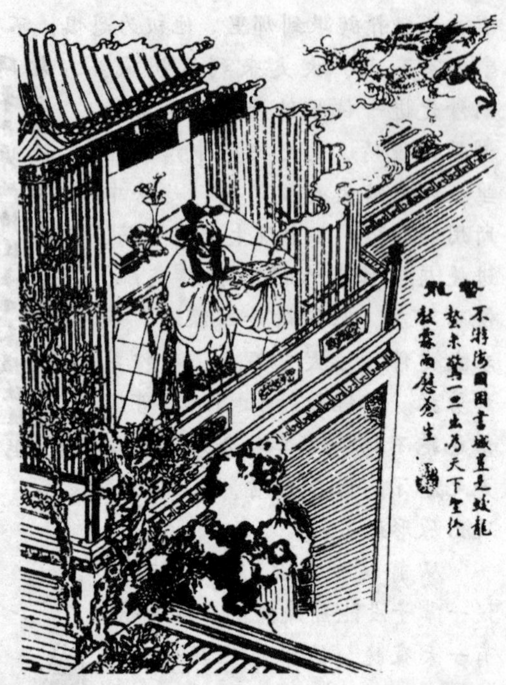

於陵有位姓曲的通政使，有一天在楼上读书，这天正值阴雨天气，他忽然看见一个小东西，身上闪着萤光，在书桌上慢慢爬行。所爬过的地方，留下蛐蜒一样黑色的焦糊痕迹。小虫慢慢爬到书本上，书页也出现了焦糊痕迹。曲公认为它是一条龙，便捧起书本把小虫送出去。到了门外，他站了很久，小虫蜷曲着一动不动。曲公说：“你恐怕是认为我太不恭敬了吧?”又把书本捧回来，仍放在书桌上，穿戴整齐，深深作了个揖，再将小虫送回去。刚到屋檐下，只见小虫昂起头来，身子突然伸长，从书本上猛然起飞，发出“嗤嗤”的响声，闪过一道白光。小虫飞出几步，回头看看曲公。这时，它的头已变得比一只缸还大，身长几十围。又翻转一下，发出霹雳般的轰响声，腾云而去。曲公回身在书桌上察看龙走过的痕迹，弯弯曲曲，原来是从一只书箱里爬出来的。

苏仙

【原文】

高公明图知郴州时，有民女苏氏浣衣于河，河中有巨石，女踞其上。有苔一缕，绿滑可爱，浮水漾动，绕石三匝。女视之心动。既归而娠，腹渐大，母私诘之，女以情告，母不能解。数月竟举一子，欲置隘巷，女不忍也，藏诸椟而养之。遂矢志不嫁，以明其不二也。然不夫而孕，终以为羞。

儿至七岁未尝出以见人，儿忽谓母曰：“儿渐长，幽禁何可长也？去之，不为母累。”问所之。曰：“我非人种，行将腾霄昂壑耳。”女泣询归期。答曰：“待母属纩儿始来。去后倘有所需，可启藏儿椟索之，必能如愿。”言已，拜母竟去。出而望之，已杳矣。女告母，母大奇之。女坚守旧志，与母相依，而家益落。偶缺晨炊，仰屋无计。忽忆儿言，往启椟，果得米，赖以举火。由是有求辄应。逾三年母病卒，一切葬具，皆取给于椟。

既葬，女独居三十年，未尝窥户。一日邻妇乞火者，见其兀坐空闺，语移时

始去。居无何，忽见彩云绕女舍，亭亭如盖，中有一人盛服立，审视则苏女也。回翔久之，渐高不见。邻人共疑之，窥诸其室，见女靓妆凝坐，气则已绝。众以其无归，议为殡殓。忽一少年入，丰姿俊伟，向众申谢。邻人向亦窃知女有子，故不之疑。少年出金葬母，植二桃于墓，乃别而去。数步之外，足下生云，不可复见。后桃结实甘芳，居人谓之“苏仙桃”，树年年华茂，更不衰朽。官是地者，每携实以馈亲友。

【译文】

高明图任郴州知府时，有一位姓苏的女子，在河边洗衣裳。河中有一块大石头，苏女蹲在上面。有一缕水草，翠绿柔滑，十分可爱，在水面浮游荡漾，绕着石头漂了三圈。苏女看了，怦然心动。回去不久，便有了身孕，腹部渐渐隆起。母亲悄悄问她怎么回事，苏女照实说了，母亲迷惑不解。

几个月后，苏女竟然生下一个儿子。她本想把孩子扔在小巷里算了，但又于心不忍，就把儿子放在柜子里养着。从此，她发誓决不嫁人，以表明抚养儿子长大成人的心迹。但是，没有出嫁就有身孕始终是种羞耻的事情。所以孩子长到七岁了，还没有出去见过人。

一天，儿子忽然对苏女说：“孩儿渐渐长大了，怎么能长时间关在家里呢？让我走吧，不能再拖累母亲了。”苏女问儿子到哪里去，儿子说：“我本来就不是人种，要飞上天空去了。”苏女哭着问他什么时候回来，儿子回答说：“等母亲临终时，我才会回来。我走以后，如果需要什么东西，就打开我藏身的柜子，肯定能得到您想要的东西。”说完，向母亲告别离去了。苏女出门一看，儿子已经杳无踪迹了。苏女告诉母亲，母亲也非常惊奇。

从此，苏女坚守原来的志向，和母亲相依为命，而家境日益败落。有一天，做早饭时，米没有了，找遍屋子也没有找到。苏女忽然想起儿子临别时的嘱咐，就去打开柜子，果然找到白米，做了早饭。从此以后，凡有所求，都能如愿。过了三年，苏女的母亲病故，一切丧葬开支，都从柜中取出。安葬好母亲，苏女独

自生活了三十年，大门也不出。

一天，邻家妇人到苏女家来借火，见她独坐在空旷的屋子里，和她谈了一会儿话就离去了。过了不久，邻家妇人忽然看见有彩云在苏女家房中缭绕，好像一张大伞，彩云中站着一位身穿华丽服装的人，仔细一看，原来是苏女。彩云在空中盘桓了许久，越飞越高，便消失不见了。邻居们都很疑惑，到苏女家去窥视，只见苏女盛装打扮，安详地坐在那里，已经气绝身亡。众人商量，苏女一个亲人都没有，打算出钱替她安葬。

忽然，有一个少年从外面进来。他长得英俊高大，向众人致谢。邻居们过去也知道苏女有过一个儿子，所以也都不加怀疑。少年出钱安葬了母亲，在墓前种了两株桃树，告辞众人而去。他刚走了几步，脚下就生出彩云，人也就不见了。后来，那两棵桃树开花结果，香甜可口，当地人便称为“苏仙桃”。桃树年年都长得花繁叶茂，一直不衰不朽。在这里做官的人，常常带些桃子去馈赠亲友。

［冯镇峦］女必有所依，否则志即坚定，茕茕一身，何以能之三十年也。

李伯言

【原文】

李生伯言，沂水人．抗直有肝胆。忽暴病，家人进药，却之曰：“吾病非药饵可疗。阴司阎罗缺，欲吾暂摄其篆耳。死勿埋我，宜待之。”是日果死。

驺从导去，入一宫殿，进冕服，隶胥祗候甚肃。案上簿书丛沓。一宗：江南某，稽生平所私良家女八十二人，鞫之佐证不诬，按冥律宜炮烙。堂下有铜柱，高八九尺，围可一抱，空其中而炽炭焉，表里通赤。群鬼以铁蒺藜挞驱使登，手移足盘而上，甫至顶，则烟气飞腾，崩然一响如爆竹，人乃堕；团伏移时始复苏。又挞之，爆堕如前。三堕，则匝地如烟而散，不复能成形矣。

又一起：为同邑王某，被婢父讼盗占生女，王即李姻家。先是一人卖婢，王知其所来非道，而利其直廉，遂购之。至是王暴卒。越日其友周生遇于途，知为鬼，奔避斋中。王亦从入。周惧而祝，问所欲为。王曰：“烦作见证于冥司耳。”惊问：“何事？”曰：“余婢实价购之，今被误控，此事君亲见之，惟借季路一言，无他说也。”周固拒之，王出曰：“恐不由君耳。”未几周果死，同赴阎罗质审。李见王，隐存左袒意。忽见殿上火生，焰烧梁栋。李大骇，侧足立，吏急进曰：“阴曹不与人世等，一念之私不可容。急消他念则火自熄。”李敛神寂虑，火顿灭。已而鞫状，王与婢父反复相苦；问周，周以实对；王以故犯论笞。笞讫，遣人俱送回生，周与王皆三日而苏。

李视事毕，舆马而返。中途见阙头断足者数百辈，伏地哀鸣。停车研诘，则异乡之鬼，思践故土，恐关隘阻隔，乞求路引。李曰：“余摄任三日，已解任矣，

何能为力？”众曰：“南村胡生，将建道场，代嘱可致。”李诺之。至家，驺从都去，李乃苏。

胡生字水心，与李善，闻李再生，便诣探省。李遽问：“清醮何时？”胡讶曰：“兵燹之后，妻孥瓦全，向与室人作此愿心，未向一人道也，何知之？”李具以告。胡叹曰：“闺房一语，遂播幽冥，可惧哉！”乃敬诺而去。次日如王所，王犹惫卧。见李，肃然起敬，申谢佑庇。李曰：“法律不能宽假。今幸无恙乎？”王云：“已无他症，但笞疮脓溃耳。”又二十余日始痊，臀肉腐落，瘢痕如杖者。

异史氏曰：“阴司之刑惨于阳世，责亦苛于阳世。然关说不行，则受残酷者不怨也。谁谓夜台无天日哉？第恨无火烧临民之堂廨耳！”

【译文】

李伯言是沂水人，为人耿直，有侠肝义胆。一天，他忽然得了暴病，家人给他送来药，他推辞道：“我的病不是药物可以治好的，阴曹阎罗那里缺一位文书，想让我暂时去代理一下，我死后不要埋，等我回来。”这一天，他果然死了。

有侍从引导李伯言进了一座宫殿，给他换上官服，戴上官帽，两旁衙役肃立伺候，十分恭敬。书案上文书案卷很多，堆得很零乱。李伯言拿起一宗文卷来看，上面记载江南某生，经调查一生奸污良家妇女八十二人。把某生提来审讯，证据确凿，按阴司的法律，应处以炮烙之刑。厅堂下立有一根铜柱，高八九尺，有一抱粗，柱子中空，里边装着烧红的炭，里外通红。一群小鬼用铁蒺藜抽打驱赶某生爬铜柱，某生移动手脚，盘柱而上。刚爬到柱顶，只见烟气飞腾，“呼”的一声响如爆竹，人就摔到地上，蜷伏了一会儿，才苏醒过来。群鬼又抽打他爬柱，爬到顶依然爆响一声落在地上。就这样摔了三次，某生落地变作一股烟慢慢消散，再也不能成为人形了。

还有一宗案子，是李伯言同县的王某，婢女的父亲控告他霸占女儿。王某原

是李伯言的一位姻亲。此前，有一人来卖婢女。王某知道不是正道来的，可是贪图价钱便宜，就买了下来。接着王某暴病而死，过了两天，他的朋友周生在路上遇着王某，知道是碰见了鬼，急忙跑回家躲避。王某也跟着周生来到他家。周生十分害怕，向他祷告，问他要干什么，王某说："请你到阴司去做证人。"周生惊讶地问："为什么事?"王某说："我那个婢女是我按价购买的，而今天误被控告霸占。这件事你是亲眼看见的，只想借你君子一言作个证明，此外没有什么事。"周生坚决拒绝王某的要求。王某临走时说："这事恐怕就由不得你了。"

不久，周生果然死去，和王某一起到阎王爷那里当堂对质。李伯言见是王某，心中暗有袒护之意。忽然看见阎罗殿上起火，烧着了房梁。李伯言大为惊惧，侧身站立。只听一位小吏急忙说道："阴间和阳世不同，一点儿私心杂念都不容，赶快消除杂念，火自然就会熄灭。"李伯言收了杂念，心情平静下来，那火顿时就灭了。

过了一会儿，开始审讯，王某和那婢女之父反复申诉，互相指责。阎王问周生，周生据实以告，王某以明知故犯罪被判杖刑。打过之后，阎王派人把周生等人都送回阳世，周生和王某都在死后三天复苏。

李伯言处理完公务，乘马车返回。路上遇到几百个缺头断脚的鬼，伏在地上哀嚎。李伯言停下车来探问究竟，原来是一些死于异乡的鬼魂，因为思念故乡，恐怕关卡阻碍，乞求李伯言发给路引。李伯言说："我在阴间任职三天，现在已经离职了，还有什么能力呢?"众鬼魂说："南村有位胡生，将要设道场，念经超度亡灵，请转告他，他会帮我们的。"李伯言答应了。回到家里，随从的人马都离去了，他也苏醒过来。

胡生字水心，和李伯言有交情，听说他死而复生，便来探望。李伯言：急忙问："道场何时开设?"胡生惊讶道："兵荒马乱之后，妻子幸而保全下来，前些时和内人说过这种心愿，从没向旁人说过。你是怎么知道的?"李伯言把实情告诉了他。胡生慨叹道："闺房里说句话，就能传播到阴间，太可怕了!"于是答应了李伯言的嘱咐离去。

第二天，李伯言到王某家，王某仍然疲倦地躺在床上，见李伯言来到，马上起身，恭敬致谢，感谢李伯言的庇护。李伯言说："阴司的法律是不容有丝毫宽恕的，现在你身体好了吗?"王某说："已经没什么事了，只是打板子的伤口已经化脓溃烂了。"又过了二十多天，王某的伤才好，臀部的烂肉都掉了，留下了板子打过的瘢痕。

异史氏说：阴司的惩罚，比阳世更惨，职责也比阳世苛刻。可是讲情袒护都行不通，那些受酷刑的人也都没有怨言。谁说阴间暗无天日?只恨没有那一把火把阳世的公堂烧掉。

［何守奇］福善祸淫之旨显然。

黄九郎

【原文】

何师参字子萧，斋于苕溪之东，门临旷野。薄暮偶出，见妇人跨驴来，少年从其后。妇约五十许，意致清越；转视少年，年可十五六，丰采过于姝丽。何生素有断袖之癖，睹之，神出于舍，翘足目送，影灭方归。

次日早伺之，落日冥蒙，少年始过。生曲意承迎，笑问所来。答以“外祖家”。生请过斋少憩，辞以不暇，固曳之，乃入；略坐兴辞，坚不可挽。生挽手送之，殷嘱便道相过，少年唯唯而去。生由是凝思如渴，往来眺注，足无停趾。一日日衔半规，少年欻至，大喜要入，命馆童行酒。问其姓字，答曰：“黄姓，第九。童子无字。”问：“过往何频?”曰：“家慈在外祖家，常多病，故数省之。”酒数行，欲辞去；生捉臂遮留，下管钥。九郎无如何，赪颜复坐，挑灯共语，温若处子，而词涉游戏，便含羞面向壁。未几引与同衾，九郎不许，坚以睡恶为辞。强之再三，乃解上下衣，着裤卧床上。生灭烛，少时移与同枕，曲肘加髀而狎抱之，苦求私昵。九郎怒曰：“以君风雅士，故与流连，乃此之为，是禽处而兽爱之也!”未几晨星荧荧，九郎径去。

生恐其遂绝，复伺之，蹀躞凝盼，目穿北斗。过数日九郎始至，喜逆谢过，强曳入斋，促坐笑语，窃幸其不念旧恶。无何，解履登床，又抚哀之。九郎曰：“缠绵之意已镂肺膈，然亲爱何必在此?”生甘言纠缠，但求一亲玉肌，九郎从之。生俟其睡寐，潜就轻薄，九郎醒，揽衣遽起，乘夜遁去。生邑邑若有所失，忘啜废枕，日渐委悴，惟日使斋童逻侦焉。

一日九郎过门即欲径去，童牵衣入之。见生清癯，大骇，慰问。生实告以

情，泪涔涔随声零落。九郎细语曰："区区之意，实以相爱无益于弟，而有害于兄，故不为也。君既乐之，仆何惜焉？"生大悦。九郎去后病顿减，数日平复。九郎果至，遂相缱绻。曰："今勉承君意，幸勿以此为常。"既而曰："欲有所求，肯为力乎？"问之，答曰："母患心痛，惟太医齐野王先天丹可疗。君与善，当能求之。"生诺之，临去又嘱。生入城求药，及暮付之。九郎喜，上手称谢。又强与合。九郎曰："勿相纠缠。请为君图一佳人，胜弟万万矣。"生问："谁何？"九郎曰："有表妹美无伦，倘能垂意，当执柯斧。"生微笑不答，九郎怀药便去。

三日乃来，复求药。生恨其迟，词多诮让。九郎曰："本不忍祸君，故疏之。既不蒙见谅，请勿悔焉。"由是燕会无虚夕。凡三日必一乞药，齐怪其频，曰："此药未有过三服者，胡久不瘥？"因裹三剂并授之。又顾生曰："君神色黯然，病乎？"曰："无。"脉之，惊曰："君有鬼脉，病在少阴，不自慎者殆矣！"归语九郎。九郎叹曰："良医也！我实狐，久恐不为君福。"生疑其诳，藏其药不以尽予，虑其弗至也。居无何，果病。延齐诊视，曰："曩不实言，今魂气已游墟莽，秦缓何能为力？"九郎日来省侍，曰："不听吾言，果至于此！"生寻死，九郎痛哭而去。

先是，邑有某太史，少与生共笔砚，十七岁擢翰林。时秦藩贪暴，而赂通朝士，无有言者。公抗疏劾其恶，以越俎免。藩升是省中丞，日伺公隙。公少有英称，曾邀叛王青盼，因购得旧所往来札胁公，公惧，自经；夫人亦投缳死。公越宿忽醒，曰："我何子萧也。"诘之，所言皆何家事，方悟其借躯返魂。留之不可，出奔旧舍。抚疑其诈，必欲排陷之，使人索千金于公。公伪诺，而忧闷欲绝。

忽通九郎至，喜共话言，悲欢交集，既欲复狎，九郎曰："君有三命耶？"公曰："余悔生劳，不如死逸。"因诉冤苦。九郎悠忧以思，少间曰："幸复生聚。君旷无偶，前言表妹慧丽多谋，必能分忧。"公欲一见颜色。曰："不难。明日将取伴老母，此道所经，君伪为弟也兄者，我假渴而求饮焉，君曰'驴子亡'，则诺也。"计已而别。明日亭午，九郎果从女郎经门外过，公拱手絮絮与语，略睨女郎，娥眉秀曼，诚仙人也。九郎索茶，公请入饮。九郎曰："三妹勿讶，此兄盟好，不妨少休止。"扶之而下，系驴于门而入。公自起瀹茗，因目九郎曰："君前言不足以尽。今得死所矣！"女似悟其言之为己者，离榻起立，嘤喔而言曰："去休！"公外顾曰："驴子其亡！"九郎火急驰出。公拥女求合。女颜色紫变，窘若囚拘，大呼九兄，不应。曰："君自有妇，何丧人廉耻也？"公自陈无室。女曰："能矢山河，勿令秋扇见捐，则惟命是听。"公乃誓以皦日。女不复拒。事已，九郎至，女色然怒让之。九郎曰："此何子萧，昔之名士，今之太史。与兄最善，其人可依。即闻诸妗氏，当不相见罪。"日向晚，公邀遮不听去，女恐姑母骇怪，九郎锐身自任，跨驴径去。居数日，有妇携婢过，年四十许，神情意致雅似三娘。公呼女出窥，果母也。瞥睹女，怪问：“何得在此？”女惭不能对。公邀入，拜而告之。母笑曰：“九郎雅气，胡再不谋？”女自入厨下，设食供母，食已乃去。

公得丽偶，颇快心期，而恶绪萦怀，恒蹙蹙有忧色。女问之，公缅述颠末。女笑曰：“此九兄一人可得解，君何忧？”公诘其故，女曰：“闻抚公溺声歌而比顽童，此皆九兄所长也。投所好而献之，怨可消，仇亦可复。”公虑九郎不肯，女曰：“但请哀之。”越日公见九郎来，肘行而逆之，九郎惊曰：“两世之交，但可自效，顶踵所不敢惜，何忽作此态向人？”公具以谋告，九郎有难色。女曰：“妾失身于郎，谁实为之？脱令中途凋丧，焉置妾也？”九郎不得已，诺之。

公阴与谋，驰书与所善之王太史，而致九郎焉。王会其意，大设，招抚公饮。命九郎饰女郎，作天魔舞，宛然美女。抚惑之，亟请于王，欲以重金购九郎，惟恐不得当。王故沉思以难之。迟之又久，始将公命以进。抚喜，前隙顿释。自得九郎，动息不相离；侍妾十余视同尘土。九郎饮食供具如王者，赐金万计。半年抚公病，九郎知其去冥路近也，遂辇金帛，假归公家。既而抚公薨。九郎出资，起屋置器，畜婢仆，母子及妗并家焉。九郎出，舆马甚都，人不知其狐也。

余有“笑判”，并志之：男女居室，为夫妇之大伦；燥湿互通，乃阴阳之正窍。迎风待月，尚有荡检之讥；断袖分桃，难免掩鼻之丑。人必力士，鸟道乃敢生开；洞非桃源，渔篙宁许误入？今某从下流而忘返，舍正路而不由。云雨未兴，辄尔上下其手；阴阳反背，居然表里为奸。华池置无用之乡，谬说老僧入定；蛮洞乃不毛之地，遂使眇帅称戈。系赤兔于辕门，如将射戟；探大弓于国库，直欲斩关。或是监内黄鳣，访知交于昨夜；分明王家朱李，索钻报于来生。彼黑松林戎马顿来，固相安矣；设黄龙府潮水忽至，何以御之？宜断其钻刺之根，兼塞其送迎之路。

【译文】

何师参，字子萧，书斋在苕溪东岸，门外是一片旷野。一天傍晚，何生偶然外出，见一位妇人骑驴前来，后面跟随一个少年。这妇人年约五十多岁，风姿清丽脱俗，再看那少年，大约十五六岁，长得十分俊美，比美女还漂亮。何生素来有同性恋的癖好，一见这少年，就灵魂出窍，翘起脚来，目送他们远去，直到连影子都看不见了才回来。

第二天，何生又早早地等在那里，到了日落西山，暮色渐浓时，少年才从这里经过。何生上前笑脸相迎，极尽讨好之能事，问他从哪里来。少年说：“从外公家来。”何生邀请少年到书馆休息一会儿，少年推辞说没有工夫，何生生拉硬拽，少年才跟他进了屋。少年坐了一会儿便起身告辞，任何生怎样挽留也没有用。何生于是拉着少年的手相送，殷勤嘱咐他常来做客，少年点头答应后离去。

何生从此如饥似渴地想念少年，成天在门口注目眺望，一刻也不消停。

有一天，太阳半落西山时，少年忽然来了。何生大喜，将少年请到书馆中，让书馆的书僮摆上酒来。问少年姓名，少年答道："姓黄，排行第九，尚未成年，还没有名字。"何生又问："你多次从这里经过是为什么呀？"九郎说："家母住在城外祖父家，常常生病，所以多次去看望。"喝了几杯酒之后，九郎就要离去。何生抓住他的胳膊，挡住道请他留下，并把门锁上。九郎没有办法，满面通红，只好又坐下。

何生与九郎在灯下谈话，九郎像大姑娘一样温和，一谈到调戏之类的话，便含羞不语，扭头面向墙壁。过了一会儿，何生要和九郎同床而眠，九郎说自己睡相不好，不愿同眠。何生再三强求，九郎才脱下外衣，穿着裤子躺在床上。何生吹灭了蜡烛，过了一会儿，移过身子和九郎同枕，一手搂着脖子，一手放在大腿上紧紧拥抱他，苦苦乞求搞同性恋。九郎愤怒地说："因为你是个风雅文士，所以才和你来往；而你这种行为，真是禽兽的行为呀！"过了一阵儿，晨星闪烁，天气渐亮，九郎径自离去了。何生怕九郎断绝来往，仍然在门旁道边等候九郎，来回徘徊凝神盼望，望眼欲穿。

过了好几天，九郎才露面，何生高兴地迎接他，并为上次的鲁莽道歉。又把他强拉进书馆，两人促膝而坐，笑语不断。何生暗自庆幸九郎不念旧恶。不久，二人又解衣脱鞋上床。何生又抚摩着九郎哀求交欢。九郎说："你的一片缠绵情意，我已铭刻在心，可是二人亲爱何必非要干这种事？"何生甜言蜜语地纠缠，只求亲近一下肌肤就行了，九郎答应了他。等九郎睡着了，何生偷偷对他轻薄。九郎从睡梦中惊醒，披上衣服猛然起身，连夜逃走了。何生从此郁郁寡欢，怅然若失，到了废寝忘食的地步，日渐衰弱憔悴。

有一天，九郎从何生门前经过，就要径直离去，书僮牵着他的衣服把他领进书馆。九郎见何生非常消瘦，大为惊异，上前慰问。何生把实情告诉九郎，哭出了声，泪如雨下。九郎轻声说："我的本意是，你我相爱对我无益，而对你却有害，所以不愿做。可是你既然这样喜欢，我又有什么可惜的呢？"何生听了大喜。九郎去后，何生的病情立时大为减轻，又过了几天，病就全好了。九郎果然前来，与何生鱼水交欢后说："今天是我勉强接受你的要求，千万不要把这种情形当作常例。"接着又说："我想求你点儿事，肯为我出力吗？"何生问他有什么事，他回答道："我母亲患有心痛病，只有太医齐野王的先天丹才可治愈。你和他有交情，一定能够求来。"何生答应了。九郎临走时又嘱咐了一遍。何生于是进城求药，晚上交给了九郎，九郎十分高兴，举手向他道谢。何生又想和他交合。九郎说："请不要再纠缠了，我替你找个美女，比我强万倍。"何生问是什么人，九郎说："我有一个表妹，貌美无比。你如果有意，我便替你做媒。"何生笑着不回答，九郎拿着药就走了。

过了三天，九郎又来取药。何生怪他来得太晚，言语中就有责备的意思。九

郎说："我是不忍心给你带来灾祸，所以才想疏远你。既然你不能体谅我的一片苦心，以后希望你不要后悔。"从此以后，二人夜夜相会，从无间隔。每过三天，九郎必定要一次药。齐太医对何生如此频繁取药很奇怪，便问："这药从没有服三次还不好的，为什么这个病人久病不愈呢?"于是包了三剂药交给何生。他回过头来又对何生说："你的神色黯淡，是病了吗?"何生说："没什么病。"齐太医便为何生把脉，吃惊地说："你有鬼脉，病在少阴脉上。如果不加小心，可就危险了。"

何生回到家，把这番话告诉了九郎。九郎叹气道："真是良医啊！我其实是个狐狸，时间长了恐怕会对你不利。"何生怀疑他是在骗人，就把药藏了起来，并不一次就给他，生怕他以后不再来了。过了不久，何生果然病了，便请齐太医诊治。齐太医说："从前你不说实话，现在你的魂气已经飞出体外了，我又能有什么办法呢?"九郎每天都来看望侍候，对何生说："当初不听我的话，果然到了这种地步！"不久，何生病死，九郎痛哭而去。

原先，县里有一位翰林，少年时和何生是同窗好友，十七岁时当了翰林。当时奸臣秦藩贪婪凶暴，因为贿赂了朝廷命官，所以没有人敢揭露他。翰林上疏揭露他的罪恶，反而被扣上超越职权的帽子被免官。后来，秦藩当上了这个省的巡抚，成天都在寻找报复翰林的机会。翰林年轻时就以英气著称，曾经得到一位叛王的看重。秦藩于是买到了翰林和叛王以前来往的旧书信，用来威胁翰林。翰林害怕，自杀而死，他的夫人也上了吊。

过了一天，翰林忽然苏醒过来，自称道："我是何子萧。"一问他，回答的都是何家的事情，大家这才明白何生是借尸还魂。大家留不住他，他就跑到何生家去了。秦藩怀疑其中有诈，还是一心要陷害他，便派人向他索要一千两银子。翰林表面上答应了，心里却忧愁烦闷得要死。

忽然，有人通报说九郎来了。翰林便高兴地和他谈话，悲喜交集。接着，又要求和他交合。九郎说："你有三条命吗?"翰林说："我真后悔活在这个世上，活着太累，倒不如死了安生。"接着便诉说自己的冤苦。九郎听了也很忧虑，沉思起来。过了一会儿，才说："幸好我们又在人间重逢了。你至今没有妻子，先前我给你说的表妹，聪慧美丽，而且很有谋略，一定可以帮你分忧解难。"翰林便想见九郎的表妹一面。九郎说："这倒不难。明天我要去接她陪我母亲，必然从这里经过。你就假装是我的盟兄，我假装口渴要水喝，你如果说'驴跑了'，就算同意了。"两人商议停当，九郎就离去了。

第二天中午，九郎果然跟在一位女郎的身后从翰林门前经过。翰林拱手和九郎絮絮叨叨地聊天，偷偷瞟了女郎一眼，只见她眉清目秀，俊雅美丽，真像仙女一般。九郎想要喝茶，翰林便请他们进屋。九郎对表妹说："三妹不必见怪，这位是我的盟兄，不妨进去休息一会儿。"于是扶她下了驴，把驴拴在门口，一起进入房内。翰林起身煮茶，趁机瞟着九郎说："你先前所言，还不能说尽她的美

丽，能得到她，我死也无憾了。”三妹好像听出来他们在谈论自己，便站起身，娇声细语地说：“我们走吧。”翰林往门外看了一眼，说：“驴跑了。”九郎一听，急忙跑了出去。翰林搂着三妹就要交合，三妹脸色通红，十分窘困，像被拘禁的囚犯一般，大呼“九兄，九兄！”但没人答应。她便对翰林说：“你自己有妻室，为什么这样败坏他人的名节呢？”翰林说自己还没有妻室。三妹说：“你如果能对天发誓，保证今后绝不抛弃我，我也就听从你的摆布。”翰林便对天发誓，三妹也就不再拒绝了。

完事之后，九郎回来了。三妹生气地责备他，九郎说：“这位何子萧，是从前的名士，现在是翰林。他和我是好朋友，是可以依靠的人。这事就算你母亲听说，也一定不会怪罪。”到了傍晚，翰林请三妹住下，不让她走。三妹生怕姑母会责怪，九郎挺身而出，愿意独自承担责任，一个人骑上驴走了。

过了几天，一位妇人带着丫环从门前经过。她大约四十岁，神态相貌都很像三妹。翰林叫三妹出来一看，果然是她母亲。母亲瞥见女儿，奇怪地问：“你怎么会在这里？”三妹羞愧得答不上来。翰林邀请她进了家，向她行礼后把情况告诉她。母亲笑着说：“九郎也太孩子气了，为什么不再商量呢？”三妹自己下厨房，做好饭菜，母亲吃完饭就走了。

翰林得到一位美丽的妻子，心中十分畅快，但是以往的恶劣思绪萦绕在胸中，常常流露出忧虑的神情。三妹问他是怎么回事，翰林便把事情从头到尾详详细细地说了一遍。三妹笑着说：“这事九兄一个人就能解决，夫君有什么好忧愁的呢？”翰林问她是怎么回事。三妹说：“听说那位巡抚沉溺于犬马声色，亲近男色，这些都是九兄的特长。你可以投其所好，把九兄献给他，他的怨气就可以消除，你的仇也就可以报了。”翰林担心九郎不肯答应。三妹说：“你就只管去求他吧。”

第二天，翰林见九郎来了，就匍匐在地，爬着去迎接他。九郎吃惊地问：“你我是两世的交情，只要有用得着的地方，我自当效命，即使赴汤蹈火也在所不辞。为什么忽然用这种姿态对待我呢？”翰林就把三妹的计谋告诉他。九郎面有难色。三妹说：“我失身于他，是谁促成的呀？倘若他不幸中年死去，我可怎么办呢？”九郎不得已，只好答应了。

翰林便和九郎商量，给平时和自己关系很好的王太史去信，并将九郎送去。王太史明白他的意图，于是大设宴席，请秦藩前来赴宴。王太史让九郎扮成女郎，跳起天魔舞，宛如美女一般。秦藩被九郎迷住了，极力向王太史请求，想用重金买下九郎，唯恐得不到。王太史故意沉思不语，来吊他的胃口。迟疑了很久，才将翰林欲献九郎的想法告诉秦藩。秦藩很高兴，以前的仇隙一笔勾消了。

自从得到九郎以后，秦藩和他寸步不离，对原来的十几个侍妾都视如粪土。九郎的饮食用具就像王侯一样，还赐给他上万两的银子。过了半年，秦藩病了，九郎知道他离死已经不远了，便用车装着金银绢帛，借口回到了翰林家。不久，

秦藩就死了。九郎拿出钱来，建起房屋，置办家具，蓄养仆人丫环。他母子和舅妈家都富了起来。九郎出行，车马仪仗都很豪华，没人知道他是狐狸。

我写了一篇《笑判》，一并记在这里：

男女生活在一起，结为夫妻，是人伦关系中的重要方面；男女器官干湿不同，是阴阳交配的正常通道。男女偷情约会，尚且被人讥讽为放荡，而同性恋，更难免被人视为丑不可闻。男人必须身体强壮，阴道才会为它敞开；那肛门本不是正常通道，岂可让那东西误入？如今有些人甘愿搞下流勾当，乐而忘返，舍弃正道而不走。云雨还没有兴起时，就应该撩拨妻子；但是悖乱阴阳，居然还表里为奸。把阴道置于无用之地，却胡说你僧人一样清心寡欲；"蛮洞"是不毛之地，竟使独眼元帅称雄。把赤兔系在猿门，好像要射戟一样；在国库前弯弓搭箭，好像要斩关而入。有人说某监生梦见黄鳝钻入臀部，其实是昨天夜里有旧相好来访；而王戎卖李，必将钻坏李核，使它无法再育此种。身着戎装，骑着大马频频光顾黑松林，固然能够相安一时；假设黄龙府的潮水忽然涌来，如何能抵御它呢？应该斩断它钻刺的祸根，而且塞住它迎来送往的通道。

[何守奇] 太史疏劾恶藩，致捐躯殒命，可谓不辱其生者矣。子萧借宅献僮，投其所好，可谓不辱其躯者乎？子萧名士，吾不谓然。

金陵女子

【原文】

沂水居民赵某，以故自城中归，见女子白衣哭路侧，甚哀。睨之，美；悦之，凝注不去。女垂涕曰："夫夫也，路不行而顾我！"赵曰："我以旷野无人，而子哭之恸，实怆于心。"女曰："夫死无路，是以哀耳。"赵劝其复择良匹。曰："渺此一身，其何能择？如得所托，媵之可也。"赵忻然自荐，女从之。赵以去家远，将觅代步。女曰："无庸。"乃先行，飘若仙奔。至家，操井臼甚勤。

积二年余，谓赵曰："感君恋恋，猥相从，忽已三年，今宜且去。"赵曰："曩言无家，今焉往？"曰："彼时漫为是言耳，何得无家？身父货药金陵。倘欲再晤，可载药往，可助资斧。"赵经营，为贳舆马。女辞之，出门径去，追之不及，瞬息遂杳。

居久之，颇涉怀想，因市药诣金陵。寄货旅邸，访诸衢市，忽药肆一翁望见，曰："婿至矣。"延之入。女方浣裳庭中，见之不言亦不笑，浣不辍。赵衔恨遽出，翁又曳之返，女不顾如初。翁命治具作饭，谋厚赠之。女止之曰："渠福薄，多将不任；宜少慰其苦辛，再检十数医方与之，便吃著不尽矣。"翁问所

载药，女云：“已售之矣，直在此。”翁乃出方付金，送赵归。

试其方，有奇验。沂水尚有能知其方者。以蒜臼接茅檐雨水，洗瘊赘，其方之一也，良效。

【译文】

沂水有个姓赵的人，有一天进城办事回来，看见一位穿白衣的女子在路旁哭泣，特别哀痛。赵某瞥了她一眼，只见那女子长得很美，不觉心生爱意，于是停下脚步，久久地凝视着她。女子泪流满面，说道：“先生啊，你不往前赶路，看我干什么呀！”赵某说：“我看这旷野无人，而你又哭得这样伤心，实在让人难过。”女子说：“我丈夫死了，我无路可走，所以为此而哀伤。”赵某劝她挑一个好丈夫再嫁，女子说：“我这样孤身一人，还有什么可挑选的，如果能找到一个可以托付终身，做一个小妾我也满足了啊！”赵某欣然自我推荐，女子愿意跟他走。赵某说离家太远，要去雇车马代步。女子说：“不用了。”于是先行一步，飘飘然像疾走的仙人一样。

女子到了赵某家以后，操持家务十分勤劳。过了两年多，有一天她对赵某说：“为了感谢你对我的眷恋之情，所以当初跟随了你，不觉已过了三年，如今到了离去的时候了。”赵某说：“你从前说没有家，如今要到哪里去呢？”女子说：“当时是随便乱说的，我怎么会没有家呀！我父亲在金陵城卖药，你要是想和我再见面，可运一些药去，我们可以帮你赚些钱。”赵某为女子离去作了些准备，还为她租了车马。女子说不用，出门径直走了。赵某追也追不上，瞬息之间她的影子都不见了。

过了很久时间，赵某想念起那女子，于是买了一批药材到了金陵。他把货寄放在旅店后，就到街市上四处寻访女子的下落。忽然，药店里的一位老翁看见了他，说：“我女婿来了。”说着把赵某请进店中。那女子正在院子里洗衣服，见了赵某不说话也不笑，只是埋头继续洗衣。赵某很生气，抬腿就往院外走，老翁把他强拉回来，那女子仍和刚才一样没有一点儿表示。老翁让女子做饭摆酒，并准备赠给他一份厚礼。女子阻止老翁道：“他这人福薄，给多了他承受不起，最好稍稍慰劳他的辛苦，再拣十几副药方给他，就足以使他吃用不尽了。”老翁问赵某运来的药在哪儿，女子说：“已经替他卖了，钱在这儿。”老翁于是把药方

和药钱都交给了赵某，送他回家。赵某一试这些药方，有奇效。现在沂水县还有知道这些药方的人。如用捣蒜臼接茅草屋檐滴下的雨水洗身上的瘊子，就是其中一方，效果特别好。

［何守奇］有方无药不可，有药无方罔济。方以配药，药以配方。有方无药，则必求药；有药无方，则须求方。药至而方浣裳，使恨而遽出，不曳之返，则蔑以济矣。方多而药将不任，检十数方使与药配，宜其吃著不尽矣。

汤 公

【原文】

汤公名聘，辛丑进士。抱病弥留，忽觉下部热气渐升而上，至股则足死，至腹则股又死，至心，心之死最难。凡自童稚以及琐屑久忘之事，都随心血来，一一潮过。如一善则心中清净宁帖，一恶则懊侬烦燥，似油沸鼎中，其难堪之状，口不能肖似之。犹忆七八岁时，曾探雀雏而毙之，只此一事，心头热血潮涌，食顷方过。直待平生所为，一一潮尽，乃觉热气缕缕然，穿喉入脑自顶颠出，腾上如炊，逾数十刻期，魂乃离窍忘躯壳矣。

而渺渺无归，漂泊郊路间。一巨人来，高几盈寻，掇拾之纳诸袖中。入袖，则叠肩压股，其人甚夥，薅恼闷气，殆不可过。公顿思惟佛能解厄，因宣佛号，才三四声，飘堕袖外。巨人复纳之，三纳三堕，巨人乃去之。

公独立彷徨，未知何往之善。忆佛在西土，乃遂西。无何，见路侧一僧趺坐，趋拜问途。僧曰："凡士子生死录，文昌及孔圣司之，必两处销名，乃可他适。"公问其居，僧示以途，奔赴。无几至圣庙，见宣圣南面坐，拜祷如前。宣圣言："名籍之落。仍得帝君。"因指以路，公又趋之。见一殿阁如王者居，俯身入，果有神人，如世所传帝君像。伏祝之。帝君检名曰："汝心诚正，宜复有生理。但皮囊腐矣，非菩萨莫能为力。”因指示令急往，公从其教。俄见茂林修竹，殿宇华好。入，见螺髻庄严，金容满月，瓶浸杨柳，翠碧垂烟。公肃然稽首，拜述帝君言。菩萨难之，公哀祷不已，旁有尊者白言：“菩萨施大法力，撮土可以为肉，折柳可以为骨。”菩萨即如所请，手断柳枝，倾瓶中水，合净土为泥，拍附公体。使童子携送灵所，推而合之。棺中呻动，霍然病已，家人骇然集，扶而出之。计气绝已断七矣。

【译文】

汤公的名字叫汤聘，是辛丑年间的进士。汤聘身患重病，处在弥留之际，忽然觉得身体下部有股热气，渐渐往上升。升到大腿处，小腿就死去；升到腹部，大腿又死去；升到心窝处，心却最难以死去。于是童年时代的往事以及许多细小琐碎早已遗忘的事情，都随着心血涌来，像潮水般在心头一一浮过。每回忆起一件善行，就觉得心中清净平和；想起一件恶行，心中顿觉懊悔烦躁，就如同放在油锅里煎炸一般，那痛苦滋味，真是无法用语言表达。想到七八岁时，他曾探鸟巢掏出幼雏杀死取乐，只是这一件事，就使他心中的热血像潮水一般翻涌，大约有一顿饭的工夫才慢慢地平静下来。直到平生所作所为，一一如潮水掠过他的心头，才觉得那股热气一缕一缕地穿过喉咙，直入脑部，又从头顶冒出，就像炊烟一样向上升腾，大约过了一个多时辰，魂灵才脱离身体飘然而去。这游荡着的魂灵，没有了躯壳。

那魂灵飘呀飘呀，无依无归，漫无目的，终于漂泊到城外的路上。这时，一个巨人走过来，足有几丈高，他拾起汤聘的魂灵，放在袖子里。魂灵一进入袖筒，发现里面人已很多，肩腿相压，空气污浊，令人憋闷不堪，实在无法忍受。汤聘忽然想起只有佛祖可以解救危难，就祷念起“阿弥陀佛”来，才念了三四声，魂灵就飘出了巨人的袖筒，掉在地上，巨人马上把他捡了回来。这样巨人捡回他三次，他从袖中又掉落三次，最后巨人终于走了。汤聘的魂灵孤零零地呆在那里，不知该往哪里去才好。想到佛祖在西土，于是就向西方走去。不多时，看见路旁有一个和尚在打坐，他就向前施礼问路。和尚说：“凡是读书人的生死簿，都由管功名的文昌帝君和管教化的孔圣人二位掌管。你必须先到他们那里一一注销了名字，才能离开阴间到别处去。”汤聘又问文昌帝君和孔圣人的居处，和尚一一告诉了他，汤聘于是朝和尚指示的方向奔去。

不一会儿，汤聘来到孔圣庙，见孔子面朝南端坐在那里。于是他像活着时一样跪拜施礼，陈述了自己的心愿。孔子说：“生死名册的变更，仍然归文昌帝君掌管。”于是指给他去找文昌帝君的路，汤聘又急忙向前赶去。见有一座殿阁，像帝王的宫殿一样雄伟壮丽，他低头弯腰恭恭敬敬地进去，果然里面有位神人，长相与世间所见过的文昌帝君像一模一样。汤聘跪伏在地，虔诚地祈祷。文昌帝君知道汤聘的来意，一边翻检名册一边说：“你为人诚实，品格端正，理应生还人间，但是你的躯体已经腐烂了，除了观音菩萨，谁也无能为力。”于是又指给他一条路，让他急速去见观音菩萨。汤聘听命前往。他走着走着，忽然看见一片繁茂的树木和竹林，掩映着一座华丽的殿宇，进去一看，只见观音菩萨梳着田螺形的发髻，神态端庄，金色的面容如满月般美丽。座前的宝瓶内插着杨树枝条，依依低垂，葱翠如烟。汤聘恭恭敬敬地叩拜，叙述了文昌帝君的那番话。观音菩萨表示很为难。汤聘不住地哀恳。旁边有位罗汉说道：“菩萨可以施展大法力，撮土可以当肉，折柳枝可以做骨头。”观音菩萨就答应这位罗汉的求情，亲手折下柳枝，倒出宝瓶中的水，和上净土成为泥，把柳枝和泥都拍附在汤聘的身上，让仙童把他送回停放灵柩的地方。仙童推开棺木，等汤聘进去又合上棺盖。这时，汤聘的棺材内发出呻吟和翻身的声音，汤聘的家人都十分惊骇地聚集到棺前，打开棺木扶他出来，汤公已霍然痊愈，算来汤公气绝已经七七四十九天了。

［但明伦］人为善时，其心之清静安帖固已。即为恶之人，其始亦未有不懊恨烦躁者；特牿亡反复，夜气无存，遂相安于自然耳。将死之时，心血来潮，必一一潮尽而后得死。清凉多，则虽死犹未死也；烦躁多，则自家心下已过不去，况更有许多烦躁罪孽，令其消受耶？

阎　罗

【原文】

莱芜秀才李中之，性直谅不阿。每数日辄死去，僵然如尸，三四日始醒。或问所见，则隐秘不泄。时邑有张生者，亦数日一死。语人曰：“李中之，阎罗也，余至阴司亦其属曹。”其门殿对联，俱能述之。或问：“李昨赴阴司何事？”张曰：“不能具述，惟提勘曹操，笞二十。”

异史氏曰：“阿瞒一案，想更数十阎罗矣。畜道、剑山，种种具在，宜得何罪，不劳挹取；乃数千年不决，何也？岂以临刑之囚，快于速割，故使之求死不得也？异已！”

【译文】

莱芜县有个秀才叫李中之，他生

性刚直，不徇私情。可是他每过几天就要昏死一次，每次昏死都如僵尸一般，三四天后才能苏醒。有人问他在阴间都看到了什么，他总是守口如瓶，半点儿也不曾泄露。当时县里有位张生，也几天昏死一次。他对人说："李中之是阎罗殿上的一位阎罗。我到了阴曹，也就是他的部下。"至于阎罗殿门上的对联，这位张生都能背着叙述下来。又有人问他："李中之昨天到阴曹处理了什么事情？"张生说："我不能细说，但记得他提审了曹操，并打了二十大板。"

异史氏说：曹阿瞒的案子，想来已换过几十位阎罗审理了，变牛变马，剑山刀峰，种种惩罚也都用过了，应该判他什么罪，不须斟酌便可定刑。可是几千年都定不了案，至今还在提审，是什么缘故呢？难道是因为临刑的囚犯多求快刀速死，而专门让他们求死不得多遭一些罪吗？真是怪事！

［王士祯］鬼神以生人为之，此理不可晓。

连琐

【原文】

杨于畏移居泗水之滨，斋临旷野，墙外多古墓，夜闻白杨萧萧，声如涛涌。夜阑秉烛，方复凄断，忽墙外有人吟曰："玄夜凄风却倒吹，流萤惹草复沾帏。"反复吟诵，其声哀楚。听之，细婉似女子。疑之。明日视墙外并无人迹，惟有紫带一条遗荆棘中，拾归置诸窗上。向夜二更许，又吟如昨。杨移杌登望，吟顿辍。悟其为鬼，然心向慕之。

次夜，伏伺墙头，一更向尽，有女子珊珊自草中出，手扶小树，低首哀吟。杨微嗽，女忽入荒草而没。杨由是伺诸墙下，听其吟毕，乃隔壁而续之曰："幽情苦绪何人见？翠袖单寒月上时。"久之寂然，杨乃入室。方坐，忽见丽者自外来，敛衽曰："君子固风雅士，妾乃多所畏避。"杨喜，拉坐。瘦怯凝寒，若不胜衣。问："何居里，久寄此间？"答曰："妾陇西人，随父流寓。十七暴疾殂谢，今二十余年矣。九泉荒野，孤寂如鹜。所吟乃妾自作以寄幽恨者，思久不属，蒙君代续，欢生泉壤。"杨欲与欢，蹙然曰："夜台朽骨不比生人，如有幽欢，促人寿数，妾不忍祸君子也。"杨乃止。戏以手探胸，则鸡头之肉，依然处子。又欲视其裙下双钩。女俯首笑曰："狂生太罗唣矣！"杨把玩之，则见月色锦袜，约彩线一缕；更视其一，则紫带系之。问："何不俱带？"曰："昨宵畏君而避，不知遗落何所。"杨曰："为卿易之。"遂即窗上取以授女。女惊问何来，因以实告。女乃去线束带。既翻案上书，忽见《连昌宫词》，慨然曰："妾生时最爱读此。今视之殆如梦寐！"与谈诗文，慧黠可爱，剪烛西窗，如得良友。自此每夜但闻微吟，少顷即至。辄嘱曰："君秘勿宣。妾少胆怯，恐有恶客见侵。"杨诺之。两人欢同鱼水，虽不至乱，而闺阁之中，诚有甚于画眉者。女每于灯下

为杨写书，字态端媚。又自选宫词百首，录诵之。使杨治棋枰，购琵琶，每夜教杨手谈，不则挑弄弦索，作“蕉窗零雨”之曲，酸人胸臆；杨不忍卒听，则为“晓苑莺声”之调，顿觉心怀畅适。挑灯作剧，乐辄忘晓，视窗上有曙色，则张皇遁去。

一日薛生造访，值杨昼寝。视其室，琵琶、棋枰俱在，知非所善。又翻书得宫词，见字迹端好，益疑之。杨醒，薛问：“戏具何来？”答：“欲学之。”又问诗卷，托以假诸友人。薛反复检玩，见最后一叶细字一行云：“某月日连琐书。”笑曰：“此是女郎小字，何相欺之甚？”杨大窘，不能置词。薛诘之益苦，杨不以告。薛卷挟，杨益窘，遂告之。薛求一见，杨因述所嘱。薛仰慕殷切，杨不得已，诺之。夜分女至，为致意焉。女怒曰：“所言伊何？乃已喋喋向人！”杨以实情自白，女曰：“与君缘尽矣！”杨百词慰解，终不欢，起而别去，曰：“妾暂避之。”明日薛来，杨代致其不可。薛疑支托，暮与窗友二人来，淹留不去，故挠之，恒终夜哗，大为杨生白眼，而无如何。众见数夜杳然，浸有去志，喧嚣渐息。忽闻吟声，共听之，凄婉欲绝。薛方倾耳神注，内一武生王某，掇巨石投之，大呼曰：“作态不见客，那甚得好句。呜呜恻恻，使人闷损！”吟顿止，众甚怨之，杨恚愤见于词色。次日始共引去。

杨独宿空斋，冀女复来，而殊无影迹。逾二日女忽至，泣曰：“君致恶宾，几吓煞妾！”杨谢过不遑。女遽出，曰：“妾固谓缘分尽也，从此别矣。”挽之已渺。由是月余，更不复至。

杨思之，形销骨立，莫可追挽。一夕方独酌，忽女子搴帏入。杨喜极，曰：“卿见宥耶？”女涕垂膺，默不一言。亟问之，欲言复忍。曰：“负气去，又急而求人，难免愧恧。”杨再三研诘，乃曰：“不知何处来一龌龊隶，逼充媵妾。顾念清白裔，岂屈身舆台之鬼？然一线弱质乌能抗拒？君如齿妾在琴瑟之数，必不听自为生活。”杨大怒，愤将致死，但虑人鬼殊途，不能为力。女曰：“来夜早眠，妾邀君梦中耳。”于是复共倾谈，坐以达曙。

女临去，嘱令昼眠，留待夜约。杨诺之，因于午后薄饮，乘醺登榻，蒙衣偃卧。忽见女来，授以佩刀，引手去。至一院宇，方阖门语，闻有人掊石挝门。女

惊曰："仇人至矣！"杨启户骤出，见一人赤帽青衣，蝟毛绕喙。怒咄之。隶横目相仇，言词凶谩。杨大怒，奔之。隶捉石以投，骤如急雨，中杨腕，不能握刃。方危急间，遥见一人，腰矢野射。审视之，王生也。大号乞救。王生张弓急至，射之，中股；再射之，殪。

杨喜感谢，王问故，具告之。王自喜前罪可赎，遂与共入女室。女战惕羞缩，遥立不作一语。案上有小刀，长仅尺余，而装以金玉，出诸匣，光芒鉴影。王叹赞不释手。与杨略话，见女惭惧可怜，乃出，分手去。杨亦自归，越墙而仆，于是惊寤，听村鸡已乱鸣矣。觉腕中痛甚；晓而视之，则皮肉赤肿。亭午王生来，便言夜梦之奇。杨曰："未梦射否？"王怪其先知。杨出手示之，且告以故。王忆梦中颜色，恨不真见。自幸有功于女，复请先容。夜间，女来称谢。杨归功王生，遂达诚恳。女曰："将伯之助，义不敢忘，然彼赳赳，妾实畏之。"既而曰："彼爱妾佩刀，刀实妾父出使粤中，百金购之。妾爱而有之，缠以金丝，瓣以明珠。大人怜妾夭亡，用以殉葬。今愿割爱相赠，见刀如见妾也。"次日杨致此意，王大悦。至夜女果携刀来，曰："嘱伊珍重，此非中华物也。"由是往来如初。

积数月，忽于灯下笑而向杨，似有所语，面红而止者三。生抱问之，答曰："久蒙眷爱，妾受生人气，日食烟火，白骨顿有生意。但须生人精血，可以复活。"杨笑曰："卿自不肯，岂我故惜之？"女云："交接后，君必有念余日大病，然药之可愈。"遂与为欢。既而着衣起。又曰："尚须生血一点，能拚痛以相爱乎？"杨取利刃刺臂出血，女卧榻上，便滴脐中。乃起曰："妾不来矣。君记取百日之期，视妾坟前有青鸟鸣于树头，即速发冢。"杨谨受教。出门又嘱曰："慎记勿忘，迟速皆不可！"乃去。

越十余日，杨果病，腹胀欲死。医师投药，下恶物如泥，浃辰而愈。计至百日，使家人荷锸以待。日既夕，果见青鸟双鸣。杨喜曰："可矣！"乃斩荆发圹，见棺木已朽，而女貌如生。摩之微温。蒙衣舁归，置暖处，气咻咻然，细于属丝。渐进汤酡，半夜而苏。每谓杨曰："二十余年如一梦耳。"

【译文】

杨于畏从外地迁居到了泗水边上，他的书房对面是一片空旷的荒野，院墙外有许多古墓。每到夜晚，只听白杨萧萧，那声音就如同奔涌的波涛，不绝于耳。有一天深夜，他秉烛独坐，听到窗外阵阵树声风声，感到无限凄楚。忽然，他听到墙外有人在吟咏：

玄夜凄风却倒吹，流萤惹草复沾帏。

这哀伤凄楚的诗句，一遍又一遍地重复着。他仔细一听，那声音细弱婉转，好像是个女子，杨生疑心重重。第二天他到墙外，一看并没有一点儿人影，只有一条紫色的带子遗落在荆棘之中，于是他拾起带子放在窗台上。到了半夜二更时分，外面又响起那凄凉的诗句，与昨夜一样。杨生踩着方凳往墙外看，吟诵声立刻停止了。杨生恍然明白了，这一定是个鬼。尽管如此，杨生却非常倾慕她。第三天晚上，他伏在墙头悄悄地等着，一更快要过去的时候，只见一个女子慢慢从草丛中走了出来，她手扶着小树，低着头凄然地吟诵着那哀伤的诗句。杨生轻轻咳嗽一声，那女子马上就隐没在荒草中了。杨生于是就隐伏在墙下等待着，等听到这女子吟诵结束之后，才隔着墙，接续那女子的两句诗吟道：

幽情苦绪何人见？翠袖单寒月上时。

杨生吟罢，过了好长时间，仍然是一片沉寂。杨生悻悻地回到屋里。刚刚坐下，忽然看见一个美丽的女子从外面走进来。她整理一下衣襟，上前施礼道："因为您是个风雅的文人，我才这样胆怯地躲着您。"杨生很高兴，拉她坐下，只见她瘦削而又怯弱，身上带着寒气，单薄得好像禁不住衣衫的分量。杨生问她："你家乡在哪里？寄住此地很久了吗？"那女子回答说："我是陇西人，随父亲四处漂泊，十七岁时暴病夭亡，如今已有二十多年了。九泉之下，旷野荒凉，我寂寞得如同失群的孤鸭。我吟哦的那两句诗，是我自己所作，用来寄托我哀怨、愁恨的情怀。我苦思了好久都不能连接成篇，承蒙您代我续写，使我在九泉之下感到欢欣慰藉。"杨生想拉她做爱，女子紧皱着眉头说："我是坟墓里的枯骨，不比活人，你和我欢合，是要减少阳寿的。我实在不忍心让您因此惹祸呀！"杨生这才作罢。他又把手伸到女子胸前抚摸，觉得女子的双乳还像处女一样丰满坚挺。他又想看她裙下的一双小脚。女子低头笑道："你这狂生可太纠缠了！"杨生把她的小脚放在手里抚弄着，只见她穿着月白色的丝袜，一只脚上系着一缕彩线，另一只脚上系着一条紫色的袜带。杨生就问她："为什么不都系上袜带？"女子说："昨天晚上因害怕而躲避你的时候，不知丢在哪儿了。"杨生说："我给你换上吧！"说着就从窗台上取下那只袜带交给女子。那女子惊异地问是从哪儿得来的，杨生就把昨夜的事原原本本地告诉了她，女子就解下彩线换上了袜带。后来她又随便翻阅桌上的书，当看到唐代元稹写的《连昌宫词》时，她慨叹道："我活在世上时最爱读这首诗，今天又看到它，真像做梦一样。"杨生和她谈诗，觉得她聪慧可爱。杨生和她在窗下灯前促膝夜谈，就像得到了一个好朋友。从此以后，每天晚上只要听到她的低声吟诵声，不须多时她定会来到。女子多次嘱咐杨生："请你一定严守秘密，不要对外人说。我从小就胆小，怕来些恶客欺负我。"杨生答应一定保密。两人感情融洽，如鱼得水，虽然没有同床共枕，但也同夫妻一样亲密无间。女子常常在灯下为杨生抄书，字体端正柔媚，又自选词曲上百首，自行抄写后诵读。她还让杨生添置了围棋、购置了琵琶。她每天晚上教杨生下围棋，如果不下棋就弹琵琶。她演奏的《蕉窗零雨》一曲，声调凄楚，感人肺腑，让杨生难过得听不下去。女子又改奏《晓苑莺声》，杨生听了顿时觉得心胸舒畅。两人在灯下尽情玩乐，经常高兴得忘了天已破晓。每当见到窗口射来一缕曙光，女子就慌慌张张地离去了。

有一天，有位薛生来访，正赶上杨生在白天蒙头大睡。薛生看到他的房间里有琵琶和棋局，知道他原来并不擅长琴棋；翻书时又看见手抄的词曲，字迹非常工整娟秀，就更加怀疑起来。杨生醒来后，薛生问："琵琶、棋盘是派什么用场的呀?"杨生说："我想学一学。"薛生又问那些词曲是谁抄写的，杨生谎称是别的友人写的。薛生翻来覆去地端详那字迹，看见最后一页有一行小字写道："某月某日连琐书。"就笑道："这是女子的小名，你怎么如此骗人呀?"杨生非常尴尬，不知说什么才好。薛生更是拼命诘问不休，杨生就是不说。薛生拿起词曲抄本就要走，杨生更加不安，只好把实情告诉他。薛生要求见一见连琐。杨生就把女子嘱咐他让他务必保密的话告诉了薛生。可是薛生仰慕连琐的心情太急切了，杨生无奈只好答应了他。夜间，连琐来了，杨生把薛生的想法告诉了她，连琐听罢特别生气，说："我叮嘱你什么来着?想不到你竟多嘴多舌地到处乱讲!"杨生把薛生强求的情形告诉了连琐，连连为自己开脱。连琐说："我和你的缘分算是到头了!"杨生百般劝慰解释，连琐就是不能释恨。她起身告别道："我暂时躲一躲他。"

第二天，薛生又来了，杨生告诉他连琐根本不想与他见面。薛生怀疑杨生有意推托欺骗他。这天晚上，薛生又和两个同窗学友一同来到杨生家，时间很晚了，还是借故不走，故意捣乱。他们整夜喧哗吵闹，杨生心里非常生气，可又对他们无可奈何。这几个接连闹了几夜，就是连琐的影子都没见着，感到很无聊，这才有离去的意思，喧闹声才渐渐平息下来。忽然一阵吟诵声从外面传来，在场的人听得真真切切，那声音果然凄婉欲绝。薛生正全神贯注地倾耳细听，他的朋友中间有一位武生王某，捡起一块大石头向墙外投去，还大喊道："扭扭捏捏地不出来见客人，念的什么好诗!哭哭啼啼的，真叫人听了发烦!"那吟诵声立即停住了，大家都很埋怨王某，杨生更是气得满面怒容，大声地斥责他。第二天，这些人才离开杨生的家。这天夜里，杨生独自住在空房，盼望着连琐再来，可是连她的人影都没见到。过了两天，连琐忽然来了，她哭着说："你招引来的这帮凶恶的客人，快要把我吓死了!"杨生忙不迭地向她认错道歉。连琐急匆匆地走了，临别前对他说："我早就说咱们的缘分到头了，咱们从此分手吧。"杨生急忙挽留，而她早已踪影全无了。从此以后，杨生苦等了一个多月，可连琐再也没有来过。杨生日日夜夜地思念她，茶饭不思，以至于形销骨立，真是追悔不及。

一天晚上，杨生正在独自饮酒，连琐忽然掀开门帘进来。杨生喜出望外，忙说："你原谅我了吗?"连琐流泪不止，浸湿了衣衫，她默默地一句话也不说。杨生急忙问她是怎么回事，连琐却欲言又止，最后终于说："我怄气走了，这时又急着来求人，难免有些惭愧。"在杨生再三盘问之下，连琐才说："不知从哪儿来了一个肮脏恶浊的差役，硬逼我当他的小妾，可是我出身于清白人家，怎么能垂眉折腰受这个下贱死鬼的侮辱!可惜我是一个柔弱的女子，我又怎能抗拒得了?你如果还肯把我当作妻子一样对待，一定不能听之任之。"杨生听完大怒，气愤得要与那死鬼拼命，可是又顾虑人和鬼不在一界，恐怕自己有力使不上。连琐说："明天晚上你早点儿睡觉，我到梦中与你相会。"于是两人又像从前那样谈了些知心话，一起坐到天亮。连琐临走时，嘱咐杨生白天不要睡觉，专等夜晚梦中的约会。杨生答应了。因为在午后稍稍饮了点儿酒，杨生有些醉意，于是蒙了件衣服躺在床上，不知不觉睡着了。他忽然看到连琐来了，交给他一把佩刀，拉着他的手来到一座院落中，刚关上院门，想问问连琐是怎么回事，就听见有人用大石头砸门。连琐惊惧万分地说："仇人来了！"杨生打开院门猛然冲了出去，只见一个身穿黑衣、头戴红帽的人，嘴边长着像刺猬毛一样的络缌胡须，杨生愤怒地斥责那个家伙。那个差役也横眉相对，十分仇视，他出言恶毒凶狠。杨生大怒，冲上去和他拼命。那个家伙就拿石头砍他，石块像雨一般飞来，一块石头打中了杨生的手腕，疼得他握不住佩刀。正在危急之时，他远远看见一个人，腰间挂一张弓，正在射猎。他再仔细一看，正是那位武生王某。杨生大声求救，王某拉开弓急忙赶来，一箭射中差役的大腿，又一箭射出去，那家伙倒地而死。杨生非常高兴地感谢王某。王某问杨生这是怎么回事，杨生把事情的经过一一告诉了他。王某暗自庆幸自己已经将功折罪，就和杨生一起来到连琐屋里。

连琐战战兢兢，又羞怯又害怕，远远地缩着身子站在那里，一声不响。王某看见桌上有一把小佩刀，才一尺多长，刀把上镶嵌着金玉，从刀匣里抽出刀来，只见刀光闪闪，竟可以照出人影。王某连声赞叹，爱不释手。他和杨生又随便说了几句，看到连琐这样羞怯可怜，也就告辞离去。杨生也径自回到家里，越墙时跌倒在地，这才猛然惊醒，此时已是村鸡乱叫的拂晓时分了。他只觉得手腕特别疼，天亮时一看，皮肉都红肿了。中午时分，王某来了，就说夜间做了一个奇怪的梦，杨生问他："没梦见射箭吗？"王某很奇怪他怎么能预先知道自己的梦。杨生伸出手来让王某看，并且把事情的始末告诉了他。王某回忆起梦中所见到的连琐的容貌，遗憾的是不能真正见上一面。他很庆幸自己对连琐有功，又请杨生给连琐通个消息，希望连琐同意与他见面。夜晚，连琐前来道谢。杨生说应当归功于王某，并代王某表示了求见的恳切愿望。连琐说："王某救助之恩，妾不敢忘。但他是个粗壮的武夫，让我实在害怕。"接着她又说："我看出王某很喜爱我的佩刀。这把佩刀本是我父亲出使南粤的时候，花了一百两银子买来的。我对它珍爱有加，所以缠上金丝，镶上明珠。父亲大人可怜我青春夭亡，用这把佩刀陪我殉葬。今天，我愿意忍痛割爱赠送给王某，他见到佩刀也就如同见到我一样。"第二天，杨生把连琐的意思转达给了王某，王某十分高兴。到了晚上，连琐果然把佩刀送来了，说："请嘱咐王某好好珍存，这可不是中国出产的东西呀。"从此以后，连琐和杨生亲密来往，又和当初一样了。

过了几个月，有一天晚上，连琐在灯下仰着脸看着杨生，好像要说些什么，脸羞得通红，几次欲言又止。杨生抱住她，问她到底要说什么。连琐说："这么长时间蒙你的眷爱，我接受了活人的生气，吃些人间烟火饮食，竟觉得枯骨忽然

获得了新的生命。可是还需要活人的精血，才能使我复活。”杨生笑着说：“本来就是你不肯，我难道爱惜那点儿精血吗?”连琐又说：“你和我交接后，你肯定要大病二十多天，但是吃药可以治愈。”于是两人脱衣上床，共享欢娱。完事后，连琐起床穿衣，她又说：“我还需要一点儿活人的鲜血，你能忍痛再爱我一次吗?”杨生就取来利刃在自己的臂上刺出血来，连琐躺下，让鲜血滴进她的肚脐中。然后连琐起来说：“我不再来了。你记住一百天以后，看到我的坟前有青鸟在树上鸣叫，就马上掘坟救我出来。”杨生非常认真地接受了连琐的嘱托。连琐临出门时又嘱咐道：“千万记住不要忘了，时间早了晚了都不行!”说完走了。

过了十几天，杨生果然大病临头，肚子胀得要死，大夫给他吃了药，泻下来一些像污泥一样的排泄物。又过了十几天，他的病就全好了。杨生计算着百日之期已到，就让家人扛着铁锹在连琐墓前等候。日落黄昏的时候，果然看到有两只青鸟在鸣叫，杨生欣喜地说：“行啦，开始动手吧。”于是他们斩去荆棘，挖开坟墓，只见那棺木早已朽烂，而连琐的面容却像活人一样。杨生伸手摸摸她身上还微微有些热气，就蒙上衣服把她抬回家去，到家后把她放到暖和地方。这时，连琐慢慢有了气息，呼吸微弱得如细丝一般。家人又慢慢喂她一点儿稀粥，到了半夜才完全苏醒过来。后来她常对杨生说：“二十多年真像一场梦啊!”

[王士祯] 结尽而不尽，甚妙。

[何守奇] 死二十余年，得生人精血复活，其信然耶?

[方舒岩] 杨生续句可不问而知为女鬼。

单道士

【原文】

韩公子，邑世家。有单道士，工作剧，公子爱其术，以为座上客。单与人行坐，辄忽不见。公子欲传其法，单不肯。公子固恳之，单曰：“我非吝吾术，恐坏吾道也。所传而君子则可，不然，有借此以行窃者矣。公子固无虑此，然或出见美丽而悦，隐身入人闺闼，是济恶而宣淫也。不敢从命。”

公子不能强，而心怒之，阴与仆辈谋挞辱之。恐其遁匿，因以细灰布麦场上，思左道能隐形，而履处必有印迹，可随印处急击之。于是诱单往，使人执牛鞭立挞之。单忽不见，灰上果有履迹，左右乱击，顷刻已迷。

公子归，单亦至。谓诸仆曰：“吾不可复居矣！向劳服役，今且别，当有以报。”袖中出旨酒一盛，又探得肴一簋，并陈几上；陈已复探，凡十余探，案上已满。遂邀众饮，俱醉，一一仍内袖中。韩闻其异，使复作剧。单于壁上画一城，以手推挝，城门顿辟。因将囊衣箧物，悉掷门内，乃拱别曰：“我去矣!”跃身入城，城门遂合，道士顿杳。

后闻在青州市上，教儿童画墨圈于掌，逢人戏抛之，随所抛处，或面或衣，圈辄脱去，落印其上。又闻其善房中术，能令下部吸烧酒，尽一器。公子尝面试之。

【译文】

有位韩公子，是城里世代做大官人家的子弟。有一位姓单的道士，擅长变戏法。韩公子特别喜欢他的神技，经常把他当座上宾请到家里。单道士往往在和客人们一起坐着或站着的时候，转眼之间就消失得无影无踪。韩公子希望单道士能把这种技法传授给自己，单道士不肯。韩公子不依不饶地坚决恳求，单道士说：“我不是吝惜我的法术，而是恐怕败坏了我们这一行当的德声。法术不同其他，传授给君子尚还可以，若传给小人，小人就会利用隐身法盗窃他人财物。对于你当然没有这方面的顾虑，但是你一旦出门见到美女而爱不自禁，施展隐身法潜入人家的闺房，岂不就是助长邪恶而放纵淫行吗？我实在不敢从命。”韩公子知道不能强迫道士，心中暗自忿恨，于是就在暗地里和仆人们密谋找机会把道士痛打一顿，让道士蒙受耻辱。他怕道士用隐身法逃走，就把细沙撒在道士必经的麦场上。韩公子以为，道士施展法术虽然可以隐形，但所过之处必然会在细沙上留有脚印，沿着脚印跟踪，然后再突然下手痛击他，一定能够得手。

主意一定，韩公子就把单道士骗了来，他让仆人用赶牛的鞭子猛力抽打道士，单道士忽然间不见了。麦场的细沙上果然留有道士的脚印。韩公子的家仆跟着脚印又是一阵乱打，顷刻之间，脚印乱了，众人失去了目标。韩公子气咻咻地刚刚回到家，单道士也到了。单道士对韩家的仆役们说：“我不能再在这里住下去了！这些日子有劳你们伺候我，如今分别，我亦应当有所表示。”说罢，只见他手往袖筒里一探，取出一壶酒；又一探，取出一大碗菜肴，他把酒菜都放在桌子上。摆好之后，手又伸进袖筒，共探取十一次，摆上满满的一桌。然后，他邀请那些仆役们围着桌子开怀痛饮，在座的人全都喝醉了。喝完酒，单道士又把桌上菜盘酒盏一一放进袖筒。韩公子怔怔地看着他表演这些神奇的法术，惊奇不已，他央求道士再为他变戏法。单道士于是在墙上画了一座城，用手一推，城门立即就开了。然后，他把自己的行李衣箱等物品全都扔进城门里去，转身向韩公子拱手道别说：“我走了！”只见他纵身跃入城中，城门关闭，道士顿时踪影皆无。

后来听说单道士在青州城的大街上教儿童在手心画上一个黑色的圆圈，遇着

人时在人家的眼前一抛，手心的黑圈立即不见了，却落在随手抛撒的地方，有时落在人家脸上或衣服上。又听说单道士也擅长房中术，能用阳具吸吮烧酒，一次能够吸进一壶。韩公子曾经亲眼看他演示过。

［何守奇］道士自亵其术，故取辱。

白　于　玉

【原文】

吴青庵筠，少知名。葛太史见其文，每嘉叹之，托相善者邀至其家，领其言论风采。曰："焉有才如吴生而长贫贱者乎？"因俾邻好致之曰："使青庵奋志云霄，当以息女奉巾栉。"时太史有女绝美，生闻大喜，确自信。既而秋闱被黜，使人谓太史："富贵所固有，不可知者迟早耳，请待我三年，不成而后嫁。"于是刻志益苦。

一夜月明之下，有秀才造谒，白晰短须，细腰长爪。诘所来，自言白氏，字于玉。略与倾谈，豁人心胸。悦之，留同止宿。迟明欲去，生嘱便道频过。白感其情殷，愿即假馆，约期而别。至日，先一苍头送炊具来，少间白至，乘骏马如龙。生另舍舍之。白命奴牵马去。

遂共晨夕，忻然相得。生视所读书，并非常所见闻，亦绝无时艺。讶而问之，白笑曰："士各有志，仆非功名中人也。"夜每招生饮，出一卷授生，皆吐纳之术，多所不解，因以迂缓置之。他日谓生曰："曩所授，乃《黄庭》之要道，仙人之梯航。"生笑曰："仆所急不在此，且求仙者必断绝情缘，使万念俱寂，仆病未能也。"白问："何故？"生以宗嗣为虑，白曰："胡久不娶？"笑曰："'寡人有疾，寡人好色。'"白亦笑曰："'王请无好小色。'所好何如？"生具以情告。白疑未必真美，生曰："此遐迩所共闻，非小生之目贱也。"白微哂而罢。

次日忽促装言别，生凄然与语，刺刺不能休。白乃命童子先负装行，两相依恋。俄见一青蝉鸣落案间，白辞曰："舆已驾矣，请自此别。如相忆，拂我榻而卧之。"方欲再问，转瞬间白小如指，翩然跨蝉背上，嘲哳而飞，杳入云中。生乃知其非常人，错愕良久，怅怅自失。

逾数日，细雨忽集，思白綦切。视所卧榻，鼠迹碎琐，慨然扫除，设席即寝。无何，见白家童来相招，忻然从之。俄有桐凤翔集，童捉谓生曰："黑径难行，可乘此代步。"生虑细小不能胜任，童曰："试乘之。"生如所请，宽然殊有余地，童亦附其尾上。戛然一声，凌升空际。未几见一朱门，童先下，扶生亦下。问："此何所？"曰："此天门也。"门边有巨虎蹲伏，生骇惧，童一身障之。见处处风景，与世殊异。童导入广寒宫，内以水晶为阶，行人如在镜中。桂树两章，参空合抱。花气随风，香无断际。亭宇皆红窗，时有美人出入。冶容秀骨，旷世并无其俦。童言："王母宫佳丽尤胜。"然恐主人伺久，不暇留连，导与趋出。移时见白生候于门，握手入，见檐外清水白沙，涓涓流溢，玉砌雕阑，殆疑桂阙。甫坐，即有二八妖鬟，来荐香茗。少间命酌，有四丽人敛衽鸣珰，给事左右。才觉背上微痒，丽人即纤指长甲，探衣代搔。生觉心神摇曳，罔所安顿。既而微醺，渐不自持，笑顾丽人，兜搭与语，美人辄笑避。白令度曲侑觞，一衣绛绡者引爵向客，便即筵前，宛转清歌。诸丽者笙管敖曹，呜呜杂和。既阕，一衣翠裳者亦酌亦歌。尚有一紫衣人，与一淡白软绡者，哧哧笑，暗中互让不肯前。白令一酌一唱，紫衣人便来把盏，生托接杯，戏挠纤腕。女笑失手，酒杯倾堕。白谯诃之，女拾杯含笑，俯首细语云："冷如鬼手馨，强来捉人臂。"白大笑，罚令自歌且舞。舞已，衣淡白者又飞一觥，生辞不能釂，女捧酒有愧色，乃强饮之。

细视四女，风致翩翩，无一非绝世者。遽谓主人曰："人间尤物，仆求一而难之，君集群芳，能令我真个销魂否？"白笑曰："足下意中自有佳人，此何足当巨眼之顾？"生曰："吾今乃知所见之不广也。"白乃尽招诸女，俾自择，生颠倒不能自决。白以紫衣人有把臂之好，遂使襆被奉客。既而衾枕之爱，极尽绸缪。生索赠，女脱金腕钏付之。忽童入曰："仙凡路殊，君宜即去。"女急起，遁去。生问主人，童曰："早诣待漏，去时嘱送客耳。"生怅然从之，复寻旧途。将及门，回视童子，不知何时已去。虎哮骤起，生惊窜而去。望之无底，而足已奔堕。

一惊而寤，则朝暾已红。方将振衣，有物腻然坠褥间，视之钏也。心益异之。由是前念灰冷，每欲寻赤松游，而尚以胤续为忧。过十余月，昼寝方酣，梦紫衣姬自外至，怀中绷婴儿曰："此君骨肉。天上难留此物，敬持送君。"乃寝诸床，牵衣覆之，匆匆欲去。生强与为欢。乃曰："前一度为合卺，今一度为永诀，百年夫妇尽于此矣。君倘有志，或有见期。"生醒，见婴儿卧襆褥间，绷以告母。母喜，佣媪哺之，取名梦仙。

生于是使人告太史，自己将隐，令别择良匹，太史不肯，生固以为辞。太史告女，女曰："远近无不知儿身许吴郎矣。今改之，是二天也。"因以此意告生。生曰："我不但无志于功名，兼绝情于燕好。所以不即入山者，徒以有老母在。"太史又以商女，女曰："吴郎贫我甘其藜藿，吴郎去我事其姑嫜，定不他适！"使人三四返，迄无成谋，遂诹日备车马妆奁，嫔于生家。生感其贤，敬爱臻至。女事姑孝，曲意承顺，过贫家女。逾二年，母亡，女质奁作具，罔不尽礼。

生曰："得卿如此吾何忧！顾念一人得道，拔宅飞升。余将远逝，一切付之于卿。"女坦然，殊不挽留，生遂去。女外理生计，内训孤儿，井井有法。梦仙渐长，聪慧绝伦。十四岁，以神童领乡荐，十五入翰林。每褒封，不知母姓氏，封葛母一人而已。值霜露之辰，辄问父所，母具告之，遂欲弃官往寻。母曰："汝父出家今已十有余年，想已仙去，何处可寻？"

后奉旨祭南岳，中途遇寇。窘急中，一道人仗剑入，寇尽披靡，围始解。德之，馈以金不受。出书一函，付嘱曰："余有故人与大人同里，烦一致寒暄。"问："何姓名？"答曰："王林。"因忆村中无此名。道士曰："草野微贱，贵官自不识耳。"临行出一金钏，曰："此闺阁物，道人拾此无所用处，即以奉报。"视之，嵌镂精绝。

怀归以授夫人，夫人爱之，命良工依式配造，终不及其精巧。遍问村中，并无王林其人者。私发其函，上云："三年鸾凤，分拆各天；葬母教子，端赖卿贤。无以报德，奉药一丸；剖而食之，可以成仙。"后书"琳娘夫人妆次"。读毕不解何人，持以告母。母执书以泣，曰："此汝父家报也。琳，我小字。"始恍然悟"王林"为拆白谜也，悔恨不已。又以钏示母，母曰："此汝母遗物。而翁在家时，尝以相示。"又视丸如豆大，喜曰："我父仙人，啖此必能长生。"母不遽吞，受而藏之。

会葛太史来视甥，女诵吴生书，便进丹药为寿。太史剖而分食之，顷刻精神焕发。太史时年七旬，龙钟颇甚，忽觉筋力溢于肤革，遂弃舆而步，其行健速，家人坌息始能及焉。逾年都城有回禄之灾，火终日不熄，夜不敢寐，毕集庭中.见火势拉杂，寖及邻舍，一家徊徨，不知所计。忽夫人臂上金钏戛然有声，脱臂飞去。望之大可数亩。团覆宅上，形如月阑，钏口降东南隅，历历可见。众大愕。俄顷火自西来，近阑则斜越而东。迨火势既远，窃意钏亡不可复得，忽见红光乍敛，钏铮然堕足下。都中延烧民舍数万间，左右前后并为灰烬，独吴第无恙。惟东南一小阁化为乌有，即钏口漏覆处也。葛母年五十余，或见之，犹似二十许人。

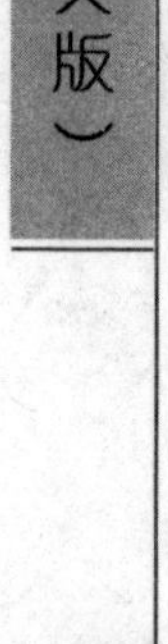

【译文】

吴筠的表字叫青庵，他在少年时代就因才华出众而闻名远近。葛太史每次读到他的文章，总是赞不绝口，慨叹不已。有一次，葛太史托吴筠的好友把吴筠请到家里，亲自领略一下他的言辞和风采。葛太史说：“世上哪有像吴生这样有才华的人，这么长时间处于贫贱地位的呢？”于是，就托吴筠邻居好友传话给吴筠说：“如果吴青庵奋发图进，获取功名，我一定会把女儿嫁给他。”当时，葛太史有个女儿，美艳绝伦。吴生听了这话，心中大喜，相信自己一定能够娶到葛女。不久，秋季考试发榜，吴生名落孙山，他托人转告葛太史说：“我的富贵是命中注定的，只是无法知道是早还是晚。请您等我三年，如果还不成就功名再把女儿嫁给别人也不迟。”从此以后，吴筠更加刻苦地攻读学业。

一天夜晚，皓月当空，照得大地一片银色。有一位秀才前来拜访吴筠。这位秀才面色白皙，留着短须，腰很细，还留着长指甲。吴筠问他从哪里来，他说：“我姓白，字于玉。”吴筠和白于玉只是泛泛聊了几句，就觉得心胸豁然开朗。于是，吴筠开始喜欢他了，当夜留他在家里住下。等到天亮以后，白于玉要告辞，吴筠嘱咐他方便时要常来坐坐。白于玉被吴筠的深情厚意感动了，愿意在适当的时候搬过来和吴筠同住，两人约好日子后才依依惜别。

到了约定的那天，先有一位老仆人送炊具来。过了一会儿，白于玉到了，他骑了一匹像龙一样矫健的骏马。吴筠另外安排了一个房间让他住下。白于玉让老仆人把马牵走后，就在吴家安顿了下来。从此以后，吴白二人朝夕相处，如鱼得水，十分欢快融洽。吴筠翻阅白于玉读的书，都是不曾见或很少听说过的，绝对没有一本是与科举考试有关的。吴筠吃惊地问白于玉是怎么回事，白于玉笑着说：“读书人各有各的志向，我本来就是与功名无缘的人呀！”每天晚上，白于玉都请吴筠过来喝酒，有一次他拿出一卷书给吴筠看，书中写的都是气功吐纳方面的内容。吴筠大都看不懂，又因为这种书没有实际意义，就把书放到一边去了。过了几天，白于玉对吴筠说：“前几天我给你的书，是炼内丹、求长生的重要途径，也是成仙得道的必由之路呀。”吴筠笑着说：“我现在所急于得到的并不是这些。况且求仙的人一定要断绝情缘，使一切欲念都消灭在无形之中，而这也正是我难以做到的。”白于玉问道：“这是为什么呢？”吴筠说他要考虑传宗接代。白于玉又问：“你为什么拖了这么久还没有娶妻？”吴筠笑着说：“正像《孟子》里所说的‘寡人有疾，寡人好色’，我有好色的毛病。”白于玉也笑着说：“《孟子》里还说‘王请无好小色’，是让人不要喜欢凡俗的女子。你喜爱的女子到底是什么样子呀？”于是，吴筠把葛太史将女儿许给他的事从头到尾叙述了一遍。白于玉听罢怀疑葛氏女子未必真的那么美貌。吴筠说：“这是远近的人们都公认的，并不是我的眼光低呀！”白于玉就微微一笑，不再追问下去。

第二天，白于玉忽然收拾行装要辞行。吴筠悲伤地与他说着惜别的话，说了很多很多还说不完。白于玉就让童仆背着行李先走，他和吴筠依依惜别，难舍难分。突然，他们看见一只青蝉落在书桌上，白于玉告辞说：“我的车马已经备好了，我们就在这里分手吧。你如果想念我，可以把我睡的那张床打扫干净睡在上面。”吴筠还想再问些什么，转瞬之间，白于玉已经变得像手指一样细小，只见

他轻快地跨在青蝉的背上，伴着“吱吱”的叫声，青蝉载着白于玉消失在蓝天白云之中。吴筠到这时才明白白于玉不是平常人，他站在那里惊愕了半天，怅然若有所失。

过了几天，天忽然下起了小雨，吴筠思念白于玉的心情更加迫切了。他来到白于玉睡过的床前，见床上有不少老鼠粪，就一边叹息着一边打扫，然后铺上被褥在上面睡下。过了一会儿，吴筠看见白于玉的家童来请他，于是他就高兴地跟随家童去了。很快他就看见一种叫桐花凤的五色小鸟成群地飞过来。白家童仆捉住一只对吴筠说：“天黑路不好走，我们可以骑这个小鸟代步。”吴筠担心小鸟太小经不住他。那家童说：“你试着骑一下就知道了。”吴筠就照他说的试着骑在小鸟背上，居然宽绰还有富余。家童也随后骑在小鸟尾巴上。只听戛然一声，那只桐花凤鸟展翅凌空，直冲天际。

不久，一座红漆大门出现在眼前，家童先从鸟背上下来，又扶着吴筠下来。吴筠问：“这是什么地方?”家童说：“这是天门。”只见天门边上有一只巨大的猛虎蹲伏在那里，吴筠非常害怕。家童见状用身体遮挡着他。吴筠看着眼前的每一处景致都与人间绝不相同。家童引领着吴筠来到了广寒宫，广寒宫内的台阶是用水晶雕刻而成的，人走在台阶上就仿佛在镜子里一样。有两株高大的桂树，树冠高接云端，树干粗可合抱。阵阵花香随风飘来，绵绵不绝。那里的亭台楼阁的门窗都是朱红色的，不时地有美人出出进进，这些美人个个美艳脱俗，都是旷世无双的绝代佳人。家童说：“王母宫里的美人比这些还要漂亮。”家童恐怕主人等候得太久，所以不敢驻足留连，引导着吴筠急急忙忙走了出来。

不一会儿，吴筠看见白于玉正在门前等候迎接。两个人拉着手走进了大门。吴筠看到这里的房檐下是清清的流水，细细的白沙，小溪在涓涓地流淌。再看看玉石的台阶、雕花的栏杆，吴筠简直怀疑这就是月亮上的桂宫。他们刚一落座，就有妙龄佳人款款而来献上香茗。不多时，白于玉又命人端上酒菜，于是，有四位美人手提着罗裙，身上的饰物叮当作响，来到他们身边侍候着。吴筠刚刚觉得背上有些发痒，那美人已经把长有长指甲的纤纤玉手伸进衣服里为他搔痒。吴筠不由得心旌摇荡，六神无主，很快他就有了些醉意，渐渐地有些把持不住了。吴筠笑着呆看着那些美人，搭讪着和她们说些玩笑话，美人总是微笑着回避他。白于玉让美人们唱曲劝酒助兴，一个身穿绛红色薄纱的美人，一边端着酒杯对着客人劝酒，一边在筵席上亮出宛转歌喉，唱出悦耳动听的歌声。其他几位美人吹奏笙管为她伴奏，歌乐相和，十分动听。一曲唱罢，一位身穿翠绿薄纱的美人走近筵席，一边向客人们敬酒，一边唱着好听的歌。还有一位穿紫衣的美人正与一位穿淡白色软纱的美人在一旁“哧哧”地笑着，她们互相推让着不肯上前劝酒。白于玉让她们俩一个敬酒一个唱歌。穿紫衣的美人便来倒酒，吴筠在接杯的时候，偷偷挠了一下她的玉腕，美人一笑，失手把酒杯掉在地上，白于玉当众训斥了她。那紫衣美女却含笑拾起杯子，且低头小声地对吴筠说：“手凉得像鬼手一样，却硬要来抓人的胳膊。”白于玉听了大笑，罚她边唱曲边跳舞。紫衣美人跳完舞，穿淡白色纱裙的美人又很快为吴筠斟满一大杯。吴筠连连推辞说不能再喝了，可是当他看到白衣美人捧着酒壶惭愧的样子，就勉强又喝了下去。吴筠醉眼蒙眬，细看这四个美人，个个风致翩翩，美艳迷人，没有一个不是人世间少有的。于是他突然对白于玉说：“人间的美女，我想得到一个都千难万难；而你这里群芳聚会，能不能让我真正体验一下销魂的滋味？”白于玉笑着说：“你心中早就有了心爱的佳人，这些人你还能看得上眼吗？”吴筠说：“到今天我才知道自己的见识有限呀！”白于玉就把几个美人都叫到吴筠面前，让他挑选。吴筠左看右看不知该挑谁为好。白于玉想到吴筠与那紫衣美人有那段挠腕的情分，就让人用包袱皮裹起紫衣美人，送去侍奉客人。两人很快上了床，极尽床笫之欢，曲尽缠绵。吴筠向美人索要信物，紫衣美人摘下腕上的金镯子送给了他。这时吴筠忽然看见白于玉的家童进来了，家童说：“仙界与人间的路迥然不同，请您即刻就告辞吧。”紫衣美女听见了，急忙穿衣起床，匆匆离去。吴筠问白于玉在哪里，家童说：“他早起赴早朝去了，临行前嘱咐我送客。”吴筠心中怅然若失，只好跟着家童走了。他们依然顺着来时的路往回走，快到天门时，回头一看家童，却不知什么时候不见了。忽然间，他看到天门旁蹲伏着的那只老虎咆哮着一跃而起，吴筠惊慌失措，却见脚下的路一望无底，情急之中，他已经失足从天上掉下来了。吴筠被吓得猛然惊醒，睁眼一看，朝阳已经红透了半边天了。他刚要起床穿上衣服，有件东西轻轻滑落到褥子上。吴筠拾起一看，正是梦中紫衣美人送给他的那只金镯子，心里不禁更加奇怪了。

从此以后，吴筠对功名的追求及对葛太史女儿的热情就渐渐地冷却了。他常常想离家出游寻仙，又担心家族无人传宗接代。这样又过了十多个月。有一天，吴筠白天正在酣睡，梦见天上的紫衣美人从外面进来，怀中还抱着一个婴儿。她说：“这孩子是您的骨肉，天上无法留养他，只好把他抱来交给您。”于是，她把婴儿放在吴筠的床上，拿了一件衣服给婴儿盖上，就急着要走。吴筠强拉住要与她做爱。紫衣美人说：“上一次是合卺，这一次就是永诀了。我们今生夫妻一场，到现在一切都结束了。您倘若对我还有情意，也许以后还有见面的机会。”吴筠醒了，看见果然有个婴儿在身旁的衣被中睡着，吴筠赶快抱起婴儿去见母亲。母亲看见婴儿喜欢得不得了，雇了一个乳母喂养她，还给他取名叫梦仙。

吴筠于是托人捎信给葛太史，我自己将要出家隐居，请葛太史为女儿另择良婿。葛太史不同意。吴筠又再次坚决地要辞去婚约，葛太史只好把吴筠的意思告诉了女儿。葛氏女说：“远近的人们没有不知道您已将我的终身许配给吴郎的。如今若要改聘别家，那不就等于再嫁了吗？”太史把女儿的话告诉了吴筠。吴筠说：“这之所以辞婚，是因为我现在不但不想追求功名利禄，而且对婚姻之事也没有兴趣了。我之所以没有立刻入山隐居，只是因为老母还健在的缘故。”于是，葛太史又去和女儿商量，葛氏女说：“吴郎家穷，我甘心吃糠咽菜；吴郎离家而走，我宁愿侍奉他的父母，也决不嫁给别人。”就这样，捎信的人往返了三四个来回，双方还是没有达成共识。于是，葛太史选择了一个吉利的日子，准备好了送亲的车马和嫁妆，把女儿送到吴筠家合卺成婚。吴筠对葛氏女的贤德十分感动，对她又敬又爱。葛氏女侍奉婆母也很孝顺，全心全意，百依百顺，甚至超过了贫穷人家出身的女子。过了两年，吴筠的母亲去世了。葛氏女典当了自己的嫁妆为婆母购置了棺木，在各个方面都尽到了礼数，没有礼节上不周到的地方。吴筠说：“我有你这样的好妻子，还有什么可担忧的呢？我还顾念着有朝一日，一人得道，全家都可以随之飞升成仙。所以我要离家远行，家中的一切就都托付给你了。”葛氏女十分坦然地听他说完这一席话，丝毫也没有挽留。吴筠于是离家远走了。

吴筠走后，葛氏女对外操持家业生计，对内训导培养孤儿，里里外外都井井有条、一丝不紊。吴梦仙渐渐长大了，聪慧绝伦，被视为神童。十四岁时就考取了举人；十五岁时进士及第被选入翰林院。每当朝廷赐封他的母亲时，都因为不知道他生母的姓名，而只封葛氏母亲一个人。

一天，正是祭祖的日子，吴梦仙感时而思亲，便问自己的父亲到哪里去了。母亲葛氏把父亲的实际情况一五一十地告诉了他。吴梦仙想要弃官寻父，母亲说：“你父亲出家修行已经十多年了，想必早已成仙远游，你到哪里找他去呢？”后来吴梦仙奉皇帝的旨意到南岳衡山祭祀，途中遇到强盗。正在万分危急之时，只见一个道士仗剑而出，把强盗打得一败涂地，很快就为梦仙解了围。吴梦仙对道人万分感激，赠给他金银作为酬谢，道士没有接受，却拿出一封信交给梦仙，说：“我有一个老朋友，和您是同乡，请您代我致意。”梦仙说：“您的朋友叫什么名字？”道人说：“叫王林。”梦仙仔细回忆村中似乎没有人叫这个名字。道人说：“他是个草野间微贱的小人物，您贵为大官，自然不会认识他。”道人临行前拿出一只金镯子，说：“这是闺房里女子的物件，我拾到它也没有什么用处，就奉送给你吧！”梦仙接过一看，那金镯子雕刻得非常精致，就把它揣在怀中送给夫人。夫人特别喜爱，就让手艺高超的首饰匠再打造一只，但终究不如这一只精巧。

梦仙回到村里到处打听，村里并没有叫王林的人。他私自打开那封信，只见信上写着：“三年恩爱夫妻，如今天各一方；安葬母亲教育幼子，全赖你的贤惠。我没有办法报答你的恩情，奉送药丸一颗，剖开吃下便可以成仙。”最后写着“送达琳娘夫人妆台左右”。梦仙读罢，仍然是一头雾水，不知此信是写给谁的。于是，他拿着信去询问母亲葛氏。母亲看到那信顿时泣不成声，哽咽着说：“这是你父亲的家书呀！琳，是我的小名。”这时，梦仙才恍然大悟，原来“王林”二字是字谜呀！吴梦仙想到自己错过了与父亲相认的机会，心中悔恨不已。他又拿出那只金镯子给母亲葛氏看，母亲说：“这是你生母的遗物呀！你父亲在家时曾拿出来给我看过。”吴梦仙又看信中的药丸，就像黄豆粒那么大，梦仙高兴地说：“我父亲是仙人，您吃下它一定能够长生不老。”葛氏并没有立即吃下药丸，而是接过来仔细收藏好。

有一天，葛太史来看外孙吴梦仙，葛氏把吴筠的信读给他听了，又把那个长生不老的药丸献给父亲，希望父亲长寿。葛太史接过药丸，一分两半，与女儿各吃了一半。刚刚咽下药丸，葛氏和她父亲立即感到精神焕发。葛太史这时已经七十多岁了，老态龙钟，吃过仙药之后，忽然觉得全身的筋骨和皮肉都充满了活力，于是他放弃了轿子开始步行，居然健步如飞，家人跑得气喘吁吁才能追得上他。

第二年，城中发生火灾，大火终日不熄。全家的人夜里不敢睡觉，都聚集在庭院中。只见火势越烧越大，眼看就要烧到邻居家的房子了。吴梦仙一家人惊慌失措，不知该怎么办才好。忽然间，吴梦仙夫人臂上的那只金镯子，伴随“戛戛”的声响，脱离了夫人的手腕飞了出去。全家人的目光随着金镯子飞去的方向看去，只见金镯子变得有方圆几亩地那样大，把吴宅整个围在中央，形状犹如月晕。金镯子的开口处正对着东南方向，这一切人们都看得清清楚楚。全城人都惊愕不已。很快，大火从西方烧了过来，大火靠近金镯围成的圈时却斜着越过向东烧去。等大火已经烧到很远的地方时，人们都以为金镯子飞去再也不会回来了。忽然间，一道红光闪过，金镯子“铛锒”一声掉在吴夫人的脚边。

这次大火，城中被烧的民舍有几万间，吴家的前后左右的邻舍全都化成了灰烬，唯独吴宅没有遭受损失，只有宅东南有个小阁楼化为乌有，而小阁楼正是金镯子开口的地方。葛氏到了五十多岁时，有人还见到过她，竟像二十多岁的人那样年轻漂亮。

［何守奇］人之所以欲成仙者，以其乐耳。贤如葛女，则闺帏中即仙矣，而又何羡乎？

夜叉国

【原文】

交州徐姓，泛海为贾，忽被大风吹去。开眼至一处，深山苍莽。冀有居人，遂缆船而登，负糗腊焉。方入，见两崖皆洞口，密如蜂房，内隐有人声。至洞外伫足一窥，中有夜叉二，牙森列戟，目闪双灯，爪劈生鹿而食。惊散魂魄，急欲奔下，则夜叉已顾见之，辍食执入。二物相语，如鸟兽鸣，争裂徐衣，似欲啖噉。徐大惧，取橐中糗糒，并牛脯进之。分啖甚美。复翻徐橐，徐摇手以示其无。夜叉怒，又执之。徐哀之曰：“释我。我舟中有釜甑可烹饪。”夜叉不解其语，仍怒。徐再与手语，夜叉似微解。从至舟，取具入洞，束薪燃火，煮其残鹿，熟而献之。二物啖之喜。夜以巨石杜门，似恐徐遁，徐曲体遥卧，深惧不免。天明二物出，又杜之。少顷携一鹿来付徐，徐剥革，于深洞处取流水，汲煮

数釜。俄有数夜叉至，群集吞啖讫，共指釜，似嫌其小。过三四日，一夜叉负一大釜来，似人所常用者。于是群夜叉各致狼麇。既熟，呼徐同啖。居数日，夜叉渐与徐熟，出亦不施禁锢，聚处如家人。徐渐能察声知意，辄效其音，为夜叉语。夜叉益悦，携一雌来妻徐。徐初畏惧莫敢伸，雌自开其股就徐，徐乃与交，雌大欢悦。每留肉饵徐，若琴瑟之好。

一日诸夜叉早起，项下各挂明珠一串，更番出门，若伺贵客状。命徐多煮肉，徐以问雌，雌云："此天寿节。"雌出谓众夜叉曰："徐郎无骨突子。"众各摘其五，并付雌。雌又自解十枚，共得五十之数，以野苎为绳，穿挂徐项。徐视之，一珠可直百十金。俄顷俱出。徐煮肉毕，雌来邀去，云："接天王。"至一大洞，广阔数亩，中有石，滑平如几，四围俱有石坐，上一坐蒙一豹革，余皆以鹿。夜叉二三十辈，列坐满中。少顷，大风扬尘，张皇都出。见一巨物来，亦类夜叉状，竟奔入洞，踞坐鹗顾。群随入，东西列立，悉仰其首，以双臂作十字交。大夜叉按头点视。问："卧眉山众尽于此乎？"群哄应之。顾徐曰："此何来？"雌以"婿"对，众又赞其烹调。即有二三夜叉，奔取熟肉陈几上，大夜叉掬啖尽饱，极赞嘉美，且责常供。又顾徐云："骨突子何短？"众白："初来未备。"物于项上摘取珠串，脱十枚付之，俱大如指顶，圆如弹丸。雌急接代徐穿挂，徐亦交臂作夜叉语谢之。物乃去，蹑风而行，其疾如飞。众始享其余食而散。

居四年余，雌忽产，一胎而生二雄一雌，皆人形，不类其母。众夜叉皆喜其子，辄共拊弄。一日皆出攫食，惟徐独坐，忽别洞来一雌欲与徐私，徐不肯。夜叉怒，扑徐踣地上。徐妻自外至，暴怒相搏，龁断其耳。少顷其雄亦归，解释令去。自此雌每守徐，动息不相离。又三年，子女俱能行步，徐辄教以人言，渐能语，啁啾之中有人气焉，虽童也，而奔山如履坦途，与徐依依有父子意。

一日雌与一子一女出，半日不归，而北风大作。徐恻然念故乡，携子至海岸，见故舟犹存，谋与同归。子欲告母，徐止之。父子登舟，一昼夜达交。至家妻已醮。出珠二枚，售金盈兆，家颇丰。子取名彪，十四五岁，能举百钧，粗莽好斗。交帅见而奇之，以为千总。值边乱，所向有功，十八为副将。

时一商泛海，亦遭风，飘至卧眉，方登岸，见一少年，视之而惊。知为中国人，便问居里，商以告。少年曳入幽谷一小石洞，洞外皆丛棘，且嘱勿出。去移时，挟鹿肉来啖商。自言："父亦交人。"商问之，而知为徐，商在客中尝识之。因曰："我故人也。今其子为副将。"少年不解何名。商曰："此中国之官名。"又问："何以为官？"曰："出则舆马，入则高堂，上一呼而下百诺，见者侧目视，侧足立，此名为官。"少年甚歆动。商曰："既尊君在交，何久淹此？"少年以情告。商劝南旋，曰："余亦常作是念。但母非中国人，言貌殊异，且同类觉之必见残害，用是辗转。"乃出曰："待北风起，我来送汝行。烦于父兄处，寄一耗问。"商伏洞中几半年。时自棘中外窥，见山中辄有夜叉往还，大惧，不敢少动。一日北风策策，少年忽至，引与急窜。嘱曰："所言勿忘却。"商应之。

又以肉置几上，商乃归。

径抵交，达副总府，备述所见。彪闻而悲，欲往寻之。父虑海涛妖薮，险恶难犯，力阻之。彪抚膺痛哭，父不能止。乃告交帅，携两兵至海内。逆风阻舟，摆簸海中者半月。四望无涯，咫尺迷闷，无从辨其南北。忽而涌波接汉，乘舟倾覆，彪落海中，逐浪浮沉。久之被一物曳去，至一处，竟有舍宇。彪视之，一物如夜叉状。彪乃作夜叉语，夜叉惊讯之，彪乃告以所往。夜叉喜曰：“卧眉我故里也，唐突可罪！君离故道已八千里。此去为毒龙国，向卧眉非路。”乃觅舟来送彪。夜叉在水中，推行如矢，瞬息千里，过一宵已达北岸，见一少年临流瞻望。彪知山无人类，疑是弟，近之，果弟，因执手哭。既而问母及妹，并云健安。彪欲偕往，弟止之，仓忙便去。回谢夜叉，则已去。未几母妹俱至，见彪俱哭。彪告其意，母曰：“恐去为人所凌。”彪曰：“儿在中国甚荣贵，人不敢欺。”归计已决，苦逆风难渡。母子方徊徨间，忽见布帆南动，其声瑟瑟。彪喜曰：“天助吾也！”相继登舟，波如箭激，三日抵岸，见者皆奔。彪向三人脱分袍裤。抵家，母夜叉见翁怒骂，恨其不谋，徐谢过不遑。家人拜见主母，无不战栗。彪劝母学作华言，衣锦，厌粱肉，乃大欣慰。母女皆男儿装，类满制。数月稍辨语言，弟妹亦渐白皙。

弟曰豹，妹曰夜儿，俱强有力。彪耻不知书，教弟读，豹最慧，经史一过辄了。又不欲操儒业，仍使挽强弩，驰怒马，登武进士第，聘阿游击女。夜儿以异种无与为婚。会标下袁守备失偶，强妻之。夜儿开百石弓，百余步射小鸟，无虚落。袁每征辄与妻俱，历任同知将军，奇勋半出于闺门。豹三十四岁挂印，母尝从之南征，每临巨敌，辄擐甲执锐为子接应，见者莫不辟易。诏封男爵。豹代母疏辞，封夫人。

异史氏曰：“夜叉夫人，亦所罕闻，然细思之而不罕也：家家床头有个夜叉在。”

【译文】

交州有位姓徐的商人，经常漂洋过海做生意。有一次，他忽然在海上遇到了风暴，商船失去了控制，被风吹得漂来荡去。当他睁开眼睛看时，船漂到一处岸边，岸上是苍莽的深山老林。徐某希望能遇到土著居民，就把船拴在岸边，背上干粮和干肉上了岸。

刚进入深山时，只见两旁的山崖上布满了许多大大小小的洞口，密集得就像蜂房一样，洞中隐隐约约传来人们说话的声音。徐某来到一个洞口，停下脚步向洞内一看，只见洞中有两个夜叉，牙齿就像排列的剑戟一样参差不齐；眼睛外突，像灯笼似的闪烁不定，它们正用爪子劈开一只活鹿，然后生吞活剥地吃着。徐某见状，吓得魂飞魄散，急忙向山下狂奔，可是夜叉已经看见他了。夜叉马上放下手中的鹿肉，迅速把徐某捉进洞里。两个夜叉说话，就像鸟鸣兽吼。这两个夜叉争着撕裂了徐某的衣服，好像即刻就要把他吞进肚子里似的。徐某吓得要死，赶紧取出口袋里的干粮，还有肉脯一起送给他们吃。两个夜叉分着吃，吃得特别香，吃完又来翻徐某的口袋。徐某做手势向他们表示没有了，夜叉大为恼怒，又来抓徐某。徐某向他们哀求说："你们放了我吧！我的船上有锅，可以为你们煮肉做菜。"两个夜叉不明白徐某在说些什么，还是怒气冲冲的。徐某只好又打手势比划了一阵，夜叉才好像明白了一点儿。

于是，两个夜叉跟随着徐某来到船上，取出炊具后又回到洞里。徐某搞来一些薪柴点着了火，把两个夜叉没有吃完的鹿肉煮熟了献给他们。两个夜叉吃得特别高兴。到了夜晚，夜叉用大石头堵住了洞口，好像是害怕徐某逃走似的。徐某蜷缩着身体躺在离夜叉很远的地方，心中充满恐惧，他知道自己肯定是无法脱身了。天亮以后，两个夜叉出了洞，临走时又把洞口堵上了。过了一会儿，夜叉回来了，手里还提着一只鹿交给了徐某。徐某剥去鹿皮，又从洞深处舀来清澈的溪水，分别用几个锅来煮鹿肉。不久，又来了几个夜叉，夜叉们聚在一起大嚼煮熟的鹿肉。吃完后，夜叉们都用手指着锅，好像是嫌锅太小。过了三四天，一个夜叉背着一口大锅来，跟我们人常用的那种锅差不多。从此，这群夜叉从各处猎来野狼或麋鹿，交给徐某烹煮。等肉煮熟后，夜叉们还招呼徐某一同来吃。

就这样过了几天，夜叉们渐渐与徐某熟悉起来，出门时也不再堵门，对待徐某就如同对待家人一样。时间一长，徐某渐渐能通过夜叉们的声音语调猜出他们话语的意思，还常常模仿夜叉们说话的声音说夜叉语。夜叉们更加高兴了，于是就带来一位母夜叉让她做徐某的妻子。开始时徐某很害怕，不敢接近母夜叉；母夜叉倒是主动做出求爱的表示，徐某就和她上了床。母夜叉高兴得不得了，常常留出一些肉给徐某吃，与徐某就像美满和谐的夫妻一样。

有一天，夜叉们起得特别早，每个夜叉的脖子上都挂着一串明珠。他们相继出了门，好像要迎接贵宾似的。夜叉让徐某多煮了一些肉。徐某问母夜叉到底是

怎么回事，母夜叉说："今天是天寿节（夜叉国王的生日）。"母夜叉出去对夜叉们说："徐郎还没有珠串呢！"于是夜叉们各自从自己的珠串上摘下五颗明珠一并交给母夜叉，母夜叉又从自己的珠串上解下十颗珠子，加起来总共有五十颗。母夜叉用野苎麻搓成绳子穿上珠子，然后把珠串挂在徐某的脖子上。徐某一看，每一颗明珠都能值百十两银子。过了一会儿，全体夜叉都出了洞门。徐某刚刚煮好肉，母夜叉就来邀他出去，说："快去接天王。"徐某跟着母夜叉来到一个大洞里，这个大洞有几亩地那么广阔。洞中有块大石头，像桌子一样又平又滑。大石的四周都是石凳，上首的石座上蒙着一张豹皮，其余石凳上都铺着鹿皮。二三十个夜叉依次围坐了一圈。过了一小会儿，突然狂风大作，尘土飞扬，夜叉们都慌慌张张地跑了出去。应声而来的是一个巨型的怪物，长得跟夜叉差不多。大夜叉径直奔入洞中，一屁股坐在豹皮凳子上，并向四周扫视了一圈。夜叉们也跟随他进入洞中，分东西两行列队站着，一个个都仰着头，两臂交叉成十字放在胸前。大夜叉依次点名查视，问道："卧眉山所有的人都在这里吗？"夜叉们高声地答应着。大夜叉看见了徐某，问道："这位是从哪儿来的呀？"母夜叉说是自己的丈夫。其他夜叉又纷纷称赞徐某的烹调技术。说话间，就有两三个夜叉跑了出去，取来徐某煮熟的肉放在大石桌上。大夜叉伸手就抓，吃得十分饱，他极力赞美熟肉的味道太香了，并且责命徐某以后要按时进献。大夜叉看了徐某一眼又说："你的珠串子怎么这么短？"夜叉们替他回道："初来乍到，还没有置备珠串。"那大夜叉从自己的脖子上解下珠串，摘下十枚珠子送给徐某。这十枚珠子不同寻常，每个都有手指甲那么大，圆圆的如同弹丸一般。母夜叉连忙接过珠子，代徐某穿在珠串上又挂在他脖子上。徐某把双臂交叉在胸前用夜叉语向大夜叉表示了感谢。大夜叉起身走了，它是乘着风而走的，所以步伐像飞也似的那么疾速。大夜叉走后，夜叉们一拥而上，把大夜叉吃剩的熟肉吃个精光之后才各自散去。

徐某在夜叉国住了四年多，母夜叉忽然生产了，她一胎生了两个男孩一个女孩，都是人的样子，不像他们的母亲。夜叉们都特别喜欢这几个孩子，常常聚到一起抚弄他们。有一天，夜叉们都外出寻猎食物去了，只有徐某一个人坐在洞里，忽然从别的洞来了一个母夜叉，要和徐某私通，徐某拒绝了她。那母夜叉大怒，把徐某打翻在地。这时，徐某的妻子夜叉从外面回来，一看这情景，顿时暴跳如雷，冲上去与那个母夜叉搏斗起来，咬断了来犯夜叉的一只耳朵。又过了一会儿，那个母夜叉的丈夫也来了。等把事情解释清楚后，徐某的母夜叉就让他们回去了。从此以后，母夜叉天天守着徐某，一刻也不离他的左右。

又过了三年，儿女们都会走路了。徐某常常教他们说人的语言，孩子们也渐渐地都学会了一些。从他们稚嫩的话语中，分明透着人的气息。这三个孩子虽然还是幼童，可是翻山越岭就像走平道似的。他们跟徐某很亲近，常常表现出和徐某的依依父子情意。

有一天，母夜叉带着一儿一女外出，半天没有回来，洞外北风大作，徐某不禁思念起远方的故乡。他带着儿子来到海岸，只见他当年漂来的船还在岸边，于是便和儿子商量一起回老家去，儿子想要告诉母亲一下，徐某没有让他去。于是，父子二人上了船，过了一昼夜回到了交州。徐某到家时，徐妻早已改嫁了。徐某拿出两枚明珠，卖了很多很多钱，所以家产特别富足。徐某给儿子取名叫徐彪。徐彪十四五岁时就能举起千斤重的东西，而且生性粗莽好斗。交州的守将见到徐彪后认为他是个奇才，就让他在军中做了千总。当时正值边疆发生战乱，徐彪每参加一次战事都立有战功。十八岁那年，徐彪成为统理一方军务的副将。

当时，又有一个商人出海做生意，也遇到了风暴，被迫漂流到卧眉山海岸。商人刚刚登岸就看见了一位少年，商人有些暗暗吃惊。那少年知道商人是中国人，就问他的故乡在哪里。商人把实情告诉了少年。少年把他拽进幽谷中的一个小石洞里，洞口外面荆棘丛生。少年叮嘱商人千万不要出洞。少年走了一会儿就回来了，他拿来一些鹿肉给商人吃。少年告诉商人："我父亲也是交州人。"商人再往下一问，才知道少年的父亲就是徐某，商人在做生意时认识他。所以他对少年说："你父亲是我的老朋友，如今他的儿子都当了副将了。"少年不明白"副将"是什么意思。商人说："这是中国的官名。"少年又问："什么是官?"商人回答说："官就是出门时骑车坐轿，有人鸣锣开道，进门时端坐高堂之上；他在上面吆喝一声，下面就有百人齐声应和；不管谁见了他都不敢正视，更不敢挺直腰板站着，这种人就叫官。"少年听了特别羡慕。商人说："既然你父亲在交州，你为什么还在这里呆这么久?"于是，少年把事情的经过详细告诉了商人。商人劝他南下回到故乡交州。少年说："我也常常这样想，可是母亲不是中国人，语言相貌都与中国人不一样；何况一旦被同类发觉了，一定要遭到残害。所以考虑再三，还是拿不准主意。"少年临走时对商人说："等刮起北风的时候，我来送你走。麻烦你到我父亲、兄弟那里，捎去我的口信。"

商人在洞中呆了将近半年的时间。有时透过洞口的荆棘向外偷偷张望，只见有许多夜叉在山中走来走去，商人心中十分恐惧，不敢轻举妄动。有一天，北风呼啸，少年突然来到洞里，拉着商人急匆匆地跑到海岸。起锚前，少年又一次嘱咐商人："我托付你的事千万别忘了。"商人答应着。少年又把一些肉放在船里的桌子上，商人驾船驶离了海岸。

商人的船直达交州后，商人就前往副将徐彪的府上，把自己所见所闻一一告诉了徐彪。徐彪听罢悲从中来，一定要去寻找亲人。父亲徐某担心海上风浪太大，山中妖魔太多，形势过于险恶，不宜冒此大险，所以极力劝阻他。徐彪还是悲痛不已，捶胸痛哭，徐某也无法劝阻他。于是，徐彪把这件事报告给交州的大帅，然后带着两个亲兵乘船出海。谁知，逆风阻挡了船的正常行驶，失去航向的船在海上漂荡了半个多月。徐彪在船上向四周望去，四面都是无边无际的海水，近处也是一片迷茫，无法辨别东南西北。忽然间，骇浪滔天，徐彪等人的船顷刻间被掀翻。徐彪落入海中，随着翻滚的海浪上下沉浮。不知过了多久，徐彪好像被什么东西抓住了，被拖到一个地方，那地方居然有一些房舍。徐彪再一看，救他的是一个怪物，长相和夜叉差不多。徐彪用夜叉话和他攀谈，那夜叉又惊又奇，问他要到哪里去。徐彪告诉他说要到卧眉山去。夜叉高兴地说："卧眉山是我的故乡呀！刚才冒犯了你实在是罪过！可你现在离开去卧眉山的旧路已经有八千里了。从这条路再往前走是毒龙国，不是去卧眉山的路。"夜叉于是找来一条船送徐彪上路。夜叉在水中推着船，那船就像箭一样飞速前进，转瞬之间就过了千里。过了一夜，船已到达卧眉山的北岸。远远地就看见一个少年正在向大海张望。徐彪知道卧眉山没有人类，怀疑少年就是自己的弟弟。走近一看，果然是弟弟。兄弟俩拉着手痛哭。过了一会儿，徐彪问母亲和妹妹怎么样了，弟弟说她们都健康平安。徐彪想和弟弟一块儿去看母亲和妹妹，弟弟阻止了他，自己却匆匆忙忙地走了。徐彪这才回过身来要感谢那位送行的夜叉，夜叉不知什么时候已经走了。

过了不久，母亲和妹妹都来了，她们见到徐彪也痛哭起来。徐彪把自己的打算告诉了母亲。母亲说："恐怕到了那边要受人欺负。"徐彪说："儿子在中国做官，非常显贵荣耀，没有人敢欺负您。"一家人回中国的打算就这样确定下来了，但是他们马上又苦于正是逆风无法行船渡海。母子四人正在踌躇为难的时候，忽然看见船上的布帆向南吹动，吹得布帆"瑟瑟"作响。徐彪高兴地说："真是老天帮助我呀！"母子四人相继上了船，船在海浪上飞驶，像箭一样激起无数白色的浪花。三天以后，徐彪母子的船到了交州海岸。人们见到他们都吓得四处逃散。于是，徐彪脱下自己的衣裤分别给母亲和弟弟妹妹穿上。

到了家里，母夜叉见到徐某大声怒骂，恨他不与她商量抬腿就走。徐某连连向她谢罪。徐府的家人们上前拜见主母，没有一个不吓得浑身战栗。徐彪劝母亲学说中国话，穿绫罗绸缎，习惯着吃中国饭菜，大家心中都特别高兴。

母夜叉和女儿平时都穿男装，跟满族服装的样式差不多。几个月以后，母夜叉能够听懂一些中国话了，弟弟妹妹的皮肤也渐渐白皙了。弟弟叫徐豹，妹妹叫夜儿，他们的力气都特别大。徐彪因为自己不知书达礼而常常感到耻辱，于是他就让弟弟去读书。徐豹在兄妹三人中是最聪慧的，不论经史子集，过目不忘。徐豹却不愿意做读书人。徐彪就让他学会拉强弩，驾驭烈马，练就一身武功，考中了武科进士，还娶了阿游击的女儿为妻。徐夜儿因为母亲是夜叉，没有人愿意娶她。正赶上徐彪标下袁守备丧妻，徐彪就强迫他聘娶了夜儿。徐夜儿能拉开几百石重的弓，在百余步以外射小鸟，居然能够箭无虚发。袁守备每次出征，常常带着妻子徐夜儿。后来袁守备的官升到了同知将军，他所立的功有一半要靠徐夜儿。徐豹三十四岁那年，挂将军印统兵出征，成为一省绿营兵的最高长官——总兵。母夜叉也曾随徐豹南征，每次面对强敌，她都身披铠甲，手持刀戟，杀入敌阵接应儿子。敌人见状没有不惊慌逃窜的。皇帝下诏封她为男爵，徐豹替母亲上疏辞谢，于是改封为夫人。

异史氏说：夜叉夫人的事，真是闻所未闻的怪事。然而细细想来也没有什么稀奇的，家家的床头不是都有一位夜叉在那儿吗！

［何守奇］或问夜叉究不知何状。曰：“请思之。”

小 髻

【原文】

长山居民某暇居，辄有短客来，久与扳谈。素不识其生平，颇注疑念。客曰：“三数日将便徙居，与君比邻矣。”过四五日，又曰：“今已同里，旦晚可以承教。”问：“乔居何所？”亦不详告，但以手北指。自是日辄一来，时向人假器具，或吝不与，则自失之，群疑其狐。村北有古冢，陷不可测，意必居此，共操兵杖往。伏听之，久无少异。一更向尽，闻穴中戢戢然，似数十百人作耳语。众寂不动。俄而尺许小人连遱而出，至不可数。众噪起，并击之。杖杖皆火，瞬息四散。惟遗一小髻如胡桃壳然，纱饰而金线，嗅之，骚臭不可言。

【译文】

长山县有位居民，每当闲来无事的时候，常有一位矮个子的客人前来拜访，而且一来就聊起没完没了。他与客人素不相识，所以心中常怀疑念。

有一次，矮个子的客人说：“再过三五天我就要搬家了，到时就能与您做邻居了。”过了四五天后，那客人又说：“现在咱们已经是同村了，早晚都可以和您谈天了。”居民问客人：“你家乔迁到哪里了？”客人并不详细告诉他具体地点，只用手向北一指。从此以后，这客人差不多每天都来一回。有时客人还向别人借工具，有的人吝惜东西不借给他，可是不久工具就莫明其妙地丢了。大家都怀疑那矮客是狐狸。当时村北有一座古冢，早已深陷地下，谁也不知道到底有多深，人们猜测狐狸一家就在那里。

于是，村民们一起手执刀枪木棍来到村北古冢周围聚集。有人趴在地上仔细

听，听了很久也没有什么动静。到了一更将尽的时候，人们听见洞中有声音，好像几十或几百人在说悄悄话。村民们屏住呼吸一动也不动。忽然，人们看见一大群一尺多高的小人，相继不断地从洞中爬出来，最后小人多到数也数不过来了。村民们呼喊着奋起，一起下手痛打小人。村民们的木杖都起了火，小人也在瞬息之间逃得无影无踪。小人们只遗落下一个小小的发髻，像胡桃的壳那么大，是用纱做的，外面用金线缠绕，一闻，又骚又臭，难以用语言形容。

西僧

【原文】

两僧自西域来，一赴五台，一卓锡泰山。其服色言貌，俱与中国殊异。自言历火焰山，山重重气熏腾若炉灶，凡行必于雨后，心凝目注，轻迹步履之，误蹴山石，则飞焰腾灼焉。又经流沙河，河中有水晶山，峭壁插天际，四面莹澈，似无所隔。又有隘可容单车，二龙交角对口把守之。过者先拜龙，龙许过，则口角自开。龙色白，鳞鬣皆如晶然。僧言途中历十八寒暑矣。离西土者十有二人，至中国仅存其二。西土传中国名山四：一泰山，一华山，一五台，一落伽也。相传山上遍地皆黄金，观音、文殊犹生。能至其处，则身便是佛，长生不死。

听其所言状，亦犹世人之慕西土也。倘有西游人，与东渡者中途相值，各述所有，当必相视失笑，两免跋涉矣。

【译文】

有两个和尚从西域来到内地，一个直赴五台山，一个投奔到泰山。他们的服饰、相貌和语言都和中国内地的人完全不一样。那西域和尚自称："我们从西方来到这里，路过火焰山，那山层层叠叠的。人在山上走，就像在炉灶上被热气熏蒸着一样。所以我们必须在雨后赶路，走路时还要全神贯注，目不转睛。步履更是要十分轻盈，否则一旦不慎踢着山石，'腾'的一下就会蹿起火焰。我们还经

过了流沙河，河中有水晶山，山上的悬崖峭壁直插天际。水晶山的四面晶莹透明，隔山看去好像没有什么遮挡似的。山上还有一处要隘，非常狭窄险峻，只能容一辆车通过。守关隘的是两条龙，它们角对着角，口对着口地把守着。行人要打此关经过，必须先向龙行礼。龙允许通过后，它们对合在一起的角和口就自然分开了。那龙是白色的，身上的麟片以及嘴边的龙须就像水晶一样晶莹透明。”

西域和尚还说：“我们在旅途上已经辗转旅行十八年了。当初离开西方时是十二个人，到了中国后只剩下我们两人了。西方盛传中国有四大名山，它们是泰山、华山、五台山和普陀山。相传山上遍地都是黄金，山上的观音菩萨和文殊菩萨栩栩如生，跟活人一样。还传说如果谁能到四大名山，就可以立地成佛、长生不死。”听了他这一番话，才知道西方人羡慕东方，就跟我们羡慕西方世界是一样的。假若东方的西游人与西方的东渡者在中途相遇，各自叙述一番自己的向往，一定会相视失笑的，同时也可以免去双方长途跋涉的辛苦了。

[冯镇峦] 六祖惠能曰：“东方人造罪念佛，求生西方；西方人造罪念佛，又求生何国？”妙哉斯言！

[但明伦] 佛在心头，能尽人心，即是佛心。必履其地以求之，是不能解佛所说义也。不住色，不住相；以法求，以音声求，且犹不可，况以遍地黄金而生慕心哉！

老 饕

【原文】

邢德，泽州人，绿林之杰也。能挽强弩，发连矢，称一时绝技。而生平落拓，不利营谋，出门辄亏其资。两京大贾往往喜与邢俱，途中恃以无恐。

会冬初，有二三估客薄假以资，邀同贩鬻，邢复自罄其囊，将并居货。有友善卜，因诣之，友占曰：“此爻为‘悔’，所操之业，即不母而子亦有损焉。”邢不乐，欲中止，而诸客强速之行。至都果符所占。

腊将半，匹马出都门，自念新岁无资，倍益怏闷。时晨雾濛濛。暂趋临路店，解装觅饮。见一颁白叟共两少年酌北牖下，一僮侍，黄发蓬蓬然。邢于南座，对叟休止。僮行觞误翻柈具，污叟衣。少年怒，立摘其耳。捧巾持帨，代叟揩拭。既见僮手拇，俱有铁箭镮，厚半寸，每一镮约重二两余。食已，叟命少年于革囊中探出镪物，堆累几上，称秤握算，可饮数杯时，始缄裹完好。少年于枥中牵一黑跛骡来，扶叟乘之，僮亦跨羸马相从，出门去。两少年各腰弓矢，捉马俱出。

邢窥多金，穷睛旁睨，馋焰若炙，辍饮，急尾之。视叟与僮犹款段于前，乃下道斜驰出叟前，紧衔关弓怒相向。叟俯脱左足靴，微笑云：“而不识得老饕也？”邢满引一矢去。叟仰卧鞍上，伸其足，开两指如钳，夹矢住。笑曰：“技但止此，何须而翁手敌?”邢怒，出其绝技，一矢刚发，后矢继至。叟手掇一，似未防其连珠，后矢直贯其口，踣然而堕，衔矢僵眠。僮亦下。邢喜，谓其已毙，近临之。叟吐矢跃起，鼓掌曰：“初会面，何便作此恶剧?”邢大惊，马亦骇逸，以此知叟异，不敢复返。

走三四十里，值方面纲纪，囊物赴都，要取之，略可千金，意气始得扬。方疾骛间，闻后有蹄声，回首则僮易跛骡来，驶若飞。叱曰：“男子勿行！猎取之货宜少瓜分。”邢曰：“汝识‘连珠箭邢某’否?”僮云：“适已承教矣。”邢以僮貌不扬，又无弓矢，易之。一发三矢连遴不断，如群隼飞翔。僮殊不忙迫，手接二，口衔一。笑曰：“如此技艺，辱莫煞人！乃翁傯遽，未暇寻得弓来，此物亦无用处，请即掷还。”遂于指上脱铁镮，穿矢其中，以手力掷，呜呜风鸣。邢急拨以弓，弦适触铁镮，铿然断绝，弓亦绽裂。邢惊绝，未及覷避，矢过贯耳，不觉翻坠。僮下骑便将搜括，邢以弓卧挞之，僮夺弓去，拗折为两，又折为四，抛置之。已，乃一手握邢两臂，一足踏邢两股，臂若缚，股若压，极力不能少动。腰中束带双叠可骈三指许，僮以一手捏之，随手断如灰烬。取金已，乃超乘，作一举手，致声“孟浪”，霍然径去。

邢归，卒为善士，每向人述往事不讳。此与刘东山事盖仿佛焉。

【译文】

邢德是泽州人。他是一位绿林好汉，力气很大，可以挽强弓，会发连珠箭，他的功夫被称为一时绝技。但他一向落拓不羁，不善于经营谋利，出门做买卖常常要亏掉老本。当时南京和北京的大商人都愿意和邢德一道结伴出行，为的是旅途可以有恃无恐。

有一次，正值初冬时节，有二三个商人，愿意借给邢德一些本钱，邀请他一

块儿去做生意。邢德自己也拿出所有的积蓄，和借来的钱合在一起准备大量购置货物。邢德有个朋友擅长算卦，临行前，邢德找到他请他预测一下吉凶。朋友占卜后说："这一卦是'悔'，表明你要遭遇困厄。你这宗生意，即使是没花本钱，损失也非常大。"邢德一听，闷闷不乐，他打算放弃这次生意，可是他的那几个商人朋友不依不饶，还催促他快快上路。到了京城，果然应验了朋友的预卜，邢德赔了本钱。

腊月中旬的一天，邢德骑了匹马出了城门，想到明年没有了做生意的本钱，他的心情更加沉重。当时晨雾濛濛，雾水打湿了他的衣服。他决定暂且到路边的小店躲避一下。他拴好马，要来一些酒，闷闷不乐地喝着。店里边还有一位须发斑白的老人和两个少年，他们正在北窗下饮酒，一个黄发蓬乱的童仆站在旁边侍候。邢德坐在南边的座位，正和老人相对。童仆给老人和少年倒酒时，不小心打翻了杯盘，弄脏了老人的衣服。一个少年见状大怒，立即揪住童仆的耳朵，让他拿着佩巾为老人揩拭脏物。邢德又看见那闯祸的童仆手指上都戴着铁箭镮，每个镮有半寸厚，约有二两多重。

吃过饭后，老人命令少年从革囊中取出银子，堆放在桌子上，一边称秤一边扳着手指计算。足足用了饮几杯酒的时间，才把所有的银子包裹好封上。然后，少年从马厩里牵出一匹跛脚的黑骡子来，扶着老人骑上。那童仆也骑着一匹瘦马跟着老人出了店门。那两个少年把箭矢系在腰上，牵过马来一道策马而去。

邢德窥见他们有那么多银子，斜着眼都看直了，一股贪婪的欲火烧炙着他。于是他放下酒杯，急忙尾随他们而去。邢德看见老人和童仆在前面慢慢地行进，就离开正路抄小路斜插着冲到老人面前。他拉上弓弦，怒视着老人。老人弯腰脱下左脚的靴子，微笑着说："你不认识老饕吗？"邢德没有理睬老饕，而是用力拉满弓向他射去。老饕仰卧在马鞍上，伸出左脚，两个脚趾张开，就像钳子一样夹住了邢德射来的箭矢。老饕笑着说："你就这么一点儿本事，还用得着你老子上手吗？"邢德一听，心中大怒，施展出他的拿手绝技——连珠箭，一箭刚发，后一箭应声而至。老饕出手接住一支箭，好像根本没有料到他的连珠箭法似的，第二箭直接射入他的口中。只见老饕猛然一跌，堕于马下，口中衔着箭头僵卧在地上。那童仆也下了马。邢德心中暗喜，以为老饕中矢而死，便慢慢地走近老饕。突然间，僵卧着的老饕一跃而起，吐出箭矢，他拍着手说："初次见面，为什么就开这么大的玩笑呀？"邢德大吃一惊，坐骑也吓得撒腿狂奔。邢德这才知道老饕绝非等闲之辈，再也不敢返回劫掠了。

邢德骑着马又走了三四十里，正赶上地方官吏的管家，带着大批财物赴京。邢德心中暗自盘算了一下，如果拦路夺取下来，估计能有一千两银子。于是，邢德又一次兴奋起来，策马追去。正在急忙追赶之时，忽然听见远处传来阵阵马嘀声，回头一看，却是刚才跟着老饕的那个童仆，骑着老饕的那个瘸骡子飞奔而来。那童仆叱责他说："汉子站住，猎取不义之财的事，你还是少干点儿！"邢德说："你认识我'连珠箭'邢某人吗？"童仆说："刚才已经领教了。"邢德看这童仆貌不惊人又没有弓箭，以为可以轻而易举地把他打发掉。于是他举箭连发三矢，这三箭连续不断，就像飞翔着的群鹤一样。那童仆从容不迫，双手各接住一支，口中还衔住一支，笑着说："就这么点儿技艺，真是丢死人了，你老子今天走得匆忙，没来得及找只弓来。你这几支箭矢也没什么用处，还是还给你吧！"于是他从手指上摘下铁箭镮，把箭矢穿在中间，用力一掷。邢德只听耳边"呜呜"作响，急忙用弓拨挡，弓弦碰上铁箭镮，"当"的一声，弓弦断了，弓也绽裂开来。邢德被这童仆的绝技惊呆了。还没来得及躲避，箭矢已射穿耳朵，呼啸着飞过，邢德不觉翻身坠马。童仆也下了马，正要搜索他的钱物。邢德躺在地上，用弓奋力击打童仆。童仆一把夺过弓，一折为二，又一折为四截，然后扔在地上。接着，童仆一手握住邢德的两臂，一脚踩住他的双腿。邢德只觉得双臂像被绳索捆住，双腿像被重物压住了一样，一动也动不了。邢德腰中扎了一条双层皮带，足有三指宽，童仆用一只手轻轻一捏，手过之处皮带就像灰烬一样断开。童仆取出邢德身上的财物，然后跳上马背，举手致意，说一声"冒犯了"，就飘然而去。

邢德回到老家以后，终于成为一个品行端正、守法循礼的人。他常常毫不隐讳地向人们讲述这段往事。他的经历与刘东山的故事差不多。

[何守奇] 天下之大，不可谓无人。

[但明伦] 老饕何足异？顾以蓬蓬黄发，笑对关弓，足蹐手掇口衔，从容乃尔；而邢未知进退，自诩连珠，以一貌不扬、手无械之僮，铁镮代弓，掷还三矢，遂乃身如堕鸟，形似缚鸡，孟浪一声，腰金尽失，以盗盗盗，事不足称，亦可见天下事能者甚多，未可以一己之微长，俯视一切，而螳臂当车，犹其后也。"大智若愚，大勇若怯"，士君子应三复斯言。

连 城

【原文】

乔生，晋宁人，少负才名。年二十余，犹偃蹇，为人有肝胆。与顾生善，顾卒，时恤其妻子。邑宰以文相契重，宰终于任，家口淹滞不能归，生破产扶柩，往返二千余里。以故士林益重之，而家由此益替。

史孝廉有女字连城，工刺绣，知书，父娇爱之。出所刺《倦绣图》，征少年题咏，意在择婿。生献诗云："慵鬟高髻绿婆娑，早向兰窗绣碧荷。刺到鸳鸯魂欲断，暗停针线蹙双蛾。"又赞挑绣之工云："绣线挑来似写生，幅中花鸟自天成。当年织锦非长技，幸把回文感圣明。"女得诗喜，对父称赏，父贫之。女逢人辄称道，又遣媪娇父命，赠金以助灯火。生叹曰："连城我知己也！"倾怀结

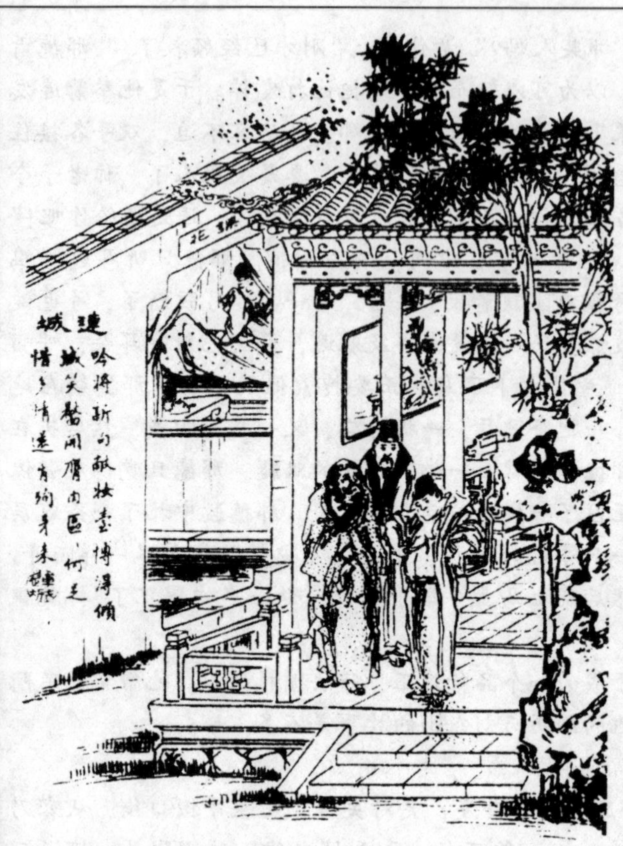

想，如饥思啖。

无何，女许字于鹾贾之子王化成，生始绝望，然梦魂中犹佩戴之。未几女病瘵，沉痼不起，有西域头陀自谓能疗，但须男子膺肉一钱，捣合药屑。史使人诣王家告婿，婿笑曰：“痴老翁，欲我剜心头肉也！”使返。史乃言于人曰：“有能割肉者妻之。”生闻而往，自出白刃，到膺授僧。血濡袍裤，僧敷药始止。合药三丸，三日服尽，疾若失。史将践其言，先告王。王怒，欲讼官。史乃设筵招生，以千金列几上。曰：“重负大德，请以相报。”因具白背盟之由。生怫然曰：“仆所以不爱膺肉者，聊以报知己耳。岂货肉哉！”拂袖而归。女闻之，意良不忍，托媪慰谕之，且云：“以彼才华，当不久落。天下何患无佳人？我梦不祥，三年必死，不必与人争此泉下物也。”生告媪曰：“‘士为知己者死’，不以色也。诚恐连城未必真知我，但得真知我，不谐何害？”媪代女郎矢诚自剖。生曰：“果尔，相逢时当为我一笑，死无憾！”媪既去。逾数日生偶出，遇女自叔氏归，睨之，女秋波转顾，启齿嫣然。生大喜曰：“连城真知我者！”

会王氏来议吉期，女前症又作，数月寻死。生往临吊，一痛而绝。史舁送其家。生自知已死，亦无所戚，出村去，犹冀一见连城。遥望南北一道，行人连绪如蚁，因亦混身杂迹其中。俄顷入一廨署，值顾生，惊问：“君何得来？”即把手将送令归。生太息言：“心事殊未了。”顾曰：“仆在此典牍，颇得委任，倘可效力，不惜也。”生问连城，顾即导生旋转多所，见连城与一白衣女郎，泪睫惨黛，藉坐廊隅。见生至，骤起似喜，略问所来。生曰：“卿死，仆何敢生！”连城泣曰：“如此负义人，尚不吐弃之，身殉何为？然已不能许君今生，愿矢来世耳。”生告顾曰：“有事君自去，仆乐死不愿生矣。但烦稽连城托生何里，行与俱去耳。”顾诺而去。白衣女郎问生何人，连城为缅述之，女郎闻之，若不胜悲。连城告生曰：“此妾同姓，小字宾娘，长沙史太守女。一路同来，遂相怜爱。”

生视之，意态怜人。方欲研问，而顾已返，向生贺曰：“我为君平章已确，即教小娘子从君返魂，好否？”两人各喜。

方将拜别，宾娘大哭曰：“姊去，我安归？乞垂怜救，妾为姊捧帨耳。”连城凄然，无所为计，转谋生。生又哀顾，顾难之，峻辞以为不可，生固强之。乃曰：“试妄为之。”去食顷而返，摇手曰：“何如！诚万分不能为力矣！”宾娘闻之，宛转娇啼，惟依连城肘下，恐其即去。惨怛无术，相对默默，而睹其愁颜戚容，使人肺腑酸柔。顾生愤然曰：“请携宾娘去，脱有愆尤，小生拚身受之！”宾娘乃喜，从生出，生忧其道远无侣。宾娘曰：“妾从君去，不愿归也。”生曰：“卿大痴矣！不归，何以得活也？他日至湖南勿复走避，为幸多矣。”适有两媪摄牒赴长沙，生属宾娘，泣别而去。

途中，连城行蹇缓，里余辄一息，凡十余息始见里门。连城曰：“重生后，惧有反覆，请索妾骸骨来，妾以君家生，当无悔也。”生然之。偕归生家。女惕惕若不能步，生伫待之。女曰：“妾至此，四肢摇摇，似无所主。志恐不遂，尚宜审谋，不然生后何能自由？”相将入侧厢中。默定少时，连城笑曰：“君憎妾耶？”生惊问其故。赧然曰：“恐事不谐，重负君矣，请先以鬼报也。”生喜，极尽欢恋。因徘徊不敢遽出，寄厢中者三日。连城曰：“谚有之：‘丑妇终须见姑嫜。’戚戚于此，终非久计。”乃促生入，才至灵寝，豁然顿苏。家人惊异，进以汤水。生乃使人要史来，请得连城之尸，自言能活之。史喜，从其言。方舁入室，视之已醒。告父曰：“儿已委身乔郎矣，更无归理。如有变动，但仍一死！”史归，遣婢往役给奉。

王闻，具词申理，官受赂，判归王。生愤懑欲死，亦无奈之。连城至王家，忿不饮食，惟乞速死，室无人，则带悬梁上。越日，益惫，殆将奄逝，王惧，送归史；史复舁归生。王知之亦无如何，遂安焉。连城起，每念宾娘，欲遣信探之，以道远而艰于往。一日家人进曰：“门有车马。”夫妇出视，则宾娘已至庭中矣。相见悲喜。太守亲诣送女，生延入。太守曰：“小女子赖君复生，誓不他适。今从其志。”生叩谢如礼。孝廉亦至，叙宗好焉。生名年，字大年。

异史氏曰：“一笑之知，许之以身，世人或议其痴。彼田横五百人岂尽愚哉！此知希之贵，贤豪所以感结而不能自已也。顾茫茫海内，遂使锦绣才人，仅倾心于蛾眉之一笑也。悲夫！”

【译文】

乔生是晋宁人。少年时就因才华出众而远近闻名。可是到了二十多岁，他还是困顿而不得志。乔生为人很讲情义，对朋友能够做到肝胆相照。乔生与顾生是好朋友，顾生死后，乔生常去周济顾生的寡妻和儿女。晋宁县的县令很看重乔生的文才，两人情趣相投。后来县令死在任上，一家老少因贫困而滞留在晋宁无法返回故乡。乔生变卖了所有的家产护送县令的灵柩和家属回到故乡，这一趟往返

路程有二千多里。因为这样的义举，读书人都更加看重他，可是他的家业却更加衰落了。

有一位史孝廉，他的女儿叫史连城。连城擅长刺绣，又知书达礼。史孝廉十分疼爱这个宝贝女儿。于是他把连城的刺绣《倦绣图》拿出来展示，广泛征求少年才子题诗，目的就是为了给女儿选个有才华的丈夫。乔生也应征前来献诗，他的诗是这样写的：

慵鬟高髻绿婆娑，早向兰窗绣碧荷。刺到鸳鸯魂欲断，暗停针线蹙双蛾。

乔生还写诗赞美连城刺绣技艺的高超，他是这样写的：

绣线挑来似写生，幅中花鸟自天成。当年织锦非长技，幸把回文感圣明。

连城得到诗后非常高兴，对着父亲不住地赞美诗人的才华。史孝廉嫌乔生家太穷了，可是连城却逢人就称赞乔生，而且还假托父亲的命令派仆妇给乔生送去银子，资助他读书学习。乔生感叹道："连城是我的知己呀！"从此，乔生对连城倾注了爱情，如饥似渴地思念着连城。

不久，连城被许配给盐商的儿子王化成，乔生这才感到绝望，可是连城一直在他梦魂中萦绕着，久久难以忘怀。不久，连城得了痨病，一病不起，危在旦夕。有个西域来的和尚，自称能够治好连城的病，但是需要用一钱男子胸脯上的肉，捣碎了来配药。史孝廉派人到王化成家告诉他这件事，王化成听后笑着说："这个痴老翁，竟然想剜我的心头肉哩！"家人回来后把王化成的话转告给史孝廉。史孝廉于是当众宣布："谁能为连城割肉，就把连城嫁给谁！"乔生听到这个消息来到了史家，他亲自用刀在自己胸脯上割下一块肉交给了西域和尚。鲜血很快染红了他的外衣和裤子，和尚为他敷上药才止住了血。和尚用乔生的肉制成三颗药丸。每天让连城服下一颗。三日后药丸吃完了，连城的病也痊愈了。史孝廉准备履行自己的诺言把连城嫁给乔生，事先跟王化成打了个招呼。谁知王化成闻信大怒，立即就要把史孝廉告到官府。史孝廉无奈，便设筵招待乔生，把一千两银子摆在桌子上，说："前日蒙领您的大恩大德，请允许我以此来报答您吧！"于是他详细叙述了他违背诺言的缘由。乔生一听怒火中烧，说："我之所以不爱惜自己心上之肉，是为了报答知己，难道是为了卖肉换银子吗？"说完乔生拂袖而去。

连城听说了这件事，心中十分不忍，她托仆妇带话安慰乔生，还说："以你的才华，不会长久地落魄下去。天下之大还怕没有佳人吗？我做过一个不祥的梦，三年之内必定要离开人世，你不必与人家争夺我这个快死的人了。"乔生让那仆妇转告连城："古人说：'士为知己者死'，不是为了女色。这一点恐怕就是连城也未必真的了解我，即使不结为夫妇又有什么关系？"仆妇替连城表白了一片诚意。乔生说："如果真是那样，相逢时连城能对我一笑，我就死而无憾了。"

仆妇走后没几天，乔生偶然外出，正遇连城从叔叔家回来，就怔怔地看着她。连城秋波顾盼，看着乔生启齿嫣然一笑。乔生大为欢喜，说："连城真是我的知音呀！"等到王家派人来商议婚期时，连城的旧病复发，几个月后就死了。乔生前来吊唁，在连城的灵前一痛而绝。史孝廉派人把他抬回了家。

乔生知道自己已经死了，也没有什么可难过的。他信步走出村外，还希望能再看一眼连城。他向村外远远看去，有一条南北大道，道上的行人就像蚂蚁一样络绎不绝，乔生不知不觉也混迹在人群之中。过了一会儿，乔生走进一所公堂，正遇上老友顾生。顾生惊讶地问他："你怎么也来了？"说着就拉他的手要把他送回去。乔生叹了一口气说："还有一件心事没有了结。"顾生说："我在这里掌管文书案卷，很受上司的信任。倘若能为你效力，我一定在所不辞。"乔生向他询问连城的去向，顾生就领着乔生转来转去，找了好几处地方，终于看见连城正和一位白衣女郎在一起。连城表情凄然，泪迹斑斑，正席地坐在房檐下的角落里。连城看见乔生来了，立即站了起来，满心欢喜地问他是怎么来的。乔生说："你撒手而去，我怎么敢继续活在人世？"连城哭着说："像我这样负义的人，你还不早点儿放弃，为我殉死有什么意思？遗憾的是今生不能与你结为夫妻，但愿来世能与你再续前缘吧。"乔生回头对顾生说："你的事情多就请先走吧！我宁愿就这样死也不愿意重生。但是要麻烦你帮我查一下连城在哪里托生，我要跟她一块儿去。"顾生答应了乔生的请求后就离开了。白衣女郎问连城乔生是什么人，连城就把事情的经过告诉了白衣女郎。女郎一听，心中不胜悲痛。连城向乔生介绍白衣女郎，说："这是我的同姓姐妹，小名叫宾娘，是长沙府史太守的女儿。我们一路同来，所以互相怜爱。"乔生一看宾娘，花容月貌，惹人怜爱，正想详细询问宾娘的情况，顾生回来了，并对乔生祝贺道："我把你的事已经办理妥当了，马上就让小娘子跟从你回到人世间，你看好不好？"乔生和连城都很高兴，正要和顾生辞别，宾娘大哭起来，哽咽着说："姐姐走了，我到哪里去？乞求你们可怜可怜我，救我出去，我愿意为姐姐做婢女，随从侍奉。"连城听罢心中悲伤，可是她想不出什么办法，便请乔生帮忙。乔生又转过来哀恳顾生。顾生特别为难，坚决地拒绝，说没有办法帮忙。乔生强迫他一定要帮忙，顾生推托不掉只好说："只好冒险试一试。"顾生去了一顿饭的工夫才返回来，他摇着手说："怎么样？确实是一点儿办法也没有吧！"宾娘一听，又痛哭起来。她恋恋难舍地拽住连城的胳膊，唯恐她即刻离去。两个女子满面愁容，默默地对视着。乔生和顾生看着她们悲愁哀伤的颜容，不禁心酸欲碎。顾生激动地说："你们把宾娘带走吧！如果有什么罪责，我豁出去一人承担！"宾娘这才高兴起来，跟着乔生他们出来。乔生担心宾娘路远没有旅伴，宾娘说："我跟你走，不愿回家了。"乔生说："你真是太痴了。你不回家，怎么能够复活呢？你回家吧！等以后我到了湖南，你遇见了不躲避我走，那我就万分荣幸了。"当时，正好有两个仆妇要去长沙送文书，乔生就让宾娘与她们结伴而行，并嘱咐她一路保重，宾娘这才含泪与

乔生和连城告别。

在回家的路上，连城走得非常缓慢，每走一里多路就要停下来歇息。一路上歇了十余次，才看见城门。连城说："我重生以后，怕再有反复。请你把我的骸骨取来，我就在你家复活，他们就无法反悔了。"乔生也认为这是一个好主意。于是两人一块儿回到了乔生家。一进门，连城又忧虑又恐惧，好像迈不动步似的，乔生站在一旁等她。连城说："我一到这里，四肢飘摇，六神无主，就怕我们的意愿不能实现，所以还得好好谋划一下，否则，重生以后怎么能够自己做主呢？两个人拉着手来到侧厢房中，四目相对，默默地凝望着。过了一会儿，连城笑着说："你厌恶我吗？"乔生惊讶万分，连忙问为什么。连城害羞地说："我担心复活后不能如愿以偿，再次辜负了你的深情厚意，请让我以鬼的身份先报答你吧！"乔生一听喜出望外，于是两人同床共枕，极尽欢娱。乔生却因贪恋男欢女爱，拖延着不愿意马上复活，两人在厢房中悄悄地住了三天。连城说："俗话说'丑妇早晚也要见公婆'，我们整天提心吊胆地躲在这里，终究不是长久之计。"于是他催促乔生赶快进入灵堂。

乔生刚刚走近自己的灵床，尸体立刻就苏醒过来了。乔生的家人惊异地不知道如何是好，赶决喂了他一些汤水。乔生让人赶快把史孝廉请来，并请求把连城的遗骸也送来，声称他能使连城复活。史孝廉闻信大喜，就按乔生说的，把连城的尸体送了过来。连城的尸体刚抬进乔生家门，就苏醒过来了。连城对父亲史孝廉说："女儿已经委身乔郎了，再也没有回家的道理了。如果还要把我嫁给别人，我只有再一次死去！"史孝廉回到家里，派遣婢女到乔生家侍候连城。

王化成听说连城复活并委身乔生的消息后，恼羞成怒，写了份诉状告到官府，官员接受了王化成的贿赂，竟把连城判给了王化成。乔生愤怒至极，又没有什么办法。连城被迫嫁到了王家，气愤得不吃不喝，只求快一些死去。她甚至趁着屋里没人，把衣带挂在梁上要投缳自尽。过了一天，连城身体更加虚弱，奄奄一息了，王化成害怕了，赶紧把连城送回史家。史孝廉又把连城抬到乔生家。王化成听说后也没有什么办法，于是放手作罢。

连城痊愈以后，常常想念宾娘，打算派遣使者探听一下情况，可又因路途遥远，行路艰难而一直未能出行。一天，家人跑进来报告说："门外来了很多车马。"乔生夫妇出门一看，宾娘已经走进院子里来了。三人相见，悲喜交集。原来是宾娘的父亲史太守亲自送女儿来的。乔生忙把史太守迎入堂中。史太守说："小女子多亏了你才得以复生，她早已发誓绝不嫁给别人，今天我就成全她的心愿。"乔生向史太守行女婿叩拜岳父的大礼。这时，史孝廉也来了，与史太守又共叙了同宗的情谊。

乔生名年，字大年。

异史氏说：因为一笑而相知，竟以生命相许，世人也许以为这样做实在是太傻了。那么秦末为知己而死的田横五百壮士岂不都是傻子了？由此可以想见知己的稀

少和珍贵，所以贤人豪杰才会被知音的真情感动而不能自已。纵观天下茫茫，知音难觅，于是才使才华横溢的士子，仅仅倾心于女子的嫣然一笑呀，可悲呀！

[王士祯] 雅是情种。不意《牡丹亭》后，复有此人。

[冯镇峦]《牡丹亭》丽娘复生，柳生未死也，此固胜之。

[何守奇] 连城爱文士，乔年重知己，乃可死死生生。

[但明伦] 宾娘一事，只由情感推而言之。

[方舒岩] 一举而双美归焉。

霍　生

【原文】

文登霍生与严生少相狎，长相谑也，口给交御，惟恐不工。霍有邻妪，曾与严妻导产，偶与霍妇语，言其私处有两赘疣，妇以告霍。霍与同党者谋，窥严将至，故窃语云：“某妻与我最昵。”众故不信。霍因捏造端末，且云：“如不信，其阴侧有双疣。”严止窗外，听之既悉，不入径去。至家苦掠其妻，妻不服，搒益残，妻不堪虐，自经死。霍始大悔，然亦不敢向严而白其诬矣。

严妻既死，其鬼夜哭，举家不得宁焉。无何，严暴卒，鬼乃不哭。霍妇梦女子披发大叫曰：“我死得良苦，汝夫妻何得欢乐耶！”既醒而病，数日寻卒。霍亦梦女子指数诟骂，以掌批其吻。惊而寤，觉唇际隐痛，扪之高起，三日而成双疣，遂为痼疾。不敢大言笑，启吻太骤，则痛不可忍。

异史氏曰：“死能为厉，其气冤也。私病加于唇吻，神而近于戏矣。”

邑王氏，与同窗某狎。其妻归宁，王知其驴善惊，先伏丛莽中，伺妇至，暴出，驴惊妇堕，惟一僮从，不能扶妇乘。王乃殷勤抱控甚至，妇亦不识谁何。王扬扬以此得意，谓僮逐驴去，因得私其妇于莽中，述相裤履甚悉。某闻，大惭而去。少间，自窗隙中见某一手握

刃，一手捉妻来，意甚怒恶。大惧，逾垣而逃。某从之，追二三里地不及，始返。王尽力极奔，肺叶开张，以是得吼疾，数年不愈焉。

【译文】

文登县的霍生和严生从小就十分亲昵，经常在一起开玩笑。两人言辞敏捷，逞词斗嘴，唯恐自己的功夫不够精深。

霍生的邻居是位老妪，曾经为严生的妻子接生。她偶然与霍生的妻子聊天，说起严生妻子的外阴上长了两个瘊子。霍妻把这件事告诉了丈夫。霍生于是和同伙定下计谋，准备和严生开一个大玩笑。他等到严生快走近时，故意与同伙们窃窃私语，说："严某的妻子和我最亲密。"众人不信，霍生于是开始编故事，说得有板有眼，并且强调说："你们如果不信，我可以告诉你们一个证据，她的外阴两侧长着一对瘊子。"严生站在窗外，把霍生这番话都听了进去，所以没有进门就直接走了。严生回到家里，残酷地殴打他的妻子，妻子不服，他就更加凶残地拷问她。严生的妻子不堪忍受这样的虐待，就上吊自杀了。霍生这才追悔莫及，又不敢向严生说明真相为严妻洗清污点。

严妻死后，她的阴魂整夜地啼哭，全家都不得安宁。不久，严生暴死，鬼魂就不再哭了。霍妻梦见有个女子披头散发地大喊大叫："我死得好苦，你们夫妻为什么还快乐呢!"霍妻醒后就一病不起，几天后就死去了。不久，霍生也梦见一个女子指着他大声辱骂，用手掌打他的嘴巴，惊醒之后，他觉得嘴唇隐隐作痛，用手一摸才发现嘴唇已高高肿起来，三天以后嘴边长出两个瘊子，从此再也无法治愈。霍生再也不敢大声说笑，嘴张得太急了，就会疼痛难忍。

异史氏说：死后能够变成厉鬼，说明她的冤屈太甚了。把受害者私处的病转嫁到害人者的唇吻上，实在是神奇而近于戏弄呵!

我们县里还有个姓王的，与一位同窗好友的关系特别亲密。有一次这位同学的妻子回娘家，王某知道她骑的驴子容易受惊，就事先埋伏在路旁的草丛中，等到妇人骑着驴来到，王某突然跳出，驴受惊，妇人从驴上堕下。这时妇人身边只有一个童仆跟着，不能扶妇人骑上驴背。于是王某殷勤地扶着妇人跨上了驴背，他半扶半抱，妇人也不认得他是谁。

从此，王某就得意洋洋地炫耀，声称童仆去追赶驴的时候，他在草丛中与妇人私通了，并把妇人当时穿的内衣、裤子、鞋子描述得特别详细。妇人的丈夫听到这件事，十分惭愧地走开了。不一会儿，王某在窗隙中看见他的同学一手握刀，一手抓着妻子，怒气冲冲地杀来了。王某大为惊惧，赶紧越墙逃跑。他的同学在后面紧追不舍，一直追了二三里地，也没有追上，才往回去。王某因为尽力狂奔，肺叶都张开了，因此得了哮喘病，治了好多年都没有治好。

[何守奇] 言人之不善，当如后患何？可为乱言者戒也。

商三官

【原文】

故诸葛城有商士禹者，士人也，以醉谑忤邑豪，豪嗾家奴乱捶之，舁归而死。禹二子，长曰臣，次曰礼。一女曰三官。三官年十六，出阁有期，以父故不果。两兄出讼，终岁不得结。婿家遣人参母，请从权毕姻事，母将许之。女进曰："焉有父尸未寒而行吉礼？彼独无父母乎？"婿家闻之，惭而止。无何，两兄讼不得直，负屈归，举家悲愤。兄弟谋留父尸，张再讼之本。三官曰："人被杀而不理，时事可知矣。天将为汝兄弟专生一阎罗包老耶？骨骸暴露，于心何忍矣。"二兄服其言，乃葬父。葬已，三官夜遁，不知所往。母惭怍，惟恐婿家知，不敢告族党，但嘱二子冥冥侦察之。几半年杳不可寻。

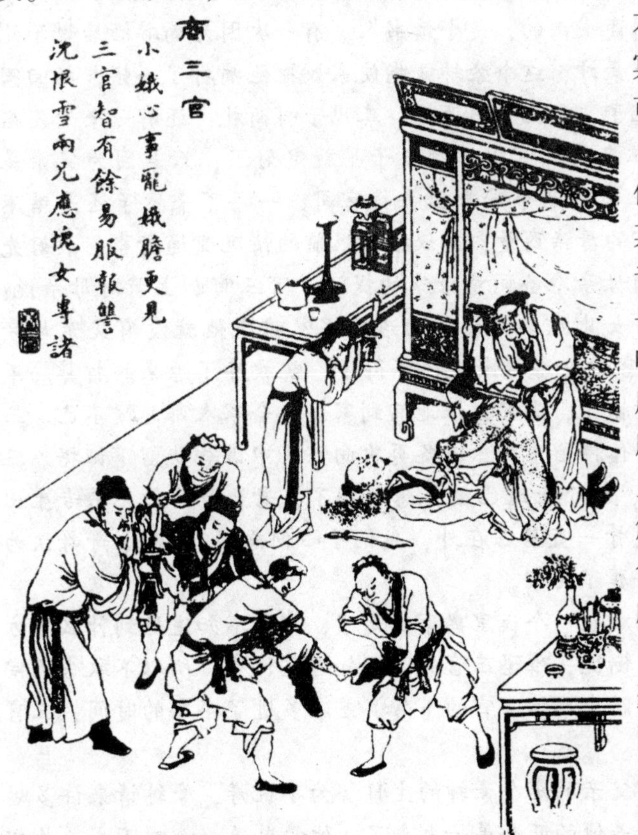

会豪诞辰，招优为戏，优人孙淳携二弟子往执役。其一王成，姿容平等，而音词清彻，群赞赏焉。其一李玉，貌韶秀如好女，呼令歌，辞以不稔，强之，所度曲半杂儿女俚谣，合座为之鼓掌。孙大惭，白主人："此子从学未久，只解行觞耳，幸勿罪责。"即命行酒。玉往来给奉，善觑主人意向，豪悦之。酒阑人散，留与同寝，玉代豪拂榻解履，殷勤周至。醉语狎之，但有展笑，豪惑益甚。尽遣诸仆去，独留玉。玉伺诸仆去，阖扉下楗焉。诸仆就别室饮。

移时，闻厅事中格格有声，一仆往觇之，见室内冥黑，寂不闻声。行将旋踵，忽有响声甚厉，如悬重物而断其索。亟问之，并无应者。呼众排阖入，则主人身首两断；玉自经死，绳绝堕地上，梁间颈际，残绠俨然。众大骇，传告内闼，群集莫解。众移玉尸于庭，觉其袜履虚若无足。解之则素舄如钩，盖女子

也。益骇。呼孙淳诘之，淳骇极，不知所对，但云："玉月前投作弟子，愿从寿主人，实不知从来。"以其服凶，疑是商家刺客。暂以二人逻守之。女貌如生，抚之肢体温软，二人窃谋淫之。一人抱尸转侧，方将缓其结束，忽脑如物击，口血暴注，顷刻已死。其一大惊告众，众敬若神明焉，且以告郡。郡官问臣及礼，并言："不知；但妹亡去已半载矣。"俾往验视，果三官。官奇之，判二兄领葬，敕豪家勿仇。

异史氏曰："家有女豫让而不知。则兄之为丈夫者可知矣。然三官之为人，即萧萧易水，亦将羞而不流，况碌碌与世浮沉者耶！愿天下闺中人，买丝绣之，其功德当不减于奉壮缪也。"

【译文】

从前，诸葛城里有个叫商士禹的，是个读书人。有一次因为喝醉酒后说了几句笑话，惹怒了城里的一个豪绅，这个豪绅就指使家奴把他痛打了一顿，抬回家就断了气。商士禹有两个儿子，大儿子叫商臣，二儿子叫商礼，还有一个女儿名叫商三官，年仅十六岁。本来商三官出嫁的日子早就定好了，只是因为父亲暴死，婚事就耽搁下来了。三官的两个哥哥出去打官司，一年下来案子还是结不了。三官夫家派人来找三官的母亲商量，建议根据眼前的情况变通行事，最好先把三官的亲事办了。三官的母亲准备同意亲家的提议，可三官却上前对母亲说："天下哪有父亲尸骨未寒而女儿就举行婚礼的道理呢？难道他就没有父亲母亲吗？"三官夫家的人听了三官的这番话惭愧得不得了，就放弃了原来的打算。不久，三官的两个哥哥官司打输了，满怀冤恨地回到家里。全家人都悲愤不已。三官的哥哥们主张把父亲的尸体停留不葬，以备再次向官府申诉告状留下证据。三官说："人被杀害了都不管，这个世道已经可想而知了，老天会为你兄弟专生出个阎罗包公来吗？父亲的遗骨一直暴露在外，我们于心何忍呢？"两个哥哥认为她说得很有道理，于是就安葬了父亲。

葬礼结束后不久，三官就在一个夜里离家出走了，谁也不知道她到什么地方去了。三官的母亲又不安又惭愧，唯恐三官的夫家知道这件事，所以不敢告诉宗族和亲友，只是派两个儿子暗中察访三官的下落。差不多过了半年的时间，三官还是杳无踪影。

有一天，正是害死三官父亲的那个豪绅的生日。为了祝寿，豪绅请来许多唱戏的前来助兴。戏子孙淳带着他的两个弟子也来了。他的弟子一个叫王成，长相虽然平常，但唱起戏来字正腔圆，博得了满堂喝彩；另一个弟子叫李玉，长相很出众，如同美女一样。客人们让他唱戏，他推托说戏文不熟不肯唱，强迫他唱时，他的曲子里夹杂了不少坊间流行的男女情歌、通俗小曲，在座的客人都为他鼓掌喝彩。师傅孙淳非常惭愧，他在主人面前解释说："我这个弟子学戏时间不长，只学会了一些敬酒的礼节，请您不要怪罪他。"于是豪绅就命李玉给客人们敬酒。李玉在客人们中间穿梭往来捧杯劝酒，很善于看主人的眼色行事。豪绅非常喜欢他。席终人散之后，豪绅把李玉留下与他同寝。李玉殷勤地为豪绅扫床铺被、宽衣脱鞋，侍候得特别周到。豪绅醉醺醺地说着脏话挑逗他，李玉只是“哧哧”地笑，并不恼火。豪绅越来越喜欢李玉，完全被他迷住了。于是，他把仆人们全都打发走，只留下李玉陪着他。李玉看到仆人们都走了，就关上了门，用门闩把门反锁上了。

仆人们离开主人后，就到别的房间饮酒聊天去了。过了一会儿，主人的房里传来“格格”的声音。一个仆人赶紧跑过去察看究竟，只见主人的房中漆黑一团，一点儿声音都没有。这仆人正要调头往回走，忽然传来一声巨响，就像悬挂重物的绳索突然绷断一样。仆人急忙大声询问，可是没有人回答。仆人连忙招呼众人，众仆人把门砸开，冲了进去。只见主人早已身首异处。李玉上吊自杀，绳带跌落在地上，他的脖子上、房梁上还挂着断了的绳带。众人大惊，赶紧把情况向主人内宅家眷报告。全家主仆都聚集在出事的地点，谁也搞不清楚这到底是怎么回事。当人们把李玉的尸体往院子里抬的时候，觉得他的鞋和袜子里空瘪瘪的，好像没有脚一样。仆人们把他的鞋袜脱下来一看，原来是一双穿着白色孝鞋的三寸金莲，李玉竟是一位女子！众人更加惊骇不已，赶紧把李玉的师傅孙淳唤来严加盘问。孙淳完全被眼前发生的一切吓坏了，不知道怎样回答这一连串的诘问，只是说：“李玉是一个月前投到我门下做弟子的，愿意跟随我来为主人祝寿，我确实不知道她是从哪儿来的。”因为她穿着孝服，人们都怀疑她是商士禹家派来的刺客。豪绅家临时派两个仆人看守她的尸体。这两人看见李玉的面容像活人一样有生气，摸摸她的身体，温暖而又柔软，两个人偷偷地策划着奸尸的阴谋。其中一个先动手抱住尸体，将她翻转过来，正要解开她的衣服，忽然他的头部好像被什么东西猛击了一下，大口大口地从口中喷出血来，转眼之间就咽了气。另外一个人见状惊恐万分，赶紧告诉众人。这样一来，人们不由得对李玉敬若神明。第二天，豪绅的家人向衙门报了案。地方官唤来商臣和商礼细加盘问，兄弟二人都说：“不知道这回事。只是妹妹商三官离家出走已有半年之久了。”地方官让商臣和商礼验看李玉的尸体，结果李玉果然就是三官。地方官对三官的义举感到非常惊奇而又同情，于是从宽判决，命商家兄弟领回三官的尸体好好安葬，又命令豪绅家的人息事宁人，不要与商家为仇，图谋报复。

异史氏说：家中有像古代豫让这样的豪杰却不知道，商氏兄弟的大丈夫气概可想而知了。纵观商三官的为人，即使是潇潇易水也会羞愧地停住不流，更何况那些碌碌无为随世沉浮的庸人呢？愿天下所有的女子，都买丝线绣出三官，这种功德与供奉神位相比丝毫也不逊色呀！

［何守奇］可旌曰孝烈。

于江

【原文】

乡民于江，父宿田间，为狼所食。江时年十六，得父遗履，悲恨欲死。夜俟母寝，潜持铁锤去眠父所，冀报父仇。少间一狼来，逡巡嗅之。江不动。无何，摇尾扫其额，又渐俯首舐其股，江迄不动。既而欢跃直前，将龁其领。江急以锤击狼脑，立毙。起置草中。少间又一狼来如前状，又毙之。以至中夜，杳无至者。

忽小睡，梦父曰："杀二物，足泄我恨，然首杀我者其鼻白，此都非是。"江醒，坚卧以伺之。既明，无所复得。欲曳狼归，恐惊母，遂投诸智井而归。至夜复往，亦无至者。如此三四夜。忽一狼来啮其足，曳之以行。行数步，棘刺肉，石伤肤。江若死者，狼乃置之地上，意将龁腹。江骤起锤之，仆；又连锤之，毙。细视之，真白鼻也。大喜，负之以归，始告母。母泣从去，探智井，得二狼焉。

异史氏曰："农家者流，乃有此英物耶！义烈发于血诚，非直勇也，智亦异焉。"

【译文】

有一个农民叫于江。他的父亲夜里睡在田间，不幸被狼吃掉了。于江当时只有十六岁。他捡到父亲丢下的鞋子，悲恸欲绝。这天夜里，于江等到母亲睡着了，拿着大铁锤悄悄地走出了家门。他来到田间，躺在父亲遇难的地方，等待机会为父报仇。不久，来了一只狼，它在于江的身边走来走去，东嗅嗅西嗅嗅。于江一动也不动。过了一会儿，狼开始用它毛茸茸的大尾巴扫于江的额头，然后又渐渐地低下头，去舔他的大腿。于江还是一动也不动。紧接着，狼欢快地跳到了于江面前，正要张口咬他的脖子，于江猛然挥起铁锤，猛击狼的头部，狼立即毙命倒地。于江一跃而起，把狼的尸体藏在草里。

过了一会儿，又来了一只狼，跟前面那只狼一样，先嗅再扫，然后欲咬，于江把它也杀掉了。这时已是半夜时分，不再有狼的踪影。忽然一阵睡意袭来，于江打了个盹，梦见父亲对他说："你杀了两只狼，已足以泄我心头之恨。但是带头杀害我的那个恶狼，鼻头是白色的；现在毙命的这两只都不是。"于江醒后，坚持躺在那里等待那只白鼻子的恶狼来。就这样一直等到天亮，还是没有等到。于江想把那两只死狼拖回家去，又害怕惊吓着母亲，于是就把狼扔到一口枯井里才回家。

第二天夜里，于江又去田间等候，还是一无所获。就这样又过了三四个夜晚。忽然一只狼来了，他咬住于江的脚，拖着他走。刚走了没有几步远，荆棘刺进他的肉中，石头划破了他的皮肤，于江忍着，一动不动，像死人一样。狼这才把他扔在地上，想要咬他的腹部。于江突然跃起，举起铁锤向恶狼猛砸过去，恶狼倒下了。于江又连砸几下，狼被砸死了。于江这才仔细观察这只狼，果真长着白鼻头。于江大喜，扛起恶狼回到家里，这才把复仇的经过告诉母亲，母亲流着眼泪跟他来到了现场，于江从枯井中拽出两只狼的尸体。

异史氏说：乡下农家的孩子中，能有这样的杰出人物吗？他的侠义和刚烈发自于赤胆忠诚，不仅仅是勇敢胆大，而且他的智慧也非同一般啊！

[何守奇] 连毙三狼，父雠卒报，孰得年少轻之？

小　二

【原文】

滕邑赵旺夫妻奉佛，不茹荤血，乡中有"善人"之目。家称小有。一女小二绝慧美，赵珍爱之。年六岁，使与兄长春并从师读，凡五年而熟五经焉。同窗丁生字紫陌，长于女三岁，文采风流，颇相倾爱。私以意告母，求婚赵氏。赵期以女字大家，故弗许。

未几，赵惑于白莲教，徐鸿儒既反，一家俱陷为贼。小二知书善解，凡纸兵豆马之术一见辄精。小女子师事徐者六人，惟二称最，因得尽传其术。赵以女

故，大得委任。时丁年十八。游滕泮矣，而不肯论婚，意不忘小二也，潜亡去投徐麾下。女见之喜，优礼逾于常格。女以徐高足，主军务，昼夜出入，父母不得间。

丁每宵见，尝斥绝诸役，辄至三漏。丁私告曰："小生此来，卿知区区之意否？"女云："不知。"丁曰："我非妄意攀龙，所以故，实为卿耳。左道无济，止取灭亡。卿慧人不念此乎？能从我亡，则寸心诚不负矣。"女怃然为间，豁然梦觉，曰："背亲而行不义，请告。"二人入陈利害，赵不悟，曰："我师神人，岂有舛错？"

女知不可谏，乃易髫而髻。出二纸鸢，与丁各跨其一，鸢肃肃展翼，似鹣鹣之鸟，比翼而飞。质明，抵莱芜界。女以指拈鸢项，忽即敛堕，遂收鸢。更以双卫，驰至山阴里，托为避乱者，僦屋而居。二人草草出，啬于装。薪储不给，丁甚优之。假粟比舍，莫肯贷以升斗。女无愁容，但质簪珥。闭门静对，猜灯谜，忆亡书，以是角低昂，负者骈二指击腕臂焉。

西邻翁姓，绿林之雄也。一日猎归，女曰："富以其邻，我何忧？暂假千金，其与我乎！"丁以为难。女曰："我将使彼乐输也。"乃剪纸作判官状置地下，覆以鸡笼。然后握丁登榻，煮藏酒，检《周礼》为觞政，任言是某册第几叶第几行，即共翻阅。其人得食旁、水旁、酉旁者饮，得酒部者倍之。既而女适得"酒人"，丁以巨觥引满促釂。女乃祝曰："若借得金来，君当得饮部。"丁翻卷，得"鳖人"。女大笑曰："事已谐矣！"滴漉授爵。丁不服。女曰："君是水族，宜作鳖饮。"方喧竞所，闻笼中戛戛，女起曰："至矣。"启笼验视，则布囊中有巨金累累充溢。丁不胜愕喜。后翁家媪抱儿来戏，窃言："主人初归，篝灯夜坐。地忽暴裂，深不可底。一判官自内出，言：'我地府司隶也。太山帝君会诸冥曹，造暴客恶录，须银灯千架，架计重十两。施百架，则消灭罪愆。'主人骇惧，焚香叩祷，奉以千金。判官荏苒而入，地亦遂合。"夫妻听其言，故啧啧诧异之。

而从此渐购牛马，蓄厮婢，自营宅第。里中无赖子窥其富，纠诸不逞，逾垣劫丁。丁夫妇始自梦中醒，则编菅燕照，寇集满屋。二人执丁，又一人探手女怀。女袒而起，戟指而呵曰："止，止！"盗十三人皆吐舌呆立，痴若木偶。女始着裤下榻，呼集家人，一一反接其臂，逼令供吐明悉。乃责之曰："远方人埋头涧谷，冀得相扶持，何不仁至此！缓急人所时有，窘急者不妨明告，我岂积殖自封者哉？豺狼之行本合尽诛，但吾所不忍，姑释去，再犯不宥！"诸盗叩谢而去。

居无何，鸿儒就擒，赵夫妇妻子俱被夷诛。生赍金往赎长春之幼子以归。儿时三岁，养为己出，使从姓丁，名之承祧。于是里中人渐知为白莲教戚裔。适蝗害稼，女以纸鸢数百翼放田中，蝗远避，不入其陇，以是得无恙。里人共嫉之，群首于官，以为鸿儒余党。官瞰其富，肉视之，收丁；丁以重赂啖令，始得免。

女曰："货殖之来也苟，固宜有散亡。然蛇蝎之乡不可久居。"因贱售其业而去之，止于益都之西鄙。女为人灵巧，善居积，经纪过于男子。尝开琉璃厂，每进工人而指点之，一切棋灯，其奇式幻采，诸肆莫能及，以故直昂得速售。居数年财益称雄。而女督课婢仆严，食指数百无冗口。暇辄与丁烹茗着棋，或观书史为乐。钱谷出入以及婢仆业，凡五日一课，妇自持筹，丁为之点籍唱名数焉。勤者赏赉有差，惰者鞭挞罚膝立。是日，给假不夜作，夫妻设肴酒，呼婢辈度俚曲为笑。女明察如神，人无敢欺。而赏辄浮于其劳，故事易办。村中二百余家，凡贫者俱量给资本，乡以此无游惰。值大旱，女令村人设坛于野，乘舆野出，禹步作法，甘霖倾注，五里内悉获沾足。人益神之。女出未尝障面，村人皆见之，或少年群居，私议其美，及觌面逢之，俱肃肃无敢仰视者。每秋日，村中童子不能耕作者，授以钱，使采荼蓟，几二十年，积满楼屋。人窃非笑之。会山左大饥，人相食。女乃出菜杂粟赡饥者，近村赖以全活，无逃亡焉。

异史氏曰："二所为殆天授，非人力也。然非一言之悟，骈死已久。由是观之，世抱非常之才，而误入匪僻以死者当亦不少，焉知同学六人中，遂无其人乎？使人恨不为丁生耳。"

【译文】

滕县有个叫赵旺的人，夫妻两人都信佛，不吃荤腥，被乡亲们视为善人。赵家颇为富有。赵旺有一个女儿叫小二，非常聪明而又美貌，赵旺特别疼爱她。小二六岁的时候，赵旺就让她和哥哥长春一起从师读书。前后学了五年，小二已经把《五经》读得滚瓜烂熟。小二有个同学姓丁，字紫陌，比小二大三岁。他文采不凡，风流倜傥，和小二倾心相爱。丁生私下里把自己的心愿告诉了母亲，母亲派人向

赵家求婚。谁知赵旺一心想把小二许配给大户人家，所以没有答应下来。

不久，赵旺受了白莲教的迷惑，参加了秘密活动。天启年间白莲教首徐鸿儒起兵反叛朝廷，赵氏全家都跟从他成为叛民。小二因为知书达礼，悟性极高，凡是剪纸为兵、撒豆为马这样的法术，一看就精通。当时徐鸿儒有六个女徒弟，只有小二是最优秀的，所以把徐鸿儒拿手的法术都学会了。赵旺也因为小二的缘故深为徐鸿儒所器重并被委以重任。

这时，丁生已经十八岁了，正在县学读书，从不肯谈婚娶之事，因为他心中忘不了小二。终于有一天，他偷偷离家出走，投奔到徐鸿儒的麾下。小二见到丁生，非常欢喜，对他的礼遇远远超出了常格。小二因为是徐鸿儒的得意弟子，主持军中事务，白天黑夜都很繁忙，连父母也很少见到她。丁生每天晚上都和小二见面，每次见面都把旁边的仆人兵丁打发走，两人常常谈到半夜三更。有一次，丁生问小二："我这次来，你知道我的真实意图是什么吗?"小二说："不知道。"丁生说："我到这里并不是想攀附白莲教以求建功立业，我到这里，确实是为了你呀！白莲教终究是旁门左道，绝不会成功，只会自取灭亡。你是个聪明人，你没有想到这一点吗？你能够跟着我逃出这里，我的一片诚心是决不会辜负你的。"小二茫然若有所思，沉吟片刻之后，她仿佛一下子从梦中醒来，说："背着父母偷偷逃走实在是不义，请允许我同他们当面告别。"于是两人来到赵旺夫妇跟前，向他们讲明利害关系，赵旺仍不悔悟，却说："我们的师傅是神人，难道还会有错吗?"小二知道再行劝说也是没有用，于是她把少女的垂发结成了妇人的发髻，并剪了两只纸鷂鹰，与丁生各骑一只。那两只纸鷂鹰刷地展开双翅，像比翼鸟一样，并列着相依着飞向远方。到了黎明时分，他们来到了莱芜县境内。小二用手一捻鷂鹰的脖子，鷂鹰立即收拢翅膀，双双落在地上。小二收起纸鷂鹰，又拿出两只纸驴来。两个人骑着驴来到山北，假托是逃避战乱，租了间屋子住了下来。

由于他们出来时过于匆忙，衣服都没有带齐，柴米更是没有着落。丁生特别忧虑，只好到邻居那里借点粮食，可是没有人肯借给他一星半点。小二的脸上却一丝愁容也没有，只是把自己的金簪、耳环典当了应急。然后夫妻二人闭门静坐，或猜灯谜，或回忆过去读的书，并且以此一比高下。输的人要被对方的手指敲击手腕，权当惩罚。他们家西边的邻居姓翁，是个绿林英雄。有一天，翁某打猎回来。小二说："《易经》说得好，靠邻居可以致富，我们还有什么担心的？暂且跟他借一千两银子，他还会不借给我吗?"丁生觉得这是一件天大的难事。小二说："我要让他心甘情愿地把钱送过来。"于是，小二用纸剪成一个判官的样子，埋在地下，上面又盖上一只鸡笼。然后她拉着丁生坐在床上，烫上一壶老酒，翻出一部《周礼》行起酒令来。他们无论谁随意一说是该书的哪一册，第几页，第几行，两个人就一起翻阅。谁说的这一行中如有食部、水部和酉部偏旁的字，谁就要喝酒；如果碰到和酒有关的字，就要加倍罚酒。不一会儿，小二正好翻到《周礼·天官》"酒人"篇，丁生就取过一只大杯子倒得满满的，催促小二快喝。小二于是祷告说："如果能够借来银子，你应当一下翻得'饮'字部首的字。"轮到丁生了，他信手一翻，正是《周礼·天官》"鳖人"篇。小二高兴地大笑说："事情已经办妥了。"说着就往杯里倒满了酒让丁生喝下，丁生不服。小二说："你是水族，应该像鳖饮水一样饮酒。"两人正在说笑着行酒令，只听见地上的鸡笼里戛然作响。小二站起身来说："来了。"他们打开鸡笼一看，有一个装满银子的布袋躺在那里，袋子里面的银子多得都快溢出来了。丁生不禁又惊又喜。

后来，翁家的奶妈抱着小孩到他们家来玩，悄悄地对他们说："那天主人刚回到家，点着灯坐着，屋里的地面忽然裂开一个大口子，深不见底。一个判官从里面走出来说：'我是地府的司隶，太山帝君要召集阴间的官员，编制一份恶鬼罪行录，需要一千架银灯，每架银灯要十两重。你捐出一百架银灯，就可以把你的罪孽一笔勾销。'主人一听吓得魂不附体，连忙焚香祷拜，献出一千两银子。判官拿到银子后才慢慢地回到地府，地上的裂缝也才慢慢地合上了。"小二夫妻听了这番叙述，故意"啧啧"地称奇，装出吃惊的样子。从此以后，夫妻二人逐渐地购置田地、牛马，蓄养仆役婢女，还建造了自己的宅第。

村里几个游手好闲的无赖子弟看到他们那么富有，就纠集一些坏人，翻墙入院，想要抢劫。丁生和小二从梦中惊醒，只见火把把四周照得通明，满屋都是强盗。有两个人冲上来抓住了丁生，还有一个人竟然伸手要摸小二的前胸，小二光着上身一跃而起，用手指着强盗厉声呵斥道："止，止！"十三个强盗立即全都定住了，他们吐着舌头呆呆地站着，像木偶一样。小二这才穿上衣裤下床，招呼家人，把强盗们一一反绑过来，逼着他们说出行抢的具体缘由。然后，小二指责他们说："我们从远处投奔到山沟里谋生，希望得到你们的扶持，没想到你们不仁不义到这种地步！危难之事是人们经常遇到的，你们手头缺钱不妨明说，我难道是那种只顾自己发财而一毛不拔的吝啬鬼吗？按你们这种豺狼无道的行为，本应该全部杀掉。但我还有所不忍，姑且放你们走，以后胆敢再犯，我绝不宽宥。"强盗们叩头拜谢，仓遑逃窜。

过了不久，徐鸿儒兵败被官兵擒获。小二的父母兄弟一家全被诛杀。丁生用重金赎回小二的哥哥赵长春的幼子。那孩子才三岁，丁生和小二把他当成自己的亲生儿子，让他改姓丁，名叫承祧。于是村里人渐渐知道了丁家是白莲教的亲属。当时正赶上蝗灾，蝗虫祸害了大片的庄稼，小二剪了几百只纸鹞鹰放在田中，蝗虫吓得远远避开，不敢飞进小二家的田中，因此小二家没有遭受虫害。村里人都嫉妒得要死，一起去官府告发了他们，说他们是徐鸿儒的余党。县官垂涎丁家的财富，把它视作一块肥肉，就把丁生抓了起来。丁生用重金贿赂了县令，这才免于一死。小二说："我们的财富来路不正，有些散失也是应该的。但是，这里是个蛇蝎之乡，不可久住。"于是他们把产业低价卖出，然后就离开了那里，迁居到益都的西边。

小二为人灵巧，善于积累财富，在经营谋划上比男人还要精明。她曾经开过一座玻璃制品厂，凡是招收来的工人都经过小二的亲自指点。工厂生产出的棋子和灯具，款式新颖奇特，其他工厂都望尘莫及，所以产品总能以高价迅速售出。过了几年，丁家的财富骤增，在当地成为首富。小二管理仆役和奴婢非常严格，她手下几百人没有一个是多余的闲人。闲暇时她常和丁生品茗下棋，或者看书读史作为娱乐。但凡钱粮收支以及仆役婢女的工作情况，每五天她要检查一次。小二亲自打算盘，丁生为她看账报数。勤勉的人立即会得到奖赏，懒惰的人要受鞭笞或罚跪。每五日放一个晚上的假，这天可以不上夜班。夫妻二人摆上酒菜，把丫环仆役们叫来，让他们唱一些市井小曲取乐。

小二明察秋毫，仿佛有神灵在天相助，没有人敢欺骗她。她给下人的赏赐总是超过他们劳动和付出，所以任何事情办起来都很顺利。村中有二百多家住户，凡是家贫的，小二都酌量给些资本让他们自谋生路，从此以后这个村子不再有游手好闲的懒汉。

有一年，正遇上大旱，小二让村里人在野外设祭坛，她每天都乘轿来到野外，在祭坛仿效当年大禹的步态作法行咒，于是甘霖大降，方圆五百里以内的农田喜获浇灌。从此，人们更加把她奉若神明。小二外出从来不戴面纱遮住脸面，村里的大大小小都见过她。有一些少年聚在一起，私下议论她的美貌，等到迎面相逢时，都规规矩矩的，根本不敢正面看她。每到秋天，小二就出钱让村中不能下地干活的童子去采苦菜和蓟草。这样做了二十年，野菜已经堆满了楼中所有的房间。人们私下里都笑话她干傻事。不久，山东发生大饥荒，粮食稀少，以至于出现人吃人的惨状。小二这才拿出贮存的野菜，与粮食掺在一起赈济饥民。附近几个村子的人全靠她才得以活命，没有出现背井离乡、四处逃荒的现象。

异史氏说：小二的所作所为，实在是得自上天的神力，不是凡人所能做到的。然而，如果不是受丁生一句话的点拨而顿悟，小二等恐怕早就被诛杀了。由此可见，世上身怀绝世才华而误入歧途不得善终的人一定不少。怎么知道小二、丁生同学六人之中，再没有才华出众的人了呢？只恨他们没有遇上丁生啊！

[何守奇] 智莫如妇。然使不遇丁，则骈戮已久，所谓智者安在哉？丁知左道灭亡，而从井救人，投徐麾下，岂非目能见万里，而不能自见其睫乎？

[但明伦] 既为秀才，而乃以风流相爱故，陷身为贼，痴之极矣！幸小二慧人，豁如梦觉，悟左道之无济，作比翼之齐飞，不然者，纸鸢未跨，玉石俱焚，虽非妄意攀龙，亦似甘心从贼耳。

[方舒岩] 小二一生，总以智胜。